KB043977

죄악의 열매

Forbidden Fruit
죄악의 열매
춤춤 장편소설
가하

죄악의 열매

지은이 촘촘
펴낸이 이형기
펴낸곳 도서출판 가하

초판인쇄 2020년 4월 14일
초판발행 2020년 4월 21일
출판등록 2008년 10월 15일 제 318-2008-00100호

주소 서울 영등포구 양평로 67, 1209 (당산동5가, 한강포스빌)
전화 02-2631-2846 **팩스** 02-2631-1846

www.ixbook.co.kr

ISBN 979-11-300-4294-7 03810

값 13,800원

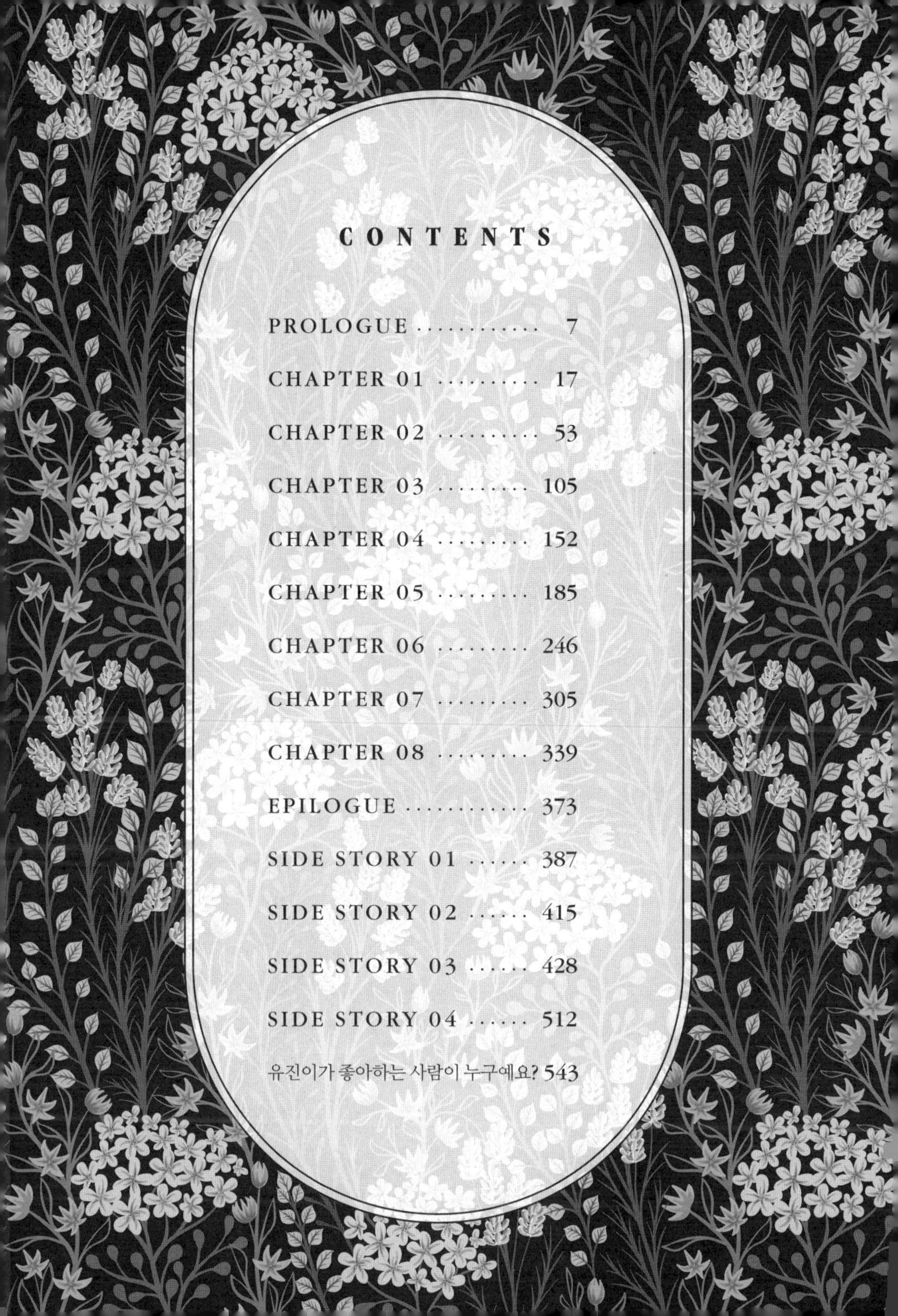

CONTENTS

PROLOGUE

장맛비가 무섭게 쏟아졌다. 천둥번개를 동반해, 어둑어둑한 하늘을 뚫고 유리창을 때리며 떨어지는 빗소리는 심상치 않다.

고운 모시한복 치마폭 위에 놓인 손의 옥가락지 두 개를, 유진은 숨을 참은 채 바라봤다. 시선을 더 올릴 용기는 10여 년이 흐른 지금에도 생겨나지 않는다.

"네 삼촌을 찾고 있다고?"

그 순간 볼 안쪽을 짓씹었다. 백 여사의 귀에 들어가리란 걸 알곤 있었지만, 막상 그 상황이 닥치자 두려운 건 어쩔 수 없다. 백 여사는 주름진 손등을 매만지며 가락지를 빙글빙글 돌렸다.

우르릉, 뇌성이 거대하다. 애써 담담함을 가장했던 유진의 속눈썹이 파르르 떨렸다.

"배은망덕하구나."

"……삼촌을 찾아야 도씨 집안에 진 빚을 갚을 수 있으니까요."

유진의 입에서 바짝 갈라진 음성이 터져 나왔다.

"하."

백 여사가 가소롭다는 듯 짧게 웃었다. 그제야 유진은 눈을 들어 내일모레가 팔순이라고는 믿기지 않을 정도로 고운 얼굴을 바라보았다.

"10년이란다. 10년 동안 코빼기도 비치지 않던 네 삼촌이 잘도 나타나

빚을 갚겠구나."

알고 있다. 그건 누구보다 유진이 가장 잘 안다. 그렇지만 지푸라기라도 잡는 심정으로 삼촌을 찾았던 건 이 집안에서 벗어나고 싶어서였다.

"설사 그런다고 해도,"

푹신한 소파에 앉아서도 결코 등받이에 몸을 기대지 않은 꼿꼿한 자세로 백 여사는 말을 이었다.

"우리 도씨 집안이 사람들 입에 오르내릴 텐데. 내가 살아 있는 한 그 천한 것들이 입방아 찧는 꼴은 못 보지. 암."

유진은 넓은 응접실을 맴도는 싸늘한 공기에 어깨를 움찔거렸다.

"그럴 일……."

백 여사는 더 듣기 싫다는 듯 단호하게 손을 스윽 젓더니 입을 뗐다.

"잘못을 했으니 벌을 받아야겠지. 저 물건, 벗겨서 밖에 내놓아."

유진은 하얗게 질렸다. 두 무릎이 차가운 대리석 바닥에 닿는다.

"잘못했어요. 잘못했어요, 여사님. 다시는 안 그럴게요."

그녀의 애원에도 백 여사는 눈 하나 꿈쩍 안 하고 주방을 향해 말했다.

"여주댁, 날이 습하고 차가우니 대추차를 가져오게."

빗줄기는 거셌다. 백 여사는 유진이 어릴 때부터 수치심을 주기 위해 종종 이 벌을 내렸다. 이 집에서 백 여사를 말릴 수 있는 이는 없다. 딱 한 사람이 있지만, 그를 떠올린 순간 유진은 체념했다. 3년 전, 유학길에 오른 그가 지금 그녀에게 무엇을 해줄 수 있단 말인가. 그리고 그가 제게 친절하게 굴 때마다, 그에 비례해 백 여사는 두려운 존재로 변해갔다.

표정 없는 고용인 하나와 백 여사의 수행비서가 유진에게 다가와 옷가지를 벗겨냈다. 여기서 발버둥 치면 더 추한 꼴이 된다는 걸, 그래봤자 이 일을 피할 수 없단 걸 숱하게 겪어 알고 있다. 십 대 시절엔 몇 번이나 소리치고 울부짖고 도망가려 했고, 그때마다 개처럼 끌려왔다. 백 여사는 상석에 앉은 채 손가락 하나 까딱 않고서 고아하게, 아랫사람들을 시켜 유진을 굴욕적으로 만들었다.

"으…… 으으…… 으……."

블라우스를 뜯어내다시피 하던 수행비서의 손가락이 멈칫거렸다. 유진은 반사적으로 뒤를 돌아봤다. 2층으로 올라가는 계단 앞에 하얀 원피스를 입은 여자가 있다. 창백한 종아리를 타고 줄줄 흐르는 노란 액체가 눈에 들어오자 유진은 반쯤 풀어헤쳐진 앞섶을 추스를 생각도 못 하고 한달음에 그리 달려갔다.

"언니! 내가 나오지 말라고 했잖아요."

여자는 두 주먹을 꽉 쥔 채 부들부들 떨고 있었다. 도씨 집안의 맏손녀 도희정으로, 어릴 때 머리를 크게 다쳐 지적장애 판정을 받았다. 서너 살 아이 수준의 지적능력을 가졌으며, 백 여사가 큰소릴 내거나 유진에게 무슨 일이 생기면 얼어붙어 소변을 지리곤 했다.

"하……지 마, 할머이……. 유진이…… 흐으."

"반푼이 같은 것."

백 여사는 싸늘하게 일갈하며 방금 여주댁이 내온 뜨끈한 대추차를 들이켰다.

이 저택에서 없는 사람이나 다름없는 도희정을 챙기는 건 유진의 몫이다. 여주댁이 안절부절못하며 백 여사의 눈치를 살피는 동안, 유진은 욕실에서 깨끗한 수건을 가져와 재빨리 바닥을 닦았다.

"언니, 나 괜찮아요. 괜찮아."

사실 하나도 괜찮지 않지만 유진은 주문처럼 그 말만 되풀이했다.

"우…… 우우……."

커다란 눈물방울을 뚝뚝 떨어트리는 희정에게 자신은 괜찮다 몇 번이나 말해주니 금세 울음을 그친다. 유진이 부탁한다고 눈짓하자, 여주댁이 서둘러 희정을 욕실로 데려갔다. 기다렸다는 듯 곧바로 자신에게 달려들어 옷을 벗겨내는 사람들을 유진은 무감정하게 바라봤다.

하얀 속옷만 남겨진 몸을 웅크렸다. 바닥에 앉아 두 무릎을 바짝 모아 최대한 몸을 가리기 위해 애쓰며 넓은 응접실을 바라봤다. 차를 마시며 자신을 바라보는 백 여사의 눈빛이 맨살을 찌른다.

"내보내지 않고 뭐 하누."

익숙해지지 않는다. 몇 번을 당해도 치욕스럽다. 턱이 덜덜 떨렸다.

"……죄송해요, 여사님. 다시는 안 그럴게요."

소용없겠지만 빌어보았다. 그러나 눈을 내리깐 백 여사는 한번 내린 결정을 물릴 생각이 없는 듯하다. 유진은 제게 향하는 두 쌍의 손을 밀어내며 힘없이 일어났다. 자꾸만 풀리려는 다리를 애써 바로 세웠다.

어느샌가 고용인들이 모두 나와 자신을 바라보는데, 숨이 막힌다.

"멍청해 보이게 계집애가 가슴만 커선."

현관으로 향하는 유진이 제 등으로 날아드는 한마디에 어금니를 꽉 물곤 아무것도 듣지 못한 양 계속 발을 옮겼다.

현관의 문손잡이를 돌리자 비를 머금은 바람이 얼굴을 쳤다. 밖으로 한 발 떼는 순간, 미처 벗지 못한 양말이 빗물에 젖어들었다. 두 팔을 교차시켜 몸을 감싸고선 비바람 앞에 섰다.

정원 곳곳에 서 있는, 우비 차림의 경호원들의 시선이 제 몸에 닿는다. 차라리 비가 와서 다행이다. 세차게 쏟아지는 빗줄기에 가려 그들과 눈을 마주칠 일은 없을 테니까. 속눈썹이 젖고 머리칼이 늘어진다. 온몸을 때리고 지나가는 비가 멍든 마음을 두드려댔다. 오늘은 얼마나 있어야 하는 걸까. 두 시간? 세 시간?

유리창 너머 희미하게 보이는 응접실에선 백 여사가 웃음을 띤 채 수행비서에게 뭔가 말하고 있다. 마치 안개가 잔뜩 낀 TV를 보는 기분이었다.

아무리 여름이라지만 끔찍하게 추웠다. 쏟아지는 비에 노출된 몸은 바르르 떨렸고 입술은 보랏빛이 된 지 오래다. 아마 비가 안 왔다면 열사병으로 쓰러졌을 테니 뭐가 더 나은지는 모르겠다.

얼마나 시간이 지났는지, 머릿속이 아득해졌다. 일순 비가 멈췄다. 저도 모르는 새 눈을 감고 있던 유진이 천천히 눈꺼풀을 밀어올렸다.

"오랜만이에요."

자신과 두 달밖에 차이가 안 나는데도, 그는 그녀에게 꼬박꼬박 존댓말을 사용했다.

영국에 있어야 될 남자가 왜 자신의 눈앞에 있는 걸까. 너무 바라면 꿈을 꾼다고 했던가. 이 집안에서 자신을 구해줄 수 있는 사람은 이 남자밖에 없다고 생각했을 때가 있었다.

3년 전보다 한 뼘은 더 큰 키는 이제 올려다봐야 할 정도다. 하지만 이 다정한 목소리의 주인을, 유진은 알고 있다.

"윤……."

남자가 다정하게 웃더니 들고 있던 우산을 다른 이에게 건넸다. 남자의 뒤에 있던 사람은 유진에게도 익숙한 얼굴이다. 남자의 가드 겸 운전사인 강민이다. 영국에 갔던 그들이 돌아온 걸 인지한 순간, 그가 티셔츠를 훌렁 벗었다.

"할머니는 여전하신가 봐요."

그가 유진에게 제 티셔츠를 뒤집어씌웠다. 젖은 몸에 온기가 닿아 오히려 선득하다. 유진이 넉넉한 티셔츠를 입고서도 덜덜 떨자 그가 살짝 허리를 굽혀 눈을 마주했다.

"들어가요."

"아직…… 아직 아니야."

백 여사의 허락을 받지 못했다. 유진은 황급히 고개를 저었다. 죄라도 지은 것처럼, 제 몸에 걸쳐진 티셔츠를 서둘러 벗으려 하니 그의 눈빛이 굳는다.

"그거 벗으면 화낼 건데."

도윤우는 완전히 우산 밖으로 나가 자꾸만 창문으로 향하는 유진의 시선을 완전히 가로막았다. 테니스로 단련된 군살 하나 없이 매끈한 몸으로 빗줄기가 쏟아졌다.

"빨리 들어가봐."

"왜요? 내가 여기 있으면 곤란해져요?"

"……알면서…… 이러지 마."

턱이 떨려 말이 끊겼다. 윤우는 유진의 보랏빛 입술을 가만 바라보더니 유진의 티셔츠 자락에 검지를 걸었다.

"다 보여요."

우산 안으로 들어와 있는 건 오로지 그의 손 하나뿐이다. 그런데도 유진은 티셔츠 밑단을 가볍게 잡고 있는 손가락 하나를 뿌리치지 못하고서 젖은 눈만 깜박였다. 윤우는 유순하기만 한 그녀의 눈을 들여다보며 천천히 말했다.

"젖어서, 다, 보인다고요."

주욱. 윤우가 집게손가락으로 티셔츠를 끌어내렸다. 유진의 손에서 힘이 풀렸다. 티셔츠 밑단이 끌려 내려가더니, 그가 손톱으로 옷과 그 아래 얇은 속옷까지 한꺼번에 긁었다.

그제야 유진은 다 보인다는 말의 뜻을 알아차리고선 밭은 숨을 내쉬었다.

"아……."

"그러니까 입고 있어요."

윤우는 빗속에서 웃었다.

"도련님."

백 여사의 수행비서인 김 비서가 현관문을 열고 나와 고개를 숙였다. 손에는 깨끗한 타월이 들려 있다. 윤우가 천천히 고개를 돌려 그쪽을 바라보자 그녀가 입을 열었다.

"여사님께서 기다리고 계십니다."

윤우는 비에 젖은 머리칼을 손으로 슥슥 털어냈다. 반대편 손으론 여전히 유진의 티셔츠 밑단을 잡은 채다.

"그럴 리가 없는데."

"돌아오셨으면 제일 먼저 여사님을 뵈어야죠."

"아무에게도 말 안 하고 왔는데, 나 따라다니는 개가 있었나 봐요?"

그가 청량하게 웃었다. 그 맑은 웃음소리에 눅눅한 공기가 단번에 날아가버린다.

윤우가 유진의 옷자락을 잡아끌었다. 그러지 않으면 그도 움직이지 않을 것 같아 그녀는 발을 옮겼다. 머리 위로 우산이 따라온다. 강민은 자신이 모시는 윤우가 유진에게 우산을 양보했기에 그녀를 따르는 중이다. 그 모습을 못마땅하게 바라보던 김 비서가 서둘러 우산을 펴고 윤우에게 다가왔다.

"도련님."

"김 비서님, 아직까지 도련님이에요?"

"그럼……."

"너무 애 같잖아요."

윤우의 긴 눈이 유혹하듯 나붓하게 접힌다. 살짝 올라간 윤우의 눈꼬리에 맺혀 있던 빗방울이 후드득 떨어져내렸다. 서로 다른 우산을 쓴 채, 윤우는 유진의 티셔츠 자락을 놓지 않고서 현관까지 다가왔다.

"유진 양은 아직 벌이 끝나지 않았습니다. 그냥 두시죠."

김 비서의 단호한 음성에 윤우가 고개를 모로 기울였다.

"옛날엔 왕실에 경사가 생기면 옥에 갇힌 죄인들도 풀어줬다는데, 3년 만에 돌아온 손자를 위해 이 정도도 안 해주시겠어요?"

그의 다정한 목소리에 김 비서의 미간이 움찔거렸다. 옛 왕실에 비유했지만 윤우의 말은 틀린 게 없다. 절대적인 권력을 휘두르는 백 여사, 재계에서 유명한 도씨 집안은 현대의 왕실이나 다름없다.

결국 김 비서가 물러났다. 그녀는 현관문을 열었고, 유진 또한 안으로 들어갈 수 있었다.

"할머니, 그동안 건강하셨어요?"

백 여사가 저런 부드러운 표정을 하는 건 3년 만이다. 백 여사는 손자에게 손을 내밀었다.

"연락도 않고 불쑥 오다니, 반갑기도 하지만 서운도 하구나."

항상 이 공간에 고여 있던 한기가 가시는 것 같았다. 백 여사는 곧 유진을 냉랭하게 바라봤다.

"다정하기도 하지."

하지만 유진에게서 시선을 거둔 뒤 다시 윤우에게로 향하는 눈빛은 따스했다.

가타부타 말이 없는 것은 지금은 넘어가겠다는 뜻인지라, 유진은 그의 손에서 옷자락을 빼냈다. 백 여사에 머물러 있던 윤우의 시선이 제 뒤에 있는 그녀를 향했다. 유진은 옛날이나 지금이나 무슨 생각을 하는지 알 수 없는 윤우의 새까만 먹색 눈동자를 올려다봤다.

"올라갈게."

그가 대답하기도 전에 유진이 2층으로 향하는 계단을 밟았다.

"옷 갈아입고 다시 인사드릴게요."

윤우가 웃으면서 백 여사에게 고개를 숙여 보였다. 그리곤 2층으로 올라가는 유진을 따랐다.

"……먼저 가."

중간쯤 올라가던 유진이 한쪽으로 비켜섰다. 세 단쯤 뒤에 있던 윤우가 고개를 푹 숙이고 있는 유진을 올려다봤다. 더 아래서부터의 시선들도 느껴졌다. 아직 현관에 서 있는 김 비서와 강민도, 창밖을 바라보고 있는 백 여사도 유리창을 통해 그들을 지켜보고 있었다.

유진은 숨을 멈췄다. 빨리, 이 시간이 지나갔으면 해서. 그러나 윤우는 꼼짝도 않고 그녀를 말갛게 쳐다봤다.

"제발……."

유진이 그에게만 들리게끔 속삭였다. 자신을 지나쳐 올라가라고.

"무서워요?"

자신이 서 있는 계단, 발끝만 보고 있던 그녀가 불현듯 고개를 들었다. 그리고 눈도 깜박이지 않은 채 자신을 보고 있는 윤우와 시선이 마주쳤다.

"할머니가?"

입술이 마르는 기분이었다. 백 여사는 두렵다. 하지만 유진은 눈앞의 남자가 더 두려웠다. 항상 자신을 감싸주었지만, 어떤 의도에서인지, 그리고 어떤 마음에서인지 알 수가 없어서 더.

"아님, 내가?"

윤우가 입꼬리를 올리며 덧붙였지만 그의 눈은 웃지 않았다.

유진은 허를 찔려 하얗게 질렸다. 그렇지 않아도 하얀 얼굴이 새파랗게 보일 정도가 되자 윤우는 낮게 혀를 찼다. 보라색 입술이 무언가를 참기라도 하듯 질끈 씹힌다.

"오랜만에 돌아와서 반갑다고 품에 안겨들거나 하는 열렬한 환영이 아니라 섭섭하지만, 이런 얼굴도 좋아요."

커다란 손이 다가온 순간 저도 모르게 눈을 감아버렸다. 유진의 머리에 따스한 손이 감긴다.

"먼저 올라가요. 강민이도 남자거든."

유진이 홱 몸을 돌려 빠르게 위층으로 사라지자 윤우는 웃음을 터트렸다. 그리고 느릿느릿 계단을 올랐다. 물이 떨어져 있는, 유진이 지나간 자리를 고스란히 밟으며 2층으로 향했다.

CHAPTER 01

3년 전이나 지금이나 그의 방은 변함없다. 마치 잠깐 외출하고 돌아온 것처럼 정갈하고 깨끗했으며, 책 한 권까지 제자리에 꽂혀 있다. 윤우가 구김 하나 없는 침대 시트를 바라다보는데 노크 소리가 나더니 대답도 않았는데 문이 열렸다. 강민이다.

"여전하시네, 할머니는."

창문의 블라인드를 올리며 윤우가 고저 없는 목소리로 말했다. 팔짱을 낀 그의 눈은 밖에서 경호를 서고 있는 자들을 향해 있다.

"어떻게 할까요?"

"글쎄."

윤우가 말을 흐렸다. 욕실에서 타월을 가져온 강민이 그의 뒤에 서서 말없이 물기를 닦아줬다. 창가에 딱 붙어 아래를 내려다보는 윤우의 눈동자는 무심하기만 했다.

강민은 이미 대답을 알고 있었다.

"으아앙! 아으! 흐앙!"

"언니, 괜찮아요. 저 여기 있잖아요."

"무서워! 무셔! 흐윽……."

"그럼 오늘 저랑 같이 잘까요, 응?"

방음이 꽤 잘된 벽을 뚫고 들려오는 건 높은 울음소리였다. 그리고 가만히 귀를 기울여야 들을 수 있는 건 당황했으면서도 조곤조곤 달래고 어르는 목소리. 윤우가 창가에서 떨어지더니 순식간에 방문을 열고 밖으로 나갔다.

울음을 터트리고 있는 희정과 아직 채 옷을 갈아입지 못하고서 희정을 다정하게 끌어안고 있는 유진이 보였다. 그가 나타나자 희정이 울음을 멈추고서 윤우를 바라봤다.

"유누……?"

"잘 있었어요, 누나?"

윤우의 눈가가 다정하게 풀렸다. 언제 울었냐는 듯 희정은 두 손을 뻗으며 단박에 안겨들었다. 윤우는 온 힘을 다해 절 끌어안는 누이를 기껍게 안아주며 작고 마른 등을 도닥여주었지만, 시선은 유진에게 못 박혀 있었다.

"힝…… 유누야."

희정이 그의 맨어깨에 얼굴을 부비며 어리광을 부렸다. 어린아이들은 귀신처럼 안다. 상대가 저에게 호감이 있는지, 없는지. 좋은 사람인지, 나쁜 사람인지를. 희정이 이렇게 마음 놓고 안기는 상대는 이 집에서 윤우와 유진뿐이다.

"안 본 사이에 우리 누나, 더 애가 됐네."

"보고 시펐어. 흐윽…… 히잉……."

3년 전엔 제법 말을 또박또박했는데 우느라 그런지 발음이 엉망이다.

"나도 보고 싶었어요."

말은 다정하게 희정에게 하지만 그의 눈은 유진에게 고정돼 있다. 윤우는 마음껏 어리광을 부리는 희정을 다독였다.

"그러다 감기 걸리겠어요."

희정의 어리광을 받아주느라 젖은 그대로인 유진을 바라봤다. 젖은 티셔츠는 그녀 몸의 굴곡을 드러내며 달라붙어 있다. 핥는 듯한 시선이 머리끝부터 발끝까지 훑자 유진이 도망가듯 몸을 돌려 맞은편 제 방으로 들어가 버린다.

"유진이한테 떼쓰면 안 돼요, 누나."

"흐엉…… 유누가 없었어. 그래서 그래써."

희정이 코까지 훌쩍였다. 살짝 떨어트려놓자 다시 안기려 드는 희정을 윤우는 어깨로 막곤, 제 손바닥으로 눈물과 콧물을 훔쳐주며 웃었다.

"정말 변한 게 하나도 없네요."

누이는 여전히 아이 같다. 평생 이럴 거다.

"할머이 무서워. 흐윽…… 유진이랑 나랑 맨날 혼나."

그가 두 손가락으로 코를 잡고 "흥." 하니 착한 아이처럼 코를 푼다.

"유누가 지켜죠, 유진이……."

"누나는 그럼 누가 지켜요?"

"나는…… 으음……."

골똘하게 생각에 잠겨 있는 희정을 윤우는 참을성 있게 기다려주었다. 결코 재촉하지 않고 그 입에서 온전한 말이 떨어지길 인내했다.

"강민이가……. 나는 강민이가."

희정이 해맑게 웃는다. 윤우의 방 안에 있던 강민을 이제야 발견하고 답을 찾았다는 듯 손뼉까지 짝짝 쳤다.

"그래요. 그러면 되겠네. 나는 유진이를 지켜주고, 강민이는 누나를 지켜주고."

"맞아!"

사고가 아니었더라면 아름답게 자랐을 누이. 윤우가 부드럽게 그녀의 얼굴을 닦아주었다.

"헤헤…… 유누가 있어서 너무 좋아."

"유진이도 그렇게 생각했으면 좋겠는데요."

"유누는 유진이 좋아해?"

천진한 그 말에 윤우의 눈이 가느스름해졌다. 입술이 비틀리며 올라간다. 굳이 표정을 숨기지 않고 유진의 방문을 바라보는 눈동자가 새카맣다.

"그렇게 보여요?"

"유진이는 안 돼. 으음…… 유진이는 좋아하는 사람 있오."

희정이 고개를 도리도리 저으며 어린아이를 가르치듯 말했다. 그녀를 다독여주던 손이 일순간 멎는다. 이내 윤우는 느리게 한 자 한 자 또박또박 물었다.

"그게 누구예요?"

"으응…… 몰라."

"누굴까."

이미 모른다고 답한 희정의 입이 열릴 리 없다.

그의 낮은 음색은 그 상대가 궁금하단 듯 즐거운 기색이 물씬하다. 집 밖으로 나갈 수도 없으면서 좋아하는 사람이 생겼다니, 재미있는 일이다.

"유누야……."

"네, 누나."

기어들어가는 목소리로 자신을 부르는 희정에게 애정을 담아 대답했지만, 누이는 입술을 오물거리다 닫아버린다.

웃고 있는 친절한 얼굴이 무섭다. 희정은 우물쭈물하다 슬며시 그를 밀어냈다.

"들어가서 좀 자요."

세 살 먹은 어린아이 대하듯 그가 말했다.

"시러……. 오늘 유진이랑 잘 거야."

"유진이는 누나랑 같이 못 자요."

"왜?"

물기 어린 눈동자가 윤우를 향한다. 강민에게 손짓하자 그가 다가와 희정의 어깨를 부드럽게 감싸며 그녀의 방으로 에스코트했다.

"갠 오늘 나랑 잘 거거든."

잘 자라는 듯 한 손을 흔들어준 윤우의 얼굴은 친절하지만 싸늘했다.

윤우가 씻고 옷을 갖춰 입은 뒤 1층에 내려오자 백 여사는 아까 그 모양새 그대로 앉아 있다. 그녀의 앞에 놓여 있는 찻잔에서 올라오는 뜨끈한 김을 보니 차만 바뀌었을 뿐이다. 윤우는 한복이 구겨질세라 꼿꼿하게 곧추서 있는 등허리를 일별하곤 백 여사의 맞은편에 앉았다.

"잘 지내셨어요?"

"매정한 녀석. 바쁘다는 핑계로 전화 한 통 없더니."

"정말 바빴으니까요."

제대 후 바로 유학을 떠났고 3년 만에 돌아왔다. 이제는 아버지의 사후 백 여사가 끌어왔던 기업체를 물려받을 준비를 할 차례다.

"윤우야."

"네, 할머니."

"할미는 널 믿는다. 네 애비처럼 되게 하진 않을 게야."

소파 팔걸이에 놓여 있던 여윈 손이 꽉 쥐어지더니 부르르 떨렸다. 8년 전 돌아가신 아버지. 대현그룹 총수의 갑작스러운 죽음은 온갖 루머와 가십으로 오르내렸고, 아직까지도 연예 프로그램에 심심찮게 등장해 백 여사를 분노케 한다.

"전 아버지와 달라요."

"그럼. 네가 어떤 아이인데. 이 할미가 널 지켜주마. 네 자리를 탐내고 뜯어먹으려는 혈육들 전부 내 손으로 쳐내고 널 앉혀주마."

윤우는 아버지가 돌아가신 뒤 벌떼처럼 달려든 친인척들을 떠올리며 조용히 웃었다. 그곳에서 대현그룹을 지켜낸 건 다름 아닌 백 여사였다. 어린 손자가 어서 장성하길 바라며 여자 혼자 힘으로 큰 기업을 이끌어왔다.

백 여사의 머릿속에 윤우가 태어나던 순간부터 지금까지가 주마등처럼 스쳐 지나갔다. 백 여사는 아들에게 크게 실망한 후, 손자에게 모든 걸 걸었다. 도윤우는 백 여사의 등대였고 희망이었다. 자신이 낳은 유일한 아들, 그 아들의 분신인 윤우가 그녀에겐 전부였다.

"그러니 나를 실망시키지 마라."

"제가 언제 할머니를 실망시켜드린 적 있나요?"

윤우에게도 백 여사와 같은 차가 내어져 왔지만, 그는 찻잔에는 손도 대지 않은 채 시선 또한 돌리지 않았다. 감히 그녀를 똑바로 볼 수 있는 사람은 많지 않다. 하지만 이 손자 녀석만큼은 백 여사를 두려워하지 않고, 항상 두 눈을 마주 본다.

"그래. 너는 네 아비와는 다르지."

항상 그녀를 실망만 시켰던 아들. 아들이 죽는 그날까지 백 여사의 삶은 깊은 상실감과 실망으로 얼룩져 있다. 그럼에도 가까스로 본 아들이란 이유 하나만으로 손을 놓을 수 없었다. 위로 다섯 딸을 두었고, 낳자마자 바로 자궁을 들어낼 정도로 출혈이 심각해 백 여사의 전부가 될 수밖에 없었던 아들.

"다음 주부터 출근하도록 하렴. 김 비서에게 일러 네 사무실 준비시켜놓으마."

윤우가 순순히 고개를 끄덕였다. 갑작스러운 귀국이지만 이미 백 여사는 준비를 끝내놓았단 사실에 웃음기를 머금고 물었다.

"누나를 제 비서로 주세요."

설계가 다 끝난 윤우의 미래에, 예상하지 않았던 이가 들어가자 백 여사의 얼굴이 굳었다.

"누나라니. 너에게 누나가 어디 있다고."

백 여사가 희정의 존재를 부인하며 차를 한 모금 마셨다.

"누나 있잖아요. 어머니가 사모님들을 만날 때, 미술관에, 파티에 대동하는 제 누나요."

그녀가 눈을 가늘였다. 윤우는 지금 아무도 언급하지 않는 불문율 같은 존재, 도씨 가문에서 먹여주고 키워줬으되 누구도 알지 못하는 그것에 대해 천연덕스럽게 말하고 있다. 눈을 빛내며 장난감을 달라 조르는 어린아이처럼 군다.

"그건 우리 집안을 갉아먹는 화근이야."

"그러니까 저 주세요. 어차피 공식석상에만 대동할 텐데, 유학을 다녀온 동생을 서포트해주는 그림도 나쁘지 않을 거예요."

너무나 자연스럽게 그리됐다. 유진은 이 저택에 들어온 뒤 도희정이 됐다. 병약해 어린 시절은 집에서 홈스쿨링을 했고, 몸이 좀 나아지자 공식적인 자리에 얼굴을 비치게 된 대현그룹의 멀쩡한 장녀.

아들이 죽었을 때도 대현의 얼굴에 먹칠하게 됐다며 길길이 날뛰던 백 여사인데, 모자란 손녀를 세상에 내보일 리 없다. 때마침 알맞은 대역이 눈앞에 있었고 유진의 의사와는 상관없이 그녀는 도씨 집안의 맏손녀가 됐다.

윤우의 말은 틀린 게 없다. 왜 다 큰 손녀를 경영에 참여시키지 않냐, 선자리에까지 내보이지 않냐는 수군거림이 들려오던 참이다. 희정의 나이가 서른이다. 결혼을 서두르고도 남을 시기인데 대현은 공식적인 석상 몇몇 외에는 그녀를 내보이지 않았다.

"누나의 대역으로 내세우셨으면 써먹어야죠. 숨기기에 급급한 게 아니라."

유진이 도희정으로서 세상에 나오기 직전, 도씨 가문 장녀는 지적장애인이 아니었냐는 말이 돌았다. 그걸 잠재운 건 유진이다. 그렇지만 가만있다가는 또다시 이상한 소문이 슬며시 고개를 든다는 걸 이 세계에서 나고 자란 백 여사는 잘 알고 있다.

"네 곁에 두고 네가 직접 감시하렴. 때가 되면 적당하고 입 무거운 남자와 짝을 지어줘도 괜찮겠지."

마지막 말은 윤우를 떠보기 위한 것이다. 윤우는 빙그레 웃을 뿐 별 반응이 없다. 백 여사는 고개를 저었다. 손자 녀석은 제 아비가 어떻게 죽었는지 똑똑히 알고 있으니, 유진을 살갑게 여길 리 없을 터. 다만 잔정이 많을 뿐이라며 헛생각을 털어버렸다.

"곁에 두고서, 네 누이의 짝을 직접 알아보렴."

그래도 재차 못 박았다. 찝찝하던 차에 차라리 잘됐다. 세간에는 오누이로 알려져 있으니 별다른 일을 벌이지 못할 것이다. 게다가 윤우 또한 결혼시장에 나가 가장 비싼 값으로 파트너를 결정해야 할 시기다.

"그럼 그렇게 알게요, 할머니."

온순하고 말 잘 듣는 착한 손자. 그녀가 하지 말라는 짓은 결코 하지 않을 다정한 손자를 향해 백 여사의 눈매가 깊게 휘어졌다. 윤우는 화답하듯 웃어주곤 시차를 핑계로 자리에서 일어났다.

"저녁 먹을 때 부르마."

"혹시 저 계속 자거든 깨우지 마세요."

손자의 불면증은 오래된 것이다. 청소년기부터 시작한 불면증은 차도가 없다. 한국에 있을 땐 정신과 상담을 받고 수면제를 타서 먹을 정도였다. 자다가 한번 깨면 그날은 다시 잠들지 못한다는 걸 익히 알고 있는지라 백 여사가 고개를 끄덕였다. 집에 도착한 뒤의 첫 식사를 함께 못 한다는 건 아쉬웠지만 앞으론 매일 얼굴을 맞댈 테니.

"네가 알아서 내려오기 전까진 부르지 않으마."

고개를 끄덕이며 위층으로 올라가는 손자를 보는 백 여사의 눈에는 굳건

한 믿음이 실려 있었다.

✦ ✚ ✦

윤우가 돌아온 2층은 쥐 죽은 듯 고요했다. 이 집의 모든 사람들은 도윤우를 위해 움직였다. 그의 숙면을 위해 윤우가 2층에 있을 땐 고용인 아무도 계단에조차 발을 디디지 못했다. 백 여사의 단호한 명령 때문이다.

정신이 온전치 못한 희정 또한 1층의 구석방으로 쫓겨 내려갈 뻔했지만, 윤우가 막았다. 덩달아 유진 역시 희정이 그를 불편하게 만들지 않게끔 수발들 역할로 2층에 남게 됐다. 그에 윤우의 수족인 강민까지, 넓은 2층은 오로지 네 사람만 썼다.

자신의 방으로 돌아온 그가 강민을 손짓했다.

"나 머리 좀 만져줘."

커다란 손바닥이 이마를 뒤덮는다. 강민은 몸에 열이 많아 손도 뜨끈했다.

"열 있는 것 같아?"

"전혀요."

강민이 무뚝뚝하게 대답했다.

"있어야 되는데."

강민의 손을 치우고 제가 이마를 만져보더니 미적지근한 체온에 미간을 찌푸렸다.

"꾀병 부릴 거라."

윤우가 아이처럼 웃었다. 장난인지 진담인지 알 수 없을 정도의 온도. 확실한 사실 하나는 그가 한국에 돌아온 뒤부터 기분이 좋아 보인다는 것이라, 강민은 깊게 생각하지 않았다. 강민은 윤우가 하라는 대로 그의 이마에 손을 얹었고, 시간이 좀 지나자 윤우는 자리에서 벌떡 일어났다.

"들어가서 자, 강민아."

"네."

윤우는 슬리퍼조차 신지 않은 맨발로 성큼성큼 걸어, 제 방 맞은편에 있는 유진의 방문을 망설임 없이 노크했다. 똑똑.

"……네."

미약한 대답이 흘러나오자 뒤에서 지켜보고 있던 강민이 조용히 옆방으로 들어갔다. 손바닥에 감기는 문손잡이가 차갑다. 윤우는 망설임 없이 안으로 들어서 원피스를 입은 채 침대에 걸터앉아 수건으로 머리를 말리던 유진을 바라봤다.

"열이 있는 것 같은데."

긴 머리카락 끝에서 물이 떨어져 침대 시트에 점점이 번졌다. 입술 빛은 제법 돌아왔지만 얼굴은 아직 창백했다.

"……이 박사님 부를게."

"그 정돈 아니에요. 할머니 걱정하시는 것 싫어서."

그가 조금만 열이 오르거나 아픈 기색만 비쳐도 집 전체가 들썩였다. 어느 순간부터 윤우는 아파도 그걸 잘 표현하지 않았지만, 유진에게는 상비약이 있나 종종 묻곤 했다. 3년이 지났지만 마치 어제도 그랬던 양 자연스럽게 들어와 똑같이 묻는 통에 유진은 잠시 허둥댔다.

"잠깐만. 해열제 사놓은 거 있을 거야."

희정이 자주 아프기에 유진은 각종 약을 상비해두었다. 이 집에선 희정이 아픈 걸로는 의사를 불러주지 않았다. 자연스레 희정의 간호까지 유진의 몫이 됐다.

방 한켠에 있는 책상으로 가 서랍을 여는데 약봉지가 빼곡하다. 그중에서 노란색 알약이 들어 있는 케이스를 찾아내 윤우에게 건넸다. 그가 손을 내밀어 약을 받아 들 때 손가락이 조금 스쳤다.

"먹고도 열 안 떨어지면 이 박사님 부르는 게 좋을 것 같아."

윤우가 알약을 집어 들곤 손안에서 굴리더니 입을 뗐다.

"나보다 먼저 먹어야 될 것 같은데. 안 먹어요?"

"난 괜찮아."

잠깐 스쳤던 손에서 느껴진 열기가 심상치 않았다. 그는 꾀병을 부리는데, 진짜 아픈 사람은 내색조차 않고 있다.

"읍."

그의 손가락이 불쑥 유진의 입술을 열고 들어왔다. 뜨거운 혀뿌리를 간단하게 누른 뒤 알약을 목구멍 저편으로 밀어넣는다. 새끼손톱만 한 작은 알약이 저린 쓴맛과 함께 금세 넘어갔지만 윤우는 계속 유진의 입안을 헤집었다.

"잘 삼키네요."

윤우가 조금 아쉬운 얼굴로 손을 거두곤 열려 있는 서랍에서 해열제 하나를 더 꺼내 아무렇지도 않게 삼킨다. 방금까지 유진의 입속에 있던 손가락이 그의 혀에 닿는다.

"어지러워서 잠깐 누워 있을게요."

정말 현기증이 나는지 가볍게 비틀거린 그가 유진을 지나쳐 침대에 몸을 뉘였다.

유진은 당황한 얼굴로 입술만 달싹이고 있었다. 손가락을 유진의 입에 집어넣었을 때 그 체온은 마치 불에 덴 것처럼 뜨거웠다. 그녀의 침대에 누워 손을 들어올린 윤우가 손가락을 바라본다. 그리고 그걸 곧 입술에 대고 말했다.

"뜨겁네요."

그의 나른한 눈이 자신을 향했다. 뜨겁다고 말하는 윤우의 입술이 살짝 젖어 있어 유진은 시선을 돌려버렸다. 따뜻한 물로 샤워를 해봐도 한기는 가시지 않았다. 그녀 역시 누워서 쉬고 싶은데, 난데없이 윤우가 들이닥쳐 침대를 차지했다.

유진이 그와 좀 떨어진 테이블의 의자에 앉아 창밖으로 시선을 돌렸다.

"열, 있나 봐요."

그가 혼잣말을 하는 건지, 혹은 떨어져 있는 자신에게 하는 말인지 시선을 돌려 확인할 수가 없어 유진은 마른침을 삼켰다. 입안이 마른다. 빗속에서 있었던 여파로 온몸에 뜨끈한 열이 피어오르고 있었다.

"……열 있으면 이 박사님 부를게."

"곧 쓰러질 것 같은 얼굴로. 누가 봐도 아픈 사람은 내가 아닌데."

그가 자신의 방에 있는 게 비현실적으로 느껴졌다.

"이리 누워봐요."

위험하게 들리는 그 말에 유진이 윤우를 쳐다봤다. 그는 손바닥으로 제 옆을 천천히 쓰다듬으며 비스듬히 누워 있었다.

지난 3년을 어떻게 보냈는지 기억나지 않았다. 시간은 느리게 흘렀고 이 집에서 자신은 말라 죽어갔다.

그가 떠나기 전엔 미처 깨닫지 못했다. 떠나고 난 뒤에야 제가 보호받고 있었다는 것을, 그것이 얄팍한 유리로 돼 툭 치면 부서져버릴 것 같은 울타리라 해도 필요했다는 것을 알았다.

"누워요. 거기 그러고 있으면 이 박사님은 내가 부를지도 몰라."

웃으면서 부드럽게 말했지만 결코 농담으로 들리지 않았다. 이 집안에서는 자신과 희정으로 인한 어떤 분란이나 소란도 일어나선 안 된다는 걸 숙지하고 있는 유진은, 못 이기는 척 그에게 다가갔다. 윤우는 목석처럼 뻣뻣하게 서 있기만 한 그녀의 손목을 잡아끌어 제 옆에 앉혔다.

"내가 어떻게 할까 봐 겁나요?"

"……아니."

"그런 것 치곤 떨고 있는데. 추워요?"

춥다. 열이 올라 몸은 뜨거웠지만 그 속은 차가워 견딜 수가 없었다. 그보다 더 차가운 건 백 여사가 자신을 보는 눈빛이다. 매일매일 얼음송곳으로 몸을 난도질당하는 기분이 든다.

"누워봐요. 손가락 하나 안 댈게요."

"이미 댔잖아."

유진은 그에게 잡혀 있는 자신의 손목을 바라보며 힘없이 말했다. 낮게 웃은 윤우가 속삭인다.

"손은 좀 봐줘요. 내가 감히 뭘 어떻게 할 수 없는 사람인데, 손 정도는 눈감아줘요."

침대에 앉은 순간 느껴진 아늑함에, 유진은 그가 내준 곁에 누워 몸을 둥글게 말았다. 윤우가 무슨 말을 하는지 깊게 생각하고 싶지 않았다. 어떻게, 라니. 감히, 라니. 우스워서 두 손으로 얼굴을 가렸다.

"열이 높아요."

그의 손이 얼굴을 가린 유진의 손을 가볍게 밀어내곤 이마를 뒤덮었다. 눈을 뜰 수 없게 눈꺼풀까지 완전히 뒤덮고선 달콤한 목소리로 말했다.

"다음 주부터 나랑 같이 출근할 건데."

정신이 아득해 그의 말을 이해하지 못했다. 윤우가 아무 반응이 없는 유진을 상체를 세워 내려다보면서 눈을 가늘였다.

"……내가, 어떻게……?"

그렇게 묻는 유진의 숨이 뜨겁다.

"할머니는 내 말은 무조건 들어주잖아요. 내가, 누나랑 호흡을 맞추고 싶댔거든."

누나. 유진이 입술을 깨물었다. 역시 세상으로 나가는 건 한유진이 아니라 도희정이다.

어디서부터 잘못된 걸까. 처음엔 모자란 손녀가 있다는 소문이 돌자 너무 당연스럽게 유진이 등 떠밀려졌다. 감시가 없이는 외출조차 할 수 없었다. 어디 가서 자신이 이상한 소리를 하고 다닐까 봐. 혹시라도 도씨 가문이 만들어낸 도희정의 탈을 쓴 한유진이 사실은 대역이고, 진짜 도희정은 지능이 떨어지는 반푼이라는 소문이 퍼질까 봐.

도씨 가문에, 대현그룹에 먹물이라도 한 점 튄다면 백 여사는 망설임 없이 자신을 죽이리란 사실을 유진은 알고 있었다. 아니, 어쩌면 그가 유학을 떠난 뒤 죽임을 당할지도 모른다고 생각했다. 도희정으로서의 쓸모가 없었다면.

유진의 관자놀이로 식은땀이 주르륵 흘렀다.

"앞으론 누나라고 불러야 해요. 괜찮죠?"

열다섯 살, 아저씨의 손에 이끌려 이 집에 처음 들어왔을 때 정원에서 자신을 보고 인사하던 윤우가 생각났다. 두 달 차이인 동갑의 남자아이. 같은 나이인데도 반말한 적 없던 이상한 아이였다.

유진은 언제나 그가 어려웠다. 존댓말을 하기에 같이 존댓말을 썼는데, 윤우가 표정 없는 얼굴로 말을 놓으라고 하는 바람에 이 상태가 쭉 이어졌다. 그리고 그녀는 빠르게 알아차렸다. 그가 말을 높이는 건 결코 자신과 친하게 지내고 싶지 않아서라는 걸. 이것은 어쩌면 청소년기에 윤우가 할 수 있었던 최대의 반항이라 생각했다.

"나는 아무래도 상관없어."

정말 아무래도 상관없어서.

"이 집에서 나갈 수 있다면 좀 더 기뻐할 줄 알았는데."

"기뻐."

최소한 밖에 있는 시간이 늘어난다면 백 여사의 얼굴을 마주하지 않아도 되니까. 하지만 그만큼 혼자 있어야 하는 희정이 걱정된다.

"나도 기뻐요."

윤우는 그녀의 말을 제멋대로 받아들이며 상냥하게 웃었다. 꾀병을 부리러 왔는데 그녀를 간병하는 모양새가 됐다. 그게 썩 나쁘지 않았다. 아버지가 돌아가시기 전엔 그래도 서로 나름 다정했다. 아버지의, 대현 회장의 죽음 뒤 유진의 인생이 바뀌었고 윤우 또한 조금 더 빠르게 후계자 수업을 받게 됐다.

아버지가 살아 계셨다면 어떻게 됐을까.

윤우는 부질없는 질문을 던졌다가 소리 없이 웃었다.

✦ ✚ ✦

기절하듯 잠들기 전에 그와 대화를 나눈 것 같은데 컨디션이 좋지 않아 잘 기억나지 않는다. 다만, 눈을 떴을 때 저는 식은땀에 흠뻑 젖어 있었고, 또렷한 눈으로 그런 자신을 내려다보는 윤우를 마주해야만 했다. 부랴부랴 자리에서 일어난 유진이 그와 거리를 벌렸다.

저택의 아침은 일찍 시작한다. 아침잠이 없는 백 여사의 패턴에 맞춰진 것이다. 벽시계를 보니 6시 십 분 전이라 샤워할 시간은 충분해 안도했다.

"방에 안 갔어?"

"끙끙 앓는 사람을 두고 어떻게 가요."

윤우가 제 침대처럼 편하게 앉아 기지개를 켰다. 유진은 괜히 흠뻑 젖어 있는 자신의 옷 앞섶을 여몄다.

"자는 동안 내가 무슨 짓이라도 했을까 봐?"

"……방으로 돌아가줘."

"땀을 너무 흘려서 씻겨줄까도 했는데. 그럼 손만 댈 순 없을 것 같아서요.”

유진이 얼굴을 붉혔다. 그가 절 놀리고 있는 거라 여겨 고개를 푹 숙이고서 서둘러 욕실로 향했다. 그녀가 욕실로 간 지 얼마 되지 않아 작은 노크와 함께 문이 열렸다.

“씻고 준비하시죠.”

“어떻게 보여? 푹 쉰 것처럼 보여?”

윤우가 지나치게 멀쩡한 얼굴로 물었다. 그렇게 묻는 것을 보니 간밤에 한숨도 자지 못한 게 분명했지만 적어도 티가 나진 않았다. 도윤우의 불면은 오래돼, 하루 정도 꼬박 날을 새운대도 겉으로 드러나지 않는다.

“네. 괜찮아 보이십니다.”

“좋아하는 사람이 있다는데 누굴까.”

본인에게는 직접 묻지 않았으면서, 윤우는 욕실을 쳐다보며 강민에게 물었다. 강민은 대답하지 않았지만 어차피 답을 바란 질문이 아니다. 유진의 체취가 남아 있는 침대에서 일어날 생각도 않으며 경우의 수를 생각한다.

“간 곳이라곤 고작 미술관과 백화점, 자선활동, 그리고 회사의 신년행사 정도인데.”

욕실에서 물소리가 나자 그가 새빨간 혀로 입술을 축였다.

“어디서 바람이 나셨을까.”

그녀에게 따라붙는 시선들을 피해서 어떻게 마음에 뒀을까. 희정에게 유진이 좋아하는 사람이 있다고 들은 뒤부터 윤우는 그 생각뿐이다.

“아가씨께서 하신 말은…….”

“지적장애인인 누이가 하는 소리니 흘려들어라?”

“아닙니다.”

“내가 아니라면 누굴까.”

“본인에게 직접 물어보시죠.”

"못 물어. 의외로 나 소심하거든. 다른 새끼 이름이 나오면 아주 재미있는 일이 일어날 것 같아서 그래."

새벽녘 열이 내리는 걸 보고서야 숨을 돌렸다. 몇 번이고 주치의를 부르려 했지만 몸을 웅크리고 참는 유진이 빌어먹을 정도로 예뻤다. 날이 밝아도 열이 떨어지지 않는다면 어떤 핑계를 대서라도 이 집에서 데리고 나가 병원이라도 가려 했다.

"이 집에서 그녀를 곤란하게 하면 안 돼. 너도, 나도."

윤우는 제게 다가온 강민의 뺨을 손바닥으로 두드렸다.

아침식사 자리엔 오랜만에 활기가 돌았다. 항상 침묵 속에서 행해지는 의식 같던 시간이, 윤우가 끼자마자 바뀌었다. 밤늦게 들어와 얼굴을 볼 수 없었던 그의 친모 황정은도 자리했다.

유진은 항상 그랬듯 희정의 옆이었다. 숟가락질조차 제대로 하지 못해 흘리면서 먹는 그녀의 곁에서 반찬을 놔주고 투정을 달래준다.

"다음 주부터 윤우가 본사에 출근할 거다."

백 여사가 며느리인 정은에게 통보처럼 말했다.

"어머, 잘됐다, 윤우야. 어머님, 우리 아들 좋은 자리 주세요."

정은은 윤우와 백 여사를 번갈아 보며 입을 열었다. 환하게 웃는데 그럴 줄 알았다는 얼굴이다.

"윤우가 회사에 적응할 때까지 희정이가 도와줄 거고."

국을 떠먹던 정은의 손이 멈칫했다. 곧 정은은 희정의 밥숟가락에 반찬을 올려주고 있는 유진을 바라봤다.

"우리 딸이 윤우를 도와준다니, 엄마는 든든하네."

"헤……."

희정은 저에게 하는 소린 줄 알고 씩 웃었다. 하지만 정은의 눈은 유진에게 가 있었다. 윤우의 시선도 백 여사의 시선도 모두 자신을 향해 있어서 자리가 가시방석 같았다.

희정과 윤우의 친모인 정은은 시집을 와서도, 남편이 갑작스러운 사고로 죽어서도 이 집안에서 변하지 않은 유일한 사람이다. 미술관을 운영하고 있으며, 쇼핑을 좋아하고 여행을 좋아하는 여느 재벌가 안주인과 다를 바 없다. 유진이 처음 공식적인 자리에 모습을 드러낸 것도 정은이 새로 연 미술관 창립식 때였다.

"네가 누나니까 많이 도와줘. 알았지, 희정아?"

"……네, 어머니."

유진의 대답을 듣고서야 정은이 친근하게 웃으며 다시 제 아들을 바라봤다.

아저씨이자 윤우의 아버지를 따라 처음 이곳에 왔을 때도 정은은 이랬다. 자신을 미워하지도 않았으며 원망하지도 않았다. 백 여사가 원하는 그대로를 행하는 이상적인 며느리였다.

"출근하려면 옷이 필요하지. 엄마랑 이따 백화점이나 갈까?"

"전 괜찮아요. 누나랑 다녀오세요."

"그럴까? 희정아, 엄마랑 이따 백화점 갈래? 그러고 보니 희정이도 출근할 때 입을 옷이 없지?"

"사람을 부르면 될 일을."

"그래도 직접 가서 보고 사는 게 재미있는걸요."

못마땅함 가득한 백 여사의 한마디에 정은이 반죽 좋게 대답했다. 백 여사가 말이 없자, 그게 허락이란 걸 알아차린 정은은 유진과 눈을 마주치고선 입모양으로 이따 보자고 한다.

"그런데 어머니, 우리 아들 무슨 자리 주실 거예요? 상현이네보다 높은 자리면 좋겠는데."

"아직은 어린 데다 갓 귀국한 애를, 아무리 내 손자라 해도 그럴 수야 없지."

상현은 큰고모의 아들이다. 사촌들 중에는 나이가 많고 퍽 뛰어나 백 여사가 유용하게 쓰고 있는 손자들 중 하나다.

"윤우는 잘할 거예요. 그렇지, 윤우야?"

"출근한 적이 없는데 잘할지 못할지 알 수 없지."

백 여사가 냉정하게 말했으나 역시나 감출 수 없는 기대를 두 눈 가득 품고 있다.

"누구 아들인데요."

항상 일에 치여 살았던 전대 회장인 윤우의 아버지 이야기를 무의식중에 흘린 정은은 백 여사의 눈초리에 재빨리 숟가락을 놀렸다.

"아침부터 방정맞구나. 이래서 급하다고 아무나 들이는 게 아니었는데."

정은의 손가락이 파르르 떨렸다. 원래라면 대현의 안주인 자리는 그녀가 언감생심 탐을 낼 수 없는 것이었다. 백 여사가 짚은 그대로 운 좋게 이 자리에 올랐고 그것에 만족하는 척 하루하루를 살았다. 이 집안의 폭군에게 대항할 마음이 정은에게는 없다.

"제가 실수했어요, 어머니."

정은이 생선살을 바르고 있는 유진을 힐끔거렸다.

"그래, 영국생활은 어땠니? 불편한 점은 없었고?"

"네. 할머니 덕분에……."

"시러어. 이거 싫단 말이야."

챙! 희정은 생선을 먹기 싫다며 투정을 부리다 숟가락을 바닥에 내던지고선 지레 놀라 백 여사의 눈치를 살폈다.

"히끅! 히끅!"

불호령이 떨어지지도 않았건만 딸꾹질하며 유진을 끌어안곤 어깨에 얼굴을 묻어버린다.

“쯧쯧. 저런 것도 자식이라고 낳아놓곤.”

백 여사가 숟가락을 탁, 소리 나게 내려놓더니 정은에게 화살이 튀었다.

“……죄송해요, 어머니.”

희정의 장애는 후천적인 것이다. 결코 정은의 잘못이 아닌데도 항상 백 여사는 누군가를 탓했다.

“그만하세요, 할머니.”

“네 어미라고 역성드는 게냐.”

“아뇨. 할머니께서 수저를 내려놓으시면 저 배 많이 고픈데 더 먹을 수 없잖아요.”

윤우가 살갑게 백 여사의 손에 수저를 쥐여주었다.

“히잉……. 히끅…… 힉.”

유진은 제게 안긴 채 딸꾹질하며 울음을 터트리려 하는 희정을 데리고 일어났다. 조용히, 최대한 재빠르게 2층으로 희정을 데리고 올라온 유진은 식사라곤 한 수저도 제대로 뜨지 못했다. 밤새 앓아 입맛도 없다.

“할머니 무서워…….”

희정은 장난감으로 가득한 제 방에 들어와서야 겨우 유진에게서 떨어지며 시무룩하게 말했다.

“윤우가 돌아왔잖아요, 언니.”

“그래도 무서워. 마귀할멈처럼 맨날맨날 우릴 잡아먹으려고 해.”

희정이 두 손으로 눈꼬리를 치켜올리며 볼을 부풀렸다. 동화책에서 봤던 마귀할멈의 얼굴을 재연해내는 희정의 모습에 유진은 웃음을 삼켰다.

“어? 유진이 웃었다. 웃었지?”

“안 웃었어요.”

"오랜만에 본다아, 유진이 웃는 거. 응?"

똑똑. 노크 소리에 반사적으로 둘 다 굳었다. 대답 없이 문을 바라보고 있자 스르르 열린 문틈으로 윤우가 모습을 드러냈다.

"휴…… 난 또. 윤우다, 윤우."

윤우가 없는 동안 가끔씩 화풀이처럼, 사람들에게 잡혀 아래층으로 끌려갈 때가 있던 희정은 긴장을 풀었다.

쟁반을 들고 온 그가 테이블에 올려놓았다. 뜨거운 김이 모락모락 나는 죽이다.

"먹어요."

유진에게 숟가락까지 쥐여준다.

"으응? 유진이 죽 먹어? 왜 유진이는 밥 안 먹고 죽 먹어?"

"어제 많이 아팠어요. 누나는 자느라 몰랐죠?"

제 누나의 머리를 쓰다듬어주며 윤우가 다정하게 말했다. 고개를 끄덕인 희정은 금세 울상이 된다.

"나는 몰랐어. 유진아, 아프지 마아."

겨우 달래놨는데 희정이 울먹였다. 유진에게 안겨들려는 걸 윤우가 막았다.

유진은 쟁반을 한참 내려다보았다. 유진에게 있어 갓 끓여낸 죽은 낯설었다. 사람이 아프고 기운이 없으면 먹는 음식이라는 건 알고 있다. 다만 이 집에서 누군가 자신을 위해 죽을 끓여주고 숟가락을 쥐여주리라곤 생각도 해보지 못했다.

"아기가 되기라도 했어요? 직접 먹여줘야 하나."

윤우가 희정에게 장난감을 건네주고 그들에게서 관심을 돌리게 만들었다. 희정을 돌보는 게 유진보다 더 익숙해 보였다.

"……여사님이…… 뭐라고……."

"할머니는 몰라요. 먼저 일어나셨으니까. 여주댁 아주머니가 날 워낙 예뻐하셨잖아요."

따로 죽을 준비해달라는 말에 당연히 윤우가 먹을 거라 생각하고 쌀을 불려 끓였는지 고소한 냄새가 피어오른다. 뒤늦게 입에 침이 고였다. 입맛이 없는 줄 알았는데 죽을 보자 군침이 돌아 유진은 크게 한술 떴다.

"죽 처음 먹어봐요?"

입가에 가져가려는 순간 그가 숟가락을 가져갔다. 기막히단 얼굴의 윤우와 눈이 마주쳤다.

"이대로 먹으면 입안이 다 벗겨질걸."

뜨거운 죽을 식히지도 않고 입에 넣는 게 얼마나 바보 같은 짓인지 안다.

"……알아. 아는데 가끔 충동이 들 때가 있어서."

"좀 가학적인 것 같은데."

뜨거운 덩어리를 그대로 삼키고 싶다. 지금까지 자신이 삼켜왔던 것보단 그래도 차가울 것 같아서. 멍청하게도 그런 생각이 들어서 유진은 죽을 마실 수도 있을 것 같았다.

"자학하고 자해하는 게 새로 생긴 못된 버릇이에요?"

고개를 흔들었다. 그러다 문득, 이런 충동이 갑자기 인 이유가 스스로를 학대하고 싶어서인 것만 같아 어깨가 떨렸다.

"벗겨놓고 일일이 확인해야 하나."

그가 농담처럼 들리지 않는 소리를 읊조렸다. 유진이 반사적으로 앞섶을 움켜쥐자 사나운 시선이 따라붙는다.

"어제는 제대로 못 봤거든요."

윤우가 방금 전 유진이 만졌던 옷깃을 매만졌다. 선득한 느낌에 그가 매만지는 옷자락을 빼앗듯 잡아챘다.

"숨기는 거라도 있어요?"

"내가 숨기는 걸 왜, 네가, 알고 싶어 하는데."

오늘은 대답을 들을 수 있지 않을까. 그가 자신에게 이러는 이유를. 호의도 적의도 아닌 애매모호한 입장을. 혹은 그의 아버지를 죽음으로 내몰아서 그렇다는, 냉혹한 복수의 이유라도.

윤우가 그녀를 위할 때마다 유진은 끊임없이 의심했다. 이 친절은 피를 마르게 하는 복수일 거라고.

"안 알려주면 다 벗겨서라도 알아야 하는 성미라서."

음험한 말에 웃는 낯은 어울리지 않았다.

"자해의 흔적은 없었는데 내가 보지 못한 곳일까요?"

고작 뜨거운 죽 한 수저 삼키려 했다는 이유만으로 그가 이러는 게 이해가 가지 않았다. 무슨 의도인지 짐작조차 할 수 없다.

윤우가 부드럽게 웃으면서 수저로 죽의 식은 윗부분을 살살 떠 내민다.

"천천히 받아먹어요."

고소하다고 느꼈던 죽이 대번에 쓰디쓴, 입에도 댈 수 없을 약처럼 보인다.

"정말 내가 그렇게 하길 원해요?"

그의 한마디에 유진의 입술이 벌어졌다. 먹기 좋을 정도로 식은 죽이 쑥 들어왔다. 씹을 필요도 없어 삼키자 윤우가 생글거렸다.

"아쉽네요. 확인할 수 있었는데."

"농담……."

말을 끝맺지 못했다. 농담으로 치부하면 위험한 일이 벌어질 것 같단 예감이 들어 서둘러 입을 닫았다.

"죽 한 그릇 금방 비우겠어요. 꼭꼭 이렇게 식혀서 먹어요. 입안까지 다 확인할 테니까."

어떻게 확인할 거냐는 말을 유진은 차마 입 밖에 내지 못했다. 무서운 대답이 돌아올 것 같아서였다.

✦ ✚ ✦

정은이 주로 찾는 백화점 명품관은 주말임에도 불구하고 한산했다. 애초에 가격대도 높은 데다 인기 많은 제품은 VVIP들에게만 공개하기로 유명해, 어지간한 소비자들은 발 들일 엄두조차 내지 못했다. 들어온다 하더라도 어떤 물건을 보여달라고 할 때마다 인형처럼 웃고 있는 매장 직원들의 없다, 예약상품이다 하는 대답에 멋쩍어하며 돌아서기 일쑤다.

소파에 앉아 직원들이 하나씩 가져와 설명하는 물건들을 보고 있는 건 정은과 유진, 그리고 갑자기 마음이 바뀌었다며 동행한 윤우 세 사람이다.

매장 측에서 제공한, 수백만 원을 호가한다는 티세트로 차를 마시며 정은이 입을 뗐다.

"세상에, 우신그룹 셋째가 결혼한다지 뭐니? 3년 전에 운전기사랑 눈 맞아서 도망갔다가 도로 기어들어왔다더라. 벌써 소문 짜하게 나서 어지간한 집안에선 고개를 젓는지라 이번에 임용된 판사를 데릴사위로 얻었다지?"

정은이 입가를 가리며 웃었다. 그녀가 직원이 가지고 온 가방을 본 척도 않자 바로 치워지고 다음 물품이 놓였다.

"하영이요?"

"어머, 아들. 하영이 기억하니? 그러고 보니 너랑 동갑이지?"

윤우의 시선이 정은에게서 유진에게로 향했다.

"네."

"결혼식에 같이 가면 되겠어. 그렇지 않아도 희정이 데려가려고 했는데 말이야."

정은의 입에서 나오는 희정이라는 이름은 너무도 자연스러웠다. 집에서 아무것도 모른 채 인형을 품에 안고 자신을 기다릴 희정이 떠올랐다.

유진은 눈을 내리깐 채 찻잔만 바라봤다. 어서 이 시간이 지나가기만을 기다렸다. 백 여사가 있는 저택 안도, 그리고 한숨 돌릴 수 있을 거라 여겼던 오랜만의 나들이도 윤우가 있어 그러지 못했다.

"어려서 그런지 대단해. 없는 애들이 돈이 생기면 잘 살아도, 돈이 있던 애들이 없이는 못 사는 법인데 말이야. 사랑이 무슨 밥을 먹여준다고."

잔이 비자 직원이 다가와 찻물을 채워준다.

"아, 그거 우리 희정이한테 예쁘겠네."

방금 가져온 옷과 세트인 구두를 정은이 손가락으로 가리키자, 직원이 한쪽으로 빼둔다.

"안 그래, 아들?"

정은이 의미심장한 얼굴로 웃었다.

"……그래서. 그 운전기사는 어떻게 됐어요?"

유진이 충동적으로 입을 뗐다. 재벌가의 여자가 돌아온 것만 중요하고 정작 그 운전기사가 어떻게 됐는지에 대해선 아무도 이야기하지 않는다.

"누나가 좋아하는 사람이 고용인들 중에 있어요?"

눈빛이 흔들리는 유진을 마주한 윤우의 눈이 침잠했다. 고용인들은 전부 오래 일해온 사람들이다. 누굴까. 그중에 누가 그녀를 자신이 없는 사이 뒤흔들어놓은 걸까.

보는 눈들이 있어 누나라고 부르며 공손한 말투를 사용하지만, 지금 그를 본 사람들은 결코 그렇게 생각할 수 없을 것이다. 조금이라도 빈틈을 보인다면 당장이라도 위험한 무언가로 변할 것 같은 음습함이 풍겼다.

"설마, 아니지?"

정은이 웃으면서 농담으로 치부했으나 유진은 대답하지 않았다.

"흐응…… 어떻게 됐더라. 아마 그 댁 회장님 성격에 다리라도 자르지 않으셨을까 싶네. 어디 파묻어버렸을 수도 있고. 애초에 우신그룹 모태가 사채업이잖니. 호호호."

농담 같으나 그 안에 뼈가 있다. 유진은 씁쓸하게 웃었다. 돈 없고 힘없는 자의 말로란 그런 것이리라. 하영이란 사람도 제 발로 돌아온 게 아니라, 찾아내져 끌려온 것에 가깝겠지.

"그러니까 아들도 조심해."

"제가 왜요?"

"우리 여사님 성격 알잖아. 자식이 죽어도 눈 하나 깜짝 않는 분인데 타인에겐 얼마나 냉정하겠어. 모르긴 몰라도 우신 회장님보다 더 무섭게 변모하실걸."

가십 이야기하듯 거기까지 말한 정은이 생긋 웃었다.

"황 관장님 아니세요?"

대화가 타이밍 좋게 끊겼다. 딸로 보이는 여자를 데리고 매장으로 들어선 누군가가 정은에게 반갑게 인사했다. 윤우가 어떤 대답을 할지 내심 궁금했는데. 유진은 자리에서 일어났다.

"세상에, 아드님 돌아왔어요?"

"네, 이 여사님. 어제 갑자기 말도 없이 귀국했지 뭐예요."

"다정한 아드님이네. 피곤하지도 않은지 지금 관장님이랑 누나 쇼핑까지 따라오고. 반가워요, 희정 양. 그리고……."

"도윤우입니다. 안녕하세요."

윤우가 제 이름도 잘 모르는 이 여사에게 고개를 숙여 보이자 그녀는 그의 머리끝부터 발끝까지 재빠르게 훑었다. 그렇지 않아도 유학 가 있는 대현그룹의 손자는 딸 가진 부모들이 가장 탐내는 존재였다. 유학만 끝마치고 들어오면 혼기 찬 딸이 있는 집에선 전부 넘볼 거란 말이 돌 정도였다.

유일한 흠은 시할머니가 될 백 여사가 유독 깐깐하다는 건데, 그조차 덮어버릴 정도로 대현그룹의 안주인 자리라면 좋은 혼처다. 심지어 훤칠하고 인물까지 좋아, 내심 놀랐으나 이 여사는 그런 기색 없이 웃었다.

“기업이 아니라 TV에 나와야 될 인물 같아요, 관장님.”

“이 정도 인물이야 흔하죠. 과찬이세요.”

이 여사네 모녀는 웃으면서 자연스럽게 자리를 함께했다.

“이쪽은 우리 둘째, 세희.”

스무 살이나 됐을까. 앳돼 보이는 여자가 고개를 꾸벅 숙였다. 볼에는 홍조가 떠 있어 그녀가 윤우에게 관심이 있음을 알 수밖에 없다.

“우리 딸이 누구 보고 빨개지는 거 처음 보네. 우리 애도 일주일 전에 귀국했거든요. 고등학교를 미국에서 다녀서. 호호호.”

어제 귀국했다면 아직 마담뚜도 모를 터다. 선시장에 나오기 직전에 우연히 마주치다니. 이 여사는 회심의 미소를 지었다.

“안녕하세요, 민세희예요.”

스무 살과 스물여덟 살이라는 나이 차가 걸렸지만 이 정도 집안이라면 딸을 시집보낼 용의도 이 여사는 충분했다.

“정말 이 여사님 닮아 세희 양이 참 예쁘네요.”

“관장님도 예쁜 딸이 이렇게 있으시면서. 그런데 희정 양도 혼기가 꽉 차지 않았어요?”

정은의 입매가 살짝 굳었다.

“그렇죠. 좋은 혼처 있으면 소개해주세요.”

“혼처야 많죠. 그런데 희정 양 선자리를 백 여사님이 다 거절한다는 소문이 있어서. 얼마나 아끼시기에 그러시는지, 다들 궁금해해요.”

“어머님이 우리 희정이를 너무 아껴서 그래요. 어릴 때부터 몸이 약해서 더 신경이 쓰이시나 봐요.”

"어머나, 그럼 정말 믿음직한 사윗감으로 소개해야겠어요. 어떤 집이 우리 백 여사님 마음에 차실까."

자신을 배제하고 오가는 대화가 우스웠다. 세간에는 백 여사가 눈에 넣어도 아프지 않을 손자와 손녀라 끼고돈다는 소리가 자자해지겠지.

"……저는 유학하면서 먹는 것 때문에 제일 힘들었어요. 영국은 음식이 다 맛없다면서요?"

유진은 유학생활 이야기로 포문을 연 세희와 윤우를 흘끔거리며 일어날 타이밍을 가늠했다. 정은과 이 여사의 대화가 금방 끝날 것 같지 않아서였다. '희정'의 결혼 이야기에 정은이 곤란해하는 듯해 잠시 자리를 비우려는데 윤우가 다정하게, 하지만 단호하게 유진의 손목을 붙잡았다.

"누나, 어디 가요?"

"잠깐 살 게 생각나서."

"같이 가요, 그럼. 오늘 내가 누나랑 놀아주려고 나온 거잖아요."

윤우가 미련 없이 일어났다. 막 두 사람을 위한 자리를 만들어주자며 정은에게 청할 생각이던 이 여사의 표정이 굳었다. 세희가 당황해 빨개진 얼굴로 입술을 달싹이자 윤우가 아까의 질문에 대한 답을 했다.

"영국 음식 맛이 지랄 같아요. 매일 지랄 같은 비가 오는 날씨에 그런 지랄 같은 음식을 먹으면 성격도 지랄맞아지거든요. 궁금하면 가서 직접 겪어보는 거, 난 추천해요."

정은이 웃음을 터뜨렸다. 이 여사의 면도 아랑곳하지 않고 배를 잡고 웃는다.

"그래, 오늘 누나랑 너랑 노는데 내가 끼어든 거지. 가서 너희들끼리 돌아보렴. 이 여사님, 우리 아들 성격이 이래요. 이래서 사실 선시장에 못 내놓은 거예요, 아시죠?"

유진이 지금까지 봐왔던 그 어떤 모습보다 유쾌하게 웃으며 가보라 손짓하는 정은은 정말로 즐거워 보였다. 윤우에게 손이 이끌려 나오고 나서야 겨우 매장에서 시선을 떼어낼 수 있었다.

"여사님 아시면 큰일 날 텐데."

"별로 신경 안 쓰실걸요. 어중이떠중이들이 도씨 집안 넘보는 거 끔찍하게 싫어하시니까."

윤우는 잡은 손을 풀지 않았다. 오히려 단단히 깍지까지 끼면서 흔든다.

"한국은 오랜만이라 미아 될지도 몰라요."

어이없는 소릴 하면서 손을 놓아주지 않아 유진은 금세 포기했다. 그러다 문득 그의 입에서 나왔던 지랄 같은 음식에 지랄 같은 날씨 소리가 떠올라 걸음이 멎었다. 고개를 푹 숙이고 자유로운 한 손으로 입을 막고 웃고야 말았다.

"왜 웃는 거예요?"

한참 동안 아무 말을 안 했기에, 그녀가 웃는 이유를 알 수 없어 윤우가 미간을 찌푸렸다. 혼자서 웃고 있는 유진을 향해 시선들이 스쳐간다. 그러다 말끔하게 생긴 윤우에게로 여자들의 눈이 고정됐다.

"나 사모님이 그렇게 웃는 거 처음 봐."

백 여사에게서 자신을 지켜주지도 못하고 아무런 방패도 돼주지 못하지만 유진은 정은이 나쁜 사람이 아니라는 걸 알고 있다. 가끔 술에 잔뜩 취해 희정의 방에 들어와, 몸은 자랐지만 지능은 자라지 않은 채인 자식을 꼭 끌어안고 소리 없이 운다. 그리고 아침이 되기 전에 아무 일도 없었던 것처럼 내려가 자신의 생활을 영위한다.

그 집안에서 살아남는 법은 각자 달랐다. 정은의 방식은 어떤 생각도 하지 않는 것인 듯하다. 자식에 대한 애정조차 비치지 않고 대외적으로는 바쁘단 이유로 집에 있는 시간을 최소한으로 한다.

"나도 처음 봐요. 자식 된 도리로 효도한 것 같아 기분이 나쁘진 않아요."

유진이 작게 키들거렸다.

그녀의 발이 아직도 바깥에 비가 내려 아무도 향하지 않는 백화점의 옥상정원 쪽으로 옮겨졌다. 연결통로의 유리문을 열자 습기가 몸을 확, 감싼다. 사방이 트여 있고 위는 유리로 된 천장으로 막혀 있다 해도 이런 날씨엔 아무도 이곳을 이용하지 않는다. 앉아 쉴 수 있는 의자에조차 물이 튀어 있다.

유리문을 닫으니 금방 소음과도 분리된 공간이 만들어졌다.

"이런 곳이 있었네요."

"사모님이 바자회 여셨을 때 여기서 했었거든. 비 오는 날엔 아무도 안 올 것 같아서."

백화점과 협업한 바자회는 성황리에 마쳤다. 언젠가 한 번은 비 오는 날 이곳에 와보고 싶었는데 이렇게 오게 됐다. 누군가 떨어져 죽어도 빗소리에 파묻혀 아무도 모를 것 같은, 그런 어둑한 날에 혼자서 오고 싶었다.

"쥐새끼 한 마리 없어서 마음에 들어요, 나도."

"묻고 싶은 게 있어. 꼭 물어야 될 것 같아서."

유진이 그의 손에서 천천히 자신의 손을 빼냈다. 그는 순순히 놓아주며 고개를 까딱였다.

"너에게는 내가…… 어떤 역할을 해주면 돼?"

유진의 질문이 의외라는 듯 윤우의 입가에 미소가 맺혔다.

"할머니에겐 화풀이 대상, 어머니에겐 내보이지 못하는 모자란 딸 대역, 누나에겐 보모 역할이라면."

자신이 말해놓고도 신기했다. 유진의 역할이 그의 가족에게 전부 다르다는 사실이.

"내겐 무슨 역할일까."

생각도 안 해봤다는 듯 윤우가 중얼거렸다.

"나를 많이 미워하는 게 아니라면, 제발……."

울컥, 속마음이 터져버렸다. 왜 믿을 수 없다고 생각했던 윤우에게 이 말을 해버린 걸까. 하지만 누구에게도 말할 수 없었다. 이 끝이 어디인지 무서운 백 여사에게도, 그녀의 꼭두각시 노릇을 하며 숨죽이고 살고 있는 정은에게도, 제가 돌봐줘야만 하는 일방적인 관계인 희정에게도 감히 묻지 못했다.

"제발. 듣기 좋네요. 계속해봐요."

간절함이 절절하게 느껴져 윤우가 팔짱을 끼고선 재촉했다. 단단히 팔을 묶어두지 않으면 또다시 충동이 들리라. 손을 뻗고 옷을 찢어발겨 아침부터 내도록 궁금했던 것을 그녀에게서 찾으려 할 게 분명해, 윤우는 주먹을 쥐었다.

"배, 백 여사님이 무슨 생각인지……. 일이 너무 커져버렸어. 사람들은 내가 희정 언니인 줄 알아. 그렇게 돼버렸어. 내가 의도한 게 아닌데, 그렇게 돼버렸어."

자신을 얼마나 경멸하는데, 백 여사가 그걸 두고 볼 리 없다. 정은의 말이 다 맞다. 백 여사는 무서운 사람이다. 그리고 유진은 최근 드는 생각을 떨칠 수가 없었다. 자신뿐만 아니라 희정까지도 관계된 무시무시한 상상에 밤잠을 설친다.

"내가, 의도한 게 아니야……."

정은이 그저 외출하자고 해 따라간 자리에서, 정재계의 유명한 사모님들한테 유진을 딸로 소개하며 인사시켰다.

"눈덩이처럼 불어나서 수습할 수 없는 지경이죠."

처음에는 몇 달에 한 번, 그리고 나선 한 달에 한 번, 그리고 현재는 보름에 한 번 정도일까. 물론 공적인 자리는 아니지만, 그런 모임에서의 눈도장과 입소문이 이쪽 세계에선 크게 작용한다.

결국 윤우가 치미는 것을 참지 못하고 손을 뻗었다. 유진이 반사적으로 눈을 감자 낮게 혀를 찼다.

"내가 때릴 것 같아요?"

"그냥…… 놀라서……."

손은 유진의 입술로 향했다.

"다시 말해봐요, 제발이라고."

연한 빛 립글로스만 바른 유진의 입술을 그가 뚫어져라 바라봤다. 질척이는 시선에서 망설이다 입술을 뗐다.

"……제발."

아침에, 제가 그의 비서로서 회사에 출근하게 됐다는 걸 들은 뒤로 유진은 제정신이 아니었다. 애써 담담한 척, 아무렇지도 않은 척했지만 분명히 후에 큰 탈이 날 것만 같아 숨을 쉴 수가 없었다.

"그냥 집에 있게 해줘. 누군가 알아볼 거야. 애초에 말이 안 돼. 회사일은 잘 알지도 못해."

"백 여사님이 한유진을 대현의 딸로 만들었는데 누가 감히 입을 열겠어요?"

"들킬 거야. 들키면 여사님이……."

"누나를 죽이고 한유진도 죽이겠죠."

단호한 대답이 단두대의 칼날처럼 떨어졌다. 차마 내뱉을 수 없었던 죽음이 성큼 다가왔다. 백 여사는 손끝에 피 한 방울 묻히지 않고서 사람을 말려 죽일 수 있는 철의 여인이다.

"희정 언니는…… 친손녀잖아."

"할머니 손으로 계단에서 떠민 친손녀요?"

어렸을 때 사고를 당했다고만 알았다. 그러나 고저 없는 윤우의 목소리는 엄청난 사실을 담고 있었다.

"제 손으로 병신 만든 손녀를 못 죽일 것 같아요? 아마 한유진을 죽이는 것보다 더 쉽게 목을 비틀어버릴걸."

다리에 힘이 풀려 유진은 바닥에 털썩 주저앉았다. 그가 얇은 재킷을 벗어 허벅지까지 말려 올라간 치마 위를 덮어준다.

"대현은 할머니 손안에 있어요. 할머니 말이라면 모두가 죽는 시늉을 하고, 아니란 걸 알면서도 피 한 방울 섞이지 않은 한유진이 친손녀가 되는 일도 가능하죠."

합죽이처럼 입을 닫아버린 친인척, 고용인들로 인해 유진은 도희정이 될 수 있었다.

"반대로, 내 손에 있으면 한유진은 다시 한유진이 되는 거고."

파리하게 질린 저 입술로 제발이라는 말을 백 번쯤 해주면 좋을 텐데. 윤우는 입으론 현실을 이야기하지만 머리로는 다른 생각을 했다.

"무슨…… 그게 무슨 소리야? 알아듣게 이야기해줘."

이해했으면서도 확답을 받으려는 듯 되묻는 유진에게 친절히 웃어주며, 그는 아까부터 거슬렸던 부분을 처리했다. 무릎을 꿇고 그녀가 신고 있는 구두 끝에 튄 회색 흙탕물을 제 셔츠의 소매로 닦아냈다. 티끌 하나라도 묻어 있는 게 거슬렸다. 그는 결벽증은 없지만 그녀의 몸에 걸쳐지고 신겨지는 것에는 신경이 쓰였다.

"할머니보다 더 강해지면 되는 거죠."

어차피 대현은 그의 것이다. 굳이 백 여사를 적으로 돌릴 필요 없다. 그래서 유진은 이해가 되지 않았다. 그를 정상으로 올려줄 백 여사를 그가 끌어내릴 리 없다.

"권력에 기생해서 살아볼래요? 나는 아주 좋은 숙주가 될 텐데."

"……여사님을 등지는 건, 혹시 희정 언니 때문이야? 여사님이 언니를 그렇게 만들어서……."

"그랬으면 할머니를 똑같이 계단에서 밀어버렸겠죠?"

일상을 이야기하듯 무심하게 그가 유진을 바라보았다. 그녀의 구두에 묻은 얼룩이 신경 쓰이는 사람이, 바닥의 물기에 제 베이지색 치노팬츠가 젖어가는데도 아랑곳 않는다.

"아무 생각도 하지 말고 그냥 빌붙어요. 빠는 대로 빨려줄게."

"복수……가 아니라고 어떻게 내가 믿어?"

그의 호의가 마치 벼랑 끝에 서 있는 사람을 언제 나락으로 떨어트릴지 재고 있는 간악한 흉계처럼 느껴졌다. 그건 제 마음에서 기인한 죄책감 때문일지도 모른다. 그리고 지금 마음이 떨리는 건 죄책감으로 인해서인지, 정말 복수라는 말이 나올까 봐서인지 알 수 없어 유진은 울 것처럼 얼굴을 일그러트렸다.

"말했잖아요. 그랬다면 할머니를 계단에서 밀어버렸을 테고, 내 아버지가 탄 차와 똑같은 차를 구해서 한유진을 밀어넣고 차를 전복시켜 죽였을 거예요."

자신의 구두코에 닿아 있는 그 부분부터 머리끝까지 순식간에 소름이 쭈뼛 인다. 물러나려 하는 유진을, 윤우는 가느다란 발목에 손가락을 감아 잡았다. 부러트리기라도 할 듯 단단하게 힘을 주니 색색, 두려움 가득한 숨을 내쉰다.

차라리 백 여사처럼 사람을 시켜 자신을 꿇리게 하고 벗기고 경멸하는 게 낫다 생각될 만큼 그는 무도했다.

"안심해요. 그럴 수 있었는데 그러지 않았잖아."

그는 끝내 복수가 아니라곤 하지 않았다. 윤우가 자신에게 품은 감정이 애증인지 혹은 증오뿐인지, 유진은 판단할 수 없었다. 복수는 그가 말한 방법 외에도 여러 가지가 있었기에. 그가 부정하지 않았기에.

이를 꽉 물었지만 턱이 덜덜 떨리는 걸 막을 수 없었다.

✦ ✚ ✦

"네가 기어이…… 기어이…… 내 아들을 죽여? 기어이…… 내 아들을 잡아먹어!"

유진을 타고 오른 작은 몸이 주름진 손으로 무자비하게 목을 졸랐다. 크게 뜨인 눈에 상대의 형체가 잡혔다. 야차처럼 올라간 두 눈에 핏발이 서선 살기를 띠고 있었다. 진심으로 자신이 죽기를 바라는 상대의 모습이, 목을 졸리는 것보다 더 두려웠다. 살고 싶단 본능으로 버둥거렸지만 무서운 압력으로 내리눌렀다.

"윽…… 끅…… 으으……."

시트를 걷어차는 다리에서 점점 힘이 빠졌다. 손톱이 상대의 손등을 파고들었지만 목을 죄는 힘은 풀리지 않는다. 죽을지도 모른다는 생각이 들었다. 그제야 뒤늦게 상대를 알아봤다. 마주한 눈이 너무 무섭고 악마 같아서 아주 늦게서야 얼굴이 보였다.

"……사……. 윽……."

"네년도 죽어야지. 흐흐…… 내 아들이 죽었는데 네년이 어찌 살아? 죽어버려라. 죽어버려!"

이대로 죽겠구나 싶었을 때 가위가 풀렸다. 벌떡 침대에서 일어난 유진이 두 손으로 자신의 목을 죄고 있는 스스로를 정면의 거울로 마주했다.

"큽……. 흐읏……."

목이 졸렸던 건 꿈이 아니다. 저였다. 부들부들 떨리는 두 손을 내려놓았다. 서둘러 스탠드를 켜 살펴보자 새빨간 손자국이 나 있는 게 내일이면 분명 멍이 들고 부어오를 것이다. 방금까지 조였던 기도가 풀려 마른기침이 쉴 새 없이 터진다.

"하…… 하하……."

손톱을 세워 목을 긁었다. 그래도 잠잠해졌다고 여겼는데, 윤우와 대화를 나누고 난 뒤 다시 시작된 악몽에 헛웃음이 터졌다. 태어나서 처음 겪어 본 살의가, 무방비 상태로 잠들어 있을 때 죽기 직전까지 제 목을 졸라댔던 악력이 몸과 기억에 선득하게 달라붙어 있다.

"커억커억……. 쿨럭."

붉은 흔적을 손톱이 세게 긁고 지나가자 핏방울이 맺혔다.

"안 믿어. 복수면서. 으으…… 복수면서."

그의 호의가 따뜻했을 때가 있었다. 믿고 싶었던 적도 분명히 있었다. 이 집에서 자신을 지켜줄 수 있는 건 그뿐이라고 여겼던, 그때.

"안 믿어. 안 믿어. 믿으면 안 돼, 유진아. 그 사람을 믿으면 안 돼……."

믿고 싶었다. 제게 기생하며 살아가라는 소리가 안도와 구원처럼 들려 정말 그의 곁에서 백 여사를 피해 숨어서 살고 싶을 정도로 매혹적인 제안.

"다 호랑이야. 다."

자신을 잡아먹을 짐승들이라 여기며 거세게 고개를 젓고 마음을 다잡았다.

CHAPTER 02

백 여사는 급할 것 없다며 며칠간 여독을 푸는 게 어떻겠냐 했지만, 윤우는 출근을 서둘렀다.

첫 출근 날, 아침을 먹기도 전 유진은 한여름에도 턱까지 올라오는 블라우스를 입은 채 서재로 불려가 꿇어앉혀졌다. 지난밤 꿈에 나와 자신의 목을 졸랐던 상대를 맨정신에 보자 지금도 꿈에서 깨지 못한 듯한 기분이 들었다. 유진은 여느 때와 마찬가지로 눈을 내리깔았다.

"반푼이 대역 노릇을 하니 좋으냐?"

"……그렇게 생각한 적은 한 번도……."

"네가 정말 도씨 가문 일원이라도 된 것 같으냐?"

자신을 향한 백 여사의 경멸은 그 아들이 죽어서이기 때문만이 아니라, 더 깊은 악의에서 기인했다. 사람이 사람을 싫어하는 이유가, 제가 잘못해서가 아닌 타고난 핏줄 때문이란 게 우스웠다.

"좋은 옷을 입고 다녀도 그 핏줄은 속일 수가 없지."

너그러운 척 윤우에겐 유진을 비서로 데려다 쓰라 허락했지만 백 여사는 이 맹랑한 계집애를 믿지 않았다.

백 여사는 자애롭게 웃으면서 섬뜩한 소리를 쏟아냈다. 말에 칼날과 가시가 있었다면 자신은 만신창이가 되어 있지 않았을까.

직접적인 폭력은 단 한 번뿐이었다. 가끔 꿈에서조차 자신을 괴롭히는 백 여사에게 미칠 듯한 살의를 느꼈던 그날. 그녀의 하나뿐인 아들이 죽던 날. 백 여사는 유진을 죽이려 했다. 새벽녘 잠들어 있는 작은 몸에 올라타 있는 힘껏 목을 졸랐다.

"본래라면 언감생심 더러운 네 몸뚱이가 내 손주에게 닿아서도 아니 되지."

"……차라리 저택 밖으로 나가지 않을게요. 지하실을 쓸게요. 그렇게 걱정되시면 저를 내보내지 마세요, 여사님."

"너는 반푼이를 돌봐야 하잖니. 그 애의 똥오줌을 치우고 달래고 수발을 드는 게 네가 유일하게 할 수 있는 일 아니냐."

일주일에도 서너 번씩 침대에 실수를 하는 희정은 울며 유진을 찾았다. 이 집의 가장 큰 어른인 백 여사가 손녀인 희정을 반푼이 취급하니 다른 사람들도 자연히 그렇게 대했다. 설사 어딘가 부러지거나 죽어도 아마 백 여사는 아무렇지 않을 거라고들 생각했다.

"그리고 밖에 나가 이 도씨 집안엔 아무런 하자가 없다고 알리는 것도 네 할 일이지."

문득 백 여사의 눈에 자신은 어떻게 비칠지 궁금했다. 사람으로 보이긴 할까.

"감히 주제도 모르는 것들이 달라붙지 않게. 내 손주가 밖에서 누구를 만나고 어떤 일을 하는지 일거수일투족 알아 와라."

"저보다는…… 사람을 쓰시는 게 나을 텐데요."

"내가 왜 너에게 이런 말을 하는지 모르겠니?"

백 여사가 재미있단 듯 웃었다.

"내가 내 집에서, 그리고 그룹 내에서 정말 손주의 소식을 들을 수 없어 이러는 것 같으냐?"

"……아뇨."

"그래. 그러니 네가 올바르게 처신해야겠지."

대놓고 자신을 시험한다 말하는 그녀의 표정은 여상했다.

"모두…… 보고할게요."

백 여사의 눈이 과연 네가 그럴 수 있느냐는 듯 빛났다. 입이 있는데 말을 못 할 리 없다. 윤우의 곁에 하루 종일 있을 텐데 그가 어떤 일을 하는지, 무엇을 하려고 하는지 말하지 않을 이유도 없다.

눈앞의 늙은 호랑이는 자신을 죽일 힘이 있다.

"제 애비처럼 안달 나게 할 필요는 없겠지."

"네?"

"내 아들이 죽고 난 후 난 두 가지를 배웠다. 하나는 내가 아주 질색하는 것도 참는 법과,"

자신을 바라보는 소름 끼치는 시선. 산 채로 피부를 벗겨내 고통을 주고 상처를 내고 싶어 하는 그 눈빛이 아프다. 상대가 질색하는 것이 그녀 본인임을 알고 있어 유진은 눈을 내리깔았다.

"다른 하나는 갖고 싶어 하는 건 손에 쥐여줘야 한다는 거지."

시선보다 말이 더 섬뜩하다.

"쥐여주질 않으니 달려드는 것 아니겠니."

손자의 기묘한 애정의 대상. 처음 그걸 알아챘을 때, 백 여사는 손자가 제 애비와 똑같은 놈이라며 분노했다. 그토록 끼고 살던 윤우를 유학 보낼 정도로 노기는 어마어마했다. 어떻게 제 애비를 죽인 계집을 용서하고 애정을 퍼붓는지 백 여사는 이해할 수 없었다. 그리고 자신이 죽은 아들 또한 이해하지 못했다는 걸 깨달았다.

한 번도 아들의 손에 쥐여주지 않았던 장난감. 그래서 아들이 더 안달했던.

백 여사는 갈가리 찢어 죽이고 싶은 계집을 바라보며 느릿느릿 입을 열었다.

"가져보지 않은 건 탐이 나기 마련이지. 그런데 한번 갖고 나면 별게 아니란 걸 알아차리는 것도 사람 본성이고."

영원한 것은 없다. 백 여사는 아들에게 썼던 방법과 다른 수를 쓰기로 했다.

"윤우가, 내 손주가 원한다면 더러운 몸뚱이라도 굴리는 게 좋겠지."

"여사님……?"

유진이 수치심으로 붉어진 얼굴을 번쩍 들었다. 냉랭한 얼굴과 마주하곤 역시 자신이 잘못 들은 거라고 생각했다.

"너희들은 맺어질 수 없으니 말이다."

백 여사의 얼굴에 악의에 찬 미소가 번진 순간, 깨닫고 말았다. 도씨 가문의 수치라 진짜 도희정을 밖으로 내보이지 않은 게 아니다. 하나 남았다고 생각하는 핏줄을 혹시라도 제게 빼앗길까 봐 이러는 것이다.

"저를 굳이 희정 언니라고 하지 않으셨어도, 제가 윤우와 이어질 일은 없었을 거예요."

이 집안은 무섭다. 이곳의 식구가 돼 백 여사와 죽을 때까지 함께 살아야 하는 것만큼 끔찍한 일은 없다.

"그거야 두고 볼 일 아니니. 다정한 남매가 호텔을 드나들면 소문이 날 테니 별채를 치워두라 하마."

"저, 몸 파는 사람 아니에요."

맨몸뚱어리로 이 집으로 들어왔다 해도, 자신은 사람이다. 절 이렇게까지 짓밟을 권리는 백 여사에게도 없다. 자신을 발가벗겨 세워두며 수치를 주는 것도 모자라 몸 파는 여자 취급이라니.

"너는 정말로 네 어미랑 닮았구나. 어쩜 그렇게 똑같은 소릴 하니."

유진은 주먹을 말아 쥐었다. 바닥을 짚고 분노에 몸을 바르르 떨었다. 어머니도 이 자리에서 자신과 똑같은 말을 들었던 걸까. 이렇게 수치스러웠을까.

"내가 원하면, 그리고 내 손주가 원하면 언제든지 바쳐야 할 천한 몸. 한미한 집안의 계집애들이나 TV에 나오는 웃음 파는 계집들보다는 낫겠지."

"언제 쓰고 버려도 상관없으니까요?"

"잘 알아듣는구나. 네 어미랑은 달리 아주 똑똑해."

백 여사가 나직하게 웃었다. 그녀의 입에서 나온 첫 칭찬이었다. 이런 것도 칭찬이라 칠 수 있다면 말이다.

"널 내치지 않은 건 그래서란다."

문 옆의 김 비서에게 이 물건을 치우라 손짓했다. 그리고 김 비서의 손에 유진이 끌려 일어났을 때 깜빡 잊은 게 있다는 얼굴로 덧붙인다.

"그럼 너도 얻는 게 있지 않겠니."

정확한 말은 해주지 않고 애매모호한 소릴 한다. 윤우를 위해 몸을 내준다면 원하는 걸 이뤄줄 수도 있다는 은근한 제의.

"마마님도 그런 건 크게 상관없다고 하시니 언제 이 박사 만나서 루프 시술을 하는 게 좋겠구나. 약도 따로 먹고."

마마님이란 소리에 유진은 하얗게 질렸다. 김 비서가 한쪽 팔을 잡고 끌어 일으키는데도 주르륵 미끄러졌다.

"일주일 뒤가 보름이니, 따로 기별하마."

월경주기만큼이나 한 달이라는 시간은 빠르게 돌아온다. 유진은 아무 말도 하지 못한 채 서재에서 끌려 나왔다.

보기 좋게 솟아오른 둥근 이마, 높은 콧대와 조금 날카롭게 세워진 콧방울, 음영이 뚜렷하고 낮게 깔려도 날카로운 눈매를 옆 좌석에서 바라봤다. 운전 중인 강민이 룸미러로 자신을 본다는 걸 알고 있었으나 유진은 윤우에게서 시선을 뗄 수 없었다. 휴대전화 화면을 넘기고 있는 그는 그녀를 바라보지 않았다.

아침에 백 여사의 말이 아니었다면 대놓고 그의 얼굴을 빤히 바라볼 수 없었으리라.

"……내 얼굴에 뭐 묻었어요?"

"아니."

창가에 턱을 괸 채 비스듬히 자신을 돌아보는 시선이 나긋하다.

"모른 척하기 곤란할 정도라."

아무것도 모르는 얼굴로 웃고 있는 이 남자를 보니 충동이 인다.

네 할머니가 별채를 비워줄 테니 나보고 네 성욕을 처리하라는 지시를 내렸다고 하면 어떤 표정을 할까. 얼굴을 일그러뜨릴까, 아님 제 손을 잡고 별채로 향할까.

유진이 정면을 바라봤다. 그리고 룸미러 속의 강민과 시선이 마주쳤다.

옆얼굴을 찌르는 시선이 느껴졌다. 자신이 그랬던 것처럼 윤우 또한 자신을 바라보고 있다.

"왜 울 것 같은 얼굴을 하고 그래요?"

탁! 볼에 그의 손가락이 닿는 것 같자 유진은 놀라 반사적으로 쳐냈다.

제가 하고도 깜짝 놀라 옆을 보니, 윤우는 전혀 놀라지 않은 얼굴로 천천히 손을 내리고 있다. 거두는 게 아니라 엄지손가락으로 살살 유진의 볼을 쓸어내린다.

"무슨 일, 있었어요?"

떨리는 목소리가 나올 것 같아 유진은 고개를 저었다. 뺨에 달라붙은 그의 손가락까지 함께 움직인다.

"첫 출근이라 긴장돼서 그래요?"

그게 제일 맞는 변명일까. 그래, 그것으로 하자. 유진이 눈을 한 번 깜박이자 윤우가 소리 내 웃었다.

"거짓말을 할 땐 소리 내서 해야죠. 심장이 너무 뛰어서 목소리가 덜덜 떨려 나올까 봐 입을 안 여는 거예요? 거짓말하는 거 들킬까 봐?"

발작적으로 외치고 싶었다. 네 할머니가 어떤 소리를 한 줄 아냐고, 그 말을 듣고도 이렇게 웃을 수 있냐 애먼 사람에게 화풀이하고 싶은 충동이 치솟았다. 유진이 다짐을 하듯 목 끝까지 채운 블라우스의 첫 번째 단추를 매만졌다. 이 목을 졸랐던 건 백 여사다. 그 사람에게선 도망갈 수 없다. 자신이 애써 잊은 채 살고 있는 엄마가…….

"아……."

유진이 서둘러 두 손바닥에 얼굴을 묻었다. 엄마를 떠올리자 쏟아져 내리는 눈물을 막을 수가 없었다. 뒤늦게야 가슴이 찢어진다. 딸은 엄마 팔자를 닮는다더니, 딱 그 꼴이다. 백 여사의 말이 돌고 돌아 자신에게까지 왔는데, 그런 모욕을 참고 견뎌야 했을 엄마가 가련하고 애처로워 견딜 수가 없었다.

"강민아, 좀 돌아서 가줘."

"네."

윤우가 고저 없는 목소리로 지시하자 묵묵한 대답이 돌아왔다. 유진은 고개를 푹 숙인 채 두 손바닥에 얼굴을 묻고서 서러움에 흐느꼈다.

"엄마가…… 보고 싶어……."

평창동 저택에 들어온 뒤 한 번도 엄마를 보지 못했다. 제게 엄마를 보여주지 않았다. 살아 계시다는 건 아는데, 식물인간 상태로 목숨을 연명하고 있다는 걸 아는데 볼 수 없었다. 그리고 그건 유진이 백 여사의 명을 거부할 수 없도록 만드는, 백 여사의 패가 됐다.

"엄마…… 엄마……."

엄마는 금기어나 다름없었다. 백 여사에게 엄마가 누워 있는 모습이라도, 사진만이라도 좋으니 보고 싶다고 말을 꺼냈다가 닷새를 지하실에 갇힌 적이 있다. 햇빛 한 점 들어오지 않은 곰팡내 나는 곳에서 물 한 모금, 빵 한 쪽 없이. 군대에서 휴가 나온 윤우가 아니었다면 그대로 죽었을지도 모른다.

"사실은…… 엄마가…… 죽었는데…… 나한테 아무도…… 안 가르쳐주는 걸까 봐."

너무 무서워서 다시는 엄마 이야기를 입 밖에 내지 못했다. 정말 백 여사가 엄마도 자신도 죽일 것 같아서. 아니, 자신의 목을 졸랐던 사람이니 이미 엄마를 죽인 뒤인지도 모른다.

"우리 할머니는 미운 사람을 두고두고 괴롭히는 분이죠."

따뜻한 손이 유진의 머리를 뒤덮었다. 위로하듯 천천히 쓸면서 의미심장한 말을 내뱉는다.

"안 죽었어요."

"읏……."

누군가 그 말을 해주길 바랐다. 사실을 알고 있는 누군가 다가와서 마른 장작에 작은 희망의 불씨라도 던져주길 원했다.

"살아 있는 모습도, 사진도 안 보여주는 이유는 엄마가 잘못돼서……."

"반대로는 생각 안 해봤어요?"

젖어 있는 속눈썹을 바라보며 윤우가 입맛을 다셨다.

"아버지가 숨긴 여자를 할머니가 아직도 찾지 못해서 보여주지 못한다는 생각."

"……거짓말!"

"할머니는 미운 사람을 두고두고 괴롭힌다니까. 나라면 매일 누워 있는 여자 사진을 찍어 보여주면서 피를 말렸을 거야. 아침마다 방으로 불러서 무릎을 꿇려놓고 한 장씩 매일, 속이 타들어가게 사진만 보여주곤 가슴이 찢어져 고통스러워하게."

윤우가 다정하지만 선뜩한 목소리로 말했다.

유진은 멍하니 그를 보면서 고개를 흔들었다. 하지만 설득돼버렸다. 백여사라면 그럴 사람이다. 감추고 숨기느니, 매일매일 사진을 보여주며 자신을 괴롭히고 더 잔인하게 휘두를 사람인데 왜 안 그러는 걸까.

"정말 엄마가 살아 있다면, 어딘가에 계신다면 어떻게 찾아야 하지? 어떻게…… 흣."

유진에게 있어 윤우 또한 믿을 수 없는 사람이다. 그걸 깨닫고는 입을 다물어버렸다. 그 생각을 들여다본 것처럼 윤우는 묘한 미소를 지으며 유진의 머리를 톡톡 두드린다.

"할머니는 식물인간인 그분이 살아 있든 말든 상관 안 해요. 처음엔 찾았을지도 모르지. 그런데 분노를 쏟을 만한 새로운 대상이 나타났잖아요. 여기 이렇게. 식물인간에겐 화풀이를 못 하니까."

윤우는 철들었을 때부터 유진의 어머니를 찾았다. 그녀가 이미 죽었을 가능성도 있지만 그건 말하지 않았다. 제 엄마가 죽었다는 확신이 선다면, 유진은 정말 뒤도 안 돌아보고 도망가버릴 테니. 죽은 아버지라면 가장 아끼고 사랑하는, 숭배의 대상을 어디에 숨겼을까. 할머니가 알지 못하게 은밀히 알아보는데, 도저히 실마리가 잡히지 않았다.

"으흣……."

"내가 찾아줄게요."

증명되지 않는 희망을 윤우가 간악하게 속삭였다.

"네가…… 흐윽…… 네가 왜 우리 엄마를 찾아주려는 건데?"

아버지의 재산 어디에서도 구멍을 발견할 수 없었다. 의혹이 가는 모든 자금을 추적했다. 유진의 친모가 당한 사고는 꽤 커 식물인간이 됐다면 생명유지장치를 하고 있을 가능성이 크다. 그렇지 않다고 해도 전문인력의

돌봄을 받아야 할 텐데 그 비용을 어디서 어떻게 처리하고 있는지에 대해 윤우는 아직 파악하지 못했다. 아버지가 돌아가시고 8년. 어디에도 8년 동안 꾸준히 빠져나가는 돈의 흐름을 찾을 수 없다.

"우리 때문에 네 아빠가 돌아가셨는데. 너도 나랑 우리 엄마를 괴롭히려고?"

그는 백 여사의 손자. 그녀의 생각을 모두 알고 있는 것 같은 남자. 그가 자신에게 호의를 품을 리 없다. 그럴 리 없다. 그의 아버지가 누구 때문에 유명을 달리했는데. 도윤우가 정상이라면 자신에게 한 톨의 마음이라도 있을 리 없다.

"이게 괴롭히는 걸로 보이면, 더 괴롭히고 싶어지는데."

유진이 손등으로 눈물을 닦아냈다. 더는 약한 모습을 보여주고 싶지 않았다.

"내가 진짜 괴롭히면 엉엉 우는 걸로 안 끝나요."

"그럼……?"

"찾으면 말해줄게요. 찾으면, 내가 괴롭히려고 하는 건지, 아님 다른 의도가 있는 건지 한유진이 알게 될 테니까."

혼란스러운 눈동자에 단정하게 웃는 얼굴이 비쳤다. 자신이 거짓을 말해야 할 때 목소릴 낼 수 없는 게 버릇이라면, 그는 저렇게 웃는 게 버릇인 것 같다.

"그래서 할머니가 뭐래요?"

차는 대현그룹 본사로 들어서는 중이다.

그를 기다리는 사람들이 보였다. 장차 대현을 물려받을 그가 첫 출근을 하는 장면을 찍기 위해 기다리는 수많은 카메라와 기자들에 가까워졌을 때다.

차가 멈추고 뒷좌석의 문을 열며 친절하게 웃는 사람에게 마주 웃어준 윤우가 먼저 내렸다. 그리고 안쪽에서 그의 질문에 대답 않고 있는 유진에게 고개를 살짝 숙여 손을 내밀었다. 수백 개의 시선이 그와 자신을 주시하고 있다. 유진이 윤우가 내민 손을 잡으면서 차에서 내리려는데 그가 입을 뗐다.

"나한테 다리라도 벌리라고 했어요?"

그대로 굳어버린 그녀의 손을 깍지 껴 잡은 윤우가 카메라를 향해 웃으며 남은 손을 흔들었다. 유진은 머릿속이 하얘져 그가 이끄는 대로 걸으며 아무 말도 하지 못했다.

"대답 못 하는 거 보니까 진짠가 봐요."

고개를 숙이는 이사진들에게 일일이 인사를 하는 여유로움까지 보이며 윤우는 대외적으론 누이인 유진을 에스코트했다.

"안녕하세요, 백 전무님. 오랜만에 봬요."

백 여사의 사촌동생인 백 전무에게 예의 바르게 고개 숙여 보이며 인사를 건넸다.

"하하하, 유학 다녀오더니 그사이 이렇게 훌쩍 컸구나."

그의 어깨를 두드려주며 은근슬쩍 자신이 우위에 있다는 사실을 어필하는 백 전무를 지나쳐 여러 사람과 인사를 나눴다. 무슨 정신으로 그들과 대화를 나누었는지 유진은 기억나지 않았다.

"따뜻한 환대 감사드려요. 사무실까진 저희 둘이 갈게요. 48층이라고 하셨죠?"

유진의 어깨를 감싼 윤우가 로비에 있던 사람들에게 말했다. 몇몇이 따라오려다 멈칫한다. 엘리베이터에 오르자마자 바로 닫힘 버튼을 누른 그가 어깨를 감싼 손을 풀지 않고 묻는다.

"그래서, 난 한유진 생각이 궁금한데."

자신과 김 비서, 그리고 백 여사만 있던 자리에서 오간 얘기를 윤우는 어떻게 아는 걸까.

“말도 안 되는 소리 마. 그런 농담 불쾌…….”

“정말 그래줄 건지, 궁금해요.”

제 귓가에 속삭이는 윤우를 밀어내기엔 이미 늦었다. 뜨거운 숨이 귓불과 목덜미를 스치자 몸이 얼어붙었다.

“그래줄 거예요?”

유진이 귀를 한 손으로 틀어막았다. 새빨개진 얼굴이 차라리 창백하게 질린 것보다 나아서, 윤우는 어깨를 으쓱이며 가볍게 웃었다.

딩. 엘리베이터가 해당 층에 도착해 대화는 끊어졌다.

“안녕하십니까, 도 이사님.”

문이 열린 엘리베이터 앞에 두 명의 비서가 서서 공손하게 인사했다.

“여긴 내 누나이자 앞으로 비서실 일을 맡아주실 도희정 실장님이에요.”

보통 로열패밀리들은 전무나 이사부터 시작하는 게 관례다. 그러니 공식적인 활동을 않던 희정이 돌연 동생을 서포트하기로 했다는 건 희정은 완전히 계승권에서 멀어졌다는 뜻이다. 윤우의 소개에 두 비서의 허리가 더욱 깊숙이 숙여졌다.

“내 일주일 스케줄 가지고 방으로 들어오세요. 커피 두 잔 준비해주시고요.”

유진은 자신의 자리를 안내받고 싶었으나 윤우가 그녀를 데리고 사무실로 들어갔다.

윤우는 손님용 소파의 팔걸이에 엉덩이를 걸치고 앉아선 답답한지 넥타이를 죽 늘여 뺐다. 그제야 정면에서 그의 슈트 차림을 제대로 본 유진이 관자놀이를 한 손으로 꾹꾹 눌렀다.

“나한테 네 일거수일투족 감시하라고 하셨어.”

“아하. 그거야 한유진 말고도 감시할 사람 많으니 상관없고.”

전혀 놀라지 않은 듯 빙그레 웃으며 그가 더 해보라 턱을 까딱였다.

“누구를 만나는지 무슨 이야기를 하는지 전부…….”

“나랑 한유진이랑 하는 이야기도요? 그것도 그 입으로 다 가서 말할 거예요?”

“……너…….”

“내가 다 빨개지려고 하는데. 할머니한테 가서 ‘내가 벌려달라고 하면 벌려줄 건지’ 물었다고 하고 한유진이 거기에 대해 뭐라고 대답했는지, 난 못 들었지만 할머니껜 말할 거 아니에요.”

“그런 말은 안 할 거야.”

“아쉽다. 궁금했어요, 정말로. 그런데 좀 모순적이네. 본인이 부끄러운 이야기는 전하지 않겠다니. 할머니도 알아요? 말을 전하려는 사람이 기본도 안 돼 있다는 거.”

“말장난하자는 거 아냐.”

“진심이라니까.”

모호한 눈을 하고선 진심이라고 하면 퍽이나 믿겨지겠다고, 유진은 기가 막혀 웃었다. 그의 손가락 끝에 걸린 넥타이를 보고 갑자기 제 목이 답답해져 블라우스 단추를 하나 풀려다 멈칫했다. 이내 허벅지 위로 가지런히 모아지는 손을 보면서 윤우가 물었다.

“안 답답해요?”

“괜찮아.”

“답답해 보이는데. 왜 풀려다 말까.”

블라우스는 목 전체를 감싸고 있었다. 감싸기보다 감추려는 의도가 다분한 차림이다. 윤우의 눈이 가늘어졌다. 자리에서 일어난 그가 다가와 유진의 앞에 서자 길게 그림자가 드리워졌다. 반사적으로 목을 감싼 그녀가 엉덩이를 뒤로 뺐다.

"뭐 하는 거야?"

"그냥요. 이것도 이르든지."

자신의 얼굴을 가릴 것처럼 성큼 다가온 커다란 손이 블라우스를 끌어당겼다.

"놔!"

당장이라도 비서가 커피를 들고 들어설 것 같다. 유진이 조용하고 낮게 소리쳤다. 블라우스 목 부분의 얇은 레이스가 힘없이 찢겨나간다. 그 사이로 살짝 비친 검푸른 살점을 본 순간, 윤우는 단번에 찢어버렸다. 부욱.

"앗……!"

"하."

그가 짧게 웃었다. 온기 없는 얼굴이 냉혹하게 보여 유진은 숨을 멈췄다.

"밤에 2층엔 아무도 못 올라오는데 왜 어제까지 없었던 멍이 생겼을까. 창문을 타고 괴한이라도 들어온 거예요?"

"……그런 거 아냐."

"내 누이는 손끝만 스쳐도 놀라서 자지러지는 사람이니 그럴 리 없고, 그럼 강민이 그랬어요?"

"그럴 리 없잖아. 아냐. 사고였어."

"이렇게 손자국이 났는데 사고라니."

윤우의 날 선 눈이 멍 위에 패인 무수한 손톱자국들을 발견했다. 어느새 소파 끝까지 물러난 유진이 어떻게든 상처를 숨기려 손바닥으로 감쌌다. 아랑곳하지 않고 다가온 남자가 허리를 숙이자 저도 모르게 소파에 누워버렸다.

"손자국이 날 때까지 스스로 목을 조를 수가 있나?"

혼잣말처럼 중얼거린다. 유진은 그가 왜 화를 내는지 알 수 없다.

"내 일이야. 상관하지 마."

"그래, 그러고 보니 옛날에도 이런 옷들 자주 입었죠. 멍 때문에 그랬던 거예요?"

"내 일이야……."

앵무새처럼 그 말만 반복했다. 그가 비켜줬으면 하는 바람을 담아 손으로 밀어내는데, 윤우는 오히려 몸을 밀착시킨다. 배 부근에 그의 복부가 닿았다. 허벅지를 무릎으로 지그시 누른 채 싸늘한 눈으로 윤우가 유진을 내려다본다.

"이 몸의 주인이 내가 아니라서 목을 조르지 마라, 상처 내지 마라 그런 말은 못 하겠는데."

"흐읏!"

윤우가 유진의 턱을 들어올리며 그 목덜미에 얼굴을 처박았다.

쯔읏, 쫍.

"흣……. 아! 그만…… 그만해, 윤우야. 읏……."

목이 불에 타는 것 같았다. 그의 입술이 상처에 스칠 때마다 발끝이 곱아든다. 뜨겁고 습한 숨이 흩어질 때마다 유진은 발버둥 쳤다. 그럼에도 집요하게 달라붙은 윤우는 떨어지질 않았다. 종국엔 검푸른 멍 위엔 그의 입술 자국만 남았다.

"손자국 대신 다른 건 남겨줄 수가 있어서요, 내가."

똑똑. 노크에 유진이 블라우스를 여몄다. 뭘 어떻게 수습해야 좋을지 몰라 그를 밀어내니 천천히 윤우가 일어나 흐트러진 제 슈트를 잡아당겨 주름을 편다.

똑똑. 그의 허락이 떨어지지 않아 다시 노크가 울리자 느긋한 눈동자가 아직도 소파에 반쯤 누워 목덜미를 꽉 잡고 있는 유진을 훑었다.

"이사님, 스케줄과 차를 준비했습니다."

대답이 돌아오지 않으니 이번에는 예의를 차린 목소리가 함께였다.

유진의 시선이 불안하게 흔들리며 문을 향하자 윤우가 살짝 문을 열며 말했다.

“커피는 됐어요. 지금 바로 백화점에 가서 55사이즈 여성 블라우스를 사다 줬으면 하는데. 만년필 잉크가 튀었거든요.”

“네, 알겠습니다, 이사님.”

윤우는 문 앞에서 스케줄만 전달받고서 돌아왔다.

“잠깐 쉬고 있어요.”

그는 소파에 앉으며 다리를 꼬았다. 반듯한 차림새에서 넥타이만 사라졌을 뿐이다. 윤우는 버릇처럼 손가락으로 입술을 쓸며 미간을 좁힌 채 태블릿 PC를 들여다보았다. 흐트러진 건 오로지 저 혼자뿐이다. 목 부분이 찢어진 블라우스를 잡았다 놓길 얼마쯤 했을까, 돌연 윤우가 입을 뗐다.

“여기에 일뿐만 아니라 사적인 내용도 들어 있는 거 알아요?”

“어떤…….”

목소리가 잔뜩 갈라져 나와 유진은 헛기침했다. 화제를 전환할 수 있다면 무엇이든 좋았다.

“사흘에 한 번씩 선이 잡혀 있네요.”

윤우가 재미있다는 얼굴로 웃었다. 그리고 태블릿 PC를 유진 쪽으로 밀어준다. 그가 손가락으로 짚은 곳을 좇자 저녁 7시마다 약속이 잡혀 있었다. XX그룹 둘째, 셋째 정도로 기입돼 있는 걸 보니 선이 분명했다.

“할머니가 골랐다면 여간 까다로운 게 아닐 텐데, 걱정이에요.”

손자의 스케줄에 선자리를 끼워넣다니. 대현그룹과 어깨를 나란히 해도 손해 보지 않을 그룹이나 국회의원 딸들의 이름이 나열돼 있다.

“누가 괜찮을 것 같아요?”

“내가 괜찮다고 하면, 그 사람이랑 결혼이라도 하게?”

유진이 숨을 고르며 비틀린 소릴 하다 이내 자신이 너무 나갔다는 생각에 입을 다물었다. 흡사 질투라도 하는 것 같았다. 한계까지 몰려 자신도 모르게 튀어나와버린 말에 입술을 깨물며 고개를 돌렸다.

"내 아버지도 스물여덟에 어머니와 결혼해 나를 낳았죠. 이쪽에선 이른 나이도, 늦은 나이도 아니니까요."

다행히 윤우는 질투라도 하냐 빈정거리지 않았다. 생각해보면 그가 빈정거렸던 적은 한 번도 없다.

그가 결혼에 대해 구체적인 생각을 하고 있던 게 놀라웠다. 왜 자신은 그가 당연히 결혼 생각은 없을 거라 여겼을까.

"……윤병준 의원 둘째 딸은 미국에서 약을 했다는 말이 있어. 그것 때문에 급하게 한국으로 불려왔다고도 하고. 그리고 세진그룹 넷째는 미술 하는데 교수랑 불륜설이 있었고……."

정은에게, 혹은 정은과 있을 때 다른 사모님들이 하는 말을 주워들은 게 전부지만, 조금은 그에게 도움이 되길 바랐다. 그의 스케줄에 있는 선 상대들에 관해 자신이 들었던 이야기를 풀어내는데, 이내 여당 대표 최준 의원의 외동딸이 눈에 들어왔다.

"다음 대선의 제일 유력한 후보고 백 여사님의 가장 큰 지지자기도 하시지. 외동딸을 애지중지하는데 지금 변호사 하는 걸로 알고, 곧 여당에 들어갈 거란 얘기도 있어."

"최준 의원의 외동딸 최서윤이라. 몇 번 본 적 있죠. 할 말 다 하고 딱 부러진 느낌이었어요."

이 세계 사람들은 끼리끼리 어울리는지라 오히려 모르는 게 이상한 일이다.

"그래서 이 사람이 제일 괜찮은 것 같아요?"

"백 여사님 마음에 가장 흡족한 상대가 아닐까 싶어. 대현엔 의료계열이 있으니 병원장 딸은 마음에 차실 리가 없고. 이것도 시험이겠지. 네가 누구를 고르는지, 진짜 보석을 가려낼 수 있는지 보실 거야."

백 여사라면 아무리 좋은 집안이라 하더라도 미국에서 약을 한다거나 불륜 소문이 돈 여자들을 윤우에게 가져다 댈 리 없다. 그가 가문을 위해서 어떤 여자를 선택하는지, 비즈니스 파트너로서의 안목을 보려 함이 분명했다.

"보석이라."

유진의 선택을 들은 윤우가 빙그레 웃더니 손가락으로 최서윤이라는 이름을 가리킨다.

"이게 정말 보석 같아요?"

"……내 생각엔 그래."

"우리 할머니 통도 크시네. 차기 대권주자를 노리시는 건가? 그럼 대현그룹은 재계에서도 정계에서도 튼튼하겠어요. 이루어만 진다면 말이죠."

"박학다식하고 예쁜 사람 같았어."

유진은 미술관 개관식에서 봤던 최서윤을 떠올리며 조용히 말했다. 윤우의 곁에 선 최서윤을 쉽게 상상할 수 있었다. 키는 작지만 아담하고 긴 생머리가 청초해 보이는, 자기주장이 확실한 여성이다.

"친해요?"

"아니. 인사만 나눠본 사인걸."

백 여사는 그녀가 누군가와 십여 분 이상 말을 섞는 걸 치가 떨리게 싫어해, 유진은 도희정이 된 순간부터 그 누구와도 오래 만나지 못했다.

"겨우 인사만 나눠본 여자에게 밀어넣기엔 내가 좀 아깝지 않나?"

유진이 말갛게 쳐다보자 윤우가 소파에 등을 기댔다.

"사실 한유진은 모르겠지만, 내가 수줍음이 많아서 모르는 여자랑 대화를 못 해요."

"그런 것 치곤 욕도 잘하던데."

유진이 받아치자 윤우가 큭큭거렸다.

"내 옆에 있었잖아요. 그럼 난 세상 어떤 말도 할 수 있게 돼."

귓가가 간지러웠다. 시선을 피하는데 테이블 끝에 아슬아슬하게 걸려 있는, 그가 들어오자마자 풀어서 던져놓은 넥타이가 눈에 들어왔다. 손을 뻗어 그의 목을 죄던 그걸 가지런히 갰다.

"그래서 말인데요."

똑똑. 그가 무슨 말을 막 하려는데 노크가 울렸다. 유진이 바짝 긴장하자 윤우가 문가로 가 쇼핑백을 들고 돌아왔다.

"갈아입어요."

"다들 이상하게 생각할 거야. 첫날부터 블라우스를 사오라니."

게다가 문을 조금만 열고 쇼핑백만 받아 왔으니 이상한 소문이 돌지도 모른다.

"그러진 않을걸요."

"어떻게 그렇게 확신……."

"한유진 씨 자리가 여기거든."

그가 지금까지 유진이 앉아 있었던, 혹은 누워 있었던 소파를 턱짓했다.

"뭐?"

"지금 앉아 있는 그곳이 한유진 씨 자리라고요."

"나 비서로 들어……."

"일은 단 한 번도 해본 적 없고, 그렇다고 회사 돌아가는 사정도 모르고 몸이 약해 툭하면 쓰러지는 백 여사님의 애지중지 맏손녀인데요. 어차피 한유진 씨가 일을 할 거라고 생각하는 사람은 아무도 없어요."

"그럼 왜 나를 데려온 거야? 그냥 집에 있게 뒀으면……."

"내가 보려고. 가장 잘 보이는 곳에 두려고요. 내가 일을 하다 눈을 들 때마다 보이는 곳에."

혼란스러웠다. 왜 윤우의 얼토당토않은 말이 진심이고 고백처럼 느껴지는지 모르겠다. 웃고는 있지만 진지한 얼굴인지라, 농담으로 치부할 수조차 없다.

"거기에 있어요."

"……여사님이 알면……."

"그분은 이런 사소한 데까지 신경 안 써요. 내가 한유진 데리고 나가겠다고 했을 때 들었잖아요."

들었다. 분명하게. 그가 원할 때면 언제고 몸을 내주라는 모욕적인 언사가 떠올라 목덜미의 솜털이 바르르 떨렸다.

"나는 지금 한유진을 원하지 않아요."

그는 고저가 불분명한 음성으로 말했다.

"내가 원하지 않으니 한유진이 걱정할 필요도 없죠."

어떻게 저렇게 확신하는 걸까. 백 여사가, 그의 할머니가 했던 말을 마치 도청이라도 한 양 명확히 짚었다. 처음부터 숨길 수 있는 건 아무것도 없다는 얼굴로 자신을 보고 있는 윤우 앞에서 제가 어떤 얼굴을 하고 있는지, 그의 눈에 자신이 어떻게 비치는지 알 수 없다.

"안심했으면 옷 갈아입어요."

유진이 서둘러 일어났다.

"여기서."

자신을 피하는 게 명백한 그녀를 흔들림 없이 바라보며 윤우가 말했다.

"누가 들어와 이런 모습을 보는 것조차 부끄러워했으면서 나가서 갈아입다니. 말이 안 되죠."

"차라리 누가 보는 게 나을 것 같아. 네 앞에서 갈아입는 것보다."

"내외할 필요가 뭐 있어요? 난 이미 다 봤는데."

그와의 재회는 속옷만 입은 상태에서 이뤄졌다. 왜 지금 와서 부끄러워하며 망설이는 걸까.

"정 신경 쓰이면 안 볼게요."

얇은 눈꺼풀이 먹색 눈동자를 천천히 집어삼켰다. 유진은 재빠르게 블라우스의 단추를 풀었다. 눈은 그를 향한 채였다.

"눈을 감으면 더 예민해지는 감각이 있어요."

윤우가 물 흐르듯 조용한 목소리로 말하자 쇼핑백을 부스럭거리던 유진의 마른 어깨가 움찔거렸다.

"단추를 푸는 소리, 쇼핑백을 뒤적이는 소리, 서두르느라 가빠진 호흡을 고르는 소리 같은 거요."

손이 멎었다. 그의 감은 두 눈 아래 여닫히는 붉은 입술이 보였다. 뭔가 바르기라도 한 것처럼 지나치게 붉은 입술은 움직일 때마다 그 붉은 안까지 보여 핏기가 비치는 것 같았다.

"그걸 생각하다 보면 자연히 떠오르거든요. 블라우스를 풀어내는 손짓이나 표정 같은 거요. 눈을 감고 있는 게 실제로 보는 것보다 더 자극적이라 엎어트리고 싶거든."

쇼핑백 깊숙한 안에서 새 블라우스가 잡혔다. 그걸 꺼내 떨리는 손으로 단추를 다 잠그자마자 윤우가 눈을 떴다.

"아쉽다. 현실인지 상상인지 실제로 볼 수 있었는데 말이에요."

그가 상냥하게 웃곤 기지개를 켜고 일어나 느린 걸음으로 창문을 등진 책상에 가 앉았다. 신임 이사가 결재해야 할 서류들이 몇 개 놓여 있었다.

장차 대현그룹을 물려받을 도윤우의 첫걸음이 시작됐다.

정말 도윤우는 자신에게 필요한 것만 봤다. 대부분 태블릿 PC로 결재했고 가끔 인터넷으로 심각하게 뭔가를 보다가 전화를 받기도 했다. 그의 말대로였다. 유진은 여기서 할 수 있는 게 아무것도 없다. 바짝 긴장해 소파에 앉아 있던 유진은 점점 긴장이 풀렸다. 그가 더는 자신에게 말을 걸지 않아서 조금 안심한 채로 윤우를 볼 수 있었다.

청소년기 시절 그의 키는 자신과 엇비슷한 정도였다. 내내 그랬다. 아저씨는 굉장히 컸는데 윤우만 유독 작아 백 여사는 좋다는 건 전부 구해서 그에게 먹일 정도였다.

그날도 한약을 들이켜던 윤우와 눈이 마주쳤었다. 스무 살 때였나, 정확히 기억나지 않았다. 하지만 2층으로 올라가는 그녀를 가로막으며 윤우가 말했다.

「……아버지도 군대 다녀오고 키 컸댔어요. 나도 그럴 거고.」

유진은 얼떨결에 고개를 끄덕였었다.

「정말이에요.」

같은 눈높이에서 입술을 깨무는 그가 평소의 어른스럽게 굴던 모습과 달라서 조금 웃었던 것 같다. 윤우는 웃는 유진을 뭔가 억울한 눈으로 쳐다보다가 몸을 돌려 가버렸다.

창을 등지고 의자에 앉아 있는 그의 몸이 너무 곧아서. 떨어져 있던 시간 동안 정말 고개를 젖혀 올려다볼 정도로 커진 키가 생소해서.

왁스를 발라 부드럽게 머리를 넘기자 확실히 좀 더 나이 들어 보이긴 했다. 아마도 어린 나이에 이사직부터 시작하는 제게 쏟아지는 시선을 조금이나마 줄이고자 그런 게 아닌가 싶다.

"무슨 생각 해요?"

눈도 깜박이지 않은 채 그를 바라보고 있던 유진이 종국엔 미소까지 띠자, 윤우가 태블릿 PC를 내려놓더니 턱을 괴었다. 역시 눈은 그에게 향해 있었어도 머리로는 다른 생각을 하고 있었던 건지, 눈에 초점이 돌아오며 소스라치게 놀란다.

"그냥. 아무것도."

황급히 말하는 게 배알이 뒤틀리면서도 그 머릿속을 꺼내 보고 싶을 정도로 궁금하다. 좋아한다는 새끼를 떠올렸나. 윤우의 눈이 싸늘하게 가라앉는데, 유진은 그 기색을 느끼지 못하고 입을 뗐다.

"키가 많이 큰 것 같아서."

"말했잖아요. 아버지도 군대 다녀와서 컸다고. 우리 집안은 서른 살까지 커요. 할머니가 걱정이 많아서 이것저것 먹였던 거지."

유진은 방금까지 자신이 생각하던 걸 그도 떠올렸다는 걸 알아챘다. 오래전 지나가듯 나눈 대화일 뿐인데, 그때 내가 그랬잖아요 하는 대답이 돌아온 것이다.

"설마."

"남자들은 군대에서도 큰다는 얘기 들어본 적 없나?"

유진이 고개를 끄덕였다. 대현그룹으로 온 뒤 검정고시로 고등학교까지 패스했다. 그녀를 수치로 생각해 밖에 내보내지 않은 백 여사 때문이다. 윤우의 아버지도 백 여사의 고집은 말릴 수 없었다.

제게 미안하다 말하는 아저씨에게 괜찮다고 웃어 보였다. 어렸지만 이 집안의 실세가 누군지 알았으니까. 유진이 아저씨가 밖에서 본 딸이라는 소문이라도 돌까 봐 백 여사는 역정을 냈다.

"응. 모르겠어. 처음 들어봐."

휴대전화를 가지고 있지만 위치추적이 된다. 주기적으로 김 비서가 검사하기에 메신저나 게임 같은 어플리케이션을 설치할 수도 없었다. 유진에게 휴대전화는 세상 돌아가는 뉴스를 보는 수단일 뿐, 연락의 용도가 아니다. 유진의 통화내역과 문자내역을 전부 보고 있다고 당당하게 말하는 김 비서에게 그런 수고는 하지 않아도 된다고 말 못 하는 게 우습다. 연락 올 데라곤 없는데.

"모르면 됐어요."

유진의 대답에 기분이 좋아진 것처럼 웃은 윤우가 책상으로 시선을 돌렸다. 나른하게 괴고 있던 팔로 책상 끝을 잡고 있었다. 반대편 손은 쭉 뻗은 채 컴퓨터 마우스를 움직이고 있는데 버릇 같기도 했다. 책상의 모서리를 검지로 꽉 누르며 문지른다. 그러다가 책상 위 전화기 버튼을 누른다.

- 네, 도 이사님.

"3년 치 매출액 분석자료 준비해주세요."

- ……네?

첫 출근한 상사가 이런 지시를 했단 게 당황스러운지 비서가 냉철함을 잃고 되물었다.

"고객사별로 매출 추이 변화에 따른 어떤 이슈가 있었는지도 각주 달아오세요. 책임자가 와서 직접 보고하는 걸 듣고 싶네요. 주요 거래처 신용평가자료도 들고 오고."

- 네. 준비하겠습니다.

바늘 하나 들어갈 것 같지 않은 윤우의 지시에 비서가 자신 없는 목소리로 대답했다. 사실 시간이 지나면 자연스럽게 회장직을 알아서 물려받을 기업의 후계자가 출근하자마자 두 시간도 되지 않아 매출액 분석자료부터 가져오라 하니, 오랜 임원들의 꼬투리를 잡거나 자극하려는 걸로 보일 터다.

유진이 머뭇머뭇 입을 뗐다.

"……전무님이……."

누구를 자극하려는지 뻔히 보였다. 재무이사를 틀어쥐고 있는 양 전무는 감당하지 못할 정도로 안하무인이다.

"양 전무님 잘 아나 봐요? 뭐 더 할 말 있어요?"

"첫날이잖아. 왜 첫날부터 적을 만들려고 그래."

"회사 임원이면 다 볼 수 있는 재무제표 들고 와서 설명해달라는 게 왜 적을 만드는 건지."

왜 그녀가 눈과 귀를 막고 산다 생각했을까.

"백 여사의 곁에서, 우리 어머니의 곁에서 가장 많이 들었던 이야기, 인물들, 그게 전부 한유진 머릿속에 있단 거네요."

유진도 제가 왜 끼어들었는지 이유를 찾지 못했다. 그저 그가 이러면 양 전무가 찾아와 길길이 날뛸 것 같아서였다. 설명 못 하고 눈만 깜박이는 유진을 보며 윤우가 달콤하게 웃었다.

"그냥 친해지려고 내 옆에 데려다 놓고 보려고 했는데, 의외예요. 회사일 안 해본 거 맞아요?"

그 집에 있으면 듣고 싶지 않아도 들리는 이야기가 많다. 똑같은 내용을 반복해서 듣다 보면 어느 순간 기업이 돌아가는 게 보였다. 거기에 뉴스 기사들을 종합하면 지금 무슨 일이 벌어지고 있는지, 어디서 어느 중소기업에 문제가 생겨 그 위의 대기업들에 어떤 타격이 있는지 자연스레 알게 되곤 했다. 백 여사와 김 비서가 말했던 게 이거였구나 하고.

"주워들은 거야. 서당 개 3년이면 풍월도 읊는다니까. 주제넘었다면 미안해."

양 전무는 그의 고종사촌 편이다. 큰고모님의 아들인 부사장 박상현. 윤우의 아버지가 돌아가신 뒤 그룹 내에서는 상현을 다음 회장으로 미는 움직임이 있었다. 백 여사가 그걸 파악하고 있으면서도 내버려둔다는 걸 알고, 유진은 한 가지 경우를 생각할 수 있었다.

보험 같은, 혹시라도 윤우가 잘못되면 그룹이 흔들리지 않게 백 여사가 들어놓은 안전장치. 그리고 끊임없이 비교하며 윤우를 궁지에 몰 패. 적당히 잘 키운 개라고 박상현을 비유하는 말을 들었다. 그렇다면 윤우는 백 여사가 공들여 품 안에서 키운 차이일까.

"아뇨. 재미있어서 그래요. 앞으로도 내가 하는 말들 알아들으면 곤란할 것 같기도 하고."

그는 의미심장한 소릴 하며 눈가가 패일 정도로 깊게 웃더니 책상 모서리에 손을 둔다. 몇 년 안 돼 원목인 저곳만 반들반들해지지 않을까. 유진의 시선이 손가락 끝에서부터 그의 핏줄이 돋아 있는 팔목, 셔츠에 감싸여 있는 단단한 팔뚝을 향했다. 곧은 어깨선, 그리고 단추가 두어 개 풀린 하얀 목덜미와 날카로운 턱 끝. 그렇게 올라가다 입술을 지나 눈이 마주쳤다.

"아."

컴퓨터를 보는 줄 알았는데 시선이 마주쳤다.

"위험한데."

그가 중얼거렸다.

"곧 저 문을 열고 재무이사가 뛰어들 텐데, 첫날부터 아래가 서 있으면 좀 곤란해서."

"어……?"

"그럼 내 체면이 말이 아니잖아요. 그러니까 눈 좀 깔아줄래요? 아, 아니다. 그냥 다른 거 하고 있어요. 나 쳐다보지 말고."

그는 정말 당황한 듯 보였다. 제 말이 좀 심하다고 생각했는지 재빨리 고쳐 말하더니, 유진에게 자길 쳐다보지 말고 다른 걸 하라고 한다.

유진 또한 당황했다. 태블릿 PC를 이것저것 누르던 윤우가 벌떡 일어나 그녀에게 다가오는데 그 모습이 자못 위압적인지라 당장이라도 도망가고 싶어졌다. 그리고 그러기도 전에 성큼 다가온 윤우가 유진의 허벅지에 태블릿 PC를 놓아줬다.

"이거 하고 있어요."

색색의 캐릭터가 보였다. 로딩 중이라고 뜨는 화면은 분명히 퍼즐게임이다. 얼떨결에 태블릿 PC를 받아 들고 그를 올려다보려다가 윤우의 바지 앞섶에 시선이 간 건 우연이었다. 서둘러 눈을 돌리자 낮게 혀를 찬 그가 유진의 턱을 잡아 제게로 향하게 했다.

"시발, 정말 내가 아랫도리만 살아 있는 새끼들을 싫어하는데 지금 딱 그런 새끼가 된 것 같아서 기분이 엿같아요."

아버지가 감히, 손가락 하나 대지 못했던 여자의 딸.

유진 때문에 밤새 열에 들떴어도, 적어도 그녀의 앞에서 티를 내지는 않았다. 하지만 그가 다른 곳을 보는 줄 알고 천천히 저를 훑는 시선에 바짝 흥분됐다. 자신을 올려다보는 순한 눈망울에서 눈물이 뚝뚝 떨어지면 미친놈처럼 굴까 봐 흉포한 마음을 애써 내리눌렀다.

"이걸로 놀고 있어요, 응? 나 일할 동안."

책상의 모서리를 뭉개듯 만졌던 손가락이 유진의 턱을 들어올리고 그 아래를 지그시 누른다.

유진이 대답할 말을 찾지 못하는데 전화가 울렸다. 아쉽다는 듯 손가락이 떨어졌다. 책상으로 간 윤우는 엉덩이를 가볍게 걸친 방만한 자세로 전화를 받았다.

- 도 이사님, 재무이사님 오셨습니다.

"들여보내요. 그리고 간식 좀 준비해주시겠어요?"

- 어떤 걸로 준비할까요?

윤우의 취향까지는 알지 못해 비서실엔 꽤 많은 종류별로 간식이 구비돼 있다.

"마카롱 있어요?"

- 네, 준비돼 있습니다.

"우유랑 커스터드 크림 들어간 것도 있으면 준비해줘요. 케이크는 별로 안 좋아하니 그 종류는 피해서."

- 네. 준비하겠습니다.

제 입맛과 정확하게 맞아떨어지는 윤우의 지시에 유진은 그가 주문한 게 자신을 위한 간식이라는 걸 깨달았다. 마카롱을 처음 먹던 날, 입안에서 부서지는 얇은 설탕과자 같은 진득하고 바삭한 식감에 놀랐다. 가끔 후식이 나오면 마카롱을 집었는데, 그러다 윤우와 눈을 마주친 적이 여러 번이다.

"먹고 나 일할 동안 혼자 놀고 있어요. 그거 60탄까지 깨면 상 줄게."

윤우가 다정하게 눈짓까지 하곤 허벅지에 두 손을 깍지 껴 올려놓았다.

똑똑. 노크와 함께 문이 벌컥 열렸다. 재무이사인 강 이사가 기막히단 얼굴로 서 있다. 윤우를 일별하고 입을 떼려다 한숨부터 내쉰다.

"오셨어요."

자신의 아버지 연배인 그에게 윤우가 평이한 목소리로 인사를 건넸다.

"후…… 도련님."

윤우의 한쪽 눈썹이 지그시 올라가자 강 이사가 재빨리 정정했다.

"도 이사님. 지금 양 전무님이 직접 내려오겠다고 하시는 걸……."

"들고 계신 게 제가 말한 자료죠?"

강 이사의 말을 자르며 손을 내밀었다. 그는 똥을 밟은 듯한 얼굴로 달랑 들고 온 태블릿 PC를 윤우에게 건넬 수밖에 없었다.

"전 종이로 보는 게 편하더라고요. 다음엔 프린트해서 가져다주세요."

재무이사 얼굴에 또라이 새끼를 만났다고 쓰여 있다.

- 띠리리링! 전국민이 함께하는 팡팡이 게임!

잠시 조용해진 가운데 로딩이 완료돼 요란한 배경음악과 함께 캐릭터들이 뛰어노는 화면이 나왔다. 윤우에게 직진하느라 다른 누군가 있다는 생각조차 못 한 강 이사가 깜짝 놀라 재빠르게 뒤를 돌아봤다.

"……안녕하세요, 강 이사님."

유진이 자리에서 일어나 고개를 숙였다.

"아, 아가씨도 계셨군요."

전대 회장이 죽고 난 뒤 백 여사에게 직접 보고를 하러 자택에 갔다 몇 번 마주친 그녀를 철석같이 희정으로 알고 있는 그가 마주 인사했다. 백 여사의 수족 같은 친인척들 외엔 유진을 전부 도희정이라 알고 있었다. 백 여사가 무너지면 함께 무너지는 사람들은 유진에 대해 암묵적인 합의를 이뤘다.

"일단 이사님, 앉아서 이야기하시죠."

도윤우는 백 여사의 막강한 지지를 등에 업고 있다. 그녀가 아들에게 집착해 그가 남긴 유일한 핏줄을 회장 자리에 앉히기 위한 초석을 깔았다는 걸 다들 알고 있다. 그런들 실무경험이 전혀 없는 핏덩어리에 불과했다. 백 여사의 대현그룹을 아끼는 마음은 끔찍한지라, 도윤우가 무능하단 걸 알게 된다면 아무리 그가 친손자라 한들 부사장인 상현을 다시 생각하게 될 거라고 은근히 속닥거렸다.

"여기서 이야기하세요."

소파로 가려는 강 이사를 윤우가 저지했다.

"……네?"

"누나가 몸이 많이 약해서요. 회사에 나와달란 것도 사실 제 욕심이라. 저 소파, 제가 유럽에서 가지고 온 거예요. 침대를 가져다 놓을 순 없으니. 누날 회사에 앉혀두려면 자리라도 편하게 해줘야 할 것 같아서."

이 미친놈이 무슨 소리를 하나 싶어 강 이사는 멍하니 서 있었다.

"주문하고 받기까지 1년은 기다려야 되는 소파라. 이해해주세요."

유진은 어정쩡하게 서 있었다. 윤우가 웃으면서 앉으라 손짓했지만 강 이사의 황당함을 그녀 역시 고스란히 겪고 있었다. 이게 강 이사의 기세를 누르려는 건지 진심인지 전혀 모르겠다.

강 이사는 서 있었고, 윤우는 아무렇지도 않게 그가 가져온 태블릿 PC를 심각한 표정으로 바라봤다. 소파 앞 테이블에선 윤우가 유진에게 쥐여준 태블릿 PC에서 흘러나오는 게임음악만 요란했다.

웃을 수도 울 수도 없는 기묘한 상황이다. 유진이 음소거라도 하자 싶어 이리저리 기능을 찾아봤으나 당황하는 바람에 눈에 들어오는 게 없다. 처음 보는 기종이라 당황해 전원 버튼도 찾지 못하고 계속해서 화면을 터치하고 있자니 화면이 슥슥 넘어가 설상가상 게임까지 시작됐다.

- 게이이이임! 스타트!

경쾌한 캐릭터의 목소리에 유진은 딱 죽고 싶었다. 자신을 바라보는 강 이사의 시선이 느껴졌다. 이 상황에 게임을 하는 저는 어떤 또라이인지 기막혀하는 게 굳이 눈을 들지 않아도 짐작 가능했다.

- 뾰롱, 뾰로롱, 뾰롱뾰롱.

태블릿 PC를 부숴서라도 멈춰야 할까 싶었을 때 노크로 허락을 구한 비서가 들어왔다. 작은 트롤리에 윤우가 말한 디저트를 실어 온 그녀가 테이블에 간식들을 올려두었다. 투명한 유리잔에 가득한 우유가 유진 앞에 놓였다.

"이거, 이거, 종료 좀."

유진이 울기 직전의 얼굴로 비서에게 도움을 청했다. 파르르 떨리는 손으로 태블릿 PC를 내밀자 비서가 고개를 갸웃하더니 몇 번의 조작 끝에 게임을 종료시킨다. 애초에 윤우가 지시한 건 손님용 차가 아닌지라, 묵례 후 트롤리를 밀고 나가버렸다.

유진은 겨우 한숨 돌렸다.

"강 이사님."

마침 윤우도 태블릿 PC를 모로 들고 책상을 가볍게 쳤다.

“네.”

“거래처 신용평가자료부터 훑어봤는데.”

강 이사의 어깨가 잔뜩 경직됐다.

“일성모직, 신용평가도가 이렇게 안 좋은데 거래처로 남아 있는 특별한 이유가 있습니까?”

올 것이 왔구나 싶어 강 이사는 숨을 크게 들이마셨다. 위에서는 도윤우가 출근을 하자마자 백 여사가 떠먹여주는 밥이나 먹을지, 아님 뭔가 하겠다고 쑤시고 다닐지 관심이 지대했다. 그래봤자 애송이라고 껄껄대며 웃던 양 전무도 생각났다.

일성모직이 가장 심해 예를 든 것뿐이지, 그가 다른 거래처 자료들도 훑어봤으리란 걸 강 이사는 알아챘다.

“도련, 아니 도 이사님과 한솥밥을 먹게 됐으니 둘러말할 필요는 없을 것 같습니다. 기업을 운영하려면 눈감고 넘어갈 줄도 알아야 하는 법입니다. 백 여사님도 알고 계시니 들쑤시지 않는 게…….”

“여기 파봐도 됩니까?”

윤우가 그의 말을 자르며 의미심장하게 웃었다.

“도 이사님.”

“파서 나오면 책임질 각오 돼 있습니까?”

“양 전무님 처가댁인 거 알고 그러시는 거 아니십니까.”

이런 대화를 나눴단 사실이 그 귀에 들어가면 양 전무는 저 문을 부수고 들어와 개판으로 만들 것이다. 거기엔 백 여사도 끼어들지 못한다. 이사진을 제 편으로 만들어야 하는 쪽은 윤우다. 이게 적을 만드는 길이라고 섣불리 말 못 하는 건, 윤우가 전부 알면서도 시비를 건다는 걸 알기 때문이다.

“내가 팔까요, 강 이사님이 걷어내실래요?”

"저는 못 합니다."

양 전무는 대대로 회사의 창립에서부터 함께해온 든든한, 가신(家臣) 집안이나 다름없다. 백 여사도 한 수 접어주고 어지간해선 나무라지 않는다. 그의 집안이 대대로 충성 바치며 회사를 위해 온갖 일을 다 해온 까닭이다.

"그럼 양 전무님과 이야기해봐야겠네요."

"후…… 이사님. 섣불리 겉어낸다고 나설 문제가 아닙니다. 이사님은 잘 모르시겠지만 백 여사님도 좋아하시진 않을 겁니다."

"내 방으로 오시라고 전해주세요."

직급으로 따지면 양 전무가 훨씬 위이거늘. 강 이사가 철없는 어린아이 보듯 윤우를 바라봤다. 표정 없이 자신의 눈을 마주하는 얼굴은 앳되다. 양 전무가 부사장 상현과 술자리를 가질 때 어김없이 동석하는 강 이사로선 그곳에서 오가던 대화가 이해가 갈 정도다. 가진 거라곤, 백 여사의 친손자라는 사실 하나뿐인 애송이. 똥인지 된장인지 구분 못 하고 덤벼들 거라며 낄낄댔는데 딱 그 꼴 아닌가.

"알겠습니다. 그렇게 전하죠."

강 이사가 실망을 감추지 못하는 얼굴로 대답했다. 자신은 말리는 시늉이라도 했는데 윤우가 강경하니, 둘이서 맞붙는 것까진 막을 도리가 없다. 첫날부터 나가떨어져 이 그룹이 제 마음대로 돌아가는 곳이 아니란 걸 굳이 겪겠다니 막을 이유도 없다.

그가 나가자 윤우가 눈매를 풀었다. 그리고 아직도 서 있는 유진에게 묻는다.

"점심은 뭐 먹을래요?"

"기 싸움을 하려면 나는 빼줘. 이런 데 엮이고 싶지 않아."

유진이 달아오른 뺨을 차가운 손등으로 식히며 대답했다. 소파에 털썩 주저앉아 조용히 숨을 내쉬었다.

"기 싸움이라뇨?"

그가 영문을 모르겠다는 얼굴로 되물었다.

"소파 어쩌고 그걸 누가 믿겠어? 그냥 세워두고 싶으면……."

"애초에 그건 정말 한유진만 앉으라고 가져온 건데."

"너……."

"못 믿겠으면 앞으로 누가 앉을 수 있나 두고 보면 될 일이고."

세상에, 맙소사. 머리가 징 울렸다. 차가운 아이스크림을 한계까지 집어삼킨 것처럼 머리가 지끈거려 그녀는 미간을 찌푸렸다. 첫날부터 남매가 나란히…….

"소문이 무서워요? 남매가 나란히 또라이로 소문날까 봐?"

"내가 혹시 입 밖으로 말했어?"

"표정이 딱 그런데 뭐."

윤우가 키득거렸다. 유진도 웃음이 터져버렸다. 사람이 너무 기가 막히면 웃는다더니. 하지만 퇴근하고 백 여사를 마주해야 하는 걸 생각하자 마냥 웃을 수만은 없다.

"하…… 사람 오면 내가 자리를 피할게."

"자리를 피해서 누굴 만날 줄 알고."

"……."

"내가 오해하고 의심하는 거 싫으면 얌전히 있어요."

"왜. 화장실도 따라오지."

"남녀 공용화장실은 안 된다고 딱 자르더라고."

그 또한 고려했다는 대답에 유진이 입을 벌렸다. 아무 말도 하지 말고 반응하지도 말자. 안 그랬다간 더 어마어마한 소리가 떨어질 것이다.

"게임 다시 틀게요."

윤우가 웃으면서 기껏 꺼놓은 게임을 클릭한다. 마치 어린아이를 달래기 위해 부모가 태블릿 PC로 게임이나 만화영화를 보여주는 것처럼.

"이거 꽤 재미있거든요. 영국에서 만난 친구가 한국에 회사 작게 만들어 놓고 개발한 건데 이것 때문에 사실 수업도 며칠 빠졌어요."

유진에게 룰을 설명해준다.

"수업을 빠졌어? 정말?"

윤우는 우직한 면이 있다. 그는 가끔 아파서 몸이 불덩이처럼 뜨거워져도 해야 할 일은 반드시 해냈다. 백 여사는 윤우의 그런 부분을 걱정하면서도 내심 자랑스러워했기에, 학교를 빠졌다는 말을 유진은 믿을 수 없었다.

"진짜 재미있다니까."

게임은 단순했다. 그리고 그만큼 시간이 잘 가기도 했다. 유진이 결국 못 이기는 척 게임을 하는데 입으로 한입 크기의 슈가 쏙 들어왔다. 그가 손가락 끝에 남은 커스터드를 쭉 빨며 그녀가 당황하기 전에 책상으로 돌아간다.

타이밍을 자꾸 놓치는 기분이 든다. 그와 있으면 화낼 타이밍도, 따질 타이밍도, 말할 타이밍도 놓친다. 그런데도 끌려다니는 게 나쁘지 않았다. 정은과 백 여사에게 끌려다니는 것과는 달랐다. 그 이유를 생각하기 직전에 게임이 다음 스테이지로 넘어갔다.

유진은 점심이 되기 전 양 전무가 들이닥쳐 한바탕 소란을 벌일 거라고 생각했다. 그러나 방문객은 의외의 인물이었다. 양 전무가 호의적으로 생각하는 상대. 그가 이 회사의 주인이 됐으면 바라는 사람, 부사장 상현이다.

비서실에서 연락이 왔고 채 허락이 떨어지기도 전에 문을 열고 들어온 상현은 윤우처럼 큰 키에 군더더기 없이 딱 들어맞는 맞춤 슈트를 입고 있었다. 귀찮아서 첫날부터 타이를 풀고 셔츠의 단추마저 몇 개 풀어낸 윤우와는 대조적인 모습이다.

약간 흘러내린 앞머리 아래 속을 알 수 없는 눈동자는 윤우와 그에게 같은 피가 흐른다는 걸 보여준다. 상현이 제일 먼저 발견한 건 윤우가 아니라 유진이다. 유진은 그마저 계산된 것 같다는 생각을 했다.

활짝 웃으며 다가온 상현이 자리에서 일어난 유진의 머리를 쓰다듬었다. 그리곤 악수를 청했다.

"우리 유진이 많이 컸네."

"안녕하셨어요."

"그래. 저번에 숙모님 미술관 개관할 때 보고 안 봤었지? 네가 고생이 많아. 여사님 때문에 힘든 거 다 알고 있어. 가족들 전부 너한테 미안해하고 있고."

"……아니에요. 제가 할 수 있는 일이 있어서 다행인걸요."

유진은 표정 없이 말했다. 그건 그들이 툭툭 한마디씩 던지면 그녀가 해야 할 대답이다. 김 비서가 상황에 맞추어 만들어준 웃기는 대사들. 문득, 대학을 갈 수 있었다면 연극영화과가 괜찮을 것 같단 생각이 들었다.

"오랜만이에요, 형."

윤우가 끼어들었다.

"그래, 돌아온 건 알고 있었는데 회사가 바빠서 본가까진 못 갔어. 어차피 여기서 볼 테고."

상현이 유진에게 그랬듯 웃으며 뒤늦게 윤우와 인사를 나눴다.

"알아요. 형이 할머니랑 같이 애써주고 있는 거."

윤우와 상현은 열 살 차이가 난다. 윤우보다 더 이른 나이에 미국에서 MBA 박사과정까지 끝내 바로 실전에 투입된 케이스였다. 처음에는 그룹의 일을 배워 훌륭한 가족의 구성원 중 한 사람으로, 회장이 불의의 사고로 죽고 난 뒤엔 어쩌면 다음 대 회장이 될지도 모른다 거론되고 있었다.

"키가 많이 컸네. 너 떠나는 것도 못 봤는데. 역시 삼촌을 닮았나."

상현은 내심 놀란 눈치다. 그의 한쪽 눈썹이 슥, 올라갔다. 군대를 가기 전까지만 해도 작았던 아이가, 이제는 눈높이가 비슷하다.

"같은 핏줄인데 그렇겠죠."

"가만히 보면 유진이랑 넌 정말 남매 같단 말이야."

"그래요? 피 한 방울 안 섞였는데."

"아니, 왜. 유진이 어머님이 삼촌…… 아, 이건 실수."

유진의 눈가가 파르르 떨렸다. 그리고 눈을 내리깔아 두 사람을 더 이상 보지 않는다. 보지도 듣지도 못하는 인형처럼 백 여사의 앞에서 으레 하는 표정을 한 채 이 시간이 지나기만을 기다렸다.

"뒷말이 궁금한데. 전 어려서 제대로 못 들었거든요."

일부러 이야기를 꺼내놓고 뒷말을 흐리는 그를, 윤우가 웃으며 재촉했다.

"둘이 너무 닮아 보여서 허언이 나왔어. 여사님껜 비밀이다. 나 많이 혼나."

"혼날 짓을 했으면 엉덩이라도 맞으셔야죠. 뭐, 제가 때리겠다는 건 아니고."

윤우가 농담처럼 말했다. 그리곤 여전히 유진의 손을 잡고 있는 그에게 천천히 걸어가 두 손 위에 제 손을 올려놓았다.

"이래도 닮았어요?"

윤우의 한 팔이 유진의 허리에 감겼다. 유진이 놀라 고개를 드는데 상체를 숙이고 있던 그의 볼이 관자놀이에 닿았다. 상현이 미묘하게 웃으면서 말끝을 늘였다.

"글쎄……."

아버지가 유진을 데리고 본가로 들어왔을 때 고용인들까지 전부 아버지와 유진의 닮은 점을 찾으려 했다. 종국엔 그녀와 동갑인 윤우에게서까지 유진과 비슷한 부분을 찾아냈다. 청소년기에 테니스를 했는데도 거의 자라지 않아 약간 왜소한 체형과 그래서 더 계집애처럼 보이는 얼굴은 유진과 닮았다는 소릴 듣기에 충분했다.

허리가 더 세게 끌어안겨졌다. 그리고 위에서 둘의 손을 전부 움직이지 못하게 감싸고 있는 윤우가 유진의 볼에 입술을 묻었다.

"아……."

"유진이는 크림을 아무 데나 묻히면서 먹는다니까요."

윤우가 혀끝으로 빵 부스러기를 감싸 제 입으로 가져갔다. 무슨 일이 일어났는지, 유진과 상현 모두 허둥대는데 윤우가 허리를 펴며 웃었다.

"피가 섞였다면 큰일이에요. 나는 이런 맘이거든."

"하하, 둘 사이가 심상치 않다는 생각은 했는데. 너도 외삼촌 핏줄이라 그런지 취향이 같나 보구나."

상현이 한 방 먹었다는 듯 웃으며 그들에게서 떨어졌다. 유진의 허리를 감고 있는 윤우의 팔은 떨어지지 않았다.

"오해하지 마세요, 저희 그런 관계 아니에요."

"오해는. 다 큰 남녀가 한집에 있으면 벌어질 수 있는 일이지. 아쉽네. 나도 너 눈독 들였는데."

상현이 농담인지 진담인지 알 수 없는 얼굴로 말했다.

"이혼남이 하기엔 뻔뻔한 소리이지 않아요?"

윤우가 3년 전에 이혼한 그를 빈정대자 씁쓸하게 웃는다.

"방금 건 좀 아프네."

그가 유진에게 관심을 비치는 유일한 이유는, 그녀를 끼고도는 윤우 때문이다. 그저 삼촌의 아들로 태어났다는 이유로 모든 게 보장된 인생. 윤우만 보면 배알이 꼴렸다.

"네가 자기 건드렸다고 양 전무 길길이 뛰고 난리야. 이 일은 최대한 조용히 덮자고 이야기하려고 왔으니 경계 풀어."

"할머니가 나를 보낸 이유가 뭐겠어요? 양 전무의 집안이 대대로 그룹에 이바지했다고 두고 보실 분이에요? 이바지한 것보다 뜯어먹은 게 더 많은데. 나보고 정리하라고 여러 군데 똥을 싸질러놓은 것 같아서."

"여사님 속을 함부로 짐작하지 마. 기업은 네 치기로 굴러가는 곳이 아니야. 특히 대현처럼 덩치가 큰 곳은 더 그래. 네 마음대로 좌지우지할 수 있길 원한다면 작은 회사를 차려 연습부터 해보는 게 어때?"

"뭐, 내가 잘못 생각한 거면 혼쭐을 내기라도 하시겠죠. 형, 조심하세요. 나는 혼만 나는데 형은 맞을 수도 있잖아."

백 여사는 대주주다. 전대 회장이었던 아들보다 더 많은 주식을 보유하고 있다. 아들이 죽고 나서야 경영에 뛰어들었지만 회사 돌아가는 사정까지 세세하게 알진 못하리라고 상현은 생각했다.

"여사님도 경영은 전문 경영인들에게 맡겨놓고 있는 상황이고, 잘 아셨다면 직접 나서셨겠지. 초반부터 실망시켜드리기엔 너에게 거는 기대가 크실 테니, 알아서 잘하리라 믿는다."

상현이 격려하듯 윤우의 어깨를 두드렸다. 그리고 그의 곁에 있는 유진을 바라본다.

"다음에 밥 한번 먹자, 유진아."

"네."

유진은 제가 허락 없이 외출할 수 없다는 걸 알면서 굳이 저런 말을 하는 그에게 고개를 끄덕여주었다. 상현은 그녀에게 적도, 아군도 아니다. 실제로 친척모임에서 상당히 친절하게 대해주기도 했지만 별로 마음이 가지 않았는데 지금까지 자신이 회장님의 핏줄이라고 생각해왔다니. 확실한 적인가 보다.

"그리고 적어도 손님이 오면 자리는 권하고."

강 이사가 그것까지 전했나 싶어 윤우가 폭소를 터트렸다.

"제 책상 옆에 따로 의자라도 놓을게요."

소파를 내준다는 소리는 끝까지 않는다. 상현이 작게 혀를 차며 시간 될 때 술이나 한잔하자는 말을 남기고는 나갔다.

"곧 점심땐데, 뭐 먹을래요? 시켜 먹을까, 나가서 먹을까?"

"입맛 없어. 그리고 왜 나한테…… 왜……."

유진이 그의 입술이 닿았던 뺨을 문지르며 윤우를 밀어냈다. 그러나 허리에 감긴 손은 풀리지 않았다.

"그럼 거기서 우리는 피가 섞이지 않았다고 화라도 낼까요? 그럼 '아, 피 섞인 거 맞나 봐.' 할 텐데."

"여사님께 이야기가 들어가기라도 하면."

"절대 말 못 하지. 그럼 제가 날 도발한 것까지 말해야 될 텐데. 할머니 눈 밖에 날까 봐 전전긍긍하는 부사장님이 설마 쪼르르 가서 고자질하겠어요?"

유진이 빨개질 정도로 볼을 문지르자 윤우가 손목을 잡고 떼어냈다.

"설마 이르면, 나도 이르지 뭐."

"하아…… 왜 여기에 나를 데려다 놨는지 난 모르겠어. 네가 왜……."

"아까 선 거 봤잖아요. 그걸로 나는 다 설명됐다고 보는데."

아무런 설명도 되지 않았다. 그저 욕정일 수도 있다. 원망과는 별개로 나타나는 욕정.

"……미워하는 사람을 계속 보다 보면,"

자신의 입에서 나오는 말인데도 제 목소리가 낯설다. 그에게 안긴 채, 그리고 한 손을 붙잡힌 채 유진이 말을 이었다.

"내가 그 사람을 미워하는지, 아니면 좋아해서 보는지 모호할 때가 있어."

"나를 미워한다는 말이에요?"

"아니. 네가, 나를."

그를 미워하지 않는다. 애초에 미워할 수 없다. 심지어 백 여사도 미워하지 않았다. 그런 감정을 가지면 안 된다고 배웠으니까. 아저씨의 손을 잡고 이 집에 발 들인 걸 후회한다. 그러나 제겐 선택권이 없었다.

어려웠던 부모님의 사업, 그리고 설상가상 삼촌이 들고 도망간 자금은 작은 사업체를 휘청거리게 하기 충분했다. 아저씨가 도와준 자금마저 모두 가지고 도망간 삼촌을 잡기 위해 두 분이서 차를 타고 쫓다가 사고를 당했다. 아버지는 그 자리에서 돌아가시고 어머닌 뇌사에 빠졌다.

손을 내민 건 아저씨였다. 연락을 받고 얼굴이 하얘져서 오신 그분은 고아원에 들어가야 한다는 유진의 사정을 듣고 선뜻 제 본가로 데리고 들어왔다.

어렸을 때는 몰랐다. 유진이 아는 대현그룹 회장님은 그저 엄마의 가장 오래된 친구이자 믿을 수 있는 오빠, 자신에겐 삼촌이라 불리던 아저씨였다. 본가에 들어오고 나서야 과거 엄마와 추문에 휩싸였던 상대라는 걸 알게 됐다.

백 여사의 운전기사였던 할아버지가 고용인 사택에 살게 돼 어린 시절 함께 자랐다고. 엄마를 너무 좋아하고 사랑해서 결혼하고 싶다 우기는 아저씨를 이기지 못하고 백 여사가 어렵게 어렵게 결혼을 허락했단 걸, 고용인들이 저희들끼리 주고받던 이야기에서 들은 적 있다. 하지만 엄마는 결혼식을 두 달 앞두고 청첩장까지 모두 찍어놓고서 다른 사람을 사랑한다며 아저씨의 얼굴에 먹칠하고 떠났다. 이후에도 두 사람은 연락하고 지냈지만 백 여사는 엄마를 용서하지 않았다.

"나를 미워하는 거 맞을 거야."

"혹시 내가 괴롭혔어요?"

"……아니."

"때리기라도 했나?"

"그런 거 아니야."

"조롱하고 경멸하고 멸시했어요?"

그걸 한 건 백 여사였다.

"아저씨가 엄마 때문에 돌아가셨잖아."

유진이 들어온 뒤로 백 여사와 도 회장은 완전히 갈라서다시피 했다. 매일매일이 언쟁의 연속이었다. 종국엔 유진을 끌고 가 친자확인까지 받게 했던 백 여사였다. 그때의 그녀는 정말로 아저씨와 혈연관계일지도 모른다는 공포에 떨었다. 그렇다면 백 여사가 자신을 죽일 것 같았다.

"백 여사님하고 싸우고, 엄마를 만나러 가다 사고 당하신 거잖아."

아저씨는 엄마가 아직 상태가 좋지 않다며 항상 그녀를 떼어놓고 병원에 다니셨다. 늦은 새벽, 여느 날처럼 싸움이 벌어졌다. 화가 난 아저씨는 집에서 나가 빗길을 운전했고 목적지는 공교롭게도 엄마가 있다는 병원이었다.

차는 미끄러졌고 유진의 아버지가 그랬던 것처럼 아저씨는 즉사했다. 집안의 싸움은 그렇게 아들의 죽음으로 막을 내렸다.

그리고 아저씨의 장례가 끝날 때쯤 엄마가 사라졌다. 백 여사가 엄마와 자신을 가만두지 않을 거란 생각에 유진은 장례가 끝나기도 전에 엄마의 병실을 물어물어 찾아갔지만, 엄마는 없었다. 백 여사가 엄마를 감췄다고 생각했다. 뇌사상태의 엄마가 혼자 걸어 사라졌을 리 없을 테니.

"한유진의 논리대로라면 내 아버지를 죽인 건 할머니 아니에요?"

"아냐!"

유진이 놀라서 눈을 크게 뜨고 고개를 저었다.

"할머니랑 안 싸웠으면 새벽 빗길에 기사도 없이 직접 운전해 트럭과 사고가 나진 않았을 텐데."

"아니야. 여사님 탓 아니야. 그렇게 생각한 적 없어. 정말 그렇게 생각한 적 없어!"

무서운 소리라도 들은 것처럼 유진이 헐떡댔다. 이 이야기를 들은 백 여사가 자신의 목을 또 조를지도 모른단 두려움에 떨었다. 윤우는 세차게 고개를 저으며 발작적으로 외치는 유진을 품에 안고 다독였다.

"그냥 가설을 말한 것뿐이잖아. 겁먹지 마요."

"그런 생각, 없어. 아니야. 진짜 아니야. 여사님 말대로…… 윽……. 나랑 엄마…… 엄마……."

가장 무서운 건 엄마의 얼굴이 점점 기억나지 않는다는 사실이다. 사진 한 장 챙기지 못했다. 하루아침에 부모님을 잃고, 아저씨의 손에 이끌려 맨몸으로 평창동 저택에 들어왔다.

유진은 알고 있었다. 자신이 갔을지도 모를 고아원은 이 집보다 더 냉랭한 곳임을. 아저씨는 그녀에게 은인이었다. 자신을 거두어준 것만으로 그 은혜는 평생을 두고도 갚지 못할 터다.

"보고 싶어. 흐어엉…… 엄마……. 엄마, 보고 싶어."

그의 앞에서 자꾸만 엄마의 이야기를 하는 것 같았지만 봇물이 터지니 멈출 수 없었다.

"이렇게 보고 싶으면서 어떻게 참았을까."

"보고…… 흐윽……."

"잘못된 사실은 바로잡아야죠. 내 아버지의 죽음은 사고였고, 나는 미워하는 감정과 좋아하는 감정을 헷갈릴 정도로 머저리는 아니야."

"네 감정 같은 거 모르겠어. 너는 항상 모호해."

윤우는 매번 왕자님처럼 나타나 백 여사의 폭력을 막아줬다. 막지 못한다면 최소한 백 여사의 눈을 피해 함께 있어주기라도 했다. 그러나 그가 제게 품은 감정이 어떤 것인지 알 수가 없어서 유진은 그가 더 두렵고 무서웠다.

커다란 저택에 들어왔을 때, 돌계단 저 위에서 자신을 내려다보던 남자아이. 무표정한 얼굴로 유진의 걸음 하나하나를 뚫어져라 보던 아이는 아저씨가 인사를 시킬 때까지 먼저 입을 열지 않았다.

"너를 알 수가 없어."

"당연하죠."

참았으니까.

윤우가 소리 없이 웃었다. 일부러 애매한 포지션을 취해왔다. 다가간 것 같으면서도 한 발 떨어져서. 그걸 제대로 알아챈 유진이 대견해 끌어안고 머리꼭지에 얼굴을 부볐다. 좋은 냄새가 난다. 그녀의 체향이 그를 아득하게 만들었다.

✦ ✛ ✦

오늘 대체 몇 번을 운 건지. 코끝이 잔뜩 붉어진 채로 유진은 입술을 부루퉁 내밀고 있었다.

그의 말을 완전히 믿는 건 아니다. 그렇지만 자신을 안아주던 손이 다정하고 부드러워 모든 걸 놓고 매달리고 싶어진 건 분명했다. 점심엔 초밥을 주문해 몇 점 겨우 먹고 그가 알려준 게임을 하면서 시간을 보냈다. 그저 함께 있는 것뿐인데, 왜 소꿉놀이를 하는 기분이 드는지.

유리창 너머로 붉은 기가 돌았다. 퇴근시간을 한참 넘겨서 뉘엿뉘엿 빌딩 숲 사이로 사라지는 해의 잔재는 귀가시간을 알려주고 있었다. 유진은 그제야 손목시계를 바라봤다. 오후 8시에 가까운 시각이다.

삐.

"다들 먼저 퇴근하세요."

- 네, 알겠습니다, 이사님.

윤우가 비서실에 먼저 퇴근하라 지시하자 유진이 그를 바라봤다. 이미 전화기 버튼을 누른 시점부터 유진을 보고 있던 그가 한쪽 눈썹을 슥 올린다.

"왜요?"

"퇴근 안 해?"

"오늘은 야근할 건데."

집으로 돌아갈 생각을 하니 가슴이 턱 막힌 듯한 기분이었는데 의외의 대답이 돌아왔다.

"아…… 그럼 난 먼저……."

"가기 싫어 죽겠다는 얼굴을 하고 있어서."

제가 어떤 얼굴을 하고 있는지 유진은 모른다. 손끝으로 얼굴을 더듬었다.

"얼굴보다 눈이요. 밖이 깜깜해지면 울 것 같아서. 오늘 많이 울려서 더 이상 울리고 싶지 않거든."

유진의 손이 짓무른 눈가로 향했다. 따끔거리고 아리다. 뒤늦게 자신의 얼굴이 엉망일지도 모른단 사실을 떠올린 듯 유진은 가방에서 작은 화장품 파우치를 꺼냈다. 윤우가 턱을 괴고 유진이 하는 모양새를 바라봤다.

콤팩트를 꺼내 하얀 얼굴에 꾹꾹 누르고 눈 끝의 붉은 자국도 흰 분으로 가려버린다. 색조화장을 하지 않아 그것만으로 수정이 끝났다. 그리고 립글로스를 바르기 위해 잠시 작은 거울에서 시선을 떼다 소리도 없이 자신의 눈앞에 와 있는 윤우를 발견했다.

"내가 해도 돼요?"

그가 유진의 손에 들린 작은 립글로스를 바라보며 물었다.

노을이 지고 푸르스름해진 하늘은 금방이라도 새까맣게 물들 것 같다. 네온사인으로 화려한 도시의 불빛들을 보고서야 유진은 지금 사무실의 불이 꺼져 있다는 걸 깨달았다. 마른침이 넘어갔다.

침을 삼키느라 적나라하게 움직이는 가는 목을 보고 윤우가 픽 웃었다.

"안 되나?"

그는 유진의 앞에 있는 낮은 테이블에 앉아서 립글로스를 쥐고 있는 손을 감싸고 있었다.

툭. 자신의 손을 아무렇지도 않게 감싸는 따뜻함에 놀라서 유진이 립글로스를 떨어트렸다. 바닥에 떨어지기 직전 다른 손으로 받아 든 윤우가 짓궂게 웃었다. 개구진 아이처럼 손가락 사이에 끼워 능수능란하게 돌린다.

"……돌려줘."

"내가 해줄게요."

"내가 할게."

점점 어두워지는 게 무섭다. 눈앞의 남자가 어떤 표정을 했는지 보이지 않을까 봐.

윤우는 립글로스 뚜껑을 돌려 열며 다른 손으로 그녀의 턱을 올렸다. 송곳니로 입술 끝을 질끈 무는 유진을 보며 조금 웃었다. 고작 고개를 들게 한 것만으로 한계까지 긴장한 것이 닿아 있는 데서 느껴진다.

"이에 묻어요. 벌려봐요."

살짝 나온 하얀 송곳니 끝을 바라보며 윤우가 말했다. 입술 중간에 립글로스 솔이 닿자 유진이 소스라치게 놀랐다. 그러자 삐끗해 입술선을 벗어나 살결에 끈적하게 묻어난다.

"이런."

“내, 내가 할게.”

“해보고 싶었거든요.”

“대체 왜…….”

당황스러웠고 부담스러웠다. 윤우는 입으로 올라오는 유진의 손을 쳐내고선 속삭였다.

“직접 칠해주고 싶었거든요.”

윤우가 고개를 숙인 순간, 유진은 그의 입술이 다가오는 줄 알고 얼어붙었다. 하지만 그의 눈은 유진의 입술 위를 맴돌 뿐이다. 곧 그는 예술가처럼 솔을 놀렸다.

입술이 간지러워 참을 수가 없다. 유진의 윗입술과 아랫입술이 말려 들어가듯 맞닿았다. 껄끄러운 맛이 혀에 감돈다. 자신도 모르게 입술을 놓으며 그녀가 버릇처럼 아랫입술을 핥았다.

“다른 데서는 입술 빨고 다니지 마요.”

그가 방금 유진이 핥았던 부분을 엄지로 문지르더니, 립글로스가 묻어 있는 손가락을 할짝인다.

“……집에…… 안 가?”

“야근한다니까. 야식도 시켜 먹고, 늦게 퇴근할 건데. 아님, 여기서 출근하든지.”

집이 더 불편한지, 여기가 더 불편한지 알 수 없다.

그가 어깨를 가볍게 풀었다. 그대로 테이블 위 간식거리들을 살짝 피해 몸을 옆으로 뉘여 한 팔로 팔베개를 하고 유진을 바라봤다.

“어떻게 하고 싶어요?”

“뭘?”

“여기서 출근하고 싶어요?”

“아니. 희정 언니도 혼자 있고…….”

"강민이가 옆에 있어요. 걘 나 출근만 시켜주는 역할이거든."

강민과 희정은 동갑이다. 강민은 지금은 그만두신 정원사 강씨 아저씨의 아들로 희정, 강민, 윤우 셋은 어릴 적부터 함께 자랐다는데, 마음 놓이는 사람이 붙어 있다는 말에 유진의 표정이 한결 편해졌다.

"아무도 없으니까 쉬어요."

정말 그래도 될까. 어깨가 뻐근했다. 그제야 자신이 굳어 있었단 걸 깨달았다. 첫 출근한 그의 이사실은 찾아오는 사람들로 붐볐고 그럴 때마다 그가 아무도 소파에 앉게 하지 못한 덕분에 유진은 아주 많이 불편했다.

"내일부턴 나도 비서실에 있고 싶어."

"안 돼요."

"여기 불편해. 아무 일도 하지 않으려고 출근한 건 아니잖아."

"한유진이 아무 일도 안 했으면 하는 건 할머니일걸. 구색 맞추기일 뿐이잖아요."

"그럼 그냥……."

"집에 있겠다고?"

집이라는 말만 들어도 목 언저리가 콱 막힌 기분이다. 하지만 희정이 걱정되기도 했다. 강민이 있다지만, 만약 희정이 화장실을 가리지 못하거나 실수를 한다면 그는 케어할 수 없다.

"계속 집에만 있으면요? 우리 집 귀신이라도 할 참이에요?"

"……언니랑 떨어져 있어본 적이 별로 없어."

"해봐야죠. 누나도 한유진 없이 살아봐야 해요."

유진은 아무 말도 하지 않았다. 그저 몸을 옆으로 뉘였을 뿐이다.

어둠 속에서, 그의 등 뒤에서 도시의 불빛이 반사된다. 그림자가 져 윤우의 얼굴이 제대로 보이지 않았지만 시선이 마주하고 있다는 걸 알 수 있었다. 그는 테이블에 누워서, 그리고 자신은 그가 1년을 기다려 받았다는 소파에 누워서 서로를 바라보았다.

“내가 그 집에서 더 이상 필요하지 않으면 어떻게 되는데?”

저택에는 희정과 자신을 보호해줄 사람이 없었다.

“네가 또 언니를 두고 떠나면?”

윤우가 제대했을 때 유진은 내심 안도의 숨을 내쉬었다. 하지만 그는 곧장 영국으로 떠나버렸다. 윤우가 떠나기 전날 그의 방에 찾아가 빌었다. 제발 가지 말라고.

말없이 자신을 보던 그는 고개를 젓는 걸로 대답을 대신했다. 유진은 그를 붙잡을 수 없었다. 어떤 사이도 아니었으니까. 애초에 윤우가 보호했던 대상은 제가 아닌, 그의 누나였을 터다. 그러니 제 부탁을 들어주지 않는 게 당연했다.

“정확히는 누나와 한유진이었죠. 내가 뒤로하고 떠난 건.”

“나는 힘이 없어서, 언니를 제대로 지키지 못했어.”

무서워 죽을 것 같았던 시간들. 다 자랐음에도 툭하면 발가벗겨져 정원으로 쫓겨났다. 저를 향한 음험한 시선들을 견뎌내야만 했던, 소름 돋는 나날들이었다.

“나는 아마 나 스스로도 지키지 못할 거야.”

유진은 빛나는 도시를 바라보며 말했다. 털어놓으니 마음이 편했다.

한 번씩 희정은 난리를 피웠고, 그때마다 방에 갇혔다. 그 안에서 희정은 모든 걸 부수며 울부짖었다. 유진은 희정의 방 앞에서 밤을 지새웠다. 사흘 내내 희정은 굶을 수밖에 없었고, 더 이상 방에서 아무런 소리가 나지 않으면 유진은 그녀가 죽은 건 아닌지 심장이 떨어져 내렸다.

정은은 밤늦게 2층에 몰래 올라와 유진이 앉아 있는 방문 앞에 서서 두 주먹을 쥔 채 참아내곤 했다.

「내 딸을…… 혼자 두지 않아서…… 고맙다.」

자신은 지키지 못해 이러고 있을 수밖에 없는 건데. 정은의 말을 들은 순간, 어쩌면 스스로를 지키지 못하는 건 이 집에 사는 모두일 수도 있다는 생각이 들었다.

"지금 눈이 반질거려서 빛나는 거 알아요?"

윤우는 유진의 눈을 바라보며 물었다. 유진이 눈을 깜박이자 물기는 흔적도 없이 사라진다.

고요한 시간이다. 아무도 입을 열지 않은 그 시간 동안 유진이 처음으로 마음 편하게 눈을 감고 수면의 늪에 몸을 던졌다.

줄곧 긴장하고 있어서였을까. 몸이 들어올려지는 걸 알았지만 도저히 눈꺼풀이 올라가지 않았다. 차에 태우고 안전벨트를 매주는 손길에 유진은 눈을 뜨려 했다. 그러나 몸이 물먹은 솜처럼 늘어져 꼼짝도 할 수가 없었다. 어쩌면 눈을 붙인다고 소파에 누웠다가 굴러떨어져 온몸에 멍이 든 건지도 모른다. 근육통처럼 온몸이 쑤셨다.

"그냥 감고 있어요."

윤우가 파르르 떨리는 눈꺼풀을 보면서 부드럽게 말했다.

유진이 안심하고 잠들자 다정한 눈빛이 사라졌다. 핸들을 쥐고 있는 손가락을 세워 부드러운 가죽을 까드득 긁어내린다. 정면을 주시하고 있는 얼굴은 바늘 하나 들어가지 않을 정도로 사나웠다.

백 여사가 그날 자신이 돌아오는 걸 몰랐을 리 없다. 수많은 사람 앞에서 그 빗속에 발가벗겨져 덜덜 떨고 있는 유진을 봤을 때 윤우는 발을 멈췄다. 등 뒤에서 자신을 받쳐주던 강민이 아니었다면 계단에서 굴렀을지도 모른다. 제 누이처럼.

사나운 마음과는 다르게 유진이 깨지 않게끔 부드럽게 나아간 차는 평창동에서 가장 커다란 저택 앞에 멈췄다. 차가 확인되자마자 천천히 열리는 차고 문을 보며 윤우는 입꼬리를 올렸다.

정신을 놓아버린 듯 잠들어 있는 유진을 깨우기는 싫다. 강민이 차고 안에서 모습을 드러내자 윤우가 고개를 까딱여 유진을 가리켰다.

"네가 해."

윤우의 손가락이 움찔거렸다. 자신이 직접 옮기고 싶어서. 하지만 고저 없는 윤우의 명에 강민은 묵묵히 유진을 들어올렸다. 덩치 큰 강민의 품에 작은 몸이 폭 파묻혀버렸다.

"2층으로 옮겨. 할머니는?"

"깨어 계십니다."

응접실에 있다는 뜻이다. 윤우가 픽 웃으며 고개를 끄덕였다. 자신의 하루 일과를 보고할 유진을 기다렸을 가능성이 높다. 손자인 자신보다 유진을 더 믿는지도 모른다. 그녀가 가장 두려워하는 게 뭔지 잘 알고 있으니, 쥐고 흔들기도 쉬우리라.

윤우가 계단을 올라 현관문에 손을 뻗기도 전에, 안쪽에서 김 비서가 문을 열었다.

"역시 김 비서님. 감사합니다."

예의 바르게 인사하며 안으로 들어서는데 김 비서의 미간이 찌푸려졌다. 유진이 강민에게 안겨 들어왔기 때문이다.

"왔니."

"다녀왔어요, 할머니."

"그래, 출근은 잘했누."

"일 파악하느라 바빠서 시간이 어떻게 지나갔는지 모르겠어요."

강민이 응접실 안쪽을 향해 묵례하고 2층으로 올라가는 계단을 밟았다.

"네 누이도 많이 피곤했나 보구나."

인자한 가면을 뒤집어쓴 백 여사에게 윤우가 웃으며 대답했다.

"그러게요. 누나가 긴장 많이 한 것 같더라고요."

"저리 약해서야. 쯧쯧. 식사는 했고?"

"네."

"올라가 쉬어라. 내일 이사진과 조찬모임이 있다고 했지?"

"그래서 일찍 나가봐야 될 것 같아요."

"양 전무는 너무 자극하지 말고."

"전무님이 저를 자극하지만 않으신다면요."

"아직 너는 어리다. 양 전무는 산전수전 다 겪었어."

백 여사가 가만가만 타일렀다.

"할머니가 그렇게까지 말씀하시니까 굳이 손대고 싶어지는데요. 제가 아버지를 닮아서 좀 모난 구석이 있잖아요."

윤우의 어리광 섞인 말에 백 여사가 소리 내 웃었다. 제 속을 썩인 적 없는 손자 녀석에게 그 무엇이라도 해주고 싶다. 하지만 지금 이사진을 자극해봤자 치기와 혈기만 끓는 애송이란 평만 들을 게 뻔해 고개를 저었다.

"어차피 네 것 아니니. 적당히 하렴. 벌써부터 힘 뺄 필요 없다."

백 여사가 부드럽게 아이 달래듯 말했다.

"할머니 기대에 부응해야죠. 빨리 자리를 잡고 싶어요."

백 여사가 흡족하게 웃었다. 손수 공들여 키운 손자다. 제 아비가 윤우를 보는 것보다 그 어미가 윤우를 품에 안고 자는 것보다, 제 품에서 세상의 모든 나쁜 것으로부터 지키며 키워온, 절대 평생 그녀를 실망시키지 않을 유일한 핏줄이다.

"그래, 피곤할 텐데 들어가서 쉬렴."

윤우가 인사를 하고 2층으로 올라갔다.

"김 비서."

"네, 여사님."

"내일 저 물건 이 박사에게 보여."

유진을 말할 때의 목소리는 베일 것처럼 싸늘하고 차가웠다.

"그렇게 하겠습니다."

백 여사의 곁에서 수발든 지 10년째였다. 그녀가 뭘 원하고 어떤 뜻으로 저 말을 하는지 수족인 김 비서는 누구보다 잘 알고 있었다. 김 비서가 곧바로 대답했는데도 백 여사는 만족스러워하긴커녕 누군가를 찢어 죽일 듯 2층을 바라보았다.

"내가, 직접, 백지에."

딱딱 끊어지는 목소리에서 깊은 원한과 분노가 배어났다.

"그린 그림을 저 천하디천한 계집애가 망치는 꼴을 두고 볼 수 없지. 제 어미가 우리 집안에, 그리고 내 아들에게 한 그대로 갚아주고 싶지만 나는 지성인이니 그럴 수야 없지."

"옳은 말씀이십니다."

백 여사는 팔걸이를 신경질적으로 내리치며 소름 끼치는 미소를 지었다. 그리고 어딘가에 있을 유진의 어미가 꼭 그 딸이 어떻게 망가지고 버려지고 종국엔 생을 마감하는지 지켜보아야 한다며 이를 갈았다.

CHAPTER 03

일어날 때면 항상 안개가 낀 것처럼 머릿속이 흐릿하기만 했는데, 너무나 맑은 정신으로 이른 새벽에 깨어났다. 알람이 울리기 전에 눈을 뜨는 일상은 똑같지만 어깨를 짓누르는 피곤은 어쩐지 느껴지지 않았다. 유진은 밝아오는 창밖을 보며 조용히 기상해 깨끗하게 씻은 후, 희정의 방으로 갔다.

"우웅……."

"언니, 일어나셨어요?"

잠결에 예민한 건 윤우나 희정이나 마찬가지다. 유진은 최대한 기척을 내지 않으려 애썼는데, 그녀를 빤히 바라보는 천진한 눈동자가 반가움으로 물들었다.

"유진아!"

"어제 혼자 잘 있었어요? 자느라 언니 얼굴도 못 보고."

"으응…… 강민이가 같이 인형놀이 해줬어. 헤헤."

"재미있었어요?"

"웅! 밥도 여기로 올라와서 희정이가 조아하는 샌드위치 만들어줘써."

희정은 아주 맛있었다며 어제 있었던 일을 하나하나 이야기해줬다. 유진은 귀찮은 기색 없이 전부 들어주면서 옷장에서 옷과 속옷을 꺼내두었다. 미리 물을 받아놓은 욕조로 희정을 데리고 가 씻기기도 했다.

이게 유진의 일상이다. 희정의 몸에 혹시라도 모르는 학대의 흔적이 있는지 살펴본 뒤 머리를 말려주니 아침을 먹을 시간이다. 고용인들은 가끔 희정이나 유진에게 화풀이한다. 희정이 떼쓰면 남몰래 꼬집고 가버려서 시커먼 멍이 들어 있는 경우가 빈번해, 유진은 늘 희정의 상태를 살펴왔다.

"……밥 먹기 싫어."

아침상은 항상 백 여사와 함께하기에 희정은 아침마다 투정이 많다.

"그래도 이제 언니랑 같이 밥 먹을 시간은 아침밖에 없는걸요."

"힝…… 유진이 오늘도 나가?"

"주말 빼고는 매일 나갈 것 같아요."

"그럼 강민이가 계속 희정이랑 놀아줘?"

유진이 고개를 끄덕이자 겨우 울음이 쏙 들어갔다. 미적대는 희정을 데리고 1층의 식당으로 내려가니 이미 사람들이 앉아 있다. 아직 백 여사가 나오기 전이라 유진이 의자에 앉고 제 옆에 희정을 앉혔다. 정은은 희정을 힐끗 보곤 아무 말도 하지 않았다.

"아직 안 돼요."

"힝……. 할머니 오기 전에 빨리 먹고 갈래……."

안 된다는 걸 알면서도, 제가 그러면 유진이 혼쭐나는데도 희정은 떼를 썼다. 숟가락을 잡으려는 희정을 유진이 두 손으로 막아냈다.

"누나."

맞은편의 윤우가 희정을 불렀다.

"으응."

"유진이 곤란하게 하지 말아요."

"희정이가 유진이 곤란하게 했어?"

고개를 갸웃하던 희정이 다시 유진을 돌아봤을 때 백 여사가 감색 한복을 곱게 차려입고 등장했다. 비녀로 쪽 찐 머리는 말끔하게 뒤로 넘어가 있는 상태였다.

상석에 앉은 그녀가 숟가락을 들자 식사가 시작됐다. 조찬약속이 있기에 윤우는 음료만 입에 댔고 유진은 희정의 입에 음식을 떠 넣어주느라 집중했다.

"모르는 것이나 어려운 게 있으면 천 이사랑 상의하고. 네 힘이 되어줄 게다."

"네, 할머니."

"그리고 희정이는 건강검진이 있으니 늦게 출근하렴."

백 여사가 시선도 주지 않은 채 국을 뜨며 말했다. 유진은 그 말이 자신에게 향한 것임을 알아차리고서 대답했다.

"……네."

"어디 아파요?"

윤우가 묻자 유진이 고개를 저었다.

"어제 보니 체력이 약한 것 같아 이 박사에게 따로 연락해두었어."

친손녀를 끔찍이 아끼는 듯한 소리에 유진의 얼굴이 어두워졌다. 어젯밤 제가 어떻게 방까지 왔는지 모르지만, 자신을 안고서 옮겨준 게 윤우라면 백 여사가 말하는 건강검진이란 제대로 된 게 아닐지도 모른다.

"금방 끝날 거다. 나랑 약속한 것도 있고."

희정에게 밥을 떠먹이려던 유진의 손이 공중에서 잠시 멎었다. 윤우의 날카로운 시선이 그녀의 표정을, 그리고 미세한 동요를 잡아냈다.

"누나, 혼자 먹을 수 있죠?"

윤우가 희정에게 말했다. 희정은 눈이 동그래져선 고개를 저었다.

"우리 누나, 혼자 먹을 수 있잖아요."

그가 단호하게 표정을 굳히자 희정이 입술을 내밀며 숟가락을 집었다. 어설프게 밥을 떠먹는 모습에 유진이 한숨을 내쉬곤 컵으로 손을 뻗었다.

"오늘 검진 있다고 하지 않았니."

"……네."

컵을 도로 내려놓고 가만히 앉아 앞만 바라보다 윤우와 시선이 마주쳤다. 그도 유진처럼 아무것도 입에 대지 않는다. 어떤 생각을 하는지 알 수 없는 눈이 번들거렸다.

유진이 마른침을 삼키며 시선을 돌리려는데 그의 눈이 가늘어졌다. 마치 지금 시선을 돌리면 안 된다고 경고하는 것 같아 꼼짝없이 서로를 마주 봤다.

"정우물산 셋째가 희정이랑 꼭 한 번 만나게 해달라고 제 어머니한테 부탁했대요."

"그래?"

백 여사는 아무렇지도 않은 듯 대꾸했으나 숟가락을 멈췄다. 정은이 웃으면서 말을 이었다.

"예전에 개관식 때 유진이 보고 계속 졸랐나 봐요. 그 집에서도 곤란해하면서 묻는데 어떻게 할까요?"

그제야 백 여사의 시선이 정면을 향했다. 마주 보고 있는 유진과 윤우를 찬찬히 살핀다.

"그렇게 해. 희정이도 결혼할 때가 지나긴 했지."

"여사님!"

유진이 깜짝 놀라 백 여사를 불렀다가 뱀처럼 날카로운 눈빛에 짓눌려 고개를 떨궜다. 무슨 생각인지 알 수가 없다. 진짜 도희정도 아닌 자신을 그 자리에 내보내 뭘 하려는 건지 짐작도 안 간다.

"세간에 떠도는 말들이 종식되겠구나. 선 들어오면 자주자주 내보내도록 해."

"네, 어머님."

"저도 눈치가 있으면 알아서 거절하겠지."

왜 선시장에 희정을 내놓지 않느냐며 닦달하던 입들을 다물게 할 좋은 기회라고 백 여사는 생각했다. 유진을 희정 대신 시집보낼 생각까지는 안 했다. 적당히 거절하다 혼기를 놓치면, 손녀가 독신을 희망한단 소리를 은근히 흘리면 된다.

"집안 망신시키지 말고."

"네, 여사님."

유진이 시선을 내려 손도 안 댄 자신의 숟가락 끝을 응시했다.

"그럼 제가 날짜 잡을게요."

"희정이 그럼 결혼해?"

희정이 불쑥 허리를 숙여 유진의 앞에 얼굴을 가져다 댔다.

"아니에요, 언니. 어서 밥 먹어요."

재빨리 눈앞의 계란말이를 반으로 잘라 그녀의 숟가락에 놓아주었다.

"희정이는 유진이 없으면 못 살아……. 결혼 안 할 거야아."

"네. 그럼요."

유진은 씁쓸하게 웃었다. 그리고 희정의 볼에 묻은 밥풀을 떼어주며 달랬다. 윤우는 한마디도 하지 않은 채 아침식사가 끝났다.

"먼저 출근하세요, 이사님."

어느새 바뀐 김 비서의 호칭에 신발장 앞에 서 있던 윤우가 천천히 그녀를 돌아다봤다. 두 손을 단전에 교차해놓은 채 허리를 숙여 보인 김 비서는 막 삼십 대 후반에 들어섰다. 그녀의 옆에 죄인처럼 서 있는 유진의 얼굴은 잔뜩 굳어 있었다.

"따라와요, 유진 양."

도살장에 끌려가는 소가 이런 기분일까. 어떤 일이 벌어질지 알지만 도망칠 수 없다.

"……윤우는 저랑 그럴 생각이 없대요. 제가 꼭 그래야 하나요?"

운전석에 오르기 직전 김 비서가 유진을 바라봤다.

"유진 양의 의사는 중요하지 않아요. 백 여사님 뜻이 중요하지."

유진은 조수석에 앉으며 떨리는 숨을 내뱉었다. 말이 안 된다. 윤우는 절 그런 식으로 보지 않는데. 백 여사에게 다시 한 번 말을 해보는 게 좋을 것 같아 차에서 내리려는데 김 비서가 그녀의 손목을 잡았다.

"주제는 파악한 줄 알았는데."

"네?"

"얌전히 있어요. 도련님이 유진 양을 안든 말든, 중요한 게 아니니까."

"그럼 뭐가 중요한데요?"

"만일을 대비한 거니까."

"저 다 잘 참았잖아요. 정말 윤우는 그럴 마음 없어요. 저도 그럴 마음 없고요. 걘 제가 불쌍해서……."

너무 무섭다. 제가 아무리 이런들 이들은 기어이 저희 원하는 바를 하고야 말 것이다. 유진의 몸이 덜덜 떨렸다.

"불쌍해서……."

"말 들어요. 나중에 애라도 들어서서 수술대에 끌려가는 걸 원치 않으면."

숨이 턱 막혀 유진은 멍하니 정면만 바라봤다. 타인의 입을 통해 듣는 저와 윤우의 이야기에 웃음이 나왔다. 미래가 없는 관계란 게 이런 걸까. 입맞춤조차 한 적 없는데, 미래에 생길 아이의 생명까지 위협받는 일방적인 협박이 성립은 하는 걸까.

"그럼 피차 시끄러워지고 힘들어질 테니, 여사님이 하란 대로 하세요."

김 비서가 차를 출발시켰다.

"……저는 이 집에서 뭐죠?"

“글쎄요.”

신호를 기다리면서 대충 대답하는 김 비서에겐 온기라곤 없다.

“제가 엄마를 포기하고 나가면요? 정말 엄마를 보호하고 계신 거라면 누워 계신 사진이라도 보여주세요.”

“그야 유진 씨 하는 데 달렸지. 이제 보니 못된 아가씨군요? 어떻게 부모 버린다는 소리를 할까. 그것도 아픈 부모를.”

유진은 웃었다. 제 자신마저 포기하고 싶은데 생사를 알 수 없는 엄마를 언제까지 기다리고 참을 수 있을까. 종국에는 백 여사가 정말 자신을 죽일 것만 같다.

제가 무엇을 그렇게 잘못했을까. 태어난 것부터가, 엄마 딸로 태어난 것부터가 잘못일까.

유진은 숨을 들이마셨다. 죄 없는 엄마를 탓할 수 없다. 자신을 이렇게 대하는 사람들을 탓해야 하는데 아픈 엄마를 탓하는 지금이 엄마를 버리고 싶다고 했을 때보다 더 큰 죄를 짓는 것 같았다.

“뻔뻔하기도 하지.”

김 비서가 혀를 찼다.

“여사님이 매달 굿을 하시는 것도 이해가 간다니까. 어디서 재앙 같은 것이 들어와선.”

어금니가 깨질 듯 아팠다. 이를 너무 꽉 무는 바람에 상했는지도 모른다.

“그래도 유진 양 품어주시는 건 여사님밖에 없으니 시키는 대로 해요.”

“차라리…….”

말을 꾸역꾸역 삼켰다. 아무것도 먹지 못했는데 억지로 삼킨 목소리가 기도를 막고 위장을 비튼다.

“나 같았으면 아들 잡아먹은 원수 딸을 이렇게 살뜰히 살피지도 못하지.”

김 비서는 유진을 신랄하게 헐뜯었다. S대학병원에 도착할 때까지도 비난은 이어졌다. 이미 귀에 못이 박이도록 들은 말이라 해도, 상처가 되지 않는 건 아니다.

"오셨습니까."

산부인과 진료실 주변은 외부인의 출입이 통제돼 있다. 그 앞을 지키던 경호원이 김 비서가 신분을 밝히자 길을 터줬고, 그곳엔 나이가 지긋한 여자 의사와 유진도 알고 있는 이 박사가 있었다.

"아이고, 김 비서님."

"오랜만이에요, 박사님."

"여사님은 여전하시고요? 제가 본가에 드나든 일 없으니, 건강하신 것 같은데."

"근심 빼면 정정하시죠."

"이쪽은 오늘 시술을 집도해줄 부인과 박 교수입니다."

박 교수라는 여성 의사와 김 비서가 고개를 숙이며 인사를 건넸다. 박 교수의 눈이 그들보다 두어 걸음 떨어져 있는 유진에게 향했다.

"이쪽이……."

"네."

김 비서가 고개를 끄덕였다. 유진의 이름조차 밝히지 않은 채 진료실 겸 간단한 시술을 하는 곳을 바라보자 박 교수가 유진의 손을 잡아끌었다.

"들어가서 간호사랑 준비하고 있어요. 쉬운 시술이니까 너무 걱정 말고. 십오 분이면 끝나긴 하는데, 우선 초음파부터 받아봐요."

왜 타인은 당연히 자신에게 적대감을 품었을 거라 생각했을까. 박 교수의 목소리는 다정했다. 진료실로 끄는 박 교수를 따라 떨어지지 않는 발을 뗐다.

"여사님이 시술 끝나는 것까지 지켜보라고 말씀하셔서요."

"김 비서님. 박 교수 저 사람이 워낙 까다로워서, 보호자도 곁에 못 있게 해요. 정신만 시끄러워진다고."

이 박사가 김 비서를 잡았다.

"하지만……."

"우리한테 맡겨요. 정 그러면 내가 지켜볼 테니."

이 박사가 웃으면서 말했다.

"여사님 보필하시느라 피곤하실 텐데 차라도 한잔하고 오세요."

대대로 대현그룹의 주치의 집안으로 얼마 전엔 백 여사의 전폭적인 지지를 받아 병원을 확장하며 배도 불렸다. 탐욕스럽고 젊은 여자를 좋아하는 터에 사생활에서 잡음이 끊이지 않았지만 실력 하나만큼은 인정할 만하다. 그가 왜 나서서 유진의 시술을 보겠다고 하는지 짐작이 안 가는 건 아닌지라 김 비서는 픽 웃었다.

"그럼 박사님께서 수고해주세요. 저는 한 시간 뒤에 오죠."

여러 가지 검사도 병행한다고 했으니 이 기회에 도련님이 안아도 문제없는지 확인해보는 것도 좋으리라.

이 박사는 웃으면서 고개를 끄덕이다 김 비서가 나가자마자 재빠르게 진료실에 들어섰다. 손에 땀이 흥건했다.

"넌 뭐 하는 새끼야!"

갑 티슈가 날아와 그가 방금 닫은 문에 맞고 떨어졌다. 박 교수가 반쯤 일어나 씩씩댔고 유진은 그 앞에 앉아 고개를 숙인 채 두 손을 맞잡고 있다.

"뭐야, 왜 그래? 문제 있어?"

"내 살다 살다 이런 일은 처음이네. 아직 경험도 없는 여자애 자궁에 뭐? 루프를 심어?"

유진의 고개가 더 수그러들었다. 수치심으로 떨리는 어깨가 이 박사의 눈에도 보였다. 그가 유진의 어깨를 짚으며 박 교수를 진정시켰다.

"아니, 그게. 박 교수, 그러니까 내가 부탁했잖아."

"애초에 그런 요구를 한다는 게 웃기잖아! 이딴 병원 때려치워야지! 그룹 사모님이면 다야? 어? 너 이 새끼, 이번에도 나 나간다고 할 때 잡으면 네 물건 묶어놓을 테니까 그렇게 알아!"

박 교수가 이를 드러내자 이 박사가 찔끔하며 시선을 돌렸다. 박 교수는 씩씩거리다가 죄라도 지은 것처럼 고개를 숙이고 있는 유진의 어깨를 두드려줬다.

"이 박사한테 자세한 이야기 들어요. 놀라지 말고."

박 교수는 이 교수를 노려봐준 후 시술실로 향하며 일부러 발소리를 쿵쿵 냈다. 이 박사가 숨을 몰아쉬더니 방금까지 박 교수가 앉아 있던 자리에 엉덩이를 붙였다.

"……날 믿을 수 없다는 거 나도 안다. 지금껏 백 여사님께 알랑대며 살아왔으니까."

이 박사는 윤우의 아버지와 친구였다. 어떤 이유에선지 젊은 시절 사이가 틀어졌고, 만날 때마다 싸늘함을 풍겨대곤 했지만. 그리고 백 여사는 아들이 못마땅해서, 아들과 척진 이들을 가까이하고 제 사람으로 부렸다. 그래서 그가 이러는 이유를 모르겠다.

"그래도 여사님께 너를…… 듣는 순간 나는 그건 도저히 사람이 할 짓이 아니라고 생각했다."

유진이 머뭇머뭇 고개를 들었다. 이 박사는 처음 보는 표정을 하고 있었다. 자책과 후회가 뒤섞여 있는 얼굴이 순식간에 몇십 년은 더 나이 들어 보였다.

"내가 진희 딸에게 그럴 수야 없지. 인두겁을 쓰고 어떻게 그런단 말이냐."

별안간 나온 엄마의 이름에 뒤통수가 얼얼했다. 누군가 자신의 머리에 정을 대고 박아넣은 듯 멍했다.

"엄마를…… 아세요? 박사님, 엄마가 그럼 어디에 있는지……."

"그건 나도 모른다."

이 박사가 단호하게 잘랐다.

모두가 진희를 좋아했다. 그도 어릴 때부터 윤우의 아버지인 민우의 집에 드나들며 함께 어울렸다. 두 남자는 진희를 마음에 뒀고, 그게 그와 민우가 척지게 된 이유다. 민우가 그리 쉽게 가버릴 줄 알았다면 관계가 뒤틀린 채로 있진 않았을 텐데.

"백 여사님께서 약까지 준비시킨 걸 보니 루프만으로 안심되지 않으셨나 보지. 차라리 약을 줄지언정 네 몸에 손대는 짓은 못 하겠다."

백 여사가 떨구는 콩고물을 받아먹고 개처럼 살았다고 하나 그에게 진희의 딸 유진은 특별한 존재였다. 그러나 그뿐이다. 자신은 백 여사에게 대놓고 반기를 들지 못한다. 그가 가진 모든 것을 손가락 하나 까딱이는 것만으로도 빼앗을 수 있는 게 백 여사였다. 아들을 잃고도 눈물 한 방울 흘리지 않은 철의 여인이 아니던가.

민우의 장례식 날을 떠올리던 이 박사는 소름이 돋았다.

"너는 시술을 받은 거야. 알겠니?"

유진이 열심히 고개를 끄덕였다. 막막한 상황에 한 줄기 빛이 내려왔다. 울컥, 솟아나는 눈물을 애써 참으면서 계속해서 고개를 끄덕였다.

"감, 감사합니다. 감사해요."

이 박사는 말을 잃었다. 무언가 희망이라도 주고 싶었지만 주먹을 꽉 쥐고 참았다. 위험을 무릅쓸 순 없다. 진희의 딸이 백 여사로 인해 말라 죽어간다고 해도 자신은 지켜야 할 것이 있다.

"내가 할 수 있는 건 다 해주겠지만. 여기까지다, 얘야."

"이것만으로도 감사드려요. 정말 감사해요, 감사합니다."

백 여사의 영역에서 자신을 이렇게 대해주는 사람이 있다는 것만으로 유진은 희망이 보이는 것 같았다. 이 박사가 안경을 밀어올렸다. 유진의 시선을 피하며 다른 쪽으로 향하는 얼굴이 왜인지, 죄책감에 물들어 있는 듯 보인다.

"그래. 일단 부인과 쪽으로 이상은 없는지, 이건 정말 건강 때문에 하는 검사니까. 안에서 박 교수가 잘 설명해줄 거다. 들어가봐."

"저, 저기……."

자신을 안심시켜놓고 다른 일을 하려는 게 아닐까 싶어 유진이 작게 속삭였다.

"괜찮다. 말했잖니. 내가 진희의 딸에게 나쁜 짓을 할 수 있을 리 없다고."

물어봤어야 했다. 대체 왜 그런 얼굴을 하셨느냐고. 자신의 엄마에 대해 끝까지 물어봤어야 했다고 유진은 나중에 후회했다.

✦ ✚ ✦

백 여사의 곁을 지키는 일은 사람들이 생각하는 것보다 몇 배는 까다롭다. 백 여사가 깨어 있는 동안 깨어 있어야 하며, 그녀가 하는 말을 그 내의(內意)까지 샅샅이 파악해 처리해야 한다. 전임자들은 얼마 버티지 못하고 두 손 두 발 들고 물러서거나 혹은 잘렸다.

김 비서는 고아원에서 자라 여기까지 올라왔다. 자그마치 10년이다. 입안의 혀처럼 굴었고 제법 일이 익숙해진 차였는데, 그래도 백 여사는 여전히 어려운 존재다.

한 달에 한 번 있는 휴가. 그리고 매일 깨어 있어야 하는 일상에서 주어진 한 시간의 휴식은 다디달았다. 병원의 휴게소로 내려와 즐겨 마시는 음료를 주문하고 앉아 있는 김 비서의 앞에 일순 그림자가 드리워졌다.

"안녕하세요, 김 비서님."

"도련님, 아니, 이사님께서 왜 여기에……."

"저도 몸이 안 좋은 것 같아서 검진 좀 받으려고요."

김 비서의 앞에 다리를 꼬고 앉은 윤우는 여유롭기만 했다. 뭔갈 눈치챈 걸까. 김 비서는 표정을 갈무리하며 침묵했다.

"그런데 오늘 검진란엔 누나 이름도 한유진 이름도 없더라고요."

"그건 말씀드릴 수 없습니다."

"전 아직 아무 말 안 했는데."

윤우가 이맛살을 찌푸린 채 웃었다.

"이사님 검진은 여사님과 상의해서 따로 잡는 게 좋을 것 같습니다. 여기에서 지금 이러고 계신 거 여사님 귀에 들어가면……."

"한유진, 지금 어디에 있어요?"

"유진 양은 여사님이 시키신 대로 검진받는 중이에요."

"그랬다면 김 비서님이 지키고 서 있었을 텐데. 왜 혼자 여기에 계실까."

김 비서는 입을 열지 않았다. 윤우는 테이블의 모서리를 매만졌다. 생각이 있거나 화를 눌러 참을 때 나오는 버릇이다.

"말해주세요. 할머니는 무슨 생각이세요?"

"말씀드릴 수 없습니다. 여사님께 이사님이 여기 계신다고 연락드릴까요?"

김 비서가 휴대전화를 내보였다. 위협이다. 윤우는 곧바로 손을 뻗어 휴대전화를 낚아채 테이크아웃 잔의 뚜껑을 열고 넣어버렸다. 그 얼굴에선 웃음기가 가셔 있다.

"짐작이 안 가는 건 아닌데, 김 비서님 입으로 듣고 싶어서 그래요."

"여사님께 직접 들으시죠."

"김 비서님. 하나밖에 없는 동생분이 요새 강원도에 계신다고요?"

윤우가 의자 등받이에 느긋하게 기대며 입을 뗐다. 화가 나 벌떡 일어나려던 김 비서는 동작을 멈췄다. 백 여사는 그녀가 천애고아이기에 곁에 뒀다. 부모나 혹은 친인척들이 있어봤자 청탁밖에 더 하냐고, 완전한 자신의 사람으로 하기엔 고아만큼 좋은 게 없다고 하는 게 백 여사의 입버릇이다.

"그걸…… 어떻게……."

동생과는 어릴 적 각기 다른 고아원으로 보내져, 다시 만나게 된 건 몇 년 되지 않았다.

"전 재산을 날려먹고 김 비서님 적금까지 카지노에 꼴아박았다는데."

"저는 그런 동생 없습니다."

김 비서가 재빨리 감정을 수습하며 동생의 존재를 부정했다.

"그래요? 그럼 할머니께 물어봐야겠네요. 할머니의 최측근인 김 비서님이 협박을 받고 계신다고. 누군지는 몰라도 3년을 부어온 적금과 예금을 전부 해지해 갖다 바쳤다고 말이에요."

그녀가 무서운 눈으로 윤우를 바라봤다. 그렇게 되면 자신의 커리어도 끝이다. 무시당하며 살던 고아 계집애가 오를 수 있는 가장 높은 자리까지 올라왔는데, 밀려날 수는 없다. 백 여사는 제게 도박에 빠진 동생이 있다는 것을 안 순간 미련 없이 저를 잘라낼 것이다. 약점이 있는 사람은 언젠가 그 약점으로 인해 주인을 배신한다는 게 백 여사의 오랜 지론이다.

"뭘…… 원하시는 거죠?"

"지금 한유진에게 무슨 짓을 하고 있는지 궁금해요. 앞으로도 궁금할 예정이고."

"도련님께 결코 나쁜 일은 아닙니다. 여사님은 자비로운 분이시니까요."

"자비요? 하하."

윤우가 재미있는 얘기를 들었다는 양 웃었다.

"그래요. 김 비서님이 그렇게 생각하신다면야……. 질문을 바꾸죠. 자비로운 내 할머니가 지금 무슨 짓을 하고 계신 거죠?"

김 비서의 머릿속이 바쁘게 움직였다. 자신과 윤우가 나눈 대화가 백 여사의 귀에 들어가는 순간 제 커리어는 끝이다. 모든 경력이 단절되고 보잘것없는 고아 계집으로 돌아가게 된다. 윤우의 입을 통해 동생의 일이 백 여사의 귀에 들어가도 같은 결과가 나올 터. 남는 수는 눈앞의 남자에게 빌붙는 것뿐이다.

"……도련님께서는 그럼 제게 뭘 해줄 수 있는 거죠?"

"카지노를 하나 사드리면 될까요? 동생분께서 평생 즐겁게 누리며 살 수 있는 곳을요."

윤우가 대수롭지 않다는 듯 대답했다.

"농담 마시고…… 제게……."

"정말이에요. 나중에 김 비서님과 노후에 같이 운영해도 좋겠군요. 필리핀 쪽 카지노를 하나 인수할 수 있게 도와드릴게요."

윤우의 얼굴엔 농담기라곤 없고 미소도 사라져 있다. 그제야 그가 초조한 상태란 걸 눈치챈 김 비서는 마음을 굳혔다. 어차피 윤우가 백 여사에게 입을 열면 자신은 끝이다.

"백 여사님이 도련님과 유진 양이 성관계를 하게 될 경우 발생할 수 있는 임신에 대해 걱정하고 계십니다. 그래서 루프를 삽입하기 위해 병원에 온 거고요."

"아하. 역시."

별로 놀랍지도 않단 얼굴이다. 자리에서 일어난 그가 김 비서에게 턱을 까딱인다.

"앞장서세요."

김 비서는 이미 시술이 끝났을 거란 말은 차마 못 하고 일어섰다. 그리고 부인과 병동을 향해 걷는데 뚜벅거리는 구둣발 소리가 뒤를 따른다.

"김 비서님."

"네."

한적한 복도 끝에서 윤우가 문득 김 비서를 불렀다. 뒤를 돌아본 그녀가 두 손을 바지 주머니에 넣고 고개를 모로 기울인 채 삐딱하게 선 윤우를 발견했다.

"김 비서님도 결혼 안 하셨죠?"

알면서 묻는 말에 고개를 끄덕였다.

"네."

"내가 김 비서님을 달라고, 하면 시술대에 있는 건 김 비서님일까요?"

김 비서의 얼굴이 치욕으로 달아올랐다. 그녀의 곁을 지나치며 윤우가 위로하듯 어깨를 두드려줬다.

"그게 지금 한유진이 겪은 감정이에요. 한유진은 백배쯤 더 수치스러웠을걸."

"저는 다 백 여사님이 시켜서!"

"알아요, 할머니 고집 세신 거. 그렇다고 해도 죄책감 같은 거 안 느끼셨잖아요. 오히려 희열을 느끼셨으려나. 고아원에 가야 마땅한 계집애가 연고도 없는 부잣집에서 온갖 호사를 누리는 걸 봐야 했을 김 비서님이 한유진 싫어하는 거 당연해요."

이제 앞선 건 윤우였다. 아무도 지적하지 않았던 부분을 훅 치고 들어오는 윤우 때문에 김 비서는 말문이 막혔다. 백 여사가 싫어하니 저도 그냥 싫어했을 뿐인데. 저런 소리를 들을 이유가 없다. 뒤늦게 화를 내려는데, 타이밍 좋게 윤우가 엘리베이터 앞에서 발을 멈췄다.

“다시 한 번 말씀드리지만 저는…….”

“안다니까요. 유진 양, 유진 양, 대우해주는 척하면서 말만 높이면 뭐 해요? 우월감에 사로잡히셨죠. 그 애를 발가벗겨 사내들 앞에 세우면서 기꺼워하셨을 테니.”

“도련님!”

“다 그런 것 아니겠어요? 아버지 돌아가시고 끈 떨어진 연이 돼 할머니께 학대당하는 애를 괴롭히고 싶은 건. 자신의 어린 시절을 투영해 그러셨겠죠. 사실 한유진을 할머니보다 싫어하고 경멸하는 건 당신일지도 몰라. 그걸 할머니를 통해 마음껏 풀었을 테고.”

“저는 명령을 받아 그런 것뿐, 절대 다른 의도는 없었습니다!”

사무적이고 딱딱하던 김 비서가 목청껏 소리치며 스스로를 변호하자 지나가던 이들이 돌아봤다.

“쉬. 내가 큰소리라도 냈어요? 뭘 그렇게 화를 내시나.”

윤우가 웃더니 마침 도착해 열린 엘리베이터에 올라탔다. 몇몇 사람이 복도에 서 있는 김 비서를 쳐다보자 그녀도 어쩔 수 없이 그 안으로 걸음을 옮겼다.

제 어깨에 내려앉은 낮고 음습한 시선은, 돌아볼 수 없을 정도로 노골적이었다. 김 비서는 빳빳하게 굳어 정면만 바라봤다. 각자의 목적지에서 사람들이 내리고 엘리베이터 안에 둘만 남았을 때에서야 변명처럼 입을 뗐다.

“……전 한유진 양에게 어떤 감정도 없습니다, 도련님.”

“그건 그것대로 큰일인데. 걜 보고도 아무 감정도 안 생기면 인격장애거든.”

엘리베이터가 6층에 멈췄고 윤우가 김 비서를 지나쳐 내려섰다. 병원 측 경비들이 김 비서를 보고 길을 터주자, 아무도 없는 복도를 지나 진료실 앞에 멈춰 선 그가 노크도 없이 문을 열었다.

"어? 어라…… 어…… 윤우 왔구나."

"안녕하세요, 박사님."

이 박사가 당황해 벌떡 일어났다. 윤우는 방 안을 훑더니 진료실과 연결돼 있는 다른 문으로 망설임 없이 걸어갔다.

"윤우야, 이야기 좀 하자."

"무슨 이야길 할까요?"

"여길 어떻게 알고 왔는지 모르겠지만……."

"……떨고 있었어요."

"뭐?"

"수전증에라도 걸린 양 손을 떨더라고요. 할머니가 한유진한테 무리한 걸 요구할 때 꼭 그러거든. 두 손을 맞잡는데, 바들바들 떨려요."

도와달라는 눈빛조차 보내지 못하고.

"이 안에 있어요?"

이 박사가 입을 못 떼는데, 윤우가 옆방 문을 눈짓했다.

"이 문을 열고 들어갔는데 한유진이 울고 있거나 털끝 하나라도 다쳐 있으면,"

"인석아, 그게 아니래도."

"앞뒤 분간 안 하고 조져버릴까 생각 중이거든요. 그러니까 똑바로 말씀하세요."

"유진이, 후…… 유진이한테는 아무 일 없다. 네 말대로 털끝 하나 건드리지 않았어."

언제 살벌하게 굴었냐는 듯 윤우의 눈이 초승달처럼 휘어졌다. 미련 없이 문에서 떨어지더니, 아까 유진이 앉았던 의자에 앉는다.

"다행이에요, 아저씨가 나쁜 분이 아니라서."

이 박사는 마른침을 삼켰다. 민우가 죽고 나서는 의식적으로 윤우를 피해왔다. 윤우를 보면 병원에 가겠다고 전화했던 민우가 떠올랐다. 사고가 제 탓도 아니건만 이 박사는 죄책감을 품고 있었다.

"윤우야."

"오는 내내 생각했거든요. 그런데 사람이 말이죠, 가끔 계산이 먼저 돼."

스윽, 유진이 있다는 문을 바라본 윤우의 얼굴에선 표정이 사라졌다.

"우리 할머니가 한유진 몸에 할 수 있는 일이 뭐가 있을까. 그걸 생각하면 미친놈처럼 달려오는 게 맞는데, 내가 좀 천천히 오는 게 아저씨의 진심을 알 수 있는 방법이겠더라고요."

"그……."

만약 제 예감이 틀렸다면. 한유진에게 이 박사가 무슨 짓을 했다면.

윤우는 어느새 떨리는 자신의 손을 내려다보며 싸늘하게 웃었다. 날이 바짝 서 있는 그 모습이 정상으로는 보이지 않아 이 박사는 침통하게 관자놀이를 짚었다.

"너에게 어디서부터 어떻게 이야기해야 될지 모르겠다."

"내가 걸었던 건 하나예요. 박사님이 왜 부인과 쪽으로 유명한, 그것도 재판까지 가서 이혼한 엑스와이프를 찾았는지. 그녀에게 무슨 은밀한 얘기를 했는지."

간단한 시술을 굳이 전처에게 부탁하지는 않았으리라 추론했다. 그래야 했다. 그게 아니라면 자신은 유진을 아무도 없는 무서운 곳에 밀어넣고 등을 돌려버린 게 되니까. 그건 한 번이면 족했다.

이 박사가 침음을 삼켰다. 이미 아는 것 같기도 했고, 자신을 떠보는 것 같기도 해 아무 말도 할 수가 없었다.

"왜 이 박사님이 유진이의 편의를 봐주는 걸까. 말씀해보세요."

"그건 말할 수 없다."

윤우가 책상 모서리를 문지르다 상체를 숙이며 은밀한 목소리를 냈다.

"지켜야 할 게 있으면 불안해지고 초조해지는 법이거든요. 할머니 밑에서 떨어지는 부스러기들을 열심히 드실 땐 전혀 몰랐는데. 각자 살아남는 방법이 있는 거죠, 그렇죠?"

"……나한테 사람을 붙인 게냐?"

"할머니도 내게 사람들을 붙이는데, 저도 할머니의 일거수일투족은 알아야 하잖아요."

윤우가 심상하게 대답했다. 도저히 스물여덟 살의 눈빛으로는 보이지 않는, 침잠해 있는 새까만 눈이 번들거렸다. 한 치의 거짓이라도 찾아내려는 듯, 칼로 저며 낱낱이 해부하는 것 같은 눈빛에서 백 여사의 흔적을 발견할 수 있었다.

"유진이가 모친을 찾고 싶어 해요."

이 박사는 침묵했다. 표정변화조차 없었다. 그러나 미미하게 떨리는 눈가만은 감추지 못했다.

"행방이 묘연해지기 전 뇌사상태셨죠. 뇌사환자를 보호하기 위해선 큰돈이 필요한데 아버지 자금 쪽엔 전혀 문제가 없단 말이에요."

민우가 진희와 파혼한 순간, 이 박사는 민우와 크게 싸웠다. 다시는 보지 않을 것처럼 으르렁거렸다. 백 여사가 절 키워주고 이 자리까지 끌어올려준 이유는 그 일이 마음에 들어서였기 때문일 거라고 이 박사는 생각했다.

"……뇌사환자를 숨겨줄 수 있는 사람이 누굴까."

백 여사는 이 박사가 민우에게 진희를 천박하다고, 그런 여자가 대현그룹의 안주인 자리에 어울릴 거라 생각하냐고 막말을 해 그들이 완전히 절교한 것으로 알고 있다.

8년 전, 기록할 만한 폭우가 내렸던 날. 그날 새벽 다급하게 자신에게 전화를 걸었던 민우의 목소리를 잊을 수가 없다. 휴대전화도 아닌 공중전화에서 숨이 턱까지 차 걸려온 전화를 받고 맨발로 병원으로 뛰쳐나갔다. 마치 어제처럼 생생했다. 두 사람 모두의 손을 놓아버릴 수밖에 없었던 날이기에.

"거기까지 해라."

"사람마다 숨기고 싶은 게 있기 마련이죠. 그러는 이유가 꼭 약점이라서가 아니라 지키기 위해서일 수도 있고."

"그래."

"재미있어요, 이 박사님. 할머니가 박사님을 곁에 두는 이유를 좀 알 것 같기도 하고요."

윤우가 웃음을 터트렸다. 그러나 눈은 원수를 갈가리 찢어발기는 그것이었다.

"뇌사상태인 모친을 감추기 위해 그 딸을 제물로 쓰시다니."

"제물 같은 게 아니야!"

백 여사의 추적은 끈질겼다. 그날 병원을 드나든 모든 이를 조사했고 거기에는 이 박사도 포함돼 있었다.

그의 첫사랑. 민우와 그가 지켜주지 못했던 여자. 한평생을 아무것도 해주지 못했던 여자였다. 백 여사가 두려워 민우와 그는 그녀를 지켜볼 수밖에 없었다.

"그래요. 알아요. 사랑하는 여자지만 그 자식은 논외라는 거. 사람은 이기적이라 내 것만 챙기게 마련이거든요. 나라도 그랬을 거예요. 한유진이 아이를 낳아도 둘 중 하나만 선택해야 한다면 한유진이야."

"나는 아무 말도 하지 않았다. 너도 아무것도 묻지 않은 거야. 여사님 귀에 들어가면……."

백 여사는 어느 순간 추적을 포기했다. 그리고 이 박사는 그 이유를 깨달았다. 한유진이 그 집에 있기 때문이다. 화풀이 대상이 버젓이 눈앞에 있는데, 굳이 뇌사상태라는 진희를 찾을 이유가 없어서였다.

이 박사는 그렇게 진희의 딸이 지옥 속에 사는 걸 지켜봤다.

"네. 저도 그냥 확인하고 싶었을 뿐이에요. 그리고 이 박사님이 여전히 이러고 계신 점에서 그분이 살아 있는 것도 확인했고요."

이 박사는 철두철미했다. 사람을 붙여도 별다른 보고가 들어오지 않았다. 가끔 룸살롱에 가서 여자들과 놀고, 정부의 집에 드나드는 게 취미라면 취미일까. 지방학회 같은 델 참석해도 특별한 걸 찾을 수 없었다. 그래서 잘못 짚었다고 생각했다. 윤우가 그에게 사람을 붙이기 시작하고 3년 동안 단 한 번도 이상한 곳에 드나들었던 흔적이 없어서.

"그거면 됐어요."

윤우가 일어나며 구겨진 슈트의 앞섶을 잡아당겨 반듯하게 하고선 이 박사를 내려다보며 입을 뗐다.

"주어가 없었잖아요. 나는 누구에 대해서도 이야기하지 않았고, 박사님은 아무 말도 않으셨고. 계속 정부들을 전전하며 사세요. 지금까지 그랬던 것처럼 쭉."

이 박사는 눈을 감아버렸다. 유진이 있을 안쪽 방으로 향하던 윤우의 구둣발 소리가 일순 뚝 멈췄다.

"아."

윤우가 뒤를 돌아보며 웃었다.

"그분 귀에 대고 말해주세요. 한유진이 어떻게 살아왔는지. 백 여사가 그 아이를 어떻게 괴롭혔는지. 그리고 이 박사님이 처녀인 애를 데려다 산부인과에 앉혀두고 할머니 말대로 무얼 하려 했는지도."

"나는!"

"오늘따라 왜 이렇게 화를 내는 분들이 많으실까."

화가 나 있는 건 윤우 자신이면서.

"그럼 혹시 알아요? 그분이 딸 소식에 벌떡 일어나실지."

이 박사는 두 손바닥에 얼굴을 묻어버렸다. 그의 손도 유진의 손처럼 떨리는 걸 보고서야 윤우는 분노를 갈무리했다. 이 판에서 제정신인 사람은 아무도 없다.

유진이 하얀 배를 드러내놓고 반듯하게 누워 있고, 그 옆에 선 의사가 하나하나 설명해줬다.

"난 부인과라 자궁 외에는 자세히 봐줄 순 없는데. 나중에 복부초음파는 따로 받아보는 게 좋아. 내친김에 내시경을 해보는 것도 좋고."

유진이 희미하게 웃으면서 고개를 끄덕였다. 그래도 병원에 왔으니 한번 살펴보자고 해 검사를 받았고, 박 교수가 어설프게나마 다른 곳도 봐주겠다 해서 복부초음파 중이다.

"소화가 잘 안 된다고 그랬지?"

"네……."

"나라도 그런 집에선 소화가 안 되겠다. 이 박사도 그 집에서 밥 먹고 돌아올 때면 항상 소화제 찾았어."

박 교수는 이 박사와 갈라선 지 오래로 위자료는 넘칠 정도로 받았고 서로 간에 감정은 남아 있지 않다. 오히려 결혼으로 묶여 있을 때보다 편해졌다. 얼마나 급했으면 전처에게 부탁할까 싶어 딱하기도 했다.

"그 잘나신 여사님이 무슨 짓을 하시려는지는 모르겠지만, 네 몸은 네가 지켜야 해."

엄하지만 다정한 목소리에는 심려가 담겨 있다. 마치 자식을 타이르는 것만 같다.

"네……."

"이렇게 말한들 소용없다는 것도 알아. 돈 있고 권력이 있으면 마음대로 구는 게 이쪽 사람들이니까."

그게 지긋지긋해 이 박사와 헤어졌다. 백 여사의 말이라면 꼼짝도 못 하는 남편이, 대기순서를 무시하고 재벌들을 우선으로 하는 남편이 끔찍했다. 칭찬 듣기 위해 기를 쓰는 개를 보는 것만 같았다. 아무리 돈이 좋아도, 사람을 살리는 의사가 사람이길 포기해서는 안 된다는 게 박 교수의 생각이다. 세간에는 이 박사가 젊은 여자들에게 환장해 박 교수와 이혼한 줄 알고 있지만, 정말 견딜 수 없었던 건 따로 있었다.

"이 박사도 처음엔 안 그랬어."

의대 시절 처음 만났고 수석과 차석을 번갈아 하며 서로를 의식했다. 그에게 좋아하는 여자가 있다는 느낌을 받았지만 곧 마음을 접은 것 같아 모르는 척 결혼하고 한 이불을 덮은 채 20여 년을 살았다.

"그러다가 스스로가 망가져가고 있단 걸 알았던 거지."

처음 백 여사의 사주로 신장이식 환자의 명단을 바꿨을 때 이 박사는 술집에서 밤을 새우고 집에 돌아오지 않았다. 그게 시작이었다.

"불쌍한 사람이야. 이해가 안 돼도 그냥 저런 사람이 있다는 것만 알고 있어."

"저는 그냥……."

유진이 깊게 잠긴 목소리로 말했다.

이 아이를 방치한 전남편을 편들어줄 순 없는 데다 유진 또한 싫어하겠지만, 박 교수는 변명이나마 해주고 싶었다.

"네가 원망하는 게 당연해. 저치는 지은 죄가 있으니까."

"원망보다는…… 나는 혼자 계속 산속을 헤매고 있었는데, 굉장히 어두운데,"

손발은 날카로운 돌조각에 찔리고 뾰족한 나뭇가지가 온몸을 할퀴어댔다. 그런 곳을 목적지도 모른 채 헤매고 있었다.

"반딧불을 발견한 기분이에요."

이것은 결코 숨이 트이게 해줄 통로는 아니다. 백 여사에게서 자신을 구해줄 사람은 없다. 하지만, 아주 작은 반딧불이 제 등을 툭툭 치며 여기에 먼지 같은 빛 한 점이 있다고 말해주는 것 같았다.

"사실 피할 수 없다고 생각했거든요."

유진은 배시시 힘없이 웃었다.

"한유진."

초음파 모니터를 보고 있던 박 교수와 누워 있던 유진이 깜짝 놀라 일어났다. 윤우는 커튼을 완전히 젖히고서 그들 앞에 모습을 드러냈다.

"왜 여기 있어? 오늘 조찬모임 있다고 했잖아."

손목시계를 확인하니 이미 10시가 넘어 있다. 모임은 8시였다.

"네가 못 먹은 게 걸려서."

그가 침상 머리맡에 섰다. 유진과 윤우를 번갈아 보던 박 교수가 초음파 기계를 제자리에 놓고 티슈를 몇 장 꺼내 그에게 건넸다. 젤로 범벅이 된 배를 닦아주라는 뜻이다.

"나는 나가서 이 박사랑 이야기 좀 하고 있을게. 옷 갈아입고 나와요."

엄마처럼 살갑게 대해주시던 분이 마지막엔 존댓말을 사용하더니, 한쪽 눈을 찡긋거리며 나갔다. 그에게서 티슈를 받아 훤히 드러나 있는 배를 닦으려 하는데 윤우가 유진의 한쪽 어깨를 밀며 기어이 눕혔다.

"누워 있어요."

"이리 줘. 내가 할……."

배에 티슈가 닿더니 끈적끈적한 것들이 부드럽게 닦여갔다.

"여기에 누워 있는 거 본 순간,"

몽글몽글 뭉치는 젤을 보면서 윤우가 습한 목소리를 흘렸다.

"내 애라도 밴 줄 알았잖아요."

그가 배 아래쪽을 지그시 내리누른다.

"읏……."

"정말 그랬다면 좋을 텐데."

가슴 바로 아래까지 그의 손이 쑥 들어왔다. 젤이 여기저기 많이 튀어 있기 때문인데, 유진은 놀라 저도 모르게 두 손으로 윤우의 손목을 붙잡았다.

"우리 사이에 아무 일도 없었다는 게 꽤 아쉬워요. 아님 이 배 속에 있는 아이를 보러 여기에 왔을 수도 있잖아."

"노, 농담하지 마, 윤우야."

"농담 아닌데. 웃고 있으니까 장난 같고 농담 같아요?"

그의 입꼬리는 분명 올라가 있다. 하지만 목소리에서 웃음기가 전혀 묻어나지 않는다.

"얌전히 당해줄 생각이었어요?"

"어떻게 알았어?"

그가 모르는 건 하나도 없는 것 같다.

"글쎄요. 할머닌 항상 내가 상상하는 것보다 더 악한 분이시라니까."

친손자인 그에게조차 그 마음을 온전히 다 드러낸 적 없는 분이다. 한유진을 미워하는 것만큼 한 번이라도 그에게 다 보여줬다면 여지라도 있었을 텐데.

"어떻게 하면 한유진을 짓밟고 눌러 죽일까 고민하시는 것 외에 나는 그분 진심을 알아차린 적이 없어요."

알고 있는데도 타인의 입을 통해 듣는 진실은, 상상을 초월하는 절망을 가져다준다. 유진의 호흡이 가빠졌다. 공교롭게도 윤우가 현재 티슈를 대고 있는 곳이 유진의 심장 근처라 터질 것처럼 뛰어대는 박동을 느낄 수 있었다.

"나를 보면서도 이렇게 뛰어대는 심장을 원한다면."

유진이 더 이상 공포스러운 생각을 못 하게끔 윤우가 앙상하게 드러난 갈비뼈 사이를 티슈로 훑었다. 에어컨을 틀어놔 차가워진 실내 공기로 인해 얇은 피부에 오소소 소름이 돋는다.

"어떻게 할래요?"

단번에 유진의 어깨를 잡아 상체를 일으키게 했다. 윤우는 그녀가 도망 못 가게끔 두 손을 어깨 너비로 벌리고서 그녀의 양옆을 짚은 채 상체를 숙였다.

"……아무것도 안 할래."

"좋아하는 사람한테는 이렇게 뛰어요?"

윤우가 심상하게 물었다.

"아니. 안 뛰어."

"이상하다."

그가 고개를 기울더니 유진의 주먹 쥔 손을 제 가슴에 가져다 댔다. 두근두근, 뛰는 심장이 묵직하고 거칠다.

"나도 잘 몰라서 그러는데. 나는 어때요?"

"심장 뛰는 거 다 똑같아."

유진은 애써 부정하다 말려 올라가 있는 진료복을 내리려 했다. 그러나 윤우가 한발 빨랐다.

"그렇게 생각하면 어쩔 수 없고."

그는 유진의 손을 바지 앞섶으로 가져갔다.

"여기는요?"

습한 속삭임은 귀를 잘 기울이지 않으면 들리지 않을 정도로 낮았다.

"여긴 다 똑같지 않을 것 같은데."

"윤우야."

꺼져가는 목소리로 자신을 부르는 여린 여자를 향해 그가 다정하게 웃었다.

"심장이 이 정도로 뛰고, 짐승처럼 아랫도리가 부풀었으면. 나는 분명하게 한유진에게 딴 맘 먹은 것 같은데."

누구의 숨인지 알 수 없을 정도로 섞여든 호흡이 점차 다가온다. 그의 날숨이 마치 비가 오고 난 뒤의 눅진한 늪 같았다. 온몸에 습한 기운이 진드기처럼 달라붙었다.

✦ ✢ ✦

희정이 놀 수 있는 곳은 자신에게 배정된 방뿐이다. 눈이 아플 정도의 형광색 분홍 벽지에 여자아이들이 좋아할 만한 인형이 가득했지만 대부분이 낡아 있다. 정은이 가끔 가지고 온 것들이다.

흰색 캐노피가 쳐져 있는 공주님 침대에서 색색거리며 잠이 든 희정의 옆을 강민이 가만히 지켰다. 이 방만 에어컨이 고장 나 있어 그녀의 이마에 땀방울이 송골송골 맺히자 창문을 조금 열었다. 언젠가 희정이 열어놓은 창문에서 떨어질 뻔한 뒤부터 아무도 열지 않았던 창문의 이음쇠는 뻑뻑했다.

끼이이익.

"히익!"

창틀을 긁으며 지나가는 쇳소리에 경기하듯 벌떡 깬 희정이 울음을 터트렸다.

"으아아앙! 유진아! 유진아아!"

"아가씨. 접니다. 유진 양은 동생분과 나가셨어요."

"으엉! 유진이 보고 싶어어어!"

희정이 발을 구르며 떼를 썼다. 그러나 방 밖으로 나가려 하진 않았다.

희정은 제 곁에 사람이 있으면 방에서 벗어나지 않는다. 혼자 집 안을 돌아다녔다간 고용인들의 싸늘한 시선과 백 여사의 질타밖에 받을 것이 없으니 그랬다. 이미 오늘도 유진과 강제로 떨어져 그녀를 찾으러 아래층에 내려갔다가 호통을 들었다.

"언제 와? 강민아, 유진이 언제 와아?"

"해가 져야 옵니다."

「강민아! 이거 봐!」

정원에 심어놓은 푸른 수국 사이에서 하얀색 수국을 발견했다며 신나서 방방 뛰던, 어렸던 그녀의 목소리가 들리는 듯했다. 그때보다 더 어려진 희정이 아이 적에도 쓰지 않았던 떼를 썼다.

집안의 분위기에 짓눌려 희정도, 윤우도 투정 한번 부리지 않았다. 배 속에서부터 철든 것처럼 의젓했다. 윤우가 희정의 장난감을 갖고 가지 않았다면, 제가 아버지를 졸라 받은 용돈으로 선물해준 장난감을 그녀가 대수롭지 않게 여겼었다면 비극은 일어나지 않았을지도 모른다.

희정이 윤우를 밀치며 그 손에서 장난감을 뺏자, 백 여사가 성큼성큼 무서운 기세로 걸어와 희정을 밀었다. 아홉 살 손녀의 등 뒤에 까마득한 돌계단이 펼쳐져 있단 걸 뻔히 알면서도 망설임 없었다.

「강민아!」

떨어지면서도 엄마가 아닌 절 부르던 도희정은 아이가 됐다. 그동안 써보지 못한 떼를 마음껏 부리려는 것처럼 아이가 돼버렸다.

"희정아."

희정이 입술을 내밀더니 강민의 허벅지를 퍽 걷어찼다.

"유진이는 같이 놀아준단 말이야!"

빽 소리를 질러놓고 지레 놀라 두 손으로 입을 막고 몸을 웅크렸다. 여자의 큰소리가 나면 그 집안은 망하는 거라고, 백 여사는 희정의 어떤 소리도 집에 울리는 걸 바라지 않는다.

"유진이이!"

희정은 강민과 잘 지내다가도 유진을 찾았다. 유진은 윤우와 있다고 하면 안심하다가, 이내 눈물을 흘리곤 했다.

"유진이는 내가 있어야 된단 말이야아."

"왜 유진이는 네가 있어야 되는데?"

강민이 완전히 말을 놓았다. 눈을 깜박거리며 자신을 빤히 보는 눈동자는 악의 없는 순한 갈색이다.

"나는…… 있어야 돼. 안 그러면 으음…… 할머니가……. 유진이가 나를 지켜주고…… 내가 유진이를 지켜주는 거라고."

가장 약한 둘이 서로를 끌어안고서 지키다니, 말도 안 되는 소리다. 두 여자에겐 서로밖에 의지처가 없었단 뜻이기도 하다.

"그래야 되는데…… 흐윽."

희정이 울었다. 동시에 급격하게 젖어가는 시트를 발견하고 강민은 당황했다. 침대에다 실수한 본인은 더 놀라 얼굴이 빨개져선 대성통곡한다.

"흑…… 흐엉…… 어어어어엉!"

"울지 마. 씻겨줄 사람 데려올 테니까. 응?"

"유진이…… 흐앙!"

아무리 정신연령이 어리다고 해도 다 큰 여자의 옷을 자신이 갈아입힐 순 없다. 강민이 재빨리 1층으로 가 그나마 희정에게 호의적인 여주댁을 찾았으나 시장에 갔다고 한다.

희정의 방과는 대비되는 시원한 거실, 그는 고용인들을 찾았다. 희정을 씻겨달라고 하니 냉랭하게 돌아선다. 모친인 정은은 으레 그렇듯 외출했는지 보이지 않았다.

"그냥 씻겨요. 부끄러운 것도 모를 텐데."

자신은 겉절이를 담그느라 바쁘다던 고용인이 지나가는 투로 툭 던졌다.

"맞아. 애나 다름없잖아요. 오줌만 쌌다면서. 대충 물만 뿌려주면 되겠구먼."

옆에서 점심을 먹던 다른 고용인이 거들자, 강민은 아무 말도 하지 않았다. 무시무시하게 노려보니 찔끔한 듯했으나 기어코 한마디를 덧붙인다.

"여사님이 하나부터 열까지 해주니까 모자란 거 아니냐고 한마디 하셔서 우리도 못 도와줘요. 이해하지?"

머리끝까지 치미는 분노를 어떻게 풀어야 할지 알 수 없다. 유진과 희정, 약하디약한 둘이서 서로를 끌어안고 살았을 지난날에 구역질이 치밀었다. 여기서 큰소리를 내면, 그래서 백 여사의 귀에 들어가면 상황이 더 안 좋아진다는 걸 알기에 그는 2층으로 올라왔다.

"강민아!"

문밖으로 고개만 빼꼼 내밀고 있다가 그가 나타나자 종종걸음으로 달려와 허리를 감싸고 폭 안기는 작은 몸. 성장까지 멈춰버린 게 아닐까 싶을 정도로 작고 여렸다.

"그때 내가 지금처럼 컸다면 잡을 수 있었는데."

지금처럼 팔이 길었다면, 키가 컸다면. 그렇게 눈앞에서 떨어지는 희정을 망연자실하게 지켜보고만 있지 않았으리라.

"나 놔두고 가지 마아. 유진이처럼 가지 마아."

희정이 지나온 자리마다 노란 발자국이 찍혀 있다.

"지금부터 눈을 감고 네 옷을 벗길 거야."

그게 무슨 소리인지조차 모르고 눈가가 벌겋게 부어올라선 방실방실 웃는다. 하얗고 고른 치아와 벌어진 붉은 입술에 머무는 티끌 한 점 없는 웃음에 강민은 쓴 물이 넘어왔다.

“내가 씻겨줘도 괜찮겠어?”

“우웅.”

작은 얼굴에는 한 치의 망설임도 없다. 그가 희정의 손을 잡고 방으로 들어갔다. 일단 욕조에 미지근한 물을 받아놓고 그녀를 세워둔 채 침대 시트를 갈았다. 그러고 나서 욕실로 들어서는데 희정은 욕조 물을 손바닥으로 참방거리는 중이다.

“후…….”

강민이 심호흡했다.

“후우.”

그를 따라 하면서 해맑게 웃는 그녀를 외면했다. 그나마 다행인 건 여름철이라 희정이 원피스를 입었다는 점이다. 눈을 감고 원피스 밑단을 잡고 단번에 올리자 냉큼 만세 자세를 취하며 옷을 벗기기 쉽게 도와준다.

“잠깐만.”

속옷은 눈을 감고선 풀어낼 수가 없었다. 다른 델 잘못 더듬을까 봐 강민은 최대한 시선을 아래에 고정한 채 손을 움직였다.

툭, 호크가 풀려 바닥으로 속옷이 떨어진다. 희정은 몸을 가릴 생각조차 없는 듯 그의 얼굴에다 바람을 불었다.

“후우우우우.”

아까 한숨이 장난 같고 재미있는지 반복하며 까르르 웃는 게 영락없는 애다. 싫어하거나 또다시 울거나 떼를 쓸지도 모른다 생각했는데 희정은 아무렇지 않은 얼굴이다.

강민은 저도 모르게 무르익은 여체로 시선이 가자 서둘러 눈을 옮겼다.

"팬티는 벗을 수 있어?"

"으응!"

할 줄 안다며 슥 벗어 던져둔다.

"욕조로 들어가. 많이 더웠지? 땀 좀 식히고 있어. 갈아입을 옷이랑 준비해줄게."

그는 원래 말이 많은 편이 아니다. 윤우와 있으면서부터는 그 말수도 더욱 줄어들었다. 하지만 희정은 강민이 끊임없이 말을 하기를 원했다. 그가 입을 다물고 있으면 불안해하고 눈치를 보며 슬슬 건드렸고, 그가 말을 하면 아기 새가 어미 새의 부리만 쳐다보고 있는 것처럼 그의 입만 쳐다봤다.

"강민이도 같이 들어가!"

갑자기 희정이 그의 셔츠를 잡고 늘어졌다. 단추 몇 개가 단번에 툭툭 떨어진다.

"희정아!"

"응?"

희정은 그의 탄탄한 구릿빛 가슴에 손을 얹고 천진하게 그를 바라봤다.

"안 돼. 넌 혼자 들어가서 씻어야 하고……."

그 순간, 여체가 그의 몸에 감겨들었다. 강민은 서둘러 희정의 어깨를 잡아 제게서 떼어내고 그대로 들어올려 눈을 질끈 감은 채 욕조에 넣어버렸다.

"꺄!"

수온은 미지근했건만 몸에 물이 닿자 희정이 비명을 질렀다. 놀라서라기보다는 즐거움에 오른 비명 같다.

"오리배 띄워줘."

희정이 욕실 한구석을 가리키며 요구했다. 그곳에 있는 목욕용 장난감 몇 개를 전부 욕조에다 부어주자 희정은 금세 강민에게서 흥미를 잃고 오리배를 누르며 논다.

"강민아."

"후…… 그래."

"거품 내줘."

희정이 입으로 보글보글 소리까지 내며 하는 부탁을 그는 전부 들어줄 수밖에 없었다. 머리를 감겨주고 눈을 감고 거품을 내 몸을 대강 씻겨주고 있던 참이다. 젖은 손가락에 의해 눈꺼풀이 강제로 벌어진다.

"무슨 짓이야."

"왜 눈을 감고 있어?"

고용인들의 말처럼 수치도, 부끄러움도 모르는 얼굴로 희정이 물었다.

"널 보면 안 되니까."

"왜애?"

"보면 괴롭거든."

과거가 생각나 괴롭고, 그녀가 자랄 때까지 손을 놓고 있어야만 했던 것 때문에 괴로웠다. 그가 씁쓸하게 웃자 희정이 고개를 갸우뚱했다.

"나는 강민이가 좋아."

"……나도."

자신은 비겁하다. 아무것도 모르는 상대에게 이럴 때를 빌어 진심을 고백하는 스스로에게 경멸이 일었다.

거품을 내 희정의 머리를 만져주자 좋은지 헤실헤실 웃으며 고개를 완전히 젖혀버린다. 덕분에 그는 흠뻑 젖었다. 아랑곳 않고 최대한 샤워폼만 닿게끔, 그걸 든 손은 그녀의 몸에 닿지 않도록 조심조심 씻겨줬다.

"이얍!"

희정이 거품 물을 그의 머리에 뒤집어씌웠다. 그리고 그의 셔츠 단추를 모두 풀어버렸다.

"시원하지? 그치?"

욕실 가득 비명처럼 맑은 웃음소리가 울렸을 때다. 문이 벌컥 열렸다.

"이……! 이……!"

짜악.

당황해 벌떡 일어난 강민의 뺨을 세게 내리친 것은 외출에서 돌아온 정은이다. 강민이 희정을 돌보게 된 뒤부터 재빨리 볼일만 보고 돌아오곤 했는데, 그런 그녀에게 고용인들이 지나가는 투로 말했다. 또 옷을 입은 채 소변을 본 모양이라고.

불길한 예감에 한달음에 뛰어 올라오는데 비명이 들렸다. 놀라서 문을 여니 기가 막힌 광경이 펼쳐져 있었다. 알몸의 딸아이와 옷을 풀어헤친 경호원이라니.

"천박하고 불결한 새끼가!"

정은의 긴 손톱에 얼굴이 긁힌 강민은 고개를 숙였다.

"생각하시는 그런 일 없었습니다."

"모자란 애를 데리고 무슨 짓을 한 거야!"

"엄마아……, 화내지 마아."

"너는 생각이 있어, 없어! 다 큰 계집애가 어디 남자 앞에서 옷을 벗어!"

"사모님, 오해십니다."

정은은 머리끝까지 화가 나 씩씩거렸다.

"더러운 새끼. 어릴 때부터 내 딸한테 붙어 다니더니, 이러려고 그랬지? 우리 집안에서 너를 받아줄……!"

정은은 황급히 입을 다물었다. 강민을 한 대 더 치고 싶은 것처럼, 두 손이 바들바들 떨렸다.

"……나가. 당장 나가!"

정은이 문을 가리키며 소리를 지르자 강민은 고개를 숙여 보이고 욕실을 나왔다.

"히잉…… 왜, 왜 강민이한테 화내애!"

희정이 정은을 밀치며 울음을 터트렸다. 희정은 큰소리가 나면 눈물을 터트리곤 했다. 정은은 어린아이처럼 구는 딸을 보며 숨을 골랐다. 희정의 몸에 어떤 강제한 흔적도 없다는 걸 알아차린 건 그 후다.

"강민 불러와아! 유진이 데려다줘어!"

"너 정신 똑바로 못 차릴래! 왜 엄마한테 이래! 왜!"

"엄마 미워어! 으허어어어어어엉! 엄마 미워! 저리 가!"

정은이 맨손으로 희정의 등을 내리치며 화를 버럭 냈다. 그러자 희정이 욕조 구석에 처박혀 몸을 웅크렸다. 더 이상 울지도 소리도 치지 않으며 정은을 외면했다.

"이리 와."

"……."

"이리 안 와!"

절 낳아준 엄마를 피하는 딸이 세상에 어디 있을까. 정은이 울 듯한 얼굴로 희정을 바라봤다.

첫째로 딸을 낳자 백 여사는 그녀를 사람 취급도 하지 않았다. 이 아이를 안고서 눈물 젖은 날들을 보냈다. 정은에게는 남다른 자식이다. 기죽어 있는 자신을 고사리손으로 잡아주며 위로해주던 어린 딸.

"너!"

그때 강민이 커다란 배스타월을 들고 들어섰다. 그리고 눈을 감은 채 바닥에 무릎을 꿇고 말했다.

"희정아, 이리 와."

말이 끝나기 무섭게 참방참방 물소리가 난다. 정은은 자신을 지나쳐 강민의 품에 안기는 딸을 바라봐야만 했다. 강민은 커다란 타월로 희정을 감싸고 나서야 눈을 떴다.

“희정아? 감히 이름을 함부로……!”

“아가씨이기 이전에 제 친굽니다, 사모님. 그리고 희정이가 저를 친구로 여기고 있어요.”

제가 존댓말을 쓰면 희정이 짜증을 부린단 걸 깨달은 건 불과 몇 시간 전이다. 희정은 강민이 절 이름으로 부를 때마다 기분이 좋아졌다.

“으응. 강민이는 내 친구야. 그치이?”

“희정아, 기억나? 강민이가 기억나? 어릴 때 같이 놀았던 것도?”

정은이 놀라 다그치듯 묻자, 희정은 제 엄마를 외면하며 강민의 목에 두 팔을 두르고 얼굴을 묻어버렸다. 정은을 보고 싶지 않단 뜻이 명백했다. 맥이 탁 풀렸다. 더 다가갈 수가 없었다. 보이지 않는 투명한 벽이 그들을 가로막고 있다.

“……옷은 저 혼자 입을 수 있으니까.”

정은은 눈물이 차올라 떨리는 목소리로 강민에게 말했다.

“네.”

백 여사는 희정이 이렇게 된 것을 정은의 잘못으로 돌렸다. 처음부터 잘못된 아이를 낳은 게 아니냐며 경멸과 모욕을 쏟아부었다. 맏손녀가 중환자실에서 생사를 넘나드는데도 한번 와보지도 않았다. 늦게서야 그게 사고가 아니라 백 여사가 한 짓이란 걸 알게 됐을 때는…….

“그래, 너와 함께 목을 매달까 했지.”

욕실을 나가는 딸의 뒷모습을 보면서 정은이 씁쓸하게 중얼거렸다.

바닥에 팽개친 클러치를 주워 들다 아무렇게나 벗어놓은 속옷과 원피스가 눈에 들어오자 또다시 찢어지는 마음을 얼기설기 엮어냈다. 결국 클러치를 바닥에 던져두고 시큼한 냄새가 나는 속옷을 집어 들었다.

정은은 처음으로 어설프게나마 딸의 속옷을 빨기 시작했다.

✦ ✢ ✦

유진은 연신 목이 타 음료를 마셨다. 무슨 정신으로 어떻게 병원을 나섰는지 기억나지 않았다. 그에게 뭐라 대답을 했던 것 같은데 그것조차 모호했다. 시간 날 때 병원에 오면 진료해주겠다고, 꼭 진료가 아니더라도 찾아오라는 박 교수의 따뜻한 말에 연신 머리만 꾸벅댔다.

정신을 차려보니 윤우의 차 보조석에 앉은 채 테이크아웃한 카페라테와 음료를 두 손에 들고 있는 채다. 무릎 위에는 샌드위치까지 있다.

"아메리카노는 속 쓰리니까. 라테에 샌드위치로 일단 참아줘요."

저도 모르게 윤우의 하체로 시선이 향했다.

"어딜 보는 거예요?"

"아니! 아니야!"

유진이 정면을 향하며 커다랗게 대답하자 윤우가 운전대를 잡고 웃었다.

"뭘 또 그렇게 격정적으로 아니래."

"나 혹시, 진료실에서 이상한 소리 했어?"

윤우는 정면을 바라보며 어깨만 으쓱였다. 점심에 가까워지는 시간이라 차가 밀렸다. 잠실에 있는 본사까지는 오래 걸릴 것 같다.

"어서 먹어요. 나도 못 먹었으니까 한 쪽 주고."

음료를 기어 앞 컵홀더에 넣고서 샌드위치의 포장을 벗기려 했다. 테이크아웃 잔을 든 손에 샌드위치까지 들었다가 허둥지둥 홀더에 커피를 욱여넣는데 놓쳐버렸다. 음료컵을 넣으려 했던 곳에 샌드위치가 들어갔고, 커피는 바지와 허벅지를 적시며 떨어졌다.

"아!"

얇은 여름용 정장바지로 뜨거운 커피가 쏟아졌다. 윤우가 재빨리 글러브박스에서 물티슈를 꺼내며 유진의 버클을 풀어내려 했다.

"괘, 괜찮……."

온통 화끈했다. 생각보다 뜨거웠던 커피에 입술을 잔뜩 깨물며 앓는 소리를 흘렸다.

"벗어요."

"아냐. 빨리 차……."

빵빵! 빠아아아아앙!

갑자기 멈춘 외제차를 향해 클랙슨이 울려 퍼졌다. 아픔보다 당황이 큰 유진이 앞을 가리키며 출발하라고 했지만, 윤우는 아랑곳하지 않고 기어이 유진이 한 손으로 잡고 있는 버클을 풀었다.

"아!"

차들이 클랙슨을 울리며 옆으로 피해갔다. 누군가는 창문을 열고 욕을 하기도 했는데 하나도 안 들릴 정도로 고통이 컸다. 붉게 달아오른 허벅지를 보고 윤우가 바지자락을 더 내리려는 걸 유진은 필사적으로 막았다.

"손 놔."

"괜찮으니까 차……, 흐윽."

"선팅 짙게 돼 있어서 안 보여. 손 놔."

다른 이보다 그의 눈에 제 몸이 드러나는 게 더 창피하고 수치스러웠다. 유진이 고집스럽게 바지를 끌어올리려 하자 아예 상체가 조수석으로 절반쯤 넘어온 윤우가 넥타이를 거칠게 풀었다.

"한유진, 네 손 묶어놓고 벗길까."

빈말이 아닌, 정말 지금 당장에라도 그러겠단 단언처럼 들렸다. 유진의 손에서 스르르 힘이 빠져나갔고, 윤우가 바지를 무릎 아래까지 내려버린다. 원래 음료를 즐기지 않는 윤우가 제 몫으로 골랐던 생수를 맨살에 들이

붓는데 유진은 아파서 자신도 모르게 그의 어깨에 고개를 묻었다.

"흣……."

"병원에 가야겠어."

윤우는 눈앞 건물에서 피부과라 쓰여 있는 간판을 발견하자 그때서야 운전석에 바로 앉고서 차를 출발시켰다.

차가운 물로 바로 식혀서 그런지 병원의 주차장으로 들어갈 때쯤엔 조금 괜찮아졌지만, 기어이 윤우는 유진을 제 재킷으로 아래를 가리곤 안아 올렸다. 병원으로 가 접수대에서 접수하자, 오전 진료 마감하기 직전 아슬아슬하게 의사를 만날 수 있었다.

"커피를 쏟으셨다고요?"

다행히 여성 의사였다. 붉게 부어오른 속살을 보더니 곧 간호사에게 지시해 얼음주머니를 가져오게 했다.

"물집이 생길 수도 있고 관리 잘못하시면 흉이 질 수도 있어요. 살성이 약해서 걱정이 되긴 한데 1, 2주 지나면 괜찮아질 것 같네요."

의사는 가볍게 말했다.

"잠깐 앉아서 찜질부터 하세요. 화상에 좋은 연고를 처방해드릴게요. 통풍 잘되는 옷으로 입으시고요."

"여기서 영양제도 맞을 수 있습니까?"

"그럼요. 영양제도 준비하도록 하죠. 점심때라 저흰 한 시간 뒤에 돌아올 건데, 주사실에서 맞고 계시면 돼요. 수액도 그때쯤엔 다 들어가게끔 조절해드릴게요."

약속이라도 있는지 의사가 바쁘게 말을 쏟아냈다. 간호사를 따라가 주사실에 누웠다. 간이의자에 앉아 유진의 허벅지에 수건으로 감싼 얼음주머니를 올려놓은 후에야 윤우는 참았던 숨을 내쉰다.

"미안해요."

커피를 엎지르고 시트를 온통 버린 건 저였다. 왜 그가 사과하는지 이해할 수 없어 쳐다보자 윤우는 미간을 잔뜩 찌푸렸다.

"손이 너무 차갑길래, 들고서 좀 따뜻해졌으면 했던 건데. 빈속에 차가운 것 먹으면 위에 안 좋으니까."

그는 마치 유진이 위장약을 달고 사는 걸 아는 듯 말했다.

"내 잘못이야."

"아뇨. 내 잘못이에요. 애초에 물이나 주스를 샀어야 했어요."

간호사가 수액을 들고 들어오는 바람에 대화가 끊겼다. 손목에 링거 바늘이 꽂혔다.

"저희 한 시간 안에 올 거예요. 쉬고 계시면 되세요. 보호자님도 피곤하시면 옆 침대에 누워 계셔도 돼요. 무슨 일 있으면 데스크에 남아 있을 담당 직원에게 말씀하시면 되고요."

간호사가 점심을 먹고 오겠다고 인사하며 나갔다.

유진은 차마 먼저 입을 열지 못해 머뭇거렸다. 다른 차들도, 시선도, 소리도 아랑곳하지 않고 오로지 자신에게만 집중하던 얼굴이 아픈 와중에도 떠올랐다.

"잘못한 건 나야. 내가 바보처럼 당황해서 떨어트린 거니까."

유진이 어렵게 입을 뗐다.

"당황시킨 건 나잖아요."

대학병원 안, 그 어두운 초음파실에서 저 손을 제 하체에 가져다 댄 건 그였다. 당황해 눈만 크게 뜬 채 물 밖에 나온 물고기처럼 파닥거리는 유진을 보고 웃어버렸다. 저를 진지하게 생각해달라고 말하자 무의식중에 고개를 끄덕이는 그녈 보며 기억하지 못할 거란 생각은 했다. 옷을 갈아입으라고 했더니, 유진은 블라우스 단추를 온통 잘못 채운 채 나오기도 했다.

"당황한 모습을 좀 더 보고 싶어서 대답을 하지 않은 것도 나고."

그 대화 내용이 떠오르지 않았다. 유진은 링거가 꽂혀 있는 쪽 손을 꼼지락거리다 주삿바늘이 살갗을 찌르는 느낌에 곧 손에서 힘을 풀었다. 아까 손바닥에 닿았던 단단하고 커다란 열기가 가시지 않는 것 같다.

"그러니까 내 잘못이에요."

"실수한 건……."

"샌드위치 그대로 두면 입에도 안 댈 거 알았거든요. 생각 많고 머리 복잡한 사람에게 해달라고 한 내 잘못이죠."

전부 윤우의 잘못이 됐다. 유진은 희미하게 웃었다. 왜 웃는지 영문을 모르겠다는 듯 그가 그녀를 바라봤다.

"항상 내 잘못이라고만 생각해서. 좀 생소해서 그래."

저택에서 일어나는 안 좋은 일은 모두 유진의 탓이었다. 재앙덩어리가 들어왔기 때문에. 심지어 고용인들이 일을 하다 살짝 다친 것도 그녀가 재수 없어서라고 수군거렸다. 용한 무당이 집에 들어와 유진을 재앙이라 지목한 뒤부터 생긴 일이다. 그때는 아저씨가 살아 있어서 대신 화를 내주고 집안단속을 해 아무도 그녀에게 손가락질하지 못했다.

그러나 아저씨가 돌아가시고 난 뒤 무당이 다시 집을 드나들게 됐고, 자신은 아저씨를 죽음까지 몰아간 재앙을 가져온 악(惡)이 돼버렸다.

"저기……."

윤우의 눈빛이 굳었지만 유진은 눈치채지 못했다.

"네."

"이런 거 물어도 좋을지 모르겠는데."

"물어봐요. 내가 대답할 수 있는 건 전부 해줄게요."

"내가 집에 처음 온 날, 밉지 않았다면 왜 거리를 둬?"

자신이 거리를 뒀던가. 윤우는 샅샅이 기억하고 있는 지난날을 떠올렸다. 한 발 물러난 채 바라보던 때는 있었다.

"글쎄……."

"너랑 나랑 동갑이잖아."

그는 유진에게 존댓말을 사용하면서, 유진보곤 존댓말을 쓰지 말라고 한 순간부터 유진은 기를 쓰고 말을 놓았다. 그 거리를, 간극을 메우고 싶었다. 하지만 13년이 지난 지금까지 여전했다. 도윤우는 명백하게 이쪽도 저쪽도 넘어올 수 없도록 선을 긋고 있다.

"아아……."

그의 눈매가 나붓하게 접혔다.

"내가 말을 놨으면 좋겠어요?"

"그게…… 동갑이잖아."

그가 고등학생이 됐을 때 학교에 가지 못한 유진은 그가 부러워 축하한다고 말했고, 그런 그녀를 빤히 보면서 그는 "고맙습니다." 대답했다. 그게 전혀 축하받고 싶지 않은 사람에게 축하를 받아 불쾌해 그런 거라 여겼다. 그도 자신을 좋아할 리 없다고. 아버지의 옛 연인의 아이를 어떻게 좋아할 수 있을까. 그와 친하게 지내보려고 했던 자신이 이기적이라는 걸 깨달았다.

"별 이유는 없는데."

유진은 쓴웃음을 삼켰다. 그가 친구들을 어떻게 대하는지, 어떤 식으로 통화를 하는지 알고 있다. 다른 사람관 허물없이 지내는 도윤우가 자신에게만은 깍듯했다.

"그때는,"

느릿느릿, 뜨겁고 부드러울 것 같은 입술이 열렸다.

"어리고, 또 위험했죠."

무슨 말을 하는 걸까. 유진이 좀 더 자세히 그의 표정을 보기 위해 머리를 살짝 들어올리려 하는데 커다란 손이 얼굴을 덮었다. 그리고 순식간에 그

위에 제 얼굴을 가져다 댄 윤우가 비밀이야기라도 하듯이 속삭였다.

“자제란 걸 모르는 새끼였거든요, 내가.”

방금 전까지 얼음주머니를 쥐고 있었던 손에선 찬기가 훅 끼쳤다.

색색, 숨을 내뱉는 이 아래 얼굴이 궁금해 윤우는 손이 간질거렸다. 하지만 궁금한 동시에 날카롭게 웃고 있을 제 얼굴을 보이긴 싫었다.

“반말을 사용하면 함부로 대할 것 같고, 그럼 상처 줄 것 같아서요. 존댓말을 쓰면 한번 필터링은 하게 되거든.”

제 누나가 떨어져 다시는 원래의 모습대로 돌아올 수 없게 된 곳에서부터 노란색 원피스를 입고 아버지의 손을 잡은 채 올라오던 유진. 항상 움직이지 않는 사진에서나 보던 여자아이가 걸어와 불안에 흔들리는 눈으로 저를 바라봤다.

“무슨 말인지 모르겠죠?”

유진은 고개를 겨우 끄덕였다. 입술까지 틀어막혀서 소리 내 대답할 수 없었다.

“그냥, 그때는 그랬는데 지금은 버릇이 된 거예요.”

그가 숨통을 놓아주듯 손을 뗐다. 다시 보이는 윤우의 얼굴은 꿀이 떨어질 정도의 다정함으로 무장돼 있었다. 그 다정함 사이로 비죽이 솟아나오려는 칼날이 보이는 것 같아 유진은 몇 번이나 눈을 감았다 떴다.

손가락이 다가와 이물감을 느끼기도 전에 눈가에 붙은 속눈썹을 떼어준다.

“말, 놓으면 안 돼?”

“그랬으면 좋겠어요? 사이좋은 남매라는 평을 위해 예의 바르게 구는 게 좋을 것 같은데.”

“아냐. 어떤 식으로든 괜찮아.”

어쩔 수 없는 일을 강요하는 것 같았다. 그리고 그의 말대로 사람들은 저와 그를 남매로, 아니 그가 말을 높이는 쪽이 더 어색하지 않아 보일지도 모른다.

"밖에서는 그렇게 하고, 섹스할 땐 유진아 하고 부를게요."

이번에는 정확하게 들었다. 손바닥이 또다시 간지러워진다. 부피감 있던 그의 하체를 움켜쥐고 있는 것 같았다.

"아무래도 그게 다정해 보이고 좋죠? 허리 아래론 난잡하게 굴면서 입으론 예의 바른 척하는 것도 웃기니까."

친절한 미소에 음험함은 털끝만큼도 깃들어 있지 않았다. 그 간극이 두려웠다. 끝이 보이지 않을 것 같아서. 어쩌면 백 여사를 마주했을 때처럼 아득하고 높은, 끝이 어딘지 모르는 봉우리를 끊임없이 올라야 할 것만 같은 느낌이 지금의 윤우에게서 들었다.

"물집은 안 잡힐 것 같은데."

의사가 대수롭지 않게 말했던 것처럼 붉어졌을 뿐 더 나빠질 것 같지는 않았다. 유진의 상처를 윤우는 뚫어져라 바라봤다.

"그럼 평생 네가 날 유진이라고 부를 일은 없을 것 같아."

유진은 가까스로 대답하고 다리를 오므렸다. 낮게 혀를 찬 윤우가 유진의 다리를 힘줘서 벌렸다.

"데인 곳이 닿잖아요."

"아!"

뜨겁고 따끔거리는 감각에 유진이 시선을 내렸다.

"거봐요. 이러고 있어요. 스치기만 해도 아프면서."

반박할 수 없었다. 유진은 이불을 머리끝까지 뒤집어썼다.

「유진아.」

그가 자신의 이름을 불렀을 때를 생각하자 귓가와 목 부근에 소름이 돋았다. 그가 처음으로 유진아, 라고 불렀다. 그녀가 손톱으로 소름을 살살 긁었다. 간지럽고 오돌토돌하다.

손등의 바늘이 살갗을 뚫고 나올 것만 같다.

"……혼자 링거 맞고 갈 수 있으니까 회사로 돌아가."

윤우가 조찬모임을 빠진 데 대한 불똥이 제게 튈 게 분명했으나, 유진은 전혀 걱정되지 않았다. 빨리 그가 자리를 비워줬으면 좋겠다. 생각을 정리할 시간이 필요했다.

"출근 이틀짼데 무단결근이야."

거기에 이사진까지 바람맞혔으니 반발도 심하리라.

"그래요?"

"지금이라도 돌아가. 난 바로 집으로 갈게."

말이 떨어지기 무섭게 그가 일어나는 기척이 났다. 의자의 쇠 부분이 바닥에 날카롭게 긁히는 소음이 유독 크다. 문소리가 나자마자 유진이 이불을 걷어냈다.

"하아…… 하아……."

더워 손부채질을 했다. 링거줄이 흔들리는데도 아픔도 모른 채 부채질을 하다가 피가 역류해 깜짝 놀라 그만뒀다.

수액은 느리게 떨어졌다. 자신도 모르게 그 느린 물방울을 보면서 아슬아슬하게 톡, 떨어지는 그 순간에 맞춰 숨을 쉬었다. 절반 이상 남아 있는 수액이 전부 들어가기까지 한 시간. 소리 없이 한 방울씩 힘겹게 떨어지다 보면 어느 순간 끝이 보일까.

계속 얼굴이 달아올랐다. 바지를 그의 차에 놓고 와 아무것도 입을 게 없다는 걸 깨달던 참이다. 문이 노크도 없이 벌컥 열리더니 간 줄 알았던 윤우가 손에 검은 비닐봉지를 든 채 서 있었다.

"이 근처에는 제대로 된 옷가게가 없더라고요."

다행히 건물 뒤편에 작은 시장이 있었단다. 가장 처음 보이는 옷가게에서 제 옷을 사왔노라고. 어디서나 봄직한 싸구려 냉장고 바지 하나가 튀어나왔다. 손에 감기는 느낌이 피부보다 더 부드러웠다.

"이거라도 일단 입어요. 다음에 더 예쁜 옷 사줄게."

그 말에 콧잔등이 시큰해진다. 얼굴이 빨개지는 그녀를 보면서 윤우는 조심스럽게 입을 뗐다.

"마음에 안 들어요? 돌고래 무늬로 바꿔 올까?"

"……마음에 들어."

그가 건네달라는 시늉을 하자 유진이 고개를 저었다.

흔한 바지 하난데 사온 사람의 온도가 고스란히 느껴지는 것 같았다. 그 온도는 지금까지 느껴보지 못한, 묵직한 감촉을 갖고 있었다.

백 여사는 윤우가 조찬에 빠졌다는 사실을 알면서도, 유진이 유치한 곰돌이 무늬 냉장고 바지를 입고 나타난 걸 봤으면서도 아무것도 묻지 않았다. 제 일말의 목적은 이루었기 때문이리라.

올라가서 쉬라고 다정하게 말하며 이쪽은 쳐다보지 않는 백 여사. 그 옆에 서 있는 김 비서는 윤우와 눈을 마주치지 않았다.

"저 안 혼내세요?"

"모임이야 다시 날을 잡으면 되지. 제 누이가 아파서 병원에 데려갔다는데, 칭찬은 못 해줄망정 혼을 내서야 쓰나."

윤우의 직접적인 말에 백 여사가 허허롭게 웃었다. 거실 한자리에 꼿꼿하게 앉아서, 집 안팎으로 벌어지는 모든 일을 꿰뚫고 있다.

"이사들에게는 잘 말해놨다. 병원에 간 일은 잘 끝났고?"

이쪽은 일별도 않으면서 백 여사가 물었다.

"그럼요. 할머니가 원하시는 일 전부 제 눈으로 확인했는걸요. 그렇죠, 김 비서님?"

"네, 여사님."

"제가 어려서부터 배운 게 그거라. 저도 제 눈으로 보지 않은 건 믿질 않아서요."

어린 시절부터 도씨 가문의 씨앗을 아무 데나 뿌리고 다니지 말라는 소릴 돌려서 하는 걸 들어왔다. 백 여사는 손자의 이런 면이 좋았다. 하나를 가르치면 열까진 모르더라도 그중 몇 개는 제 손으로 직접 해치워야 직성이 풀리는 성격이, 죽은 아들과는 달랐다.

"네 애비가 자식의 반만 닮았어도 지금 이 자리에 있었을 텐데."

"아버지는 아버지고 저는 저인걸요."

화제는 오늘 자신의 산부인과 검진인데도 당사자인 그녀는 한마디도 끼어들지 못했다. 그리고 백 여사가 시술이 무사히 끝난 줄 알고 있고, 그렇기에 제게 한마디도 않고 손자의 일탈을 보아 넘기는 것임을 알았다.

"다음 주엔 별채를 치워놓으마."

유진이 저도 모르게 앞에 방패처럼 서 있는 그의 재킷 자락을 꽉 틀어쥐었다. 제가 윤우의 옷자락을 잡고 있는 걸 백 여사가 아는 것 같아 잠시 호흡이 흐트러진다.

"그러니 적당히 놀렴."

영국에 있을 때조차 방탕하게 살지 않았던 윤우였다. 재벌가 자식들이 유학 가서 노력하는 경우도 물론 있지만, 공부하며 받는 스트레스는 밤문화로 푸는 게 대부분이다.

윤우의 집에는 없는 게 없었다. 중독성이 낮은 약부터 시작해 뒤탈이 없는 고급 콜걸들의 연락처까지 전부 준비돼 있었다. 집의 메이드로부터 윤우가 약이나 명함에 손댄 적은 없다는 걸 확인한 뒤 백 여사는 더할 나위 없이 만족했다.

약의 유혹에 빠져 약쟁이가 된다면 딱 거기까지인 인생이다. 하지만 약도 잘 조절해가며 하는 이들도 있어 어쩌나 보려고 놓아뒀는데, 윤우는 3년 동안 여자를 만나거나 약을 한 적이 단 한 번도 없다.

흡족하기 그지없는 손자가 벌레 같은 계집애를 원하니 던져주는 것뿐이다. 약의 유혹도 여자의 유혹도 참아냈으니 끊을 때가 온다면 언제라도 유진을 끊어내고 제 갈 길을 가리라, 백 여사는 생각했다.

"별채에는 아무도 없는 건가요?"

"내가 아무리 노망이 났다고 해도 손자 녀석의 사생활에까진 간섭하고 싶지 않구나. 네가 하고 싶은 대로 다 해보려무나. 이 할미는 내 손자의 자제력이 어디까지인지도 알고 싶거든."

윤우의 미소가 진해졌다. 입꼬리를 엄지손가락으로 문지르며 해사하게 웃었다.

"어릴 때부터 제가 갖고 싶은 게 생기면 말을 꺼내기도 전에 쥐여주셨죠."

그가 손을 뻗어 굳어 있는 유진을 머리꼭대기에서부터 쓰다듬는다.

"역시 할머니밖에 없어요. 저도 제가 뭘 원하는지 몰랐는데, 할머니의 말을 듣고 보니 알겠어요."

윤우가 금방이라도 제 머리카락을 움켜쥐고서 별채로 끌고 갈 것 같아 유진은 뱀 앞의 작은 짐승처럼 얼어붙었다.

"잘 먹을게요."

가장 맛있는 것을 쥐여준 제 할머니에게 감사를 건네자 백 여사가 응접실이 떠나갈 정도로 크게 웃었다.

"부디, 그러렴."

유진은 체념했다. 이 자리에 모인 모두가 웃고 있는데 자신이라고 웃지 말란 법은 없다. 윤우에게 손목을 잡힌 채 2층으로 올라올 때까지 웃고 있던 유진이 마지막 계단을 밟자마자 그대로 주저앉았다.

"아파요?"

"너무 웃었더니 배가 아파서."

이상하게 윤우의 말에는 상처받지 않았다. 기대하는 게 없어서일까.

유진이 그를 보며 다시금 웃자 윤우의 얼굴에서 표정이 사라졌다. 그녀가 웃는 건 좋은데 마치 포기한 사람의 허망한 그것과 닮아 있어 그의 심기가 불편해졌다.

“나한테도 별채 치워놓겠다고 하셨거든. 이제 안심이 되시나 봐.”

유진이 배를 부여잡고 윤우를 올려다봤다.

“여기에 그냥 심을 걸 그랬어.”

“그런 마음이 들었다는 건 몸을 허락한다는 의미 같은데.”

“다른 사람들 곤란하게 하고 싶지 않아. 내가 정말…… 임신…… 임…… 하게 되면 몇 명이 다치는 거야?”

이런 대화는 사방에 눈과 귀가 달린 이곳에서 하기엔 위험하다. 결국 윤우는 일어날 생각을 하지 않는 유진을 안아 올렸다. 힘을 줘 버텼지만 손쉽게 달랑 들어 2층 가장 안쪽에 있는 제 방으로 들어갔다.

“……내려줘.”

“몇 명이 다치든 그게 무슨 상관인데요?”

제 침대에 유진을 앉혀두고 그가 물었다.

“이 박사가 할머니께 보복당하든 말든, 그 전처가 어떻게 되든, 이 일을 입 다물어준 김 비서가 잘리든 혼이 나든, 그게 한유진이랑 무슨 상관일까.”

유진이 제게 누구도 손을 내밀어주지 않았다는 걸 잊고 있는 듯해 윤우는 웃음을 참을 수 없었다. 화를 낼 수가 없어서 그게 웃음으로 나왔다. 어깨까지 떨며 미친 사람처럼 웃던 그가 싹 표정을 바꾼다.

“고작 아주 작은 이 일 하나 가지고 그 사람들이 한유진 편이 된 것 같아요? 지켜줘야 될 것 같아?”

“그런 거 아니야.”

“김 비서가 발가벗고 정원에서 무릎 꿇은 채 돌바닥에 머리를 처박아도?”

그럴 리 없다. 하지만 정말 그의 말처럼 한다면 자신은 그녀를 용서할까,

유진의 눈동자가 흔들렸다.

"……그럴 리 없잖아."

"용서하겠다는 거네요."

"왜 이런 걸 물어?"

"궁금해서요. 어디까지 용서할 수 있나."

유진이 두 손바닥에 얼굴을 묻었다. 아직 초저녁인데도 너무 피곤해 한숨만 쉬었다.

"나한테 누구를 용서하고 말고 할 자격이 있어?"

그녀의 말에 윤우가 더 해보라는 듯 턱짓했다.

"애초에 그런 거 없었잖아. 그리고 용서를 빌 사람들도 아니잖아. 나 그렇게 착하지 않아. 다른 사람이 다칠까 무섭다고 한 건,"

밑바닥까지 보여줘야 그는 저런 눈으로 자신을 보지 않을까. 유진은 씁쓸하게 웃었다. 자신에게 호의적인 사람들이 다칠지도 모른다는 두려움은 물론 있다. 하지만 그보다 먼저 찾아왔던 생각이 있다.

"내가 가장 많이 다칠 걸 아니까. 마지막에 화풀이를 당하는 건 나니까 그게 무서워서야."

그렇게 되면 지금이 그나마 편했다고 생각하는 상태가 될까 봐. 악운을 가져오는 재앙덩어리 계집애를 위해 사람들이 자신을 배신한 걸 알면 백 여사가 어떻게 나올지 두려웠다. 호의는 바란 적도 없는데, 모든 화살은 결국에 자신을 향할 터.

절 꿰뚫을 화살들, 그 날카로운 촉이 온몸을 긁는 것 같아서 질끈 눈을 감아버렸다.

"이렇게 잘 알면서 쓸데없이 누구를 동정할까. 그 속 깊은 동정주머니에 자리가 있다면 나를 넣어줘요."

"뭐……?"

"나를 좀 더 안쓰럽고 불쌍하게 여겨달라고요."

그와 자신은 하늘과 땅 차이였다. 상대는 백 여사가 가장 공들인 열매다. 볕 좋은 날엔 햇살을 맘껏 받을 수 있도록, 그리고 궂은 날씨엔 비바람막을 천막이 되어 애틋하게 키워온 손자.

백 여사가 제게 그토록 잔인했던 건, 도윤우가 항상 이런 눈빛으로 자신을 바라본다는 걸 눈치챘기 때문일 수도 있다.

"내가…… 왜…… 그래야 하는데?"

마른 입술이 겨우 벌어지며 질문을 내뱉었다.

"차차 알게 될 거예요. 귀찮은 것들만 좀 처리하고 나면요."

유진은 그가 하는 말을 알아들을 수가 없었다. 그리고 이 대화를 떠올리게 될 날은 생각보다 일찍 찾아왔다.

✦ ✚ ✦

대부분 비서에게 정시퇴근이란 먼 나라 이야기나 마찬가지지만 윤우의 비서진만은 달랐다. 처음엔 그의 사무실을 유진이 함께 쓰는 데 고개를 갸웃거렸으나 곧 적응했다. 정시만 되면 보고 없이 바로 퇴근하라는 지시에 요 며칠 얼굴이 밝다. 그들이 퇴근하고 난 뒤 유진이 비서 업무를 하고 윤우가 밤늦게까지 야근을 하는 게 일상이 돼버렸다.

비서들이 전부 퇴근한 6시, 윤우가 느긋하게 태블릿 PC를 보고 있자 유진이 초조해했다.

"30분엔 나가야 해. 평소라면 십오 분밖에 안 걸리지만 지금은 퇴근시간이 겹쳐서."

벽시계에 초침이 있었다면 그 가느다란 바늘이 움직이는 매 순간순간까지도 바라볼 것 같았다. 마음이 급한 건 유진뿐인지 윤우는 웃으면서 이리

오라는 듯 손을 흔들었다. 그가 그녀의 자리라고 딱 지정해놓은 소파에 앉은 유진이 어림없단 얼굴을 했다.

"안 돼."

"벌써 빨개지면 내가 무슨 짓이라도 한 것 같잖아요."

"다 나았어."

"아침엔 안 그랬는데?"

사흘 동안 딱 죽을 것 같았다. 커피에 덴 상처는 하루가 다르게 나아갔다. 그게 전부 저기서 웃으면서 빨리 오라고 손을 까딱이는 남자 덕분이라는 것은 반박할 수 없다. 그리고 바로 그게 문제였다. 매일 아침과 점심, 저녁에 윤우는 그녀를 불렀다.

"제발……."

"나 때문에 그런 거잖아요. 책임지고 싶어."

처음 병원을 다녀온 그다음 날 아침, 알람이 울리기도 전에 잠에서 깼고 동시에 노크 소리가 났다. 그때부터였다. 시간을 되돌릴 수 있다면 사흘 전으로 가 그 승용차 안의 홀더에 커피를 제대로 넣고 싶다.

"이런 거 이상해."

"이 정도에 뒤로 빼면 어떻게 해요? 나는 더한 짓도 할 수 있는데."

제가 했던 실수를 만회하고 싶단 그의 말에 매번 넘어가버렸다.

"정말 괜찮아."

"그건 내가 결정한다니까요. 죄책감에 밤마다 몸부림치면서 잠 못 자게 할 생각이에요?"

잠들 수 없는 밤엔 으레 2층 복도를 서성이는 발소리를 듣게 된다. 한때는 신경 쓰였지만 어느새 자장가처럼 느껴져, 그 소리가 없으면 오히려 유진이 불면에 시달리기도 한다.

"나 혼자 할 수 있다고 몇 번이나……."

"나아가는 걸 확인하고 싶어서요."

"다 나았어. 이제 아프지도 않아."

유진이 벽시계를 바라봤다. 분침이 숫자 2를 지나갔다. 그녀의 시선을 따라 벽시계를 바라본 윤우의 얼굴에 웃음이 진해진다.

"빨리 끝내고 가요."

"하……."

결국 진 건 그녀였다. 자리에서 일어나 그의 앞으로 다가갔다.

"정말 가는 거지?"

유진은 불안했다. 아침에 백 여사가 절 따로 불러 당부했던 말 때문에, 시곗바늘이 움직일 때마다 가슴이 졸아든다.

"그럼요."

그가 그녀의 허리를 감싸 제게로 끌었다. 다급했던 손길과는 다르게 느릿느릿 유진의 정장바지 단추를 푼다. 의사의 조언대로 통이 넓은 바지를 입었더니 버클을 풀자마자 툭, 바지가 흘러내렸다.

"이것 봐요. 아직도 빨갛다니까."

빨갛고 좀 쓰려도 이제는 많이 아프지 않다. 그가 손 소독제를 바른 후 책상 서랍에서 화상용 연고를 꺼냈다.

"여전히 빨갛네요."

애써 창밖에 시선을 두었다.

"여기, 아주 작게 물집 생긴 거 알아요?"

"읏……."

"아까까진 없었던 것 같은데. 내가 못 본 걸까요. 아, 서 있기 힘들면 책상 짚고 엎드릴래요?"

"싫어. 괜찮으니까 그마……."

윤우의 손가락이 뒤쪽 허벅지의 어느 부분을 건드린 순간, 허리가 절로 튕겨졌다.

“거봐요. 아프잖아.”

앓는 소리가 샜다.

“내가 이쪽은 약을 안 발랐나 봐요. 안 되겠다, 엎드려요.”

아예 소매를 걷어 올리며 유진이 뭐라 말도 하기 전에 그녀의 손을 끌어 책상을 잡게 한다. 반사적으로 도망가려 책상을 짚었으나 헛수고였다.

“이건…… 이상해.”

눈물이 날 것 같다. 수많은 눈들도 견뎌냈는데 그의 시선은 숨이 넘어갈 듯 거북스럽다.

“전부 이상한 일뿐인데요, 뭐.”

윤우가 담담하게 받았다.

처음엔 제게 수치를 주기 위해 이러는 걸까 싶었는데 상처 부위를 보며 잡히는 미간의 주름이, 그리고 조심스럽고 안타까운 손길이 전부 진심으로 가득해 지금까지 참았다.

“참 잘했어요.”

서둘러 몸을 일으키는데, 그가 유진의 허리를 뒤에서 끌어안고서 깊은 침음을 삼켰다.

“……가기 싫다.”

시계를 보니 30분이다. 아슬아슬하다.

“약속했잖아. 나 곤란해지는 거 싫어.”

“이럴 때 보면 한유진은 아무 감정이 없는 것 같아요. 좋아하는 사람이 따로 있어서 그런가.”

단단하게 감긴 팔을 풀어내려던 유진의 손이 멈칫한다. 그 약간의 주저를 눈치챘는지 그가 더 꽉 끌어안았다.

“윤우야.”

“잠깐만 이대로 있어요. 하루 종일 화면만 봤더니 피곤해서 그래.”

얇은 블라우스 너머로 색색, 그의 숨결이 느껴졌다. 에어컨에서 흘러나오는 냉기 가득한 바람이 차가워서 그런지 허리에 닿는 습한 숨이 뜨겁게 느껴졌다.

“약속에 늦을 거야.”

“그거 알아요? 할머니는 대현그룹보다 나은 상대는 찾지 않는 거. 아주 조금 아쉬운 상대를 찾죠.”

7시, 그는 회사 근처의 호텔에서 선을 보기로 돼 있다.

저 시계에 초침이 있었다면. 일 초, 일 초가 지나가는 게 한눈에 보였다면.

유진의 시선이 가까스로 시계에서 벗어났다. 그리고 윤우가 버릇처럼 만지던 책상의 모서리로 향했다. 저도 모르게 손이 그곳을 향한다. 어떤 느낌인지 궁금했다. 저 소파에 앉아서 이쪽을 볼 때면 그의 손은 항상 이곳에 있었다.

손에 닿는 감촉은 생각만큼 날카롭지도, 뭉툭하지도 않았다. 천천히 손가락을 움직여 유진이 그가 했던 것처럼 모서리를 매만졌다. 그가 그녀를 주시하고 있다는 사실조차 모른 채 한참을 그렇게 서 있었다.

약속시간보다 이십 분이나 늦어서야 호텔에 도착했는데, 발을 구르는 건 유진뿐이다.

“내가 왜 같이 가야 되는데?”

“혼자 있기 심심해서?”

유진은 윤우에게 잡아끌리는 중이다. 주변의 힐긋대는 시선에, 그냥 제 발로 걷겠다고 하자 그녀의 손목을 잡고 있던 그의 손에서 힘이 풀렸다.

32층에 있는 전망 좋은 레스토랑에 올라서더니, 선을 위해 준비된 프라이빗 룸에까지 절 데리고 가려고 하기에 고개를 저었다.

"밖에서 차 마시면서 기다릴게, 차라리."

"아, 그건 안 돼요. 오늘은 한유진이 내 방패 역할 좀 해줘요."

"나…… 나 정말……."

유진은 마른침을 삼켰다. 끔찍하다. 윤우가 흐트러진 그녀의 긴 머리칼을 다정하게 정리해준다.

"나랑 결혼할 사람이라면 내 누나를 소개받는 것도 당연하게 여겨야 될 것 같은데."

"이런 식은 아니야. 잘못됐어."

"그럼 내가 잘못됐나 봐요."

그들을 안내하던 직원이 실랑이를 벌이며 멈춰 선 두 사람을 곤란한 눈빛으로 바라봤다. 윤우는 무엇에도 신경 쓰지 않고 레스토랑 한쪽으로 나 있는 조용한 복도에 버티고 서 있었다.

"별채가 전부 치워진 건 알고 있어요?"

갑작스런 이야기에 유진이 고개를 저었다. 백 여사가 했던 말을 그저 아득하게 머나먼 일로만 생각했는데, 그의 입으로 듣게 될 줄 몰랐다.

"그게 무슨 뜻이야?"

그의 눈이 근사하게 휘어진다. 상대를 유혹하려 제 매력을 어필하는 것처럼, 수컷이 제 가장 아름다운 부분을 암컷에게 보이며 구애하는 것처럼 화사해 눈을 뗄 수가 없다.

유진이 눈도 깜박이지 못하고 그에게 홀려 있는데 윤우가 아랫입술을 핥았다.

"오늘부터는 나랑 별채에서 지내야 된다는 말인데. 그런데 그런 날 저녁에 선이라니. 악취미잖아요, 우리 할머니."

그가 정리해줬는데도 흐트러진 그녀의 잔머리를 다시 한 번 살짝 넘겨준다.

"저기…… 손님……."

직원이 몇 걸음 떨어진 곳에서 그들을 불렀지만 윤우의 시선은 유진에게 고정돼 있다.

"내가 너 따라가면 어떻게 되는데? 다시 발가벗고 정원에 서 있게 될까? 그것도 아니면 지하실에 갇혀서 꺼내달라고 무섭다고 울게 될까? 네 할머니 무서운 분이야. 나도 충분히 겪었고. 아침에 나 불러서 뭐라고 하신 줄 알아?"

거기까지 말하다가 흠칫 놀라 입을 다물었다. 유진이 한 손으로 이마를 짚었다. 자신의 다른 손을 놔주지 않는 그에게서 완전히 고개를 돌려버린다.

"호텔까지 손수 데려다주고 선 잘 보고 나오는 것까지 확인하라고?"

유진이 헛웃음을 지었다. 마치 백 여사의 속에서 그대로 튀어나온 것처럼 대답하는 윤우였다.

"할머니가 나한테 잔인한 일을 하시네."

윤우가 더 이상 할 이야기 없다는 듯 그녀를 데리고 걸음을 옮기자 직원이 서둘러 예약된 룸 문을 노크했다. 그리고 문을 열어주자 윤우가 먼저 유진을 안으로 밀어넣었다.

동그란 테이블, 문을 등지고 앉아 있는 여자의 뒷모습이 보였다. 유진이 그녀가 돌아보기 전에 돌아 나갈까 생각하는데, 윤우가 문을 닫아버렸다.

"안녕하세요, 김지원 씨."

여자가 자리에서 일어나 고개를 돌리며, 꽤 오랜 시간을 기다린 데 대한 불쾌함을 숨기지 못하고 드러낸다. 윤우를 바라봤다가 유진에게 시선을 주며 미간을 찌푸렸다.

"이게 지금 무슨 상황이죠?"

"도윤우라고 합니다. 늦어서 죄송합니다."

윤우가 아무렇지도 않게 지원에게 다가가 손을 내밀었다. 그녀가 그 손을 노려만 보며 입을 뗐다.

"선자리에 사귀는 사람 데리고 나와서 지금 나더러,"

"누나예요."

"뭐라고요?"

"제 누나요. 공식적인 자리엔 몸이 약해 잘 참석하지 않아 얼굴을 모를 수도 있겠지만."

윤우가 손을 거두고 표정변화도 없이 말했다. 그리고 유진의 어깨를 잡아 자신이 앉아야 할 선상대의 맞은편 의자를 빼주고 그곳에 앉혔다.

도망가긴 글렀다. 모두가 서 있는데 혼자만 앉게 된 유진이 두 사람을 올려다봤다.

"아무리 누나라도 선자리에 따라와요?"

"제가 누나를 많이 의지하거든요. 내가 결혼할 상대는 먼저 누나의 마음에 들어야 해요."

"아, 그래요? 그럼 언니는 제가 어떻게 보이세요? 지금 화가 많이 난 것 같지 않나요? 동생이 가잔다고 따라온 누나는 대체 뭐야?"

지원은 이런 모욕은 처음이었다. 차라리 지금 사귀고 있는 사람이나 결혼 후 애인으로 둘 상대를 데리고 나왔다면 또 모르겠다. 세상에, 친누나를 선자리에 데리고 오는 남자라니. 마마보이보다 더 지독했다.

"……제가 이쪽에 일이 있어서 왔다가 로비에서 좀 비틀거렸더니. 윤우가 걱정이 됐나 봐요."

유진이 자리에서 일어나 지원을 향해 정중히 고개를 숙여 보였다.

"아버지 돌아가시고 윤우가 많이 힘들어했거든요. 그래서 제게 많이 의지해요. 결혼을 한다면 제가 부부 사이에 끼어들 일은 절대 없을 겁니다. 몸이 많이 약해서 공기 좋은 데서 요양할 생각도 하고 있고요."

떨려서 죽을 것 같았지만 생각보다 담담하게 말이 줄줄 쏟아졌다. 아직도 화가 난 기세는 그대로였지만 유진의 정중한 사과에 상처받은 자존심을 지원이 조금 추슬렀다.

"정말 죄송해요, 지원 씨."

"안 오면 일어나려고 했거든요. 전 여기에 딱 한 시간 할애할 예정이었고, 지금 이십 분 남았네요."

지원이 손목시계를 힐끗거린 후 자리에 앉았다.

"감사합니다. 전 어지러운 게 많이 괜찮아져서 그만 일어날게요. 양해해 주셔서 감사해요."

윤우가 저지하기 전에 유진은 자리를 떴다. 그가 절 막을 수 있는 명분은 더 없다. 의외라는 듯 자신을 바라보는 진득한 시선을 최대한 무심하게 지나쳤다. 정말 쓰러질 것 같은 건 지금이다. 타인에게 이렇게 오래 말을 해본 게 얼마 만인지. 자조하면서 유진은 최대한 조용히 그곳을 빠져나왔다.

레스토랑 화장실에서 유진은 세수를 했다. 얼굴에 차가운 물을 끼얹자 정신이 좀 들었다. 똑똑하게 대처했다고 자신을 다독였다. 타인을 보고 인형처럼 웃지 않고, 떨지도 않고서 잘했노라고. 유진이 젖은 얼굴로 거울을 보며 희미하게 웃어보았다.

창백하고 힘없는 여자가 자신을 주시하고 있었다.

"……이런다고 달라질 것도 없는데."

페이퍼타월로 물기를 대충 닦아낸 뒤 화장실을 나섰을 때다. 여자 화장실 앞에 있던 그림자가 그녀를 따라 움직인다. 자연스럽게 유진의 시선이 그곳에 가 닿았고 낯익은 얼굴을 확인했다.

"저기."

윤우와 키가 비슷해 보이는 남자가 쑥스럽게 웃으며 말을 붙였다.

"……아."

정우물산 셋째 아들. 얼마 전 식탁 앞에서 말이 나왔던 선자리의 상대였다. 의외의 상황에 유진은 당황을 감추지 못했다.

"미술관 개관식 때 잠시 마주쳤었는데."

"네, 기억해요."

"아, 하하하…… 기억해주셔서 감사합니다."

유진의 대답이 예상외였는지, 먼저 말을 건 건 그였으면서도 눈에 띄게 당황했다. 그러더니 주먹을 쥐었다 펴며 한 발 더 다가와 유진은 주춤거리며 물러났다.

"죄, 죄송합니다. 죄송해요. 제가 덩치가 커서. 그냥 반가운 마음에 다가간 거예요."

상대가 손을 내저으며 황급히 사과하자 유진도 당황해 마주 손을 내저었다.

"아니에요. 갑자기 다가오셔서 놀라서 그랬어요."

"저기…… 제가 꼭 한번 다시 뵙고 싶어서……. 부탁할 사람이 어머니밖에 없더라고요."

이미 선 약속이 잡혔다. 내일이었던가, 모레였던가. 지금 정신으로는 잘 기억나지 않았다.

"아까 레스토랑 들어오신 것 같아 찾았는데 금방 사라지셔서요. 죄송해요, 화장실로 들어가신 게 아닌가 싶어 여기서 계속 기다렸습니다."

화장실을 이용하려는 사람들이 그 앞에 어색하게 서 있는 두 사람을 쳐다보고 지나갔다. 남자도 그게 신경 쓰이는지 머리를 긁적이더니 입을 뗀다.

"실례가 안 된다면 제가 식사를 대접해도 될까요?"

"죄송해요. 날짜가 따로 잡힌 걸로 아는데요."

"그건 그렇지만, 우연처럼 마주쳐서. 실례가 됐다면 죄송합니다."

남자는 윤우보다 몸집이 컸다. 그의 말대로 이 큰 키에 이런 덩치라면 자칫 무서워 보일 수도 있겠다는 생각이 들었다. 그가 허리를 90도로 숙여 인사하자 유진이 곤란해 손을 저었다.

"저도 오늘 여유가 없어서요."

남자가 그제야 유진을 자세히 뜯어보았다. 그 시선이 민망할 정도라 젖어 있는 잔머리만 괜히 쓸어넘겼다.

"피곤해 보이시네요."

"네, 좀."

"아, 제 소개가 늦었죠. 차정환이라고 합니다."

"……도, 희정이에요."

"전 대현에 이렇게 아름다운 분이 계실 줄은 몰랐어요."

정환이 내민 손을 유진이 맞잡았다. 자신의 손을 다 감싸는 훨씬 커다란 손이 당황스러워 얼른 놓아버렸다. 서로가 당황해 다른 곳을 쳐다봤다.

"누나."

복도 저 끝에서 윤우가 성큼성큼 걸어오더니 두 사람 사이에 끼어들며 정환을 본다.

"이분은 누구……."

윤우는 사교계에도 거의 나가지 않았고, 군 제대 후 바로 유학을 갔기 때문에 얼굴이 알려져 있지 않다. 낯선 상대를 보고 정환은 당황했다. 도희정은 몸이 약해 바깥외출을 삼간다고 들었는데, 눈앞의 남자는 익숙하고 친근하게 여자를 대했다.

"도윤우입니다."

"차정환이라고 합니다."

왠지 분위기가 심상치 않아 정환이 여기서 물러나야 되나 생각하는데,

싸늘하던 남자가 만면에 미소를 띠었다.

"정우물산 맞으시죠?"

"네."

"누나가 선보기로 한 상대시고."

"하하, 제가 어머니를 졸랐더니 이야기가 그렇게 흘러갔네요. 희정 씨를 곤란하게 할 생각은 아니었는데 어쩌다 보니 어른들께서 자리를 만들어버리셨어요."

윤우와 정환이 함께 있으니, 왠지 불안해졌다. 유진이 윤우의 옷자락을 잡아당기자 그가 유진의 어깨를 감싸며 부드럽게 말한다.

"여기 스테이크 맛있어요. 오늘 저녁 먹고 들어가요."

벌써 지원과 헤어진 걸까. 윤우가 식사를 제의했다. 고개를 저으려는데, 윤우는 의도적으로 유진을 배제하고서 정환에게 권했다.

"혹시 아직 식전이시면 함께 드시죠. 저도 누나가 선볼 분이 어떤 분인지 궁금했거든요."

"그래도 될까요? 사실 방금 청했다가 거절당해서."

"그럼요. 누나 괜찮죠?"

"할머니 걱정하실까 봐."

"괜찮아요. 오늘 늦는 거 아시니까."

남매라기보단 남녀 사이의 대화 같아 정환은 둘을 유심히 봤다. 재벌가에선 형제들끼리 말을 높이기도 하나, 이건 좀 미묘한 기류가 돈다. 누나라며 깍듯하게 대하긴 하는데, 당장이라도 달려들 것 같은 위험스러운 분위기를 풍긴다.

"저희 룸으로 가죠."

"여기서 식사 약속이 있으셨나 봐요?"

"네. 저도 오늘 여기서 선봤거든요."

룸으로 들어가자 어떤 음료나 음식도 주문하지 않았던 것처럼, 깨끗하게 정돈된 자리가 보였다. 지원이 앉았던 곳은 의자마저 잘 수납돼 있어 누군가 머물렀던 데라고는 생각할 수조차 없을 정도다.

"누나, 여기 앉아요."

의자를 빼주며 윤우가 웃었다. 단정하고 예의 바른 동생 같은 태도에 유진은 차마 거절할 수 없었다.

"남매 사이가 특별한가 봐요."

보통은 경영권 때문에 형제간 싸움판이 벌어지기 마련이다. 자신만 해도 셋째인데도 불구하고 형들의 끊임없는 견제를 받는 중이다. 여자형제도 마찬가지였다. 오히려 요즘엔 능력이 두드러지면 남자건 여자건 상관없이 힘을 실어준다. 그러나 이 둘에게선 그런 분위기는 느껴지지 않았다.

"제가 누나를 좀 좋아해서요."

메뉴판을 넘기고 있던 유진의 손이 멈칫했다.

"그러고 보니 희정 씨가 많이 아팠다고 했죠? 그래서 이쪽 모임에도 못 나오셨다고."

정환이 그녀의 안색을 살폈다. 화장실 앞에서부터 어딘가 불편해 보였는데 몸이 좋지 않아 그런 걸까.

"이젠 괜찮으세요?"

"아뇨. 여전히 툭하면 쓰러지고 그래요. 그래도 하나밖에 없는 동생이 아무것도 모른 채 일을 시작하겠다고 하니 잠시 도와주고 있고요. 그렇죠, 누나?"

"그럼 이렇게 앉아 있는 것도 무리 아니에요?"

정환이 걱정스레 말했다. 그녀의 얼굴에선 핏기를 찾아볼 수 없다. 그러자 윤우도 유심히 유진을 살피더니 하얀 이마를 짚는다.

"열은 없는데. 누나, 몸이 안 좋아요?"

마치 세상에 그녀밖에 없다는 듯한 얼굴로 다정하게 묻는 동생이라니. 정환은 그런 도윤우를 관찰하듯 바라보았다. 이상했다. 보통 형제간에 할 수 있는 행동이기도 하나, 꼭 자신에게 경고하기 위해 일부러 이러는 것처럼 느껴졌기 때문이다.

"그냥 좀 피곤해서."

유진의 눈이 정환을 향했다. 어색해하는 그를 보면서 제 이마를 덮은 윤우의 손을 떼어냈다. 남매라고 해도 과도한 친밀함이다. 그러는 동안에도 윤우는 그녀를 보고 있었다.

"어릴 때부터 몸이 많이 약해서 누나를 혼자 둘 수가 없어요."

별 탈이 없다면 대현의 주인으로 올라설 남자다. 대현에 비교하면 정우물산은 작다. 대개 비슷한 환경의 상대와 어울리기 마련인지라, 대현의 도희정을 만나보고 싶다 하니 정환의 모친은 곤란한 얼굴을 했다. 하지만 어떻게든 자리가 성사돼 내일 그녀를 만나기로 했고, 들떠 있었는데 오늘 우연히 함께하게 됐다.

"차정환 씨는 어떻게 누나를 마음에 두게 됐어요?"

"하하. 마음에 두다니요. 그냥 자꾸 생각이 나서 연락드렸습니다."

"어떤 생각이요? 보시다시피 누나는 그다지 외출을 안 하는지라 남자에 대해서는 잘 몰라요. 제가 대신 질문 드려도 이해해주세요. 소중한 사람이라."

소중한 사람이라고 말하는 그의 음성은 낮고 지독했다. 자꾸 이상한 기분이 들어 정환은 애써 그걸 떨치고 희정을 처음 봤던 날을 이야기했다.

"황 관장님을 따라다니다가 이내 뒤로 조용히 빠져서 개관식을 지켜보고 계시더라고요. 뭘 특별히 드시지도 않고 가끔 고개 숙여 인사만 하시고."

공기처럼 존재감 없이 서 있다가 누가 알은체하면 고개를 까딱여 의식적인 미소를 띠며 인사한다. 처음에는 인형처럼 서 있는 모습에서 눈을 뗄 수 없었다. 계속 힐끔대다 보니 그녀의 행동패턴을 파악할 수 있었다. 황 관장이 부르지 않는 한 한 발짝 뒤에 머물며, 시선을 덜 받는 곳에만 서 있는 게 묘했다.

"누나가 사교계에 적응을 못 해서요. 어릴 때부터 쭉 저와 둘이서만 컸거든요."

대현의 호랑이라 불리는 백 여사가 손주들을 끔찍하게 아낀다는 소문은 유명하다. 특히 아들인 대현의 전대 회장이 죽으며 과보호가 더 심해졌단 얘기도 들은 적 있다.

"그렇죠, 누나?"

남매인데도 한 명은 지나치게 가깝게 굴고 한 명은 거리를 두려는 느낌이다. 유진은 메뉴판에 눈을 고정하고 있다가 윤우가 부를 때만 고개를 들어 희미하게 웃으며 고개를 끄덕였다.

"……네. 어릴 때부터 동생과 저, 둘이서 서로를 의지했어요."

마치 강요당한 것처럼 유진이 대답했다. 그러더니 한참 동안 메뉴를 본 것은 어쩌고, 윤우가 추천한 대로 음식을 주문했다.

둘 다 갓 회사를 들어간지라, 대화를 나누는 주는 윤우와 정환이 됐다. 유진은 고개를 끄덕이거나 음식을 조금씩 먹었다.

"저는 뭐, 회사 다닌다 해도 사내에서만 웅성거리지 대현은 다르죠."

젊은 회장이 탄생하는 거냐는 우려와 젊고 패기 넘치는 피가 필요하다고 외치는 이들로 인해 재계는 떠들썩했다.

"좀 더 드세요, 희정 씨."

이 불편한 자리에서 할 수 있는 게 요리를 입안으로 가져가는 것뿐이라는 듯 먹는 둥 마는 둥 하는 유진에게 정환이 권했다.

"이거 드세요, 누나."

윤우가 대화를 멈추곤 스테이크를 잘라 그녀의 접시에 놔주자 유진이 한숨을 내쉬었다.

"내가 알아서 먹을게."

"저 때문에 피곤하게 해서 죄송해요. 그런데 난 누나가 없으면 일을 할 수가 없는걸."

마지막 말은 농담인지 진담인지 구분되지 않았다.

윤우가 정환에게 웃어 보이며 그녀의 입가에 묻은 소스를 엄지손가락으로 닦아 제 입으로 가져갔다. 순식간에 일어난 일에 정환이 굳자 소년처럼 웃는다.

"버릇이라서요."

"하하. 네. 그럴 수 있죠."

정환은 마음 한구석이 덜커덩거렸다.

"저희 누나가 손이 많이 가요. 그래서 배우자로는 다정한 사람을 찾고 있어요. 사실 마음 같아선 누나가 좀 더 오래 제 곁에 있어줬으면 좋겠지만요."

"아, 그러고 보니 여기서 선을 보셨다고 했죠?"

"누나도 아까 같이 봤죠? 김지원 씨요."

"같이……요?"

"내 배우자가 될 사람은 누나와도 잘 지내야 하고, 누나 배우자도 마찬가지예요."

입에 든 음식물을 씹어 넘기는 윤우의 얼굴엔 미소가 가득했지만 눈빛은 침잠해 있다. 서늘할 정도로 차가운 얼굴로 그가 말을 이었다.

"내가 누구를 만나든, 누나가 누구를 만나든 서로가 허락해야 하죠."

목소리에서 뚝뚝 떨어지는 소유욕에 유진은 포크를 놓쳤다. 반사적으로 허리를 굽혀 포크를 주우려 하는 유진을 윤우가 막았다.

“그런 의미에서 정환 씨는 좋은 분 같아요.”

챙! 이번엔 나이프다. 하지만 누구도 그쪽으로는 시선을 주지 않았다.

“두 분이서 잘 만나봤으면 좋겠어요.”

정환은 윤우의 말이 선전포고처럼 들려 의아했다.

“차정환 씨.”

“네?”

“오늘은 여기까지 해요. 그리고 이번 주에 예정되어 있던 만남은 이걸로 대신했으면 좋겠어요.”

어차피 거절하러 나가는 자리다.

“한 번만 더 만나주시면 안 될까요?”

정환은 자존심을 세울 때가 아니라는 마음에 다급해졌다.

“오늘은 제가 어떤 사람인지 다 못 보여드렸다고 생각돼서요.”

보호본능을 자극하는 여자다. 많이 아팠다는 걸 듣기 전부터 그랬다. 시선으로부터 피해 있는 모습을 보고 손을 내밀어 잡아주고 이끌어주고 싶었다. 이런 마음이 들게 하는 여자는 처음이라 정환 또한 숙고 끝에 그녀와의 만남을 주선해달라, 제 어머니를 졸라댄 것이다. 한 번만 더 본다면 제 마음을 잘 알 수 있을 것 같아서.

남동생이란 존재가 묘했지만 어린 시절부터 서로를 많이 의지했다면 충분히 이럴 수 있지 않을까, 정환은 제멋대로 납득했다.

“전…….”

“만나봐요, 누나.”

윤우가 부드럽게 유진을 종용했다. 그의 뜻을 알 수 없어 한참을 바라봤지만 미소 속에 감춰둔 진짜 속내를 읽지 못한 채 고개를 저었다.

“마음이 가지 않아서요. 이런 자리는 불편할 뿐이에요.”

단호한 거절이었다.

"저런. 어쩌죠, 차정환 씨?"

누나의 선택이 진심으로 안타깝다는 얼굴로 윤우가 정환에게 곤란한 얼굴을 해 보였다.

"하하…… 괜찮습니다. 제가 너무 성급하게 군 탓도 있죠."

좋은 사람이다. 이 세계에서 쉽사리 찾아볼 수 없는 사람이라는 것도 안다.

쓸데없는 허례허식이 없는 사람을 찾기란 힘들다. 몇 번 인사만 나눈 사이에서도 기선부터 제압하려 들었다. 누가 무엇이 더 잘났는지 떠들어대는 세계. 자신은 그 세계에 본의 아니게 발을 들여놨다.

"할머니께서 제가 걱정돼서 자리를 잡으신 모양인데 차라리 여기서 거절할 수 있어 다행이에요. 좋은 분 만나시길 바랄게요."

살짝 고개를 숙여 보이는 그녀에게 웃으면서 손을 흔들며 괜찮다고 말하는 정환은 식사가 끝날 때까지 자리를 떠나지 않는 매너를 보였다.

참 좋은 사람인 것 같다고 유진이 거듭거듭 생각했을 때에서야 기나긴 식사가 끝났다.

✦ ✝ ✦

저택으로 돌아오는 길, 윤우는 아무 말도 하지 않았다. 창밖만 보고 있던 유진은 차가 차고에 들어서자, 차에서 내려 본채로 들어가려다 윤우에게 붙잡혔다.

"오늘부터 별채라니까요."

"정말, 여사님이 시키는 대로 할 생각이야?"

가장 두려운 걸 최대한 동요 않고 물었다. 그들이 하라는 대로 순응해야 하는 자신의 처지가 더는 서럽지 않게 된 건 언제였을까.

"아……."

그가 떠나 있던 3년의 시간 동안 그녀는 완전히 죽어버렸다. 전까지는 그럭저럭 버틸 수 있었던 것 같은데, 그가 떠나자마자 백 여사는 유진에게서 자존감과 인간의 존엄성까지 앗아갔다.

"왜요?"

유진이 포기하곤 웃으며 고개를 흔들었다. 그에게 말해주고 싶지 않다.

별채로 가려 돌계단을 디디는데 문득 처음 이곳에 왔던 날이 떠올랐다. 아저씨의 손을 잡고 계단을 오르는데 시선이 느껴졌다. 조금 커다랗게 눈을 뜬 채 서 있던 작고 하얀 소년.

별채는 계단을 모두 올라 본채를 돌아서 가야 했다. 시간이 늦어 백 여사에의 인사를 생략한 채 정원을 돌던 참이다. 아저씨의 서재 겸 생활공간의 일부로 쓰였던 곳으로 간다 했지.

아저씨가 죽고 난 뒤 아무도 쓰지 않았던 곳.

"아침에 늦게 일어나 식사를 하지 못한다고 해도 이제는 이유가 있죠."

윤우가 말했다.

유진은 희정의 뒤치다꺼리를 하느라 밥도 제대로 먹지 못한다. 설사 먹을 수 있다 해도 백 여사의 서슬이 퍼레 안 먹고 말았다.

"나는 아주 질척거리고 진득하게 놀아날 생각이거든요."

이곳에서 아저씨와 함께했던 시간이 주마등처럼 스친다. 별도로 구획된 별채 앞 작은 화단에 튤립이나 봉숭아를 심었더랬지.

아저씨는 어쩌면 본인의 자식들보다 자신을 더 아꼈다. 윤우나 희정 언니의 입장에선 제가 달가웠을까. 아버지가 아끼는, 피가 섞이지도 않은 굴러들어온 돌이?

"……너 하고 싶은 대로 해."

별채에 들어가기 직전 유진이 대답했다.

"그렇게 할 거긴 한데 갑자기 왜 이렇게 순순히 나오실까."

네 아버지를, 너와 언니의 어린 시절을 빼앗아간 보답이라고 하면 그는 이해할까. 유진은 그를 지나쳐 별채에 들어섰다. 8년 세월 동안 누구도 사용 않았던 곳인데 낡지도 않았고, 먼지 냄새조차 나질 않았다.

구두를 벗고 안으로 들어가자 안락한 소파가 놓인 거실이 있다. TV는 없었다. 거실과 침실 하나, 그리고 이 두 개를 합친 것보다 더 큰 서재가 전부인 공간. 어릴 때 봤던 가구들은 어딜 가고 전부 새것만 놓여 있었다. 빳빳한 가죽 냄새가 나는 베이지색 소파에 앉아 유진은 창밖을 바라봤다.

거실에서 흘러나온 빛에 화단이 비쳤다. 비죽 솟아 있는 꽃잎들을 발견하곤 유진의 눈이 커다래졌다.

"봉숭아네."

아저씨는 유진이 여름이면 항상 엄마와 함께 봉숭아물을 들였다는 걸 알고서, 회사일로 바쁜 와중에도 봉숭아를 심어주셨다. 떼를 쓰며 안겨드는 희정을 끌어안고 넉넉하게 웃어주던 아저씨가 떠올랐다.

"할머니가 이곳에 왔었다면 다 뽑아버리라고 했을 테지만, 아버지가 돌아가신 후 할머니는 이곳에 발도 들이지 않았으니까요."

윤우는 재킷을 벗어 유진이 앉은 소파에 대충 걸쳐두었다.

봉선화가 핀 걸 보니 여름은 여름이다. 백반을 넣고 찧어 즙을 내 손톱에 올려두고 비닐봉지로 둘둘 싸고 실로 묶어두면 하루가 지난 후 물이 든다. 붉은 손톱 끝이 첫눈 내릴 때까지 남아 있으면 첫사랑이 이루어진다는 말이 있다고 엄마가 그랬다.

비죽비죽 거칠게 자라 있는 봉선화를 보면서 유진은 웃었다.

"예쁘다."

이 정원에서 유일하게 사람의 손이 닿지 않은 곳이다. 그래서 더 자연스럽고 예뻐 보였다.

윤우는 가만히 생각에 잠겼다. 할머니는 영악한 분이니 괜히 이곳을 내줄 리 없다. 제 아버지의 죽음에 대한 죄책감에 유진이 시달렸으면 해서, 아버지와 지내던 곳에서 그 아들과 지내게 함으로 벌을 내리는 거다.

어쩌면 당신의 손자에게도 벌을 내리는 걸지도.

윤우가 비틀린 웃음을 지었다. 지금쯤 별채로 들어왔다는 보고를 받으셨겠지. 제 아비가 마지막으로 머물렀던 곳에서 아비를 죽음에 빠트린 원수의 딸이나 다름없는 계집을 품을 수 있는지 지켜보고 계시겠지.

"이리 와봐요."

윤우가 서재 쪽으로 걸음을 옮기며 입을 뗐다.

"좀 씻고……."

"씻고 뭐 하려고요?"

밤이 깊었다. 은근함을 담은 그의 목소리에, 대답할 말을 찾지 못하고 눈을 돌려버린 유진의 옆얼굴이 창백했다.

"씻고 할 일은 하나밖에 없으니까, 씻기 전에 와봐요."

윤우가 서재 앞에서 고개를 까딱이더니 문을 활짝 열었다.

3층 높이의 거대한 서재가 모습을 드러낸다. 원형으로 된 서재는 책을 좋아했던 아저씨가 직접 공사를 지시했다고 들었다. 유진은 홀린 듯 윤우를 따라 서재로 들어섰다. 종이 냄새 가득한 방은 어릴 때 기억보다 더 큰 것 같았다. 수만 권의, 세계 각지에서 출간된 책들이 가득했다. 고서를 모으는 건 아저씨의 취미였다.

"보여줄 게 있어요."

비밀이야기를 하는 아이처럼 윤우가 짓궂은 얼굴로 속삭인다. 수만 권이 넘는 책을 놓다 보니 서재는 미로와 다름없었다.

"아마 아버지만 어떤 책이 어디에 있는지 알고 계실걸요. 하지만 내가 찾는 게 어디 있는지는 나도 알죠. 아버지랑 내 비밀이었거든."

유진에게 그것을 보여준다면 어떤 표정을 할까. 무섭다고 도망갈까, 아니면 미친놈이라고 욕을 할까. 어떻든 좋다. 그녀가 무서워하며 도망간들, 결국엔 그녀를 찾아내리라.

그녀는 답을 구했고, 이제 그가 답할 차례다.

세 번째 책장의 가장 아래 칸에서 제 손바닥 길이 정도 되는 두께의 책을 꺼낸 그는 그대로 책장에 기대앉았다.

"아까 그랬죠? 나도, 할머니도 믿지 못하겠다고."

유진이 자신을 고통을 줄 수도 있는 이, 속을 알 수 없는 이로 분류했다는 건 알고 있었다.

힘을 기르기 전엔 제 마음을 드러낼 수 없었다. 그저 풋풋했던, 그리고 마침내 비극으로 끝난 제 아버지의 사랑과 같은 전철을 밟고 싶지 않아 윤우는 피나는 노력을 했다.

"내게 한유진의 사진이 몇 장 있는데."

부모님이 돌아가신 후 집은 쑥대밭이 됐다. 돈이 될 만한 건 다 빚쟁이들이 들고 갔고, 그나마 있던 앨범과 부모님의 사진까지 분실된 뒤로 유진은 추억할 만한 걸 갖고 있지 않았다.

생각해보니 자신은 한 번도 사진에 찍혀보거나 찍어본 기억이 없다.

"사, 사진?"

"대신 이걸 보면 한유진은 나를 좋아하고 사랑해야 해요."

유진은 숨을 훕 들이켰다. 단언하는 그의 말투에 심장이 묵직하게 울린다. 그와의 거리가 가까워서 엉덩이를 뒤로 뺐다. 윤우는 허벅지에 책을 놓아둔 채 위험한 얼굴로 웃고 있었다.

"궁금하지 않아요?"

"내 사진이 여기에 있을 리 없어."

"한유진의 부모님 사진도 있는걸."

"거짓말."

"항상 새끼손가락에만 봉숭아물을 들였죠?"

아저씨는 바빴다. 봉숭아는 함께 심어줬다 하더라도 그것을 딸 때쯤엔 자리에 계시지 않았다. 백 여사는 아들의 부재중에 유진이 별채에 드나드는 걸 끔찍이도 싫어해, 혼자선 올 수가 없었다.

"……어떻게 알아?"

아저씨에게도 말한 적 없는데. 자신은 항상 새끼손가락에만 꽃물을 들인다는 걸.

"궁금하면 열어봐요."

"하지만 이걸 열면……."

"나를 정말 사랑해야 될까 봐 무서워요? 좋아하는 사람이 따로 있어서 안 돼?"

유진은 대답하지 않았다. 이 책을 펼칠 거라면 여기 앉으라며, 윤우는 손으로 제 옆을 툭툭 쳤다. 윤우의 눈이 반짝반짝 빛나고 있어서, 그 눈이 기대와 흥분을 담고 있어서 어떤 내용이 담겨 있는지 궁금해졌다. 그래서 그의 옆에 앉아버렸다.

두꺼운 하드커버를 열고서야 그게 책이 아닌 상자라는 걸 깨달았다.

"읏……."

새빨간 얼굴의 팔뚝만 한 아기 사진. 눈도 제대로 뜨지 못한 채 두 주먹을 불끈 쥔 아이였다. 핑크색 몸보다 커다란 옷과 듬성듬성 난 머리칼을 보고서야 유진은 그게 저란 걸 깨달았다.

하얀 손이 아이의 볼에 얹어져 있다. 그 손의 주인이 누구인지 유진은 단번에 알았다.

"……엄마."

윤우의 손가락이 엄마의 손 위를 덮는다. 아직 붉은 기가 도는 아이의 볼을 찔렀다. 그가 그 사진을 유진에게 건넸다.

1990. 09. 12
딸을 낳았어요. 이름은 유진이에요. 오빠도 곧 둘째를 낳죠?
우리 아이들이 언젠가 친구가 될 수 있을까요?

다음 장으로 넘어갔다. 제법 숱이 많아진 머리를 하고 어설프게 카메라를 들고 서 있는 아이는 뭐가 불만인지 금방이라도 울음을 터트릴 것 같다.

1991. 09. 12
돌잔치에서 오빠가 준 카메라를 옆에 뒀는데 유진이가 그걸 잡았어요. 사진작가가 될 건가 봐요.

유진이 사진을 확인하고 사진 뒷면의 바랜 글씨를 읽고 난 후에야 그는 다음 사진을 건넸다. 한 해에 한 번. 그게 무슨 의미인진 알 수 없었다. 그저 사진을 보내고 그 사진 뒤에 넣은 짤막한 한두 줄의 안부.

엄마는 아저씨를 사랑했다.

아저씨가 엄마에게 받은 사진은 열네 장이었다. 14년 동안 한 번도 잊은 적 없는 인사.

1995. 09. 12
유진이랑 봉숭아물을 들였어요. 열 손가락이 다 빨개지니까 무서운지 품에 안겨서 엉엉 울지 뭐예요. 내년부터는 새끼손가락에만 꽃물 들여주기로 약속했어요.

2003. 09. 12

교복 예쁘죠? 바빠서 그동안 가족사진을 못 찍었는데, 유진이가 중학생이 된 기념으로 찍었어요. 이제는 내 아이가 다 큰 것 같은 기분이 들어요.

이 나이 때의 내 사진은 오빠가 찍어줬는데.

유진이가 한 살 한 살 나이를 먹을 때마다 저는 유진이 나이 때의 제가 어땠는지 생각해보게 돼요.

사진은 모서리들이 전부 닳아 있었다.

어디에도 사랑한다는 말은 적혀 있지 않았지만 유진은 이것이 엄마의 고백이란 걸 깨달았다.

"우…… 우으……. 흣…… 엄마."

유진은 세 가족이 같이 있는 가족사진을 끌어안았다. 갈수록 엄마와 아빠의 얼굴이 희미해져서, 조금만 더 시간이 지난다면 다시는 기억하지 못할 것 같아서 두려웠다.

"한유진의 어머니가 떠날 때 아버지가 부탁했던 건, 한 해에 한 번 살아 있다고 알려달라는 거였어요. 아버지는 그렇게 하지 않으면 그분이 안 좋은 생각을 할 것 같았대요."

윤우가 고저 없는 목소리로 말했다. 일곱 살 때쯤이었을까. 아버지의 서재에 들어왔다가 한구석에서 깜박 잠이 들었다. 다급한 발소리를 듣고 눈을 비비며 일어나는데, 아버지가 편지봉투 하나를 들고 페이퍼나이프를 집어 든 채 손을 떨고 있었다.

그렇게 뭔가에 집중한, 무척이나 조심스러워하는 아버지의 모습은 처음이었다. 그 종이를 찢어 안의 내용물을 꺼내 들고 한참을 바라봤다. 그리고 전력질주하고 널브러진 양 의자에 앉아 한동안 눈을 감고 계셨다.

"나는 한유진과 인사를 하기 훨씬 전부터 당신을 알고 있었어. 모두 봤거든요. 14년간 당신의 성장을. 그리고 그 이듬해 사진은 오지 않았고 당신이 직접 왔죠."

사진 속에서 아이는 항상 울거나 웃고 있었다. 불만이 있다는 듯 미간을 잔뜩 찌푸리고 있기도 했다. 아버지는 사진을 볼 때마다 웃었다. 그녀가 어머니를 쏙 빼닮았다, 말하기도 했다.

아버지가 사랑했던, 혹은 아직도 사랑하는 여자의 아이.

어느새, 윤우도 매년 아이의 사진을 기다리게 되었다. 아주 예쁘게 빚어놓은 여자아이. 희정이 눈앞에서 사고를 당하고 정신이 없는 와중에, 윤우는 서재에 숨어들어 유진의 사진을 끌어안고 밤새도록 봤다.

세상 어딘가에 있을 자신과 비슷한 시기에 태어난 동갑내기 여자애의 사진은 다양한 모양새라서 냉랭하고 엄한 할머니도, 아버지에게 관심 없는 어머니도, 그리고 일만 하는 아버지도, 이제는 죽을지 살지 모르는 누이와도 달랐다. 윤우가 알고 있는 어떤 사람과도 유진은 달랐다.

"내 누이가 떨어져 생사를 알 수 없게 된 그곳에서 한유진이 한 걸음씩 올라오는데. 항상 사진으로만 봤던, 시간에 멈춰 있던 인물이 살아서 걸어오는 걸 믿을 수가 없었어."

샛노란 나비가 팔랑거리며 날아와 제게 손을 내미는 것만 같았다.

아버지는 한유진의 모친을 놓아주었다.

할머니는 결혼을 허락한 게 아니다. 그건 눈속임이었다. 죽을 만큼 괴롭힌 것도 모자라 아버지의 아이를 가진 그녀의 배를 때려 유산시켰다. 윤우는 굳이 그 이야기까진 유진에게 하지 않았다.

다시는 아이를 낳지 못할지도 모른다는 선고를 받고 떠날 수밖에 없었던 여자.

아버지는 자신의 곁에 있으면 그녀가 죽을지도 모른다고 생각했다. 아이를 잃고 의지할 곳 없는 그녀를 제 곁에서 떼어놓을 수밖에 없었다. 자신을 사랑한다면 제발 죽지 말아달라고, 어딘가에서 살아서 꼭 그에게 안부를 전해달라고 무릎을 꿇고 울면서 빌었다고 했다.

건드려서는 안 되는, 아버지에게 있어서 성역이나 다름없었던 여자.

찾을 수도 없고, 연락이 되지도 않아 죽은 줄 알았는데 세월이 지나 다시 누군가를 만나고 기적처럼 한유진을 낳은 뒤 그녀의 모친은 약속을 지켰다.

한 해에 한 번씩 그녀가 떠났던, 그리고 아이를 잃었던 9월의 어느 날쯤 사진을 보내왔다.

"한유진은 당신 어머니에게도 내 아버지에게도 기적 같은 아이라. 내가 어떻게 감히 당신을, 그들의 기적을 저주하고 미워할 수 있겠어요?"

눈가가 짓물렀다. 사진을 끌어안고 무릎 꿇은 채 끅끅대며 누군가 그 소릴 듣기라도 하면 잘못되기라도 하는 양 입술조차 꾹 다문 채 눈물을 흘렸다.

뚝뚝, 나무 바닥으로 떨어진 유진의 눈물이 새카만 점이 된다.

윤우는 그녀 앞에 무릎을 꿇고 유진의 눈물 젖은 얼굴을 두 손으로 감쌌다.

"할머니가 내 욕구와 욕망을 위해 다리를 벌리라고 했다면,"

주르륵, 유진의 눈꼬리를 타고 눈물이 흘러내렸다. 윤우는 미간을 찌푸렸다. 차마 손을 뻗을 수조차 없었던 여자가 이렇게 우는데 흔들리지 않을 리 없다.

"잊어버려요."

아버지처럼 그렇게 놓아줄 사랑은 처음부터 시작하지 않겠노라고.

네가 받은 학대를 외면하는 척했다. 자신이 손 내밀면 내 할머니가 너를 더 망가뜨릴 것 같아서.

할머니가 유진을 괴롭힐 때마다 아버지에게 빨리 집으로 와달라고 연락했다. 그리고 아버지가 올 수 없을 적에만 윤우가 나섰다. 고용인들의 눈을 피해 조용히 유진의 방문 앞에 서 있거나 문틈으로 새어나오는 울음소리를 전부 쓸어 담아 흘러나가지 않게 지켰다.

"다리는 내가 벌리고 내가 안길 테니까,"

너는 그럴 필요 없노라고 윤우가 속삭였다.

"그러니까 나를 안아줘요."

"으…… 흐윽……. 으으……."

호의를 알고 있었다. 그게 아니라면 지하실에 갇혀 죽어가는 자신 때문에 놀라 맨손으로 두꺼운 철문을 두드리며 목이 쉬어라 악쓰지 않았을 테니까. 제 위에 올라타 목을 조르던 백 여사를 밀쳐낸 것도 윤우였다. 유진은 차마 마주할 수 없었던 백 여사의 눈을 똑바로 보며 그는 말했다.

「아버지가 죽었어요, 할머니. 병원에 가보셔야죠.」

자신의 앞을 가로막았던 연약하고 작았던 그의 어깨가 슬픔으로 떨리고 있는 걸 유진은 봤다.

그래서 사랑하지 않으려 했다.

그를 사랑하면 더 무서운 일이 벌어질 것 같아서. 손자까지 앗아간다면 정말 백 여사가 가장 깊은 곳에 자신을 처박아두고 밟고 짓뭉갤 것 같아서.

나는 나를 위해 너를 사랑하지 않으려고 노력했다.

대답도 하지 못하고 소리 없이 우는 유진의 앞에 마주 앉은 채 그는 긴 시간을 아무 말 않고 기다려주었다.

CHAPTER 05

엄마의 사진을 보고 난 뒤 잠들어서일까. 사고 뒤 처음으로 엄마가 꿈에 나왔다. 밤새도록 좌식책상 앞에 앉아 수십 장의 사진을 하나하나 바라보면서, 사인펜을 들고 머뭇대는 모습. 무슨 말을 써야 하나, 망설이느라 몇 번이고 손을 들었다 놨다 하던 그 모습. 유진은 실제로 그런 엄마를 본 기억이 있다.

유진의 감은 눈에서 주르륵 눈물이 흘렀다.

"좋아서 우는 거였으면 좋겠는데."

윤우는 그녀를 허벅지에 뉘여놓은 채 눈앞의 책장을 바라봤다. 주인이 없다 해도 밤낮으로 쓸고 닦은 흔적이 있다. 바지가 젖어들었지만 유진을 깨우고 싶지 않았다. 가만가만 작은 얼굴을 감싸고 쓰다듬는다.

깨울 의도는 없었는데 유진이 뻑뻑한 눈을 비비며 깨어났다.

"내일 엉망으로 붓겠네. 얼음주머니 좀 가지고 올 테니 앉아 있어요."

아래에서 올려다보는 윤우의 얼굴은 담담하기만 했다. 자신이 들었던 고백이 꿈인지 현실인지 구분이 가지 않는다. 그게 고백이라고 할 수 있는지 의문이긴 하다. 사랑한다는, 좋아한다는 말이 아니라 더 가슴이 뛰었다.

"나한테……."

꿈이 아니었을까. 그저 꿈속 어딘가를 헤맸던 게 아닐까 싶어 문득 입을 떼는데 윤우가 부드럽게 웃었다.

"다리 벌려준다고 한 거요?"

군데군데 붉은 기가 남아 있는 얼굴이 윤우의 노골적인 말에 다시 달아올랐다.

"아냐, 그거 물어본 거 아냐."

"농담 아니고 꿈도 아냐. 한유진이 내게 안기면서 치욕스러워하도록 만들진 않을 거예요."

윤우가 웃으면서 유진의 등을 받쳐주더니 일으켜 세웠다.

"나 아직 아무 말도 안 했어."

"알아요. 아무 말도 안 한 김에 그 좋아한다는 새끼 이야기도 잘 숨겨요. 내가 전부 지켜보고 있으니까."

"뭘 지켜봐?"

"눈이 어디로 돌아가고, 어떤 새끼를 보는지."

전부 보고 있다고, 윤우는 음습하게 말했다. 유진은 입술을 달싹거리다 꼭 다물어버렸다.

"아쉽다. 누군지 들을 수 있었는데."

그가 알고 하는 말인지 떠보는 것인지 모르겠다. 어쨌든 아직은 아무 말도 하고 싶지 않았다.

유진이 머뭇거리자 윤우는 친절한 웃음을 띠며 입을 뗐다.

"배 안 고파요?"

저녁도 거의 먹지 못하고 내처 울었으니 허기질지도 모른다 싶어 윤우가 물었다. 유진이 고개를 끄덕였다.

"조금."

"뭐 좀 먹고 자죠. 지금 시간이 새벽 2시니까. 간단한 거 만들게요, 씻고 나와요."

오랜만에 들어온 별채의 서재에서 유진이 발을 못 떼고 있자, 윤우는 이제는 언제든 올 수 있는 곳이라며 그녀의 등을 떠밀었다.

모든 짐이 옮겨져 있어 욕실에서 씻은 뒤 편한 옷으로 갈아입고 나오니, 윤우가 소매를 걷어 올린 채 프라이팬을 불에 올려두고 있었다.

냉장고 안에는 간단하게 데워 먹을 수 있는 음식과 식재료가 있었는데 전부 늦은 밤에 먹기엔 부담스러울 듯해 계란과 야채만 꺼내 팬에 버터를 두르고 잘게 썬 야채와 우유를 섞은 계란을 풀어 스크램블드에그를 만들었다. 유진이 나오자마자 갓 만든 그것을 접시에 담아 건넸다.

식탁에는 잔에 따라놓은 오렌지 주스가 놓여 있었다. 갈증을 느낀 그녀가 주스부터 마시자 제 몫의 접시를 가지고 자리에 앉은 윤우가 포크를 들었다.

"간단하게 먹고, 내일은 아침 먹으러 가지 마요."

포크 끝에서부터 온기가 전해져온다. 유진은 그저 구운 달걀일 뿐인 그걸 한 입 먹자마자 탄성을 뱉었다.

"맛있어."

부드럽게 넘어가는 느낌이 좋았다.

"내가 유일하게 할 줄 아는 거."

"응?"

"말했잖아요. 영국 음식 지랄 같다고. 심지어 가정부도 요리를 못해서 냉동식품을 사 먹었는데, 나중엔 간단한 거라도 만들어보자 싶어지더라고요. 영국에서 해 먹었던 요리 중엔 스크램블드에그가 제일 나았어요."

손에 물 한 방울 묻혀보지 않은 윤우가 직접 요리까지 할 정도면 영국 음식은 얼마나 맛없는 걸까. 유진은 그가 향한 영국이란 나라가 어떤 곳인지도 잘 몰랐다.

"맛있어. 따뜻하고."

이 집에서 밥을 먹을 땐 항상 가슴에 뭔가가 얹힌 것만 같았다. 누군가 자신을 위해 부드러운 음식을 해준 적도, 그렇다고 잘 먹지 못한다 걱정해준 적도 없었기에 유진은 오랜만에 입맛이 돌았다.

"요리, 배워야겠네요."

고작 계란을 풀어 데운 것뿐인데 유진이 정말 맛있게 먹어 윤우는 포크를 내려두었다. 그리고 제 걸 덜어 그녀의 접시에 놓아줬다. 간단하고 부드럽게 넘길 수 있는 것이었으면 했다. 맛도 느끼지 못하는 얼굴로 그저 음식을 씹어 넘기던 유진이 생각났기 때문이다.

"그거 알아요?"

사양하지 않고 그의 몫까지 먹던 유진이 영문을 모르겠단 얼굴을 한다.

"이러고 있으니까 부부 같네요. 단둘이 얼굴 마주하고 식탁에 앉아 있는 게."

유진은 헛기침하더니 주스를 들이켜며 윤우의 시선을 피했다. 그렇게 눈도 마주치지 못하면서 접시는 깨끗하게 비워, 윤우는 웃었다. 저를 불편하게 생각하지만 않으면 된다.

"씻고 나올 테니까 침대에서 편하게 자요."

"나 소파에서 잘게, 침대는 네가 써."

"같이 잘 건데."

그녀가 손을 꼼지락거렸다.

"상처가 있을 땐 안심하고 자요. 손가락 하나 까딱 안 할 테니까. 일단 침대에 가서 누워 있어요."

약을 발라주겠다는 뜻임을 아는데도 성적인 의미로 해석돼버렸다.

"이제 약 안 발라도 돼. 진짜 다 나았어."

유진이 서둘러 손사래를 치자, 그녀를 묘한 눈으로 바라보던 그가 치우려고 들고 있던 접시를 내려놓았다.

"그럼."

"……."

"해도 돼요?"

"어……?"

"다 나을 때까진 손대지 않는다고 했는데, 다 나았다고 너무 강력하게 피력하니까."

유진은 두 손으로 새빨개진 얼굴을 가렸다. 미쳤다. 수치스러워 서둘러 대답했건만, 문장 전체를 제대로 파악하지 않은 터에 참사가 벌어졌다. 윤우를 볼 수 없어 식탁에 엎드려버렸다.

"오늘 그럼 깨끗이 씻으면 돼요? 응? 침대에서 기다리고 있으면 돼요?"

어디서부터 정정해야 될까. 유진은 벌떡 일어나 침실로 들어가버렸다. 그에 윤우는 웃음을 터트렸다.

머리끝까지 이불을 뒤집어쓰고 빨리 잠들기를 기다렸다. 온도 조절을 하지 않아 숨이 턱턱 막혔다. 침대 한쪽 끝에 붙어 누운 채 에어컨을 어떻게 켜나 궁리하는데 문소리가 났다.

"이렇게 더운데 잠이 와요?"

막 이불을 걷어내려던 참이었건만. 유진은 침대로 파고들었다.

삐! 윤우는 조절장치를 눌러 쾌적한 온도로 설정했다가 잠시 에어컨을 끌까 고민했다. 이불 위를 손가락으로 건드려도 꿈쩍도 하지 않는다. 그녀가 내뱉은 숨으로 덥혀 있을 안쪽 공기를 생각하니 입안이 바짝 말랐다.

"한유진. 자는 척해도 소용없어요. 이렇게 더운 날씨에 이불 뒤집어쓰고 자면 죽어요."

"……상관하지 마."

"아, 그럼 한유진도 상관하지 마요."

그리고 이불째 끌어안았다. 침대 끝에 아슬아슬 걸쳐져 있다 아래로 떨어질 듯 기우뚱한 몸을 완전히 품에 안아 돌렸다. 어느새 유진은 그에게 올라탄 자세가 돼 이불 밖으로 얼굴을 내밀었다.

많이 더웠는지 이마에 송골송골 맺힌 땀과 숨을 몰아쉬는 상기된 얼굴. 윤우는 손가락으로 머리를 쓸어주었다.

"남자 위에 올라타서 이렇게 숨 쉬는 버릇, 굉장히 나쁜데."

"네가 갑자기 놀라게 하니까!"

"섹스하고 난 뒤 같잖아요."

"너는 경험이 많겠지만, 난 그런 농담 받아들일 준비 같은 거 안 돼 있어."

"경험이 많아요?"

윤우가 무슨 소리냔 얼굴로 물었다. 그에게서 벗어나려 몸을 꿈틀댔는데 상대는 꿈쩍도 않아 유진이 미간을 찌푸렸다. 아무리 밀어내도 손이 미끄러지며, 도리어 그에게 안기는 꼴이 된다.

"그러니까 자꾸 이상한 소리를 하는 거잖아."

"이런 말을 하면 경험이 많은 거예요? 이상한데."

머리칼이 덜 마른 그는 침대에 누운 채 유진이 움직이지 못하게끔 이불째 안고 있었다. 기를 쓰고 고개를 들면 쿡쿡대면서 유진의 머리를 꾹 눌러 제 쇄골쯤으로 내려버린다. 똑같은 바디클렌저를 쓰는데도 그에게서 나는 향이 더 진하다. 자신도 모르게 윤우의 목덜미에 얼굴을 묻고 숨을 크게 들이마셨다.

"읏……."

그가 목을 울리며 낮게 신음했다. 그러자 유진이 숨을 멈췄다. 완전히 굳어선 눈만 굴려 눈치를 살피다 그의 가슴을 짚고서 허리를 세웠다.

품에서 빠져나간 온기를 아쉬워하는 것도 잠깐, 윤우는 눈을 가늘였다.

"할머니 성격 알잖아요. 도씨 가문 씨를 잘못 뿌릴까 봐 전전긍긍하시는 거."

그가 손을 내밀어 이불 바깥으로 나온 유진의 손목을 붙잡았다.

"그리고 나는 매일 상상하느라 잠을 잘 수가 없었거든."

무슨 상상이냐고 물어볼 수 없을 정도로 그의 눈빛은 험악했다. 유진이 그에게서 벗어나려 손목을 비틀었지만, 남자의 악력을 뿌리치기엔 역부족이다.

"물어봐요. 무슨 상상을 하면서 스스로를 위로했는지 대답해줄게."

"싫……."

"무도한 남자가 되지 않으려고 수절하는 과부처럼 허벅지를 계속 찔렀거든."

그가 발정하는 상대는 하나뿐이다. 첫 몽정의 대상도, 그리고 욕구불만의 대상도 한유진뿐.

"유진아."

그녀가 감전이라도 된 것처럼 어깨를 바르르 떨었다. 입술을 잘근잘근 깨물다가 혀로 쓰는 유진을 바라보던 윤우는 검은 동굴 같은 입을 벌렸다.

"그러니까 칭찬해줘요."

유진이 곧이라도 눈물을 터뜨릴 것처럼 어쩔 줄 몰라 했다. 윤우는 입을 벌린 채 얌전히 기다렸다. 다가가는 즉시 삼켜질 검은 동굴이 아찔할 정도로 깊다. 젖은 그의 머리카락은 마치 격한 열정의 잔재 같았다.

그가 유진의 손목을 끌었다. 몸에서 힘이 빠져 딸려가 코끝이 삼켜졌다. 코를 물고 곧장 내려간 입술이 유진의 입안을 침범했다.

"으응!"

그와의 첫 키스는 낭만적이지 않았다. 부드럽고 달콤하다기보다 허기에 삼켜지는 듯한 느낌이었다. 그리고 허기진 건, 둘 다일지도 모른다.

윤우가 제 손을 놔줬다는 것도 몰랐다. 열정적으로 그의 목에 팔을 두른 채 턱까지 차오른 숨을 내쉬면서, 그에게서 입술을 떼지 못했다.

"눈도 붓고, 입술도…… 누가 봐도 무슨 일이 있었는지 모를 수 없을 만큼 부어오를 거야. 나도, 한유진도."

윤우가 유진의 아랫입술을 사납게 물었다.

"아!"

"사람들은 각자의 애인이 독선적이고 탐욕스럽다고 생각할까? 아님, 남매가 붙어먹었다고 생각할까요?"

윤우가 속삭였다. 그의 한마디 한마디가 곧장 유진의 입안으로 밀려들어온다.

"한유진이 다른 남자랑 이랬다고 남들이 생각하는 건 싫은데."

그가 허리를 쳐올렸다.

"빨리 낫고, 응?"

윤우가 키들거렸다. 그의 얼굴을 볼 수 없어 유진은 그저 윤우를 꽉 끌어안기만 했다.

"오늘은 이렇게 안고 자요."

닿은 몸이 뜨겁다. 열대야가 이어졌다. 그가 설정해놓은 온도는 잠들기에 쾌적한 정도지 결코 시원하지는 않다. 하지만 일어나서 다시 조절을 해야 한단 생각은 누구도 하지 못했다.

내려가서 자겠다고 해봤자 허리를 감고 있는 손은 그대로일 것 같아서 유진은 그의 어깨에 얼굴을 기댄 채 눈을 감았다. 단단한 남자의 몸은 뜨거울 뿐 아늑하지는 않았다. 그러나 어느 때보다 빠르게 수마가 덮쳐왔다.

유진은 빗소리에 잠에서 깼다. 절 끌어안은 채 잠들어 있는 윤우를 본 순간, 간밤의 기억이 떠올라 숨을 크게 들이켰다. 가만가만 그에게서 벗어나려 옆으로 굴렀을 때는 비명이라도 지르고 싶은 심정이었다.

홧홧한 얼굴을 손바닥으로 거칠게 비비는데, 그가 말한 대로 눈이 퉁퉁 부어 손끝만 스쳐도 아렸다.

쏴아아아아!

이렇게 비가 내리려고 그토록 무더웠던 걸까. 그가 한국으로 돌아오던 날처럼 장대비가 쏟아지고 있었다. 테이블 위의 시계를 보니 5시가 좀 안 된 시각이다.

윤우가 깨지 않도록 조심스럽게 일어나 창가로 다가갔다. 어두운 정원, 그리고 군데군데 켜져 있는 조명이 보였다. 가끔 경호들이 정원의 이곳저곳을 지나갔지만 이쪽으론 거의 오지 않았다. 애초에 밖에서는 안을 볼 수 없게끔 되어 있다.

발끝으로 걸어 거실로 나왔다. 미처 끄지 않은 환한 불빛이 눈부셔 살짝 미간을 찌푸렸다. 소파로 다가가 무릎을 가슴까지 모은 채 웅크렸다.

멍하니 창밖을 바라보는데, 봉숭아가 쓰러질 정도로 거센 빗줄기에 갑자기 마음이 다급해졌다. 스러진 꽃잎들이 축 처져 회생하기엔 불가능할 것 같다.

거실의 창문을 열고 밖으로 나간 건 충동적이었다. 비를 잔뜩 머금은 흙이 발가락에 감기는데 소름 끼칠 정도로 질척거렸다. 유진은 다급하게 봉숭아의 남은, 이제는 빗물에 스러져버릴 꽃잎들을 땄다.

빗발이 굵다. 어깨가 묵직해질 정도라 우박인가 싶을 정도다. 쪼그리고 앉아 꽃잎들과 이파리 몇 장을 따고 나서야 허리를 펼 수 있었다. 그리고 집 안으로 들어가려 몸을 돌리다 윤우를 발견했다.

그는 헝클어진 머리를 쓸어넘기며 다른 쪽 손은 트레이닝복 주머니에 넣고 있었다. 삐딱하게 고개를 모로 기울곤 빗속에 서 있는 유진을 바라본다. 얼굴을 두드리는 빗방울에 유진이 젖은 속눈썹을 깜박였다.

윤우가 있으니 들어갈 엄두가 나지 않았다. 한참을 창을 사이에 둔 채 그와 마주 서 있었다. 결국 먼저 움직인 건 그였다.

"내가 잡아먹어요?"

윤우가 열린 창문으로 손을 내밀며 물었다. 그의 손을 잡고 창틀에 오른 유진은 안으로 발 들이길 머뭇거렸다.

"나 발이 많이 더러워서."

"괜찮아요. 그냥 밟아."

들어오지도 나가지도 못하고 있는 유진을 윤우가 안아 들었다.

"아!"

그대로 욕실까지 향했다. 작은 주먹의 손가락 사이로 봉숭아 꽃잎과 이파리들이 비죽비죽 튀어나와 있다.

윤우는 욕조에 그녀를 앉혀두고 샤워기를 틀어 유진의 발에 따뜻한 물을 뿌렸다.

"자다가 갑자기 비를 맞고 싶기라도 했어요?"

유진이 일어난 순간 윤우도 깨어났다. 살그머니 방을 나서는 그녀를 일부러 시간 차를 두고서 따랐다. 거실의 창문을 열고 밖으로 나갈 줄은 예상하지 못했지만.

화단 앞에서 잔뜩 웅크리고 있기에 그저 지켜보았다. 적어도 자기학대 중인 건 아니니 기다릴 수 있었다. 그러다 손에 잔뜩 뭔가를 들고 일어나던 그녀와 눈이 마주쳤다. 마치 주인 몰래 나쁜 짓을 저지른 강아지처럼 안으로 들어오지 못하고 금방이라도 뒷걸음질 쳐 어둠 속의 어딘가로 사라질 것 같은 유진의 모습에 제가 먼저 다가갈 수밖에 없었다.

"대가 전부 꺾였어."

유진이 주먹을 폈다. 그나마 멀쩡한 꽃잎을 땄다고 생각했는데 잔뜩 힘줘 쥐어선지 뭉개져 있었다. 이래서야 땅에 우수수 떨어진 것들과 다를 게 뭔가 싶어, 유진은 헛웃음을 흘리곤 세면대에 손바닥을 털었다.

그래도 나쁘지 않았다. 충동이 일어난 그대로 뭘 한다는 건.

"나 처음이었거든. 여기 와서 처음으로 내가 하고 싶은 대로 했어."

유진이 꽤 기분 좋은 얼굴로 말해 윤우는 웃었다. 하얀 발가락을 꼼지락거리며 웃는 그녀에게 화를 낼 수 있을 리 없다.

"마음대로 하는 건 좋은데 뛰쳐나가는 건 맑은 날에만."

"2층에 있다 보면 하루에도 열두 번씩 뛰어내리고 싶어질 때가 있거든. 내가 청소하려고 열어놓은 창문으로 희정 언니가 떨어질 뻔한 적 있었잖아."

그날, 희정은 배탈이 났고 저도 모르게 쏟아냈다. 재빨리 창문을 열어 환기시키고 청소하던 유진이 창문 저편으로 몸이 반쯤 넘어간 희정을 발견하고 놀라 달려가 붙들었다. 너무 놀라 비명을 질렀다. 심장이 미친 듯이 뛰어 숨을 몰아쉬고 있는데 윤우와 강민이 들어와 사태를 수습해줬다.

사실 창문을 열었을 때, 그리고 희정의 몸이 넘어갔을 때 거기서 뛰어내리고 싶었던 건 저였다는 사실을 깨달았다. 그 이후 유진은 창문을 열지 않았다.

"내가 뛰쳐나가면 다 잘될까 싶어서."

하지만 그러지 못했다. 충동은 그저 충동으로만 남겨뒀다. 어딘가에 누워 있을 엄마도 잊고 오로지 자신만 생각하고 싶었다.

"그런데도 충동을 누를 수 있었던 건 여기 일하는 사람 많잖아. 정원을 나가기도 전에 잡혀서 끌려왔을걸."

씁쓸한 웃음이 걸렸다. 결코 자신이 원할 때 이 집에서 나갈 수 없다는 사실을 유진은 뼈저리게 알고 있었다.

"제일 미운 게 누구예요?"

윤우는 어쩌면 저 입술에서 제 이름이 나올지도 모른다고 생각했다.

"나."

의외의 대답에 그의 눈동자가 흔들렸다. 스스로가 제일 밉다고 말한 유진이 눈을 내려 깨끗해진 제 발을 바라봤다.

"아무것도 못 하고 무력한 내가 제일 미웠어."

백 여사라고 말하며 저주의 말이라도 쏟아냈다면. 그랬다면 마음이 이렇게 무너지지 않았을 텐데. 윤우가 유진의 발을 손으로 감싸며 그녀를 올려다봤다. 피하려는 시선을 잡아채 기어이 저를 보게 만든다.

더 이상의 상처도 마음도 없는 담담한 눈이다. 이미 상처로 너덜너덜해진 그 위에는 무엇을 덧씌워도 똑같은 상처가 될 뿐, 나아지지는 않는다.

"딸은 엄마 팔자 닮는다고 하더니."

유진이 웃었다.

"나도 엄마처럼 될까."

"그렇게 둘 것 같아요?"

이 집은, 그리고 대현은 백 여사의 손아귀에 있다. 팔순을 앞두고 있음에도 건재한 그녀가, 앞으로도 영원히 두려운 존재일 것만 같아서 유진은 입을 열지 않았다.

"믿음을 줄 순 없겠지만, 약속은 할 수 있어요."

절로 귀 기울일 수밖에 없을 만큼 달콤한 목소리가 귓가에 울린다.

"이번에 목이 졸릴 차례는 내 할머니예요."

그는 아무렇지도 않게 섬뜩한 말을 내뱉었다. 그게 마치 사랑의 고백처럼 달콤하게 들리는 까닭은, 제 마음속 어딘가에 악한 것이 살고 있기 때문이리라.

그는 열매였다. 첫 수확에 실패한 백 여사가 품에 넣어 애지중지 키운, 아마 그녀의 눈에는 세상에서 가장 아름답고 달콤할 열매. 자신은 그를 갉아먹는 해충일까.

"그건 믿어줬으면 좋겠어요."

어느새 탐스러워진 열매는 목을 죄는 독을 품고 있었다. 그 독이 누구를 향해 있는지 유진에게 똑똑히 보여주며 제 몸에서 가장 달콤한 부분을 내민다.

윤우가 걱정 말라는 얼굴로 웃었다. 지금 보고 있는 그 부분엔 독이 없다고 말한다. 있는 힘껏 깨물고 삼키라 종용한다. 유진은 망설였다. 하지만 망설임은 길지 않았다.

"……응."

삼켜도 죽고, 삼키지 않아도 죽을 것 같다면 차라리 삼키자.

백 여사가 키운 세상에서 가장 아름답고 달콤하다는 이 열매가,

적어도 무슨 맛인지는 알아야 했으니까.

유진이 마른침을 삼켰다. 자신을 품고 길러준 친할머니의 목을 조르겠다고 말하는 이것은 죄악의 열매다.

"하……."

유진은 힘없이 웃었다. 손을 내밀어 그가 내뱉은 죄가 묻어 있는 입술을 매만졌다.

"죄를 짓지 않고 살아갈 수 없는 세상이라면 서슴없이 죄를 범하겠어요. 어차피 그렇게 쌓아올려진 정점이 이곳인데 한두 개 더해봤자,"

그의 입술에 닿아 있는 자신의 손끝에 독이 묻어나온다.

"누가 알겠어요. 안 그래요?"

마치 공범처럼, 유진은 가만가만 고개를 끄덕였다. 윤우가 즐겁게 웃는다. 절 향해 활짝 열린 백 여사의 가장 예쁘고 탐스러운 열매를 유진이 두 팔을 뻗어 껴안았다.

✦ ✚ ✦

그는 아침식사에 참석하지 않아도 괜찮다고 했지만, 유진은 희정을 깨우고 씻기는 것은 제 몫이라며 윤우와 우산 하나를 나눠 쓰고 본채로 향했다. 바로 2층으로 향한 유진은 희정의 방문을 열고서 조금 놀랐다.

희정은 일어나 눈을 비비며 옷을 갈아입는 중이다.

"언니?"

"어? 유진아아!"

그러다 희정이 옷을 갈아입는 동안 등을 돌린 채 욕실 쪽을 향해 있던 강민과 눈이 마주쳤다. 희정이 블라우스 단추를 제대로 채우지 않고 유진에게 달려가 반가움에 눈물을 글썽였다.

"왜 어제 나 보러 안 왔어어?"

"미안해요. 어제 너무 늦어서 언니 깨울까 봐."

"늦어도 나 꼭 보러 와아! 응?"

단추를 채워달라며 가슴을 내미는 희정의 앞섶을 여며주려던 참이다.

"그냥 두십시오."

"네?"

"이제 점점 이곳에 올 수 없는 시간이 늘어나실 테고, 그때마다 아가씨가 유진 씨를 기다릴 순 없으니까요."

"……강민이 무서워어."

희정이 유진의 귀에 속삭였다.

"하나부터 열까지 다 해주시니 제 손으로 할 수 있는 일도 미루는 거 아닙니까."

강민이 맞다. 유진은 희정이 떼를 쓰면 거절하질 못했다. 자신을 유일하게 필요로 해주는 사람의 말이니 전부 들어주고 싶었다. 강민 때문에 현실을 깨닫고, 언제까지고 희정의 곁에 있을 수 없다는 말뜻 또한 알아차렸다.

"언니. 강민 오빠 말 들었죠?"

희정이 입술을 내밀고 고개를 모로 돌린 채 끄덕였다. 유진은 양손으로 불만 가득한 얼굴을 붙잡아 절 바라보게 한 뒤 웃으면서 얼렀다.

"단추는 언니도 채울 수 있잖아요. 놀이로도 가끔 했잖아요."

"그래도 나는 유진이가 해주는 게 더 좋아."

"나도 언니 챙겨주는 거 너무 좋은데, 내가 못 해줄 때도 있으니까요."

희정이 볼을 부풀리다 곧 며칠 동안 유진을 보지 못했다는 사실을 깨닫곤 천천히 단추를 잠가갔다.

"언니, 하나 빼먹었어요. 다시 해야죠?"

마음 같아서는 손을 뻗어 재빨리 바르게 해주고 싶었다. 그래도 유진은 침착하게 기다렸다. 잘못 들어간 구멍을 제대로 맞추는 데 제법 시간이 걸렸지만 결국 희정은 블라우스를 제대로 입었다.

"와! 우리 언니 진짜 잘했어요."

"헤헤. 나 잘했어?"

칭찬에 금세 기분이 좋아진 희정이 묻자 열정적으로 고개를 끄덕여주었다.

"으응. 나 이거 잘해. 헤헤."

기분이 좋은지 한 손으로는 유진의 손을 나머지 손은 강민에게 내민 희정이 처음으로 먼저 아래층에 내려가자고 졸랐다.

"강민이느은 나보고 다 하래."

"맞아요. 언니는 다 할 수 있는데 내가 해줘서 안 했던 거죠?"

"음…… 맞아!"

희정이 방실방실 웃었다. 짜증을 내지도 화를 내지도 않고서 강민의 손을 잡은 채 그를 보는데, 그 눈에 신뢰가 비쳐 유진은 한결 안심했다. 계속 마음에 걸렸다. 집에서 홀로 자신을 기다리고 있을 희정이 눈에 밟혔는데 강민이 곁에서 지켜주고 있으니 마음이 놓였다.

“희정 언니 목욕은 어떻게…….”

희정이 공포나 분노로 인해 종종 실수하는 걸 돌려서 물었다.

“제가 눈을 감고 있거나 요새는 일찍 들어오시는 황 관장님께서 도와주십니다.”

“관장님이요?”

그간 조용히 2층을 드나들던 정은이 희정을 돌본단 소리에 유진은 놀랐다. 백 여사가 알았다간 바깥일 하는 사람이 집안일에 신경 쓴다며 한마디 할 것 같았지만, 입 밖에 내지는 않았다.

정은은 국내외로 유명한 갤러리 세 개의 관장으로, 그 실질적 소유주는 백 여사였다. 백 여사는 나이가 들어 관리를 못 하겠다며 정은에게 넘겼는데, 그곳에서 비자금이 만들어진다는 걸 아는 사람은 다 안다. 특히 얼마 전에 신축된 경기도에 있는 갤러리는 유명한 해외 조각가들의 작품을 전시하면서 큰 화제를 모았다. 그 일로 정신없이 바쁠 게 뻔한데 희정을 들여다본다니, 유진으로서는 다행이었다.

“네. 그러니 아가씨 쪽은 신경 쓰지 않으셔도 됩니다.”

냉정하게도 들릴 수 있는 대답이나, 유진은 그의 본심을 잘 아는지라 오해 않고 고개를 끄덕였다. 윤우와 희정이 저희 곁에 믿을 수 없는 사람을 뒀을 리 없다.

“감사합니다.”

“그건 제가 들을 자격이 없는 소리 같습니다.”

“가암사합니다아아아!”

희정이 까르르 웃으면서 강민의 손을 흔들며 유진을 따라 했다. 강민의 얼굴에 미미한 미소가 떠올랐다 곧 사라졌다.

셋 다 작게나마 웃으면서 계단을 내려오려는데, 1층에서 김 비서가 쟁반을 받쳐 든 채 이쪽을 올려다보고 있다. 유진은 본능적으로 그녀가 자신을 기다리고 있다는 것을 알아차렸다.

"유진 양, 내려오세요."

머리카락 한 올 남기지 않고 전부 넘기곤 싸늘한 얼굴을 한 김 비서의 모습에 숨이 막혔다. 쟁반에 올라 있는 건 물과 약이다. 유진은 희정과 강민에게 천천히 내려오라 한마디 하곤, 애써 아무렇지도 않게 계단을 내려갔다.

저도 모르게 응접실에서 윤우를 찾았으나 보이지 않는다.

"도 이사님은 여사님과 이야기 중이십니다."

김 비서가 온기 없는 목소리로 말했다. 백 여사가 시키는 일은 무슨 짓이라도 하는 사람이다. 명령 없이는 제 몸에 손대지 않지만, 김 비서에게선 자신을 향한 악의가 강하게 느껴졌다.

"드세요."

"이게 뭐죠?"

"사후피임약입니다. 여사님께서 매번 먹이라 지시하셔서."

그녀의 몸은 안중에도 없는 처사였다.

"미쳤습니까."

희정을 1층까지 조심히 데리고 온 강민이 묵직한 소리를 냈다.

"아무 일도 없었다면 안 믿으시겠죠?"

유진이 자조했다. 표정 없이 검은 안경테 너머로 자신을 보는 얼굴은 싸늘하다. 몸에 무리가 갈 수밖에 없는 저 약을 매일 먹는다면 자신은 어떻게 되는 걸까.

"먹지 마세요."

강민이 약으로 향하는 유진의 손을 붙잡았다.

"으…… 약 싫어. 써어……."

희정은 알약을 보더니 강민의 뒤로 가 그의 허리를 끌어안고서 울먹였다.

"먹든 말든 자유예요, 유진 양. 나는 보고만 할 뿐이니까."

"괜찮아요, 설마 죽기야 하겠어요?"

유진은 강민의 손을 털어냈다. 제게 가해지던 폭력이 구체화된 것뿐이다. 이중, 삼중으로 안전장치를 해두려는 백 여사의 의도가 적나라했다. 유진은 그저 허탈하게 웃었다.

막 쟁반으로 손을 뻗는데, 커다란 손이 한발 먼저 알약을 가져가버렸다.

"……윤우야?"

언제 왔는지, 윤우가 김 비서의 뒤에서 손톱만 한 알약을 든 채 소년처럼 웃었다.

"이게 뭐예요?"

그렇게 묻는 윤우에게 아무도 감히 대답하지 못했다.

"눈치게임 하는 건가? 다들 입에 풀칠이라도 했어요?"

"……사후피임약입니다."

대답한 건 강민이다.

윤우의 매끄러운 이마에 깊은 주름이 팬다. 자신이 알고 있는 그 뜻이 맞냐는 얼굴로 유진을 바라본다. 그녀가 천천히 고개를 저으며 손을 내밀었다.

"우리 할머니 철두철미하시네."

윤우가 유진이 내민 손바닥에 알약을 놓고서 웃더니, 그녀가 입에 넣기 직전 손목을 잡아당겼다. 까드득, 그녀의 손바닥에 입술을 묻고선 알약을 씹어 삼킨다.

경악한 건 김 비서도 마찬가진지 들고 있던 쟁반의 물이 크게 요동쳐 밖으로 넘쳤다.

약을 먹어치우곤 유진의 손바닥을 핥는다. 머리털이 곤두설 것 같은 행위에 유진은 그대로 얼어붙었다. 때마침 자신의 방에서 나오던 백 여사 또한 그 장면을 보았다.

뱀이 살갗을 스치고 지나가듯 소름 끼치는 눈이 유진의 얼굴을 스치더니, 언제 그랬냐는 듯 무심하게 시선을 거둔다. 하지만 유진은 그녀가 모시한복의 치맛자락을 꽉 말아 쥐는 걸 봤다.

"이제 이런 거 줄 필요 없으세요, 김 비서님."

윤우가 김 비서의 어깨를 툭툭 두드렸다.

"안녕히 주무셨습니까, 여사님."

"……안녕히 주무셨어요오."

강민이 인사를 건네자 희정도 마지못해 고개만 내밀고서 중얼거렸다.

"거기 모여 뭐 하누."

"윤우 약 먹어써요……."

희정이 기어들어가는 목소리로 답했다. 윤우를 향한 백 여사의 차가운 눈길에, 도리어 유진이 놀랐다.

"영양제는 따로 김 비서에게 준비하라 이르마."

"이미 충분히 먹고 있는걸요."

여유롭게 대답한 윤우가 반쯤 넘치고도 용케 쓰러지지 않은 잔을 들어 물을 마셨다. 목을 타고 거칠 것 없이 넘어간다. 백 여사는 모른 척 등을 돌려 식당으로 향하다 이내 떠오른 게 있다는 듯 살짝 몸을 틀었다.

"내일 동우건설 강 여사 회갑연이니 따를 준비 하고."

암호와도 같은 그 말에 유진은 숨을 멈췄다. 반사적으로 윤우를 향하려는 시선을 가까스로 정면에 고정했다.

"네."

대답은 아무렇지도 않게 나왔다. 다행히 윤우는 모르는 눈치였다. 백 여사가 식당으로 먼저 들어가자 조용한 걸음들이 이어졌다.

✦ ✝ ✦

유진은 자신의 지정 소파에 앉아 팔짱을 낀 채 윤우를 쳐다봤다. 의도적으로 눈길 한번 제대로 주지 않는 그를 끈질기게 바라보자, 윤우는 더 모른 척하기 힘들었는지 고개를 들었다.

"내 얼굴에 뭐 묻었어요?"

"그걸 먹으면 어떻게 해."

"아아."

그가 웃더니 턱을 괴고 유진을 정면으로 마주했다.

"왜요? 걱정돼요?"

"네가 먹는 약이 아니었잖아."

"그럼 한유진은 먹어도 되고?"

반박할 말을 찾지 못한 그녀의 흔들리는 눈동자가 꽤 거리가 있는데도 불구하고 잘 보인다.

"아무거나 주워 먹지 말아요. 그거 몸에 안 좋대."

"아무거나 주워 먹은 건 너잖아."

"아, 그래서 말인데. 그거 호르몬제라고 하더라고요. 과도한 여성호르몬제가 들어가서 그런가. 자꾸 이렇게 따지고 혼내면 나 눈물 날 거 같은데."

윤우는 장난스럽게 눈가를 손가락으로 찍어냈다. 유진이 기가 막혀 헛웃음을 흘릴 때까지 그는 장난을 멈추지 않았다.

제 손바닥 위에 있는 약을 그가 삼켰을 땐 가슴이 떨렸다. 너는 이 정도까지, 혹은 이 이상도 해줄 것 같아서 백 여사 또한 그 순간에는 무섭지 않았다. 그래서 내일의 일을 담담하게 받아들였는지도 모른다. 절대로, 이 남자에게 그건 알리고 싶지 않았다.

"물어봐야지 하면서 계속 까먹고 있었던 게 있는데, 물어도 돼요?"

마침 내일의 일을 생각하며 잠시 딴생각 중이던 참이라 반사적으로 고개를 끄덕였다. 윤우의 손가락이 책상 모서리를 만지기 시작한다. 저건 짓궂은 농담을 걸 때의 버릇일까, 생각할 때의 버릇일까. 유진이야말로 윤우에게 묻고 싶었다.

"내가 유학 갈 때 내 트렁크에 여자 속옷 한 벌이 들어 있었거든."

그의 얼굴에 걸린 미소가 진득해졌다.

"그거, 한유진이 넣은 거예요?"

얼굴이 확 붉어졌다. 누가 넣었는지 알고 있지만 유진은 결코 아니다.

"아냐!"

"아쉽다. 그게 유일한 내 위로대상이었는데."

"이사님, 이거 직장 내 성희롱이에요."

"저런."

이럴 때만 이사님이냐며 그가 웃었다. 눈살을 살짝 찌푸리는 그에게서 고개를 돌려 다른 곳을 바라봤다. 여전히 퍼붓는 비는 그칠 기미가 없다.

"내일은 나도 약속이 있거든요."

유진은 그의 스케줄을 떠올렸다. 이틀에 한 번꼴로 잡혀 있는 선자리 중 여당 대표 최준 의원의 딸과 만나기로 했지.

담담하게 고개를 끄덕이는 하얀 얼굴에선 질투나 서운함 같은 감정은 비치지 않았다. 모든 걸 당연하다는 듯 받아들인다. 그게 욕심도 내기 전에 이뤄지는 체념임을 윤우는 알 수 있었다.

"내게 아무것도 기대하고 있지 않죠?"

"그렇지 않아."

"분발해야겠어요. 내가 다른 사람에게 눈길만 줘도 도끼눈으로 날 노려보고 화를 낼 수 있게."

"말도 안 돼. 그럼 무서워서 어떻게 살아."

"무서워서 못 살게 만들어줘요."

유진이 픽 웃었다.

일하며 틈틈이 그녀를 바라보는데 오늘은 유난히 창밖을 바라보며 멍하니 있던 터라 걱정되던 참이다. 아무래도 아침의 일이 가장 큰 이유인 듯싶다. 윤우는 제 이마를 짚었다.

"어지러워요."

"왜?"

"아까 피임약 먹어서 그런가 봐."

유진이 자리에서 벌떡 일어나 또각또각 구두 소리를 내며 다가왔다. 서늘한 손이 이마를 덮는다.

"병원 갈까?"

"그럴 리 없잖아요. 사실 지금 정말 내가 여성스러워져서 그래요. 사랑받고 싶고 드물게 애교도 부리고 싶고 그래."

"말도……."

"안 된다고? 진짠데. 한유진은 남자도 아니고 안 먹어봤잖아요. 남자인 내가 먹으니까 자꾸 눈물이 날 것 같고 그래."

"병원엘 가자."

유진의 눈에 걱정이 담겨 있었다. 체온은 지극히 정상인데, 유진은 몇 번이나 되짚어본다. 이런 걸 보면 자신을 조금쯤 좋아하는 것 같기도 한데. 윤우가 낮게 소리 내 웃었다.

"주사 무서워요."

어이가 없는지 유진이 바람 빠지는 소리를 내며 웃었다.

"내가 병원에 안 가는 제일 큰 이유가 정말 그건데. 어릴 때 누나 몸에 꽂혀 있던 주삿바늘들이 무서웠거든요. 내 누나가 사고 때문이 아니라, 바늘에 찔려 죽는 건 아닌가 싶어서."

뼈 있는 말에 유진의 얼굴에서 웃음이 사라졌다. 윤우가 의자 깊숙이 누워 그녀를 올려다보며 나른하게 입을 뗐다.

"누나는 저택에 감금돼 있는 게 아니라 저택에서 못 내려오는 거예요. 어린아이가 돼버렸어도 자신이 떨어졌던 곳을 기억하곤 벌벌 떨거든."

"언니는 좋은 사람이야. 언니 덕분에 그 집에서 버틸 수 있었어."

"알아요. 누나는 한유진을 너무 좋아하거든."

희정은 한유진의 처지와 제 처지가 비슷하단 걸 본능적으로 알고서 따르는 게 아닐까, 윤우는 생각했다. 어린아이일수록 동질감에 약한 법이니까.

"나도, 우리 누나도 한유진을 좋아해요."

"……나도."

그 대답 하나에 윤우는 만족하기로 했다. 유진의 손에 얼굴을 부비며 어린아이처럼 굴었다.

"일하기 싫다. 회사 같은 건 전부 매각해버리고 돈이나 쓰면서 살까요?"

허황된 소리다. 그럴 수 있을 리도 없고. 유진이 콧등을 찌푸렸다.

"어디 가고 싶은 곳은 있어요?"

"밖이면 다 좋았어."

그냥 그 저택 밖이면 거기가 어디라도 좋았다. 심지어 백 여사에게 개처럼 끌려가는 모임에 병풍처럼 서 있다고 해도 적어도 자신에게 쏟아지는 시선은 얼마 없어 안심했다.

"나보다는, 나는 그래도 언니인 척 외출 많이 해봤잖아. 희정 언니가 밖에 나와봤음 좋겠어."

유진의 눈에 눈물이 그렁그렁해졌다.

"왜 그걸 한유진이 죄책감을 느끼는데?"

"언니의 인생을 내가 빼앗은 것 같아서."

윤우는 말없이 그녀를 바라봤다. 이 여린 사람을 어떻게 위로해야 좋을지 모르겠다. 제 누이가 그리된 건 그녀 탓이 아닌데. 그녀의 인생을 빼앗은 건 한유진이 아닌데.

"안 되겠어요."

도저히 한유진을 이길 수가 없다.

"세상에 일어나는 모든 잘못된 일이 한유진 탓이 되기 전에,"

저야말로 누나의 장난감을 빼앗으면 안 됐다.

"전부 내가 뒤집어써줄게요. 내 탓을 하는 게 편한 날이 오도록 해줄게."

유진이 고개를 저었지만 윤우는 결심했다. 이 나비 같은 어린 여자애가 자신의 집에 들어오기 훨씬 전부터, 그를 위한다며 친손녀를 밀어버린 할머니를 봤을 때부터 정상적인 사고를 하고 자라기란 이미 틀렸다.

"오늘은 여유가 없어서 상처를 못 봤는데."

"싫어!"

유진은 재빨리 물러났다.

"그래요 그럼. 이틀쯤 지나면, 아니, 내일이라도 온통 말끔해지지 않을까. 언제 다 낫나 계속 보고 있고 싶기만 해서."

입안이 바싹 마른다. 유진을 보면 갈증이 일었다. 만지고 싶은 마음을 억누르며 그가 책상 모서리를 손가락으로 세게 짓누른다. 그러지 않으면 손을 뻗어 마음껏 만지고 주무르고 탐하고 싶어질 테니까. 흉포한 욕망이 일 테니까.

"마음 같아서는 그냥 소파에 엎드리고 있게만 하고 싶어요. 만질 수 없으면 눈으로라도 핥게."

"그, 그건……."

"알아요. 아직은 그래도 이성이 남아 있으니까."

더 이상 듣지 못하겠어서 유진이 벌떡 일어섰다. 윤우가 일부러 그녀와 똑같은 데 있는 입술의 흉터를 손가락으로 슥, 쓸었다. 유진은 얼굴이 붉어져 문으로 향했다.

"화장실 가요?"

"그거 알아서 뭐 하게!"

"눈에 안 보이면 걱정돼서."

유진은 어이가 없어 흘겨봤다. 윤우는 능글거리는 웃음을 머금은 채 대답해달라 입술을 벙긋거렸다.

"나 그렇게 어리지 않아. 지금까지……."

"잘 버텨왔다고?"

유진이 미미하게 고개를 끄덕이고 문을 빠져나갔다. 그 초연한 뒷모습을 바라보며 윤우가 제 아랫입술을 핥았다.

그녀에게 말상대란 희정밖에 없었음이 분명했다. 그나마 희정에게는 화조차 내지 않았을 테니 자신이 앞으로 그 역할을 담당해야겠다고 생각하곤, 모니터를 들여다보며 비서실을 호출했다.

"천 이사님 잠깐 내 방으로 호출해주세요."

- 알겠습니다.

윤우의 눈에 더 이상 웃음기는 없다. 그는 쏘아보듯 모니터를 바라보고 있었다. 입술이 말려든다. 상처가 이에 짓이겨져 피 맛이 올라왔다.

기업은 거대하다. 거대한 만큼 기생해서 살아가는 벌레들과 공생하는 포식자들도 있는 법이다. 백 여사는 제 사촌인 천 이사를 의지하라고 했다. 윤우가 눈매를 가느스름하게 접는다. 아버지가 돌아가신 후 할머니가 제일 먼저 했던 일은, 자신의 사람들로 이사회를 장악하는 것이었다.

"명예와 관련된 일을 하게 생기셨어요."

윤우는 천 이사의 프로필을 태블릿 PC에 띄워놓고 장난을 치듯 의자를 빙글빙글 돌렸다.

✦ ✚ ✦

비서실 바로 옆의 화장실에는 점검 중 푯말이 세워져 있어 유진은 아래층 화장실로 가 가장 끝 칸으로 들어갔다. 변기에 앉은 채 두 손바닥에 얼굴을 묻고 깊은 한숨을 내쉬었다.

"미쳤어."

얼굴의 홍조가 가라앉지 않는다. 그가 내뱉은 말이 저속하면서도 가장 나쁜 곳을 간질여 더는 듣고 있을 수가 없었다. 조금만 더 있었다면 자신도 모르게 고개를 끄덕였을지도 모른다.

손등으로 아무리 쓸어도 진정이 안 돼 가만히 있는데 우르르 화장실 안으로 들어오는 발소리들이 있어 저도 모르게 숨을 죽였다.

"요새 회사 다닐 맛이 난다. 그 나이에 그 얼굴에 전 회장님 아들이라니. 이거야말로 진정한 로또 아니니?"

"그럼 뭐 해. 이사실에서 거의 안 나오시는데."

"적응하시느라 그러시겠지."

"야, 넘볼 걸 넘봐라. 평사원이랑 결혼하는 게 말이 돼, 차후에 회장님 되실 분이? 야, 생각만 해도 싫다. 명예회장님 바늘 하나 안 들어가는 거 알지? 그런 집 손자며느리 되는 거야. 그것도 하. 나. 뿐. 인. 손. 자."

"어우, 그건 정말 싫다."

화장을 고치는지 수다는 멈춰들 기미가 없다. 슬슬 나가고 싶은데 타이밍을 놓쳐 유진은 본의 아니게 그들의 대화를 듣고 있었다. 게다가 화제는 도윤우였다.

"알 만한 사람들은 다 알잖아. 돌아가신 회장님이랑 명예회장님이랑 얼마나 견원지간이었는지."

"쉿. 야, 조용히 좀 해."

"뭘. 아무도 없는 것 같은데."

"그래서 다들 부사장님이 나이 좀 차면 회장 자리에 오를 거라고 말 많았잖아. 누가 자기 반대편에 선 아들의 자식을 그 자리에 올리냐고."

"그건 그렇지. 그래도 이번에 친손자, 손녀 다 들어왔잖아. 손녀는 몸이 엄청 약해서 공식석상에 얼굴 잘 안 비친다면서?"

그러자 이야기를 주도하던 여자가 깔깔거렸다. 목소리가 은밀해진다. 하지만 소리가 울리는 화장실 특성상 못 들을 정도는 아니라 유진 또한 숨소리를 낮춘 채 귀를 기울였다.

"아무리 동생을 도와준다고 쳐도 한 사무실을 쓰는 건 이상하지."

"그치? 난 비서실에 자리 마련하는 줄."

"맞아. 거기다 오늘 둘 다 입술 똑같은 곳에 상처 생긴 거 봤어?"

간밤에 윤우가 농담처럼 던졌던 말이 나오는 바람에 유진은 숨을 들이켰다.

"어어, 봤어."

"그거 모르는 사람 우리 회사에 없을걸?"

성적인 뉘앙스를 모를 수가 없다. 유진이 입술 끝을 매만졌다. 진한 립스틱을 발라 다 가려진 줄 알았는데 예리한 눈에는 들킨 모양이다.

"내 친구가 증권가에 있잖아. 옛날부터 찌라시가 돌았대."

"뭔데?"

"원래 친손녀는 지적장애인이래. 그거 창피하다고 쉬쉬하며 감추고 있고."

"그럼 이사실에 있는 손녀는 뭐야?"

"그러게. 뭘까나?"

여자가 말꼬리를 늘이면서 의미심장하게 웃었다.

"어우야, 그럼 애인? 아님 대역 데리고 와서 놀아나는 거야?"

"쉬. 비밀이라니까. 그래도 찌라시가 완전 허무맹랑한 소리들은 아니잖아. 아니 땐 굴뚝에 연기 안 나는 건 알지? 뭔가 있기는 있어."

"있어봤자 그게 사실이래도 우리는 안 터지길 바라야지. 대현 망하고 주가 떨어지면 힘없는 회사원인 우리한테 제일 먼저 불똥 튈 텐데."

"말은 바로 해라? 난 정직원이고, 너네는 비정규직."

"네네. 그럼요, 우리 김 대리님은 정규직이시죠."

빈정이 상한 듯 투닥대다가 손을 씻는지 물소리가 나더니 발소리들이 멀어졌다.

유진은 깊게 숨을 내쉬었다. 이 사실을 또 누가 알고 있을까. 평사원들이 입방아를 찧을 정도면 아마 백 여사도 알고 있을지도 모른다.

윤우가 있을 이사실로 돌아가고 싶지 않다. 적어도 표정이 무너지지 않았을 때 아무렇지도 않게 들어가야겠다.

"딸."

이런 비 오는 날엔 옥상정원에 아무도 없겠다 싶어 올라가려고 엘리베이터 버튼을 눌렀는데, 그 안에 의외의 사람이 서 있었다. 황 관장이 반갑게 웃으며 손을 흔들었다.

"아들 보러 왔는데 우리 딸부터 보네?"

그녀가 손짓해 자신의 비서를 밖으로 내보낸다.

"어디 가는 길이야?"

"옥상정원에요."

"먼저 이사실 가 있어. 난 우리 딸이랑 데이트 좀 하고 갈게."

"네, 관장님."

열림 버튼을 누르고 있던 황 관장이 올라타라 고개를 까딱였다. 유진이 엘리베이터에 오르자 정은이 옥상정원 버튼을 누르더니 콧노래를 불렀다.

바깥이 훤히 보이는 통유리로 된 엘리베이터가 위로 향하며 잠실의 전경이 까마득해진다.

"정원에 카페도 새로 생겨서 이런 날 올라가서 차 한잔 마시기엔 좋지."

"……그때 샀던 옷, 언니한테 잘 어울려요, 사모님."

"어머, 잘 어울릴 줄 알았어."

정은이 웃으면서 한 손으로 입을 가렸다. 정은은 가끔 백화점에 유진을 데리고 간다. 전부 딸에게 선물하는 옷이라며 구입하지만 유진은 그 속을 알고 있었다. 희정에게 예쁘고 좋은 걸 주고 싶단 엄마의 마음을 참을 수 없을 때마다 절 대신 데리고 가 희정의 물건을 위한 쇼핑을 한다는 것을.

"나 닮아서 우리 딸은 예쁘거든."

물론 유진에게도 옷을 사준다. 그 집에서 희정과 유진의 사소한 부분에 신경 써주는 건 정은뿐이다.

오늘 아침엔 새로 생긴 미술관 일로 밤을 새웠다던 그녀를 볼 수 없었다.

"너도 예뻐, 유진아."

생각 없이 소녀처럼 웃는 여리여리한 모습에 유진이 고개를 숙여 보였다. 제 코가 석 자지만 정은을 생각하면 가슴이 막히고 아팠다. 생사조차 알 수 없는 제 엄마가 생각나서일까.

"아침에 있었던 소동은 들었다. 윤우랑 드디어 별채에서 살기 시작했다고?"

희정을 생각하는 마음을 보면 친아들인 윤우 또한 아낄 터. 윤우를 희정만큼 안쓰러워하지 않더라도 자식인 것을.

"네."

"죄지은 것처럼 그렇게 고개 숙이지 않아도 돼. 분명 우리 백 여사님이 인형 줄을 움직이셨겠지. 대단하신 양반이라니까. 난 가끔 그런 생각을 해."

엘리베이터는 한 번도 멈추지 않았다.

"정말 그 양반이 천년만년 사는 게 아닌가 싶은. 의학이 너무 발전을 했잖니? 그 얼굴에 팔순이 코앞이라니 말이 돼?"

유진은 맞장구치지 못했다. 그녀에게서 답을 들으려고 한 소리는 아닌 듯 정은이 살갑게 그녀의 팔짱을 꼈다. 맨살에 닿는 체온에 옆을 바라보자 정은이 살풋 눈웃음을 지었다.

"여기서는 네가 내 딸이니까. 나도 줄 당겨지는 인형이니 말이야."

엘리베이터가 열리고 전면의 통유리 너머 건물 옥상이 나타났다. 자그마한 1인 카페는 한산했다. 그나마 있던 사람들도 정은과 유진의 등장에 소스라치게 놀라 고개를 숙이며 서둘러 내려가버린다.

"본의 아니게 우리 둘만 남았네."

정은은 박수를 치며 좋아했다. 유진은 정은의 맞은편에 앉아 그 얼굴에서 희정을 찾았다.

따뜻한 라테 두 잔을 주문했다. 비가 와서 눅눅한 바깥과 달리, 에어컨이 틀어져 있는 실내는 서늘했다. 주인은 갑자기 나간 사람들의 테이블을 치우느라 이쪽은 신경도 쓰고 있지 않았다.

"아무도 없는 델 좋아한단 걸 알았으면 백화점 말고 카페를 다닐 걸 그랬어, 얘."

"바쁘시잖아요."

"무뚝뚝하긴. 우리 딸 애교 아주 많지? 그대로 자랐어도 그랬을 텐데."

정은이 웃으면서 밖을 바라보았다. 죽죽 쏟아지는 빗물이 마치 그녀가 살아오며 남몰래 흘려온 눈물 같다. 백 여사가 모자란 손녀를 끔찍하게 싫어해 마음껏 안아주지도 못해 술에 잔뜩 취한 밤에만 몰래 찾아와 흐느끼던, 가슴 저미던 울음소리를 기억한다.

"가끔은 엄마라는 존재가 얼마나 무서운지. 우리 여사님은 제 아들 버리고, 그 아들 장례식장에서도 눈물 한 방울 흘리지 않은 대단한 분이고. 나는 내 딸만 보면 눈물이 나고."

피 한 방울 섞이지 않은, 죽은 남편이 마음에 품었던 여자의 딸인 자신을 딸이라고 불러야 하는 정은의 심정을 유진은 감히 짐작도 할 수 없었다.

"너도 불쌍하고, 나도 불쌍하고. 허울 좋은 집안에 여사님 빼고 전부 불쌍한 사람들인 걸 그분만 몰라."

목소리는 경쾌했다. 유진은 말없이 따뜻한 라테를 한 모금 마셨다.

"이 바닥에서 사랑 같은 위대한 이름이 들어간 결혼은 거의 없으니까. 난 남편을 원망하지도 않았고, 오히려 부러워했어. 가슴에 그렇게 품고 그리워할 사람이 있다는 게."

민우의 약혼녀가 결혼 전에 도망갔다는 소문을 덮기 위해 대현에서 급하게 결혼을 추진한 것이 계열사 사장의 딸이었던 정은이었다. 한참 모자라고 한미하지만 그럭저럭 구색은 갖출 수 있는 집안. 애초에 백 여사의 높은 눈에 드는 집안 같은 건 존재하지 않을 터다.

"그래도 한 번은 나를 봐줄 줄 알았지. 부러운 거랑 사랑받고 싶은 건 엄연히 다르니까."

오늘의 정은은 이상했다. 밤을 새워 피곤한 얼굴을 하곤 이런저런 이야기를 늘어놓는다. 그녀는 단 한 번도 유진에게 악의를 비친 적이 없다. 그저 조금 불편하게, 혹은 고맙게 생각하고 있다는 걸 안다.

"이 비가 올해 마지막 장맛비였으면 좋겠구나."

"9월까진 계속 비가 올 거래요."

"어머나."

정은이 한 손으로 입가를 가리며 호호 웃었다.

"희정이는,"

예쁘게 네일을 받은 손가락으로 컵의 입구 부분을 만지작거린다. 윤우의 버릇과 겹쳐 보여 유진의 시선이 거기 닿았다.

"내 위안이었던 아이야."

말도 깨우치기 전의 작은 아이는 아들을 낳지 못했다고 핍박당하는 엄마를 끌어안아줬다. 둘째를 임신하고선 아들이 아니면 어쩌지, 매일 밤 불안해 식은땀을 흘리고 있으면 고사리손으로 정은의 손가락을 쥐었다 폈다 하며 위로해주었다.

"그 애의 손이 정말 요만해서,"

아주 작은 동그라미를 그려 보이며 말한다.

"그 애가 한 손으로 다 쥘 수 있는 건 제 어미의 손가락 하나뿐이어도 어찌나 위안이 되던지. 후후후."

이 아이만 있다면 둘째 또한 딸이어도 살아갈 수 있을 것 같았다. 백 여사는 민우에게 다른 여자를 들여라 다그쳐대던 중이다. 그는 다른 여자를 사랑한다고 해도 아내에 대한 의무를 저버릴 만한 사람이 아닌지라 그 말을 귓등으로도 듣지 않았고, 그게 더한 반목을 가져왔다.

"내 남편은 희정이가 그렇게 된 뒤로 제 어머니를 완전히 등졌어. 나는 차마 그러지 못했지만. 나마저 그런다면 여사님이 멀쩡한 내 아들 목까지 조르실 것 같았거든."

그러면서 한쪽 눈을 찡긋거렸다.

"난 너보다 더 겁쟁이란다."

고작 계열사 사장의 딸이 무얼 할 수 있었을까. 힘없는 아비는 백 여사의 눈치를 보며 개처럼 발을 핥기 바빴고, 자신은 이 집안에서 백 여사의 발을 핥았다. 온갖 멸시와 무시와 천대를 받으면서, 왜 남편이 사랑하는 여자를 지키기 위해 이 집에서 떠나보냈는지 자연스럽게 깨닫게 됐다.

"……저라도 그랬을 거예요."

서로가 어떤 감정이고 어떻게 힘들었는지 정확히 알지도 못하면서 섣불리 이런 말을 해도 될까. 하지만 홀로 앉아 있는 정은이 지독하게 외로워 보여서 유진은 어떻게든 온기를 나눠주고 싶었다. 누가 누구를 위로한다는 건지, 순간 정신이 들어 사과했다.

"죄송해요, 주제넘었어요."

"주제넘긴. 너는 방관자였던 내게까지 친절하구나."

"아뇨. 방관자는 아무도 없었어요. 겁이 많고 약한 사람들만 있었죠."

돈과 권력이 무섭다는 걸 이 집에 들어와 처음 알았다. 아버지는 작은 사업을 하고 계셨지만 항상 다정하고 따뜻했다. 사업이 잘될 때도, 잘되지 않을 때도 언제나 미소를 잃지 않았고 가정은 화목했다. 그래서, 그 힘으로 지금까지 잘 버텼다고 유진은 생각했다. 자신을 긍정적으로 바르게 기르려던 부모님의 노력 덕분에 참을 수 있었다.

"백 여사님은 개개인이 가장 무서워하는 게 뭔지 잘 아시니까, 어쩔 수 없었다고 생각해요."

유진과 길게 이야기하는 게 처음이었던 정은은 그녀가 꽤 정확하게 상황을 파악하고 있다는 걸 알았다. 그저 겁에만 질려 있는 아이라는 생각을 고쳤다.

"네가 말하지 않은 것 같아 윤우에게는 아직 이야기 안 했지만. 내일이 보름이더구나."

"……말씀 않으셨음 좋겠어요."

"원래부터 미신을 믿는 분이셨는데 애 아빠가 죽고 나서부턴 완전히 맹신하게 되셨지."

한 달에 한 번 열리는 큰 굿으로 비용만 매달 억대로 들어갔다. 윤우가 타지로 떠난 뒤에는 더했다.

"그래도 윤우가 돌아왔으니까 이제 그만하시겠죠."

"하! 무당 말이라면 다 듣는 분인데. 윤우에게 말해서……."

"아뇨. 괜찮아요. 한 달에 한 번뿐이잖아요."

유진이 고개를 흔들었다. 그에게는 알리고 싶지 않다.

"하지만……."

"괜찮아요, 사모님."

유진은 단호하게 잘랐다. 백 여사는 아저씨가 죽고 난 뒤 완전히 미신에 빠졌다. 누군가 그 부분을 건들면 무서운 일이 일어날지도 모른다. 그녀가 광적으로 믿고 따르는 것을 부정하거나 빼앗으려 한다면…….

유진이 마른침을 삼켰다.

"난 한 번도 따라가본 적 없지만, 여사님이 너만 데려가는 이유가 있겠지. 결코 좋은 일이 아니라는 것쯤은 알 수 있고."

그곳에서 벌어지는 일을 유진은 누구에게도 말하지 않았다.

정은은 유진을 미워할 수 없었다. 오히려 고마워한다. 유진이 나타남으로 인해 희정의 삶이 조금 덜 고단해졌으며, 정은도 병신 딸을 낳았다고 매도하는 백 여사로부터 벗어날 수 있었으니까. 유진이 아니었다면 남편이 죽은 뒤의 화풀이 대상은 힘없는 희정과 저였으리라.

두 사람은 가만히 비 내리는 창문만 바라봤다.

✦ ✝ ✦

방만한 자세로 앉아 있던 윤우가 몇 번이나 태블릿 PC의 모서리로 책상을 두드리며 문을 바라봤다. 저 문을 열고 들어올 사람이 자신이 부른 천 이사인지, 화장실에 가서 아직도 돌아오지 않은 유진인지.

삐!

- 천 이사님 오셨습니다.

"들여보내요."

백 여사의 고종사촌인 그가 들어왔다. 집안 모임에서 몇 번 본 것 외에 단

둘의 만남은 처음이다.

"오셨어요?"

윤우가 얼굴을 밝히며 벌떡 일어났다. 정말 반가운 사람을 본 것처럼 다가가 미리 준비된 책상 건너편의 자리를 가리켰다. 윤우가 가리킨 곳과 소파를 번갈아 보던 천 이사가 피식 웃는다.

"소파의 주인은 따로 있다더니. 무슨 소문이 도는지는 알고 있는 게냐."

"그럼요. 소파까지 짊어지고 와서 아무도 못 앉게 눈을 치켜뜨는 사이코 하나가 들어왔다고 수군대던데."

천 이사가 윤우의 건너편에 앉았다. 급하게 마련해 딱딱하고 불편하기 이를 데 없어 절로 미간이 찌푸려진다.

"알면 됐다."

의자에 앉아 다리를 꼬는 천 이사의 얼굴은 무료함이 가득했다.

그와 마주친 적은 한 해에 한두 번 있는 가족모임뿐이다. 가끔 왜 이런 사람이 할머니 밑에 있는지 궁금하곤 했다. 백 여사의 피붙이인 천 이사가 그녀의 사람임은 분명할진대, 윤우는 다른 시선으로 보려 했다.

"누님이 내게 기대라 했다고 해도 그래서 부른 것 같지는 않고."

탐색하는 시선이 오갔다. 천 이사는 절대 먼저 입을 열지 않았다. 그가 대현에 들어오기 전 하던 일은 회계감사와 관련돼 있다. 지금은 전혀 다른 마케팅 일을 하고 있지만 그것에 대해 불만은 없어 보였다.

"아버지가 뭘 약속하셨어요?"

윤우는 단도직입적으로 나갔다. 쓸데없고 소모적인 논쟁은 사양인 데다, 유진이 금방이라도 문을 열고 들어올 것 같아 이 상황을 빨리 끝내기로 마음먹었다.

"죽은 사람을 왜 입에 올리나?"

천 이사는 이 정도는 어림없다는 듯 표정변화가 없다.

“그냥요. 이사님이 어떻게 반응하나 궁금해서.”

제 아버지는 누군가의 도움 없이 감히 할머니에게 반기를 들지 못했을 것이다. 절박한 아버지를 누군가 부추겼고, 그건 어마어마한 비자금의 조성으로 이어졌다. 아버지가 죽고 난 다음에서야 비자금의 존재를 알게 된 할머니는 아들에게 더욱 분노했다. 하지만 죽은 사람은 말을 못 하니, 증발해버린 천문학적인 금액은 찾을 수가 없었다.

“반응을 할 게 있어야 말이지. 할 말이 없다면 일어나마.”

“할머니를 이기고 싶다면 비자금부터 만들라고 조언한 건 천 이사님이죠?”

막 자리에서 일어나려던 천 이사가 처음으로 동요를 비쳤다. 그가 멈칫한 것만으로 충분히 답이 됐다.

“대주주인 할머니를 무너뜨리려면 아주 많은 돈이 필요할 거고, 상속 후 상속세까지 낸다고 가정하면 주식은 겨우 절반밖에 가지고 오지 못하는 거나 다름없으니까.”

그래서 아버지는 아주 오랜 시간을 준비했다. 20년 가까운 세월 동안 그가 준비해왔던 비자금. 아직도 눈에 불을 켜고 그걸 찾고 있는 할머니.

“재미있구나.”

“조언을 하고 도와주는 대신에 아버지는 뭘 약속하셨죠?”

천 이사가 다시 자리에 앉아 흥미로운 미소를 지었다. 백 여사의 밑에 엎드려 무료하게 그녀의 비위를 맞추던 자라고는 볼 수 없는 얼굴이었다.

“그걸 왜 묻지?”

“들어보고 제가 같은 걸 약속할 수 있나, 가늠해보려고요.”

천 이사는 백 여사의 손발 노릇을 훌륭히 해낸다 하더라도 기껏 올라갈 수 있는 자리는 계열사 사장이나 본사의 이사 정도라는 걸 알고 있었다. 계열사 사장에 만족할 건지, 혹은 다른 기회를 잡아 더 큰 도약을 할 건지. 그기로에서 전 회장이 사고로 죽었다.

"새파랗게 젊은 네놈이?"

"장래가 촉망되죠?"

윤우가 웃으며 대꾸했다.

"제가 가진 주식이 0.7퍼센트, 그리고 아버지에게서 상속받은 주식이 2퍼센트예요."

대주주인 할머니의 주식은 5.2퍼센트였다. 그 주식을 어떻게 해야 빼앗아 올 수 있을까. 주주들을 설득하는 건 무리다. 은밀히 만나 설득하려 들었다간 이야기가 새어나간다. 할머니의 귀에 들어가지 않는 요행 같은 건 바랄 수 없다.

"천 이사님이라면 어떻게 할머니 주식을 빼앗아 오시겠어요?"

"알고 묻는 건지, 소 뒷발로 쥐를 잡는 건지."

"둘 중에 뭐든 쥐를 잡았다는 게 중요하지 않겠어요?"

천 이사가 짧게 웃었다. 유학만 다녀온 그저 그런 후계자라고 생각했는데.

"네 아버지는 내게 부회장 자리를 약속했다."

너는 무얼 약속할 수 있냐고 묻는 듯한 그를 향해 윤우가 진득하게 웃었다. 천 이사가 이 대답을 한 건 베팅할 생각이 있기 때문이다.

"그 꿈, 다시 한 번 저를 통해서 이뤄보시겠어요?"

"왜 하필 나지? 양 전무 손을 잡아도 될 텐데."

"아버지에게 최초로 조언한 사람이 필요하기도 했지만, 그쪽은 재수 없는 새끼랑 붙어먹어서 싫거든요."

윤우가 부사장인 상현을 에둘러 말하며 인상을 찌푸렸다. 유진에게 어떤 식으로든 접근했다는 것만으로 그쪽과는 말도 섞고 싶지 않다.

"그리고 재미있잖아요. 할머니는 힘든 일이 있으면 이사님과 상의하라고 했는데, 우리가 상의해서 나온 결과가 할머니를 밀어내는 거라면."

윤우가 일어나 천 이사 쪽으로 몸을 깊숙하게 숙였다.

"어린놈이 사리 분간도 못 하고 날뛰는구나."

"믿었던 제 오른손과 왼손에게 뺨을 맞는 일 아니겠어요?"

"믿었던 자식도 손자도. 땅을 치며 후회하시겠군."

"그거야 그 자식과 손자와 손을 잡은 천 이사님께서 하실 말씀은 아니죠."

천 이사가 피식 웃었다.

윤우는 그에게 부회장 자리를 약속했다. 그가 무난하게 이사진들을 제 편으로 만들 수 있는 인물이란 계산을 마쳤기 때문이다. 또 그래서 백 여사는 손자에게 천 이사를 추천해줬던 거겠지.

회장 선출에는 의결권이 필요했다. 최대한 이사들을 제 편으로 끌어들일 물밑작업을 할 수 있는 사람, 윤우는 적임자가 천 이사라고 판단했고, 탁월한 선택이었다.

이사실로 유진과 정은이 같이 들어왔다. 어디서 길이라도 잃어버렸나 미아방송이나 할까 싶던 참이었다. 정은은 테이크아웃 커피잔을 든 채 들어와 윤우가 안 된다고 말하기도 전에 소파에 앉아 손을 흔들었다.

"안녕, 아들."

"그 소파."

"그래. 사랑하는 누나를 위해 동생이 이탈리아 장인한테 1년 걸려 받은 소파라고 말이 많더라. 심지어 여기엔 유진이밖에 안 앉힌다며? 그래서 내가 앉아본 거야."

정은은 외워 온 것처럼 줄줄 말했다.

"계속해보세요."

"난 아들이랑 싸우러 온 거 아니야."

정은은 커피를 테이블에 내려놓고 윤우에게 보이게끔 두 손바닥을 내밀었다.

"명동치마가 널 한번 보자고 하네."

유진은 그게 무슨 뜻인지 몰라 가만히 듣고만 있었다.

두 사람이 이야기 나눌 수 있게끔 자리를 비워줄까 했는데 타이밍을 못 잡았다. 제가 들어도 상관없는 얘기인 듯해 정은에게 향해 있는 윤우를 바라보았다.

"어떻게 할래? 이자율은 사람마다 천차만별."

이자율? 유진이 고개를 갸웃거렸다. 얼핏 사채 얘기 같아서 불안해졌다.

"좀 낮았으면 좋겠는데. 그래도 대한민국에 현금 가장 잘 돌릴 수 있는 분은 명동치마밖에 없죠."

"그래서?"

"만나볼게요."

윤우의 순순한 대답에 정은이 만족스러운 얼굴로 가뿐하게 일어났다.

"아차, 아들."

그러면서 실수인지 진심인지, 이제야 기억났다는 듯 돌아보았다. 윤우가 놀라지 않고 대답했다.

"네."

"데이비드가 연락 달라고 하더라."

윤우의 얼굴이 순식간에 얼어붙었다. 유진이 단 한 번도 본 적 없는 표정으로 깊은 생각에 잠긴다. 그러더니 화사한 꽃이 피듯 아름답게 웃으며 말했다.

"감사합니다, 어머니."

"……네 엄마잖니."

"그건 그거고요."

따로 부탁한 일인가 보다.

"유진아."

"네, 사모님."

"내 말 잊지 말고. 믿음직스럽지 않겠지만 의외로 내 아들은 아주 훌륭한 조언자가 될 수도 있을 테니까."

내일 일을 알리라는 그 뜻에 유진은 작게 고개를 끄덕였다. 흔들리고 불안으로 가득한 눈빛을 가만히 바라보던 정은이 한숨을 폭 내쉬곤 지체 없이 사무실을 나섰다.

"슬슬 직원 화장실이나 휴게실을 뒤져서라도 잡아와야겠다 생각하던 참이었어요."

윤우라면 정말 그랬을 것 같다.

"우연히 사모님을 만나서 이야기를 좀 하느라."

"내가 모르는 뭔가를 어머니는 알고 있는 것 같은데. 그게 뭘까."

"아무래도 사모님과 보낸 시간이 길었으니까."

"여자들의 비밀 같은 거예요?"

"응."

바로 돌아온 대답에 윤우가 눈을 가늘였다.

"내일 강민이랑 같이 가요."

윤우가 오늘은 태블릿에 만화책을 잔뜩 결제해놓고 그걸 보라며 떠밀었더랬다. 태블릿에 시선을 주던 유진은 제가 잘못 들었나 싶어 고개를 번쩍 치켜들었다.

"왜 그렇게 놀라요?"

"……여사님이 별로 안 좋아하실걸."

"할머니랑 잘 거 아니면 내 눈치만 보는 게 좋을걸."

그가 그녀의 말투를 따라 했다. 유진이 눈에 띄게 불안해했다. 그가 영국에 가기 전 평창동에 붙여놓은 사람이 한 달에 한 번, 꼭 할머니와 한유진이 사라진다고 했었다. 경비가 삼엄해 자신은 들어갈 수가 없다고, 그때만큼은 그에게 유진에게 무슨 일이 있었는지 보고하지 못했다.

"강민이가 따라갈 거예요. 나는 공교롭게도 중요한 약속이 있으니까."

출입이 통제된 곳에서 대체 어떤 일이 벌어지고 있는 걸까. 처음엔 사람을 몇 더 붙여보았지만 여전히 역부족. 다만 한유진이 멀쩡하게 걸어 나왔다고 하니, 나중에 제가 직접 알아보기로 마음먹었다.

"분명히 좋지 않은 일이겠지만."

할머니가 하는 일 중 유진에게 좋은 것은 단 하나도 없다. 그러니 지금이라도 말해보라며 무언으로 종용했지만 유진은 입을 열지 않았다. 윤우의 눈빛이 무겁게 가라앉았다.

"더 이상은 참지 말아요."

"이거, 못 읽겠어."

유진이 태블릿을 가리켰다. 그가 결제한 만화책은 '말괄량이 소녀, 캔디'로, 제목을 보았을 땐 태블릿 PC로 얼굴을 가린 채 한참을 웃었었다.

"내가 애야?"

"만화책은 입문이 중요해요. 그게 초보자에게는 딱인데, 지루하면 다른 거 볼래요?"

화제를 돌리려는 유진의 시도를 윤우가 받아주었다.

"그럼 고급용으로 바로 가죠. 난 한유진이 너무 놀랄까 봐 점차 수위를 높여가려고 했는데 지루하다니까."

그러더니 제가 가장 마지막에 결제해놓은 책을 보라 이른다. 그리고 그걸 터치했을 때 눈앞에 적나라하게 드러난 살색 향연에 유진은 자신도 모르게 태블릿 PC를 소파 건너편으로 집어 던졌다.

빡! 그대로 액정이 나가버린 태블릿 PC를 보고 윤우가 혀를 찼다.

"카마수트라인데."

"도윤우!"

유진이 그의 이름을 커다랗게 부르며 화를 냈다. 처음 있는 일이다.

윤우는 책상에 얼굴을 묻은 채 어깨를 떨었다. 이런 식으로 놀랠 생각은 없었는데, 역시 차근차근 밟아야 할 걸 중간을 건너뛰어버렸으니 유진의 격한 반응은 당연했다.

"나를 위해서예요."

"너…… 너……."

말을 잇지 못하고 손가락으로 그를 가리키며 얼굴이 붉어져서 덜덜 떠는 유진을 향해 어깨를 으쓱해 보인다.

"세상에 어떻게……. 도윤우, 너……."

"내가 어떤 체위를 해줬으면 좋겠는지 골라달라고 하려고 했죠."

"미쳤어!"

유진은 태블릿 액정에 여전히 떠 있는 그림을 보고 얼굴을 빨갛게 물들였다.

"그러게 초급부터 얌전히 봤으면 별로 안 놀랐을 거예요."

"뭘 봐도 놀랐을 거야!"

"한유진이 짜증내는 건 또 처음 보네."

"짜증 아니야."

사실 마지막 건 재미로 넣어보았다. 그 전까지는 정말 건전한 만화들뿐이고.

그의 새로운 취미는 태블릿 PC에 뭘 넣어 유진을 즐겁게 해주나였다. 그러나 즐거운 건 저뿐인지 씩씩 거친 숨을 내쉬는 그녀는 진정될 기미가 없다. 세상 흉물스러운 걸 다 보겠다는 얼굴로 바닥에 나뒹구는 태블릿 PC에 한 번씩 눈길을 준다.

"그럼요. 한유진이 나한테 짜증을 낼 리 없지."

그러더니 그가 손을 뻗었다.

"비도 오는데 나가서 술 마시고 엉망진창 놀아볼래요?"

"……회사는?"

"내가 없어도 잘 돌아갈 텐데 무슨 상관이에요."

윤우는 벌써 재킷을 걸치고선 유진에게 다가와 일으켰다.

"그리고 이런 일이나 하려고 나온 게 아니라, 그 집에서 데리고 나올 구실이 필요해서 일을 하는 거라 괜찮아요."

자신의 손을 잡으려는 그를 피했다. 왜냐고 묻는 얼굴에 화장실에서 있었던 일을 말할 수밖에 없었다.

"다들 이상하게 생각해."

"더 이상한 소문도 날 거예요. 김지원 씨한테 시스터 콤플렉스에 걸린 미친놈이라고 소문내달라고 했거든. 누나가 아니면 아무것도 못 하는 소름 끼치는 새끼라고."

"네가 무슨 생각인지 모르겠어."

유진은 한없이 불안하고 떨렸다.

"소문은 점차 부풀어질 거예요. 입에서 입으로 옮겨지는 이야기 중, 알고 보면 아무것도 아닌 일은 없는 법이죠."

그가 유진의 손을 붙잡곤 나가서 놀자며 큭큭거렸다.

저녁 스케줄을 어떻게 하냐고 묻는 비서에게 그는 전부 취소시키라고 대답했다.

두 사람은 차도 우산도 없이 맨몸으로 나왔다. 윤우가 먼저 로비 밖으로 나가 택시를 잡곤, 안에서 이게 맞나 고민하는 유진에게 뛰어와 제 재킷을 뒤집어씌웠다. 여기서 미적거렸다간 이상한 소문이 돌까 봐 그와 같이 뛰었다.

“아니 회사일 하시는 분들이 우산도 없이.”

“다른 팀원들이 다 쓰고 나갔더라고요.”

넉살 좋게 이야기하며 그가 인사동을 외쳤다.

“택시 잡고 머리에 재킷까지 씌워서 데려온 거 보니 그 뭐더라? 그…… 그래! 사내연애.”

기사가 룸미러로 둘을 보며 허허 웃었다.

“맞아요, 회사에서 티 내는 거 싫어해서요.”

유진이 장난하지 말라 팔꿈치로 윤우의 옆구리를 찌르자 그가 도리어 손을 잡아 깍지를 낀다. 그리고 기사 아저씨에게 잡은 두 손을 자랑스럽게 보여주면서 티 없이 웃는다.

항상 묘한 웃음만 비치거나 냉랭하게 보이던 입술이 부드럽게 풀어져 있었다.

“어머니랑은 차 마셨으니 나랑은 술 마셔요.”

“어두워도 지금 낮이야.”

아무리 평일 낮이라 해도 비가 와서 그런지 차가 많이 밀렸다. 특히 잠실에서 인사동까지 거리는 만만치 않았다. 풍경을 보는 것도 지칠 무렵, 유진이 윤우의 어깨에 기대 꾸벅꾸벅 졸기 시작했다.

윤우가 그녀를 제게로 끌어당겨 어깨를 감쌌다. 적당히 따뜻한 온기에 적당히 차가운 공기가 잠들기 좋은 온도다.

“영국은 항상 습하고 비가 내려서 이런 날씨는 내게 아무렇지도 않거든.”

기사가 자신에게 하는 말인가 해 룸미러를 바라봤으나 윤우의 시선은 잠든 유진에게 가 있었다.

"맑은 날이 보고 싶어요."

비가 올 때마다 유진은 축축 처졌다. 할 수만 있다면 맑은 날의 어딘가에 그녀를 데려다 놓고 싶을 정도였다. 장마가 지나고 청명한 가을이 온다면 그렇게 해줄 수 있을까.

"날이 맑으면 네가 좀 덜 우울할 것 같아서."

너무 덥지도 춥지도 않은 곳에 데려가 매일 그 날씨처럼 살게 해주고 싶었다.

"꽤 걸렸네요. 저기 커피숍 앞에서 세워드릴까요?"

기사의 목소리에 유진이 졸음 가득한 눈을 깜박였다. 차가 천천히 정차하자 완전히 잠에서 깬 듯 주변을 둘러봤다. 옛 모습을 고스란히 지니고 있는 거리는, 우천에도 불구하고 관광객이 제법 많았다.

"기사님, 우산 사올 테니 여기서 잠시 기다려주세요."

"같이 가."

윤우가 택시에서 먼저 내리려 하자 유진이 반사적으로 그의 팔을 잡았다. 그가 잡힌 팔을 내려다보자 황급히 손을 떼버린다.

"그냥 나가면 젖을 텐데."

"혼자 기다리는 거 싫어."

유진이 머뭇머뭇 입을 떼자 윤우가 다시 제 재킷을 그녀의 머리에 씌웠다. 그리고 카드를 꺼내 계산을 하곤 망설임 없이 차 문을 열었다.

"다음부터는 검은 셔츠로 입어요. 젖어도 안 비치게."

얼굴을 붉힐 새도 없이 그에게 끌려 나오다시피 해 빗속에 서게 됐다. 유진에게 있어 비는 차가운 것이었다. 뛰어서 피하는 게 아니라 맞고 견뎌야 하는 것이었다.

자신의 어깨를 끌어안고 재촉하듯 달리는 그에게 홀려 유진도 뛰었다. 앞을 보는 게 아니라 윤우의 찡그린 옆얼굴을 바라봤다. 발에 차이는 물웅

덩이가 불쾌하지 않다. 백 여사에게 쫓겨나 맨몸으로 맞았던 끔찍한 비도 그대론데 그가 있으니 다르다.

"……윤우야."

오늘 내리는 비는 조금 다른 것 같다고.

자신의 희미한 목소리를 듣지 못했는지 그는 대답하지 않았다.

"왜 그런 눈으로 봐요?"

그가 목적했던 어느 건물의 출입문 안으로 들어서고야 달음박질은 끝났다. 윤우는 저 젖은 건 상관하지 않고 유진의 얼굴에 묻은 비를 닦아주며 물었다.

"그냥."

"싱겁긴."

그는 씩 웃더니 3층으로 향했다. 엘리베이터도 없는 낡은 건물이다. 계단은 본래 무늬가 있었을 것 같은데 지금은 새카맸고, 백열등은 깜박여 자칫 을씨년스럽게 보이기도 했다.

윤우는 이런 델 어떻게 안 걸까.

"스무 살이 됐을 때 아버지가 데리고 왔었거든요."

윤우가 3층에 있는 낡은 가게 문을 밀려는데 유진이 뒷걸음질 쳤다.

"내가 들어가면……."

"같이 자주 오셨었대요. 대학을 다 같이 다녀서."

알아듣지 못한 멍한 얼굴에 허리를 숙여 시선을 맞춘 채 윤우가 말했다.

"한유진 어머니랑요."

그 말을 들은 이상 들어가지 않을 수 없다. 윤우가 제 손을 잡아끌어 혼몽한 정신으로 걸음을 옮겼다.

80년대 유행했던 음악이 애절하고도 조용하게 가게 안을 울리고 있었다. 여섯 테이블 남짓한 가게는 군데군데 걸린 액자가 세월의 흐름을 짐작하게 했다. 흑백사진들이 낯설었다.

"어서 오세……. 민우 아들이지?"

주방에서 나오던 백발의 근사하게 생긴 중년 남자는 대번에 윤우를 알아봤다.

"딱 한 번 왔었는데 기억하시네요."

윤우가 여기에 왔던 건 스무 살이 됐을 때 아버지가 데려온 단 한 번뿐이었다. 아직도 있을까 싶어 무작정 걸음했는데 다행이다.

창가 오른쪽 제일 끝자리에 앉아 이 박사와 유진의 어머니, 아버지까지 셋이 어울려 매일 술을 마셨다고 했다. 나중에 자식들이 성인이 된다면 이곳에서 첫 술, 주도(酒道)를 가르쳐주자고 셋이서 도원결의 같은 약속을 했다고 아버지는 얘기했다. 그리고 유진이 밤새 열이 올라 데려오지 못했다며 다음에 둘을 데리고 와야겠다고 말한 지 얼마 되지 않아 돌아가셨다. 그 후 윤우도 이곳을 까맣게 잊고 지냈다.

"잘생긴 사람은 이런 데 오질 않으니 당연히 기억하지."

남자는 거침없이 말을 놓고 편하게 대했다. 그리고 옆에 있는 유진에게 시선을 주며 장난스럽게 묻는다.

"이쪽은 여자친구?"

"차진희 씨라고 아세요?"

윤우가 미처 소개하기 전에 유진이 다급하게 물었다.

"차진희? 세상에, 진희라고? 네가 진희 딸이냐, 응? 그래?"

아저씨의 얼굴이 활짝 폈다. 그리고 주방 쪽을 향해 큰 소리로 말한다.

"여보! 이리 나와봐! 민우 아들이랑 진희 딸이 왔어!"

쨍그랑! 우르르 그릇 깨지는 소리가 들렸는데 아저씨는 아무렇지도 않아 보였다. 뒤이어 다급한 발소리가 울린다. 주방을 가려놓은 검은 천이 휙 들리더니 주인아저씨와 마찬가지로 머리가 하얗게 센 아주머니가 울먹거리는 얼굴로 나타났다.

"세상에……."

그녀가 곧장 유진에게 다가와 와락, 끌어안았다. 별안간 낯선 타인에게 끌어안겼는데도 유진은 밀어낼 수 없었다. 아주머니의 품에선 고소한 냄새와 더불어 그리운 냄새가 난다.

"네가 진희 딸이구나. 내가 죽기 전에 너를 보는구나."

전혀 모르는 사람이 자신을 봤다는 이유만으로 뜨거운 눈물을 쏟아냈다.

"민우가 너를 데리고 갔다는 얘긴 들었는데 한 번도 보여준 적이 없어. 계속 나중에 보여준다고만 하고. 그래서 믿지 못했는데, 이렇게 별안간 찾아오다니."

그녀가 유진의 손을 끌고 저희들이 젊은 시절 항상 앉았던 끝자리로 안내했다. 문학을 사랑했던 젊은 부부는 30년 전 호기롭게 인사동에 작은 주점을 만들었고 거기는 비슷한 또래의 문학인들이나 청년들이 모이는 공간이 됐다. 진희와 민우도 그중 하나였다. 술을 짝으로 퍼마시며 밤새도록 토론을 했다.

세상이 돌아가는 이야기가 주제가 될 때도 있었고, 엊그제 본 시인 이야기로 밤을 지새울 때도 있었다. 아주 나중에서야 민우가 유명한 대기업의 후계자라는 걸 안 뒤에도 관계는 변하지 않았다.

"진희는? 진희는 잘 있는 거니?"

유진의 목으로 뜨거운 덩어리가 올라왔다. 딸인데도 엄마의 생사조차 모르는 자신이 바보 같아서였다. 고개를 젓자 다 안다는 듯 유진의 등을 쓸어주었다.

자신을 윤희라고, 유진의 엄마와는 같은 '희'자라 자매처럼 친해졌다며 그녀가 이런저런 이야기들을 해줬다.

"내 정신 좀 봐. 비가 오길래 이이랑 한잔하려고 부침개 부치고 있었는데. 가져올 테니 잠깐 여기 있으렴."

민우의 죽음은 신문으로 접했다. 조문을 갔으나 경비가 삼엄해 들어갈 수조차 없었다. 윤희의 남편인 철욱은 회한에 젖은 얼굴로 두 친구가 각자 가정을 꾸려 낳은 아이들을 바라봤다.

"그러고 보니 진희를 많이 닮았구나. 이렇게 있으니 30년 전으로 돌아간 것만 같아. 허허."

철욱이 기쁨 반, 슬픔 반에 젖어 웃었다. 민우는 죽고 진희는 생사조차 알 수 없는 사실이 기가 막혔다. 그는 온통 낙서투성이 벽 한 군데를 가리켰다.

"진희가 쓴 거란다."

30년 전의 엄마가 썼던 글을 30년이 지난 뒤에야 그 딸이 확인할 수 있었다.

나는 이 사람들이 눈물겹도록 좋다. 오랜 세월이 지난 뒤엔 이곳에 우리들의 자식이 앉아 나와 같은 생각을 하길.

"우리 부부는 아이가 끝내 생기지 않았고, 민우는 일찍 가버렸지. 그래도 결국 진희의 바람이 이루어졌어."

막걸리와 부침개, 그리고 뚝딱 만든 김치찌개를 한 상 가득 차려 온 윤희가 엉덩이로 남편을 안쪽 멀리 밀어내며 앉았다.

"그런데 우산도 없이 왔어? 쫄딱 젖었네. 당신은 뭐 했어? 애들 수건이라도 내줘야지."

윤희가 남편을 흘겨보곤 벌떡 일어나더니 깨끗한 수건을 가져와 둘에게 건넸다. 그리고 낡은 선풍기를 이쪽으로 돌려주었다.

젖은 머리에 수건을 하나씩 걸쳐놓고 사발 가득 따라주는 막걸리를 두 손으로 받아 들었다.

윤우에게 말한 적 없는데 유진은 누군가와 술을 마시는 건 처음이었다. 정은을 따라다니며 가끔 샴페인 정도 입술에 대봤지만 혹시라도 취해 백 여사에게 혼이 날까 봐 한 모금도 삼키지 못했다.

망설이는 유진을 보며 윤우가 먼저 한 잔 비워냈다.

"이거 막걸리 우리가 직접 담근 거야. 진희는 내가 만든 막걸리 제일 좋아했어. 그렇지, 여보?"

"글쎄. 난 기억 안 나는데."

철욱이 너털웃음을 짓자 윤희가 입을 삐죽 내밀더니 부침개를 죽죽 찢어 유진의 앞접시에 놓아주었다.

"먹어봐, 응?"

윤희의 권유에 유진은 막걸리를 입으로 가져갔다. 달착지근한 맛이 입에 착착 감겨 어느새 윤우처럼 한 그릇 전부 비웠다.

"진희처럼 주당이네! 딸도 주당이야! 진희가 우리 가게 술은 다 비워서 네 아빠가 항상 술값 내느라 허리가 휘었다!"

"대현그룹 장남이 허리가 휘어봤자 한강에서 물 한 바가지 퍼내기야."

윤희가 핀잔하자 철욱이 호쾌하게 웃었다.

유진은 지금 제가 앉아 있는 데가 엄마와 아저씨가 앉아 있던 곳이라는 게 믿기지 않았다. 오늘 처음 봤는데도, 제가 엄마의 딸이란 이유만으로 무조건적인 호의를 보이는 두 사람 때문에 자꾸 눈시울이 붉어졌다.

"걱정 마라. 세상은 순리대로 돌아가게 돼 있으니. 진희는 어디엔가 살아 있을 거고 네가 걱정하는 일은 하나도 일어나지 않을 거야."

윤희가 유진의 마음을 전부 들여다보기라도 한 것처럼 다정하게 말했다.

"엄마는 어떤 분이셨어요?"

"조용하고 말수가 없었어. 그런데 술만 들어가면 사람이 돌변해서 세상에 그런 달변가가 또 없었지."

윤희의 눈에 회한이 차올랐다. 과거를 회상하는 그분들을 바라보다 유진은 윤우의 어깨에 고단한 머리를 기댔다. 그렇게 한 잔, 두 잔 넘기며 유진은 점점 말이 없어졌다.

"아이구, 우리 진희 딸이 취한 것 같네."

유진이 방싯 웃었다. 윤우가 손등으로 이마를 짚기에 머리를 도리도리 흔들자 곧 손이 떨어져나갔다.

"취했어요?"

다정한 목소리에 고개를 다시 저었다. 눈앞이 핑글핑글 돌았다. 그대로 그의 무릎에 픽 얼굴을 박고 쓰러지자 놀란 아저씨와 아줌마 목소리가 들렸다.

"안 되겠다. 그만 마시고 작은 방에 가서 좀 누워 있어. 술이라도 깨고 들어가야지."

윤우가 웃으면서 유진을 안아 올렸다.

"우리 민우 아들 힘도 세네."

윤희가 장하다는 듯 그의 어깨를 툭툭 두드렸다. 그가 유진을 안고 곁방으로 들어갔다. 개어져 있는 이불을 펴고 그 위에 눕혀놓자 그제야 그녀가 눈을 반짝 떴다. 취했다고는 생각할 수 없을 정도로 또렷한 눈동자였다.

"깼어요?"

유진이 맑게 웃었다. 대답은 하지 못하고 그저 아이처럼 방싯거리기만 하는 모습에 윤우는 그녀가 술에 취했다는 걸 깨달았다.

"술버릇이 말 안 하고 웃는 건가 봐요."

유진이 다시 헤실헤실 웃으며 그의 품으로 파고들었다. 새근새근, 숨이 그에게 닿았다. 안겨드는 유진을 끌어안은 채 윤우가 나직하게 웃는다.

"술 마시면 안 되겠네. 아무나한테 안기고 아무나한테 방싯거리고."

김 비서에게 내일 할머니가 그녀를 데리고 무슨 짓을 하는 거냐고 물어봤었다. 그 자리엔 부정 탄다며 자신도 들어가지 못한다는 대답이 돌아와, 윤우는 유진에게 직접 물어볼 참이었다.

"정말 말 안 해줄 거예요?"

고개를 도리도리하며 윤우의 가슴에 얼굴을 부비는 모습이 천진했다. 맑게 갠 눈동자는 바깥에 비 내리는 하늘과 대조된다.

"내 말 전부 다 알아들어요?"

새하얀 치아가 보일 정도로 깨끗하게 웃어 윤우도 픽 웃고 말았다.

"어디 가서 술 마시면 안 돼. 이렇게 아무 짐승한테나 안겨서도 안 되고."

스스로도 믿지 못하는데 다른 남자는 더더욱 믿지 못한다. 윤우는 그녀가 듣고 있지 않다는 걸 알면서도 설득을 이어갔다.

"알아들었으면 웃어봐요."

유진이 윤우의 품에서 올려다보며 방싯 웃었다.

"예뻐라. 잘했어요."

술이 깨서도 이렇게 안겨왔으면 좋으련만.

차라리 제 품에 완벽하게 숨어버렸으면.

✦ ✚ ✦

숨을 쉴 때마다 알코올 냄새가 올라왔다. 유진은 제게서 나는 술 내음을 견디지 못하고 지끈거리는 머리를 부여잡은 채 일어났다. 분명히 기억의 마지막은 인사동의 어느 술집이었건만, 보이는 풍경은 별채의 침실인지라 멍하니 눈만 깜박였다.

"일어났어요?"

"나……."

인사동에서 만난 두 분은 꿈속의 인물이었나 물으려던 찰나, 윤우가 차가운 꿀물을 건넸다.

"몇 시간이나 일어나질 못하길래 그냥 안고 왔어요."

"……그 사람 약속장소에 안 나왔겠지? 오늘이었는데."

분명히 오늘 약속은 거절했는데, 눈을 뜨자마자 그게 걸려 물었다. 윤우의 얼굴에서 표정이 사라진다.

"일어나자마자 하는 소리가 지금 딴 놈이 기다리고 있는지, 없는지예요?"

"중간에서 사모님이 곤란해지시잖아."

"내가 곤란한 건 안중에도 없나 봐요."

"그리고 지금 이러는 거 웃겨. 너도 선보러 다니는데 왜 나한테……."

"그럼 가지 말까요? 진작 말하지 그랬어요."

유진은 꿀물을 넘기지 못하고서 무릎에 내려놓았다.

"그런 뜻이 아니라……."

"알아요. 특별했으면 이름부터 튀어나왔겠지. 아는데, 일어나자마자 이름도 기억 못 하는 상대가 기다렸는지 기다리지 않았는지 걱정하니 배알이 뒤틀려서."

"사모님께, 선자리는 우연히 만난 김에 거절했다고 말씀드린다는 걸 깜빡했어. 그래서 그래."

"돌대가리가 아닌 이상, 그때 그렇게 다시 볼 생각 없다고 못 박았으니 알아들었겠죠."

윤우는 유진의 입술에 꿀물을 대준 후 침실을 나섰다.

그와 논쟁을 하고 싶지 않아 이대로 먹고 다시 잘까 싶었는데 머리가 깨질 것같이 아파 잠이 오지 않았다. 누워 있는 것보다는 앉아 있는 게 낫겠다 싶어 침대 헤드에 기대앉았다.

시간은 어느새 자정을 넘어, 오지 않았으면 했던 내일이었다.

그래도 지금은 많이 괜찮아졌다. 처음엔 한 달 내내 그날에 대한 공포로 벌벌 떨었다. 하지만 인간은 적응의 동물이라던 말이 맞는지 3년쯤 지난 후부턴, 보름이 다가오면 그 전날 밤에만 잠을 설치는 정도다.

그를 찾으러 거실로 나갔다.

"윤우야."

텅 빈 거실, 서재 문을 열어봐도 윤우의 기척은 느껴지지 않았다.

설마 본채에 가서 자는 걸까. 갑자기 외로워져서 유진이 서재와 거실 통로 중앙에 주저앉았다.

"뭐 해요?"

그가 주방에서 나왔다.

"안 갔어?"

"내가 어딜 가요?"

"본채로 돌아간 줄 알았는데."

"나에 대한 신뢰가 그것밖에 안 된다니 좀 슬픈데요."

그 얼굴은 전혀 슬퍼 보이지 않았다.

풀렸던 다리에 힘이 들어간다. 자리에서 번쩍 일어난 유진이 그가 고개만 내민 주방으로 들어섰다.

"이게 뭐야?"

"뭐긴. 어제 한유진이 따놓은 잎이죠."

비닐봉지가 몇 장 예술이라도 하듯 잘게 잘려 있었다. 믹서기가 꺼내어져 있었고 숟가락으로 짓이긴 것 같은 꽃잎의 잔해도 보였다. 거기다 양념통이 나와 있어서 어제의 깔끔한 주방과 동일한 공간이라곤 볼 수 없을 정도다.

"뭐 하려고?"

"봉숭아물 들여주려고 했죠. 자는 동안 해주려 했는데."

윤우가 티스푼으로 꽃잎을 짓이기다 생각대로 되지 않는지 인상을 찌푸리더니 믹서기에다 꽃잎을 부어버렸다.

"믹……."

드르르르르! 윤우는 칼날이 꽃잎들을 잔인하게 가는 장면을 무심하게 바라보다 버튼에서 손을 떼고서 뚜껑을 열었다.

"음, 이 정도면 될 것 같은데."

작은 절구에 찧어야 될 걸 믹서기를 쓰다니. 유진이 아연실색해 보고 있자니 그가 이번엔 소금과 식초, 그리고 후추까지 뿌리려 한다.

"지금 뭐 해?"

"이런 거 넣으면 색이 더 잘 나온대서."

"음식도 아닌데 후추를 왜 넣어? 하하하."

너무 웃겼다. 유진은 배를 잡고 식탁으로 쓰러져버렸다.

"그럼?"

"먹으려는 거야?"

윤우가 얼굴을 찌푸렸다.

유진은 일단 믹서기 안의 잔해물을 긁어내 그릇에 담았다. 그리고 백반을 찾다 없자 소금을 넣어 살살 조물거렸다.

그는 맞은편에 앉아 유진이 하는 양을 지켜봤다.

매해 엄마가 하는 걸 옆에서 지켜보았다. 백반 사는 걸 잊어 소금 넣고 물들였던 적도 있다. 어린 시절이 자꾸 생각난다. 그때는 전부 엄마가 해주고 자신은 윤우처럼 이렇게 옆에 서서 빤히 바라봤는데.

"갑자기 봉숭아물은……."

무심코 말을 하다 입술을 닫았다.

어제 정신없이 땄던 잎들, 그걸 세면대에 그대로 두고 나왔는데, 윤우가 하나하나 주운 걸까.

"오랜만인 것 같아."

유진이 웃으면서 말했다.

"그냥 버리지. 물들이려고 딴 거 아닌데."

"이왕 딴 거 해보면 좋잖아요. 정말 이런 꽃잎으로 손톱을 물들인다는 게 신기하기도 하고."

양은 얼마 되지 않았다. 열 손가락엔 적고, 그렇다고 한두 개만 하기엔 많은.

"이런 건 왜 하는 거예요?"

"우리 엄마가 첫눈 올 때까지 손톱 끝에 봉숭아물이 남아 있으면 첫사랑이 이루어진다고 했어."

그게 어린 여자애들에겐 얼마나 설레는 이야기인지. 그때는 너도나도 물을 들였다. 살던 곳이 대도시가 아니었던지라, 더 그런 게 유행이었을지도 모른다.

"엄마가 처음 봉숭아물을 들여줬을 때 내가 엉엉 울었대. 그 이후로 새끼손가락에만 해줬고, 난 안 울었다고 했어."

유진이 작게 웃었다. 이미 손끝에 주홍빛 물이 들어 있었다.

"첫사랑?"

윤우가 처음 듣는 이야기라는 듯 되물었다.

"응. 학교 다닐 때 유행 같은 거였어. 여름만 되면 누군가 손끝을 붉게 물들이고서 학교에 왔거든. 그럼 다음 날엔 반 아이들 중 절반이 봉숭아물을 들이고 오는 거야. 선생님들도 제지 못 했어. 보통 엄마가 해주는 거니까."

모두가 입을 모아 엄마가 해줬다고 하던 봉숭아물. 밤에 손끝에 올리고 자면 새카말 정도로 진한 물이 들었다, 살갗 부분에 들었던 색이 빠질 무렵, 손톱은 딱 보기 좋을 정도로 예쁜 붉은색이 됐다.

유진도 항상 양 새끼손가락에 봉숭아물을 들였다. 첫사랑도 없으면서 첫사랑이 이루어졌으면 해서.

"그래서. 첫사랑은 어떻게 됐어요?"

그녀가 고개를 저었다.

"그런 거 없었어."

"지금은요?"

"지금은……."

"이미 이루어졌으면 하지 말고, 아니면 손톱에 들여요."

"아마 안 이루어질걸. 한 번도 첫눈이 올 때까지 성공한 적 없거든."

유진이 씁쓸하게 웃으며 말했다. 친구 중에 한두 명쯤은 어떻게든 11월 이른 첫눈이 오기 전까지만 버티면 된다며 늦여름쯤 물을 들이기도 했다. 그때는 그런 게 정말 이루어지는 줄로만 알았다.

"나는 새끼손가락에만 들여서 금방 사라졌거든."

가장 작은 손톱. 겨울은커녕 가을에 사라져버렸다. 손톱 끝의 마지막 잔해를 깎아내며 항상 '내년에는, 내년에는.' 했다. 엄마가 새끼손가락에만 물을 들여줘서 그게 당연하다 생각했다.

"그냥 엄마가 직접 꽃잎을 따서 매년 나를 기다리고 손가락을 감아주는 게 좋았던 것 같아."

윤우는 유진의 손을 들어 풀냄새가 가득 나는 손끝에 입술을 문질렀다. 꽃물이 묻어 있어 손가락을 우그리자 그가 씩 웃었다.

"예뻐요?"

입술 정중앙에 주홍빛이 묻어 있다.

"그러다 착색되면 어쩌려고. 이리 와봐."

멀쩡한 손끝으로 윤우의 입술을 문질렀다. 그러자 그가 이를 드러내며 유진의 손가락을 꽤 아프게 물었다.

"아!"

금방이라도 달려들 것처럼 윤우가 유진을 바라봤다. 입술이 아니라 그의 눈에 온통 꽃물이 든 것 같았다.

"함부로 줬다 뺏는 거 아니죠."

"준 적 없는데."

"분명 먼저 내 입술을 찍었는데."

윤우가 갑자기 다가와 유진은 소스라치게 놀라며 물러서다 뒤로 넘어갈 뻔했다. 재빨리 달려온 그가 허리를 끌어안아 당기지 않았다면 싱크대에 머리를 부딪쳤을 수도 있다.

"걸음마도 제대로 못 해요?"

"네가 갑자기 다가오니까 놀라서 그랬잖아."

"흐응."

윤우는 그녀를 식탁에 올려두고선 손을 붙잡았다. 그가 무슨 짓을 할까 봐 잔뜩 긴장한 게 잡은 부분에서부터 느껴져 손바닥을 가볍게 쳤다.

"긴장 풀어요. 잡아먹으려는 거 아니니까."

가느다란 새끼손가락을 들어 아주 작은 손톱에다 꽃반죽 뭉치를 조금 올려둔다.

"이 정도면 돼요?"

어설프게나마 해놓고 묻는 그에게 유진이 잠긴 목소리로 대답했다.

"……조금 더."

"이만큼?"

확연히 부푼 것을 확인하곤 고개를 끄덕였다. 그 위에 일회용 비닐이 씌워지고 하얀 실이 감겼다. 안에 있는 내용물이 움직이지 못하게 꽤 꼼꼼하게 감아주는 그를 유진이 바라봤다.

확실히 엄마의 손길과는 다르다. 한번 해보고 자신이 붙었는지 다른 쪽 손은 더 능숙하게 감는다.

"와!"

"다른 손가락은? 안 해요?"

유진이 고개를 저었다. 평소라면 혹했을지도 모른다. 하지만 이제는 엄마와의 약속 같은 게 돼버렸다. 새끼손가락에만 물들이는 건 엄마와 저, 아저씨, 그리고 이제는 윤우밖에 모른다.

"다른 손가락도 해야 첫눈 당첨이 쉽죠."

"그냥 이것만 할래."

"첫사랑, 누구예요?"

"그렇게 어릴 땐 첫사랑 같은 거 없어. 다들 하니까 나도, 하고 뜻도 모른 채 한 거지."

"그렇게 어릴 때 말고 지금은? 지금도 없어요?"

유진의 입안이 말랐다. 긴장했는지 마른침을 넘기는 유진을 윤우는 나른하게 바라보고 있다. 첫사랑 같은 게 있다면 아마 너일 거라곤 절대 말하지 못한다.

"미신이야. 안 이루어져."

"남아 있어본 적도 없다면서요."

"애초에 그렇다면 세상 사람들 전부 첫사랑과 살며 행복해져야지."

저도 모르게 비뚠 대답을 해버렸다. 불현듯 울고 싶었다. 엄마는 이 봉숭아물을 들이는 걸 할머니에게 배웠다고 했다. 어린 시절 때만 되면 꽃물을 들여주는 할머니를 보고 엄마 또한 어릴 때부터 유진에게 해준 거라고.

"그런데 잘 안 됐잖아."

유진은 알 수 있었다. 엄마와 아저씨는 서로에게 첫사랑이었다는 사실을.

"나도 해줘요."

윤우가 그녀에게 손을 내밀었다. 운동을 해서 그런지 굳은살까지 박여 있는 손은 이렇게 보니 정말 크다. 제 손 같은 건 그냥 잡으면 묻혀버릴 것만 같다. 이렇게 크니 매일매일 자신을 잡아끌 수 있는 게 아닐까.

"이런 걸 왜 하려고 해? 남자가?"

"첫사랑 이루어졌음 해서."

예상하지 못한 대답에 가슴이 떨려 애써 그의 손톱으로 눈을 내렸다.

"이루어진다면서요."

"미신이라니까."

"해보지도 않고 단언은."

정말 봉숭아물을 들여도 될까. 농담인지 진담인지 모르겠어서 망설이자 어서 해달라며 손을 흔든다. 어쩔 수 없이 그의 손톱에 자신의 것보다 두세 배는 됨직한 꽃무더기를 올려놓았다. 이미 그의 손끝은 붉게 변해 있었다.

그 위에 일회용 봉지를 올리고 실로 움직이지 않게 얼기설기 엮었다.

"내 손톱이 한유진 손톱보다 세 배쯤 크니까 첫눈 올 때까진 남아 있을 확률이 높지."

"응?"

"누구 첫사랑이 이루어지나 봐요. 내기를 해도 좋고."

유진은 제 얼굴을 보여주지 않았다. 제가 어떤 표정을 짓고 있는지 알 수가 없어 고개를 숙여버렸다. 확실히 자각해버린 제 첫사랑이 내뱉은 말로 인해, 그 손끝에 실을 매주는 유진의 손이 덜덜 떨렸다.

"한유진 손톱에 꽃물이 남아서 첫사랑이 이루어지면,"

윤우는 확신이 들었다. 지금까지 망설였던 제가 바보 같았다. 이렇게, 유진의 붉어진 뒷목만으로 알 수 있는걸. 그 울긋불긋한 곳에 얼굴을 파묻고 싶은 충동을 윤우는 가까스로 참았다.

"나는 그 새끼한테서 한유진을 빼앗을 거고, 내 손톱이 남아 있으면 그건 내 첫사랑이 이루어졌단 말이니까."

"……내가 다른 사람이 좋다고 하면?"

"그럼 이거 남겨놨다가 첫눈이 올 때쯤 다시 당신 손가락에 묶어서 마지막 눈이 내릴 때까지 둬야지."

마지막 눈에 대한 건 들어보지 못했다. 윤우가 방금 만들어낸 이야기임이 분명해 유진은 가까스로 눈을 들어 그를 바라봤다.

"첫눈이 올 때까지라는 게 첫사랑이라면, 마지막 눈이 내릴 때까지 있으면 마지막 사랑이 아니겠어요? 나는 처음과 끝, 둘 중 아무거라도 좋아."

소리라도 지르고 싶을 정도로 간절해져 유진은 얼른 시선을 내렸다. 그가 기어이 꽃반죽에다 후추를 뿌린 게 분명했다. 서로가 같은 부분에 감고 있는 실 아래가 뜨겁고 아렸다.

CHAPTER 06

이른 아침부터 호출받은 강민이 열려 있는 문을 통해 별채에 들어오다 현관 앞에 팔짱을 끼고 서 있는 윤우를 보고 묵례했다.

"오늘 유진이가 할머니랑 외출할 거야."

"따라가면 됩니까?"

"할머니께도 따로 말하겠지만, 따라 들어가. 무조건 들어가서 무슨 일이 벌어지는지 알아 와. 김 비서도 짐작은 하고 있는 것 같은데 여우 같은 게 입을 안 열어서."

자신과 할머니 사이에서 줄다리기를 하고 있는 게 분명했다. 그리고 이 일을 아는 게 분명한데 입을 열지 않는다는 건 매우 찝찝했다.

"저도 잘못한 게 확실하니 입을 열지 않는 거겠지."

"다른 경호 애들에게 물어봤는데 그 건물 안으로는 절대 못 들어간다고 하더군요."

"벽을 타서라도 들어가, 그럼."

"알겠습니다."

마음 같아서는 약속을 미루고 유진을 따라가고 싶다. 그러나 도저히 미룰 수 없는 일이었다. 변호사들, 정치인들은 시간 약속을 가장 중요시했다. 오늘 약속을 연기하자 하면 그를 건방지다고 낙인찍고선 두 번 다시 기회를 주지 않을지도 모른다.

"강민아."

"네."

"……무슨 일이 있으면, 내가 아니면 안 될 것 같은 일이란 느낌이 들면 바로 연락해."

"오늘 약속은 중요한 것이니 제 선에서 처리하겠습니다."

그 말에 윤우가 조용히 웃었다.

"경호 애들 다 덤비면 아무리 너라도 어림없어."

강민은 윤우보다 희정이 먼저로, 그가 윤우를 따르는 건 이해관계가 맞기 때문이다. 하지만 이 일의 진상을 알아 올 만한 사람은 지금 강민 외에 없다. 윤우가 따로 고용했던 이들은 전부 백 여사가 한 달에 한 번씩 꼭 가는 건물 앞에서 한 발짝도 들어서지 못했다. 겨우 알아낸 건 그 건물의 건물주는 대한민국에서 내로라하는 무당이란 사실이다.

"이사님은 이사님 방식대로 하십시오. 저는 제 방식대로 알아낼 테니."

아무도 한 달에 한 번 벌어지는 이 일에 대해선 입을 열지 않는다. 순간, 이게 백 여사의 치부가 될 수도 있는 것임을 윤우는 눈치채버렸다.

"누나는?"

"이제 유진 양을 찾는 빈도는 많이 줄어들었고 혼자 식사하고 혼자 옷을 갈아입는 정도는 하십니다."

"고맙다."

"처음부터,"

강민은 거기서 입을 닫았다. 언감생심 꿈도 꿔서는 안 될 아가씨와 하루 종일 붙어 있게 되자, 강민은 제 마음을 더 꽁꽁 싸 감췄다.

"말해."

"아닙니다."

"강민아."

절대 희정의 곁에서 떨어지지 않겠다는 그를 설득해 영국까지 다녀왔다. 강민은 결국 수긍했다. 그가 있어봤자 상황은 결코 나아지지 않는단 사실을. 데리고 도망가봤자 들키면 죽는 건 희정이라는 걸 깨닫게 해준 뒤에야 겨우 윤우를 따라나섰었다.

"형."

강민이 대답하지 않자 윤우가 오랜만의 호칭으로 그를 불렀다. 눈이 충혈된 강민이 고개를 치켜든다. 어릴 땐 희정과 똑같은 꿈을 꿨던 현명한 남자였다. 둘이서 공부를 열심히 해 선생님이 되자며 새끼손가락을 걸었다.

희정이 그렇게 되고 난 뒤 강민은 미친 듯이 운동에 전념했다. 그걸 흡족하게 여긴 백 여사가 윤우의 곁에 강민을 붙여줬고 그는 그런 식으로나마 희정을 볼 수 있다는 데 만족할 수밖에 없었다. 그걸 누구보다 잘 알고 있는 윤우였다.

"내가 형에게 약속한 시간까지 얼마 안 남았어."

강민이 고개를 끄덕였다.

윤우는 아랫사람을 대하는 게 아닌, 파트너를 대하는 태도로 오른손을 내밀었다. 강민은 비닐에 싸여 있는 새끼손가락에 시선을 두었다.

"아아, 이거."

시간이 꽤 지났으니 벗겨도 되겠지 싶어 윤우가 실을 풀었다. 붉게 변색된 손톱과 주변 살점이 드러나자 강민의 눈에 의아함이 서린다.

"예뻐?"

"글쎄."

강민이 눈살을 찌푸렸다. 그나마 계집애들이나 하는 걸 왜 하고 있냐고 직접적으론 말하지 않아 다행이다.

"약속한 거야. 내가 형한테 약속했던 것처럼."

습기를 잔뜩 머금은 손가락 하나가 눅눅하다. 하지만 다시 악수를 청하자 강민이 힘 있게 그 손을 잡았다.

"아직 좀 남았는데, 오늘 누나 손에 들여주든지."

강민은 잠시 희정을 생각했다.

"그래. 남아 있으면 좀 줘."

윤우가 주방을 고갯짓했다. 언제 말을 편하게 했냐는 듯 강민이 존칭으로 돌아가 윤우에게 뭔가를 이야기했다. 고개를 끄덕이면서 경청했다. 실상 희정의 케어를 위해 집에만 있는 강민이다. 그렇기에 집에서 일어나는 일엔 신경을 곤두세울 수 있다. 백 여사는 외출을 거의 않고 집에만 있으니까.

백 여사가 누구와 접촉하고 누구와 어떤 이야기를 했는지 듣고 있던 윤우가 말했다.

"필리핀 카지노 매매계약서부터 가져와. 김 비서가 흔들리면 뿌리까지 박아줘야지."

"알아보겠습니다."

작은 비닐봉지에 어제 만들어둔 봉숭아를 넣어 건넸다. 그 작은 주머니를 양복 앞섶에 넣으며 강민이 고개를 숙여 보인다.

긴 하루가 될 것 같단 느낌이 들었다. 윤우는 한국에 돌아온 뒤, 유진을 만나고 난 다음부터는 단 한 번도 시간이 안 간다고 느껴본 적 없다. 이런 느낌이 든다는 건 좋지 않은 신호다.

✦ ✝ ✦

늦은 오후부터 다시 비가 내렸다. 하늘이 잔뜩 찌푸려 있는 것보다 차라리 쏟아내는 게 낫다고 여겨질 정도였다. 그나마 다행인 것은, 백 여사가 자신을 끔찍하게 더럽다고 여겨 경기도의 어느 건물까지 가는 동안 각자 다른 차를 타고 간다는 점, 그래서 숨이나마 쉴 수 있단 사실이다.

유진의 시선이 창밖과 무릎 위를 왕복했다.

아침에 손가락을 건드리는 감촉에 눈을 떴고, 윤우가 그녀의 손끝에서 바스락거리는 봉지를 벗기자 붉은 손톱이 나타났다. 하룻밤 동안 공기가 통하지 않아 쭈글쭈글해진 부분은 눈에 담지 않고 붉게 물든 손톱만 보는데, 어젯밤 그와의 대화가 떠올랐다.

첫사랑이 이루어지지 않는다면 마지막 사랑을 이루겠다고.

심장이 도곤도곤 뛴다.

"하……."

감시역 겸 운전기사가 힐끗대는 게 느껴졌지만 계속해서 손가락을 쳐다보느라 거기까지 신경 쓸 겨를이 없다. 몇 시간 뒤엔 윤우가 선을 볼 텐데 이런 손톱을 하고 나가선 무슨 변명을 어떻게 할지 궁금했다. 자신은 의외로 대단히 삐뚤어진 성격의 소유자인지도 모른다.

유진은 작게 웃음을 터트렸다. 그러자 또다시 기사의 시선이 그녀에게 닿았다. 달마다 한 번씩 이 길을 가며 깊은 수심에 차 있거나 공포에 떨던 유진을 보아왔던 그로선 의아할 수밖에.

"괜찮아."

오늘도 저번 달의 그날과 같은 하루일 테니 괜찮다. 윤우는 그녀의 허락 없이는 몸에 손대지 않는다. 멍 같은 건 한두 주 내에 금세 사라지니 조금만 감추고 있으면 된다. 자신을 향한 짝 찢어진 눈도, 방울 소리도, 날카로운 비명도 이제는 좀 무뎌진 것 같아서 담담하게 웃었다.

"오늘은 왠지 같이 있는 기분이 드니까."

작게 중얼거렸다. 틀어놓은 라디오로 인해 기사는 그냥 혼잣말이겠거니 하며 신경을 꺼버린다. 언젠가 저 남자에게 무서워 죽을 것 같다고 제발 차 문을 열어달라고 애원한 적이 있다. 그냥 뛰어내리겠다고. 그곳에 가서 그런 수치스러운 일을 당하느니 차라리 달리는 차에서 뛰어내리고 싶어졌다는 걸 누가 믿을까.

지잉.

[난 지금 선보러 가고 있어요. 약속이 좀 앞당겨져서.]

휴대전화가 갑자기 울려 액정을 보니 윤우가 보낸 문자가 와 있었다. 스팸 외에 타인에게 처음 받는 문자일지도 모른다. 기억을 되짚어보면 그랬다. 자신에게 문자를 할 만한 사람은 전무하다시피 하니까.

[질투 안 해요?]

"픕……."

답장을 아직 하지도 않았는데 연달아 메시지가 도착했다.

[해줬으면 좋겠는데. 지금이라도 와달라고 하면 거기 가고.]

그대로 두면 열 술이라도 더 뜰 것 같아 유진은 답장했다. 손이 떨려 몇 번이나 미끄러져가며, 자꾸 잘못 누르는 바람에 시간이 꽤 소요됐지만 제대로 답장을 작성할 수 있었다.

[괜찮아요.]

[곧 갈게요.]

유진은 무어라 대답할 수 없었다.

강민이 동행 중이다. 원래대로라면 백 여사가 허락 안 했을 텐데, 어쩐 일인지 건물 바깥까지는 와도 좋다고 해 그는 조수석에 올라 있었다.

"……아침에 아가씨에게 물들여줬어요."

유진이 알아듣지 못하자 강민이 덧붙였다.

"봉숭아물. 좋아하시더군요."

"아, 언니가 좋아해요? 좀 더 뜯어놓을 걸 그랬어요."

얼른 풀어내고 싶어 꼼지락거리는 걸 말리느라 아침시간이 다 지나갔다. 그리고 몇 시간 지난 뒤 풀어주자 너무 신기해해서 강민도 웃고 말았다. 그나마 안심하고 자리를 뜰 수 있었던 이유는, 그 신기한 손가락 덕분에 희정이 하루 종일 넋이 나가 즐거워하리란 걸 알기 때문이다.

"다음에 기회가 되면 언니랑 같이 물들여봐야겠어요."

"네."

"그리고 강민 오빠."

"말하십시오."

"……그냥 오늘 아무 일도 없었다고 윤우한테 말해주심 좋겠어요."

안에 들어갔다 나오면 정신이 없을 게 뻔해 유진은 미리 말해두기로 했다.

"그건 제가 판단할 일이 아닙니다."

그는 안으로 들어오지 못한다. 유진은 씁쓸하게 웃었다.

호텔의 일식집으로 들어가려던 윤우가 휴대전화를 보며 걸음을 멈췄다. 자신이 보낸 문자를 마지막으로 답장은 오지 않았다. 잠시 서서 답을 기다리다 입꼬리를 올렸다. 아무것도 기대하지 않았다. 이렇게 보낸다면 대답하지 않으리란 것도 알고 있었다. 그럼에도 기대하게 된다.

손목의 시계를 한 번 더 확인한 후 약속시간 오 분 전에 예약돼 있는 룸으로 들어갔다.

검은 정장을 위아래로 갖춰 입고 앉아 있던 여자는 미인형이었다. 귀 밑으로 짧게 자른 단발과 쌍꺼풀 없는 눈을 내리깔고 있다가 미닫이문이 열리는 소리에 위를 올려다본다.

윤우를 보자 피어나는 꽃처럼 얼굴이 활짝 펴졌다.

"오랜만이야."

먼저 인사를 건넨 건 윤우였다. 자리에서 일어난 그녀가 두 팔을 뻗어 그를 끌어안으려 했다. 한 발 물러나며 고개를 젓자 아쉬운 얼굴로 악수를 청했다.

"냉정해."

"쓸데없는 스킨십은 하지 마."

여자가 입을 비죽 내밀었다.

여당 대표 최준 의원의 외동딸 최서윤. 그보다 1년 먼저 귀국했고 영국에서 국제 변호사 자격증을 취득해 국내에서 유명한 로펌에 스카우트된 뒤 꾸준한 활동 중이다. 곧 아버지의 뒤를 이어 어린 나이에 대변인으로 활동할 거라는 예측도 돌기 시작했다.

"냉랭하다, 냉랭해."

서윤이 입술을 삐죽댔다. 오랜만에 만났는데도 윤우는 여전하다.

영국에서 유학하던 중 윤우를 만났고 둘도 없는 막역한 친구가 됐다. 처음부터 속임 없는 사이였다. 비슷한 급의 상류층으로 자라왔지만, 실제로 얼굴을 마주한 건 영국에서가 처음이다. 그리고 무엇보다 마음을 터놓을 수 있는 친구로 지낼 수 있었던 건 서로가 마음에 둔 이가 따로 있기 때문이다.

"지금 우리 아버지는 대현의 도윤우라는 말에 구름 위를 걸어다니실 텐데."

대기업과 차기 대선주자로 유력한 후보가 혼인이라는 끈으로 묶인다면, 엄청난 시너지 효과가 날 것이다. 거기다 청렴하기로 유명한 최준 의원은 젊은 층 지지자들이 늘어나는 추세이고, 상처(喪妻) 후 홀로 키운 딸이 이렇게 훌륭하게 자라 아버지를 서포트한다는 미담까지 더해졌다.

그의 입지는 날이 갈수록 단단해져가는 중이다. 대선까지의 카운트다운은 당장 내년부터 시작된다. 그때 돼서 부랴부랴 결혼이나 약혼을 서두르기보단 호사가들이 입방정을 떨기 전, 본격적인 행보를 시작하기 전에 미리미리 해두는 편이 좋다.

마침 각 집안엔 결혼 적령기의 자식이 있다.

"어차피 서로 이성적으로 관심 없는 건 마찬가지잖아."

서윤은 윤우가 제게 접근한 이유가 제 아버지 때문이라는 사실을 잘 알고 있다.

"아빠는 약속시간이 이십 분 뒤인 줄 아셔."

윤우가 얼음물로 목을 축이곤 다시 한 번 손목시계를 바라본다. 7시가 넘어가는 시각, 저택을 나서 경기도 광주로 향하고 있다는 강민의 메시지. 여기서 광주까지 얼마나 걸릴까.

"너한테는 고맙게 생각하고 있어."

"나야 개인적으로 자리만 마련해주는 건데, 뭐."

설득은 네 몫이라며 서윤이 어깨를 으쓱했다. 제 아버지는 몸을 사리는데 급급하다. 어떻게든 잡음이 안 나도록 모든 일을 조용조용 처리하시는 분이시니, 윤우의 이야기를 듣고 힘을 빌려주실지 의문이다. 정의로운 부장검사 출신의 국회의원으로 유명하며, 그래서 누구보다 이 바닥을 잘 아시는지라 더 그렇다.

"널 사윗감으로 여기실 텐데, 우리 결혼이 성사 안 된단 걸 아신다면 바늘 하나 안 들어갈지도 몰라."

"난 결혼 생각 있어. 없는 건 너잖아."

"그래. 넌 결혼 생각 있지. 내가 아니라 다른 여자랑."

서윤이 정곡을 쿡 찌르며 히죽 웃었다.

서윤은 그녀가 영국에서 다니던 대학의 두 번 이혼한 스무 살 연상의 외국인 교수와 교제 중인데, 최준 의원이 경기하며 뒤로 넘어갈 만한 상대이다. 하지만 서윤은 꽤 진지한지 상대가 한국에 오든, 그녀가 영국으로 가든

두세 달에 한 번씩 만남을 이어가는 중이라고 했다.

최준 의원은 딸의 연인이 어떤 사람인지 알자마자 서윤을 한국으로 호출했지만 다 큰 딸아이를 막을 수는 없었다. 대선을 앞둔 그에게 가장 큰 골칫거리는 제 딸, 최서윤이다.

“그냥 위장결혼 하자니까. 서로 애인은 따로 두고.”

“이혼한 내 사촌을 소개해줄 수는 있는데.”

“누구?”

“부사장 박상현.”

“거시기 작을 것처럼 생겼던데.”

서윤이 입술을 내밀며 투덜거렸다. 심드렁한 표정을 보니 최준 의원과 한바탕한 게 분명했다.

“그리고 내 미모가 워낙 뛰어나서 그 새끼가 쇼윈도 부부 안 하고 섹스하겠다고 덤비면 어떻게 해? 대현 그러다 훅 간다? 내가 부부강간으로 고소하고 변호도 혼자 다 할 거니까.”

“걔도 눈 있어.”

“그래, 나도 눈 있어. 그래서 네가 제일 괜찮을 것 같아. 넌 절대 나한테 손끝 하나 안 댈 것 같거든. 자존심 상하지만.”

윤우가 픽 웃었다. 제 본모습을 알고도 변함없는 최서윤은, 그가 강민 다음으로 믿고 있는 상대였다.

“그래서 너는 그 상대랑 잘됐어? 난 우리 교수님 바쁘다고 연락이 안 돼.”

“글쎄.”

“아직 안 됐으면 나로 갈아타. 나도 지친다. 이러다 대통령 되면 나 출국금지시킬 분이야.”

“그럼 그쪽을 한국으로 초빙해. 교환교수로.”

서윤이 신경질적으로 컵을 돌리다가 윤우의 지나가는 말에 툭, 물을 엎지른다.

"헐."

티슈를 뽑아 건네는데도, 서윤은 닦을 생각도 않고 두 손바닥으로 테이블을 쾅 친다.

"내가 왜 그 생각을 못 했지? 그래, 교수님이 아예 한국으로 들어오심 되잖아! 여기도 교환교수제도 있고."

서윤이 대번에 활기를 띠었다. 요새 재판 때문에 몇 날 며칠을 새우고 바빴다더니 제대로 된 생각을 못 하는 게 분명했다. 한가로웠다면 이 방법을 제일 먼저 떠올렸을 텐데 상상조차 못 했던 좋은 방법을 알게 되었단 듯 희희낙락한 서윤을 향해 윤우가 한마디 덧붙였다.

"제일 중요한 건, 의원님이 미처 네게까지 신경 못 쓸 때 저질러야겠지."

"……고마워. 넌 내 평생 친구야. 베스트 프렌드! 너랑 결혼하겠다고 떼쓰지 않을게."

서윤은 동성친구만 같아 윤우도 여태 편하게 만나왔던 거다. 그가 웃자 하이파이브를 하자며 손바닥을 내보인다.

"조심, 또 조심하고."

"뭐, 우리나라 사람들은 또 그렇게 나이 차 큰 아저씨랑 나랑은 사귄다고까진 생각 못 할 테니까. 은사님이라고만 여기겠지."

"호텔 조심해. 외곽에서 만날 거라면 별장 몇 개 빌려줄 테니까."

"휴……. 우리 아빤 젊은 층 지지를 그렇게나 받으면서도 참 고지식해. 이참에 외국인 사위 인정해주면 트인 사고방식을 지녔다며 지지율이 더 높아질 것을."

"그 외국인이 두 번 이혼한 스무 살 연상인 부분은 빠트리지 말고."

"흥."

약속시간이 다 돼 윤우가 자리에서 일어났다. 바로 옆옆 방이라고 서윤이 눈짓했다. 그는 옷매무새를 가다듬은 후 미닫이문을 열었다.

"의원님, 손님이 오셨습니다."

지배인이 문 앞에서 알리자 들어오라는 중후한 목소리가 돌아왔다.

✦ ✝ ✦

경기도 광주의 한 건물 앞에 네 대의 차량이 멈춰 서더니, 우르르 경호원들이 내려 주변을 경계했다.

하얀색 한복에 쪽 찐 머리의 백 여사가 저고리 고름을 매만지다, 가장 마지막 차에서 내리는 유진을 힐끔거렸다. 백 여사가 따로 이르지 않아도 유진은 두어 걸음 뒤에서 따랐다. 3층이면 스무 계단 남짓이다.

강민이 따라가려 하자 김 비서가 막았다.

"당사자 외엔 부정 탄다고 출입을 금하시니 기다려요."

"저 안에서 무슨 일이 일어날 줄 알고?"

"그랬다면 벌써 진작 뭐가 있어도 있었겠죠. 그런데 유진 양 멀쩡하잖아요? 매달 이곳에 오는데."

김 비서가 싸늘하게 웃으며 대꾸했다. 힘으로 밀고 올라가려 하자 이번에는 다른 경호원들이 제지했다. 계단을 올라가던 유진이 뒤를 돌아보고 괜찮다는 뜻으로 고개를 저었다. 하지만 강민의 눈에는 그녀의 꽉 쥐어진 채 바들거리는 주먹만 보일 뿐이다.

바깥쪽 소란이 줄어들어 다시 위로 오르려던 유진은 2층에서 자신을 내려다보는 백 여사 때문에 깜짝 놀랐다.

"어떠냐."

"네?"

“강민이 네게 퍽 우호적인 것 같다는구나.”

“윤우랑 희정 언니 때문에 잘해주시는 거예요.”

백 여사가 잠시 생각에 잠기더니 성인(聖人)같이 은은한 웃음을 띠었다. 여전히 눈은 더러운 것을 보듯 경멸을 담고 있으면서 미소만은 소름 끼칠 정도로 고요했다.

“그래. 네 짝으로 괜찮겠구나.”

“……네?”

백 여사는 더 이상 말 않고 계단을 올랐다. 부적이 잔뜩 붙은 철제문이 나타났다. 환청처럼 방울 소리가 들려와 유진은 잔뜩 겁을 집어먹었다. 백 여사가 스스럼없이 문을 활짝 열고 들어갔다. 그 문이 닫히기 전, 유진은 숨을 멈추고서 안으로 들어섰다.

철컥. 등 뒤에서 철문이 닫히는 소리가 소름 끼친다.

딸랑딸랑딸랑딸랑딸랑. 환청이 아니었는지 귀를 찢을 듯한 방울 소리가 울렸다. 백 여사는 바로 불당으로 들어가 무릎을 꿇고 기도를 시작했다. 그리고 유진이 채 신발을 벗기도 전에 방울을 흔들며 다가온 무속인이 유진을 거칠게 밀었다. 딸랑딸랑딸랑. 귓가에다 방울을 흔들며 복숭아나무 가지로 어깨를 세게 내리쳤다.

“악한 것. 아직도 떨어지지를 않았구나. 장차 나라를 위해 큰일을 할 가문에 빌붙어 사는 천하의 걸귀 같은 것. 퉤에엣!”

하얀 블라우스에 누런 가래침이 흐른다. 유진은 당황하지 않았다. 그저 시작됐구나 할 뿐이다. 무당이 하는 말은 항상 같았다. 자신은 대현그룹의 재앙이었다. 부모를 잡아먹고 저에게 정을 준 사람은 모조리 잡아먹는, 세상에도 몇 없는 흉살(凶煞)이 들었다 했다.

“어서 천지신명께 빌지 못할까! 이 사악한 계집아!”

무당이 유진의 머리채를 움켜잡고서 굿판이 차려진 신당으로 끌고 간다.

"악! 흐윽…… 악!"

"저 끔찍한 악귀를 우리 집안에서 떼어주소서."

누구에게도 무릎 꿇은 적 없는 백 여사가 눈을 감은 채 간절히 빌었다. 커다란 신당에 차려진 화려한 제사상 앞에는 꽹과리재비와 장구재비가 앉아 요란하게 장단을 치는 중이다. 이 모든 소란이 유진을 혼돈으로 몰아갔다.

난리판의 한가운데 던져진 유진의 목에 무당이 새파랗게 벼려진 커다란 칼을 들이댔다.

"흣……."

사악. 사아아악. 칼등이 어깨를 스쳤다. 무속인은 쇠붙이가 귀신을 쫓는 힘이 있다고 믿는다. 얇은 블라우스가 미처 방향을 조절하지 못한 칼날에 스걱스걱 잘렸다.

"마마님께서, 저년이 들러붙어 피를 빨아먹고 있다고 말씀하신다. 통탄할 노릇이네, 통탄할 노릇이야!"

칼날이 미간에서 번뜩였다. 유진이 고개를 숙이려 할 때마다 누군가의 발길질이 그녀에게 떨어졌다.

"어딜 도망가려고! 그렇게 눈을 내리깔면 우리가 보지 못할 줄 알았느냐, 악랄한 년!"

굵은 소금이 얼굴을 긁으며 내리쳐진다. 유진이 눈을 감자 누군가 머리채를 잡고 들어올렸다. 백 여사는 마마님께서 보살펴달라 여전히 간곡한 기도를 올리고 있다.

제게 쏟아지는 폭력의 행위자를 찾으려 뒤를 돌아보니 한 사내가 끔찍한 웃음을 단 채 절 보고 있었다. 그것이 자신이 미쳐서 보게 된 귀신인지 사람인지, 구분을 할 수가 없다.

"마마님, 마마님, 이 육시할 계집을 재빨리 거두어 가소서."

칼을 손바닥 사이에 두고 비비기 시작한 무속인의 눈은 흰자가 보일 정도로 뒤집어져 있었다.

이럴 땐 반쯤 정신을 놓는 게 차라리 낫다. 모두가 괴물처럼 보이니 눈을 감아버리는 게 다른 생각을 하기에 조금 더 괜찮다. 여기서 인정하고 똑같이 빌면 자신은 정말 이 사람들이 말하는 흉살을 가진 재앙이 돼버린다.

"내 손자까지 잡아먹을 년이네. 부디 마마님께 고해 도와주시게나."

딸랑딸랑딸랑. 얼굴 여기저기를 치는 방울이 날카로운 금속음을 냈다. 유진은 숨을 거칠게 몰아쉬었다.

"당장 무릎 꿇고 빌지 못해!"

무릎 뒤를 걷어차이는 바람에 유진은 딱딱한 나무 바닥에 꿇어앉게 되었다.

"악한 것이 여기서 나가기 싫다며, 숙주의 몸 안에서 눈 감은 채 감히 마마님을 똑바로 쳐다보지 못하고 있습니다! 가져와!"

다른 무속인이 재빨리 대나무가지를 가져왔다.

타악! 탁! 따아아악! 딱! 어깨가 불에 타는 것 같았다. 칼로 저미는 듯한 끔찍한 고통이다. 정말로 자신에게 악한 것이 붙어 도씨 집안을 갉아먹는 걸까. 유진은 자신이 미친 건지, 이 사람들이 전부 미친 건지 알 수 없었다. 오늘은 특히 더했다.

귀신이 타고 올라간다는 대나무가지로 양어깨를 미친 듯이 쳐도 그녀가 눈을 뜨지 않자 다시 머리채를 잡는다.

"물렀거라! 물렀거라! 어디 하늘 같은 천상선녀 마마님 행차에 잡귀 따위가 길을 가로막느냐!"

맨지르르한 바닥에 끌려갔다. 드러난 팔뚝과 다리가 왁스칠을 해놓은 바닥에 쓸려 벗겨지고 피가 배어났다.

"으…… 으읏."

육체적 고통에 어쩔 수 없는 신음이 새어나온다. 도깨비처럼 새빨간 분장을 한 무당이 입이 찢어져라 웃었다.

"네년이 드디어 입을 여는구나! 어서 우리 마마님께 빌어라. 극락왕생하게 해달라고 빌어!"

쿵! 쿵! 쿵! 그녀의 머리를 잡고 바닥에 찧으며 빌라고 한다.

"……누구에게 빌까요?"

언제까지 미안해하고 빌기만 하며 제 인생을 버려야 하는지 모르겠다. 시키는 대로 전부 했는데도 이들은 부족하다고 한다.

"건방진 것! 내 아들을 잡아먹고 뭘 잘했다고 눈을 시퍼렇게 뜨는 게냐!"

그렇게 외치는 백 여사의 얼굴에는 참을 수 없는 희열이 감돌고 있다.

유진은 그저 씁쓸했다. 백 여사가 정말 미신을 맹신하는 건지, 절 괴롭히기 위해 맹신하는 척하는 건지 모르겠다. 어쨌든 분명한 하나는, 백 여사는 절 벌할 방법을 꾸준히 찾아내고 있다는 점이다.

"윽."

다시 한 번 이마를 크게 바닥에 찧었다. 그래도 지금까진 보이는 곳에 흉터를 만들어놓지는 않았다. 유진이 반사적으로 이마를 짚자 무당이 그녀를 뒤편 사내에게 밀어버렸다.

"계집이 사특한 것을 달고 왔다! 그래서 마마님이 노하셨어! 전부 벗겨서 그걸 찾아내!"

지이이이익! 그러더니 천녀의 분노를 풀어줘야 된다며 무당은 곧장 작두를 탔다.

둥! 둥! 둥! 둥! 꽹꽹꽹꽹! 꽤앵! 까랑! 딸랑딸랑딸랑딸랑! 혼이 빠져나가는 것 같다.

남자가 우악스레 블라우스를 잡아 뜯는다. 항상 침을 흘리며 웃는 기분나쁜 남자였다. 의도가 아닌 척 가슴을 쥐고 브래지어까지 벗기려 드는 그에게 발길질을 하다 머리채가 잡혔다.

짝! 짜악!

"읍!"

따귀를 맞는데도 웃음이 나왔다. 바보 같았다. 정말 바보 같은 실수였다.

"흐, 흐흐……. 하하하."

"저년이 드디어 실성했구나! 저 물건이 드디어 넋이 나가버렸어!"

백 여사의 악의 가득한 목소리에 유진이 고개를 치켜들었다.

"그냥…… 말로…… 하셔도 알아들어요. 저 사람이에요, 여사님."

알몸으로 굿판 한가운데 놓여졌다. 스스로를 보호하려 유진은 잔뜩 몸을 웅크렸다. 얼마나 들어간다고 했지? 이 굿 한 번에 얼마였더라. 사람을 대신 때려주고 이들이 받는 돈이 대체…….

"감히 천박한 피가 이 집안에 들어오려고 해?"

백 여사의 목소리가 머리꼭지로 떨어졌다.

"……제 피에서 냄새라도 나나요?"

유진이 백 여사의 하얀 한복 자락을 붙잡고 물었다. 이런 적은 처음이다. 손바닥에서 배어난 피가 한복을 물들였다.

"이거란다. 내가 아무리 차려입고 깨끗하게 굴어도 네년들 손 한번 타면 더러워지잖니. 그래도 그년 딸인 네가 한구석으론 불쌍한 마음도 들어서 내 힘닿는 데까지 잘해주려 했다."

무당이 작두에서 내려와 손을 내밀자 누가 날카로운 쇠 가위를 들려줬다. 엿장수처럼 가위를 달캉대며 고개를 흔들면서 사뿐사뿐 다가오는 색동옷 차림의 무당은 기괴하기 그지없다.

반사적으로 물려나려 하는 유진을 백 여사가 꽉 붙잡았다.

"네 어미처럼 내 자식 씨를 배면 요즘 같은 시대에 때려죽이긴 뭐하니 말이다."
"으……."
"전엔 네 천박한 어미의 배를 직접 밟아 그 속에 있는 내 자식 씨를 죽였지."
"아아…… 으아아아!"
유진이 귀를 막고 비명을 질렀다. 백 여사가 소리 높여 웃더니 유진의 피멍 든 어깨를 꽉 움켜쥐고 비틀었다.
"윽. 아윽……. 으으윽!"
"귀신이 이년의 이 불길한 머리칼을 타고 자꾸 들러붙는 겁니다!"
절컹절컹. 가위가 요란하게 맞부딪치고 사방으로 머리카락이 흩날렸다. 무당은 유진의 머리칼을 마구잡이로 잘라냈다.
"머리는…… 안, 안 돼요. 하지 마! 하지 마!"
"발칙한 년! 제 힘의 원천에 손댄다고 발악하는구나!"
이러면 감출 수가 없다. 애초에 상처를 가릴 수 있다고 생각한 자신이 멍청했다. 여태껏 쭉 보이지 않는 곳을 때렸고, 그건 한두 주면 가라앉았으니까. 흉터조차 잘 남지 않았으니까.
처음에는 좋은 의도였던 것 같다. 이역만리 떨어진 손자의 무사평안을 위한 굿이었을 뿐이다. 한 달에 한 번씩 유진에게 붙은 나쁘고 불길한 기운을 떼어내야 멀리 있는 손자가 평안할 거라고 백 여사는 믿었다.
우수수 머리칼이 떨어졌다. 짧게 잘린 머리칼이, 목덜미를 스쳐 가느다란 핏줄기를 내는 가위의 날이 이제는 마치 남의 일 같다.
이다음에는 뭘까. 이다음에는 어떤 고통이 찾아올까. 유진은 터져 나오려는 흐느낌을 있는 힘껏 참았다. 백 여사의 손에 아이를 잃고 아저씨를 떠나야 했을 엄마를 떠올렸다. 그리고 다행이라 생각했다, 백 여사가 가장 미워하는 엄마가 이 자리에 없다는 것이.

쾅! 그때, 철문이 흔들렸다. 누군가 몸으로 밀고 들어오려는 듯 철문이 와락 오그라졌다.

쾅! 또다시 커다란 소리가 울렸다. 무속인까지 멈춰 서선 현관을 쳐다보았다.

콰앙!

"아, 악귀가…… 악귀가 노했다! 악귀가 노했어!"

무속인이 덜덜 떨리는 손가락으로 현관문을 가리키며 입에 거품을 물었다. 그리고 다음 굉음이 들린 순간, 현관문이 뜯겨나갔다.

"……우야."

떨어지지 않는 입으로 제가 아는 이름을 불렀다. 그의 뒤로 강민과 정장 차림의 남자들이 뛰어 들어왔다.

"이게 뭣 하는 짓거리야!"

백 여사가 손자에게 큰소리를 냈다.

"마마님이 노하시면 어쩌려고, 감히 신성한 곳에서 이런 짓을 벌여!"

윤우는 발가벗겨진 채 무당의 손에 머리채가 잡혀 있는 유진을 바라보기만 했다.

아, 그가 보지 말았으면.

유진이 어설픈 몸짓으로 가슴을 가렸다. 피 맺힌 앙상한 팔을 덜덜 떨면서 몸을 가리려 드는 모습이 애처롭기만 했다.

"……지 마. ……보지 마! 보지 마!"

유진이 끔찍한 소리로 통곡했다. 백 여사가 윽박질렀을 때도 무속인이 머리카락을 잘랐을 때도 올린 적 없는 날카로운 비명이었다.

"봐라! 이것이 귀신에 들렸어! 지금까지 네가 평온했던 건 모두 이 할미가 재앙덩어리를 막아줬기 때문이다, 윤우야!"

백 여사가 쓰레기처럼 널브러진 유진을 가리켰다. 백 여사의 시퍼런 서슬에 눌려 들이닥쳤던 남자들은 조용해졌다.

슬금슬금 눈치를 살피던 무당이 유진의 머리카락을 마저 자르려 가위를 드는 순간, 윤우가 새파랗게 질린 얼굴로 웃더니 단번에 열두어 걸음 남짓을 좁혀든다. 그리고 그의 기세에 눌려 주춤거리는 무당의 목덜미를 잡아 질질 끌었다. 시퍼렇게 날이 선 작두에 무당의 목을 대고 그대로 누르려던 찰나였다.

이성의 끈이 완전히 끊어진 그의 귀에 희미한 목소리가 들렸다.

"……윤우야. 흐으."

툭.

"히이에에엑!"

윤우가 손을 놓자마자 무당이 비명을 지르며 엉덩이를 쭉쭉 밀어 작두에서 멀어졌다. 방금까지 사람의 목을 잘라버리려고 했으면서, 윤우는 유진을 다정하게 바라봤다. 제 옷을 찢듯이 벗어 그녀에게 덮어주면서 끌어안았다.

"하, 하지 마. 하지 마……."

무당의 말마따나 제 마음엔 악한 것이 도사리고 있을지도 모른다. 무당의 목이 그대로 끊어지길 바랐다. 하지만 그게 윤우의 손에 의해서라면 싫다. 이 모순에 몸서리치자 그가 유진을 더 강하게 끌어안았다.

"매번, 내가 떠난 뒤로 매달,"

이가 으드득 갈리는 소리가 백 여사의 귀에까지 닿았다.

"이렇게 화풀이를 하고 계셨어요?"

"너야말로 우리 집안을 위해 힘써주는 분께 무슨 짓이냐! 당장 엎드려 사과드려! 얼른 신당을 제대로 해놓지 못해?"

이 품에 유진만 없었다면 제가 무슨 짓을 벌였을지, 윤우는 짐작도 안 갔다. 단 한 순간도 유진을 놓을 수 없었다. 그는 상처 입은 가련한 여자를 안아 올리고서 할머니에게 다가갔다.

"뭐로 보이세요?"

"천하에 둘도 없는 염창년으로 보인다! 제 어미를 쏙 빼닮은 천박한 년! 우리 집안이 어떤 집안인데 피를 빨아먹으려 궁둥이를 드밀어!"

백 여사는 악에 받쳐 내질렀다. 유진의 목을 졸랐을 때를 제외하곤, 이렇게까지 이성을 잃은 건 처음이다.

"할머니, 죄송해요."

윤우가 돌연 속삭였다.

백 여사의 얼굴에 화색이 돌았다. 지금껏 속 한번 썩이지 않은 착한 자신의 손자가 돌아왔구나. 이제야 정신을 차린 게 분명했다. 사사건건 마음에 들지 않는 짓만 골라서 했던 아들과는 달리 제 품에서 고이 자란 사랑스러운 손자.

"괜찮다. 이 할미는 다 용서할 수 있어. 내 손자, 자랑스러운 우리 도씨 가문의 장자."

윤우가 폭소했다. 어깨가 들썩이고 하얀 치아가 전부 보일 정도로 웃어 젖힌다. 그러더니 일순 모든 웃음을 지우고 고저 없는 음성으로 말한다.

"최소한의 지능이 있는 이성적인 존재라면 순리대로 해야 한다고 배웠어요. 그래서 내 어머니는 할머니가 할머니 본인이 쌓아놓은 것을 하나씩 하나씩 치워가며 거기서 몸부림쳐야 한다고 했죠."

"뭐…… 뭐야!?"

백 여사는 동요했다. 완벽한 타인을 바라보는 듯한 윤우의 눈길에 소름 끼쳤다.

"호, 홀렸구나. 여우귀신이 든 게 분명해. 네 아버지도 그래서 홀려서……."

"여우귀신이라. 그래요. 차라리 지금 우리가 서 있는 이곳이 짐승들의 세계였다면 좋았을 텐데요. 어미라도 물어 죽이고 찢어 죽일 수 있는, 사리 분간 못 하는 짐승들의 세계요."

"윤우야, 이 할미 눈을 똑바로 보렴."

백 여사가 세상 다시없을 다정한 말투와 눈빛으로 윤우를 다독였다.

"제 생각은 좀 달랐어요. 재판까지 가서 오랜 시간 공방하고, 할머니를 교도소 같은 편안한 곳에 계시게 하기 싫었거든요. 나이가 있으시니 병보석으로 풀려 나올 확률도 높아서."

힘없는 제가 할머니에게 대항하기 위해선, 아버지가 숨긴 막대한 비자금이 필요했다. 돈으로 사람을 손에 넣고 휘두르는 권력에 맞서려면, 그보다 더 큰 돈을 손에 넣으면 된다. 그리하여 여태 절 휘두른 존재마저 종국엔 집어삼켜 제 것으로 만들면 그만이라 생각했었다.

"허튼소리도, 허튼 생각도 마세요. 할머니, 지금은 그냥 가만히 계세요. 되도록 숨도 쉬지 마시고. 생각하는 데 좀 거슬려서."

목적지에 도착했으나 안으로 들어가지 못했다는 강민의 문자를 받자마자 윤우는 그 중요한 자리를 박차고 나올 수밖에 없었다. 분명 좋지 않은 일이 벌어지고 있다고, 본능이 경고했다. 그리고 만약 유진에게 일이 생겼다면 작두로 끌려갔던 건 무당이 아니라 제 할머니였을 거라, 장담할 수 있다.

"전 할머니를 닮아 두고두고 괴롭히는 편이라."

그렇기에 상대가 감옥에 갇힌다면 번거롭다. 보는 눈도 많고, 이런 거물이 제대로 된 치료감호를 받으리라 기대도 할 수 없다.

"상식 밖의 일이 계속해서 일어난다면 그건 사람이 한 짓이 아니죠."

할머니를 한 마리 짐승으로 취급하는 언사다. 이건 영역싸움이다. 늙은 여우는 제 손자에게까지 아무것도 쥐여주지 않고서 군림해왔다. 제가 쥔 권력을 죽기 직전까지 놓지 않으려던 게 분명했다.

"구색 좋은 희생양이 하나 필요했고, 이 집안에서 자신을 거스르면 어떻게 되는지 똑똑히 보여줄 본보기로 만들기에도 적격이었죠."

"네놈, 할미에게 못 하는 소리가 없구나!"

백 여사의 눈이 형형했다. 그러나 그녀를 몰아붙이는 윤우의 얼굴은 서늘했다. 제게 달라붙는 건 그대로 그 목을 잘라버릴 듯 살기를 뿜어냈다.

"처음부터 제 방식이 맞았어요."

정식적인 절차 따위 귀찮기만 할 뿐이었다. 저 윗세상에서만 살다 나락으로 떨어져, 거지처럼 빌빌 기며 살아가는 게 보고 싶다는 어머니의 소원은 이루어드릴 수 없을 것 같다.

모든 사람이 그 추락을 알 필요는 없다. 다만 백 여사만 똑똑히 알면 됐다. 날개를 지탱하고 있던 끈이 떨어지고 늙은 몸뚱이는 바닥에다 굴리면 된다.

"윤우야! 이 할미는 다 널 위해서!"

"변덕도 심하셔라."

이건 경고였다. 명백하게 그를 향한 일이다. 유진이 겉보기에 변화가 있었다면 그는 알아차렸으리라. 그렇기에 여태 보이지 않는 곳만 골라 상처 입히고 학대하다 그 정도로는 참을 수 없어 드디어 오늘 일을 저지른 것이다. 그럼으로써 제 새끼에게 경고를 보낸 것이다.

"강민아."

강민이 다가와 윤우의 재킷으로 감싸인 유진을 안아 올렸다.

윤우는 바닥에 떨어진 가위를 주워 든다. 백 여사는 섬뜩해 주변을 둘러봤다. 하나같이 얼굴도 모르는 남자들로, 제 편은 아무도 없다. 유진의 옷을 억지로 벗긴 남자는 이미 피떡이 된 채 늘어져 있었다.

"저는 차마 약하고 힘없는 분께는 손이 안 가서."

"아악! 악!"

백 여사의 쪽 찐 머리가 싹둑 잘려나갔다. 가윗날이 하얗게 센 머리를 무자비하게 잘라냈다.

툭. 주먹만 한 하얀 머리카락 덩어리는 유진의 새카만 머리칼과 대비됐다. 윤우는 거기서 멈추지 않았다. 손자가 자신의 머리카락을 잘랐다는 충격에 백 여사가 주저앉자 가위는 그 스스로를 향했다.

서걱서걱. 윤우는 아무렇게나 잡히는 대로 제 머리카락을 잘랐다. 유진을 바라보면서 되는대로 잘라버린다. 가위의 끝에 살점이 패는 듯 통증이 일었지만 아랑곳하지 않고 손을 움직였다.

"그……만해."

유진은 강민의 앞섶이 생명줄이라도 되는 양 움켜쥔 채 덜덜 떨면서 입을 뗐다.

윤우의 입가에 다정한 미소가 걸렸다. 백 여사의 머리카락이 아닌 머리를 자를 것 같던 살기는, 유진을 바라본 순간 완전히 갈무리됐다.

"이제는 내가 물어보는 건 다 말해야겠다는 생각이 들죠?"

살풋 눈가가 휘어진다. 그에 아무래도 괜찮다는 생각이 들어 유진은 고개를 끄덕였다.

"일어나면 예쁘게 다듬어줄게요. 나는 가위질에 꽤 소질이 있나 봐."

윤우의 커다란 손이 유진의 눈두덩으로 다정하게 내려앉았다. 유진은 그의 손길에 따라 눈을 감고서 그대로 정신을 잃었다.

✦ ✚ ✦

유진은 마치 짐승처럼 울었다. 윤우가 아무리 매달리고 안아줘도 소용없었다. 그를 밀치고 침실의 가장 깊숙한 곳으로 기어들어가 이불을 뒤집어쓴 채 울부짖었다. 백 여사는 쓰러져 이 박사가 있는 병원으로 실려 갔고 혹시 모를 일에 대비해 강민이 별채에 따라왔으나 그마저 윤우는 물렸다.

"유진아."

"보지 마! 나가!"

베개가 날아와 그의 발밑에서 터졌다. 나풀나풀 날리는 솜털을 바라보면서 윤우가 침잠한 목소리로 그녀를 불렀다.

"보지 마. 제발 보지 마. 보이고 싶지 않아!"

베개가 또다시 날아왔다. 이불을 꽉 잡아 쥐고 있는 손이 떨렸다. 눈물이 끊임없이 쏟아졌다. 그에게 안겨 여기까지 오는 내내 유진은 자신이 인간 이하의 어떤 것이 된 듯한 기분이었다.

말하고 싶지 않았다. 아무렇지도 않은 척 굴고 싶었다.

속옷 차림으로 빗속에 서 있었던 수치스러운 일보다, 정말 가축처럼 맞는 장면을 보이고 싶지 않았다. 사람이 아닌 어떤 것으로 취급당하며 바닥을 기어다니는 모습을 윤우에게는 절대 보이고 싶지 않았다.

세상이 무너져 내리는 것 같았다. 최후의 보루까지 몽땅 무너지고 사그라져버렸다.

"제발…… 보지 마."

"눈 감을게."

윤우가 곧장 침실로 들어왔다. 거실의 불빛에 그의 모습이 보인다. 어두운 침실로 들어오는 윤우의 머리칼이 엉망으로 잘려 있어서 유진의 마음은 다시 한 번 무너져 내렸다.

"왜 네가 그러는데! 왜 네가!"

비명이 길게 울린다. 유진이 한없이 짧아져버린 자신의 머리카락을 학대하듯 쥐어뜯었다. 손톱이 두피를 긁어내린다.

"내가 나빠? 내가 정말 악해서 네 아버지를 죽이고! 우리 부모님을 그렇게 만들고! 내가 정말 그런 존재냐고!"

한번 둑이 터지자 상대를 무참히 상처 낸다.

윤우는 눈을 떠 이불로 몸을 꽁꽁 감싼 채 벌벌 떠는 작은 짐승을 발견했다. 유진이 제게서 멀어지기 전, 그는 단번에 이불째 끌어안았다.

"이렇게 하면 나도, 너도 서로를 못 보는 거 맞지?"

온화한 목소리에 끅끅대는 벅찬 신음이 스며든다. 그의 어깨에 얼굴을 묻고 유진이 흐느꼈다.

"왜…… 왜 그게 너야."

너에게만은 보여주고 싶지 않았다.

"왜 하필이면 네가 온 거야! 왜 너야!"

"내가 아니면 누굴 기다렸는데."

"왜…… 왜……."

가장 보여주고 싶지 않은 모습인데. 사람이 아닌 모습 같은 건 보여주고 싶지 않았는데.

"보여주고 싶지 않아. 너에게는 이런 거 안 보여…… 으읍……. 안…… 으흐윽."

엉망으로 망가졌다고 해도 예쁜 모습만 보여주고 싶었다. 여태 모든 걸 담담하게 받아들이는 척 아무렇지도 않은 척 익숙한 척 연기해왔다.

사실은 당장이라도 목을 매달고 싶은데.

정말로 죽어버리고 싶은 하루하루였는데.

이 집에서 느껴지는 칼날 같은 시선은 그녀를 하루에도 열두 번씩 난도질했다.

"유진아."

대답하지 않았다. 오기라고 해도 그의 부름에 답하고 싶지 않았다. 날 부르는 네 목소리가 너무 다정해서, 그 소리를 들은 내 몸의 모든 게 녹아버릴 것 같아서, 나를 잃고 싶지 않아서. 그래서 답할 수가 없었다.

"네가 지하실에 갇혔을 때,"

너무나 소중해 감히 다가가지도 못했던 그녀가 백 여사의 폭력에 무방비하게 노출돼 있다는 걸 깨닫던 날, 윤우는 무너졌다. 자신에게 어떤 힘도 없음을, 고작 있는 미약한 힘마저 할머니가 주신 것임을 그날 뼈저리게 깨달았다.

"그때 결심했어. 나를 세상에서 가장 사랑하고 아껴주는 사람이, 내가 사랑하는 사람에게 가장 커다란 고통이라면."

백 여사는 온 정성을 다해 윤우를 키웠다. 그 집착. 손자를 위한다는 명목하에 백 여사는 가족과 타인을 핍박하고 군림했다. 폭군이었다.

"그 사람을 죽여야겠구나."

고저 없는 목소리는 달큼했다.

"한 사람의 이상과 행복을 위해서 내 이상과 행복이 죽는 걸 지켜볼 자신이 없었거든."

그는 손조차 대지 못하는 기적을 백 여사는 아무렇지도 않게 취급했다. 깔개로 쓰며 언제든 밟고 침을 뱉었다. 잠들 수 없었다. 자신이 잠들면 백 여사가 올라와 또다시 유진의 목을 조를까 봐. 아버지가 돌아가신 뒤로 윤우는 밤마다 잠을 설쳤다.

몽유병처럼 1층으로 내려가 백 여사가 잠들어 있는 방을 바라보며 살의에 몸을 떨었다.

저 문을 열고 들어가 모두의 고통인 여자를 제 손으로 죽일까.

윤우가 그러는 걸 정은은 알고 있었다. 희정이 그렇게 되고 난 뒤 정은 또한 밤마다 부유했으니까. 윤우와 함께 백 여사의 방 앞에 나란히 서서 고통을 감내했다. 저기로 뛰어 들어가 상대의 목을 조를까, 치미는 충동을 억눌렀던 건 정은이 더했을 것이다.

백 여사를 죽이면 당장의 고통은 피할 수 있어도 결국엔 모든 게 무너진다고, 정은은 그를 설득했다. 그리고 무엇보다 그렇게 된다면 그는 유진과 떨어져야 한다. 어떤 설득보다 유진을 보지 못한다는 게 가장 큰 고통으로 다가왔다.

"내가 그때 할머니의 목을 졸랐다면 너는 나를 좀 더 일찍 사랑했을까."

유진은 사랑이 아니라고 할 수 없었다.

"나는 아직도 그때 할머니의 방문을 열었어야 했다고 후회해."

그가 굳건하게 서서 가족을 받치는 기둥이 돼줘야 한다고 정은은 실성한 것처럼 말했다. 네가 우리 모두를 지켜야 한다고. 안 그러면 네 누이와 어미는 갈기갈기 찢기고, 유진에게로도 그 커다란 칼날이 향할 것이라 경고했다.

백 여사의 죽음으로 인해 모두가 행복해지는 결말 따위는 없다. 결말 뒤의 비극은 아무도 책임져주지 않는다.

"흐읏…… 읏."

그가 예상했던 것보다 상황은 훨씬 더 뒤틀려 있었다. 아마 어머니도 예상했을 것이다. 모른 척 눈감고서 아무 말도 않았던 건 그가 일을 망칠 수도 있단 걸 알았기 때문이겠지. 이해할 수는 있다. 백 여사를 향한 모친의 살기를 부채질한 건 누이였고, 제 살기를 부채질한 건 유진이었다.

"그럼 네가 좀 더 행복했을까."

윤우가 유진을 더 꽉 끌어안았다. 붙어 있음에도 더 가까이, 살점까지 섞여 영영 떨어지고 싶지 않았다.

"그런데,"

탁하게 가라앉은 목소리의 끝이 갈라진다.

"나는 내 아버지처럼 네 행복을 위해 놔주는 건 못 하니까."

그녀를 떠나보내는 바보 같은 짓은 못 한다. 평생을 그리워하며 한 해에 단 한 장의 사진으로 만족하다니, 그런 삶은 빈껍데기일 뿐이다.

그녀에게 무슨 일이 생겼다는 말을 듣고 미친 사람처럼 달려 나가는 일은 없어야만 한다. 무슨 일이 생겨도 제 곁에서 생겨야 하며, 제가 손을 쓸 수 없는 곳에서 사고 따윈 벌어져선 안 된다.

"유진아."

"……부르지 마. 그렇게 다정하게 이름……."

"머리만 다듬어줄게. 네 얼굴 안 보고."

윤우는 거의 애원했다.

한참 만에야 유진은 고개를 푹 숙이고서 그를 따라 방에서 나왔다. 윤우는 거실 조명을 최소한으로만 하고 가위를 가져와선 이불을 뒤집어쓰고 있는 유진의 뒤에 자리 잡았다. 부드러운 손길로 이불을 내리고서 들쭉날쭉한 머리칼에 손을 댔다.

사각사각. 유진의 어깨가 심하게 흔들렸다. 아까의 충격이 고스란히 남아 있는 상태에서 쇳소리를 들으니 절로 몸이 움츠러드는 모양이다.

"괜찮아. 내가 뒤에 있어."

미용실에 데려가 전문 미용사에게 맡겨도 되고 혹은 미용사를 불러도 되는, 간단한 일이다. 하지만 그녀가 그를 보지 못하는 이유가 제가 엉망으로 망가졌다고 생각하기 때문이라면, 윤우는 당장에 이 일을 해결해야 한다. 그의 손으로 다듬어주고 예쁘다 말해줘야 그녀가 마음을 열어줄 것 같다. 아주 작은 틈이면 됐다. 그 틈을 커다랗게 벌리고 단숨에 짓쳐들어가는 건 그의 몫이니까.

"나는, 너를, 상처 입히지 않아."

"흐읍…… 흡. 흐윽……."

유진은 눈물을 쏟아냈다.

"말했잖아. 너는 내 아버지와 네 어머니의 기적이라고. 그래서 내게도 너는 기적일 수밖에 없는 거야. 너는 악한 사람이 아니고, 미움받아 마땅한 사람도 아니고, 폭력을 견뎌야 하는 사람도 아니야."

유진은 무릎에 얼굴을 묻고 흐느꼈다. 윤우는 가만가만 머리를 다듬어 주었다. 어설프지만 부드러운 손길이었다. 가위는 사각사각 움직였고, 어느새 유진은 그 조심스러운 소리에 귀를 기울이고 있었다.

그는 제 마음속 목소리에 일일이 대답해준다. 자신조차 무슨 말을 내뱉었는지 알 수 없는데 윤우는 차근차근 하나하나 대답해준다.

"내가 아는 한유진은 그런 사람이 아니야."

어설프게나마 유진의 머리를 최선을 다해 잘라놓고 서늘해진 뒷목을 손등으로 덮어줬다.

"심한 건 아니고 여기에 상처가 났는데, 약을 가져올게."

거리감이 느껴졌던 높임말이 아니다. 그가 언제부터 이렇게 다정하고 사근하게 말을 하고 있었는지.

그가 자리에서 일어나 구급상자를 찾기 위해 걸음을 옮기려던 참이다. 유진이 다급하게 손을 뻗어 윤우를 붙잡았다.

"왜, 유진아?"

그가 그녀에게로 몸을 숙였다. 윤우의 붉어진 눈가가 보였다. 아무렇지도 않은 듯 굴지만 그 또한 상처받았던 것이다.

"나 많이 엉망이야?"

"아니. 머리 자르니까 훨씬 더 예뻐졌는데."

지나치게 짧다. 귀 바로 밑에 오는 길이가 어색했다. 목이 휑해 몸이 자꾸만 움츠러들려 했다.

"거짓말."

윤우의 미간이 아프게 찌푸려졌다. 붉게 부어오른 유진의 볼 때문이다.

"내가 무슨 거짓말을 하는 것 같은데?"

"나 지금 하나도 안 예뻐. 여태 봤던 중 제일 최악일 거 아냐."

“어떻게 증명할까.”

먼저 도발한 건 유진이다. 윤우는 기꺼이 넘어가줄 생각으로 그녀의 손을 끌어 제 바지 앞섶으로 가져갔다.

“말해두지만 다친 여자를 보고 흥분하는 개새끼는 아니야. 네가 내 눈에 환장하게 예쁜 거야.”

성적인 의미라곤 조금도 담기지 않은 듯한 담백한 목소리로 말했다.

“어때요, 이제 나한테 좀 박고 싶어졌어요?”

윤우의 음성 끝이 젖어 있다. 여기서 물러나야 되는 걸 알면서도 이대로 밀고 나가고 싶어질 정도로 유혹적이었다.

“……응.”

윤우가 가까스로 유진에게서 시선을 떼어내는데, 날벼락 같은 소리가 돌아왔다.

“그러고 싶어졌어.”

유진의 목소리는 미약했지만, 결코 농담이 아니라는 듯 단호함을 담고 있었다. 허를 찔린 듯한 기분에 윤우는 웃음을 터트렸다. 그리고 이내 씻은 듯 웃음기가 사라진 얼굴로 열기에 들뜬 눈을 한다. 뇌가 뜨거운 물에 집어넣은 것처럼 곤죽이 되어 끓는다.

“유진아.”

“으응.”

“어떻게 하지?”

윤우는 유진에게 무슨 소리냐 물을 새도 주지 않고서 입술을 삼켰다.

“네가 충동적으로 한 말이라도, 나는 지금만 기다려와서 못 물러나.”

그의 고혹적인 미소에 유진이 홀린 것처럼 고개를 끄덕였다.

윤우가 그녀의 뒤통수를 받쳤던 손을 빼고 거칠게 셔츠를 풀어냈다. 그가 정리해준 짧은 머리칼이 대리석 바닥에 아무렇게나 흐트러진다. 긴 밤의 시작이었다.

✦ ✚ ✦

적당히 미지근한 것이 얼굴을 뒤덮어 유진은 살짝 눈을 떴다. 젖은 수건이 눈가를 간질이고 얼굴 구석구석을 부드럽게 닦아낸다. 부어 있는 뺨에 스친 순간, 미약한 신음을 흘렸다.

"여기 조금 긁혀서 그래요."

윤우가 굳어 있는 피를 살살 벗겨냈다. 유진은 하루 밤낮을 잠들어 있었다. 윤우의 요청으로 박 교수가 다녀갔다는 사실도 모른 채 잤다. 심리적으로 힘들었다가 긴장이 풀려 그런 것뿐이라고 박 교수는 말했다. 크게 다친 곳은 없다며 수액을 놔주고 정밀검사를 하게 언제 한번 내원하라고도 덧붙였다.

내내 열이 오르고 내리고를 반복해 윤우는 밤새도록 물수건으로 그녀를 닦아주며 깨어나기만을 기다렸다.

"이틀 정도 정신을 못 차리더라고."

병원으로 데려가지 못했던 건, 잠깐 깨어났던 유진이 격렬하게 저항하며 거부해서다.

"아무 꿈도 안 꾸고 푹 잔 것 같아."

"그럼 다행이고요."

윤우는 여느 때의 그로 돌아와 있었다. 얇은 회색 티셔츠에 편한 반바지를 입고 침대 아래 무릎을 꿇고 있다.

"그러고 있으면 안 불편해?"

목소리가 잔뜩 쉬어 어떻게든 가다듬으려 했는데 되지 않았다. 유진이 불편하게 그렇게 있지 말라 하자 윤우의 눈꼬리가 처졌다.

"박 교수님이 한유진 일어날 때쯤 이러고 있으랬거든. 아마 근육통의 절반은 내 책임일 거라고."

"다리 아프잖아."

"더 아픈 건 너잖아."

유진은 가만히 눈을 감았다. 자신을 걱정하는 유일한 소리가 달갑지 않을 리 없다. 다시 미지근한 물수건이 몸을 닦아낸다. 온몸에 난 생채기 때문에 샤워를 시켜줄 수 없다는 걸 안타까워한다.

"회사는……?"

"그런 회사는 망해버리라죠."

말도 안 되는 소리에 픽 웃었다. 그리고 유진은 마치 군인처럼 짧아진 윤우의 머리칼에 손을 가져갔다. 제가 잠들어 있는 동안 다듬은 걸까. 이렇게 머리가 짧은 건 그가 입대했을 때밖에 보지 못했다. 본래의 나이보다 훨씬 어려 보여 마음이 쓰인다.

"왜 그랬어?"

"왜냐고 물어보면 나도 할 말이 많은데. 한유진은 왜 내게 도와달라고 말하지 않았을까부터 시작할까요?"

"내가 잘못했어."

유진은 순순히 항복했다. 고개만 겨우 움직일 수 있을 정도로 힘이 없어서, 그저 웃기만 했다.

"죽 좀 먹을래요?"

"안 넘어갈 것 같아."

윤우가 아무렇지도 않은 듯 굴어 차마 입을 뗄 수 없었다. 살얼음판일 게 분명한 저택의 분위기를 감당할 수 없을 테니, 그저 다시 잠들고 싶은 마음도 없지 않다.

"억지로 먹지는 말고요."

그가 먹는 얘길 해서일까. 유진의 배에서 꼬르륵 소리가 났다. 윤우는 웃지도 않은 채 자리에서 일어나려다 이내 그녀가 누워 있는 침대에 엉덩이를 붙인다.

"다리 저려요."

그럴 줄 알았다는 얼굴로 유진이 키들댔다.

"웃으면 후회할 텐데."

"나 지금 정말 손가락 하나 까딱 못 하겠어."

눈을 가늘이며 다가오는 윤우를 피한다고 피했는데 겨우 목만 조금 움직인 수준이다. 고개를 도리도리 젓자 윤우가 예뻐 죽겠다는 얼굴로 유진의 이마에 기어이 제 이마를 맞대고 그녀가 했던 것처럼 도리도리 고갯짓했다.

"내가 끓였으니까 조금만 먹어줄래요?"

"죽을 끓였어?"

당연히 본채의 여주댁이 만들어줬을 거라 생각했는데 윤우는 제가 직접 인터넷에서 레시피를 찾아 끓였다고 했다. 유진이 그가 해준 음식을 너무 잘 먹어서 무엇이든 손수 만든 걸 입에 넣어주고 싶었다고 수줍은 고백까지 덧붙였다.

"맛은 없을지도 모르지만 최선을 다했어요."

"응. 그럼 먹어볼게."

윤우가 활짝 웃더니 다리를 살짝 절며 방을 나섰다. 유진은 웃다가 그가 나가고 나서야 제힘으로 몸을 일으켜 침대 헤드에 기댔다. 아무 걱정 없이, 악몽도 없이 하루를 꼬박 보내다니 믿을 수가 없다.

곧 윤우가 죽을 데워 방으로 들어섰다. 참기름을 얼마나 많이 넣었는지 그가 들어서는 순간부터 고소한 냄새가 진동을 해 유진이 배를 잡고 웃었다.

"벌써 실패한 것 같아요?"

제가 일으켜주려 했는데 유진이 이미 앉아서 기다리고 있자 윤우가 불퉁한 소리를 냈다.

"흣……. 그게 아니라…… 참기름 냄새가 너무 많이 나서."

"손이 미끄러졌어요."

흰죽은 아니었다. 그의 말대로 참기름이 너무 많이 들어가 색이 누렜다. 마지막에 아주 조금만 넣을 예정이었는데 손이 미끄러졌다며 그가 투덜댔다. 그러면서 입으로 후후 불어 유진에게 먹어보라 내민다.

"아."

입을 벌려 적당히 식은 죽을 받아먹었다. 고소한 맛이 입안 가득 퍼졌다. 삼키고 싶지 않을 정도로 고소해 눈시울이 시큰해졌다. 저는 그저 윤우가 해준 계란요리를 맛있게 먹었던 것뿐인데, 그걸 기억하고 또 무언가를 해주려 한 마음이 고마웠다.

"맛없어요? 그렇게 최악까진 아닌 것 같았는데. 나 스크램블드에그 만들 때도 한 달은 실패했거든요. 다 타거나 너무 익어버려서. 다음엔 좀 더 맛있게 만들어줄게요."

요리에는 별로 재능이 없다며, 하지만 노력해서 맛있게 만들어주겠다는 윤우의 말에 유진의 눈에서 눈물이 뚝뚝 떨어졌다.

"울 정도로 맛없어요?"

고개를 가로젓고 더 달라 입을 벌리자 윤우는 망설이다 한 수저를 더 넣어준다.

"끓이면서 계속…… 내 생각 했을 거 아냐."

"그렇죠."

윤우가 선선하게 웃으면서 대꾸했다.

"네 생각을 먹는 것 같아서."

나를 생각하는 네 마음을 넘기는 것 같다.

윤우의 손이 멎었다. 웃음기까지 사라져 냉랭해 보였다. 제가 해서는 안 되는 말을 한 걸까.

"한유진이 이렇게 깜찍한 말을 하는데 내가 어떻게 한눈을 팔 수 있겠어."

윤우는 훅 들어오는 유진의 솔직함에 어찌 반응해야 좋을지 알 수 없었던 것이다. 고작 이 작은 것이 그녀에게 큰 의미였을 줄은 몰랐던 것이다.

"한 솥 끓였어요. 내 마음이 그만큼이니까 꼭꼭 씹어 먹어요. 먹으면서 계속 반성해. 내가 얼마나 걱정했는지, 어떤 마음으로 그곳엘 갔는지."

"평소엔 이렇게까지 안 심했어. 내가 감출 수 있을 정도에서 끝났어. 가끔 머리카락도 잘리긴 했는데 어제 정도는 아니고."

어쩌다 보니 그들을 변명하는 모양새가 돼버렸다. 유진은 속상해서 입을 다물어버렸다.

윤우는 그저 그녀의 입에 죽을 떠 넣어줬다. 죽 한 그릇을 비울 때까지 유진도 윤우도 아무 말 하지 않았다.

"엄마 이야기…… 혹시 알고 있었어?"

유진이 조심스럽게 운을 뗐다.

"알고 있었어요. 아버지가 그때 그 술집에 갔을 때 다 이야기해주셨거든. 아마 본인에게 생길 사고를 알고 계셨는지도 몰라요."

엄마가 아저씨를 떠날 수밖에 없었던 이유가 명확해지자 무거운 무언가가 명치끝을 내리누르는 것 같았다. 유진은 반사적으로 가슴을 주먹으로 툭툭 쳤다. 죽은 부드러웠고, 맛있게 잘 먹었는데 왜 체한 것 같은지.

"내 아버지는 또다시 그 상황이 와도 보내주겠다고 하셨어요. 우리 할머니 굉장히 독한 분이잖아요."

상처를 전부 안고 살아가야 했을 두 사람과 그걸 전혀 모른 채 사랑받고 행복했던 자신.

유진은 다정했던 제 친부를 생각하려 노력했다. 어머니가 다시 사랑에 용기 낼 수밖에 없었던 좋은 분이셨다. 백 여사를 미워하지 않으려 지난 세월 그리 노력했건만, 이제는 불가능해졌다. 타인의 인생을 쥐락펴락하는 걸 당연하게 여기는 그녀의 사고방식은 부당하기 그지없다.

"백 여사님은……."

"병원에 계세요. 깨어나실 때마다 혼절하신다고."

소리소리 지르며 병원의 모든 집기를 때려 부술 듯 던지다 혼절하길 반복하고 있다고 한다.

싸고돌며 키운 손자가 할머니의 머리카락을 잘랐다. 가위를 조금만 잘못 들이댔다면 생명이 위독해질 수도 있었던 상황이니 정신을 놓는 것도 이상하지 않다.

"그렇구나."

"어떻게 해줬음 좋겠어요?"

"백 여사님이 엄마의 행방을 모르는 게 확실할까?"

"확실해요. 그리고 내가 곧 찾아낼 테니까."

유진의 눈이 커다래졌다. 떨리는 손으로 윤우의 티셔츠를 잡고서 안쓰럽게 매달린다.

"어떻게? 어떻게? 대체, 어떻게……."

"살아 계실 거예요."

"그걸 어떻게 알아……?"

"한유진이 또 상처받을까 봐 비밀로 하고 있었는데, 느낌이 와요. 분명 살아 계시다고."

만에 하나, 찾을 수 없는 확률도 있으니 윤우는 더 이상은 말 않겠다고 했다. 방금 전까지 절망에 휩싸여 있었으면서, 유진의 가슴이 뛰었다. 두 볼이 상기되는 유진을 지켜보던 윤우가 그녀의 머리를 쓰다듬었다.

"그러니 너무 걱정 말아요. 지금 걱정해야 될 건 스스로야."

윤우는 당분간은 눈코 뜰 새 없이 바빠 그 대신 강민이 곁에 있을 거라 설명해줬다. 대현 같은 거 망해버리라고 했으면서도 더 이상은 자리를 비우기 곤란하다며 양해를 구했다. 이미 엄마를 찾는 생각으로 가득 찬 유진은 고개를 끄덕였다.

✦ ✚ ✦

뚜! 뚜! 뚜!

병실을 채우고 있는 건 심전도를 알려주는 기계음이다. 산소호흡기를 꽂고 숨을 색색 쉬던 노인이 천천히 눈꺼풀을 밀어올렸다. 이렇게 눈을 뜰 때마다 순식간에 세월의 흐름이 나타난 주름진 손등으로 머리를 쓸었다.

머리를 매만지던 백 여사가 이내 산소호흡기를 천천히 떼어냈다.

"어머니."

병실은 무척이나 어두웠다. 침대 맡에 앉아 있던 며느리, 정은을 알아볼 수 없을 정도로 깜깜했다. 자신을 부르는 소리를 듣고서야 백 여사가 소리 난 쪽을 바라봤다.

"괜찮으세요?"

"하하."

백 여사는 산소호흡기를 저만치 던지며 실소했다. 걱정 가득한 얼굴로 제 앞에 서 있는 정은을 찢어 죽이고 싶다.

"너는 알고 있었지?"

"무슨 말씀이세요?"

"네 아들이 정상이 아닌 것 말이다."

정은의 미간이 꿈틀거렸다. 하지만 곧 웃음을 머금고 무슨 말씀이냐 부드럽게 말했다.

"감히, 감히, 제 할미의 머리를 잘라? 내가 저를 어떻게 키웠는데!"

"어머니, 너무 노여워 마세요."

정은은 화가 나 씩씩대는 백 여사를 진정시키려 했다. 백 여사는 정은의 손길을 뿌리치며 야차 같은 모습으로 소리를 질렀다.

"너는 잘도 병신 같은 것들만 낳았구나. 딸년도 모자라 아들까지. 네 팔자도 참 기구해."

파르르 떨리는 정은의 얼굴을 보고서야 백 여사는 조금이나마 마음이 풀어지는 것 같았다.

"이래서 급이 떨어지는 것들을 들이는 게 아니었는데. 태가 안 좋으니 이런 게지. 세상 어떤 손자가 절 키워준 할미에게 가위를 들이대!"

조선시대 같았다면 당장 치도곤을 맞았을 거라며 백 여사가 부르르 떨었다.

"다 내 잘못이지, 내 잘못이야. 급하다 해도 체할 줄 알았으면 차라리 천천히 다른 짝을 찾을 것을."

정은은 이런 소리를 들어도 더 이상 슬프지 않았다. 자존심은 문 바깥에 두고 왔다.

"김 비서! 김 비서 데려와라."

복도에 있던 김 비서가 서둘러 안으로 들어섰다.

"지금 바로 천 이사 이쪽으로 오라고 해. 상현이도 불러라."

"어머니."

"하, 어머니이? 천하의 패륜아를 낳아놓고 뻔뻔스럽게도 어머니라니!"

윤우에 대한 배신감은 회복할 수 없을 만큼 짙었다. 당장이라도 정신을 잃고 날뛰고 싶을 정도다. 백 여사는 제게 다가온 정은의 뺨을 있는 힘껏 후

려치며 이를 갈았다.

"감히…… 감히 내 몸에 손을 대애!"

그것으로 분이 안 풀려 정은을 노려봤다. 집안에 사람이 잘 들어와야 한다던, 옛말은 틀린 게 하나도 없다.

"아무거나 처먹이질 말았어야 했는데!"

전부 진희 때문이다. 고작 운전기사의 딸 주제에 민우와 함께 자라게 해준 은혜도 모르고, 민우를 유혹해 신분상승을 꾀하다니. 더러운 것은 더러운 짓을 하기 마련이다.

"내가 저를 어떻게 낳았는데! 내 목숨을 걸고 낳은 은공도 모르는 자식새끼나 손자 따위가!"

여자의 몸으로 이 자리를 지키는 게 얼마나 힘든지 아무도 알아주지 않는다. 알아주길 바라지도 않았다. 좋은 집안과 결혼해 회사에 보탬이 되라는 최소한의 의무조차 저버리는 아들과 손자 때문에 백 여사는 분노에 몸을 떨었다.

"다른 놈 입에 다 처넣어주는 한이 있어도 놈에게는 그리해줄 수 없지."

눈이 반쯤 돌아서 단 한 순간도 망설이지 않고 조모의 머리를 자른 윤우를 떠올린 순간, 백 여사는 소름이 돋았다.

"그리 갖고 싶어 하기에 그 물건까지 밀어넣어줬는데 이럴 수야 없지. 그놈이 할미에게 이럴 수는 없는 거야. 갖고 있는 걸 전부 빼앗긴 채 진창에서 굴러봐야 두 무릎으로 기어와 빌 것 아니냐!"

정은은 푹신한 침대를 연신 내리치는 백 여사를 가만히 바라봤다. 뺨을 맞았음에도, 모욕적인 언사를 들었음에도 수치심에 떨지 않았다. 그저 머리카락이 잘린 미친 노인이라 생각하니 웃음까지 나왔다.

아들의 행동을 제지하지 못한 건 자신의 책임이다. 하지만 이렇게 통쾌할 줄 알았다면, 진작 저 하고 싶은 대로 하게 둘 것을. 백 여사가 진희를 건

드리자 남편 역시 반기를 들었었다. 그 순하고 착한 남자가 무섭도록 제 어미에게 화를 냈다.

"……사람마다 건드려서는 안 되는 게 있는 거예요, 어머니."

꼭 스위치 같았다. 그걸 건드리면 당연히 불같이 반응하며 달려들게끔 하는, 사람을 미치게 만드는 스위치.

"제 사촌에게 다 빼앗겨봐야 제가 무슨 짓을 저질렀는지 깨닫겠지."

백 여사는 씩씩거리느라 정은의 말을 듣지 못하고서 이죽댔다.

얼마 지나지 않아 천 이사와 박상현 부사장, 그리고 그를 따르는 양 전무가 차례대로 들어왔다.

"여사님."

"할머니, 괜찮으세요?"

상현은 이게 기회라는 걸 알았다. 자신이 윤우의 들러리나 자극제로서 사용되는 게 아닌, 정말 대현을 집어삼킬 수 있는 골든 찬스다. 걱정과 수심이 가득한 얼굴로 백 여사에게 다가가 두 손으로 그녀의 한 손을 공손하게 감쌌다.

"너는 옛날부터 내가 하나를 줘도 열을 고마워하는 아이였지."

"어머니가 그렇게 가르치셨는걸요. 할머니께서 주시는 모든 것에 감사하라고요."

백 여사의 큰딸인 그의 어머니는 그런 말을 한 적이 없다. 백 여사를 끔찍해하고 아들밖에 모르는 사람이라며 이를 갈았다. 그런들 붙어먹을 게 많으니 공경을 가장하며, 본인들과 똑같은 사람들 속에 섞여 적당히 백 여사가 던져주는 먹이나 먹고 살아왔다.

"더 이상 회장 자리를 비워둘 수야 없지. 나이나 연륜으로 보아 상현이 네가 가장 잘 어울리고 말이다."

천 이사가 정은과 눈짓을 교환했다. 찰나의 일이었다.

“양 전무는 앞으로도 상현이 옆에서 든든하게 버텨줘야 될 게야. 부사장 자리를 줌세.”

“여사님!”

양 전무는 감격해선 허리를 90도로 숙여 보였다. 독선적인 면이 있어서 다른 이사진들과 사이가 좋지는 않았지만 그만큼 추진력과 판단이 빨라 옆에 두기엔 더할 나위 없다. 어차피 이사진들을 어우를 좋은 패를 백 여사는 따로 갖고 있었다.

“천 이사.”

“네, 누님.”

“임원회의 소집해. 그 전에 말을 흘려놓는 것도 잊지 말고. 그러고 나서 주주총회 후 전원 만장일치로 상현이 놈, 회장으로 만들어.”

윤우가 회장 직에 오른다고 해도 엄청난 반발이 있을 터이나, 그보다 나이 많고 실무경험도 있는 상현도 마찬가지일 것이다. 적통 후계자가 막 경영에 뛰어들었는데 어떻게 방계가 회장 자리에 오르냐 등등 반대할 이유는 충분했다.

“그건 좀 어려울 것 같습니다.”

천 이사가 심드렁히 말했다.

“그러려고 네놈을 그 자리에 올려놓은 거다! 횡령이나 해 쫓겨난 놈을 왜 받아줬겠어!”

천 이사에게로 물컵이 날아왔다. 상체를 옆으로 슬쩍 기울여 그걸 피한 그가 넉살 좋게 웃었다.

“압니다. 교도소까지 갈 뻔한 절 구해주신 게 누님 아니십니까. 하나 전대 회장의 유언도 있고, 경영권 승계의 카운트다운 중이라 언론에까지 대대적으로 내보낸 건 누님이십니다.”

“언론 따위 얼마든지 조작이 가능해! 당장 내 말대로 해!”

"지금 누님께선 정상적인 판단이 안 되시는 것 같아 그렇게는 못 하겠습니다. 진정하세요."

"천 이사님!"

상현이 화가 난 음성으로 천 이사를 불렀다.

"네, 부사장님."

"명예회장님이신 여사님 뜻이 그렇다지 않습니까."

"압니다. 저도 귀가 있어서. 그러나 순간의 감정에 휘둘려 대현이 흔들려서야 되겠습니까. 우리는 친인척이니 여사님의 편을 들 수 있지만, 그룹이란 게 그리 돌아가서는 안 되지요. 저는 절 도와준 누님께서 하는 말이라면 팥으로 메주를 쒀도 네네 해야 하는 입장이지만, 여사님께선 제게 누누이 말씀하셨죠."

백 여사는 청산유수를 쏟아내는 천 이사를 노려봤다.

"모든 건 대현의 위업을 위해서라고. 절대 사사로운 감정에 흔들려서는 안 된다고요."

흉물스럽게 머리가 잘린 채 안광만 형형하게 빛나는 모양새는 얼핏 봐도 정상적인 판단이 불가능해 보였다. 어쨌든 대주주는 백 여사였다. 주주총회를 열 권한을 갖고 있는 것도 그녀였다.

"그래서 뭘 어쩌겠다는 게야!"

"한 번 더 생각해보시죠."

"여사님!"

밖에 있던 김 비서가 얼굴이 하얗게 질린 채 뛰어왔다. 휴대전화를 들고서 흔들리는 눈으로 좌중을 살펴본다.

"뭐가 이렇게 호들갑스러워! 중요한 얘기 중인 거 안 보여?"

김 비서가 고개를 가로젓더니 백 여사에게 휴대전화를 건넸다. 상대가 누군지 밝히지도 않고 전화기부터 내미는, 기본도 모르는 계집도 잘라버려야겠다 생각하던 참이다.

전화를 받던 백 여사는 몇 마디 하지 않았음에도 안색이 급격하게 어두워졌다.

"내 돈을 얼마나 받아 처먹었는데 이걸 터트리겠다는 게야."

타인 앞에서는 늘 지성인처럼 굴던 백 여사의 입에서 험한 말이 튀어나왔다.

"뭐? 정권이 바뀌기 전에 청소를 한번 해? 그게 우리 대현이 목표다?"

콰앙! 백 여사가 휴대전화를 벽에 집어 던지더니 부르르 떨었다.

"어떻게 된 일이야! 검찰에 먹인 돈이 얼만데 지금 내가 이런 전화를 받게 만들어!"

그 자리에 있는 세 사람에게 불똥이 튀었다.

검찰 쪽에 심어놓은 사람 중 하나가 곧 대현그룹 압수수색영장이 발부될 거라 알려줬다. 이걸 지시한 사람이 여당 대표 최준 의원이라는 말에 백 여사는 뒷목을 잡고 비틀거렸다. 서로는 훌륭한 파트너가 될 거라며 악수하고 웃었다. 그 증표로 서로의 손자와 딸을 이어주기로 약속했던 터다. 새로운 나라의 기둥을 향해 줄을 대는 건 어느 기업이나 똑같다.

저와 손잡은 이 땅의 대표자가 될 사람이, 어째서 절 향해 칼날을 휘두르게끔 입김을 넣었는지 백 여사는 혼란스러웠다.

"정치하는 것들이 부는 나발을 믿는 게 아니었는데."

"주주총회는 미루시죠. 특검부터 처리해야 합니다. 특검이 시작되면 주가가 폭락합니다."

"최준 의원과 당장 자리 마련해! 대체 누구와 손잡았길래 내 뒤통수를 쳐!"

대현에서 그의 대선 자금을 전부 부담하기로 했다. 대현의 미래와 함께하기로 굳건하게 약속했는데 어째서 이러는가.

"SH에서도 뛰어들었다는 말이 있습니다. 그리고 선자리에서 도 이사님이 대놓고 최 의원댁 아가씨에게 모욕을 줬다는 얘기도 돌고 있고요."

SH그룹이면 대현과 한국 경제의 쌍두마차로 불리는 라이벌 기업이다.

"고얀…… 고오얀 녀석이!"

윤우가 최 의원의 외동딸과 선을 보러 가는 날, 백 여사는 분명히 못 박았다. 다음 대 대통령을 등에 업어야 한다고. 그걸 뻔히 알면서 일부러 모욕을 주고 걷어찬 게 분명하자 백 여사는 뒤로 넘어갔다.

"여사님! 이 박사 불러! 빨리!"

아무리 청렴하다 해도 정치인이다. 거기에 가족이 모욕당한 걸 참을 리 없다. 검사 출신의 최 의원의 입김 하나에 특검이 동원되는 건 일도 아니다. 어떻게든 꼬투리를 잡을 테고, 그게 어떤 것이든 끝까지 물고 늘어져 누구든 하나는 교도소에 처박아버릴 게 분명했다.

"유, 윤우…… 그 애…… 그 애, 빨리 불러. 어서!"

백 여사가 외쳤다. 선자리에서 뭔가 잘못됐음이 틀림없다. 특검이라는 쥐새끼들이 파고들면 주가는 폭락하고 제가 그토록 끔찍해하는 입방아가 시작된다. 거기에 실질적으로 대현을 운영해온 건 백 여사다. 모든 화살이 절 향할 게 분명했다.

"허억…… 허억……."

누워서 숨을 몰아쉬는 백 여사의 손을 정은이 꼭 잡았다.

"어머니, 마음 가라앉히세요. 윤우 녀석 불러올게요. 별일 아닐 겁니다."

침착하고 단정한 목소리였다. 백 여사는 정은의 묘한 얼굴을 보며 뭔가 잘못됐다는 걸 깨달았으나, 어디서부터 뭐가 잘못됐는지는 알 수 없었다.

✦ ✝ ✦

응급호출이 울렸으나 이 박사는 자리를 뜰 수 없었다. 십 분 전에 찾아온 손님 때문이다. 백 여사의 병실로 향했어야 할 그가 왜 원장실에 와서 삐딱하게 웃고 있는지 까닭을 모르겠다.

"어디 있어요?"

"그 이야기는 끝난 걸로 아는데? 난 백 여사님 병실로 가봐야 하니 너도……."

"제 얼굴 보면 혈압이나 더 오르실 텐데 뭐 하러요."

이 박사는 자세한 이야기를 모른다. 다만 간밤에 머리카락이 몽땅 잘린 채 반쯤 실신해 실려 온 백 여사의 상태에 대해서만 알 뿐이다. 누가 백 여사에게 그랬는지, 백 여사가 어떤 일을 당했는지는 그는 알지 못했다.

"설마……."

"할머니가 수치스러워서 이야길 안 하셨나 봐요."

그제야 이 박사의 시선이 윤우의 머리에 닿았다. 입대라도 할 것처럼 짧게 잘린 머리칼이 영 낯설다.

"너는 대체 무슨 짓을 하고 다니는 거냐."

"아버지가 손 놓고 가만히만 있는 걸 참지 못해 절교하셔놓곤 저한테 이렇게 말씀하시면 좀……."

진희와 민우를 축복해줄 수 있었다. 그 또한 진희를 사랑했지만 그녀의 행복이 우선이었다. 하지만 진희가 망가지고 나서야 그녀를 보내주겠다 결심한 민우의 이기심을 이 박사는 참을 수 없었다. 끝까지 네가 품고 지켜줘야지, 그녀를 놓아주는 게 말이 되느냐고 주먹다짐까지 했다. 세상의 온갖 욕설을 내뱉으며 그와 다시는 얼굴을 마주하지 않았다. 친구라는 이름도 내던졌다. 사라졌던 진희가 다시 나타나기 전까지는 그랬다.

"그분이 뇌사상태인 건 맞나요?"

"아무리 그래도 난 말 못 한다."

“내 아버지와 박사님이 그분을 할머니로부터 지키기 위해 뇌사상태라고 꾸민 게 아니라?”

“도윤우!”

윤우는 눈도 깜박이지 않고서 이 박사를 마주했다.

“유진이가 엄마를 찾아요.”

“그렇다면 내가 직접 말해줘야겠구나. 네 엄마는 어딘가 살아 있다고 해도 가망이 없으니…….”

“어딘가 살아 있다라. 역시 그랬군요.”

“말장난 마라! 이러고 있을 시간이 없어!”

이 박사가 서둘러 자리에서 일어났다. 백 여사의 병실로 향하려는 그를 윤우가 붙잡았다.

“딸이 엄마를 찾고 있어요. 한 번만 보고 싶다고 어린아이처럼 울면서요. 친딸이에요.”

“죽었다고 생각해. 나도 그렇게 생각하고 있다.”

“저는 일이 전부 해결되고 난 후 찾으려고 했어요. 제가 못 찾을 것 같아요?”

윤우는 드러내놓고 본격적으로 찾지는 못했지만 알아보고는 있었다. 만약 찾는다 해도 유진이 안전해졌을 때 만남을 주선하려고 했다. 그러나 지금 유진의 피폐해진 마음을 치료할 수 있는 건 그녀의 실종된 모친뿐이었다.

그 당시 백 여사로부터 같은 소릴 들었다던 모친의 마음이 어땠을지 생각하면 가슴이 찢어지는 것 같다던 유진의 얼굴이 떠올랐다.

“그러지 마라, 윤우야.”

“할머니는 절대 못 건드려요. 내가 그렇게 안 놔둘 거고. 거기다 당당하게 눈앞에 나타난다 해도 건드릴 정신도 없으실 거예요.”

"그게 무슨……."

"다녀오세요. 제정신이신지 보고 오시라고요. 그러고 나서 다시 이야기 해요, 박사님."

윤우는 조모가 혼절해 정신이 오락가락한다는데도 아랑곳 않고 제 이야기만 한다. 윤우가 최소한 민우보다는 비겁하지 않을 거라 생각하면서, 이 박사는 떨떠름하게 발을 옮겼다.

✦ ✝ ✦

유진은 창밖에 쓰러져 있는 봉숭아들을 바라보면서 새끼손톱 끝을 만지작거렸다. 이제는 흔적도 없는 꽃잎은 제 손톱에 남아 있다. 얼얼할 정도로 그걸 문지르고 있는데 누군가 창 앞으로 달려왔다. 하얗고 가느다란 다리부터 시선을 올리다 연두색 원피스를 입은 희정과 눈이 마주쳤다.

방싯. 눈이 마주쳤을 뿐인데도 웃으면서 손바닥으로 거실 창문을 통통 두드렸다.

"아가씨, 현관은 저쪽으로 돌아서……."

뒤따라온 강민이 말려도 기어이 창문을 열더니, 구둣발로 안에 들어섰다.

"유진아, 까꿍!"

유진은 티 하나 없이 활짝 웃는 희정에게 양손을 뻗었다. 자신에게 안겨드는 저와 비슷한 몸집의 그녀를 꽉 끌어안았다.

"언니, 잘 있었어요?"

제 일로 바빠서 희정까지 잊고 있었다. 혼자 있으면 엄마 생각이 유독 더 났다. 제발 어딘가에서 살아만 계시길 기도하고 또 기도했다. 그러다 당장이라도 백 여사가 나타나 자신을 이곳에서 끌어낼 것 같아 침실의 문을 잠그고 숨어 윤우가 돌아올 때까지 나오지 않았다.

강민은 하루에도 열두 번씩 와서 그녀의 상태를 살폈는데, 희정이 유진을 보고 싶다며 떼쓰는 바람에 함께 왔다.

“으응!”

저와 있을 때보다 더 밝아진 듯한 건, 그저 기분 탓일까.

“언니, 기분이 많이 좋아 보여요.”

“응! 할머니가 안 와서! 헤헤, 밥을 혼자 먹어서……. 음…… 근데 없으니까 너무 좋아.”

백 여사가 제가 나고 자란 이 집을 비우는 경우는 극히 드물었다. 그런데 벌써 며칠째 백 여사가 보이지 않으니 희정은 크게 기뻐했다. 대소변 실수까지 거짓말처럼 고쳐졌다. 백 여사와 한집에 있는 극심한 스트레스 때문에 더 애처럼 굴었던 것 같다.

“유진아! 이거 봐라아?”

희정이 유진의 눈앞에다 두 손을 쫙 폈다. 주홍색 꽃물이 열 손가락 전부에 들어 있었다. 손가락을 쥐었다 펴면서 잔뜩 자랑하는 희정에게 유진도 제 새끼손가락을 펴 보였다.

“저도 여기 했어요.”

“우와! 왜 다 안 했어어?”

“전 옛날부터 엄마가 여기에만 해주셨거든요.”

“엄마가? 엄마가 해줬어? 엄마는 희정이 안 해주는데?”

제 엄마는 황 관장이 아니라 설명해주자 희정이 고개를 끄덕이며 웃었다. 정은이 유진에겐 해주고 자신에겐 해주지 않았다 생각해 서운했던 모양이다. 그게 아니란 걸 알고서 밝게 웃는 얼굴이 사랑스러웠다.

몇 걸음 떨어진 곳에 앉은 강민은 희정의 일거수일투족을 지켜보고 있었다.

"유진이 머리 잘랐어?"

희정이 유진의 머리통을 만지작거렸다.

"네."

"아파 보여……. 그래서 희정이 보러 못 온 거야?"

"음…… 언니 걱정할까 봐요."

"또 어깨 맞았어? 응? 거기 또 멍들었어?"

이 집에서 유일하게 희정만이 알고 있었다. 유진이 옷을 갈아입는데 불쑥 방에 들이쳤다 목격한 것이다. 새카만 멍을 보고 엉엉 우는 희정을 끌어안고서 눈물을 터뜨렸던 적도 있다.

"이젠 괜찮아요."

"나 때문에 맞은 거 아니지이?"

"그럼요. 그런 게 어디 있어. 언니 때문 아니에요."

"할머니 안 왔으면 좋겠다. 맨날 우리 아프게만 하니까 안 왔으면 좋겠어."

희정이 심각한 얼굴로 말하더니 강민에게 무릎걸음으로 다가가 그 손을 잡아끈다.

"유진아! 이제 안 아프게 강민이랑 다녀. 나는 할머니가 없어서 괜찮아. 헤헤."

강민이 희정에게서 눈을 못 떼는 모습을 유진은 가만히 바라봤다. 안도가 몰려왔다. 그가 정말로 희정을 위하는 것 같아서, 희정이 안식할 수 있는 사람을 만난 것 같아서 웃음이 났다.

"언니, 나중에요."

"왜애? 왜? 나 혼자 잘 있어. 혼자서 씻고 옷도 잘 입고 쉬도 잘 싸! 그치, 강민아? 응?"

자신이 잘하고 있다는 걸 끊임없이 확인받으려 하자, 강민이 한 손으로 입가를 가리며 대답했다.

"네. 아주 잘하시죠."

"거봐라? 이제 엄마도 나 보고 안 울어."

희정은 보통 제게 호의적인 상대에겐 마음을 열었으나, 정은에게만은 쉽사리 마음을 열어주지 않았다. 왜 그러냐 묻자 어린아이 같은 천진한 대답을 돌려주었었다.

"이제는 안 울어서 좋아."

저만 보면 운다고. 그래서 절 안 보면 안 울 것 같아서 나가라고 하는 거라고. 울지 않고 자신을 빤히 보고 있을 때도 우는 것 같아서 싫다고 했다.

"언니 우리 맛있는 거 만들어 먹을까요?"

"비빔국수!"

희정이 비빔국수를 외쳤다. 그래봤자 비빔라면을 끓여 먹는 것뿐이다. 요리를 못하는 건 유진도 똑같으니까. 백 여사가 인스턴트식품을 워낙 싫어해, 아주 가끔 고용인들이 먹는 라면을 얻어다 몰래 끓여선 2층에 올라와 둘이서 행복해하며 먹곤 했다.

오늘 아침, 마침 여주댁 아주머니가 냉장고와 선반을 채워주기에 그 라면을 부탁했더랬다.

"강민 씨도 드실래요?"

"제가 하겠습니다."

강민이 소매를 걷고 나섰다.

희정을 보니 아무 생각도 들지 않았다. 희정은 감정을 솔직하게 표현했고, 모두가 그 이야기에 귀를 기울였다. 여기엔 희정의 작은 한마디에 귀를 기울이는 사람들만 있다.

강민이 주방으로 들어가자 희정이 유진의 손을 잡아끌었다.

"밖에 불쌍해애……."

희정이 손가락으로 창밖을 가리키며 말끝을 늘인다.

"뭐가요?"

희정의 손끝을 좇으니 완전히 꺾여버린 봉숭아 대가 있었다. 완벽하게 정리된 정원만 보다가 이런 걸 보니 불쌍하다는 생각이 들었나 보다.

"우리가 세워주자! 응?"

차마 소용없다는 대답을 할 수 없다. 정신을 팔 만한 게 필요하기도 했고.

"그럼 주방에서 나무젓가락 가져다가 세워볼까요?"

"응응!"

하늘은 아직 장마 중임을 보여주듯 잔뜩 흐렸다. 이 밤, 재차 비가 내리기 시작하면 다시 꺾이고 무너지리란 걸 안다. 기대에 차 있는 희정도 희정이지만, 저 또한 이것들을 바로 세우고 싶었다.

유진이 주방에서 나무젓가락들과 실을 가져와 흔들었다. 희정은 거실 창문을 활짝 열었다. 바깥의 습한 공기가 몸을 늘어지게 한다. 희정은 깨끗하고 예뻤을 하얀 레이스 양말을 신은 채 눅눅한 흙을 밟아 화단 앞에 주저앉더니 아직 안에 있는 유진에게 손짓했다.

현관으로 가서 신발을 가지고 나올까 하다 유진도 그냥 화단에 발을 들였다.

죽어서 누렇게 변해가는 꽃잎들을 털어내고 보니 생각보다 뿌리가 깊어 지지대만 잘 받쳐준다면 어쩌면 다시 꽃을 피울지도 모른다는 생각이 들었다.

"요기, 요기이!"

희정이 대를 세우면 유진이 그 주변에 나무젓가락을 박고 실로 묶었다.

"여기서 언니 손톱 물들인 꽃이 피는 거예요."

"정말? 그냥 초록색인데?"

"꽃이 다 떨어져서 그래요. 그런데 이렇게 해서 살아나면 올여름이 가기 전에 한 번 더 꽃이 피지 않을까요?"

"우와…… 그럼 나 발에도 할래!"

희정이 더러워진 레이스 양말을 벗어서 던지곤 하얀 발가락을 꼼질거렸다. 엄지발톱 하나에만 봉숭아물이 들어 있었다.

"모자랐어. 유진이가 너무 쪼끔 줬어. 그래서 여기 못 했어."

"그래요. 다시 꽃이 피면 언니가 피운 거니까 예쁘게 발톱 물들여요."

"응!"

라면이 다 됐는지 강민이 거실로 나왔다.

"밥 먹어요."

"우웅…… 여기서 먹음 안 돼?"

"안 돼요."

"왜? 왜 안 돼? 왜?"

희정은 시무룩해져서 유진의 팔을 흔들며 강우를 쳐다봤다. 그가 속으로 깊은 한숨을 쉬는 게 보이는 듯해, 유진은 웃음을 참으면서 제안했다.

"비 안 오니까 여기서 먹을까요?"

"하……."

어떻게 유진마저 그럴 수 있냐는 듯 쳐다보던 강민이 결국 등을 돌렸다. 대답은 안 했지만 가져온다는 말이나 다름없었다.

"언니, 여기 돌에 올려두고 먹어요."

"와! 나 밖에서 밥 먹는 거 처음이야!"

희정은 아무렇지도 않게 말했지만 유진은 마음이 울렸다.

"나중에 우리 같이 나가서 맛있는 거 먹을까요?"

"나가? 어디를?"

"밖에요. 밖에 나가면 사람들도 많고 언니 좋아하는 장난감이 많은 곳도 있어요. 윤우가 일하는 회사도 볼 수 있고요.”

커다란 눈이 순식간에 겁에 질린다.

“아, 안 돼. 나는 나가면 안 돼.”

“왜요? 할머니가 안 오시면…….”

“안 돼! 내가 나가면 또 넘어져서 멍청이가 될 거래. 할머니가 그랬어. 사람들이 전부 바보라고 손가락질한다고. 나는 모자라니까 나가면 윤우 얼굴에 먹칠한다고 했어.”

희정이 속사포처럼, 마치 외운 걸 그대로 옮기듯 다다다 쏟아냈다.

“여사님이 언니한테 그런 소릴 했어요?”

“나는 멍청이야. 밖에서도 오줌 싸면 할머니가 어…… 으…… 으…… 다시는 못 보게……, 유진이도…… 윤우도…… 강민이도…… 그런 데 가둬서…… 아무도 못 보게 한다고 했어. 그러니까 나는 나가면 안 돼.”

머리 위로 그림자가 졌다. 강민이 냄비와 그릇을 놓은 쟁반을 들고 가만히 서 있었다.

“나는…… 떨어지기 싫어……. 아무랑도 떨어지기 싫어.”

그러니까 나가지 않겠다며 웃는다.

유진은 참담해서 아무 말도 할 수 없었다. 어린아이는 어른의 말을 믿을 수밖에 없다. 절대적인 존재니까. 그래서 희정은 백 여사가 더더욱 무서웠던 거다. 제가 잘못하면 정말 아무도 모르는 곳으로 보내질까 봐.

“엄마도 보고 싶을 때가 있으니까.”

희정이 수줍게 덧붙이며 배시시 웃었다.

강민의 표정은 읽을 수 없을 정도로 굳어 있었다. 곧 그가 그들과 양말발로 화단에 나와 돌바닥에 쟁반을 내려놓았다. 희정이 쓸 포크를 꺼내놓고, 그릇에 라면을 덜어 건넸다. 달걀과 채 썬 오이까지 들어가 정말 비빔국수처럼 보이는 라면을 유진에게도 건네고 자신의 몫도 따로 덜면서도 그는 침묵했다.

"맛있다!"

입가에 빨간 소스를 잔뜩 묻히고 있던 희정은 강민이 손수건을 꺼내자 입술을 앞으로 쭉 내민다. 강민은 손가락 끝에 손수건을 감아 가만가만 닦아줬다.

"……나중에,"

묵직한 저음에 희정이 눈을 동그랗게 뜬다. 강민의 시선은 그녀의 입술에 가 있었다. 세상에서 가장 섬세한 도자기를 닦는 듯 조심조심한 손길이다.

"집을 살 겁니다."

"으응?"

"어떤 계단도 없는 집을 살 거예요."

"우와!"

"거긴 손가락질할 사람은 아무도 없으니까 와도 돼요."

유진은 저도 모르게 숨을 죽인 채 희정의 대답을 기다렸다. 프러포즈 같은 그 말에 희정은 장난처럼 손수건 끝을 물어뜯으며 말했다.

"아무도 없어?"

"네."

"나는 유진이랑 윤우랑…… 가끔 엄마도 보고 싶은데."

"그 사람들은 네가 원할 때 항상 거기에 있을 거야, 희정아."

강민의 얼굴이 따뜻한 햇살처럼 풀어진다. 항상 딱딱하고 굳은 얼굴이 볕 한 줌 든 것처럼 맑아졌다.

"갈래. 나도 거기 갈래, 그럼. 헤헤."

안도로 가득 찬 오후였다.

✦ ✚ ✦

윤우가 손목시계를 확인했다. 백 여사가 자신을 찾고 있다는 건 정은에게 들어 알고 있었다. 잠깐 혼절했다가 다시 정신을 차렸다고, 정신이 들자마자 또 그를 찾는다고 했다.

윤우는 병원의 원장실에 앉아서 시간을 가늠하고 있었다. 아쉬운 쪽은 백 여사였다. 그리고 지금 그가 아쉬운 건 이 박사였기에 그가 돌아오기만을 기다렸다.

한참 시간이 지난 뒤 원장실로 돌아온 이 박사는 윤우가 아직 가지 않은 걸 발견하고서 얼굴을 일그러뜨렸다.

"여사님께 가봐라."

"이 박사님도 참 대단한 분이에요. 유진이 모친을 그렇게 만든 데 가장 큰 공헌을 하신 분께 성심성의를 다하시니."

그가 주먹을 불끈 쥐는 걸 윤우는 놓치지 않았다. 한쪽 다리를 꼬고 소파 팔걸이를 손가락으로 문지르며 다시 입을 열었다.

"나는 내 방식대로 하고 있어요. 그리고 지금 유일하게 나온 단서가 이 박사님을 가리키는데 제가 무력을 쓰게 하지 마세요."

"찾아봤자 실망만 할 뿐이야!"

"그거 말씀 안 드렸나? 한유진은 무덤만이라도 찾고 싶어 해요. 엄마가 어딘가에 살아 있으면 좋겠다며 희망은 품고 있지만, 그렇지 않더라도 자신이 찾아가 소리 내 울 수 있는 무덤만이라도 알고 싶어 해요."

이 박사의 눈에 깊은 상처가 지나갔다.

10년 넘게 절교상태였던 친구와 연락을 하게 된 건, 큰 사고 후 남편을 잃고 자신의 병원으로 옮겨온 진희 때문이다. 뇌사 판정을 내린 건 이 박사 자신이었다. 그리고 그렇게 하자고 한 건 민우였다. 그때 민우는 제대로 지키지 못하고 보내준 진희를 이번에야말로 그의 그늘 아래서 지키고자 했다. 진희의 딸은 민우의 집으로 가게 됐고, 진희는 내내 병원의 침대에 누워 무기력하게 있었다.

"여사님은…… 안 돼. 나도 몇 번이나 그만두려 했지만 사람을 붙일 게 분명하니, 뻔뻔하게 붙어 있어야 했다. 그 애가 또다시 고통받는 꼴은 볼 수 없었어."

"살아 계시죠?"

윤우가 단도직입적으로 물었다.

"……그래. 나도 다시 만난 적은 없지만."

이 박사는 철저히 그쪽을 외면했다. 혹시 모를 꼬리를 대비해 민우가 죽고 8년 동안 그쪽으론 머리조차 향하지 않고 잤다. 백 여사가 뜬구름 잡듯 의미심장한 말을 던지곤 해 그때마다 심장이 조여들어 신경안정제를 달고 살았다.

"주소 알려주세요."

"내가 진희를 지금까지 숨길 수 있었던 이유가 뭐 같으냐. 왜 민우가 유진이를 몇 년이나 보호하면서도 제 엄마를 보여주지 않았을 거라고 생각해?"

유진은 가끔 윤우의 아버지를 붙잡고 오늘은 병원에 가서 엄마를 함께 보면 안 되냐 물었다. 아버지는 네가 아직 어려서 충격을 받을까 봐 안 된다는 말도 안 되는 이유를 대며 거절해왔고.

"그분께 무슨 일이 있는 겁니까."

"……아무것도…… 아무것도 기억을 못 한다, 윤우야. 나도, 그리고 그렇게 사랑했다는 민우도. 사진을 보여줬지만 유진이도 기억을 못 해. 넋이 나간 것처럼 아무 말도, 어떤 행동도 하지 않고 그저 숨만 쉰다. 그게 뇌사와 다를 게 무어냐. 그게…… 다를 게 무어냐."

이 박사가 두 손바닥에 얼굴을 묻고선 무너져 내렸다.

"그냥 이렇게 살아가게 두면 안 되는 거냐? 그녀를 돌보고 있는 건 믿을 수 있는 사람이야. 그러니 이렇게 아무것도 모른 채 살고 싶은 게 진희의 바람이라면 그냥 두면 안 되겠냐."

자신이 한때 사랑했던 그녀와, 그녀가 사랑하는 민우가 행복하게 살았으면 좋겠다는 바람은 진심이었다. 찬란했던 꽃이 어떻게 지고 어떻게 망가졌는지 지근에서 지켜봤다. 영혼이 사라진 것 같은 진희가 그나마라도 붙어 있는 숨이 사위어들까 봐, 모두로부터 숨길 수밖에 없었다. 차라리 다 잊고 숨만 쉬면서 살아가고 싶다면 그리해주고 싶었다.

"제발 진희를 내버려둬라. 삶이 고통이었던 사람이야. 기억을 찾는다고 해서 진희가 행복해질까? 나는 아니라고 생각한다. 나 같아도 기껏 다시 어떻게든 살아보려 힘을 냈을 때 그리 무너진다면 죽고 싶을 거다, 기억하고 싶지 않을 거야. 그러니 그 사람을 그냥 둬. 유진이한텐 죽었다고 해. 내가 화장을 했다고, 그렇게 말하자."

진희를 사랑했기 때문에 지켜주고 싶은 것도 맞지만, 민우의 마지막 전화 때문이 더 컸다. 둘 모두를 지켜봐왔기에 깊은 죄책감을 느낄 수밖에 없었다.

"그건 그분이 판단할 부분이죠. 박사님이 판단할 게 아닙니다."

"제발……."

"그래도 무작정 다가가 내가 당신 딸이라고 말하지는 않을게요. 필요하다면 그분을 해외로 보내 지키겠습니다. 그러니 주소를 주세요. 멀리서 지켜볼 수 있게라도 해주세요."

윤우가 바닥에 주저앉아 있는 이 박사에게 다가가 그의 앞에 무릎을 꿇었다.

"유진이가 내 집에서 견뎌냈던 이유는 사랑과 다정함을 알려준 그분이 살아 있다고 믿어서였어요. 아저씨, 걔한테는 어머니가 살아 있다는 것, 그게 행복이에요. 그 아이를 할머니께 제물로 던져둔 채 외면한 게 미안하다면 더는 미안할 짓 하지 마세요."

윤우는 어릴 때처럼 그를 아저씨라고 불렀다.

이 박사가 아이처럼 엉엉 울었다. 아무에게도, 와이프였던 박 교수에게도 말하지 못했던 곪은 상처가 터지자 그제야 마음의 짐을 절반쯤 내려놓고 울 수 있었다.

그리고 윤우의 마지막 말이 그를 움직이게 했다. 한 번은 만나서 사죄를 해야 한다. 그에게는 얼굴도 모르는 진희의 딸보다 진희의 가여운 삶이 먼저였다고 미안하다, 무릎 꿇어야 했다.

그가 테이블까지 걸어가 어디에도 흔적을 남겨두지 않았던, 머리로 외우고 있는 주소 하나를 벼락처럼 메모장에 적어내렸다.

충남 태안군 '테레사의 집'.

윤우의 손에 메모지를 건네준 이 박사가 안경을 벗고서 거칠게 눈두덩을 문질렀다.

윤우는 오로지 한유진만 생각했다. 이 쪽지를 그녀 손에 쥐여주고 그가 운전하는 차로 그녀를 바닷가 근처의 작은 요양원에 내려주는 상상을 했다. 한유진은 또다시 펑펑 울겠지만, 아파서 우는 건 아닐 테니 그것만으로 됐다.

"부탁드릴 게 있어요."

이 박사는 그를 듣고 잠시 멍해 있더니 이내 고개를 끄덕였다.

CHAPTER 07

윤우는 주머니에 메모지를 잘 갈무리해 넣고서 VIP 병실로 향했다. 문을 연 순간, 씩씩대는 소리가 귀에 닿는다. 정은은 음전하게 백 여사 곁을 지키고 있었고, 김 비서는 윤우와 눈이 마주치자 고개를 돌려버렸다.

"부르셨어요?"

윤우가 항상 그랬듯 미소 띤 얼굴로 백 여사에게 다가갔다. 분에 겨워 씩씩거리던 백 여사가 산소호흡기를 빼 던져버렸다.

"최 의원이 왜 검찰을 들쑤셔!"

"아……."

윤우는 탄식을 흘렸다. 이미 완벽하게 자제력을 잃은 백 여사의 호흡이 거칠다. 여든을 앞둔 노인으로 보이지 않던 외양이 고작 이삼일 사이에 완벽히 제 나이대로 보였다.

"뭔가 결집이 필요해서 그랬나 보죠."

"너랑 그 집 딸이랑 혼담이 오가고 있는 마당에! 왜 갑자기 타깃이 우리가 되었느냔 말이야!"

영국 유학 중에도 백 여사는 제게 눈들을 붙여놓았다. 그래서 그들을 이용했다. 서윤을 만날 때면 항상 보란 듯이 공개적인 장소에서 만났다. 그러니 제 스케줄에서 서윤의 이름을 본 순간 윤우는 웃음을 터트릴 수밖에 없었다. 이렇게 뻔해서야. 거기다 본인들은 모르는 결혼이라니. 서윤은 언질

받은 적 있던 모양이나, 서로가 서로에게 관심이 없기에 이루어질 수 있을 리 없다.

“무엇이 문제냐. 귀신이라도 들린 게야, 네 아비처럼? 응? 그런 거니, 윤우야?”

마지막 말은 애원에 가까웠다. 백 여사의 주름 가득한 손이 윤우의 손을 꽉 잡고서 끌었다. 맹목적으로 손자에게 달려드는 모습을 보니 그녀야말로 귀신에 씐 것 같다.

“영국에서 사이좋게 지내는 걸 봤는데. 이 정도면 너희 둘이 무난히 반대 없이 결혼할 것 같아 추진한 거다. 이 할미가 설마 네 마음에도 없는 여자를 아내로 맞으라고 했겠니? 응?”

“아마 제가 결혼을 포기한 것도 어느 정도 괘씸죄로 성립됐겠죠. 그것보다 할머니, 지금 이 일로 이럴 때가 아니잖아요.”

윤우가 조모를 다독였다. 그녀의 손발이 되어주던 손자가 다시 돌아온 것처럼 따뜻하게.

“그래도 제가 그 친구랑 인연이 좀 있어서 알아봤는데,”

지금이라면 통할지도 모른다. 백 여사는 이미 판단능력을 잃었다. 아들의 죽음도 견뎌냈던 사람이나, 손자의 악행은 참아낼 수 없었겠지.

“갤러리를 통한 탈세 의혹이 제기된 모양이더라고요. 꽤 정확한 증거까지 있는 것 같아요.”

갤러리는 백 여사가 만들고 관리했지만 정작 그곳을 통해 가장 많은 비자금을 모은 건 아버지였다. 그리고 윤우는 영국에서 동인도회사의 페이퍼 컴퍼니를 통해 아버지가 어머니에게 남긴 비자금을 세탁했다.

“어떤 육시할 놈이!”

그 육시할 인물이 지금 할머니의 옆에 있는 두 사람이다. 정은은 버럭 화를 내는 백 여사를 부축하며 떨리는 목소리를 냈다.

"어머니, 이제 어떻게 해요? 저는 어머니가 시키는 대로……."

"시끄럽다! 너라고 무사할 줄 알아!"

백 여사가 정은의 손을 거칠게 쳐내며 욕지거리를 내뱉었다.

"이대로라면 할머니가 감옥에 들어가게 돼요. 지금 명예회장은 할머니고 갤러리도 실질적으로 할머니 명의로 돼 있으니까요. 저도 발견한 친인척들의 특혜를, 특검에서 발견 못 할 리 없죠. 모든 계좌를 추적할 겁니다."

한번 특검이 뜨면 어떻게든 줄줄이 굴비 엮듯 엮는다. 거기서 우두머리가 빠져나갈 수 있는 길이란 없다.

"천 이사님을 세우세요."

"그게 무슨 소리냐."

"할머니의 손발 역할을 해오신 분이잖아요. 할머니 명에 따라 이사진을 거느리고 계시기도 하고, 대현에 몸담은 지 오래되시기도 하고. 할머니가 횡령 전과도 덮어주셨는데, 그분께 할머닌 은인이죠."

백 여사의 눈이 가느스름해졌다. 손자를 믿어야 할지, 말아야 할지 가늠하는 것이다. 지금의 윤우는 제가 품에 안아 키운 그 손자가 맞는 것 같다.

"너는 이 할미의 희망이다. 너를 위해서 지금까지 대현을 지켜왔어."

"제가 미쳤었나 봐요, 할머니."

백 여사의 눈이 번뜩였다. 귀신 들린 요망한 년이 그날 자신을 속이고 손자의 눈까지 까뒤집히게 만든 게 분명했다. 마마님도 그러지 않았던가. 사람을 홀려 골수까지 뽑아먹는 악하고 재앙스러운 것이라고.

"내가 나가면 그년을 당장 요절내놓으마."

윤우가 얌전히 백 여사의 품에 안겼다. 잠시 일탈했던 손자다. 태어나서 처음, 단 한 번뿐인 실수였다. 머리카락이 잘려나간 자리가 시렸다. 그러나 백 여사는 용서를 구하는 손자를 쳐낼 수 없었다.

"그래. 전부 그년이 잘못한 게야. 제 어미랑 빼닮아서 우리 집안에 더러운 피를 섞기 위해 태어난 종자들이다. 할미가 지켜주마."

백 여사에게 안긴 윤우의 눈이 건너편에 서 있는 정은을 향했다. 정은이 천천히 고개를 가로젓는다.

28년을 키워온 정은 쉽게 사라지지 않는다. 아무리 윤우가 그 어떤 무도한 짓을 했더라도 용서를 구하면 받아주기 마련이다. 살날이 얼마 남지 않은 백 여사로선 절대 윤우를 놓을 수 없다. 그런다면 정말 죽 쒀서 개 준 꼴이 될 테니까.

"특검에선 어떻게 해서든 할머니를 엮으려 들 테니 천 이사님을 회장으로 추대하세요. 그분이라면 은혜를 갚기 위해서라도 기꺼이 검찰의 먹잇감이 돼주실 거예요. 할머니는 전적으로 천 이사를 믿고 맡겼다고 하시고요."

손자가 지난 며칠간 병실을 들여다보지도 않았던 것도, 사실 대현을 위해 제 발로 뛰어다니느라 눈코 뜰 새 없이 바빠서임이 틀림없다. 백 여사는 이 일을 손자에게 맡겨보기로 결심했다. 앞으로 그룹을 경영하다 보면 이러한 위기가 찾아오기 마련이다.

"그래서 이 할미가 어찌해줄까?"

"이 박사님한테 할머니 치매 진단서를 써달라고 했어요."

유명 대학병원장의 권위는 훌륭한 증거가 된다.

"할머니가 일상생활을 못 하시는 동안 천 이사가 임의로 조작한 걸로 가는 거예요."

"그래, 천 이사도 그룹이라면 끔찍하게 생각하니까."

제가 이성을 잃어 소리소리를 쳤어도 냉정하게 상황을 파악했던 사촌동생 천 이사를 떠올리며 백 여사가 고개를 끄덕였다.

"할머니 주식의 2퍼센트를 증여하세요."

백 여사가 가진 주식은 5퍼센트를 조금 넘는다. 그중 2퍼센트를 증여한다 한들 그녀는 여전히 대주주이건만 왠지 내키지 않았다.

"어차피 천 이사님은 증여세를 낼 여력이 없어요. 급하게 명동치마 등에 돈을 빌려 증여세를 처리하고 주식을 되파셔야 하죠. 할머니는 그걸 다시 사들이면 돼요. 그게 대현이 휘청이는 것보단 백배 나아요."

오너 일가의 불상사는, 그 명예와 이미지를 회복하는 데 오랜 시간이 걸린다. 하지만 모든 걸 천 이사에게 덮어씌우면 그 혼자만이 절 믿고 있는 오너 일가의 얼굴에 먹칠을 한 악질적인 사람이 된다. 치매에 걸린 할머니가 그래도 후계자를 양성하는 중인데, 그 틈을 노린 도둑이 돼버린다.

기업의 이미지까지 지킬 수 있는 방법이다. 오히려 이 기회에 천 이사를 제물 삼아 이미지 변신까지 꾀할 수 있다. 도윤우가 비운의 후계자로서 모두의 환영을 받으며 화려하게 회장직에 오르리라.

백 여사는 천천히 고개를 끄덕였다. 나쁘지 않다. 아니, 오히려 일을 처음 시작한 손자의 머리에서 나왔다고 믿겨지지 않을 정도로 좋은 생각이다.

"그래. 회장 자리에 오르려면 구색을 맞춰야지."

대기업의 회장직에 오를 사람이 주식이랍시고 미미한 지분율만 쥐고 있는 건 말이 안 된다. 백 여사는 특검이 들어오기 전 주식 증여를 마치기 위해 변호인단을 소집했다.

그날 밤 윤우가 집으로 돌아왔을 때 그는 혼자가 아니었다. 작은 이동용 캐리어에서 나온 건 손바닥만 한 강아지였다. 윤우가 문을 열어주자마자 도도도 달려 나와 유진의 다리 사이를 뱅글뱅글 돌며 꼬리를 흔들었다.

"어……?"

"집에 혼자 있기 심심하죠?"

강아지가 그녀의 다리에 착, 앞다리를 붙이고 뒷발로만 서서 안아달라며 헥헥거리더니 분홍빛 혀로 맨다리를 핥았다. 유진이 이러지도 저러지도 못한 채 도와달라는 눈빛으로 윤우를 바라봤다.

"당분간은 위험해서 나가면 안 돼요."

백 여사는 치매라는 핑계를 위해 당분간 입원해 있기로 했다. 그 틈을 타 저택 전체의 경호원들을 교체하고, 여주댁을 제외한 고용인들을 전부 바꿨다. 유진이 강민과 함께 있어야만 윤우는 마음을 놓을 수 있었다.

"내가 알려주는 게임도 안 하고, TV라도 보라니까 태블릿 PC로 뉴스만 보고. 그럼 재미없잖아요."

필요한 건 옛날부터 넘쳤다. 정은을 통해 전부 받아와서 딱히 물욕이 있는 것도 아니다. 그러나 애완동물은 이 집에서 한 번도 키워본 적 없는 환상의 존재 같은 거였다. 백 여사가 동물이라면 질색해, 유진은 이 집에 들어온 이후 이렇게 가까운 데서 동물을 접한 게 처음이다.

"키우는 재미라도 있으라고. 후원하는 유기견 센터에서 이번에 들어온 어미개가 몸을 풀었다고 하더라고요."

유기견 센터를 운영하는 친구의 연락에 윤우는 무조건 차를 돌려 그리로 향했다. 그리고 분양이 가능한 아이 중 가장 어린 아이, 맹목적으로 유진만을 따르고 그 사랑만 갈구할 것 같은 강아지를 한 마리 분양받았다.

"안아달라고 하는데."

안기에 강아지는 너무 작았다. 제가 달라붙어 있는 뜨끈뜨끈한 온기가 낯설어 유진이 조심스럽게 몇 발자국 옮겨갔으나 강아지는 곧장 다시 꼬리를 치며 그녀의 다리를 감아돌았다.

"강아지 말고, 나요. 아무리 귀엽고 어린 두 번째 남자가 생겼다고 해도 첫 번째는 나니까."

안아달라고 했으면서, 윤우는 유진을 덥석 안았다.

끼잉, 낑낑. 짖는다기보다는 끙끙대는 것에 가까운 소릴 흘리던 강아지가 유진의 발등에 올라와 폴짝폴짝 뛰었다. 윤우가 그녀를 놓아줬다. 그리고 가지고 온 패드를 한쪽에 깔고 밥그릇에 사료와 물을 채워놓았다.

오 분 남짓한 시간, 그가 그러는 동안에도 유진은 강아지를 안아 올리지 못했다. 안절부절못하며 손을 댔다가 거둬들이길 반복했다. 윤우는 웃음을 꾹 참고 뒷짐을 진 채 그 모습을 바라봤다.

"안아줘요."

"아, 너무 작아서. 내가 힘주면 다칠 것 같아서."

들어올린단 생각만으로도 공포스러웠다. 자신의 손바닥보다 작은 강아지라니. 힘이라도 잘못 주면 큰일이 날 것 같았다.

"그렇게 약한 아이는 아니에요. 어미랑 떨어져도 이렇게 씩씩하게 다른 사랑을 찾고 있으니까."

강아지의 새까만 머루 같은 눈은 유진을 향해 맹목적으로 빛나고 있었다. 남자아이라 자신보다 그녀를 더 좋아하는 거라고 윤우가 속삭인다. 그의 말에 다시 한 번 손을 내밀었다. 강아지는 유진의 손가락을 열정적으로 핥으며 어서 자신을 들어올리라 꼬리를 흔들었다.

결국 두 손으로 조심히 감쌌다.

헥헥. 자세히 보기 위해 얼굴을 가져다 대는데 뜨거운 혀가 유진의 온 얼굴을 핥았다.

"아하하. 간지러워. 하하."

웃음을 터트리며 강아지를 조금 떼어놓으니 두 다리를 버둥거리며 그녀에게 닿고 싶다는 의지를 열정적으로 표현했다.

"혼자서 이상한 생각 하지 말고."

하루 종일 강아지를 보면서 시간을 보냈으면 좋겠다는 생각을 하며, 윤우는 유진의 이마에 부드럽게 입을 맞췄다. 이러고 있으니 정말로 신혼생활 같아 좋았다.

"강민이랑 같이라면 나가도 괜찮은데, 혼자는 다니지 말아요."

"언니랑 외출해도 돼……?"

"좀 힘들 텐데."

"왜?"

"누나는 정원 계단, 못 내려가거든요. 거기서 떨어졌거든."

유난히 가파르고 커다란 돌이 듬성듬성 박혀 있는 계단이다.

"어떻게 다쳤는지도 기억하지 못하면서 그건 기억하나 봐요."

왜 아이를 밀쳤을까. 윤우는 몇 번이나 그때를 곱씹어봤지만 백 여사가 희정을 밀친 이유를 찾지 못했다. 똑같은 핏줄, 똑같은 아이였는데.

"누나가 싫다고 하면 무리하지 말고요."

"그럼 나도 언니랑 여기서 놀게. 이제 얘도 있고."

"이름 뭘로 할 거예요?"

"음……."

유진은 아직 결정 못 하겠다며 고개를 저었다. 윤우는 급한 게 아니니 천천히 하라고 하고선 욕실에 들어갔다.

유진이 강아지를 손바닥에 올려두자 앉은 채로도 꼬리를 흔든다.

"내일 언니가 보면 좋아하겠다."

내일은 욕조에 물을 가득 받아두고 둘이서 목욕을 하기로 했다.

헥헥. 손바닥에서 떨어질 것 같아 무릎에 앉혀둔 뒤 헥헥거리는 분홍색 혀를 손가락으로 건드렸다. 찹찹찹찹. 손가락이 닿자마자 또다시 마구 핥아댄다. 예상을 빗나간다. 살아 있는 생명이란 이렇게 예상을 벗어나는 일의 연속인 것 같다.

윤우가 욕실에서 나왔을 때 유진은 대리석 바닥에 납작 엎드려 있었다. 그리고 그 앞에는 작은 솜뭉치가 왔다 갔다 하며 작고 통통한 몸을 움직여댔다. 가끔 손을 들어 강아지의 머리를 살짝 건들면 그 손가락을 따라 낑낑거리며 빙글빙글 돈다. 그가 나온 줄도 모르고 강아지를 데리고 놀며 유진은 웃고 있었다.

윤우가 수건으로 머리를 말리며 그녀에게 다가갔다.

"좋아요?"

"응."

"나중엔 정원에다 커다란 개도 키울까."

"정말? 큰 개?"

이런 얘길 나눌 때면, 정말 백 여사가 영영 돌아오지 않을 것만 같은 생각이 든다. 유진은 앞으로 어떻게 되든 그의 말에만 귀를 기울이고 싶었다.

"할 말이 있는데."

윤우의 목소리가 낮아졌다. 웃음기 없는 진지한 목소리에, 유진이 겨우 강아지에게서 눈을 떼고서 그를 올려다봤다.

"얜 뇌물이에요. 이거 알면 한유진이 많이 울 것 같아서."

"무슨……."

"한유진의 어머니에 관한 이야기야."

불길한 예감이 뇌리를 스친다. 유진은 벌떡 일어나 그를 간절하게 쳐다봤다. 엄마를 발견한 걸까. 그런데 왜 말을 해주지 않는지, 혹시나 정말 이 세상에 계시지 않는 건 아닌지.

유진의 두 손이 바들바들 떨렸다.

"일단 순서대로 이야기할게요. 어머니를 찾았어요."

"아!"

유진이 두 손으로 입을 틀어막았다. 윤우가 다가와 그녀의 떨리는 손을 꼭 붙잡아줬다.

"울지 말고. 울고 싶으면 얘 보면서 꾹 참고."

"엄마는……."

"살아 계세요."

"우…… 으……."

그와의 약속 때문에, 유진은 일그러지는 입술을 깨물며 흐느낌을 참았다. 윤우가 유진을 끌어안고 말을 이었다.

"뇌사상태도 아니셔. 여기까지가 한유진이 안심할 수 있는 이야기예요. 그리고 내가 진짜 할 이야기는 이다음부터고."

"그거면, 그거면 됐어. 나는 그럼 아무것도 안 바라. 엄마가 살아 계시는데 아픈 것도 아닌데 내가 거기서 뭘 더 어떻게 바라? 다행이다. 다행이야. 정말 다행이야."

"우리 한유진은 정말 착하구나."

울면서 웃는 유진의 머리꼭지에 윤우는 제 턱을 가져다 댔다.

"뭐가?"

"보통은 그렇게 살아 있으면서 왜 찾아오지 않았냐고 원망할 테니까."

"네가 그랬잖아. 진짜 할 이야기는 이다음부터라고. 이유가 있겠지. 내가 원망할 수 없는 이유가."

슬픔이나 기쁨에 빠져 있어도 유진은 놓치는 게 없다. 먼저 상대를 이해하고 시작한다. 그녀를 낳아준 친모도 이런 사람이었을까. 사랑할 수밖에 없는 사람이었을까. 윤우는 문득 궁금해졌다.

"기억을 못 하세요."

"그렇구나."

"안 서운해요?"

"엄마 탓이 아닐 테니까. 어디까지 어떻게 기억하시는지는…… 혹시 나 어릴 때는 기억하실까?"

"아뇨. 아버지까지 기억 못 하시는 걸 보니 그건 아닌 것 같아요."

유진은 담담하게 고개를 끄덕였다.

"나는 정말 괜찮아. 정말이야. 살아 계신 거 확인한 것만으로 기뻐서 죽을 것 같아."

"지금 당장이라도 만나게끔 보내줄 수 있는데, 혼자 보내긴 싫어서. 제발 부탁이니 나에게 조금만 시간을 줘요."

그곳에서 엄마가 내내 안전했다면 얼마든지 더 기다릴 수 있다. 그리고 조금은 알 것도 같았다. 자신이 혼자 그곳에 가 엄마를 보고 울음을 터트린다면, 윤우는 같이 가주지 못한 걸 자책할 게 분명해 이러는 것이리라.

"괜찮다고 했지만, 엄마 얼굴 보면 눈물 날 것 같아."

윤우가 손을 올려 가느다란 목덜미를 감싸듯 쓰다듬었다.

"나도 네가 같이 가줬으면 좋겠어."

"그것 외엔 아주 잘 지내고 계신 것 같으니까. 지금은 웃는 날이 별로 없는데 그래서 작은 동물 키우며 재롱 보고 웃으라고 얠 데려왔어요."

유진이 힘차게 고개를 끄덕였다. 둘 사이를 파고들려 머리를 집어넣다가 실패한 강아지는 풀이 죽어 근처에 앉은 채 틈만 노렸다.

"기다릴 수 있어."

떨리는 목소리로 약속했다.

"그런데 이젠 살아 계신 거 알았으니 매일매일 떨려서 잠을 설칠 것 같아."

"괜찮아요, 잠은 내가 재워줄 거니까. 피곤해서 눈도 못 뜰걸요."

유진의 머리끝에 있는 입술이 점점 내려온다. 귓불 끝을 물고 숨을 쉬자 한숨이 스쳤다.

"여기…… 안……."

"왜요?"

"바닥이 딱딱해서……."

"아, 깜짝이야. 안 하려는 줄 알고 놀랐잖아요. 부드럽고 안락한 데면 괜찮아요?"

"……흣."

유진이 신음을 흘린 순간, 강아지가 주변을 발발거리며 뛰어다니기 시작했다. 유진이 공격받는다고 여겼는지 윤우를 향해 어설프게나마 이를 드러낸다.

"쉿."

그가 짧고 단호하게 강아지를 향해 말하자 이제는 꼬리를 내리고 끙끙거린다.

유진의 관심이 자꾸 강아지에게 향하자 결국 윤우는 자리에서 일어났다. 작은 강아지용 간식을 꺼내 드니, 강아지는 지금까지 봤던 중 가장 열정적으로 온몸을 흔들었다. 부엌 한쪽 사각지대에 간식을 놔준 그가 씩 웃으며 거실로 왔다.

유진이 몸을 일으켜 서둘러 도망치듯 움직였다.

"나는 태어나서 처음 고기 맛을 본 사람처럼 하루 종일 그 생각뿐이거든요. 큰일이에요."

"어…… 침실로…… 가서……."

유진이 흔들리는 시선을 돌리며 말했다.

"굳이 침실까지 갈 필요는 없죠. 소파로 온 건 한유진이잖아."

"아냐, 오해야!"

그렇게 말하면서도 유진은 자신도 모르게 제가 앉아 있는 소파를 내려다봤다. 도망친 데가 하필이면 여기다. 고개를 젓는 유진에게로 윤우가 다가와 몸을 숙였다.

"내가 좀 먹으면 안 돼요?"

유진이 긍정도 부정도 못 하고서 숨만 내쉰다. 엉키는 호흡이 짜릿하다.

"힘들면 가만히 있기만 해도 돼요. 내가 다 할게."

유진이 소파의 가죽을 손톱으로 긁어내렸다.

✦ ✝ ✦

손등에 따뜻한 것이 닿았다. 유진이 손을 휘휘 젓고 다시 까무룩 잠들었는데 다시 닿고, 또다시 닿는다. 손등으로 슥 밀어냈다가 아예 찰싹 달라붙는 온기에 천 근 같은 눈꺼풀을 들어올렸다.

"아……."

낑낑, 끼잉. 제 손등을 두 발로 꽉 붙잡고 혀를 빼문 솜뭉치가 있다. 정말 주먹만 한 강아지가 낑낑거리고 있어서 유진은 웃을 수밖에 없었다. 눈이 마주친 순간, 애교 부리듯 울음소리가 더 커져 유진은 강아지의 턱을 살살 긁어주었다.

"커피 마셔요."

슈트를 차려입은 그가 유진의 앞에 따뜻한 커피를 내려놓았다. 고개만 겨우 돌려 멀쩡한 그를 바라보면서 왜 자신의 몸은 이렇게 둘로 쪼개질 것 같을까, 지난밤을 떠올렸다.

"빨개졌다 하얗게 질렸다, 무슨 생각을 하길래."

웃음기 어린 목소리로 말한 윤우가 강아지를 들어올렸다. 유진에게 가려고 낑낑거리는 게 벌써 자신의 주인이 누군지 알고 있는 것 같다. 한 손으로 강아지를 안아 든 그가 방금까지 강아지가 있었던 자리에 앉아 그녀의 이마를 짚는다.

"나만 이렇게 힘들어?"

"몰랐어요? 나한테 지금 정기 빨리고 있는 거야."

한술 더 떠 피부도 좋아졌다며 만져보라 유진의 손을 제 볼에 가져다 댄다. 정말 피부가 맨지르르해진 것 같아 억울한 마음이 든다.

"빨리 출근해."

"출근하면."

그녀가 눈에 밟힌다. 하루 종일 뭘 하면서 보내는지, 어떤 걸 먹고 어떻게 지내는지 궁금했다.

"곧 내가 마지막 출근을 할 것 같은데."

그 말에 유진이 베개를 지지대 삼아 상체를 일으켰다. 회사에 나간 지 얼마 되지도 않았는데, 마지막 출근이란 게 무슨 소리일까. 이해가 가지 않는다.

"정리하는 걸 도와줘요."

"……백 여사님이…… 그러라고 하셔?"

"하실 수밖에 없죠. 그렇게 만들면 되니까."

윤우의 타이가 살짝 비틀어져 있어 유진이 손을 뻗어 바로 해줬다. 그가 아쉬운 얼굴로 몸을 일으키더니, 함께 일어나려는 그녀의 품에 강아지를 넘겨줬다.

"좀 더 누워 있어요. 매일 일찍 일어나느라 고생했어."

그렇게 말하고 나가려던 그가 돌연 몸을 돌려 묻는다.

"그런데,"

유진은 제 가슴 위에 올라와 턱으로 점프를 하며 핥으려 드는 강아지를 피하는 중이다.

"응?"

"한유진은 죽이고 싶은 사람이 있으면 어떻게 하고 싶어요?"

"생각해본 적 없는데."

"왜 그런 생각을 안 해요? 다 하지 않나? 사지를 찢어 죽이거나 찔러 죽이고 싶다는 생각 같은 거."

상상을 해보지 않은 건 아니다. 다만 그 상상의 끝이 너무 무서워서 멈춰 버렸을 뿐이다.

"그런 상상을 하는 내가 무서워져서."

"착하네."

윤우가 지그시 웃는다. 그리고 유진이 왜 그런 걸 묻느냐 되물으려 하자 선수 쳤다.

"그냥 궁금했어요. 내가 알아서 할게. 난 그런 상상 잘하거든요."

윤우가 깊게 생각 말라며 가볍게 말하더니, 곧 현관문 소리가 났다.

백 여사가 부재중인 저택은 알게 모르게 바뀌고 있었다. 내리누르고 억압하던 사람이 없어지니 가장 먼저 표정이 변한 건 여주댁이다. 유진은 여주댁이 말 많은 사람이라는 걸 처음 알았다.

낑, 끼이잉. 강아지가 계속 앓는 소리를 내는 게 배가 고파서 그런가 싶어 찌뿌듯한 몸을 일으켰다. 맨발로 거실로 나가 역시나 비어 있는 밥그릇을 발견하고 옆에 있는 사료를 부어주자 코를 박고 먹는다.

"맘마 먹고 있어."

윤우가 갈아주고 갔는지 배변패드는 깔끔했다. 훈련을 시켜야 아는 게 아닌가? 어제부터 내내 패드에 볼일을 보는 강아지가 천재 같다.

테이블에 차려진 샌드위치를 한 개 집어 먹고 다시 침실로 와 윤우가 내려준 커피를 마셨다. 드물게 맑은 날이었다. 이러다 밤부터 또 비가 온다고 했던가.

그가 두고 간 태블릿 PC로 매일 뉴스만 보던 유진이 유튜브를 검색했다. 강아지 훈련 동영상 등을 찾아보자 오전시간이 금방 지나가버린다. 그리고 잠시 망설이다가 충청남도 태안을 검색해 그가 말해준 '테레사의 집'이 어디쯤에 있는지 지도를 한참 동안 바라봤다. 로드뷰까지 발견해 푸른 바다 옆에 작게 지어져 있는 2층짜리 요양원을 찾아, 그 사진을 계속 보면 거기에 있을 엄마의 모습까지 볼 수 있을 것 같아 계속 들여다봤다.

"그래도 다행이다."

부모님과 함께 바다를 갔던 기억은 없다. 곰곰이 생각해보니 유진은 바다를 가본 적이 없어 엄마를 찾으러 가는 길에 볼 그 바다가 첫 바다가 될 게 분명했다. 가슴이 뛰었다.

기억을 잃으셨다 하니 자신에 대해 기억해달라는 건 욕심이다. 그렇다면 멀리서 바라만 봐야 할까. 갈피를 잡지 못하는데 유진의 발치로 강아지가 와서 폴짝 뛰어댔다.

“올라오고 싶어?”

캉캉! 말을 알아듣는지 대답처럼 짖는 소리가 돌아왔다. 그리고 유진이 막 침대 아래 있는 강아지에게 손을 뻗었을 때 갑자기 대리석 바닥을 총총 뛰어간다. 무슨 소리를 듣고 뛰어가는 것처럼 보여 유진이 서둘러 따라 나왔다.

어제처럼 희정이 거실 창문을 열고 들어와 있었다.

“어……?”

희정은 강아지를 보고 얼어붙어 유진만 바라봤다.

캉캉캉. 처음엔 경계하느라 짖었으나 희정이 아무런 위해가 되지 못한다는 걸 깨달았는지 저랑 놀자며 주변을 빙글빙글 돌았다. 희정은 여전히 창문턱을 밟은 채 이도 저도 못 하고선 울상을 짓고 있다.

“안 물어요, 언니.”

“으…… 나 보고 짖잖아.”

“반가워서 짖는 거예요. 게다가 애기잖아요.”

출입은 현관으로 해야 하는 거라고 잔소리를 하려던 강민은, 희정이 안으로 들어가지 않은 채 굳어 있는 걸 보고 놀라 바싹 창문에 다가섰다. 그의 눈에도 짧은 꼬리를 살랑이는 흰 강아지가 보인다.

“이게 무슨 개죠?”

“종은 모르겠고 윤우가 어제 데려왔어요. 유기견 센터에 있었나 봐요.”

흰색 털의 믹스견이다. 촉촉한 코를 유진의 다리에 문지르며 왜 아무도 저를 안아주지 않느냐 왕왕 울어댔다. 물지 않는다는 말에 희정이 다리를 바닥으로 내리자, 강아지가 달려들었다.

"으으……."

희정이 주저앉아선 울듯 강민을 바라봤다. 그 순간, 강아지가 그녀의 허벅지에 뛰어올랐다. 반갑다며 꼬리를 흔드는 강아지를 결국엔 두 손으로 만져보더니 외친다.

"따뜻해!"

"그죠? 말랑말랑하고 따뜻해요. 아기라 너무 세게 만지면 안 돼요."

"아긴데 왜? 왜 엄마가 안 키워?"

"엄마랑 떨어져야 했거든요. 이제 혼자 커야 해요."

"너무해…… 애긴데……."

희정의 말을 들으니 정말 너무한 것 같았다. 이렇게 어린데, 어미와 떨어져야 하는 강아지가 가엾다.

강민이 갑자기 고개를 홱 돌렸다. 희정이 원피스를 배 위까지 올려버렸기 때문이다.

"어, 언니! 뭐 하는 거예요?"

"아기에겐 젖을 먹여야 하잖아."

너무 순수한 대답에 유진이 손을 가로저었다. 당장에 그녀에게 다가가서 원피스를 내리고 강아지를 받아 든다.

"얘는 그렇게까지 아기는 아니라 사료 잘 먹어요. 보실래요?"

"아긴데 왜 젖을 안 먹어어?"

희정이 눈을 동그랗게 뜨고선 유진을 졸졸 따라왔다. 강민이 귀 끝까지 벌게져 깊게 심호흡하는 걸 유진은 곁눈으로 봤다. 잠시 그를 혼자 두는 게 나을 것 같다. 밥그릇 앞으로 가 거의 빈 그곳에 사료를 따라준 후, 간식을 직접 챙겨줘보라며 캔 하나를 따 희정에게 건넸다.

앙앙! 간식을 갖고 있는 희정의 주변을 맴도는 강아지는 사랑스럽기 그지없었다.

"정말 젖을 안 먹는구나!"

캔을 내려놓자 강아지는 맛있게 먹어치웠고, 그 모습을 본 희정이 손뼉을 치며 해맑게 말했다.

"네. 그럼요. 우리 생각보다는 많이 컸나 봐요."

"헤헤. 나도 강아지 키웠음 좋겠다."

유진도 그런 생각을 한 적 있다. 동물을 키운다면 희정은 분명히 잘 키울 거라고. 그리고 그녀의 정서발달에도 좋을 것 같다고. 같은 생각을 했는지, 정은이 몇 번이나 백 여사에게 넌지시 운을 떼어봤지만 칼같이 잘려 되돌아온 싸늘한 대답에 결국 포기하고 말았다.

"유진아, 얘는 이름이 뭐야?"

통통한 강아지의 배를 쿡, 찔러보곤 묻는다.

"아직 못 지었어요."

"으응…… 그럼 아직 강아지인 거구나아. 아지야, 아지."

배시시 웃으면서 아지라고 부르는데, 그 이름도 괜찮을 것 같다. 강민이 희정이 좋아했던 인형 몇 개를 챙겨다 바닥에 놓았으나 그쪽에는 관심도 없었다. 온 시선과 관심이 강아지에게만 쏠려 있었다. 품에 안고서 내려놓지를 않았다.

유진은 조심조심, 가만가만 털을 쓸어내리면서 눈을 빛내는 희정을 보며 말했다.

"아지는 언니가 좋은가 봐요."

"나도 아지가 좋아. 그런데 유진이도, 강민이도 좋아. 아지는 아직 아기니까…… 질투하면 안 대애?"

"네. 질투 안 할게요."

조심히 강아지를 쓰다듬는 희정의 손길에서 강아지를 아끼고 소중하게 대하는 마음이 보였다. 혹시라도 강아지가 놀랄까 봐 살살 만져준다.

"아지야, 멍멍 해바."

코에 손가락을 가져다 대며 희정이 요구했다. 그러자 아지는 신나게 손가락을 핥고 헥헥거렸고, 희정은 다시 부탁한다.

"아니아니. 강아지는 멍멍 해야지."

바닥에 앉아서 다리를 벌린 채 강아지와 놀고 있는 희정의 맨다리에 재킷이 걸쳐졌다.

"웅?"

"냉방이 센 편입니다. 덮고 계세요."

그들의 건너편에 있던 유진은 강민의 배려를 알아차렸다. 희정이 알아듣지 못한다고 해도 결코 말을 함부로 하지 않는다. 속옷이 보이는 게 민망해 옷을 놓아주었던 것이지만, 그저 에어컨 탓을 하며 그는 주방으로 걸음을 옮겼다.

유진은 주방으로 그를 따라 들어갔다. 여주댁이 이것저것 챙겨준 보따리를 풀어내던 그가 콩국물을 식탁에 올려두었다.

"강민 오빠."

"네."

"저…… 이제 제가 언니랑 같이 있어도 돼요. 집에 일하시는 분들도 많이 바뀌었고, 어차피 저희는 계속 같이 있어왔기에 둘만 있어도 돼요."

그러니 가서 윤우를 도와주라고, 유진은 돌려서 말했다. 면을 들고 있던 강민이 표정 없는 얼굴로 대답한다.

"도 이사님은 도 이사님 몫을, 저는 제 원래 몫을 하는 것뿐입니다."

그는 이곳에서 희정의 곁에 있는 게 유일한 목표였다고 했다. 그녀를 위해 사회복지사가 될 생각까지 했다는 말에 유진은 꽤 놀랐다. 강민은 희정에 대한 마음을 비친 적이 한 번도 없다.

"언니…… 좋아하시죠?"

아직도 잡을 수 없었던, 제 손을 스쳤던 손끝이 떠오르곤 한다. 그럴 때면 오랜 세월이 지난 지금도 온몸의 솜털이 쭈뼛 섰다. 강민은 희정이 거실에서 강아지와 놀며 웃는 소리를 들었다. 할머니가 있어도 무섭지만 아무도 없는 것도 무섭다며 잠들 때까지 옆에 있어달란 말에 그는 쭉, 희정의 침대 아래를 지켰다.

"옛날엔 제가 여유가 없어서 안 보였는데 이제는 배려라는 게 보여서요."

애초에 마음이 없다면 아무리 부탁이라고 해도 희정의 일거수일투족을 전부 따라다닐 수 있을 리 없다. 그리고 윤우가 손이 많이 가는 그녀를, 그리고 제대로 성에 대해 인지하고 있지 않은 희정을 다 큰 성인 남성인 강민에게 맡길 리 없다는 생각이 들었다.

"무엇보다 언니가 너무 행복해해요. 저는 언니에게 제가 손발이 돼주는 게 가장 나은 방법이라고 여겼는데 그게 아니란 걸 강민 오빠 통해서 알게 됐어요."

"좋은 사람이 나타나 평생 아껴주고 사랑해줄 때까지 곁에 있어드리고 싶은 것뿐입니다."

그게 본인이었으면 한다곤 말하지 않는다. 딱 거기까지가 그의 역할이라고만 했다.

"강민아아, 뭐 해애?"

혼자 있는 게 불안했는지 희정이 강아지를 끌어안고서 주방에 들어섰다.

"곧 점심때라 점심 준비하고 있습니다."

"강민아아. 희정아 해봐."

"……."

"응? 해봐아."

그가 못 들은 척 콩물에 얼음을 띄운다. 그리고 아래쪽 싱크대에서 커다란 냄비를 꺼내 헹군 뒤 면을 삶기 위해 물을 넣고 전기레인지에 올렸다.

"둘만 있을 때는 희정이라고 하면서."

희정이 입을 삐죽이며 그의 뒤꽁무니를 졸졸 따라다닌다. 그러면서 계속 희정아 희정아 노래를 불러대, 유진은 슬그머니 뒤로 빠졌다.

"해봐아! 해! 얼른!"

"희정아."

단호하고 낮게 떨어지는 소리에 희정이 함박웃음을 지었다.

"응!"

"손 덴다. 옆에 나와 있어."

강민이 냄비 근처에 있는 그녀에게 손짓했다. 희정은 마치 강아지처럼 쪼르르 달려오더니 그의 품에 폭 안겨 가슴에 얼굴을 기댔다.

갑작스러운 스킨십에 강민은 굳었다. 그들 사이에 낀 강아지가 낑낑거리지 않았다면 순간 손에 힘을 줘 마주 끌어안을 뻔했다. 강민이 허공에서 주먹을 말아 쥐었다.

점심을 먹고 나서 꾸벅꾸벅 조는 희정과 함께 낮잠을 자고 일어나자 늦은 오후였다. 곧 해가 지고 저녁시간이 가까워지면 헤어져야 할 때란 걸 아는지 희정은 투정을 부리고 떼를 썼다.

"가기 싫어! 나도 오늘 여기에서 잘 거야!"

윤우가 오면 설득해서 보낼 것인지라 아무도 희정을 말리지 않았다. 오히려 유진은 한술 더 떠 침실에 있는 이불들을 잔뜩 거실에 깔아두고 "넷이 여기서 잘까요?" 하고 묻기까지 했다.

"유진아, 유진아!"

"네, 언니."

"유진이는 윤우랑 결혼하면으은,"

희정의 입에서 결혼 이야기가 나오자 유진이 웃었다.

"아직 전 윤우랑 결혼해야 될지 잘 모르겠는데요."

"안 돼! 유진이는 윤우랑 결혼해야 하는데에?"

"누가 그래요?"

"여주댁이 그랬어. 곧 둘이 결혼해서 아가도 생기고, 또 생기고 그런다고 그랬어."

아가는 다섯 명을 낳아달라고 배시시 웃으며 덧붙인다. 고개 젓는 유진에게 왜 안 되냐 고개를 갸웃대는 희정은 귀여웠지만, 유진은 민망해 고개를 돌렸다.

"유진이 얼굴 빨개졌다!"

희정이 홍시처럼 붉어진 유진의 얼굴을 가리키며 헤헤 웃는데 전화를 받던 강민이 다가왔다.

"잠시 밖에 다녀오겠습니다."

"밖에요?"

무슨 일이 있나 싶어 덜컥 심장이 내려앉았다.

"저택 밖에서 작은 사고가 있다고 해서요. 나가봐야 될 것 같습니다. 멀리 가지 않으니 걱정 마세요."

"강민아, 밖에 가? 집 보러 가는 거야?"

집이라는 소리에 강민의 얼굴에 미미한 미소가 맺힌다.

"아뇨. 집은 나중에요."

"으응. 갈 때 꼭 나도 같이 가야 돼?"

"네. 꼭 모시고 가겠습니다."

희정이 웃으면서 고개를 끄덕이더니 강아지의 뒤꽁무니를 쫓아 미끄러지듯 거실을 뛰어다녔다. 강민이 나가고 나서 강아지와 셋이서 잡기 놀이를 하자고 하는데 마침 윤우로부터 전화가 왔다.

- 오늘 늦을 것 같아요.

문자로 해도 될 이야기를 전화로 전하는 그에게, 유진은 마치 그가 보고 있는 것처럼 고개를 끄덕이면서 말했다.

“응.”

- 저녁 같이하고 싶었는데.

“안 먹고 기다릴게.”

윤우는 말이 없었다.

“윤우야?”

- 그러지 말고 먹고 있어요.

“너 안 먹고 올 거잖아.”

그의 약간 거칠어진 숨소리만 들렸다. 이내 뭔가를 꾹 눌러 참듯이 말한다.

- ……먼저 먹고 있어요. 나도 여기서 빵 한 쪽이라도 먹고 갈게요.

“왜 빵을 먹…….”

- 들어가면 밥 먹을 시간이 없을 것 같아서. 칼로리 높은 걸로 먹어요. 나는 들어가자마자 미친 새끼처럼 한유진에게 달려들 테니까.

당황한 유진이 허둥대다 식탁 다리에 발등을 찧었다.

“읏…….”

- 미치겠네. 어디서 지금 신음이야.

“그만해!”

유진은 문득 강아지의 가쁜 숨소리와 한시도 쉬지 않고 강아지랑 노는 희정의 목소리가 들리지 않는다는 걸 알아차렸다.

“쓸데없는 소리 하지 말고. 아, 언니가 강아지 갖고 싶대.”

- 내일 그럼 한 마리 더 데리고 갈게요. 내가 누나 생각을 못 했네. 강민이 워낙 대형견처럼 누나를 보호해서.

그가 큭큭 웃었다. 강아지도 한 마리보다는 두 마리를 같이 키우는 게 나을 것 같아서 유진이 꼭 부탁한다고 이야기하자 음탕한 소리가 다시 한 번 들려왔다. 재빨리 전화를 끊은 그녀가 거실로 나가 희정을 불렀다.

"언니?"

거실은 지나치게 조용했다. 그리고 거실창이 열려 있다. 희정이 저리로 나간 듯싶다.

날은 까무룩 저물어 있었다. 새카만 어둠이 스멀스멀 올라오고 노을의 붉은 잔재가 아직 하늘에 남아 있어 기묘한 색으로 물든 게 이상한 기분을 불러일으켰다. 뭔가 잘못됐다는 생각이 들어 유진은 현관까지 갈 생각도 못 하고 창문을 통해 정원으로 나갔다.

"언니!"

별일 없으리라. 강민이 항상 뒤를 따랐다지만, 희정 혼자서 별채까지 잘 오지 않았던가. 무엇보다 그녀는 정원의 계단을 내려가지 못한다. 그렇기에 걱정하지 않으려고 했다.

"혹시 희정 언니 못 보셨어요?"

새로 들어온 경호원에게 묻자 그가 본채 쪽을 가리켰다.

"강아지가 자꾸 장난을 걸어서 같이 장난치시면서 저쪽으로 가셨어요."

강아지가 조금 걷다가 배를 발랑 까고 희정을 바라보면 희정이 맨발로 강아지를 쫓아갔다. 그저 애완견을 데리고 노는 걸로만 보였다.

유진은 곧장 본채로 달려갔다.

"언니!"

왜 이렇게 조용한 걸까?

낑, 끼이이이잉. 어디선가 강아지가 우는 소리가 들렸다. 그리고 유진은 희정을 발견하고 비명을 질렀다.

"언니!"

희정이 돌계단에 아슬아슬하게 서서 빤히 아래를 내려다보고 있었다. 계단 너덧 개 아래에서 강아지가 낑낑거리며 희정을 올려다본다. 꼬리를 살랑살랑 흔들면서 다시 한 계단을 굴러 내려간다.

"언니, 그냥 있어요!"

강아지가 또다시 두어 계단을 솜뭉치처럼 굴러 내려갔다.

"아지야!"

희정이 놀라 발을 내디뎠다. 유진은 저도 모르게 눈을 질끈 감았다. 잘못 디뎌 발목이 기괴하게 꺾인 것처럼 보였다. 커다란 소나무를 돌아 달려가는 와중에 유진은 정신이 아찔했다.

만약 그녀가 또다시 떨어진다면.

소름이 돋는다.

✦ ✝ ✦

집 바로 바깥쪽에서 경미한 접촉사고가 나 경찰까지 출동했다. 올라오던 택시가 위에서 내려오는 외제차를 피하기 위해 벽으로 붙었는데 그러다 공교롭게도 잠깐 빼놓은 대현그룹의 차를 박아버렸다고 한다. 일단 나가서 차 상태를 확인하고 겁에 질려 경찰까지 부른 택시기사에게 괜찮다고, 그냥 가셔도 된다고 했다.

강민은 그럴 필욘 없지만 경찰에게까지 사과한 뒤 사람을 시켜 정비소에 차를 보낸 후 대문 안으로 들어섰다.

어둡게 땅거미가 내린 시간이다. 강민은 자신의 눈을 잠시 의심했다. 일고여덟 계단 위에 이곳에 있어서는 안 되는 희정이 서 있었다.

"희정아."

강민이 조용히 희정을 불렀다. 그 소리가 들리지 않는지 희정은 몇 계단 아래 있는 강아지만 보며 발을 동동 굴렀다. 그녀의 하얀 발이 몇 번이나 계단을 내디디려다 물러나는 걸 그는 초조하게 바라봤다.

여기서 큰 소리로 부르면 그녀가 잘못될 것 같아서 천천히 한 계단씩 밟아 올라갔다.

"아지야!"

강아지가 도르르 굴러 계단 몇 개를 내려오자 놀란 희정이 아무렇게나 발을 내민다. 작고 가는 몸이 공중에 뜬다. 그대로 몸을 비틀어 아래로 떨어지는 게 강민의 눈에 슬로 모션처럼 보였다.

그때와는 다르다. 지금은 괜찮다. 지금은 받아줄 수 있다. 자신은 더 이상 힘없는 아홉 살 소년이 아니다. 내밀어도 잡지 못하고 힘없이 거두어버렸던 그 손이 아니다.

강민은 몸을 던져 떨어져 내리는 희정을 받아 끌어안았다.

쿠당탕! 그대로 그녀를 끌어안은 채 굴렀다. 품에 꽉 끌어안은 온기는 온몸에 번지는 둔탁한 통증보다 더 선득했다. 뾰족하게 튀어나온 돌에 머리를 찧었는데도 강민은 희정을 안은 팔을 풀지 않았다.

"……괜찮아. 괜찮아."

"흐으……. 으, 으……."

"다친 데 없지? 응? 다친 곳 없지?"

눈의 초점이 맞지 않는다. 희정이 다치지 않고 무사한지 확인해야 되는데 지금 자신이 제대로 그녀를 안고 있는지도 확신이 서지 않아 강민이 힘겹게 같은 말만 되풀이했다.

"가, 강민아……."

"일어나봐. 일어나서 다친 곳 없나 봐."

강민이 앞이 보이지 않는다는 사실을 숨기고 희정에게 말했다.

"네가…… 흑……, 너무…… 꽉……. 흑…… 풀어줘."

손가락 하나 까딱할 수 없을 만큼 힘이 없는데 희정은 놓아달라 말한다.

"다친 곳은 없지?"

황급한 발소리들이 울렸다. 유진의 비명과도 같은 외침도 들렸다. 강민은 안도의 한숨을 내쉬었다. 제 팔을 풀어내고 희정을 일으키는 손길들이 느껴져 침착하게 입을 뗐다.

"희정이 다친 곳 없습니까."

"어, 언니는 괜찮은데, 언니는 괜찮은데!"

달려온 경호원들이 강민을 건들지 말라 지시한 후 구급차를 불렀다. 유진은 무릎을 꿇고 강민의 머리에서 왈칵왈칵 쏟아지는 피라도 지혈해보려 손을 뻗었다.

"그럼 됐어요."

"강민아! 강민아! 강민아아아아아아!"

희정은 비명을 질러대더니 주저앉아서 덜덜 떨었다. 어두워 잘 보이지 않았지만 강민의 주변이 온통 검고 진득한 것으로 가득했다. 조명을 받고도 새까맣게 보이는 것이 자꾸 흘러 희정은 겁을 먹고 그의 이름만 불렀다.

아득해지는 의식 사이로 제 이름만 유독 크게 들려서 그는 웃어버렸다.

"……희정아."

"강민아! 으허어어어어엉! 강민아!"

"이리 와봐."

네가 보일지 모르겠는데.

눈꺼풀이 파르르 떨리더니 무겁게 내려앉았다.

"눈 뜨세요, 실장님. 여기서 정신 잃으시면 안 됩니다. 실장님, 눈 뜨세요!"

사람들이 그를 불렀지만 강민의 귀에는 오로지 희정의 목소리만 들렸다.

"와, 왔어. 강민아, 희, 희, 희정이, 왔……."

"희정아."

다행이다. 이번에는 내가 너보다 빠를 수 있어서. 네가 무정하게 나를 스쳐 지나가지 않아서.

강민은 눈을 감은 채 희미하게 웃었다.

"왜…… 왜…… 누, 눈이……. 눈…… 나 안 보고……. 눈……."

희정이 눈물범벅이 되어선 주변을 둘러봤다. 왜 강민이 눈을 감고 있는 거냐 물어볼 사람이 필요했다. 강민의 머리맡에 주저앉아 있는 유진의 치맛자락을 붙잡고 끌어당긴다.

"유지나…… 강민이…… 눈…… 눈……."

덜덜 떨리는 손가락으로 강민의 눈꺼풀을 억지로 들어올렸지만 힘없이 내려앉아버린다. 희정은 그의 눈꺼풀을 붙들고서 초점 없는 눈에다 얼굴을 들이밀었다.

"나…… 봐봐. 봐……. 나 불러서…… 나 여기…… 희정이 여기……."

"언니, 곧 구급차 온댔어요. 괜찮아, 오빠 괜찮아요."

유진은 강민의 머리를 지혈 중이다. 괜찮다고 말했지만 목소리가 떨려 나와 믿음을 주기 어려울 것이다.

"가, 강민…… 집…… 집 사서…… 집에서…… 나 데리고……. 유진아…… 아아, 아아아아!"

희정이 비명을 질렀다.

윤우를 불러야 한다는 걸 알지만 자신이 손을 떼면 강민이 어떻게 될 것 같아 유진은 입술을 깨물었다.

✦ ✚ ✦

갤러리는 비자금을 만드는 역할만 한 게 아니다. 대현이나 그 비슷비슷한 재벌가들의 비자금 거래는 대부분 그림이나 조각들로 이루어졌고 갤러리는 그 통로나 다름없었다.

정은은 백 여사가 갤러리 일을 맡기자 그녀의 비자금을 조성했고 남편의 비자금까지도 제 손으로 만들어냈다. 수많은 사람들이 갤러리를 통해 거래하는 것을 포착해, 백 여사가 눈치채지 못할 정도의 선에서 사람들을 소개받았다.

윤우가 영국 시절, 페이퍼컴퍼니를 세워 전문적으로 자금세탁을 맡겼던 데이비드도 정은의 소개였다. 큰손이라는, 소문으로 떠돌던 명동치마까지 수소문해 백 여사를 안심시키기 위해 입을 맞췄다.

정은이 갤러리 사업에 뛰어든 이후에 가장 첫 번째 목표로 삼은 것은 백 여사가 알지 못하는 인맥을 만드는 것이었다. 그리고 거기엔 불법적인 일을 맡아 하는 사람들도 있다. 원하는 게 있다면, 혹은 갚아줄 것이 있다면 무엇이든 처리해주는 조직이다. 뒤탈이 없고 깔끔해 이쪽 계통에선 해결사라고 불렸다.

윤우가 그 사람들을 소개해달라고 했을 때 정은은 무슨 일인지 묻지도 않았다. 언젠가 제 아들이 그럴 줄 알았다는 듯 자리를 마련해줬고, 윤우는 그들에게 의뢰했다.

회사에서 천 이사를 만나고 주주총회 날짜를 최대한 앞당겨 잡은 뒤 병원에 가 백 여사의 비위까지 맞췄다. 마음 같아서야 바로 집으로 가서 하루 종일 강아지와 함께 저를 기다렸을 유진이 보고 싶었다.

하지만 그의 차는 서울의 평창동이 아닌 경기도 인근의 한 공장지대로 향했다.

누군가 소리를 질러도 절대 새어나갈 일 없는 곳에서 차를 세우고 한 건

물 안으로 들어선 윤우의 눈에, 보초를 서고 있는 몇몇 장정이 보였다. 그들은 윤우가 보이지도 않는 양 아무런 제지를 하지 않았다.

"흐…… 사, 살려주세요."

꽁꽁 결박된 두 사람이 불안에 떨고 있었다. 화장을 지운 여자는 본디 수수한 생김새였고, 왼쪽에 있는 남자는 그녀의 남편이라고 했다.

"안녕하세요, 권연자 님. 저도 마마님이라고 불러드려야 하나요?"

"오, 오해가……, 오해가 있으신 거예요. 이건 다,"

윤우를 보자 그녀가 오해는 풀어야 된다며 질린 얼굴로 입을 열었다. 그들 앞에 있는 의자에 앉은 윤우가 횡설수설 쏟아지는 소리들을 들어보니 전부 백 여사를 탓하는 말이다.

"아들을 잃고 제정신이 아닌 할머니에게 접근해 지난 8년 동안 수원에 빌딩까지 올리셨다고."

"저는 정말로, 정말로 신내림을 받은 무당입니다."

"그래요?"

"맞습니다! 이 사람은 내림굿을 받은 지 20년이 됐으니까 그게……."

"20년 동안 사기를 쳐오셨다고?"

"그게 다 사기였다면 재벌가 사모님들이 이 사람을 그렇게 찾으시겠습니까?"

정재계만큼 미신에 집착하는 집단도 또 없다. 가장 현실적일 것만 같은 이들이 사실상 가장 비이성적인 행동을 한다. 백 여사가 누구의 소개를 통해 이들을 만났는지는 중요하지 않다. 윤우가 물었다.

"그럼 나는 어떤 귀신에 씐 것 같아요?"

"네, 네?"

"제정신이 아닌 짓을 지금 내가 하고 있잖아요. 악귀에 들린 것 같은데. 어떻게 해야 좋을까요, 마마님?"

여기서 한마디라도 잘못하면 그대로 목이 달아날 것 같아 여자가 눈을 도르륵 굴렸다.

"그것이……."

"8년 동안 오십억이면 많이도 해 처드셨네요."

원래도 가끔 굿을 하긴 했지만 본격적으로 굿판을 벌인 건 윤우가 영국으로 떠난 후부터라고 했다. 그의 안녕을 위해 한 달에 일억씩 굿에 투자했다니. 이들을 이용해 유진에게 귀신이 씌었다고 한 뒤 마음껏 유린하고 마음껏 분을 풀었을 백 여사를 생각하자 악의적인 미소가 피어났다.

"그래서. 나는 뭐에 씐 것 같냐니까."

"씌, 씌었다뇨! 정상이십니다. 정상이세요. 암요."

"나도 굿을 해볼까 했는데 정상이라니 아쉬워요."

"저, 저희가 지금까지 받았던 돈 전부 돌려드리겠습니다. 다시는 백 여사님께 그런 식으로……."

"아깝게 그걸 왜 돌려줘요?"

여자는 윤우의 생각을 짐작도 할 수 없었다. 자신이 정말 제대로 된 무당이었다면 이 위기를 모면할 방도를 찾을 수 있었을지도 모른다. 그러나 아무것도 떠오르지 않았다. 머릿속이 새하얬다.

"나는요."

윤우가 그들 쪽으로 상체를 숙이고서 속삭였다.

"내가 뭐에 홀린 것 같거든. 그걸 사실 마마님께서 알아차려주길 원했고. 그런데 모르시는 모양이니 어쩔 수 없네요."

"무, 무슨……."

조용히 웃는 얼굴이 섬뜩했다. 이 남자가 저희들에게 해코지할 것 같아 여자는 재빨리 고개를 숙였다. 사람을 이런 데 가둬놓고도 죄책감이라곤 전혀 없는 얼굴을 보니 무서운 일이 벌어질 게 틀림없다.

"여자는 혀를 자르고, 남자는 손을…… 음…… 여기까지? 없는 게 나을 것 같네요."

"끄에에엑!"

정육점에서 고기라도 주문하는 것처럼 윤우는 가까이 서 있는 남자들 중 하나에게 말했다. 그들이 묵묵히 고개를 끄덕인다. 윤우는 일방적으로 요구만 한 뒤 자리를 털고 일어났다.

"살려주세요!"

"안 죽여요. 돈도 안 뺏고. 혀가 없어도, 팔이 없어도 돈으로 안 되는 게 어디 있어? 노후는 평안하실 거예요. 나는 사실 머릿속으로 몇 번이나 살인을 한 살인마지만, 그쪽들이 발가벗겨 질질 끌고 다닌 한유진은 안 그렇거든요."

윤우가 엄지와 검지를 뻗어 작은 틈을 만들어 보인다.

"그래서 이 갭의 아주 작은 절충안을 내가 만들어본 거예요. 그러니 다들 동의하셨으면 좋겠어요."

다정하고 사근사근한 말투와 달리, 음험한 눈으로 유진을 바라봤던 무당의 남편을 향한 눈빛은 냉엄했다.

"다리 사이 쓸모없는 물건도 잘라줘요. 사내구실 못하면서 남의 것을 탐내면 안 되지. 제가 불능이라고 그 스트레스를 남의 여자에게 풀어서야 되겠어요?"

이미 남자의 병원기록까지 다 들여본 듯한 윤우의 선고에 무당의 남편이 바닥을 기며 고개를 흔든다.

"살려……."

윤우는 '주문'을 끝내고 돌아섰다. 이들은 돈을 위해 유진을 인간 이하로 취급했다. 그러니 굳이 그가 그들을 사람 취급할 필요 없다.

성큼성큼 걷던 윤우가 발을 멈추더니 뒤를 돌아보며 물었다.

"아, 그러고 보니. 저 영국에 갈 때 그쪽이 내 트렁크에 한유진 속옷 넣으라고 그랬어요?"

다 알고서 묻는 것 같아 여자는 미친 듯이 고개를 끄덕였다.

"제, 제가 그랬습니다. 용서해주세요! 안 그러면 백 여사님이 안 믿으실 것 같아서……."

"그건 정말 감사하게 생각해요. 한유진이 한 거였음 더 좋았을 텐데, 부끄러움이 많은 사람이라 절대 그런 일 못 했을 거거든."

고마웠던 건 고마웠던 거라며 인사를 마친 윤우가 더 이상 돌아보는 일 없이 그 공장지대를 벗어났다.

나중에라도 한유진이 악한 생각을 한다면, 그리고 그것이 살인이라 자신의 생각과도 일치한다면 모르지만 지금은 아니다. 어차피 그는 태어날 때부터 모든 걸 감출 수 있는 위치에 있었다. 친할머니인 백 여사까지 지옥으로 떨어트리려는 마당에 타인 따위는 아무것도 아니다.

윤우의 품에서 휴대전화가 울렸다. 윤우는 차에 오르기 전 발신자를 확인하곤 만면에 미소를 머금고서 통화 버튼을 눌렀다.

"언제 오냐고 물어보려고 전화했어요?"

항상 그가 전화를 걸었는데. 그녀 쪽에서 먼저 전화를 걸어와 들뜬 마음이 목소리에 고스란히 묻어나왔다. 그는 밝게 전화를 받았지만 상대는 아무 말도 하지 않는다. 윤우는 수화기 저편의 흐느낌을 포착한 순간, 차에 올라타지도 못한 채 굳었다.

"무슨 일이야, 유진아?"

부드럽게 그녀를 다그쳤다. 왜, 무엇 때문에 울고 있느냐고.

- 가, 강민 오빠가…… 계단에서 언니가 떨어졌는데 오빠가 많이 다쳤어. 벼, 병원에 실려 갔는데 모르겠어. 피가 너무 많이 났어, 윤우야.

엉엉 울음을 터트리며 유진이 말을 쏟아냈다.

"괜찮아. 울지 마, 내가 지금 갈게. 어느 병원이야?"

- 무서워. 지금 당장 수술을 해야 하는데 보호자…… 내가 오빠 보호자란에 사인을 했는데, 그런데…….

"잘했어. 걱정하지 마. 형 그렇게 나약한 사람 아니야."

- 빨리 와줘. 무서워. 윤우야…… 언니가 계속 우는데 달래지지가 않아.

윤우는 이기적이게도 안심하고 말했다. 다친 사람이 그녀가 아니라는 데 안도했다. 통화를 끊고 운전석에 올라 유진이 말한, 두 시간 전만 해도 그가 있었던 이 박사의 종합병원으로 차를 몰았다.

CHAPTER 08

주주총회가 있는 날 아침이었다.

내내 백 여사의 곁을 지키고 있던 정은은 간밤에 전화 한 통을 받았다. 자리를 비울 수가 없으니 아침 일찍 윤우와 교대하기로 하고 끊었다.

"어머니, 저 오늘 오전 중에 몇 시간만 자리 좀 비울게요."

아침부터 일곱 개의 조간신문을 모조리 가져다 놓고 돋보기를 쓴 채 한 장, 한 장 읽어가던 백 여사가 눈살을 찌푸렸다. 언론사 대부분이 대현의 갑작스러운 주주총회에 대해 다루고 있었다. 이러다 어린 후계자가 회장직에 오르는 게 아니냔 우려와 논의가 한창이다. 그 기사들을 전부 비웃으며 읽어내리던 백 여사가 다소곳이 눈을 내리깐 정은에게 말했다.

"이러니 네가 근본도 배운 데도 없다는 소리를 듣는 게다."

"죄송합니다. 그래도 잠시 다녀와야겠습니다."

탁.

백 여사가 접어 옆으로 던진 신문이 정은의 배를 치고 바닥으로 떨어졌다. 옆에 서 있던 김 비서는 무표정한 얼굴로 그걸 바라보고 있다.

"지금 내가 이러고 있으니 우스워 보이는 모양인데."

"그런 거 아니에요, 어머니."

"이래서 집안에 여자가 잘 들어와야 하는 게다. 민우 녀석이 여자 복은 지지리도 없었지."

"……강민이 입원했어요. 어제 평창동에서 사고가 있었대요."

백 여사가 미간을 좁혔다. 방금까지 신문이 있던 자리를 주름진 손가락으로 툭툭 친다.

"그 경호원 녀석 말하는 게지?"

"네. 거기에 지금 희정이도 와 있다고 해서…… 악!"

백 여사가 정은의 얼굴에다 신문을 집어 던지고서 무섭게 노려봤다.

"지금 그 덜떨어진 물건이 어딜 와 있다고?"

"강민이 병실에요."

신문의 빳빳한 부분이 얼굴을 스쳐 피가 가늘게 배어나왔다. 정은은 무심하게 손등으로 닦아내며 다시 공손히 두 손을 모으고서 똑바로 섰다.

"하! 내가 없으니 집안 꼴 참 잘 돌아가는구나. 겨우 경호원 녀석 하나 나자빠진 걸로 집안 망신을 시킬 셈이야! 김 비서! 뭐 해! 당장 병실 가서 그 물건 끌어내다 어딘가 처박아놔!"

정은은 이를 악물고 벽에 걸린 시계만 바라봤다. 초침이 느리게 흘러간다. 지금껏 20년을 넘게 기다려왔는데, 단 오 분이 흘러가지 않아 초조했다.

백 여사는 자신의 명에도 꿈쩍 않는 김 비서를 의아하게 쳐다보다가 이내 벽시계를 보고 넋이 나가 있는 정은에게로 남은 신문을 모조리 던졌다.

"에미란 년이 그 모자란 게 병원에 갇혀 말라 죽는 꼴을 보기라도 할 셈이야!"

"죄송합니다."

정은이 허리를 굽히자 씩씩대던 백 여사가 이마를 짚었다.

"나한테 다 좋은 생각이 있으니까, 화 돋우지 말고 당장 집에 데려다 가둬놔."

"……좋은 생각이라뇨?"

"강민이 녀석이 어릴 때부터 같이 자라서인지, 그 모자란 것을 마음에 뒀나 보더구나. 내 우리 집안 핏줄에 뭔가 섞이는 건 끔찍하게 싫다만, 나이가 들어 그런가 마음이 많이 약해졌어."

마음이 두 번만 약했다간 사달이 났을 거라 생각하며 정은은 묵묵히 귀를 기울였다.

"둘, 결혼시키기로 했다."

정은은 제 귀를 믿을 수가 없어 백 여사를 바라봤다. 희정이를 말려 죽이면 죽었지, 집안의 수치라며 결혼 따윈 안 시킬 줄 알았다. 그런데 강민이를 희정이에게 붙여준다니, 차마 되묻지도 못하고 눈만 크게 뜬 채 입술만 벙긋댔다.

"저를 경호하던 놈과 사랑에 빠졌다고. 재벌가 딸이 일반인과 결혼을 했다고 광고하면 대현의 이미지도 좋아지겠지."

"지금…… 희정이가 아니라 유진이랑 결혼시키겠단 말씀이세요?"

정은이 가까스로 입을 뗐다.

"어디 그런 덜떨어지고 모자란 년을 결혼식장에 세울 수 있겠어! 너도 유진이를 희정이 대신 내세우는 데 동의했으면서 웃기는 소리를 다 하는구나."

그럼 그렇지. 정은은 낮게 웃었다.

"둘이 결혼시키고 그 덜떨어진 건 그 집에서 데리고 살라고 하려무나. 그렇게라도 붙어 있고 싶다면 그 정돈 봐주마."

치마 주머니에 넣어놓았던 휴대전화가 진동했다. 시간을 보니, 따로 전화를 확인해보지 않아도 주주총회가 시작됐다는 문자가 도착했단 걸 짐작할 수 있었다. 정은은 고개를 숙이고 웃었다. 그리고 머리를 들었을 땐, 그 눈에선 살기마저 뿜어져 나왔다.

"어머니."

"그래도 우리 대현의 식군데 모자란 것이 또 임신을 하면 안 될 테니까."
"어머니……."
"하, 언감생심 그놈이 어디서 부인을 둘이나 한 번에 맞겠어? 걱정 마라, 한유진 그 요망한 건 거기가 끝이니. 그러고 나서 사고사를 당했대도 아무도 모를 테니. 결국에 강민이 녀석이 끼고 살 계집은 희정이 아니냐."
"어머니, 어머니, 어머니!"
정은이 비명처럼, 발작이라도 일어난 것처럼 외쳤다.
"내 딸이에요! 내 딸! 내 딸!"
블라우스 단추가 힘없이 떨어져나갔다. 정은이 제 가슴을 쥐어뜯었기 때문이다.
"어머니가 그때 계단에서 밀어버린 애가 내 딸이고! 내 남편 아이고! 어머니 그 귀한 아들에게서 본 첫손주예요!"
"이…… 이…… 이년이 지금 미쳐서……! 김 비서!"
김 비서를 불렀지만 미동도 하지 않는다.
정은의 피 맺힌 목소리는 갈가리 찢어진 것만 같았다. 정은은 눈 하나 깜짝하지 않고 시퍼런 안광을 띤 채 병상에 무릎을 대고서 올라왔다. 백 여사가 흠칫 놀라 두 발로 정은의 어깨를 걷어찼으나 꿈쩍도 않는다.
"내 위로예요, 내 딸이고. 모자란 것이 아니라 희정이요. 어머니가 이름도 주지 않아서 우리 아버지가 지어주신 이름이요."
비명 같은 울부짖음은 거둬내지고 완벽한 이성이 자리했다.
"희정이가 생사를 오가는데, 사람 시켜서 병원에서 저 끌고 오셨죠. 윤우 돌보라고. 내 딸은 그날이 고비라는데, 윤우가 지 아빠 서재에 들어가 안 나온다고 어미가 곁에 있어야 한다면서요."
아픈 세월이 의외로 담담하게 흘러나왔다. 죽은 남편이 딸의 곁을 지키고 자신은 지긋지긋한 저택으로 끌려가야 했다. 밤새도록 전화가 울릴까 봐 덜덜 떨며 아들 곁을 지켰다. 생사를 오가는 딸의 곁을 지키지도 못한 채 멀쩡한 아들의 옆에 있어야 했다. 정은은 처음으로 제 아들이 미웠다. 아들로 태어난 제 둘째 자식이 미워서 견딜 수가 없었다.

밤새 아들을 끌어안고 제발 희정이 살아나기만을 빌었다. 어떤 모습, 어떤 형태로도 좋으니 이 어미를 버리지 말아달라고, 모든 신께 기도했다. 그리고 신은 그녀의 기도를 들어주셨다.

"내 딸이 뭘 잘못했을까. 어머니한테 뭘 잘못했기에 이렇게 미워하실까. 어머니, 전 하루에도 열두 번씩 그 생각을 해요."

술을 마시지 않으면 잠들 수 없었다. 남편과의 관계도 파국으로 치달았다. 그래도 참고 버텨냈던 이유는 희정이 살아 있기 때문이다. 살아남은 딸을 위해서 버러지 같은 어미는 숨을 내쉬었다.

"김 비서! 당장 사람 불러! 이, 이, 정신 나간 년이!"

짝! 짝! 주름진 손이 정은의 뺨을 몇 번이나 쳐댄다. 그런데도 정은은 백 여사를 똑바로 바라보며 다가가길 멈추지 않았다. 어느새 눕게 된 백 여사는, 옆으로 양팔을 짚은 채 절 내려다보는 정은의 얼굴이 소름 끼치게 무표정해서 일순 말을 잃었다.

"사람은 오랜 시간 같이 있으면 닮나 봐요. 나는 유진이를 대할 때 내가 마치 어머니, 당신이 된 기분이 들었거든요. 그 애를 어머니한테 던져두고 나는 내 딸을 지켜야 했어요. 말도 제대로 하지 못하는 내 딸을 어머니가 죽여버리든, 혹은 정신병원에 가둬버리든 할까 봐."

정은이 잠시 말을 멈췄다.

"희정이 이름 지어주신 아버지. 희정이 외할아버지. 작년에 아버지가 돌아가셨을 때도 마지막으로 손녀 얼굴 한번 보고 싶으시다 했지만, 꿈쩍도 안 하셨죠."

정은은 아버지의 장례에 유진의 손을 잡고 가야 했다. 제 친딸이 아니라,

친딸로 알려진 유진이 희정의 외할아버지 장례식장을 지켰다.

"뭐가 그렇게 대단해서일까. 그이 비자금 열심히 찾으셨잖아요. 어머니 손자가 그이 아들은 맞나 봐요. 어머니."

정은이 천천히 고개를 숙여 백 여사의 귀에 속삭였다.

"그거 전부 국내로 들어와 있어요."

김 비서가 거기에 맞춰 TV를 틀었다. 단독보도라는 헤드라인이 뜨더니, 천명식 이사가 대현의 새로운 회장으로 추대됐다는 뉴스가 나왔다. 모든 주주의 만장일치로 결정됐다는 설명이 슥 지나가더니, 명예회장에게 증여받은 2퍼센트의 주식, 거기에 대한 세금 구천팔백억을 일시납부했다는 기자의 목소리가 이어졌다.

"그렇게 찾으셨던 돈, 저기 있어요."

정은의 손가락이 TV에 향한다.

"저건 명동, 명동치마 그 여자한테 빌린 돈이……."

"명의만 빌려주셨죠. 저흰 갚는 시늉만 한 거고요. 전부 애 아빠, 아니, 어머니 돈이에요 저게."

"무슨, 그게 무슨……."

"어머니 손자 그 자리에 못 앉아요. 어머니가 매일 천 이사를 보내서 주주들 설득하고 뇌물 주고 그러셨잖아요. 그 사람이 뭘 보고 배웠겠어요? 남편한테 제일 먼저 비자금 이야기를 해준 게 저 사람인데, 왜 어머니는 아직까지 모르셨을까."

"저, 전화! 내 전화 어디 있어?"

"앞으로 어머니 건 어디에도 없을 거예요."

"네년이! 근본 없는 걸 데려다 그룹 안주인을 시켜줬더니만 이 금수만도 못한 년!"

언론의 관심은 제 몫의 지분과 할머니 지분으로 대리출석을 한 도윤우에게 온통 쏠려 있었다.

- 도윤우 이사님, 다들 당연히 이사님의 회장 선임에 대한 주주총회인 줄 알았습니다. 한마디만 해주세요!

윤우가 차에 오르려다 멈춰 서서 웃으며 답했다.

- 저는 경험이 풍부하지 않습니다. 대현이라는 거대한 그룹을 경영하기 위해서 가장 합리적인 선택을 한 것뿐입니다. 족벌체제는 사라져야 될 유물이기도 하고요. 천 회장님께선 먼 친척이시긴 하지만 누구보다 회사를 잘 이끌어오셨고 오래 지켜봐오신 분이기에 회장으로 추대되신 겁니다.

청산유수다. 백 여사는 부들부들 떨었다.

"…… 특검…… 특검은!"

"윤우가 이 난관을 어떻게 타계해갈지 시험하실 게 아니라, 어머니 인맥을 동원해서 특검에 대한 진위 여부를 알아보셨어야죠. 그래봤자 김 비서가 거짓말을 했겠지만요."

"하…… 하……."

"어머니가 시집와서 일으켜 세웠다고 믿는 '도'씨 집안은 이제 끝이에요. 어머니는 어머니 개한테 가장 훌륭한 죽을 쒀서 처먹이신 거고요."

툭. 툭. 투두둑.

정은의 눈에서 뚝뚝 흐른 눈물이 백 여사의 얼굴로 떨어져 내렸다. 이 늙고 나이 든 노인 하나를 넘어서기 위해 달려온 세월이 허무했다. 제 딸을 인질로 잡고, 윤우가 사랑했던 유진의 목을 쥐고 있는 이 사람이 혹시라도 손아귀에 힘을 줄까 봐 두려웠다.

어느 새벽, 백 여사의 방문 앞에 섰을 때 정은은 품에 칼을 품고 있었다. 이 늙은 여자를 찔러 죽여버리자. 그러다 막 스무 살이 된 아들 또한 같은 생각을 하고 있단 걸 알아차리고서 그 마음을 거둘 수밖에 없었다.

자신이 교도소에 들어가면, 갈기갈기 찢겨질 아이들. 아직 어린 이 아이들을 지켜줄 사람이 없다. 누가 어디서 뜯어먹으려 달려들지 모르는 게 이 세계다.

몸을 일으킨 정은에게 김 비서가 준비해놓은 새 블라우스를 내밀었다.

"천 이사 불러와. 당장 여기로 불러오지 못해! 어딜 도둑놈의 새끼를 키워줬더니 그룹을 삼켜!"

서슬 퍼런 소리가 찢어졌다.

새 블라우스로 완전히 갈아입은 정은이 두 손으로 슥, 머리를 쓸어 흐트러진 모양새를 바로 했다. 손등으로 눈물을 털어내고 다시 완벽한 재벌가 안주인의 모습으로 돌아와 다소곳하게 선다.

"당분간 요양원에 가 계세요. 강원도 물 좋고 공기 좋은 곳에 요양원을 하나 인수해뒀어요. 물론, 어머니 돈으로요."

"뭐라고! 이, 이, 미친년들이…… 주주총회 다시 당장 소집해! 그래봤자 네놈들보다 내가 가진 주식이 더……."

"어머니의 유능한 변호사들이 지금 법원에 금치산자 판정받는 중이에요. 돈을 얼마를 들였는데 당연히 신속하게 판정이 나오겠죠. 이제 어머니 보호자는 윤우예요. 어머니 주식을 관리하는 것도 그 아이고요. 치매 노인이 좌지우지하기엔 너무 큰 주식이잖아요."

"헉……. 허억……."

백 여사가 가슴을 치며 숨을 몰아쉬었지만 정은도, 김 비서도 가만히 서 있을 뿐 의료진을 호출하지 않았다.

"좀 쉬세요. 어머니는 그럴 자격 있어요."

정은은 깍듯하게 허리를 숙여 보인 후 병실을 나갔다.

"기, 김 비서. 당장 지금 내 변호사한테, 아니, 처, 천 이사 그놈…… 윤우……."

김 비서는 아무것도 들리지 않는 듯 정면만 바라봤다. 어제 제 명의로 된 필리핀 카지노 인수권을 받은 참이다. 백 여사의 옆에서 발만 삐끗해도 잘리는 인생이라면 이 나라를 떠나 크게 돼보겠다는 야망에 불탔다.

정은은 곧장 위층의 VIP 병동으로 향했다. 수술은 어제 성공적으로 끝났다. 다만 의식이 돌아오지 않았을 뿐이다. 마침 이 박사가 회진을 마쳤는지, 엘리베이터 앞에서 두 사람은 마주쳤다.

"경과는 어떤가요?"

"고여 있던 피는 전부 제거했는데 이젠 자가회복에 맡기는 수밖에 없습니다. 뇌라는 게 조금이라도 충격을 받으면 어떻게 될지 모르는 것이라서요."

"……희정이는……."

"물 한 모금 안 마시고 강민이 옆에 붙어 있습니다."

정은의 눈빛이 아련해졌다. 그리고 이내 감사하다는 묵례 후 병실 문을 열었다. 유진과 희정이 소파에 앉아 서로를 끌어안고 있다.

"사모님!"

얼마나 울었는지 입술을 바르르 떠는 희정의 눈은 강민만을 향해 있었다.

"유진아, 미안한데 잠깐 희정이랑 둘만 있을 수 있을까?"

유진이 고개를 끄덕이곤, 병실 안에 정수기가 있는데도 불구하고 물을 떠 오겠다며 물통을 들고 나갔다. 아직 뉴스를 접하지 않은 게 분명했다. 이제는 안전하다고 말해줘야 하지만 정은은 매우 지쳐 있었다.

"희정아, 엄마야."

"강…… 강민이……."

각종 기계에 의지 중인 강민을 희정이 휘청거리는 손짓으로 가리켰다.

"모자…… 모자 써써……."

정은은 강민의 머리에 감겨 있는 하얀 붕대를 모자라 말하는 딸을 가만히 끌어안았다. 이렇게 마음 놓고 편하게 아이를 안아본 게 언제인지.

"강민이가 그렇게 좋아?"

희정이 고개를 끄덕였다. 좋고 싫음이 분명한 아이에게, 문득 묻고 싶어진다.

"엄마는? 엄마는 좋아?"

고개를 저을 거라 생각했건만, 다른 말이 돌아온다.

"……불쌍해."

"……왜? 엄마가 왜 불쌍할까."

"맨날 울어서……."

희정은 여전히 강민만 바라보며 또박또박 대답했다. 아이의 세계에서 멈춰버린 제 딸의 머릿속을 정은은 전부 알 수가 없었다. 다만 언젠가 백 여사에게서 벗어나게 된다면 이 아이와 둘이서 조용한 곳을 찾아가 평생 그동안 해주지 못한 모든 걸 다 해주면서 지내고 싶었다.

"미워하면 몰라도 왜 불쌍할까……."

"나는, 아무도, 안 미워해. 아냐. 할머니는 미워."

희정의 충혈된 눈이 똑바로 정은을 바라봤다. 그리고 또박또박 어디선가 배운 것처럼 아무도 미워하지 않는다고 말한다.

"왜……?"

"미워……, 응……. 힘든 거랬어. 할머니는 모두를 미워해서…… 그렇게 됐다고."

"누가 그랬어?"

"유진이가."

좋아하는 감정은 쉽게 생긴다. 미움도 마찬가지였다. 하지만 사람을 미워하게 되면 상대가 잘못됐으면 하는 마음에 본인부터가 견딜 수 없게 된다. 유진은 그걸 알고 있었다. 누구로부터 배운 걸까.

"유진이는 훌륭한 엄마가 있어서 그래. 그런데 희정이 엄마는 별로 안 훌륭해서 그걸 못 가르쳐줬네."

정은은 아이의 젖은 뺨에 자신의 뺨을 가져다 대며 말했다.

"괜찮아. 엄마, 나 괜찮아."

왜 희정이 계속 어린아이에 머물 거라 생각했을까. 이미 제 마음을 헤아리고 있는 딸을 아이로만 본 건 못난 자신이었다.

"강민이가 일어나면 엄마가 사과할게."

"응……."

"엄마가 고맙고 미안하다고 사과할게."

"강민이가…… 집 산다고 했어. 계단 없는 데……."

울컥 넘어오는 뜨거운 것을 가까스로 삼켰다. 정은은 딸아이를 끌어안고 등을 쓸어주었다.

"그래. 강민이가 그랬구나."

"으응……."

희정은 더 이상 떨지 않았다. 정은과 희정은 둘이 함께 강민이 깨어나기를 기다렸다.

✦ + ✦

2주 후.

윤우는 자신의 사무실을 정리하는 중이다. 갑자기 등장했다 갑자기 사무실을 정리하는 그를 두고 수많은 소문이 돌고 있다는 걸 본인도 잘 안다. 그중 첫 번째가 백 여사가 오랜 시간 동안 치매를 앓고 있었단 게 밝혀진 것이다. 정상적인 사고가 불가능한 상태에서 능력도 없는 손자를 회장 자리에 앉히려 했다는 게 드러나 임원진의 반발로 인해 회사에서 쫓겨나는 것이란 소문이 파다했다.

백 여사는 치매가 심해 본래 제 손녀를 못 알아보곤 도윤우의 약혼자를 손녀로 착각해 데리고 돌아다녔다는 소리도 있었다. 집안사람들은, 그래도 오랜 시간 동안 홀몸으로 대현을 이끌어온 여장부를 위해 그 장단에 맞춰 연기를 했다고 한다. 백 여사는 유진을 정말 친손녀처럼 아꼈다고, 하지만 이제 유진도 알아보지 못하고 강원도로 요양을 가셨다는 얘기에 눈물을 찍어내는 사람도 있었다.

미담 같은 이야기가 번져갔다.

윤우는 얼마 안 되는 집기들을 손수 정리하며 스피커폰으로 전화를 돌렸다.

"어디예요?"

- 언니 데려다주러 병원 들렀다가 지금 그리로 가는 중이야.

"얼마나 왔는데?"

- 음…….

유진이 말꼬리를 늘였다. 그러더니 전화가 끊겨, 윤우가 다시 통화 버튼을 누르려던 참이다. 문이 벌컥 열리며 유진이 고개를 내밀었다. 비서들 모두 다른 곳으로 발령받았기에 거칠 것 없이 들어올 수 있었다.

"강민은 어때요?"

강민은 무섭도록 회복 중이다. 수술 후 사흘 만에 눈을 떴고 기억장애나 다른 후유증도 없었다. 오늘 오후에 퇴원한다고 해, 유진은 희정을 병원에 내려준 뒤 회사로 걸음했다. 어차피 윤우가 보내준 기사가 모시러 오고 데려다주는 터라 병원에서 잠깐 내려 강민에게 인사를 건넸다.

"붕대는 일주일 전에 풀었고 아까 보니까 웨이트하고 계시던데."

"하하."

윤우가 짧게 웃었다.

유진은 오랜만에 보는, 그가 절 위해 주문했다던 소파에 앉아서 짐을 정리하는 윤우를 바라봤다.

"회사……."

그가 도윤우라고 적혀 있는 이사패를 휴지통 옆에 내려놓는데 유진이 입을 뗐다.

"아저씨 회사였잖아."

"사실 아버지 회사도 아니죠. 할머니 거나 다름없었지. 할아버지가 살아 계셨어야 했어. 아들 하나만 남기고 요절하셔서 이 모양이 됐잖아. 그래도 할아버지는 꽉 막힌 분은 아니셨다고 하던데."

윤우가 일부러 장난스럽게 군다는 것을 안다. 그는 빚을 갚고 주변 일처리를 하느라 그간 집에 거의 들어오지 못했다. 통화는 했지만 얼굴을 본 건 사흘 만이다.

"하하…… 그런데 강민 오빠 동물 털 알레르기 있는 거 알고 있었어?"

"그래요?"

"응. 재채기 엄청 하시더라고."

희정과 아침 일찍 강아지 목욕을 시키고 털을 말렸는데 샴푸가 안 맞는지 털이 꽤 많이 빠졌다. 그러다 희정이 강민에게 가야 된다고 유진을 재촉하는 바람에 옷도 채 갈아입지 못하고서 병원까지 부랴부랴 달려갔는데, 강민이 재채기를 시작했다. 그 우스웠던 모습이 떠올라 유진은 입을 가리며 웃었다.

"그러면서 지금까지 도와준 대가로 큰 개 세 마리 있는, 계단 없는 넓은 정원 딸린 전원주택 요구하던데."

"응?"

"개털에 빠져 죽겠네요. 다섯 마리 풀어놔야겠어요. 개털에 재채기하면서 똥도 치우고."

그가 불퉁하게 말하더니 유진에게 팸플릿 하나를 건넸다. 경기도 쪽 친환경 빌리지 홍보 책자였다.

"이거 대현건설에서 짓고 있는 건데 이미 프리미엄 분양은 끝났고. 근데 분양받은 게 있어요."

평평한 땅 위에 세워진 전원주택단지다. 유진은 고개를 끄덕이면서 좋아 보인다고 했다. 계단이라고는 잔디밭에서 집으로 올라갈 때의 딱 하나뿐이라 강민이 찾던 조건에 부합한다.

"좋다. 희정 언니가 전에 나한테 살고 싶은 집에 대해 얘기한 적 있는데, 이런 집일 것 같아."

"당연하죠. 강민이가 대현건설 팸플릿 보고 눈독 들였던 건데."

"진짜?"

유진이 밝게 웃으며 되물었다. 윤우는 언젠가 그랬던 것처럼 테이블에 엉덩이를 걸치며 나른하게 대답했다.

"진짜."

"빨리 가서 짐 정리해."

유진은 시선을 어디에 둘지 알 수 없어 손가락 끝으로 윤우를 밀었다.

"이따가 소파 가지러 업체에서 올 거예요."

받기까지 1년을 기다렸다는, 장인이 직접 소라도 키워서 잡은 가죽으로 씌웠는지 억 소리 나는 소파를 윤우가 발끝으로 툭툭 쳤다.

"아쉽네."

"왜요? 여기서 섹스 못 해서?"

"도윤우!"

장난인 줄 알고 눈을 흘겼는데 윤우는 진지하기 이를 데 없다. 유진은 멈칫했다. 그리고 고개를 미친 듯이 흔들었다.

"아니야. 윤우야, 너 지금 이상한 생각 하고 있는 거 아는데 그거 아니야."

"난 아쉬운데. 내가 왜 이렇게 덩치만 커다란 소파를 샀는지 알아요?"

"몰라. 듣고 싶지도 않고."

"여기에 침대를 가져다 두면 너무 노골적이잖아."

"노, 농담하지 마."

"그래서 소파로 나름대로 타협안을 찾은 거예요. 이래 봬도 절충안 찾는 데 기가 막히거든요."

제발 이상한 절충안을 찾지 말라고 울면서 빌고 싶었다.

"하하…… 윤우야, 여기 회사야."

"알아요. 그리고 난 오늘부로 여기 회사 사람 아니고."

천 이사는 그에게 부회장 자리를 제시했다. 그 머리가 아깝다며 회사에 남아 있으면 안 되겠냐고 은근히 제안했다. 박상현보다 높은 직위에 아주 잠깐 고민했지만 일언지하에 거절했다. 애초에 대현을 욕심냈던 적이 한 번도 없었다.

"사, 사람들 온다면서. 빨리 정리해서 나가자. 응?"

"그거야 전화해서 좀 늦게 오라고 해도 되고."

유진의 이마에 식은땀에 맺혔다. 냉방이 잘되고 있는 사무실에서 그러는 게 재미있어, 윤우가 손가락으로 땀을 닦아낸다.

"어디 아파요? 더위를 먹었나?"

"아니. 아무것도 안 먹었어."

"열이 있는 것 같아요."

그가 위험스럽게 다가왔다.

풀썩. 유진을 쓰러트리긴 식은 죽 먹기라, 그 위를 타고 오른다. 타이 끝을 손가락으로 감아 풀어내리는 윤우를 보면서 유진이 숨을 훕 들이켰다.

"나…… 이사실 문 열어뒀어."

"그런데 비서실엔 아무도 없죠."

그의 손등이 목덜미를 슥, 스치고 지나간다. 유진이 벼락이라도 맞은 것처럼 오들오들 떨었다. 그와의 모든 접촉을 성적인 의미로 인식하는 것 같아, 그럴 마음이 전혀 없었는데 동해버렸다.

"잠깐 놀리고만 싶었는데."

그 말에 긴장이 확 풀렸다. 아무리 도윤우가 주변 시선을 신경 쓰지 않는다지만 그럼 그렇지 싶어서 유진이 맥 풀린 얼굴로 웃었다.

"……진짜로 하고 싶어졌어요. 어떡하지?"

"으응……."

"마지막 날인데 사무실에서 어때요?"

마치 식사나 한번 하자는 양 여상한 투다.

"안 돼. 절대 안 돼."

"정말 아무도 안 오면. 응?"

귓가에 불어넣어지는 숨이, 그가 동의를 구하듯 물어오는 마지막 한마디가 마음을 흔들었다. 심지어 윤우의 눈망울은 촉촉하게 젖어 있었다. 유진이 재빨리 그의 눈을 손바닥으로 가렸다.

"이러는 게 더 좋아요? 넥타이로 내 눈 가릴래요?"

"아냐! 그런 거 아니야!"

"알아요. 열 내긴."

그가 쿡쿡 웃으며 완전히 몸을 겹쳤다. 묵직한 무게감이 실렸다. 그가 고개를 털어 눈을 막고 있는 유진의 손까지 털어냈다. 마치 수증기가 어린 온탕을 보는 것 같다. 그의 눈빛에 물빛이 어른거린다.

"숨이 가빠요."

"……네가 무거워서 그래."

"심장이 나보다 두 배는 빨리 뛰는 것 같은데."

첫 번째는 얼버무렸지만 두 번째까지 얼버무릴 순 없었다. 유진이 입술을 잘근잘근 깨물자 윤우가 웃음을 터트렸다.

"하…… 나는 몰랐는데."

부끄러운 듯 유진의 어깨에 얼굴을 묻으며 속삭였다.

"내가 잘 참는 줄 알았거든요."

그 목소리가 지나치게 퇴폐적이라 유진이 저도 모르게 짧게 신음했다.

"상식 없는 짐승이 되는 것 같기도 하고."

윤우의 상기된 얼굴이 짐승의 예기를 품고 있다.

"오늘도 못 들어가는데."

"오늘……도 못 들어와?"

"응. 오늘은 외박할 생각이에요."

"어디……."

유진이 기어들어가는 목소리로 물으며 블랙 슈트에 얼굴을 비빈다.

"이러고 나가면 또 이상한 소문이 날걸요. 미담의 주인공이 그런 소릴 들어야 쓰겠어요?"

"……그거 미담 아니라 괴담이야."

유진의 항변에 윤우가 큭큭대더니 그녀를 꽉 끌어안은 채 테이블 아래로 손을 뻗었다.

"원래는 이렇게 줄 생각은 아니었어요, 믿어줘요."

유진이 한 손으로 다 들 수도 없을 정도로 커다란 상자를 윤우는 손쉽게도 테이블에 올려놓았다. 파란 펄과 은색 포장이 어떻게 봐도 선물상자다.

"풀어볼래요?"

"네가 내 위에서 일어나면……."

윤우는 졌다는 듯 웃으면서 자리에서 일어났다.

"지금이라도 아쉬우면. 응? 난 아쉬워 죽을 거 같은데. 소파가 싫으면 창문도 있…… 읍."

유진이 훽, 윤우에게 얼굴을 들이대더니 그의 입술을 꽉 물고 재빨리 떨어졌다. 반격할 수도 없을 정도로 짧은 시간이었다.

"물었으면 뱉지 말지."

역시나 한술 더 뜨는 소리를 하길래, 관심을 돌리기 위해 은색 리본을 풀고 상자를 열었다. 유진은 한동안 말이 없었다.

상자에서 나온 건 카메라였다. 새까만 바디와 팔뚝만큼 긴 렌즈를 지닌 카메라였다.

"……이거……."

유진이 카메라에 시선을 고정한 채 겨우 입을 떼자 윤우가 손을 뻗어 유진을 끌어안았다.

"마음 같아서는 돌 때 잡았다는 그 클래식 카메라를 구해주고 싶었는데. 구할 수가 없어서요. 이제는 나오지도 않는 모델이고, 수집가들도 다 안 팔겠다고 해서."

"……."

"돈으로도 안 되는 게 있더라고요. 난 돈으로라도 한유진 추억 좀 사려고 했거든."

유진은 낮은 숨만 겨우 토해냈다.

"돌 때 카메라를 잡았으면 사진도 잘 찍지 않을까."

"한 번도…… 안 해봤는걸."

"한유진 어머니는 기대가 크신 것 같아서."

낡은 사진기를 들고 울먹거리고 있던 돌 사진의 제 모습이 떠올랐다. 아저씨의 손을 잡고 이 집에 들어오기 전에는 어땠더라. 사진을 좋아했는지, 카메라를 좋아했는지 아무것도 모르겠다. 부모님의 얼굴까지 희미해지는데 그런 자잘한 일들이 기억날 리 없다. 아니, 다시는 손에 잡지 못할 걸 알아서 잊어버리려고 노력한 결과인지도 모른다.

"유진아."

윤우가 부드럽게 불렀다.

"응……."

"나는 다시 처음부터 시작할 거라 아무것도 없어."

"응……."

유진이 카메라에서 시선을 떼지 못한 채 같은 대답만 반복했다.

"그래서 너를 함부로 대할까 봐 무서웠던 시절로 돌아가려고."

"응……?"

부드럽고 다정한 음성에 유진은 가까스로 그를 바라봤다. 윤우는 여전히 물안개 같은 눈으로 그녀를 바라보고 있었다. 깊이가 어느 정도인 줄 모르는데도 발을 담가보고 싶단 충동이 이는 그런 눈으로.

"눈에 보이는 게 없단 뜻인데."

"아……."

"네가 날 밀쳐내고 다른 사람이 좋아졌다고 해도, 더는 상관없다는 뜻이야."

그가 말한 어리고 위험했던 시절을 떠올렸다. 유진은 왜 제게 거리를 두냐고 따졌더랬다. 그는, 그가 감히 그녀를 함부로 대할까 봐 그랬다고 답했다.

"그러니까 그렇게 순순히 대답 안 하는 게 좋을 거야."

짧은 머리칼의 어린 짐승이 우아하게 웃으며 눈꼬리를 휜다. 유진은 마른침을 삼켰다.

"……나도 오늘 외박하는 거야?"

"그래. 집에 들를 시간도 없이 여기서 바로 출발할 거야."

"어디로……?"

"네가 첫 출사(出寫)를 할 수 있을 만한 곳으로."

문득 그가 일을 마치면 함께 가자고 했던 곳이 떠올랐다. 로드뷰를 찾아보며 혹시 엄마가 있을까 뚫어지게 보았던 바닷가.

"얼마나 걸릴까."

"만족할 때까지. 네가 돌아오고 싶을 때."

유진의 눈에도 물안개가 끼었다. 손을 뻗어 윤우를 끌어안았다. 그녀가 만족할 때라는 말이 마치 아직은 무서운 이곳으로 꼭 돌아올 필요는 없다고 안심시켜주려는 것 같아 유진은 일렁이는 감정을 꾹 눌렀다.

"첫 여행지는 태안이어야 해."

"그래."

"……엄마…… 사진…… 많이 찍을 거야. 엄마가 나를 못 알아봐도 계속…… 계속 보러 가고 싶어."

"응. 계속."

함부로 대할까 봐 무서웠다는 그 나날에도, 그는 늘 다정했다. 그래서 어린아이처럼 매달리며 다급하게 확인했다.

"……나는 아직도 네 기적이야?"

"말했잖아. 나는 널 어떻게 할 수가 없다고. 어떻게 감히 내가, 너를."

그가 유진을 마주 안았다. 발치가 물안개 깊숙이 감긴다. 그 깊이는 가늠할 수 없었다.

✦ ✚ ✦

윤우가 차에 시동을 걸 때부터 유진은 가슴이 뛰었다. 어렴풋이 어린 시절 소풍 가기 전날 밤이 생각났다. 막상 가서 무얼 했는지는 기억이 희미한데, 가기 전의 떨림과 설렘은 세월이 지났어도 마음 한구석에 남아 있었다.

"내가 소풍에 대해서 기억하는 건 엄마랑 같이 김밥 재료 사러 간 거. 저녁에 재료들을 볶아놓고 간식들 싸주셨어."

유진이 재잘거렸다.

"그래서 제일 먹고 싶은 게 김밥이었어."

도씨 집안에선 김밥 같은 건 먹지 않았다. 엄마가 자주 해주셨던 달콤한 떡볶이도 마찬가지였다. 유진의 얘기를 들은 윤우는 휴게소에 도착하자 그녀가 말한 모든 음식을 시켜 한 상 차려줬다.

"나중엔 내가 직접 만들어줄게요."

"참기름 많이 넣어서?"

"내 실수를 그렇게 길게 기억해봤자 별로 안 좋을걸요?"

유진이 우동을 입으로 가져가며 키들거렸다. 태안까지는 얼마나 걸리냐고 몇 번이나 물어보기도 했다. 사진을 찍어보라고 하니 가장 처음엔 엄마 모습을 담고 싶다고 해 카메라는 아직 상자 속에 있다.

"난 계속 기억할 건데?"

혀를 내보이자 그가 키스라도 할 것처럼 고개를 숙여 유진은 의자째 뒤로 넘어갈 뻔했다. 윤우가 손을 뻗어 잡아주지 않았다면 크게 다쳤을지도 모른다. 그는 유진보다 더 놀란 듯 한숨을 푹 쉬었다.

"앞으론 옆에 앉아. 심장이 떨어질 것 같네."

유진이 해맑게 웃었다. 휴게소에서 주전부리 겸 식사를 하고 다시 태안으로 향했다. 원래는 세 시간쯤 걸리지만, 윤우는 쉬엄쉬엄 운전했다. 유진이 긴장을 풀기를 바라서였다.

처음에는 장난도 치고 농담을 건네던 유진은 태안에 가까워지자 점점 말을 잃었다. 초조하게 두 손을 꽉 쥐고 창밖만 바라봤다.

아직 해가 지기 전이라 바닷가 군데군데 늦은 피서를 온 사람들이 꽤 많다. 내비게이션에 도착예정시각까지 십 분 남짓이라 떴을 때 유진은 차를 세워달라고 하곤 밖으로 나가더니 속을 게워냈다. 윤우가 생수병을 들고 내려 그녀의 등을 토닥여줬다.

"엄마를 보고 울어버리면 어떻게 하지? 나 못 알아보실 수도 있으니까. 처음엔 멀리서만 보려고 했는데 자꾸 엄마한테 가까워져가니까 욕심이 생겨."

유진이 떨리는 목소리로 말했다.

"잠깐만 여기 있어."

차로 간 윤우가 자신이 사준 카메라를 들고 유진에게 다가왔다. 검은 바디에 렌즈를 끼우고 유진의 손에 들려준다.

"첫 사진으로 찍어드리는 것도 좋은데, 그래도 연습은 해야지. 예쁘게 찍어드려야 될 것 아냐."

유진이 어설프게 카메라를 들어 셔터를 눌렀는데 아무 소리도 안 났다. 액정을 확인해보니 새까만 암흑뿐이다. 영문을 모르겠다.

윤우가 휴대전화로 카메라를 찍어, 이 카메라를 사는 걸 도와준 서윤에게 문자를 보냈다. 답장은 곧바로 왔다.

[렌즈 캡을 열어, 멍청아ㅋㅋㅋㅋ]

답장을 받고부터 윤우는 불길함을 느꼈다. 카메라에 대해 알지 못해서 서윤에게 가장 좋은 카메라를 추천해달라 부탁했다. 서윤은 이것저것 물어보다가 윤우가 하나도 제대로 답하지 못하자 모델명과 렌즈명만 보내놓고 폭소했다. 그 기억이 뒤늦게 떠올라 윤우는 급격하게 말수가 줄었다.

"……렌즈 캡을 열라는데."

"이거?"

둘 다 어떻게 하는지 몰라 한참 헤매다가 이내 뚝, 어떻게 했는진 모르지만 분리가 됐다. 유진이 다시 카메라를 들어올렸다. 그녀가 들고 다니기엔 지나치게 렌즈가 길다. 들고 있는 것만으로 울상을 짓는 유진을 보며 윤우는 잠시 말을 잃었다.

"일단 찍어봐."

먼 바다를 가리키며 때아닌 특훈에 돌입했다. 그리고 두 사람은 십 분 만에 절망했다. 포커스를 맞출 수가 없었다. 자존심이 상하지만 다시 한 번 이런 상황이라고 설명을 하니 바로 답장이 왔다.

[그거 전문가용이야. 뭐야, 입문용이라고 말을 하든가. 제일 비싼 건 당연히 전문가용이지ㅋㅋㅋㅋ]

그 문자는 차마 유진에게 보여줄 수 없었다. 유진은 카메라에 대해 전혀 몰랐고, 그도 카메라는 셔터만 누르면 되는 기계인 줄 알았다.

"유진아."

"……이거 너무 무거워."

어깨가 빠질 것 같고 자꾸 떨어지려는 렌즈는 어떻게 잡아야 하는지조차 몰랐다. 목적지를 십 분 앞두고 예상 못 한 고민에 빠졌다.

"휴대전화도 있으니까. 요새는 휴대전화 카메라도 잘 나와."

"윤우야, 저기."

유진이 자꾸 터지려는 웃음을 참고 그를 불렀다.

"응?"

"너도 사진 찍는 법 모르지?"

"난 찍히기만 해서 찍는 건 당연히 모르지."

윤우가 너무 당당해 유진은 멍하니 입을 벌렸다. 그러나 윤우도 제가 허세 부리듯 한 말이 어색해, 서로 눈치를 보다가 픽 웃고 말았다.

유진은 괜히 첫 사진 어쩌고 쓸데없는 걱정을 했다면서 폭소했다. 도로가에 주저앉아 눈꼬리에 눈물이 맺힐 정도로 웃었다. 긴장이 쭉 풀어져버렸다.

"내가 나중에 꼭 열심히 공부해서 배울게."

왠지 윤우가 풀이 죽어 보여 그렇게 위로했다.

"네 말대로 휴대전화 카메라도 잘 나오잖아."

유진은 휴대전화 카메라도 거의 써본 적 없는지라 그저 윤우의 말을 따라 한 것뿐이다. 카메라를 들고 다시 차로 돌아왔다. 카메라는 렌즈와 바디를 분리하는 법을 몰라 그대로 뒷좌석에 놔둘 수밖에 없었다.

심호흡을 몇 번 하는 사이 '테레사의 집'이 보였다. 그 앞에 이미 몇 시쯤 도착하겠다고 연락드렸던 수녀님 한 분이 나와 계셨다. 이 박사의 오랜 지인으로, 함께 의대 공부를 하다가 돌연 수녀가 되겠다고 의대를 자퇴하고 수녀원으로 들어갔다고 했다. 그 후 교구에서 이 작은 요양원을 맡게 됐는데 이 박사가 어느 날 밤 갑자기 유진의 어머니를 데리고 왔다.

"몸은…… 괜찮으신가요?"

유진이 떨리는 목소리로 물었다. 그제야 율리아 수녀가 입을 뗐다.

"이 박사랑은 연락이 끊긴 지 오래돼서. 가끔 익명의 후원금이 들어오는데 그게 이 박사일 거라고 생각하고는 있어요. 우리는 그분을 안젤라라고 부르거든요."

안젤라라는 말을 듣는 순간 유진은 마음이 편안해졌다. 엄마의 원래 이름보다 더 잘 어울리는 것 같다.

"안젤라는 호스피스로 일하고 있어요. 8년이란 세월은 길었죠. 처음엔 환자였지만 몸이 많이 좋아지고 본인의 의지가 강해 일을 하고 있답니다."

유진이 윤우를 바라봤다. 둘의 시선이 부딪쳤다.

"아, 아무도 기억 못 하신다고……."

"맞아요. 그래서 갑자기 아는 사람들이 찾아온다고 하면 쇼크를 받을까 봐 말을 안 했어요. 그러니 당분간은 이 요양원에 계시는 다른 분의 보호자 역할을 해주시겠어요? 우리도 안 해본 게 없거든요. 이 박사는 그러지 말라고 했지만 기억을 찾는 게 좋을 것 같아서요. 하지만 과거를 기억하려고 하면 할수록 거부반응이 심해서요. 결국엔 이 박사가 당부한 대로 이대로 지내는 게 나을 것 같다고 모두가, 그리고 본인도 생각했답니다."

유진은 고개를 끄덕였다. 엄마와 대화만 할 수 있다면 어떤 역할이든 할 수 있었다. 율리아는 두 사람을 데리고 요양원과 조금 더 떨어진 해변으로 다가갔다.

"해 질 녘엔 항상 여기 와 있어요. 일출과 일몰을 보는 게 안젤라의 오랜 버릇이에요."

수녀님은 바닷가 한 곳을 가리켰다.

여자는 흰색 반팔 옷에 발끝까지 오는 고무줄 치마를 입은 평범한 차림새였다. 피서를 온 사람들 중 하나가 던진 비치볼이 여자의 발치에 떨어지자, 무릎까지 오는 작은 아이 하나가 아장아장 걸어와 비치볼을 달라며 손을 뻗었다. 발치에 떨어진 공을 주워 아이의 눈높이대로 주저앉은 여자가 뭐라고 말을 걸자 아이가 붉은 볼을 하곤 까르르, 맑은 웃음을 터트렸다.

한 번만 돌아봐주면 좋으련만 여자는 아이와 한참을 이야기하고 있었다.

"그럼 만나보세요."

율리아가 인사를 하며 다시 요양원 쪽으로 걸음을 옮겼다.

"유진아."

"윤우야. 저기 계신 분이 엄마라는데, 나는 잘 모르겠어."

그렇다고 가까이 다가가 얼굴을 볼 용기도 갑자기 사라졌다.

"내가 함께 가줄까, 아님 여기 있을까."

"함께. 함께 가줘."

그의 손을 꼭 잡고 부탁하자 윤우가 고개를 끄덕였다. 쉽사리 발걸음을 떼지 못하는 유진 대신 그가 먼저 걸음을 옮긴다.

"꺄르르륵."

아이가 자지러지게 웃다 발랑 넘어갔다. 놀란 여자가 공을 놓고 아이에게 다가가 일으켜 엉덩이를 털어준다. 저 뒤쪽에서 부모로 보이는 사람이 웃으면서 다가왔다.

"고맙습니다, 하고 일어나야지."

아이 엄마가 아이에게 말하자 울음을 터뜨릴락 말락 하던 아이의 작은 몸이 꾸벅 접힌다.

"고마웁니다."

혀 짧은 아이의 인사가 다가섬에 따라 또렷하게 들렸다. 하지만 이상하게도 엄마의 목소리는 바람에 흘려 들리질 않았다. 아이 엄마는 한 손에는 아이를 안고 한 손에는 공을 들고 인사를 한 후 멀어져갔다.

어느새 윤우와 유진은 안젤라라는 이름으로 불리는 엄마의 뒤편에 서 있게 됐다. 멀어져가는 아이의 뒷모습을 꽤 오랫동안 바라보던 여자는 돌아서다 유진과 윤우를 보고 꽤 놀란 표정을 지었다. 얼핏 나이를 가늠하기 힘든 얼굴에 곧 잔잔한 웃음이 번졌다.

"안녕하세요."

곱디고운 목소리에 유진이 이를 악물었다.

"안녕하세요."

유진은 겨우 입을 열었다. 다행히 목소리가 떨려 나오진 않았다. 윤우와 깍지 껴 잡은 손에 저도 모르게 잔뜩 힘을 줬다. 그가 다독이듯 손가락으로 손등을 툭툭 친다.

"커플이 여행 왔나 봐요. 예뻐라."

바람에 날리는 머리칼을 귀 뒤로 넘기며 엄마가 수줍게 웃었다.

이렇게 마주하니 엄마의 얼굴이 또렷하게 기억났다. 기억 속 모습보다 주름이 진 것 외엔 똑같다. 유진은 충동적으로 손을 뻗어 엄마의 얼굴을 손가락으로 쓸었다. 그렇게 온기라도 느껴야 엄마가 자신과 같은 공간에 있는 걸 인정할 수 있을 것 같았다.

"제 얼굴에 뭐가 묻었나 봐요?"

"네. 머리카락이 붙어서요."

윤우가 유진 대신에 부드럽게 대꾸했다.

"여자친구가 예쁘네요."

"이렇게 보니 두 분이 닮았어요."

윤우는 담담하게 대답했다.

유진은 가까스로 손을 거두고 엄마를 빤히 바라봤다. 윤우의 말에 손으로 입을 가리며 살포시 웃는 모양새가 거울을 보는 것만 같다. 이렇게 둘은 닮았는데 정말 모르는 걸까, 모르는 척하는 걸까.

"아가씨가 참 낯이 익네요. 아, 저는 이상한 사람 아니에요. 저쪽 요양원에서 호스피스로 일하고 있거든요."

안젤라가 그들의 뒤에 있는 요양원을 가리켰다.

"저희도 저기서 오는 길이에요."

"어머나. 가족분이 저기 계시는 거예요?"

두 사람을 향한 안젤라의 두 눈에 금세 걱정이 담겼다. 유진은 고개를 끄덕였다. 입속이 간질거렸다. '엄마'라고 부르며 응석을 부리고 싶다.

"저희 요양원에 계신 환자분들, 수녀님들 모두 좋은 분들이니 걱정하지 마세요. 그래서 여자친구분 얼굴이 이렇게 어두웠구나. 많이 안 좋으신 거예요?"

안젤라가 부드럽게 달래주었다.

울지 않으려고 했는데 뚝뚝, 눈물이 떨어졌다. 그러자 안젤라는 말릴 새도 없이 유진의 머리를 쓰다듬어주다 어깨를 끌어안고 가볍게 토닥였다.

"처음 본 아가씨가 이렇게 친근하게 느껴질 줄은 몰랐는데, 안아주고 싶네요. 괜찮아질 거예요, 아가씨."

"네. 엄마가 여기에 있어서…… 그래서요."

"저런. 울지 말아요. 여기서 건강해지신 분도 여럿 계시니까요. 보시다시피 평화로운 곳이에요. 걱정 말아요."

유진이 고개를 끄덕이면서 겨우 울음을 그쳤다.

"이리 와봐요. 저쪽에 아주 맛있는 아이스크림이 있거든. 울다가 웃었을 땐 단걸 먹어야 해요. 아줌마가 사줄게요."

안젤라가 앞장섰다. 2차선 도로 너머에 아이스크림이라고 써 붙여진 허름한 간판이 보였다. 유진과 윤우는 어떻게든 한마디라도 더 하고 싶어서 그 뒤를 따랐다.

"너무 친절하셔서 엄마도 빨리 나으실 것 같아요."

"좋게 봐줘서 고마워요. 나도 이런 예쁜 딸이 있으면 빨리 낫고 싶을 거야."

윤우를 잡은 손에 다시 힘이 들어갔다. 하지만 이번엔 울지 않고 유진이 고개를 끄덕였다.

"네. 엄마가 저를 많이 사랑하셨거든요. 꼭 다시 일어나실 거라고 믿어요."

마음을 다독였다. 자신을 알아보지 못해도 이렇게 다정한 분이라는 걸 확인했으니, 아픈 곳이 없다는 것까지 확인해서 다행이라고.

안젤라는 차가 없는 도로를 건너 주인과 인사를 나눈 후 콘 아이스크림 두 개를 사서 윤우에게 하나, 유진에게 하나를 건넸다.

"어머나, 이거 봉숭아물이네요?"

아이스크림을 받으려고 손을 뻗는데, 안젤라가 유진의 새끼손가락 손톱에서 주홍빛 물을 발견했다.

"……네."

"나도 옛날에……."

그러던 안젤라가 고개를 갸웃했다.

"내가 누군가 물을 들여줬던가. 생각이 잘 안 나네요."

유진은 실망하지 않았다. 오히려 얼른 손가락을 주먹 속에 감췄다. 안젤라는 의아해하다 윤우의 손가락 끝에서도 봉숭아물을 발견했다.

"둘이서 커플로 들였군요. 그런데 이상하다. 보통은 손가락 하나만 하진 않는데."

그리고 유진이 뒤로 감춘 손을 찾아내 벌써 녹기 시작한 아이스크림을 쥐여준다.

와아아아! 바닷가에 있는 사람들이 전부 한 곳을 바라보며 탄성을 올렸다.

하늘이 주홍빛이다. 봉숭아물 같은 색이었다. 수평선도 온통 노을에 물들어 있었다.

"예쁘죠? 나는 몇 번을 봐도 항상 볼 때마다 감탄해요."

안젤라가 노을을 바라보는 윤우와, 자신을 바라보는 유진을 따뜻하게 바라보며 말했다.

"……네. 너무 예뻐요."

유진은 엄마의 눈에 비친 노을을 보고 있었다. 그 순간, 안젤라의 눈에 물기가 차오르더니 후드득, 여름철 소나기가 내리듯 얼굴을 타고 흘렀다. 유진은 당황해 아이스크림을 내던지고 두 손으로 안젤라의 볼을 감쌌다.

"우, 울지…… 울지 마세요."

“어머어머…… 내가 이래요. 왜 갑자기 눈물이 나지.”

안젤라의 눈물은 멈추지 않았다. 유진은 그 붉은 눈물을 닦아줬다. 엄마를 울리려 온 게 아니다.

“제발…… 제발 울지 마세요.”

“미안해요. 미안해요.”

안젤라는 유진의 손목을 부드럽게 잡고서 사과했다.

“아가씨 손톱에 물든 걸 봤을 때부터 마음이 자꾸 이상해요. 내가 가끔 이래요. 문득문득 마음이 아플 때가 있어요.”

울면서도 차분하게 설명해준다. 유진이 고개를 끄덕였다. 이해하지 못할 리 없다.

“엄마가 어릴 때부터 항상 봉숭아물을 들여줬어요.”

“그래서 아가씨가 이렇게 울 것 같은 얼굴이었구나.”

윤우는 한 발 물러났다. 유진은 침착하고 차분하게 안젤라와 눈을 마주하고서 그녀를 위로했다.

“제가 아주 어릴 적에 처음으로 열 손가락에 물을 들이고 무서워하며 엉엉 울었대요. 손톱이 너무 빨갛다고.”

“귀여워라.”

안젤라가 웃었다. 어느새 눈물 자국만 남아 있었다. 두 사람은 서로의 손을 맞잡은 채 제법 열기가 가신 아이스크림 가게의 벤치에 앉았다.

“그래서 그다음 해부터 계속 쭉 마지막 손가락만 물을 들여주셨대요.”

“다정한 엄마네요.”

“네, 네. 저도 그렇게 생각해요.”

유진이 웃으면서 대꾸했다. 마음이 벅차서 아무것도 할 수가 없다. 엄마가 아는 것 같았다. 저에 대한 구체적인 기억은 없다 해도 괜찮다. 그래도 딸을 알아본 거다. 엄마의 본능으로 당신 딸과의 추억을 어렴풋하게나마 미음 한구석에 간직하고 있는 것이다.

"다정한 분이에요. 저는 엄마를 아주 많이 사랑하고 있어요."

"아가씨 어머니가 누구예요? 이렇게 예쁜 아가씨를 낳은 분이라니. 나도 만나보고 싶어요."

"……제가…… 제가 나중에 직접 소개드릴게요. 이제 날 어두워지기 전에 가야 되거든요."

"저런. 아쉬워서 어쩌죠?"

안젤라의 눈에 깊은 상실이 담겼다. 마음 같아서는 여기서 며칠 더 있다 가고 싶다. 그러나 확신이 서지 않았다. 같이 있다간 엄마가 울거나 저가 울 때가 생기리라. 유진은 아직 엄마의 상처를 모두 파악하지 못했다. 그걸 후벼 파며 자신을 기억해내라 강요하고 싶지 않았다.

"혹시…… 사진을 한 장만 찍어도 괜찮을까요?"

"나랑요?"

"엄마에게 좋은 분을 만났다고 보여드리고 싶어서요."

완전히 거짓말은 아니다. 엄마와 함께인 지금의 제 모습도 보고 싶다.

"그래요. 나야 고맙죠. 저기, 나한테도 한 장 보내주겠어요?"

"네!"

유진이 웃으면서 크게 고개를 끄덕였다. 둘은 서로의 손을 잡고 어깨가 닿을 정도로 가깝게 앉았다. 윤우가 서너 걸음 떨어진 곳에서 휴대전화를 들었다.

"찍을게요. 하나, 둘, 셋."

둘 모두 울다 웃으며 카메라를 바라봤다. 서너 장을 찍었는데 그중 한 장은 마치 약속이라도 한 것처럼 카메라가 아닌 서로를 바라보는 사진이었다.

"내가 휴대전화를 일하는 데 두고 왔는데. 내 번호 알려줄게요."

"네. 제가 거기로 보내드릴게요."

유진은 엄마가 불러주는 번호를 꾹꾹 눌러 찍은 사진을 전송했다.

"아가씨 번호를 뭐라고 저장할까요?"

"아…… 어…… 아……."

유진은 당황해 쉽사리 대답하지 못했다. 붕어처럼 입만 버끔이다가 결국 둘러댈 말을 찾지 못하고 기어들어가는 목소리로 입을 열었다.

"……진이요."

"이름이 외잔가 봐요. 진이라고 저장하면 되겠죠?"

공교롭게도 엄마의 이름과 비슷한 이름이 됐다. 유진이 웃으면서 고개를 끄덕였다.

"네. 진이라고 저장해주시면 돼요. 저는 지금 남자친구랑 여행 다니는 중이에요."

"그렇군요. 젊을 때 여행이라 좋네요. 좋은 데 있으면 사진도 몇 장 부탁해요."

"저는 안젤라 님이라고 저장할게요."

안젤라가 고개를 갸웃했다.

"내가 이름을 이야기해줬던가요?"

"네. 해주셨어요."

유진이 당황하지 않고 고개를 끄덕였다. 그러자 안젤라도 금방 그러려니 하고선 웃었다.

"다음에 다시 올게요."

"그래요. 그때도 날 꼭 보고 가요. 내가 오늘 못 먹은 아이스크림 다시 사 줄게요."

유진이 환하게 웃었다. 그리고 윤우의 손을 잡아끈다.

"제가 사랑하는 사람이에요. 제 첫사랑이에요, 안젤라."

둘이 연인 사이라는 걸 이미 아는데 왜 재차 못 박는 걸까. 하지만 안젤라는 웃으면서 고개를 끄덕였다. 윤우의 얼굴을 찬찬히 살펴보며 역시 낯익다고 생각했다.

"잘 어울려요. 너무 예쁜 커플이에요."

"꼭 다시 올게요. 그러니까 안젤라. 건강하셔야 돼요."

그 말에 안젤라의 눈시울이 붉어졌다.

"왜 오늘 처음 보는 젊은 아가씨가 이리 낯이 익을까."

"저도요. 저도 엄마처럼 안젤라가 익숙해요."

유진은 기습적으로 안젤라를 꼭 끌어안고선 잊었던 엄마 냄새를 담뿍 들이켰다. 그리고 눈물이 나오기 전에 서둘러 자리에서 일어나 윤우의 손을 잡고 도망치듯 빠르게 걷는다.

"……나 잘했지?"

"그럼."

그녀의 걸음을 따르며 윤우가 대답했다.

"나를 사랑한다고 해줘서도 고마웠고."

"……엄마한테 보여주고 싶었어. 정식으로 보여주고 싶은 상대는 엄마니까. 서로를 알았으면 해서……."

윤우는 말없이 웃었다. 기껏해야 노을이 피고, 지는 시간 동안의 짧은 만남이었다. 윤우가 들고 있던 아이스크림은 이미 흔적도 없이 녹아 손등에까지 흘러내려 있었다.

"먹을래? 어머님이 사주신 건데."

다 녹은 아이스크림을 나눠 먹으며 주차돼 있는 곳까지 걸어왔다. 그리고 윤우가 차에서 물티슈를 꺼내 유진의 손가락을 하나하나 닦아준다.

"잘했어, 유진아."

"응. 응. 나 완전 잘했어. 나 정말 잘했어. 엄마도 그거 알아야 돼. 나 잘 버티고 잘했어."

그러더니 유진은 윤우에게 매달려서 엉엉 울어버렸다. 다음에도 꼭 같이 오자고 말하는 유진에게 네가 원한다면 몇 번이고 다시 오겠다고, 윤우는 약속했다.

EPILOGUE

겨울이 가까워지는 동안 전국을 돌아다녔다.

마음에 드는 곳이 있으면 그곳에서 몇 주를 보내기도 했다. 한 번은 해운대가 보이는 부산의 호텔에서 한 달을 넘게 숙박했던 적도 있다. 그러다 강원도에서 꽤 오래 머물게 됐다. 서울에서는 눈이 오면 바로 제설작업에 들어가 쌓인 눈을 볼 수 없었다는 유진의 말에, 윤우가 그럼 눈 체험을 해보자며 해맑게 말하고 하필이면 삼면이 산으로 둘러싸인, 내비게이션에도 나와 있지 않은 어느 작은 동네의 농가를 빌렸다.

나름 최신식의 보일러를 갖춰, 밤마다 장작을 때워 구들장을 달구지 않아도 된단다. 눈이 많이 오는 한적한 곳에서 겨울을 나고 싶다고 했더니 그가 급하게 찾아낸 곳이다.

사실 유진이 생각했던 건 스키장이었지만 붐비는 걸 좋아하지 않기에, 인적이 드문 그곳에서 겨울을 나기로 했다. 한 달을 빌리기로 했으나, 아마 눈에 갇혀 봄이 되기 전엔 나오고 싶어도 나오지 못할 거라 윤우는 장담했다.

그들이 강원도에 집을 빌렸다고 전하자마자 윤우의 모친인 정은이 연락해왔다. 마침 그가 요새 통 먹지 못하는 유진을 강릉의 한 호텔에 두고, 그녀가 먹고 싶다던 비빔국수를 구하러 나간 차였다.

눈이 많이 와 마을까지 가는 길이 막혀 본의 아니게 제설작업이 완료되거나 눈이 녹을 때까지 강릉시에서 기다려야만 했다.

- 잘 지냈니?

"안녕하세요, 사모님."

지금까지 윤우가 정은과 통화를 할 때 안부를 전해 들었지, 직접적으로 자신에게 연락이 온 것은 처음이다.

- 아직까지 사모님이 뭐니? 우리 아들이랑 결혼할 거 아니야?

결혼이라는 말 자체를 잊고 살았다. 하지만 정은의 말에 잠시 결혼생활을 떠올려버리고 말았다. 반년 넘게 돌아다니면서도 윤우는 유진에게 단 한 번도 화를 낸 적이 없다. 서툴러서 하는 실수도, 알지 못해 저지른 실수들도 무조건 웃으면서 넘어갔다.

"잘 모르겠어요."

- 호호. 서울에는 언제 올 거니?

"음……. 해 지나고 아마……. 그것도 사실 잘 모르겠어요."

- 지금 강원도에 있다고?

"네."

- 백 여사님 강원도에 계시는 거 알고 있니?

갑작스럽게 듣게 된 백 여사의 소식에 유진은 대답하지 못하고 머뭇거렸다. 몰랐다고 하면 될 일인데 입이 떨어지지 않았다. 그리고 뒤늦게야 제가 휴대전화를 떨어뜨렸다는 걸 깨달았다.

"……죄송해요. 휴대전화를 떨어트렸어요."

- 그렇게 놀랄 일은 아니고. 너희들이 강원도에 있는 줄 알았으면 나도 기다렸다가 같이 가서 보고 오는 건데. 얼마 전에 요양원에 다녀왔거든. 너희도 가보는 게 좋을 것 같아서.

마른침이 넘어갔다. 백 여사가 요양을 하고 있다고만 들었지, 그게 강원도고 별장이 아닌 요양원이란 사실은 처음 알았다.

"꼭…… 가야 하나요?"

- 강요는 아니란다. 윤우가 전화를 안 받아서 말이야. 둘이 같이 있는 거 아니니?

"잠깐 나갔어요."

- 아무튼 나는 속이 좀 시원해져서. 어떻게든, 그게 죽기 전날이라 하더라도 죗값은 치르게 되는구나 싶어서. 사실 윤우보다도 네가 가서 보고 속이 시원해졌음 해서 전화했어.

"잘 모르겠어요."

- 옛날의 백 여사님을 생각하지는 말고. 그냥 마음이 편해지고 싶으면 가 봐.

그때 방문이 열리더니 윤우가 검은 비닐봉지를 들고 들어섰다. 유진이 통화를 하는 건 드문 일인지라 입모양으로 누구냐고 묻는다.

"사모님."

- 어머, 사모님 소리 그만하라니까?

윤우가 휴대전화를 가져갔다.

"어머니."

- 사근사근한 유진이 목소리 듣다가 아들 목소리 들으니 갭이 심하긴 하다.

"지금 어디세요?"

- 희정이랑 강민이 데리고 스파 왔지. 둘은 커플 스파 보내고 난 그냥 스파.

"왜 연락하셨어요?"

- 얼마 전에 백 여사님 만나고 온 게 자꾸 생각나서 그래. 내가 볼 땐 이번 겨울 못 넘기신다.

수화기에서 흘러나오는 소릴 들은 유진이 흔들리는 눈으로 윤우를 바라봤다. 그가 신경 쓸 필요 없다는 듯 고개를 저었다.

유진은 굿 이후 백 여사를 보지 못했다. 윤우의 뒤에 서 있기만 했다. 그가 그녀를 완벽하게 한유진으로 살 수 있게 숨겨줬기 때문이다.

"이만 끊을게요. 국수 불어요."

- 국수? 무슨 국수?

"유진이가 요새 입맛이 없어서요."

- 얘, 얘! 아들! 그럼 산부인과부터 가야지! 아니다, 그 약국. 약국에서 키트 사서…… 아니, 아들! 듣고 있지?

윤우는 전화를 끊으려다 멈칫하더니 다시 휴대전화를 귀에 댔다. 그의 두 눈이 똑바로 유진을 향했다. 엊그제부터 약한 감기기운이 있어 병원에 가자고 해도 말을 듣지 않기에 오늘 외출한 김에 약국에서 약을 사왔다.

"네."

- 휴……. 약 같은 거 함부로 먹음 큰일 난다? 미열 있거나 이러진 않고? 지금 거기 눈 많이 안 오면 산부인과부터 빨리 가봐. 아, 오늘 일요일이구나. 날 밝으면. 응?

정은이 이렇게 말을 빨리 하는 건 처음이다. 유진은 얼굴이 빨개져선 머릿속으로 자신의 생리주기와 배란일을 계산했고, 그는 일단 알겠다고 말한 뒤 전화를 끊었다.

"유진아."

"아닌 것 같은데. 그럴 리가 없는데."

주기가 규칙적인 편은 아니지만 여행을 시작하고 난 뒤부터 더 불규칙적이 돼 계산 자체를 할 수가 없다. 반년 동안 생리는 딱 한 번 있었다. 말로는 그럴 리가 없다고 하지만, 불안해지는 건 어쩔 수 없었다.

유진은 두 손으로 배를 감쌌다.

"잠깐 먼저 먹고 있어. 혹시 모르니까 약국 다녀올게."

"싫어. 가지 마."

갑자기 불안해져 윤우의 팔을 붙잡았다. 그가 유진을 끌어안았다. 네 불안의 이유를 알고 있다고 다독여주는 것만 같아 그에게 매달렸다.

"왜 불안해할까."

"아냐……."

임신일지도 모른다는 생각이 든 순간, 왜 하필 백 여사의 얼굴이 뇌리를 스쳤는지 모르겠다.

더러운 피. 엄마의 첫아이를 지운 사람. 자신이 만나본 사람 중 가장 악하고 못된 사람. 그걸 윤우에게 말할 수는 없었다. 그가 아파할 것 같아서.

"임신이 맞으면 바로 서울로 가자."

유진이 입술을 깨물었다.

"그곳에 갔다간 정말 겨우내 눈이 녹을 때까지 나오지 못하는 수도 있으니까. 그건 너무 위험해."

"아닐 거야."

"유진아, 아니길 바라는 거야?"

부드러운 목소리로 제게 묻는 남자를 앞에 두고, 아니길 바란다는 말이 차마 입 밖으로 나오지 않았다.

"일단 아무 생각 말고, 그럼 이거부터 먹자. 너 어제부터 아무것도 못 먹었잖아."

왜 자꾸 새콤한 게 먹고 싶은지. 어제부터 식사는 않고 귤만 먹었다. 오늘도 윤우가 아침부터 계속해서 먹고 싶은 걸 말하라고, 그러지 않으면 그도 아무것도 먹지 않을 거라 엄포를 놓아서 겨우 비빔국수로 타협했다. 하지만 이제는 그것마저 먹기 싫어 고개를 저었다.

"아기가 생겼을 리 없지. 내가 이미 키우고 있는데."

그가 그녀를 품에 안은 채 다독이며 웃음기 어린 목소리로 말했다.

유진은 마음을 정했다. 계속 불안한 채로 있기 싫었다.

"……같이 가, 약국."

"밖에 추워. 여기서 기다려, 내가 다녀올게."

"그냥 같이 가."

유진은 호텔 앞에 있던 약국을 기억해내곤 괜히 짜증을 냈다. 윤우는 더는 말리지 않고서 그녀의 목에 목도리를 둘둘 말아주곤 발끝까지 오는 패딩을 꺼내 단단히 무장시켰다. 결국 그의 주머니에 손을 넣어 꽉 잡고 호텔방을 나섰다.

약국에서 임신진단키트를 사고 난 뒤 호텔방까지 올라가지도 못하고, 유진은 로비에 있는 화장실을 찾았다. 가슴이 계속 뛰어대고 심란해 빨리 확인하고 싶었다.

불안하고 초조해서 윤우에게 화를 내고 한마디씩 짜증을 냈다. 그때마다 그는 손을 꽉 잡아주거나 어깨를 끌어당겨 춥지 않냐고 속삭여줘 눈물을 왈칵 쏟을 뻔했다. 화장실에 들어오면서까지 짜증을 낸 게 미안했다. 먼저 방에 가 있으라고 말하면 되는데.

유진은 손톱을 물어뜯었다. 그냥 감기기운이 있고 입맛이 없었을 뿐인데, 정은이 임신이 아니냐고 하자마자 온몸의 신경이 곤두서는 기분이었다.

천하고 더러운 핏줄이라는 말이 떠올라서.

"하아……."

삼 분이란 시간이 이렇게 긴 줄 미처 몰랐다. 키트를 손에 든 채 유진은 눈을 질끈 감았다.

"미안해, 윤우야……."

"미안해하진 않아도 되고, 혼자 불안하게 만들어서 미안해."

갑자기 들려온 윤우의 목소리에 유진은 고개를 번쩍 치켜들었다. 작은 호텔이라 로비 화장실은 한 칸밖에 없다. 그래도 안에 들어와 있었을 줄 미처 몰랐다.

"여자 화장실인데……."

"그래서 직원분께 양해 구했어. 와이프가 체한 것 같다고."

유진이 키트를 잡았던 손에 힘을 줬다.

"윤우야……."

"응."

선명한 두 줄. 유진은 서러운 울음을 토해냈다.

"유진아, 문 좀 열어봐."

"으허어어어엉. 흐윽…… 엄마…… 엄마아……."

엄마가 보고 싶었다. 너무 서러워서 보고 싶었다. 엄마는 어떤 기분이었냐고 묻고 싶었다. 무섭고 두렵다고 아무에게나 떼를 쓰고 싶었다. 그런데 그러기엔 윤우는 너무 다정해서 그에게 엉망으로 떼쓰고 싶지 않았다.

"문 열어."

그가 낮은 목소리로 말했다. 부수고 싶은 마음을 억누르고 열라고 말하는데도 안쪽에서는 대답이 없다. 유진이 놀랄까 봐 윤우는 그저 무기력하게 문이 열리기를 기다려야만 했다.

"나를 무력하게 만들지 마, 유진아."

진심이 통했던 걸까. 잠금쇠가 돌아가고 엉망으로 울고 있는 유진이 나타났다. 작은 화장실 칸에서 새로운 생명의 존재를 처음 알게 됐다.

"뭐가 그렇게 서러워, 응? 임신 때문에 예민해져서 그래? 아님 내가 서운하게 했어? 울지 마."

그가 무조건 제가 잘못했다며 유진을 끌어안고 다독였다.

"……무서워. 백 여사님이…… 엄마 아이를 빼앗아갔는데…… 나는…….
내가 아이를 못 갖게 하려고 그렇게 노력하셨는데……."

윤우는 잠시 침묵하다 입을 뗐다. 귓가가 간지러웠다. 끊임없이 그녀의 귀에 대고 축하한다고, 사랑한다고 속삭인다.

"내게는 네가 행운이라서 그보다 더 큰 행운이 내게 올 거라고 미처 생각도 못 했어."

하지만 어쩌면 언젠가는 아기라는 선물이 반드시 오리란 걸 알고 있었다고도 했다.

겨우 진정한 유진은 다시 호텔방으로 돌아왔고, 겉옷을 벗자마자 바로 침대로 기어들어갔다.

"잘래."

"온도 좀 올릴까?"

"아니. 그냥 잘래."

그러곤 눈을 감아버렸다. 곧 씻고 나온 윤우가 유진을 온몸으로 끌어안았다. 그에게서 제가 마트에서 직접 골랐던 바디워시 냄새가 났다. 어느새 끌어안고 자는 데 익숙해진 둘이다. 품에 안기면서 얼굴을 부비고 억지로 잠을 청했다.

"흣…… 으……."

흐느끼는 듯한 소리에 유진은 잠에서 깼다. 그리고 자신을 끌어안고 있는 윤우의 몸이 잘게 떨리는 걸 느꼈다. 들어올리려던 눈꺼풀을 내리닫았다.

자신이 물러난 만큼, 혹시라도 지금 그들이 끌어안고 지키고 있는 행복이 무너질까 무서워하는 만큼, 윤우는 그녀가 그러는 것이 제 탓이라 생각하는 게 분명했다.

정은의 말이 머리를 스쳤다. 백 여사를 한번 만나보라고.

절대 평생 그녀를 만나지 않으려 했던 유진은 자신과 윤우를 위해서 한번은 그녀를 봐야겠다 생각했다.

✦ ✝ ✦

작은 요양원이다. 본디 규모가 컸지만 대현에서 인수한 뒤부턴 두 명의 의사와 교대근무하는 두 명의 간호사 외 환자라고는 백 여사뿐이라고 한다. 유진은 그저 이상하다 생각하는 데 그쳤지만, 윤우는 보호자 대기실에서 냉랭한 눈으로 자신이 만들어놓은 시설을 바라보고 있었다.

3층의 건물은 이백여 명이 넘는 환자를 수용할 수 있다. 그 큰 건물에서 지내는 환자는 오로지 백 여사뿐이다. 의사들도 전부 퇴근하고 당직인 간호사는 1층 당직실에서 지낸다.

3층의 한 병실에 백 여사를 가둬두고 모든 문을 잠그게 했다.

유진이 꼼지락꼼지락 손을 움직였다. 배를 만지다가 밖에서 무슨 소리가 들리는 것 같으면 문 쪽을 바라봤다.

"걱정하지 마. 더 이상 너 못 해쳐."

"응. 안 해."

윤우는 유진이 백 여사를 만나러 가고 싶다고 하자 반대했고, 지금도 유진에게 그냥 돌아가자며 설득을 포기하지 않았다. 요양원에 들렀다 바로 서울로 가기로 했다. 산부인과 검진을 예약해놔 박 교수가 그들을 기다리고 있을 것이다.

달칵. 보호자 대기실이 열리곤 간호사가 휠체어를 끌고 등장했다.

새하얗다 못해 회색빛으로 완전히 죽어버린 푸석푸석한 머리칼은 듬성듬성 잘려 있었다. 마치 바로 어제 윤우가 그 머리에 가위질을 한 것처럼. 둘의 시선이 백 여사의 머리카락으로 향하자 간호사가 서둘러 자신의 잘못이 아니라고 변명했다.

"아…… 자꾸 머리를 잘라달라고 하셔서요. 어떻게든 가위를 훔쳐서 자꾸 자르세요. 자해를 하시는 것도 아니고 해서 그냥 두고는 있지만…….”

“괜찮아요. 그냥 두세요.”

윤우가 알고 있다는 얼굴로 그렇게 말하자 간호사는 물러났다. 그리고 조금 떨어진 문 뒤쪽에 자리해 휴대전화를 만지작거리기 시작했다.

유진은 반사적으로 자리에서 일어나려다 윤우가 붙잡는 바람에 다시 의자에 앉았다.

“……히히. 언니이?”

잔뜩 긴장하고 있었는데 맥이 탁 풀렸다.

군데군데 이가 빠진 입속을 내보이며 주름진 턱이 움직이더니 내뱉어진 첫마디가 그거였다. 항상 형형했던 눈동자는 약에 취해 흐리멍텅하다. 고개를 삐딱하게 한쪽으로 꺾고는 입맛을 다신다.

“과자 줘어. 응? 과자아.”

“……여사님?”

“진짜 치매가 온 거죠. 자업자득이겠지만.”

이미 알고 있었던 것처럼 윤우가 자조하듯 말했다

“언니, 예쁘네에. 응? 예뻐어.”

유진은 슬픔인지 분노인지 모를 감정에 혼란스러웠다. 눈앞의 백 여사는 희정과 닮았다. 그녀가 그토록 멸시하고 모욕하고 인정하지 않으려던 어린 손녀의 행동을 빼다 박았다. 윤우도 같은 생각을 하는지 픽 웃는다.

“저 임신했어요.”

“으응? 과자? 과자아?”

“임신했는데, 왜 여사님이 생각났는지 모르겠어요. 여사님이 계속 나한테 더러운 피라고, 천박하다고 해서 그런가 봐요. 나보다 더 심한 짓을 당한 엄마가 생각나서일 수도 있고. 그런데 아닌 것 같아요. 이건 아닌 것 같아요.”

본인이 알아야 한다. 지금 자신의 모습이 어떤지, 그렇게나 경멸하던 누구를 닮아 있는지 알아야 된다. 손등으로 흐르는 눈물을 닦았다. 이 사람은 이제 미워할 가치조차 없게 됐다.

"울지 말고 나가서 따뜻한 차라도 마시고 있어요."

윤우가 유진을 일으켜 세우며, 간호사에게 따뜻한 차를 부탁했다. 유진은 무너진 백 여사를 뒤로하고 방을 나갔다.

"할머니."

"오빠는 누구예요오?"

"할머니가 제일 사랑했던 사람이요."

"혹시 우리 민우 봤어요? 과자랑 사탕이랑 사온다고 그랬는데에."

8년 전에 죽어 사라진 아들을 찾는다. 정작 본인은 그 아들의 장례식장에서조차 싸늘하게 화를 냈으면서 이제 와서.

윤우가 차갑게 웃었다.

"아버진 안 와요. 죽었어요."

"온다고 했는데요오?"

"할머니, 아버진 할머니한테 한 번도 사람한테 미쳐 있는 그런 거 안 보여주셨죠? 놓아버릴망정 절대, 미친 모습 안 보여주셨을 거야."

백 여사는 윤우의 말을 이해 못 해 울상을 지었다.

"할머니, 사람이 미치면 여기까지 할 수 있어요. 할머니가 가장 지키고 싶어 하고 사랑해왔던 거 전부 부수고 싶어지거든요. 나는 나를 가장 부숴버리고 싶었어. 나부터 시작해서 할머니의 자존심이었던 회사까지지요."

"힝…… 무서워요. 히잉……."

백 여사가 몸을 웅크리고는 다른 사람을 찾았다. 그래봤자 그의 지시 없이는 이 방에 아무도 들어오지 않는다. 유진을 데리고 나간 간호사는 더더욱.

"나는 사실 그때 좀 미쳐 있었는데, 할머니 머리카락을 자를 때만큼은 정신이 돌아오더라고요. 실수로라도 다른 걸 자르면 안 되니까."

윤우를 제외한 모든 걸 부순 건 백 여사다. 가족이 부서졌다. 그녀의 손끝이 닿으면 누구든 반드시 부서졌다. 몇 명의 죽음을 딛고 선 사람일까.

"좀 더 오래 사세요. 어머니는 이 겨울을 넘기기 힘들다고 하셨지만 좀 더 외롭게 오래 살아 계세요."

그래야 한유진에게 조금이라도 면이 설 것 같다. 윤우는 무섭다고 징징거리는 백 여사를 싸늘하게 바라봤다. 그 순간 그녀가 돌변해 윤우에게 달려들 듯 상체를 쭉 뻗었다. 그런들 거리가 있어 닿지는 않았다.

"밤에 너무 무서워요, 오빠. 밤에 너무 깜깜해요."

기저귀를 잘못 채웠는지 환자복 바지를 타고 줄줄 오줌이 흘렀다. 윤우가 타인을 보듯 감정 없는 눈으로 그것들을 바라봤다. 제 할머니가, 백 여사가 희정을 바라보고 혀를 찼듯이.

"당신은 죽을 자격도 없어."

윤우는 자리에서 일어났다. 혼자 있는 게 무섭다니 그렇게 만들어줄 생각이다.

"오빠아, 오빠아아아! 무서워요. 무서워어……."

윤우가 나오며 대기실의 불을 껐다. 마치 무대 위의 조명이 사위어들듯 일순 등이 점멸했다.

✦ ✚ ✦

유진은 따뜻한 코코아를 든 채 가만히 의자에 앉아 있었다. 윤우가 멍해 있는 그녀의 얼굴 앞에 대고 손을 흔들자 그제야 고개를 들었다.

"오래 기다렸어?"

"아니."

"서울에 들렀다가 태안 다녀오자. 검사 결과 이상 없으면."

유진은 고개를 끄덕였다.

"유진아."

"응."

"지금 무슨 생각 하고 있는지 알고 싶어."

유진이 코코아를 내려놓고 윤우를 향해 두 팔을 벌렸다. 윤우는 그녀가 내어주는 품으로 파고들었다. 무릎을 꿇고 따뜻한 품에 몸을 맡겼다.

"엄마의 아이를 죽이고, 나를 짐승처럼 취급한 사람은 더 이상 없다는 거. 나는 너만 있으면 되는데, 허상에 겁을 집어먹고 괜히 상처 줘서 미안해."

정은의 말대로 찾아오는 게 나았던 것 같다. 백 여사는 이제 아무것도 아니었다. 더는 누구도 괴롭힐 수 없게 됐다. 그렇게 아이가 돼버린 건 정말 천벌을 받아서일까.

아무래도 상관없다. 이제 그 사람은 소름 끼치게 무서운 백 여사가 아니라 오늘의 이 모습으로 기억에 남을 것이다. 그렇게 생각하면 묻고 살 수 있을 것 같다. 자신을 사랑하고 아껴주는 또 다른 사람들로 인해 그것이 사랑이라는 것을 인정하고 살아갈 자신이 생겼다.

유진이 자신의 배에 입을 맞추는 윤우를 내려다봤다. 그가 우는 게 아닐까 생각했지만 눈물은 보이지 않았다.

"윤우야."

"그래."

"우리 결혼할래?"

그가 미간을 좁혔다.

허를 찔린 듯 말을 잇지 못하는 그를 보니 웃음이 나왔다. 그가 말하기 전에 자신이 먼저 말하길 잘했다고 생각했다. 그의 이런 얼굴을 볼 기회는 드무니까.

"그렇게 무드 없이 치고 들어오면……."

"서울 도착할 때까지 대답해줬음 좋겠어."

그렇게 말한 유진이 윤우를 밀어내고 자리를 털고 일어났다.

면회를 도와준 간호사에게 인사하고 요양원 밖으로 나오니 함박눈이 내리고 있었다. 아직 봉숭아물이 남아 있는 그의 새끼손가락에 버릇처럼 자신의 새끼손가락을 걸었다. 손톱 끝에 간당간당 남아 있지만 그 색은 선명했다.

누군가의 첫사랑들이 이루어졌다.

SIDE STORY 01

유진은 가만히 그림을 바라보았다. 어떤 작품이 얼마나 값어치가 있는지 모른다. 갤러리를 드나드는 내로라하는 인사들이 어떤 기준으로 그림을 고르는지도 알 수 없다. 아마 자신은 그걸 평생 이해하지 못할지도 모른다.

정은과 약속이 있어 여기에 왔는데, 그녀의 일이 아직 끝나지 않아 기다리는 중이다. 유진은 밖에서 기다리겠다고 했지만, 윤우가 아직 날이 쌀쌀하다며 기어이 그녀를 갤러리 안 카페에 데려다준 뒤 볼일을 보러 잠시 자리를 떴다.

"그게 마음에 드니?"

봄의 느낌이 물씬 나는 숲속에서 잠들어 있는 여자 그림을 보던 중이었다. 갑작스런 정은의 목소리에 고개를 돌리니, 그녀가 팔짱을 낀 채 유진이 방금까지 보고 있던 그림을 바라보고 있다.

"신인작가야. 느낌이 나쁘지 않아서 걸어뒀는데 신혼집 선물로 줄까? 3, 4년 뒤엔 값이 많이 오를걸."

"그걸 어떻게 아세요?"

"그러려고 산 거니까. 여기 걸리는 그림은 누가 그렸는지가 중요하지 않아. 내 갤러리에 걸렸다는 것만으로 몸값이 증명되니까. 나도 그림 볼 줄 모르는걸. 그림이 배운다고 보이는 것도 아니고, 애초에 내가 그림을 알면 얼마나 알겠니?"

정은이 한쪽 눈을 찡긋했다.

"괜찮아요. 어차피 전 집에 뭘 걸어야 될지, 어디에 걸어야 될지 모르니까요."

"그런 건 윤우가 하겠지. 걘 그림 좋아하거든."

의외다. 정은이 갤러리에서 선보이는 신인작가들의 작품은, 윤우가 추천해준 것이라고 덧붙였다. 영국에서도 쉬는 날마다 전시회를 찾아다녔다고, 정은은 유진이 모르는 윤우에 대해 알려주었다.

"어릴 땐 미술을 시켜보고 싶었어. 백 여사님이 질색해서 시도도 못 했지만. 장차 대그룹을 물려받을 사내아이에게 그런 걸 가르쳐서 뭐 하냐고. 그래서 윤우는 비슷한 사람들과 어울리기 위해 이론만 배웠지."

그때 그녀의 등 뒤로 한 무리의 사람들이 다가왔다.

"황 관장, 어딜 갔나 했더니 여기에…… 응? 이쪽은 딸 아냐? 딸도 와 있었어?"

재벌가 사모들은 이곳에서 모임을 자주 갖는다. 유진도 몇 번 따라와본 적 있다. 반사적으로 고개 숙여 인사하는데, 그중 하나가 그 말을 한 사모에게 눈치를 줬다.

"딸 아니잖아, 이제."

"어, 어?"

결혼해 외국에 나가 사는 딸의 집에 다녀오느라 소식이 늦은 여자가 당황하자 귓가에 속삭여준다.

"저 집 노마님 노망나서 후원하는 애를 손녀라고 하고 다닌 거래."

귓속말이라지만 전부 들렸다. 하지만 이런 건 모른 척하는 게 이쪽의 방식이라 유진은 못 들은 척했다.

"어머. 후원하는 애라뇨, 여사님. 우리 아들 와이프예요. 우리 애가 식을 좀 미루자고 했어요. 여기 우리 손녀가 있거든요, 손녀."

유진은 이번엔 진짜로 당황했다. 서로 속고 속이고 겉으로는 웃으며 까아내리는 데 여념 없는 세상인지라, 정은이 적당히 둘러댈 거라 생각했다. 그러나 정은은 유진을 끌어안더니 그녀의 조금 나온 배에 손을 올리고선 뿌듯해하며 자랑했다.

"빨리 결혼식을 진행하려고 했는데 며늘아가가 스트레스 받는다고 해서요. 우리 아들이 어릴 때부터 우리 아가라면 끔찍했어요."

아가 소리에 유진은 굳어버렸다.

"아…… 그, 그럼 지금은 딸이 아니라 며느리인 거네요? 호호호."

"아하하하, 그렇군요."

다들 어색하게 웃더니, 다음에 보자며 급하게 자리를 떴다.

"빨리 아이를 낳으렴."

정은은 그들의 뒷모습을 바라보며 입을 뗐다. 유진은 가만히 자신의 어깨를 감싸고 있는 정은의 손만 바라봤다. 이럴 때 무슨 말을 해야 좋을지. 자신은 주변머리가 없다.

"나도 여기가 지긋지긋해서 말이야. 앞에선 웃지만 뒤에 가서는 엄청난 이야기들을 만들어내겠지. 장단 맞춰주는 것도 나이가 들어 그런가, 울컥하면서 짜증도 나고."

유진이 자신의 어깨를 감싼 손을 맞잡았다. 친근하게 다가온 건 본인이면서, 정은이 굳는 게 느껴져 조금 웃음이 났다.

"하기 싫은 일은 하지 마세요."

"그래. 남들 그림으로 비자금 만들고…… 그런 일은 이제 정말 하기 싫구나. 그러니 빨리 손주를 보여주렴. 그래야 손주 핑계 대면서 쉴 수 있지."

정은은 조용히 웃었다. 그리고 큐레이터에게 손짓해 이 그림을 신혼집으로 보내라고 지시를 내린다.

"우리 희정이가 아기를 낳고, 내가 그 아기들을 모두 보면서 살 수 있다면 참 좋을 텐데."

강민은 경기도에 있는, 언젠가 윤우가 유진에게 보여줬던 집으로 들어갔다고 한다. 그 집으로 희정을 데리고 가 공주님처럼 모시면서 산다고 들었다.

"그런데 아무리 생각해도 우리 희정이는, 아기는 아직인 것 같거든."

"왜요?"

"각방 쓴다더라. 걔넨 결혼이 뭔지 모르는 것 같아."

봄에 결혼식 날짜를 잡아놨다.

낯선 사람을 무서워하는 희정을 위해, 양가 어른만 모시고 그 집 정원에서 식을 올리기로 했다. 볕이 잘 들고 정원도 예쁘게 가꿔져 있다고, 몇 번 그곳에 가봤던 정은은 괜찮을 것 같다고 했다.

"강민이한테 희정이에게 마음이 있냐 물었더니 최선을 다해 모시겠다고 하더라. 난 그게 와이프로서 떠받들고 산다는 뜻인 줄 알았는데, 강민이에게 희정이는 공주님이었나 봐."

괜히 서두른 것 같다고, 강민은 희정에 대한 연민과 죄책감만 있나 보다며 정은은 한숨을 내쉬었다. 그렇다면 지금이라도 결혼을 물리는 게 좋을 것 같다는 소리도 덧붙인다.

"아닐 거예요."

유진이 강민을 떠올리며 입을 열었다.

"진짜 좋아하는 것 같았거든요. 생각해보면 강민 오빠는 계속 그랬어요. 윤우 옆에 서서도 눈은 언니한테서 안 떨어졌거든요."

어릴 땐 미처 알아차리지 못했던 시선들이 시간이 지나니 이해가 됐다. 윤우는 항상 자신을 바라봤고, 그 곁의 강민은 유진의 곁에 있는 희정을 바라봤다. 그리고 정은은 자신의 아이들이 누굴 바라보는지를 봤다.

"그렇지 않았다면 내가 우리 딸을 맡겼을 리가 없지."

욕실에서 강민의 뺨을 때렸던 날, 정은은 정신이 번쩍 들었다. 제가 본인이 그렇게 끔찍해하던 백 여사와 같은 소리를 내뱉었다는 걸 알아챈 순간 스스로가 혐오스러워 견딜 수가 없었다.

"유진아."

"네, 사모님."

"끝까지 난 네게 사모님인가 봐. 그래, 편한 대로 부르렴."

정은이 웃더니 결국 그녀에게서 어머니 소릴 듣길 포기했다.

"……고맙다."

무엇이 고마운지 모르겠다. 그리고 그때 윤우가 음료 하나를 들고 들어섰다.

"갤러리엔 외부 음식물 반입금지야."

아들이 어떻게 나오나 보려고 괜히 건드려보지만, 윤우는 들은 척도 않고 유진에게 새콤달콤한 청포도 음료를 쥐여줬다. 유진이 며칠 전부터 내내 먹고 싶다고 졸라대는데도, 윤우는 날이 춥다며 사주지 않았던 것이다. 게다가 이걸 파는 가게는 갤러리와 정반대 쪽에 위치했다.

"그럼 제가 지나왔던 데 있는 그림 전부 살게요."

윤우가 담담하게 말했다. 청포도 음료를 파는 곳은 많지만 임신 후 입맛에 예민해진 유진은 꼭 그곳에서 파는 게 먹고 싶다고 했다. 날이 차니 찬 음식은 좋지 않다며 사주지 않았는데, 며칠 전부터 먹고 싶다 노래를 불러대는 유진에게 안 된다 안 된다 했으면서도 결국 유진의 손에 쥐여준다.

"바로 목으로 넘기지 말고. 입에 머금었다가 넘겨. 많이 차가우니까. 얼음은 반만 넣어달라고 했는데, 그래도 차갑지?"

3월 말인데도 겨울은 물러갈 기미가 없다. 그렇다곤 하나 봄은 봄인데, 윤우는 유진에 대해선 유난스럽게 굴었다.

유진이 빨대를 입에 물다 어이없어하는 정은을 보고서 웃음을 터트렸다.

음료 하나 마시는데 주의해야 될 점이 많기도 하다.

"나도 거기 청포도 주스 좋아하는데 엄마 건?"

"그거 좋아하셔서 여기에서도 팔잖아요."

공교롭게도 그건 유진의 입에 맞지 않았다. 유진이 단맛이 미묘하게 다르다고 설명한 뒤부터, 윤우는 갤러리 카페는 제외해버렸다.

"목은? 괜찮아?"

차가운 음료를 들고 왔음에도 따뜻한 손이 유진의 코트깃 아래 목을 감싼다.

"나도 어제부터 감기기운이 좀 있는데."

"병원 가세요."

그 태도가 냉랭하기 이를 데 없어 고개를 절로 내젓게 된다.

윤우는 서울에 올라온 후, 유진을 데리고 한남동의 고급 주택단지로 들어갔다. 이제는 정은 혼자 지키는 평창동 저택으로는 가지 않았다. 정은은 저마저 떠나면 백 여사에게 지는 꼴이 되는 것 같다며 끝끝내 그 큰 집을 지켰다.

"싫어요. 아드님이 이 어머니 모시고 가지 않는 한 한 발자국도 안 움직일 거예요."

정은이 농을 던지더니 웃었다.

"저 한 시간 뒤에 병원 가거든요. 그때 같이 가세요."

"아프다는 건 농담인데 유진이 병원은 따라가고 싶네."

정은은 요새 손녀 초음파 사진 보는 재미에 빠져 있다.

"같이 가실래요?"

"……정말?"

첫손주인데 보고 싶지 않을 리 없다. 하지만 정은은 유진에게 항상 조심스럽고 미안한 마음뿐이다. 어찌 됐든, 자신도 제 아이들이 아파서 유진에게 휘둘러지는 폭력에 눈감았던 건 사실이다. 어떤 죗값을 치르든 용서받을 수 있는 일이 아닌지라 씁쓸하게 웃고 만다.

"아쉽다. 내가 바로 미팅이 있어서. 참, 여기로 부른 건 이거 주려고 그랬단다."

정은이 손짓하자 대기하고 있던 그녀의 비서가 다가와 서류봉투 하나를 건넨다.

"너희들 결혼선물이다. 정확히는 유진이에게 주는 선물이고."

유진이 봉투를 열어 꽤 두툼한 종이뭉치를 꺼내 몇 장 넘겨보더니 영문을 모르겠단 얼굴로 윤우에게 건넸다. 그가 대충 앞에 있는 몇 개의 종이를 훑다 픽 웃었다.

"집안에서 갖고 있는 해외 부동산을 전부 네 명의로 돌렸다. 전부 휴양지에다 좋은 곳이니 쉬기에도 좋고, 관광지 구경하기에도 좋겠지."

유진은 어디도 가지 못하고 갇혀 있었다. 그래서 정은은 윤우와 유진이 전국을 돌아다니는 것을 이해했다. 거기에다 자신이 해줄 수 있는 게 뭐가 있을까 생각해 선물을 골랐다.

"유진아, 너는 어디든 네가 가고 싶은 곳으로 가도 된단다."

"그거 위험한 발언인데요. 안 돼, 절대."

윤우가 두 여자 사이에 끼어들며 인상을 찌푸렸다. 유진이 자신을 두고 가기라도 할까 봐 불안한 기색이다.

"고맙습니다."

사실 제겐 필요 없지만 이걸 거절하면 정은의 마음이 무거워질까 봐, 유진은 서류봉투를 끌어안으며 웃었다.

"바쁠 텐데 어서 가보렴."

윤우가 유진을 데리고 나가려는데, 손을 휘휘 젓던 정은이 서둘러 한마디 덧붙였다.

"사진 찍으면 꼭 나한테도 보내주고."

그녀의 배 부근을 포근한 눈빛으로 보면서 말하는 정은을 향해 유진이 고개를 끄덕였다.

여자아이라고 한다. 아주 건강하다고, 걱정하지 않아도 된다고 박 교수가 말해줬다.

"부동산도 받았겠다, 태교여행으로 생각해놓은 곳 있어?"

"태교여행?"

"요새 다들 가는 모양이던데."

"영국. 영국 가보고 싶어."

유진이 왜 영국에 가보고 싶어 하는지 알면서, 윤우는 짐짓 모르는 척 되물었다.

"왜 하필 영국이야?"

"네가 있었다는 곳이 어떤 덴지 알고 싶어."

"안 돼. 거긴 너무 멀어. 나중에. 아이 낳고, 나중에."

긴 비행시간도 그렇지만, 어떤 조치도 취할 수 없는 공중에서 비상상황이 벌어질지도 모른단 생각에, 윤우는 섬뜩해졌다.

"다른 데도 안 되겠어. 그냥, 여기에 있어. 대신 내가 매일매일 데리고 외출할게."

"나 별로 약한 편 아닌데."

"아는데, 내가 약해서 그래. 벌써 심장이 뛰거든."

그녀가 아니라 자신이 약해서 그렇다며, 윤우가 조수석에 앉은 유진의 안전벨트를 매준다.

"인사동에서도 연락 왔는데. 언제 올 거냐고."

그때 먹었던 부침개가 생각난다는 유진의 말에 그가 고개를 끄덕였다.

내일은 그곳에 가자고 이야기를 마친 뒤에야 차는 부드럽게 출발했다.

✦ ✚ ✦

강민의 아버지인 강윤석은 오랫동안 도씨 집안의 정원사였다. 그의 아버지도 정원사였고, 그도 아버지가 나무를 손질하고 만지는 것을 보고 자라, 정신을 차려보니 정원 일을 하고 있었다.

아내와 사별한 뒤 고용인 숙소에서 아들을 키웠다. 다행히 또래의 아가씨와 도련님은 강민을 따돌리지 않았고, 세 아이는 자주 어울렸다. 그때마다 백 여사는 자식 단속을 잘하라고 싸늘하게 말하며 윤우의 손만 이끌고 가버렸다. 아가씨와 강민, 둘만 있는 날이 많아졌다.

어느 날 아들이 아가씨의 생일에 선물을 사주고 싶다며 도와달라 수줍게 말했고, 윤석은 처음으로 강민에게 용돈을 줬다. 그 선물이었던 인형이 화근이 돼, 희정의 시간은 거꾸로 돌아갔다.

그 이후 넋을 놓고 일하다 전정가위에 손가락을 잘렸고 일을 완전히 그만두게 됐다. 회장님이 그동안 고마웠다며 살림이나 강민의 교육을 돌봐주지 않았다면, 그는 알코올 중독자가 됐을지도 모른다.

"후……."

윤석은 깊은 한숨을 내쉬었다.

강민이 집을 샀다며, 그곳에 희정을 데려다 놓고 결혼하겠다고 했을 때 아무 말도 할 수 없었다. 다만 아직은 휑한 정원에서 결혼식을 작게나마 올리겠다기에 팔을 걷어붙였을 뿐이다.

"아저씨이!"

얼마 전부터 강민은 희정이 감기에 걸렸다며 병원을 오갔다.

시간을 보니 강민이 점심식사를 준비할 때쯤이다. 심심했는지 강아지를 끌어안고 나온 희정이 나뭇가지를 다듬는 윤석에게 다가왔다.

"위험하니 여기 오지……."

"이거는 무슨 나무예요오?"

해맑게 웃는 희정의 모습에, 사다리에 올라 있는 윤석은 말을 잃었다.

"……이건…… 이건……."

따뜻하고 맑았던 아이다. 고용인이라 해서 함부로 대하지 않고, 땡볕에서 땀을 뚝뚝 흘리며 일하는 자신에게 몰래 얼음주머니를 만들어 쥐여주고 제 몫의 차가운 음료도 가져다주던 어린 날의 아가씨가 떠올랐다.

"이건…… 이팝나무예요, 아가씨."

"이파압?"

"예에. 아가씨 결혼하시는 봄이 되면 꽃이 피는데 그게 쌀알 같아 보여서 이팝나무라고 해요."

"어어, 그럼 쌀이 열리는 거예요오?"

동그래진 희정의 눈이 반짝반짝 빛났다.

"올해는 일찍 날이 풀리기 시작해서 5월이면 필 거예요. 그때 쌀알이 열리나 봅시다."

"우와아! 쌀이 피는 거죠오?"

결혼을 반대하다니. 오히려 윤석에게 희정은 언감생심, 바랄 수도 없는 귀한 며느리였다. 아내가 갑자기 세상을 떴을 때, 어렸던 강민의 손을 끌고서 수돗가로 가 엉망인 얼굴을 씻기고 밥을 먹였던 건 똑같이 어렸던 희정이었다. 어린 나이에 어미를 잃은 아들은 희정을 위해 마음을 다잡고 지금까지 살아왔다.

"그걸로 민이한테 쌀밥을 해달라고 하세요, 아가씨."

"그럼 꽃밥인 거예요?"

희정이 생각만 해도 신나는지 활짝 웃었다. 품 안의 강아지가 불편한 듯 낑낑거리자 아직 언 잔디에 놓아준다. 윤우가 유진에게 선물로 준 강아지는 그들이 여행을 떠나자 희정의 몫이 됐다.

강아지의 이름은 여전히 강아지였다. 희정이 부르는 아지라는 말이 이름으로 굳어졌다.

"그렇죠. 꽃밥이죠."

더 좋은 걸 해주고 더 귀하게 모셔오고 싶었다.

"아가씨."

"네에."

희정이 쪼그려 앉아 그가 잘라낸 나뭇가지들을 만지작거리자, 윤석은 조심스럽게 사다리에서 내려왔다.

"우리 아가씨 이렇게 곱고 착해서, 시커먼 민이 놈한테는 너무나 아까운데."

"강민이요오? 헤헤."

집 밖에도 못 나오던 희정은 요새는 강민과 산책을 하고 근처의 하천까지 가 한참을 있다 오곤 한다.

"우리 아들과 결혼해주셔서 감사합니다, 아가씨."

주름지고 볕에 새카맣게 그은 윤석이 희정의 손을 잡고 고개를 숙였다.

"아저씨이."

"네, 아가씨."

"아저씨는 내 아빠가 될 텐데. 머리 숙이면 안 되는데……."

뜻밖의 말에 윤석은 울컥거렸다.

"아빠라니요?"

"엄마가 그랬는데. 아빠가 생기는 거라고."

누가 들으면 윤석과 정은이 재혼한다고 생각할 수도 있겠다. 윤석은 허허 웃으며 절 향한 아빠 소리에 푹 빠져버렸다. 아버님이라는 호칭보다는 오히려 더 가깝고 친근하게 느껴졌다.

"아가씨는 괜찮으세요? 정말 강민이 놈이랑 살아도 괜찮으시겠어요?"

"우리는 결혼을 할 거예요!"

희정이 눈을 빛내며 주먹을 불끈 쥐고 다짐하듯 말했다.

"그래서 아기를 낳을 거고, 음…… 밖에는 커다란 개도 키울 거예요."

"아가씨가 싫으시면……."

"나는 강민이 아기만 낳고 싶어요. 분명히 엄청 키가 크고 엄청 잘생기고 엄청 힘이 셀 거예요."

의외로 희정은 결혼의 의미를 어느 정도 이해하고 있었다. 윤석은 괜히 눈시울이 뜨끈해졌다.

"제가 재주가, 먹고 배운 게 이것뿐이라 평생 이것밖에 할 줄 몰라요."

"아저씨가 손대면 나무가 예뻐져요."

희정이 웃으면서 엄지손가락을 내보였다.

"아가씨께 아무것도 해줄 수 없어도 앞으로는 평생 아가씨의 아이들이, 그리고 개들이 뛰어놀 수 있는 예쁜 정원을 만들어드릴게요."

"저는 그럼 애를 많이 낳을게요!"

윤석이 웃음을 터트렸다. 흙이 잔뜩 묻은 손으로 저도 모르게 희정의 머리를 쓰다듬으려다 움찔 놀라 손을 거두려 했다. 그러자 희정이 그의 손을 아무렇지도 않게 잡더니 제 머리로 가져가 쓰다듬는 시늉을 했다.

"아, 아가씨."

"머리 쓰담 해주는 거 좋아요. 헤헤."

칭찬을 받을 일이 없었고, 쓰다듬어줄 어른도 더 이상 없었다. 요새는 강민이 희정이 잠들 때까지 침대 머리맡에 앉아 머리를 쓸어줬다. 그게 오늘 하루도 아주 잘했다는 뜻 같아서 그녀는 그 느낌이 너무 좋았다.

"손에 흙이 묻어서……."

"그게 왜요?"

무슨 문제가 되냐 묻는 듯한 천진한 얼굴에 윤석은 작은 머리를 천천히 쓰다듬어줄 수밖에 없었다. 살포시 눈을 내리깔고 작게 웃는 희정의 모습에 마음이 울렁거리고 벅차오른다.

그 집을 나온 뒤 희정이 그 집에서 받는 대우를 같이 일했던 사람에게 전해 듣고 술독에 빠져 살았다. 자신이 아들에게 용돈을 줘서 이 사달이 난 거라 자책을 하는 그를 붙잡고 강민이 말했다. 무슨 일이 있어도 그 집에서 그녀를 데리고 나오겠다고. 그러려면 아버지가 건강해야 된다고.

윤석은 그 말을 믿었다. 마음 따뜻했던 어린아이와, 자신에게 은혜를 베풀었던 그녀의 아버지를 생각했다. 희정을 평생 모시고 살겠다고 생각했다. 하지만 아가씨를, 모실 사람이 아닌 며느리로 들이게 됐다.

"아가씨."

"네에."

눈가를 살짝 접은 채 웃는 모습이 사랑스러웠다. 차가운 매실 주스를 제 손에 쥐여주곤 손가락 하나를 입가에 가져다 대고선 쉿 하고 웃던 어린 희정이 떠올랐다.

"이 집안 남자들은 아가씨를 지키기 위해서 있는 겁니다."

희정이 말뜻을 알아들었는지 웃으면서 고개를 끄덕였다.

"그러니 아무것도 무서워하실 필요 없으세요."

처음엔 믿지 않았다. 백 여사가 설마 자신의 친손녀를 그렇게 대한다는 걸 믿을 수가 없었다.

"여기 나와 있었어?"

집 안을 전부 뒤져도 희정이 보이지 않자, 마지막으로 정원으로 나온 강민이 그들에게 다가왔다. 그녀의 머리칼에 묻은 흙을 윤석이 재빨리 살살 털어준다.

"아버지, 식사하세요. 희정아, 밥 먹어야지."

"응!"

희정이 벌떡 일어나며 윤석의 손을 냉큼 잡고 집으로 끌어당겼다. 그러다 뒤를 돌아보더니 갑자기 이상하다는 듯 묻는다.

"근데 아빠는 같이 안 살아요?"

"저는 따로 집이……."

"가족은 같이 사는 거잖아요? 헤헤. 근데 이제는 아무도 같이 안 살아서 좀 슬퍼."

"오늘 주무시고 가세요."

강민이 권했다. 부자 모두 말수가 적지만, 희정으로 인해 근래에는 꽤나 대화다운 대화를 하게 됐다.

한 손에는 강민을 붙잡고 한 손으론 윤석을 붙잡고 나비처럼 팔랑팔랑 걸음을 옮기는 희정의 뒤로 하얀 강아지가 졸졸졸 따랐다.

✦ ✝ ✦

지하 주차장까지 나온 병원 관계자가 윤우와 유진을 해당 병동으로 안내했다.

병원장이었던 이 박사는 돌연 사직한 뒤 훌쩍 떠나버렸다. 떠나기 전 인사동에 들러 밤새도록 과거를 이야기하며 술을 마셨다고 한다. 박 교수는 그래서 오히려 안심했다고 했다. 그 정도의 양심도 없는 놈이었다면 자신이 같이 살지도 않았을 거라고 불퉁한 소리를 해댔다.

"아이고, 우리 작은 사모님 오셨어요?"

"그렇게 부르지 마세요."

유진이 부끄러워하는 걸 잘 알아 박 교수는 꼬박꼬박 작은 사모님이라고 불렀다. 오늘도 유진이 얼굴을 빨갛게 물들이며 윤우의 팔을 붙잡자 박 교수는 호탕하게 웃었다.

"입덧은 이제 끝났지?"

"그럼요."

"오늘은 우리 공주님이 얼마나 자랐는지 볼까?"

이때가 되면 유진은 항상 긴장했다. 혹시라도 아기에게 어떤 문제가 있을까 봐, 자신도 모르게 윤우를 바라보고야 만다. 한 번도 빠짐없이 검진날 함께했던 그는 그녀를 부드럽게 다독였다.

처음에 다른 의도로 들어서게 됐던 이곳에서, 이제는 윤우와 함께 검사를 받는다. 백 여사의 지시에 의해 이곳에 들어왔을 때 얼마나 절망적이고 두려웠는지, 언젠가 유진이 그에게 말한 적 있다. 어느새 그 절망스러웠던 곳이 새 생명을 엿보는 희망으로 가득한 장소가 되었다.

배에 젤을 바른 뒤 초음파 기계를 대자 아기의 형태가 보인다. 아기는 5개월에 접어든 지금까지 순조롭게 잘 크고 있다는 박 교수의 말이 뒤를 따랐다.

"아주 얌전한 딸인 것 같은데. 입덧도 심한 편 아니었잖아."

"네. 냄새 같은 것도 못 참을 정도는 아니었거든요."

오히려 윤우가 냄새를 못 참고 화장실로 달려간 적이 있다. 그 말을 들은 박 교수가, 아내를 너무 사랑하면 남편이 대신 입덧을 한다며 한동안 그를 놀려댔다.

"애 이름은 지었어?"

"송이요."

"도송이?"

"네."

"하하. 이름 왜 이렇게 귀엽니?"

이름을 짓느라 윤우와 머리를 맞대고 고민했다. 눈이 오는 날 아이의 존재를 알았다. 그래서 '도눈'이라고 이름 짓고 싶다는 윤우의 말에 유진은 결사반대했다. 그럼 '도눈송이'는 어떠냐기에 그것도 기각했고, 결국 절충안으로 눈송이의 송이만 따다 '도송이'가 됐다.

"제 성이 '꽃'씨였다면 좋았을 텐데. '눈'씨 거나."

유진이 키들거렸다.

배 속 아이, 내내 얼굴을 가리고 있던 송이가 자신의 이름을 불렀다는 걸 안 걸까. 보여주지 않던 얼굴을 뒤늦게 보여줘 박 교수는 재빨리 사진을 찍었다.

"수줍음 많은 공주님이 이름을 부르니까 겨우 얼굴을 보여주네."

"신기해요."

"나도 볼 때마다 신기해. 아이를 받을 때는 더 신기하고."

생명이란 그런 거라며 그녀가 웃었다. 이 박사와의 사이에서는 아이가 없었다고, 그래서 제 담당의 임부나 산모를 보면 특별한 감정이 생긴다고 한 박 교수는 유진은 더 특별하다고 덧붙였다.

윤우가 유진의 약간 나온 배에 묻은 젤을 닦아주며 그녀의 옷매무새까지 바로 해준다. 그의 목에 손을 둘러 자리에서 일어난 유진이 인사를 건넸다.

"오늘도 감사합니다."

"고맙긴. 이게 내 일인데. 그나저나 엄마는 찾았다면서?"

"네. 가끔 찾아뵙고 있어요. 지금은 좀 이상하다고 생각하시는 눈치라 한 달 동안 못 갔어요."

갈 때마다 제가 방문하는 사람이 누군지 알려주지 않자, 엄마는 이상하다고 여기는 기색이었다. 마음 같아선 더 자주 보고 싶다. 곧 아이가 태어나는데, 엄마가 곁에 있어주면 안 되냐고 묻고 싶은 마음이 굴뚝같지만 꾹꾹 눌러 참았다. 그 얘길 하는 유진의 눈에 눈물이 그렁그렁 맺혔다.

"아기 갖고 나서부터 눈물만 많아져서 큰일이에요."

유진이 애써 웃으면서 윤우의 가슴에 이마를 댔다.

"당연하지. 아기 가졌을 때 제일 생각나는 게 엄만데."

"다시 태안 갈까?"

고개를 흔들었다. 가고 싶은 마음은 크지만 엄마를 곤란하게 하고 싶지 않았다. 가끔 문자를 주고받는 것만으로 충분했다. 어제도 갑자기 잠이 깨서 새벽 바다를 보고 왔는데 유진이 생각나서 연락한다는 메시지가 왔다.

"괜찮아."

유진은 담담하게 굴었다. 둘을 안쓰럽게 바라보던 박 교수가 일단 의사로서의 당부를 했다.

"유진이는 좋은 생각만 하도록 더 노력하고, 충동 같은 거 생기면 참지 말고. 그리고 입덧 끝났으면 더 많이 먹어야겠다. 아직 송이가 주수보다 작아. 엄마가 많이 먹어야지."

"많이 먹고 있는데."

"더 먹어야 돼. 넌 입이 짧잖아."

진료가 끝난 후 강민과 희정의 집에 가기로 했는데, 디저트를 종류별로 사가자며 윤우가 속삭였다.

"여기 제일 잘 나온 사진. 그리고 이건 여분용. 사진 돌릴 사람들 많지?"

인사동 아저씨네도 궁금해한다. 윤우는 항상 지갑 속에 사진을 넣고 다니고, 갤러리의 정은에게도 한 장 줘야 했다. 처음 초음파 사진을 찍었을 때 유진은 충동적으로 엄마에게 메시지로 사진을 전송했었다.

임신했냐며 축하한다는 답장이 한참 만에 돌아왔었다. 이번에는 송이의 얼굴이 또렷하게 너무 잘 나와서 또 보내고 싶단 충동에 휩싸였다.

"감사합니다."

"그래. 다음 정기검진 때 봐."

박 교수가 진료실 밖까지 나와 윤우와 유진을 배웅했다.

프랑스에서 유명한 파티셰가 직접 매장을 냈다는 H호텔에 주차를 하자마자 일부러 유진은 밝은 표정을 하고서 윤우의 혼을 빼놨다.

"마카롱 먹고 싶었어. 저번에 여기서 사다 줬잖아."

유진은 냄새에만 민감한 편으로, 입덧이 심한 편은 아니었다. 그래도 윤우는 그녀를 집에 모셔다 놓은 후, 그녀가 먹고 싶어 하는 걸 사러 가곤 했다. 한 번은 케이크 가게는 괜찮을 것 같다고 해서 같이 갔었는데, 그쪽에서 같이 파는 커피 냄새에 유진이 힘들어한 적 있어 윤우는 대부분 혼자 다녔다.

"희정 언니도 마카롱이랑 롤케이크 좋아해. 생크림 많이 들어 있는 거."

윤우가 그녀의 등을 매장으로 가볍게 밀며 먹고 싶은 게 있으면 다 고르라고 한다.

트레이를 들고 이것저것 빵을 고르던 중, 걸려온 전화를 받으러 윤우가 잠깐 자리를 비웠을 때다.

"안녕하세요?"

누군가 인사를 건네 돌아보니 묘하게 낯이 익은 여자였다.

"저 도윤우 씨랑 선본 사람인데."

김지원이다.

"안녕하세요."

"제가 흥미로운 소문을 들었는데. 저쪽 도윤우 씨 맞죠?"

윤우는 로비 쪽에서 통화를 하고 있었다.

"네."

"처음 뵈었을 땐 시누이가 되실 분이셨고, 성함도 도희정 씨였었는데……. 지금은 유진 씨? 이런 이름이라고 들었어요."

"……맞아요."

그 이야기를 들었을 때 지원은 왠지 이해가 가면서도 기가 막혔다. 정말 미친놈이 아니고서야 제 친누나랑 선자리에 나와 그렇게 굴었을 리가 없지 않은가.

"그때는 정말 죄송하게……."

"그쪽 잘못이 아니죠. 따지고 보면 도윤우 씨 잘못인데."

지원이 웃으면서 저편의 도윤우를 흘겨봤다. 대현 사태가 터지고 그 집의 실세였던 백 여사에 대한 이야기가 이 바닥을 한바탕 휩쓸었다. 그 수많은 소문엔 구멍이 뻥뻥 뚫려 있었다. 누군가는 백 여사가 손자에게 배신당한 거라고 했고, 누군가는 그녀가 손자와 사촌동생에게 배신당해 몸져누웠다고 했다.

"그래도 기분이 나쁘긴 하더라구요. 언질이라도 줬다면 시간낭비 안 했을 텐데."

"정말 죄송합니다."

정말 도윤우와는 닮은 구석이라곤 하나도 없다. 지원이 가늘게 눈을 뜨곤 유진을 바라봤을 때였다.

"이게 누구야아? 우리 미셸 파티셰가 인기가 많다 싶었는데 지금 여기서 누굴 보는 거야?"

누군가 지원과 유진의 사이에 끼어들었다. 낯익은 듯 낯선 여자가 자신을 향해 싱긋 웃어 유진은 당황했다. 깜짝 놀라 손이 미끄러져 기껏 골라둔 빵이 떨어지려던 찰나, 그 여자가 손을 뻗어 대신 트레이를 잡아줬다.

"가, 감사합니다."

"지금 우리 다 도윤우랑 한 번은 만났던 여자들 모임이에요. 안 그래요? 그리고 이쪽은 영원히 만날 사람이고."

그렇게 말한 여자가 자신을 소개했다.

"난 최서윤이에요. 최서윤."

"아……."

윤우와 마지막으로 선을 본 최준 의원의 외동딸이다. 정은의 미술관 개관식 때 딱 한 번 멀리서나마 본 적 있고.

유진이 자신을 알아본 기색이자 그녀는 호쾌하게 웃었다. 그 웃음소리 때문에 사람들이 이곳을 돌아볼 정도였다.

"도윤우 그 자식이 꼭꼭 숨기고 안 보여주는 거 있죠? 예전에 개관식 때 얼핏 봤는데 알은척할 순 없고, 좀이 쑤셔서 혼났었어요. 내가 영국에서 걔 지갑을 딱 한 번 본 적이 있는데 그때 유진 씨 사진을 봤거든. 어머, 그런데 아직 안 가요? 우리 이야기 중인데."

말을 줄줄 늘어놓던 서윤이 아직도 지원이 그 자리에 서 있자 왜 안 가냐, 당당하게 내쫓는다.

"뭐 이런 사람이,"

"나는 도윤우랑 3년 넘게 알고 지내다가 선본 사람이고, 이분은 못해도 10년 이상. 그러니 십 분은 명함 안 내밀었으면 좋겠는데."

"내가 십 분을 봤는지 이십 분을 봤는지 당신이 어떻게,"

"십 분이나 이십 분이나. 자, 저쪽으로 가세요. 응?"

기가 막힌지 씩씩대던 지원은, 이내 서윤이 큰 눈을 부리부리하게 뜨자 싸움이 나면 제 손해라고 생각했는지 몸을 돌려 가버렸다.

"하여간. 뭐 하나 유명한 거 생기면 동창회예요, 아주."

"저……."

"아, 나 때문에 당황스럽죠? 어머, 정말 그런 눈치네. 윤우가 아무 말 안 해요?"

"네. 못 들었어요."

단순히 선만 본 상대가 아니었던 걸까. 그녀의 말을 들어보니 영국에서부터 알고 지냈나 보다. 서윤이 자연스럽게 유진에게서 트레이를 빼앗아 들었다.

"이게 이렇게 무거운데, 저놈 새끼는 저기서 전화나 받고 있고. 남자들은 이래서 안 돼요, 안 그래요? 아, 내 남자친구는 쟤에 비해 굉장히 스윗한 사람이구."

서윤은 유진이 오해하지 않게끔 슬쩍 자신에게 남자친구가 있다는 사실을 내비쳤다.

"내가 윤우 녀석보다 2년 더 일찍 유학 갔었으니까, 남자친구랑은 한 5년 됐나. 올여름엔 한국으로 올 거예요. 교환교수로."

"아…… 네."

"윤우랑 난 아무 사이도 아니었으니 신경 쓰지 마시고. 내가 이렇게 알은척한 이유는 쟤가 저한테 삐친 게 좀 있어서 청첩장을 안 줄 것 같아서요. 그래서 쟤 위에 있는 분에게 부탁 좀 하려구."

서윤이 그렇게 말하며 유진을 바라봤다.

"저요?"

"대신 내가 여기서 제일 맛있는 거 추천해줄게요. 프랑스에서 왔다는 것만으로 모든 게 맛있을 거란 생각은 말아요. 맛없는 건 정말 노맛이야."

초콜릿 커스터드 크림이 들어 있는 케이크와 캐러멜 밀푀유, 가토쇼콜라, 몽블랑을 트레이에 담는다.

"나중에 여기서 크로캉부슈(프랑스 전통 웨딩케이크) 주문해서 먹어봐요. 그건 일주일 전에 예약해야 하거든. 하루에 하나씩만 팔아서. 심할 때는 3주도 걸려요. 꼭 웨딩케이크로 먹을 필요는 없고, 좋은 사람들과 같이 자리할 때 먹기 괜찮아요."

유진이 머릿속에 크로캉부슈를 입력하며 고개를 끄덕였다. 윤우와 유학 시절 함께한 데다 선까지 본 여자라 거부감이 드는 건 어쩔 수 없었는데, 잠깐 사이에 완전히 호감으로 돌아섰다.

"그럼…… 윤우랑 선보셨을 때 서로를 알고 계셨겠네요?"

"그럼요. 우리 아버지한테 살짝 부탁할 게 있다고 해서요. 아버진 김칫국만 마셨지만. 그런데 유진 씨한테 자세한 이야길 하면 저기서 노려보는 놈이 날 가만 안 둘 것 같아 비밀."

서윤이 한쪽 눈을 찡긋거렸다. 뒤를 돌아보자 아직 통화 중인 윤우가 이쪽을 보고 있다. 서윤이 재빨리 유진의 옆에 딱 붙어서 나직하게 말한다.

"웃어줘요. 손도 한번 흔들어주고."

그녀의 말대로 웃으며 손을 흔들어주자 윤우도 마주 흔들어준다. 그리고 그가 다시 천천히 시선을 돌려 통화에 집중했다.

"나는 유진 씨한테 청첩장 준다는 확답만 받으면 물러날 건데."

"아이를 낳고 결혼할 거라 아직은 언제 할지 모르겠어요. 그리고 어떻게 전해드려야 하는지도 모르겠고."

"내 연락처 알려줄까요?"

서윤은 윤우가 알면 기겁할 소릴 하고서 씩 웃곤 주머니에서 휴대전화를 꺼내더니 유진에게 번호를 부르라고 했다. 유진이 가만가만 읊자 서윤은 전화번호를 입력하고 통화 버튼을 눌렀고, 유진의 가방 안쪽에서 진동이 울렸다.

"됐어!"

딸의 남자친구가 교환교수로 온다는 소식을 어떻게 알았는지, 최준 의원은 딸이 회사에 사표를 내게끔 하더니만 다음 달 내로 출국하라며 비행기표를 끊어줬단다.

"그래서 지금 이 호텔 비즈니스 룸에서 피신 중이에요."

"외국인이라서 반대하시는 거예요?"

"음…… 두 번 이혼에."

외국에서 두 번 이혼은 흔하다 해도 한국 정서는 다른지라, 유진은 고개를 끄덕였다.

"나이가 스무 살 차이 나거든요."

"네?"

"두 번 이혼은 어떻게 봐주실 것 같은데, 스무 살 나이 차는 절대 안 된대요."

입술을 삐죽이던 서윤은 아무리 그래도 딸을 어떻게 몰타, 그 손바닥만 한 섬으로 보낼 생각을 했는지 모르겠다며 코웃음을 쳤다.

"아무리 가라고 떠밀어봐요. 내가 미쳤다고 반나절이면 다 도는 섬 구석에 처박히겠냐고. 그이가 교환교수로도 못 따라오는 곳으로 보내버리려는 속셈이 다 보여서."

"하하……."

"그래도 두 분 결혼식은 꼭 우리 둘이 참석할 수 있게 노력할게요. 걔도 제 애인 알거든요."

"그래서 계속 호텔에서 지내실 거예요?"

"그래야죠, 뭐. 아빠한테 들키면 또 도망가고."

서윤은 지긋지긋하다는 얼굴로 대답하더니 사실은 지금 빵이 너무 먹고 싶어 내려왔다가 둘을 발견한 거라며 웃었다. 그리곤 자신의 옷자락을 유진의 코에 가져다 댄다.

"나 이거 지금 나흘째 입고 있는 건데 냄새 안 나죠?"

이틀 전에 신용카드가 끊겼다고 했다. 호텔비는 연체 중인 데다, 최준 의원은 딸이 어디에 있는지 알면서도 잡으러 오진 않고 딸의 친한 친구들에게 엄포만 늘어놓았다고 한다. 불효자식을 도와주면 가만두지 않겠노라고.

얄팍한 인맥은 사정없이 끊겼다. 윤우마저 그때 카메라 사건 이후 고생 좀 해보라며 냉랭하게 굴었다. 주고받는 게 확실한 녀석이었다.

"안 나요. 괜찮아요."

"다행이다. 그럼 사는 김에 나 저기 빵 두 개만 사주면 안 돼요? 내 계좌까지 전부 막아놓으셔서."

빵이 너무 먹고 싶어 아는 얼굴이 보이면 빵이나 사라고 할 셈이었단다. 여긴 아까 말했다시피 잠깐만 있어도 고등학교 동창까지 만나는 곳이라면서.

"저런. 그럼 어떻게 해요? 묵으실 데가 없어서."

"그러게요. 정말 내가 돈 뽑을 만한 모든 줄을 잘라버리셔서, 이런 게 권력인가 싶네요. 자식이 아버지를 법원에 세울 수도 없고. 우리 아빤 이렇게 착한 딸 가진 거 자랑스러워하셔야 해요."

연수원에서 동고동락한 치사한 동기 새끼들도, 전부 법조인으로 까마득한 명성을 유지하고 여기저기 줄이 닿아 있는 최준 의원이 무서워 아무도 서윤의 연락을 받지 않았다.

"그나마 윤우가 우리 아빠 그늘에서 쪼오금 자유로운데."

잠깐 대화를 해보니 유진은 따뜻한 사람이었다. 염치 불고하고 서윤은 그녀의 호감을 빌어 좀 눌어붙기로 했다.

국제전화를 받던 윤우가 유진을 찾으려 빵집을 돌아보다 서윤을 발견하곤 미간을 찌푸렸다. 제 아빠에게 맨몸으로 쫓겨나다시피 했다는 얘기는 들었다. 여기서 만날 줄은 몰랐지만.

"그래서요?"

그가 고저 없는 목소리로 묻자 수화기 저편에선 빠르게 본론을 꺼내놓았다.

- 6개월 만에 카지노가 다시 본 주인 소유로 돌아갔습니다.

"하긴, 안 판다고 하는 거 반드시 돌려줄 테니 팔아달라고 부탁한 거였죠. 잘됐네요."

웃는 윤우의 눈에는 아무런 감정도 비치지 않았다.

- 어떻게 할까요?

그는 유진의 표정을 기민하게 살피고 있었다. 서윤이 혹시라도 그녀에게 상처를 준다면 바로 달려갈 준비가 된, 맹수와 같은 시선이었다. 하지만 유진은 곧잘 웃음을 터트렸고 서윤의 말에 귀를 기울이기도 했다.

그게 서윤이 가진 능력이다. 상대가 경계심을 자연스럽게 풀게 만드는 사람이다. 서윤은 그게 직업병이라고 했지만, 정말 그녀는 말을 해도 너무 잘했다.

"한국으로 돌아올 것 같나요?"

- 네. 아무래도…….

처음부터 화근을 남겨둘 생각은 없었다. 그래서 일부러 사건 사고가 많은 필리핀을 선택했던 거다.

김 비서는 할머니의 곁에서 10년을 보냈다. 그가 미처, 그리고 할머니가 미처 알지 못한 치부까지 다 파악하고 있으리라. 윤우는 비릿하게 웃었다. 한국으로 돌아온 김 비서가 유진에 대해 들추고 쑤시는 걸 그가 두고 볼 리 없다.

"필리핀은 교통량 많기로도 손꼽히고 총기도 허용된 나라죠."

유진이 웃으면서 손을 흔들어준다.

싸늘하고 무시무시한 말을 내뱉다가, 유진을 보느라 그의 목소리가 부드러워졌다. 갑자기 다정해진 음성에 상대가 당황해 숨을 들이마시는 소리가 났다.

"Mr. Lee?"

- 네.

"흔적도 없이 처리하세요. 그 처리 중에 나오는 김 비서님의 물건도 전부 소각해야 할 겁니다."

- 알겠습니다.

상대는 영국에 있을 때 알게 된, 국제 해결사로 이름이 높은 사람이다. 페이퍼컴퍼니를 운영하던 윤우는, 필수불가결하게 그늘 쪽 세계를 봐야만 했다. 딱 돈을 준 만큼만 움직이는 사람들.

"내가 그쪽을 믿어도 되겠습니까?"

- 네. 모든 물건은 봉인된 채 폐기됩니다.

자신들도 김 비서가 소지하고 있는 것이 무엇이든 보지 않겠다는 약속이다. 윤우는 만족했다.

"결제는 비트코인(가상화폐)으로."

- 만족하실 만한 결과를 보여드리겠습니다.

윤우는 죄책감 없이 휴대전화를 일별하고 주머니에 넣었다. 후회는 없다. 그저 해치워야 할 숙제를 했다는 느낌뿐이다.

다시 유진과 서윤을 바라보는 그의 입술에 천천히 미소가 맺혔다. 다른 모든 것은 무의미했다. 자신의 곁을 스쳐 지나는 사람이 누군지, 어떤 표정을 하고 있는지, 눈이 마주쳤는지도 기억나지 않는다. 오로지 웃고 있는 유진만 보였다.

"유진아."

"아, 윤우야. 이쪽은……."

"카메라 때문에 좀생이같이 굴긴. 난 덕분에 크게 웃었단 말이야."

윤우가 카메라에 대해 이것저것 물어볼 때 전문가용을 권했던 건 반은 장난이었다. 막 유진에게 그때의 이야기를 하려던 차 윤우가 온 것이다.

"그거."

프러포즈용이었다고 말하면 서윤은 더 놀릴 녀석이라, 윤우는 그 말을 삼켜버렸다.

"지금 갈 곳이 없으시대."

"아, 잘됐어요. 우리는 갈 곳이 있잖아?"

아직도 가끔 그는 말을 높인다. 화가 났을 때다.

"호텔비도 없으시다는데. 이틀 연체되셨다고……."

"그거야 의원님 부르면 바로 해결되는데 굳이 본인이 아버지께 연락 안 드리겠다고 하니까. 우리가 도와줄 필요는 없지 않을까요?"

유진은 웃음을 꾹 참았다. 윤우는 아직 본인의 버릇을 모르는 모양이다. 그리고 마치 옛날로 돌아간 듯해 가슴이 뛰어서 알려주고 싶지 않았다.

"도와줘! 내가 잘못했어!"

태안에서 황당했을 때를 생각하면 별로 그러고 싶지 않다. 꽤 고민에 고민을 거듭하다 정한 선물이었다. 그러니 얼마나 당황스러웠는지. 그래도 그날 유진이 긴장을 풀고 웃었던 것이 생각나 마음이 약해지기도 한다.

"유진 씨 카메라 배워야 한다며."

"따로 전문가를 붙여줄 거라서요. 전. 문. 가. 용을 선물하신 누구 덕분에요. 그러니 신경 안 쓰셔도 됩니다."

"야야, 왜 존댓말을 해. 무섭게."

서윤이 제 취미가 사진이었다며, 여러 번 국제대회에서 상을 탄 경력이 있다고 본인을 어필했다.

"그래서 신혼집에 들어오시겠다고?"

"아니. 너 돈 많잖아. 우리 아빠도 별로 안 무서워하고. 그 지갑 속에 있는 카드 한 장만 나 주면 돼. 그럼 내가 일주일에 한 번씩 방문해서 유진 씨한테 카메라 가르쳐줄게. 남보다는 내가 낫잖아?"

"수업료가 너무 비싼 것 같은데."

"너 증여세 내고도 얼마 남았는지 내가 뻔히 아는, 읍읍읍!"

불법적인 일은 유진의 귀에 털끝만큼도 들어가게 하고 싶지 않다. 그저 아무것도 모른 채로 자신의 곁에 있어줬으면 하는 바람에 윤우가 트레이에 있던 밀푀유를 서윤의 입에 밀어넣었다.

우걱우걱 자신이 먹고 싶어 했던 빵을 불만스럽게 씹으며 서윤은 눈을 흘겼다.

"나도 서윤 씨가 알려주면 재미있을 것 같아."

그것보다 윤우가 잘 이야기해주지 않는 영국에서의 그를 알고 싶다.

유진의 말에, 그리고 이쪽을 바라보는 사람들의 시선에 결국 윤우가 두 손 들었다. 지갑에서 카드를 한 장 꺼내 건네자, 서윤은 세상을 다 가진 얼굴로 웃는다.

"잘 쓸게. 넌 진정한 친구야. 카메라는 내가 이 카드로 초심자용 구입해서 갈게. 신혼집은 대충 어디에 있는지 소문 들어 알고 있어. 주소는 안 찍어줘도 돼."

제 할 말만 다다다 쏟아낸 서윤은, 윤우가 마음을 바꾸기 전 웃으면서 뒷걸음질 쳤다.

"유진 씨, 만나서 반가웠어요. 내가 연락할게요. 그리고 이거 카드, 윤우가 화나서 정지시키면 유진 씨한테 일러도 되죠?"

"네. 네, 그럼요."

서윤이 씩 웃곤 신나선 매장을 빠져나갔다.

"하…… 쟤한테 넘어가면 약도 없어. 정신 잘 차리고 있어야 해."

"좋은 사람 같…… 읏……."

"왜 그래? 어디 아파?"

배가 뭉친 것 같다며 유진이 미간을 찌푸렸다. 윤우는 서윤이 먹었던 몫까지 직원에게 전부 계산을 부탁하곤 바로 방을 잡았다.

“그래, 나야.”

직원이 주말이라 빈방이 없다며 난색을 표하자 윤우는 고개를 끄덕이곤 어디론가 전화를 걸었다. 백화점과 붙어 있는 이 호텔은 외국인 관광객들도 많아 북적였다.

“여기 네 계열사 호텔. 그래. 빈방이 없다는데 집안에서 쓰는 룸 있을 거 아니야?”

마치 맡겨둔 것 내놓으라는 듯, 윤우는 제 앞 직원의 눈을 바라보며 전화 저편 상대방에게 요구했다.

- 네가 급하긴 급했나 보다?

“와이프가 임신 중이야. 컨디션이 안 좋아서.”

- 아, 전화 바꿔봐.

낄낄거리며 농담 따먹기를 하려던 상대가 윤우의 진지한 어투에 곧장 직원을 바꾸라고 한다. 윤우가 직원에게 휴대전화를 건네자 그녀가 얼떨떨한 얼굴로 전화를 받았다. 눈앞의 남자가 몸에 걸치고 있는 모든 것이 고가품임은 알아봤지만, 호텔의 사주와까지 친분이 있을 줄은 몰랐다.

“네. 네. 알겠습니다.”

직원은 딱 세 마디만 하더니 곧 룸이 준비된다고 안내했다. 윤우는 고개를 끄덕이곤 유진에게 다가갔다. 유진은 뒤편 의자에 앉아 윤우를 기다리는 중이다.

유진은 제 옆에 있는 아이를 바라보고 있었다. 이제 너덧 살이나 됐을까.

"힝……. 엄마아, 다리 아포오오."

체크인하려 꽤 오랫동안 줄을 서 있던 아이의 엄마가 조금만 더 기다리자 다독여도 아이는 칭얼대다 바닥에 털썩 주저앉았고, 놀란 아이 엄마가 어서 일어나라 엄하게 말려도 소용없었다.

"여기 앉을래?"

유진이 의자에서 일어나며 자리를 권하자 아이가 제 엄마의 눈치를 본다.

"어머, 주희야. 고맙습니다, 해야지?"

"고맙씁니다."

벌떡 일어난 아이가 유진에게 배꼽인사를 한다. 그게 너무 귀여워 유진이 아이의 상기된 뺨을 손가락으로 살짝 간질였다. 까르르 웃던 아이가 유진이 앉았던 자리에 폭삭 앉았다. 그 옆 기둥에 기대서서 유진은 아이에게 마주 웃어준다.

그녀에게 걸어오던 윤우의 얼굴이 약간 굳어 있다. 그에게는 오늘 처음 본 아이가 아니라 유진의 컨디션이 더 중요했다. 그가 유진을 끌어안으며 물었다.

"괜찮아?"

"응. 왜?"

"앉아 있지 그랬어."

"내가 더 튼튼해서. 저렇게 약한 다리로 계속 서 있다고 생각해봐. 어른이라도 아플걸."

유진이 아이를 눈짓하며 다정하게 웃었다. 아이 엄마는 자신의 차례가 돼 직원과 이야기 중으로, 주희라는 아이는 심심한지 그들을 빤히 바라보고 있었다. 어린아이의 눈에는 그저 예쁜 언니와 예쁜 오빠였다.

"배 뭉친다면서."

"참을 만해. 아직 만삭도 아니고, 이 정도는 금방 괜찮아져."

그러니 집으로 돌아가자 하려던 참이다. 괜히 호텔방까지 잡을 필요 없다고 고개를 흔들었다.

"나는 그래도 네가 제일 중요해."

윤우에겐 유진이, 그리고 그녀의 배 속에 있는 자신의 아이가 가장 중요했다.

"나도 그래. 나도 너랑 봉숙이가 제일 중요해."

그가 낮게 웃었다.

첫사랑을 기억하고 싶다면서 윤우가 지은 태명이다. 처음엔 봉숭아였는데 발음하기 어렵다며 어느새 봉숙이로 바뀌었다. 태명을 말할 때마다 왠지 얼굴이 빨개졌다. 아이가 커서 자신의 태명을 알게 되면 어쩔 거냐 항의했으나, 윤우는 아랑곳하지 않았다.

"하하. 아, 배야……. 풉."

유진이 그의 어깨를 붙잡고 참았던 웃음을 내뱉었다. 살짝 나온 배에 손이 가는 게 너무나 당연해졌다. 그렇게 웃고 있는데 저쪽에서 지배인이 빠른 걸음으로 다가와 고개를 숙였다.

"오래 기다리셨습니다. 룸을 안내해드려도 괜찮겠습니까?"

"그렇게 해주세요."

그렇게 말한 윤우가 팔짱을 끼기 쉽도록 제 팔을 벌려준다. 거기에 매달리듯 팔짱을 낀 유진이 자신들을 바라보는 아이에게 한쪽 눈을 찡긋했다. 한 손을 내밀어 안녕, 하고 인사하는 아이에게 마주 손을 흔들어주며 전용 엘리베이터 앞에 도착했다.

"룸 컨디션을 확인하느라 늦어진 점, 대단히 죄송합니다."

언제 어느 때 사주가 방문할지 몰라 매일 방 상태를 확인하지만, 이렇게 갑작스러운 방문에는 한 번 더 체크하는 것이 관례이기에 재빨리 처리한 터다. 지배인이 예의 바르게 웃어 보이자 윤우가 대답했다.

"괜찮습니다."

전용 룸으로 올라가는 엘리베이터가 따로 있어 기다리지 않아도 됐다.

"잠시 쉬려는 거라. 가본 적이 있으니 여기서부터는 저희끼리 가겠습니다."

윤우가 지배인에게서 키를 받아 들었다. 어차피 가장 위층에 있는 스위트룸과 같은 구조일 터.

지배인이 48층을 눌러주며 엘리베이터 바깥쪽에서 고개를 숙여 보였다. 유진이 예의 바르게 허리와 고개를 함께 숙이다 "윽." 소리를 냈다.

"아직도 홑몸 같지?"

윤우가 낮게 혀를 차며 그녀가 허리를 펼 수 있게 도와줬다. 엘리베이터 문이 닫히고 올라가기 시작하자 유진은 현기증이 일었다.

"이러니 잠시라도 혼자 둘 수 있겠어? 눈만 떼면 자꾸 이상한 애들이 달라붙는데."

서윤을 이야기하는 거다. 유진은 자꾸 웃음이 나와 견딜 수가 없었다. 아랫배는 뭉근하게 뭉쳐서 웃을 때마다 당기고 아픈데 윤우 때문에 웃겨서 울듯이 웃었다.

48층에 도착한 엘리베이터가 열리자, 바로 눈앞에 펼쳐진 응접실 전경에 유진이 탄성을 내질렀다.

"이런 게 좋아요?"

"얼마 전에 본 드라마에서 나왔던 곳이랑 비슷해서."

요새 윤우의 취미는 따뜻한 방 안에서 유진을 끌어안고 드라마를 1편부터 시청하는 것이다. 어떤 드라마의 몇 회 장면이었는지까지 기억해낸 그가 낮은 웃음소릴 냈다.
“이런 생활을 원하면 해줄 수 있는데.”
윤우와 유진은 전국일주를 하다시피 하며 온갖 호텔에 묵어봤는데, 거기들도 좋긴 했지만 여기와는 비교가 되지 않는다.
유진의 호기심 어린 눈동자를 보니 그 호화롭다는 대현의 저택에서도 무감각하던 그녀가 떠올랐다. 그때는 미처 주변을 볼 여유가 없어서였을까.
윤우는 그녀를 데리고 응접실 옆의 메인침실로 들어가 킹사이즈 침대에 그녀를 앉혔다.
“배가 뭉칠 땐 얌전히 누워 있어야죠.”
벌써부터 똑바로 눕는 게 약간 불편했다. 유진이 엉금엉금 침대로 올라가 옆으로 풀썩 눕자 윤우가 곧장 유진과 마주하고 눕는다. 그리곤 손을 뻗어 그녀의 아랫배를 살살 문질러줬다.
귀찮은 기색이라곤 찾아볼 수 없는, 걱정으로 물든 그의 미간이 좋았다. 도자기라도 만들 듯 심혈을 기울여 조심조심 배를 문지르는 윤우의 미간을 유진은 살며시 눌렀다.
“뭐가 그렇게 심각해?”
“잘못 손대면 아플까 봐.”
유진은 푹신한 베개에 얼굴을 묻으며 입가에 떠오르는 미소를 숨겼다. 배의 뭉침이 어느 정도 풀어진 것 같자 윤우는 몸을 일으켜 유진의 발을 꾹꾹 주무르기 시작했다. 5개월에 접어드니 몸이 잘 부었다. 그걸 알고 있는 윤우가 씻지도 않은 발을 잡고 주무르자 유진이 기겁했다.
“냄새나!”
“안 나.”
“거짓말.”
유진이 잔뜩 불편한 기세로 도망갈 것처럼 굴자 결국 윤우는 욕실에 가 따뜻하게 적신 타월을 가지고 나와, 스타킹을 벗겨주고 발을 닦아줬다.

"……내가 씻고 나와도 되는데."

"그냥 누워 있어. 그러라고 방 빌렸으니까."

닦는 데 사용한 수건은 바닥으로 던져놓고, 다른 따끈한 수건으로 발 전체를 감싸 천천히 주물러주자 유진의 입에서 저도 모르게 앓는 소리가 흘러나왔다.

"응……."

"그 정도로 좋아?"

발가락 아랫부분을 꾹꾹 누르던 윤우의 표정이 사나워졌다. 마치 맹수에게 먹이를 주는 사육사가 된 듯한 기분으로 유진은 열심히 고개를 저었다.

"그런 눈으로 보지 마."

"뜯어 먹을 거리를 주셨는데 내가 얌전히 넘길 리가."

위험스럽게 말하지만 손길은 말로 할 수 없을 정도로 부드러웠다.

"유진아."

그윽하고 낮은 목소리가 저를 불렀다.

"나는 네가 부서질까 봐 허락 없인 손도 못 대겠어."

가끔 못 견디겠다는 듯 자신을 끌어안고 몸을 밀착하는 게 전부였다. 유산기가 있다는 말을 듣고 난 뒤는 더했다. 이제는 괜찮다는 말을 들은 것도 몇 번, 이번 검진 때 유진은 윤우 몰래 박 교수에게 부부관계에 대해 물었고, 다시 한 번 확답을 받았다.

"손가락 하나, 입술 하나만 대도 네가 놀라니까. 그럼 봉숙이도 놀랄 테니까."

윤우가 고개를 숙여 유진의 배에 입술을 댔다. 그는 어서 빨리 유진을 빼닮았을 아이를 보고 싶다고 매일같이 말했다.

"그래서 나는 네가 조심스러워."

그때였다.

토옥. 입술에 미세한 진동이 느껴진 것은.

유진은 몇 번 느껴봤다. 그건 마치 비눗방울이 톡톡 터지는 것 같은 느낌이었다. 그러다가 보글보글하고 탄산이 터지는 듯한 느낌에 놀라, 유진은 아침 댓바람부터 박 교수에게 전화해 이게 뭐냐 물어본 적 있다. 태동이라는 답에, 태동이 이렇게 비누거품 같은 거냐고 물어 박 교수를 크게 웃게 만들기도 했다.

자신은 한 번씩 느꼈지만 윤우는 태동을 느끼기 쉽지 않았다. 하지만 방금은 그도 느꼈을 것 같아 유진이 물었다.

"방금……."

"아."

윤우가 크림보다 달콤한 미소를 지었다. 기꺼워 죽겠다는 얼굴로 입술을 마구 배에 부볐다.

"봉숙아."

방금의 태동이 거짓말인 듯 아기는 더 이상 움직이지 않았다.

"방금 아빠한테 인사한 거 맞지?"

윤우가 고개를 들어올렸다. 배 속의 아이를 향한 건지, 유진을 향한 건지 알 수 없는 간절한 표정을 하고 있었다.

무엇이든 먹고 싶어 견딜 수 없었던 시간이 너무 길었다.

✦ ✝ ✦

깨어나니 밖은 까맣게 저물어 있었다.

유진은 야경을 바라보다 잠든 적 없는 윤우와 피곤한 눈을 마주쳤다.

"……저녁에…… 언니네 가기로 했는데. 언니 울었겠다."

"아까 자고 있을 때 전화했어요. 오늘 몸이 안 좋아 못 간다고."

그의 눈가가 반달 모양으로 슥 접혔다. 눈웃음을 짓는 모습을 코앞에서 보고 있자니 새삼스러웠다. 세운 것처럼 반듯한 코를 유진이 손가락으로 슥 훑자 어느새 눈웃음을 지우고 그녀를 의아하게 본다.

"코가 예뻐."

"코만?"

"사실은 어릴 때 너 처음 봤을 때……. 아저씨가 그랬거든, 예쁜 딸이 있다고. 나는 그게 넌 줄 알았어."

아저씨의 손을 잡고 계단을 오르는 내내 그 예쁜 얼굴을 보았는데도 남자아이인 걸 눈치채지 못했다. 아저씨가 아들이라고 소개한 뒤에야 미안해서 시선을 돌려버렸다.

"그땐 작았으니까."

윤우가 고개를 끄덕였다. 유진의 손가락은 여전히 그의 콧등에 머물러 있었다.

"나는 내가 너를 지켜줘야 될지도 모른다고 생각했는데."

그 여자아이 같았던 아이가 실은 남자아이란 걸 알았을 때, 이번엔 동화 속 왕자님처럼 보였다.

"어림없는 소릴."

윤우가 말도 안 되는 소릴 한다며, 유진의 콧등을 꾹 눌렀다. 그녀가 인상을 찌푸리자 그는 소리 내 웃었다.

"앉아서 업무 보는데 창문으로 해가 비쳐도 네가 블라인드를 내리지 않는다는 걸 알았어."

문득 유진은 함께 출퇴근했던 짧은 시간을 이야기했다. 살아온 시간 중 고요하고 마음이 불편하면서도 편했던 기묘한 날들이었다.

책상 앞에 앉아 있는 윤우는 해가 비쳐 들어와도 자신이 몸을 틀었으면 틀었지 블라인드를 내리지 않았다. 아무리 유리창에 선팅시트가 붙어 있다 한들 눈이 부셨을 텐데.

블라인드를 내리라 하려다 불현듯 깨달았다. 그녀가 바깥을 보고 있으니까. 제가 그를 보면서 자연스럽게 도시의 빌딩숲을 보니까, 그가 블라인드를 치지 않는다는 사실을.

햇빛이 강렬하게 드는 오후 시간엔 그의 콧잔등이 잔뜩 일그러져 있어 손가락으로 펴주고 싶다는 생각을 했었다. 한 번도 해주지 못했지만.

"내 곁에 잡아다 놨으니까 바깥 구경은 마음껏 시켜줘야지."

윤우는 제 마음을 고스란히 알아준 유진을 먹먹한 눈으로 바라봤다.

"비가 오는 날이 싫었는데 그래도 비 오면 네가 얼굴 안 찌푸리니까. 조금 좋아진 것도 같고."

유독 그해 여름엔 비가 많이 내렸다. 맑았던 날을 손에 꼽을 정도였다.

그때부터 아침마다 날씨를 찾아보기 시작했다. 오늘은 해가 얼마나 드는지, 구름이 끼는지 혹은 구름 없이 청명한지 궁금해졌다. 오늘은 또 네가 얼마나 미간을 찌푸리나 해서.

"더 말해봐요."

나른한 눈으로 그가 요구했다. 마치 바로 1년 전처럼 돌아간 듯이. 나른해 풀어질 때, 혹은 화가 날 때 윤우는 익숙했던 옛날 말투로 돌아간다.

"응?"

조르는 눈매가 유혹하는 것처럼 휘어진다.

"그 버릇 있잖아. 생각하는 게 있거나 하면 모서리 같은 데 만지는 거."

"아아. 고치려고 했는데 잘 안 돼. 초조하면 나오거든."

"나는 그 버릇이 좋았어."

"짜증날 때 버릇인데. 안 풀리거나 초조할 때."

"응. 그런 것 같았어."

"그렇게라도 안 하면 상대를 팰까 봐."

윤우의 말에 유진이 짧게 웃었다.

"내가 널 볼 때도 그런 행동을 한 적 있을 텐데."

"아마도?"

"말했잖아. 초조하면 나온다고. 달려들지 않으려고 필사적으로 참은 거야."

그래서 지문이 닳았노라고 윤우가 농담처럼 말해 유진은 웃었다. 정말 이 남자는 당해낼 수가 없다.

"빨리 나가야 되는 거 아니야?"

"며칠 빌릴까?"

유진이 처음 들어와서 내뱉었던 감탄사가 그의 마음에 남아 있어서였다.

"아니, 아냐."

"어머니가 주신 부동산 찾아보면 이런 데도 있을 텐데."

잘 찾아보라고, 계열사 호텔이 제주도에 있는데 서류에 그곳 이름도 들어 있을지 모른다며 윤우는 키들댔다.

그만 가자 싶어 몸을 일으키던 유진의 눈에 마침 건너편 빌딩 옥상의 옥외광고가 들어왔다.

"어……? 저거 개봉했나 봐."

얼마 전 그와 TV를 시청하다 개봉 전 영화 예고편을 몇 개 봤는데 그중 하나였다. 윤우의 영화 취향은 의외로 로맨틱코미디였고 유진은 그와 함께 열심히 찾아본 결과 히어로물이었다. 정의로운 누군가가 세상을 구하는 게 너무 좋다고 한동안 유명한 히어로물 시리즈를 섭렵했다.

유진의 한마디에 윤우는 바로 휴대전화를 들어 가까운 영화관을 검색했다.

"괜찮아. 나중에 보지 뭐."

"그러다 저번에도 놓쳤잖아."

"그럼 너랑 집에서 TV로 봐도 되잖아."

윤우는 아무 말도 하지 않았다. 원래 그는 의무적으로 문화생활을 즐기는 편이었지만 유진에겐 그조차 주어지지 못했다. 그래서 되도록 모든 걸 함께해주고 싶었다. 그게 보상이 될지는 모르지만 적어도 그녀의 말에 귀 기울이고, 하고 싶다는 게 있으면 함께하려 노력했다.

"영화관에서 상영 중인데 굳이 TV로 볼 필요 없잖아."

근처 영화관의 사이드 좌석 두 장을 예매할 수 있었다.

"사람들 복작거리고, 뒤에서 한 번씩 의자를 발로 차고, 팝콘 부스럭거리는 소리들. 다 네가 좋아하는 것뿐이잖아."

유진은 번잡스러운 걸 안 좋아하지만, 이상하게도 영화관은 꽤 좋아했다. 심지어 의자 뒤를 툭툭 치는 발길질마저 기분 나빠하지 않았다.

팝콘통 하나를 두고 그와 손이 부딪치는 것이라든가, 영화에 집중하고 있노라면 이따금 옆얼굴에 내려앉은 윤우의 시선 또한 전부 좋았다. 수많은 사람들이 함께 앉아 하나를 보고 즐기며 좋아하는 그게 너무 신기하고 가슴 설렜다.

"응. 그리고 히어로 영화에서 나오는 감탄사도 좋아해. 뻔한 결말도 좋아하고."

히어로 영화에서는 언제나 정의가 승리한다. 어떤 생각도 없이 주인공에게만 집중할 수 있는 영화라 좋았다.

"난 좀 더 로맨스 쪽을 보길 바랐지만. 취향 차이니까."

"왜?"

"연애를 영상으로라도 배웠으면 해서. 안달이 난 건 나뿐이란 생각이 가끔 들어서 그래."

윤우가 그렇게 말하며 일어나 드레스룸으로 향했다. 그곳엔 모든 것이 새 상품으로 준비돼 있으며, 심지어 사주 가족들의 사이즈에 맞는 슈트와 드레스까지 전부 갖춰져 있다. 빈자리가 나면 다시 채워놓기 마련이라 새 스타킹을 찾아낸 그가 포장지를 뜯고 팬티스타킹을 죽죽 손으로 가볍게 늘린다.

"전부터 물어보고 싶은 게 있었는데."

유진이 능숙한 윤우의 손길에 한 손을 들어올렸다.

"물어봐."

자연스럽게 침대 아래로 발을 내린 유진의 앞에 무릎을 꿇은 그가 스타킹을 한쪽 발씩 꿴다.

"스타킹 신기 전에 늘리는 거, 누구한테 배웠어?"

저건 확실히 여자한테 배운 것이다. 의외의 질문인지 윤우가 한쪽 눈썹을 가만히 치켜올린다.

"그냥 네네 하는 줄만 알았는데, 유도신문도 하고. 많이 늘었어. 그래서? 여자가 몇이나 있었냐 묻는 거야?"

유진은 대답하지 않고 슬쩍 시선을 돌렸다.

"그냥 봐도 네 다리보다 스타킹이 훨씬 짧아서. 내가 여자 물건에 손대고 그걸 아무렇지도 않게 입혀주고 신겨줄 수 있는 사람은 너밖에 없어. 이렇게 늘리지 않으면 이쪽 허벅지쯤 어중간하게 걸쳐질 텐데."

다른 여자 이야기가 당연히 나올 수밖에 없다고 생각했는데, 예상이 틀렸다.

"유진아, 네가 아무리 불안해하고 의심하고, 내게 있어 이런 행동을 하는 게 네가 처음이 아니라고 생각해도 어쩔 수 없어."

윤우가 유진의 옷매무새를 다듬어주었다. 그리고 내동댕이쳐진 신발도 주워다 신겨준다. 제 차례는 그다음이다.

“나는 계속 네가 편했으면 해서 생각하고 하는 거니까. 너한테 익숙하게 보여도 무리는 아니지.”

귀가 뜨거웠다. 달아서 녹아버릴 것 같은 귀를 유진이 손바닥으로 감싸자 윤우가 신발 양쪽을 꼭 맞게 신겨준 뒤에서야 무릎을 털고 자리에서 일어났다.

“이리 와.”

새끼손가락의 봉숭아물은 사라지고 없다. 손톱을 깎을 때마다, 그리고 서로의 손을 맞잡을 때마다 버릇처럼 얼마나 붉은 물이 남아 있나 확인하곤 했었다.

“배도 고파.”

“룸서비스 먹고 나갈까?”

“아니. 가서 핫도그 먹을래. 그거 먹고 싶어.”

유진이 먹고 싶어 하는 건 배 속의 아이도 먹고 싶어 한다는 뜻이라 윤우는 유쾌하게 웃었다.

영화를 보고 집으로 돌아오니 자정이 훌쩍 넘어 있었다. 들어갈 때 핫도그를 하나, 그리고 나올 때 맛있었다며 또다시 핫도그를 하나 물고 나온 유진은 차창에 기대 저도 모르게 잠들었다.

한남동의 집에 거의 도착해 반쯤 먹고 남은 유진의 핫도그를 제 입으로 가져간 그가 차에서 내려 조수석으로 향하던 참이다. 집을 지키던 경호원 둘이 다가오더니 윤우에게 무어라 속삭였다.

윤우는 잠시 차 안에 있는 유진을 바라보다가 고개를 끄덕인 뒤 그녀를 안아 올렸다.

"음……."

"일어났어?"

"내가 걸어도 되는데."

요새는 먹고 싶다는 게 하나둘 늘어나 다행이다.

"내가 걷는 게 빨라서."

"……나 단거 먹고 싶어. 꿈을 꿨는데."

유진이 한 손으로 눈을 비비다 완전히 그에게 의지했다. 처음에 안아 올렸을 땐 혹시라도 저를 떨어트릴까 봐 무서워서 온몸에 힘을 주더니 이제는 익숙해진 듯, 그의 품에 늘어져 있다.

"집에 초콜릿 있어. 젤리도 있고."

"음…… 그거 말고. 설탕덩어리 있잖아. 달고나 같은 거."
"달고나?"
윤우가 그게 뭔지 몰라 되묻자 유진은 학교 앞에서 팔던 달고나에 대해 설명하고, 어린 시절 그걸 너무 좋아해 엄마가 집에서 만들어줬다 덧붙였다.
"만들어볼게."
"정말?"
"자고 있어. 재료 사러 나갔다 올 테니까."
"이 밤에 그 재료를 어디서 사?"
"백화점이든 마트든 다시 열라고 하지, 뭐."
무슨 대수냐고 그가 어깨를 으쓱였다. 그녀를 침실에 곱게 앉혀두고 더 자라며 머리를 쓰다듬었다.
"그냥 같이 자고 내일 해 먹자."
"임산부는 먹고 싶은 거 바로바로 먹어야 된다며."
윤우가 눈웃음을 지었다. 비몽사몽간에 아직 덜 깬 정신으로 지금 그가 웃고 있는 게 꿈인지 현실인지 분간이 가지 않아 유진도 살포시 웃었다. 곧 유진은 베개에 얼굴을 묻고서 잠들었다.
살살, 유진이 불편하지 않게끔 옷을 벗겨주고 이불을 덮어준 후 윤우는 현관 밖으로 나왔다.
"사흘 전부터 집 앞을 맴돌아서 물어볼 때마다 도망을 가는 바람에 오늘은 일단 잡아놨습니다."
수상한 사람이 집 앞을 서성이는데 좀 더 지켜보겠다는 보고를 사흘 전에 받았다. 처음에 한 번은 우연으로 쳤지만, 두 번째 그를 발견했을 때 말을 걸자마자 곧바로 도망가는 바람에 잡을 수 없었다고 한다. 하지만 세 번째로 나타나 주변을 배회하는 그를 발견한 경호원들이 곧장 그를 옭아

매 경찰에 넘기지 않고 일단 지켜보고 있었단다.

윤우는 경호원들의 보고를 들으며 차고로 향했다.

의자에 앉아 불안한 눈으로 주변을 둘러보는 남자는 얼굴에 살이 통통하게 올라 있다. 그 얼굴이 알게 모르게 익숙했다. 한유진에 관해서라면 모두 파악하고 있는 윤우가 쉽게 떠올릴 수 있는 인물이기도 했다.

"안녕하세요, 유진이 외삼촌 되시죠?"

"어…… 아…… 그, 그래."

둘은 초면이다. 그리고 아마 지금 침실에서 자고 있을 유진도 그와는 거의 초면일 게 분명했다. 애초에 그가 유진 부친의 회사에서 공금을 횡령해 도망가지만 않았어도 모든 일이 최악으로 치닫지 않았을지도 모른다.

"유진이가 외삼촌을 많이 찾았어요."

"흠흠, 내가 걔 유일한 피붙이기는 하지."

유진은 외삼촌 때문에 집안이 망했다는 사실을 정확하게 인지하고 있었다. 그렇기에 기억을 뒤져 자신의 집 근처에 있던 외삼촌 집을 떠올려냈고 그나마 친하다고 생각했던 고용인 중 한 명에게 혹시 이쪽에 살던 사람이 어떻게 됐는지 알아봐달라고 부탁했다. 겨우겨우 용기를 짜내 움직였던 거다. 더 이상 버틸 자신이 없어서, 혹시라도 피붙이를 만나면 어떻게든 이 집에서 나갈 수 있을 것 같아 생각에 생각을 거듭해 입 밖에 낸 것이다. 그 전에도 몇 번 시도해봤지만 그때마다 백 여사에게 들켜 수포로 돌아갔었다.

"그 집에서 유진이 편은 아무도 없었어요. 그래도 유진이는 계속, 외삼촌의 행방을 알아봤죠."

윤우가 조용히 말했다. 공금을 횡령할 머리조차 없는 사람이다. 중졸에 제대로 된 직장조차 못 구해 매형의 회사에서 경비나 하던 사람이 공금을 횡령했다니. 그는 이 아이러니한 상황에 차갑게 웃었다.

"할머니가 얼마나 주셨어요?"

"뭐, 뭐?"

"얼마나 주시며 등을 떠밀었길래 친누나조차 외면하고 돈을 들고 도망가 지금까지 머리털 한 올 안 비치셨을까."

유진의 외삼촌, 진무는 식은땀이 흘렀다. 횡령한 공금보다 백 여사가 그에게 준 돈이 훨씬 많았다. 그 돈을 들고 자취를 감춘 뒤, 여태 평창동 저택 앞을 기웃거리지 못한 건 진무 또한 백 여사를 두려워했기 때문이다. 사람을 벌레로도 취급하지 않는 싸늘한 눈은 파충류의 그것보다 무감각해, 저런 여자라면 자신을 밟아서 터트려 죽여버릴 수도 있다는 공포를 느꼈다.

"그리고 지금은 왜……. 할머니가 요양원에 가시고, 유진이가 대현의 며느리가 됐다는 사실을 알고 찾아오신 거죠?"

"나는 당연히 조카를 찾아서 보호할 의무를 가지고……."

"개소리 말고."

개가 사람처럼 짖는다고 해서 개소리가 아닌 건 아니다.

"정말 조카가 걱정됐으면 생사를 알 수 없는 누님부터 찾으셨어야죠. 유진이 어머니 말이에요. 당신 누나."

"누, 누, 누나는 죽었……."

"그렇게 믿고 싶었던 거겠죠."

윤우의 눈에는 아무것도 담겨 있지 않았다. 마치 백 여사의 그것과 같은 눈을 마주하고서 진무는 움찔거렸다. 개돼지. 혹은 벌레만도 못한 것을 보는 눈빛. 상대를 밟아 죽인다 해도 양심의 털끝 하나 다치지 않을 것 같은 그 시선에 마른침을 삼킨다.

그가 목덜미에 잔뜩 고인 땀을 손등으로 닦아냈다.

"나는 받은 게 없어. 그건 내가 유진이를 만나면 전부 다 설명을……."

"만나요? 누가 누구를? 내가 만나게 해준다고 했나."

윤우가 말끝을 늘이며 다정한 목소리를 냈다. 제 할머니조차 잘라냈던 사람이 피 한 방울 섞이지 않은 유진의 혈육을 잘라내지 못할 리가. 사람이 아니길 포기한 것들은, 사람 말을 하는 짐승에 불과하다.

"다정하고 착하니까, 제 삼촌이란 이유만으로 엉엉 울 거예요. 아마, 그럴 거야."

원망도 잠시고 펑펑 울 게 분명했다.

"배 속에 아이가 있어서 우는 건 안 돼요. 요새 체력이 뚝뚝 떨어지는 게 눈에 보일 정도거든."

유진이 다시 근심과 걱정으로 뒤덮이는 걸 그가 두고 볼 수 있을 리 없다.

"유, 유진아! 유진아!"

그가 큰 소리로 이 집 어딘가에 있을 유진을 찾았다. 윤우는 제지 않고 가만히 진무를 바라봤다.

"나도, 그리고 유진이도 예민해서 침실 방음에 가장 신경 쓰는지라."

헛수고라고 친절하게 설명해주며 손을 내젓는 모습은 일견 그는 지루해 하는 것처럼까지 보였다. 어떻게 처리할까.

"아무리 소리 질러도 안 들려요, 아무것도."

유진도 똑같이 소리를 질렀으리라. 귀를 기울이면 들을 수 있었을 텐데, 이 남자는 외면했다. 그 집에서 제 누이가 어떻게 살았는지 알면서, 어떻게 백 여사에게 당하고 쫓겨났는지 제 눈으로 봤으면서, 이 남자는 누이의 등을 떠밀었다.

돈을 받고 조카와 누이를 지옥으로 밀어넣고 도망간 남자.

어떻게 알았는진 모르겠지만, 백 여사는 당신 아들과 유진의 친모가 계속해서 연락을 주고받았단 사실에 분노했던 것 같다. 그러니 이 남자를 매수해 공금을 횡령하게 만들었겠지.

"돈이 다 떨어졌어요?"

"난 그저 혀, 혈육이 보고 싶어서 온 것뿐이야. 너는 내 조카사위 아니냐."

"나는 피가 이렇게 당기는 건지 처음 알았어요."

그에게도 유진과 같은 피가 흐를 거라 생각한 순간, 윤우의 표정이 묘해졌다. 진무의 말이 진실이라면, 만약 피의 당김이 있었다면, 지금쯤 그 자신은 백 여사가 잘 키운 열매가 되었을 테니.

"얼마나 절박했으면."

이런 남자를 왜 찾았던 걸까. 그가 부모님을 배신하고 돈을 가지고 사라진 뒤부터 제 인생이 삐걱대기 시작했던 걸 모르지는 않았을 텐데. 아마, 소식도 모르는 친모에 대해 지푸라기라도 잡고 싶은 심정에서 그랬겠지.

유진은 그의 집안에서 억눌려 있었다. 싹이 올라올라치면 백 여사는 가차 없이 짓밟고 뭉개고 베어버렸다. 그럼에도 아직 뿌리가 건강하게 남아 있는 자신의 새싹이다.

"내 손에 피를 굳이 묻히지 않아도, 대신 해줄 사람은 얼마든지 있죠."

아무도 모르는 곳에 숨만 붙여놓은 채 넣어버릴까. 중국이나 다른 곳으로 보내 그쪽에서 처리하는 것도 나쁘지 않다. 윤우는 이미 사람 같지 않은 생각을 하고 있었다.

자신은 날 때부터 머릿속이 망가져 있던 건지도 모른다. 그걸 자각했던 게 누나의 사고 전인지 후인지 기억나지 않을 정도로 뒤죽박죽이다. 지키기 위해서는 먼저 물어뜯고 다시는 일어나지 못하도록 만드는 게 가장 수월한 방법이다.

백 여사가 가르쳤던 게 그것이다. 그리고 깨달은 것도 그것이었고. 상대가 사람이길 포기하면, 그도 가축으로서 대하면 된다. 가축에 손대는 데 죄책감 따위는 없다.

"장차 훌륭한 돈벌레가 되실 분인데. 굳이 벌레를 돈을 줘가며 키워야 될 필요성도 못 느끼고요."

그러나 물러진 건 확실하다.

윤우의 눈이 어딘가를 향했다. 아마도 유진이 누워 있는 방을 어림짐작하는 듯 흐려졌다. 자신의 씨앗을 소중히 품고 바르게 잘 키워내기 위해 항상 좋은 생각만 하고, 참혹했던 과거를 애써 묻으려는 마음이 무척이나 기껍고 애달프다. 유진은 항상 좋은 일만, 그리고 좋은 것만 보고 살게끔 해주고 싶다.

"정말 나는 그냥 얼굴만 보러 온 거야! 오해야!"

"계속 눈도장을 찍다가, 약한 부분이 보이면 파고들어 돈 이야기, 정말 안 하려고 했다고 할 수 있어요?"

자신의 눈을 똑바로 보고 한번 말해보라며 윤우가 바짝 얼굴을 들이댔다.

"나는 삼촌 된 마음으로 순수한 마음에……."

"양심도 없는 새끼네."

그럴 줄 알았다며 윤우는 웃었다.

✦ ✢ ✦

잠깐 눈을 붙였다고 생각했는데 일어나니 해가 중천에 있어 유진은 당황했다. 그것보다 더 당황스러운 건 윤우가 옆에 없단 것이다. 침대 옆자리는 누군가 누웠던 흔적도 없이 말끔했다. 이런 적은 함께하고 난 뒤로 처음이다. 노글노글 늘어져 집으로 돌아왔고, 윤우가 계속 자라며 다독여줬던 건 생각나는데 그 이후의 기억이 없다.

심지어 옷을 갈아입은 기억도 없는데 홈웨어 원피스를 입고 있어, 유진은 가운을 걸치고선 서둘러 침실을 나섰다.

"일찍 일어났네."

9시가 훨씬 넘었으니 일찍은 아니다. 뉴스를 틀어놓고 주방에서 뭔가를 하고 있던 윤우는, 유진이 나오는 기척에 돌아보더니 손님이 식탁에 앉아 있으니 옷을 입고 나오라 다정하게 웃어줬다.

"손님?"

"응. 깜짝 놀랄 거야. 씻고 밥 먹자."

주방 안쪽은 조용하기만 해 누군지 확인해볼 수도 없었다. 유진은 지금 제 차림새가 손님을 맞을 만하진 않기에 서둘러 침실로 들어갔다.

간단하게 샤워를 하고 옷을 갈아입고 나왔을 때는 아침식사도 준비가 끝나 있었다. 유진은 입덧이 끝난 뒤로 한식을 찾았고, 식단은 늘 유진에게 맞춰졌다. 머뭇머뭇 주방으로 들어서던 유진이 굳어버렸다.

불안하게 눈을 굴리는 남자는 어딘지 익숙했다. 이제는 기억에조차 남아 있지 않지만 그냥 한눈에 알 수 있었다.

"……삼촌?"

"유, 유진아!"

자리에서 벌떡 일어난 진무가 여유롭게 식탁에 앉아 턱을 괴고 있는 윤우의 눈치를 본다.

"삼촌이 어떻게 여기에 계세요?"

"그게…… 네가 보고 싶어서……. 용서도 빌 겸……."

윤우의 얼굴에서 표정이 사라지자 진무는 냉큼 무릎을 꿇었다.

"미안하다. 내가 그때 돈에 눈이 멀어서 그만……. 미안하다. 너랑 누님 볼 면목이 없다."

진무가 눈물을 터트렸다. 윤우에게 받았던 협박이 생각나 울음이 터진 거지, 후회나 참회에서 비롯된 게 아니다. 악어의 눈물 같은 그것을 바라보며 윤우는 픽 웃었다.

"엄마, 살아 계신 거 아세요?"

"이, 이쪽에게 들었다. 그런데 기억을 못 하셔서 안 만나는 게 좋을 것 같다고……. 내가 억장이 무너진다, 유진아. 다 내 잘못이다. 내 잘못이야!"

유진은 황망하게 서 있기만 했다. 윤우가 유진이 쓰러질까 봐 걱정됐는지 부축해 의자에 앉혀주고서야 더듬더듬 겨우 입을 뗐다. 제 스스로 외삼촌을 찾았을 때도 있었지만, 정말 다시 만날 수 있으리라곤 생각 안 했다.

"왜 그러셨어요? 왜요……?"

차마 탓하지도 못하고 묻는다.

"돈이 급해서 그랬다. 잠깐만 쓰고 돌려줄 생각이었는데 사고가 났다고 해서. 너무 무서운 마음에 숨어버렸다. 이제는 네가 잘 지내고 있는 것 같아서 용서를 빌려고……."

"삼촌 마음 편하자고요?"

그가 조금만 일찍 나타났더라면. 유진은 회한 가득한 눈으로 진무를 바라봤다.

"어떻게 하고 싶어?"

"내가 말하는 대로 해줄 거야?"

유진은 바로 고개를 젓는다. 아무것도 하고 싶지 않다는 그녀의 뜻에 윤우가 고개를 끄덕였다.

"삼촌."

"그래, 유진아!"

"삼촌이 정말 빌어야 될 사람은 엄만데. 돌아가신 우리 아빤데. 두 분 다 사과 못 받으시니 제가 대신 받을게요."

마음 한구석이 허했다. 유진은 바보가 아니다. 제 앞에 왜 외삼촌이 나타났는지 모를 만큼 순진하지 않다. 진무가 지금 하는 말을 곧이곧대로 믿을 정도로 녹록하게 살아오지도 않았다.

"그러니까 돌아가세요."

남루한 옷차림에서 그가 먼저 절 찾은 이유를 알아차렸지만 유진은 외면했다. 부모님을 배신하고 도망갔던 사람. 그리고 돈이 떨어지자 나타났다.

"유진아!"

"윤우랑 이야기하셨잖아요."

윤우가 표정 없는 얼굴로 고개를 끄덕인다. 그녀가 알아차릴지도 모른다고 생각하긴 했다. 제게 향하는 곧은 시선에 윤우는 무엇도 숨길 생각이 없다.

"약속하신 대로 하세요, 삼촌."

그저 살아 있으니 됐다. 기억을 잃었지만 엄마도 살아 있고, 비록 가족을 배신했다곤 하나 외삼촌 또한 멀쩡히 살아 있는 걸 봤으니 그것만으로 됐다.

이미 진무는 다시는 유진이나 진희 앞에 나타나지 않겠다 각서를 썼다. 그 약속을 깨고 얼쩡거린다면 제가 무엇을 할 수 있는지 직접 알게 해주겠다는 윤우의 말에 오금이 오그라들었다. 백 여사보다 더 무서운 자다. 유진을 만나서도 쓸데없이 구구절절 늘어놓지 말고 무릎 꿇고 사죄하라고만 했다.

백 여사가 누나에게 했던 짓을 생각하니, 백 여사보다 더한 윤우가 제게 그러지 못할 이유가 없다. 윤우의 협박이 그저 빈말로 안 들려 무서웠다. 조카에게 기생해 작은 가게 하나 열 만한 돈을 뜯어내는 게 목적이었다. 하지만 절 해칠 거란 말을 직접적으로 듣는 순간 욕심을 털어버렸다. 누나의 딸이니까. 동정심 많고 천사 같던 누나의 딸이니 자신을 저버리지 못하리라 생각했던 건 오산이었다.

"그래…… 그래……. 정말 미안하다."

사과의 어디에서도 진정성은 느껴지지 않았다.

유진이 터덜거리며 나가는 외삼촌을 현관까지 배웅했다. 다시는 보지 않을 사람에게 하는 마지막 인사 같은 거였다.

그가 나가고 나서 잠시 그 자리에 서 있다가 윤우에게로 돌아섰다.

"잠 한숨도 못 잤지?"

"너 자는 얼굴만 봐도 잔 것 같아."

"먹는 모습만 봐도 배부르다는 말은 들어봤는데, 그런 말은 처음이야. 말도 안 되는 소리고."

유진이 새침하게 바라보자 윤우가 어깨를 으쓱했다.

"덕분에 속은 시원하네. 듣지 못할 줄 알았던 사과도 듣고."

그러면서 배고프다고, 그와 함께 주방으로 들어섰다. 괜찮다고 했는데도 윤우는 식은 국을 데우고 밥솥을 열어 따뜻한 밥을 퍼줬다.

"삼촌을 찾아서…… 아저씨가 빌려줬다는 돈을 갚으면 자유의 몸이 될 줄 알았어. 엄마랑 나를 놔줄 줄 알았어. 나는 그게 돈 때문이라고 믿고 싶었어. 아주 나중에는 거기에서 나가지 못한다고 해도, 돈을 갚으면 그래도…… 그래도…… 백 여사님이 엄마 얼굴이라도 보여주겠지."

유진이 그를 눈으로 좇으며 말을 이었다.

"내가 화풀이 상대였다는 걸 알아."

담담한 어조였다. 윤우가 뜨끈한 국을 앞에 놓아주자, 한술 뜨면서 맛있다고 웃는 유진에게선 더 이상 그늘은 느껴지지 않았다. 남의 얘길 하듯 담담하게 읊는 그녀의 앞머리를 가볍게 쓸어주자 배시시 웃는다.

"지금 내가 무슨 생각 하는 줄 알아?"

"무서워서 못 묻겠는데."

"나한테 아이가 있어서 다행이라는 생각. 우리 봉숙이 말이야. 만약에 봉숙이가 없었으면 삼촌한테 이렇게 착하게 굴 수 있었을지 자신이 없거든."

윤우가 낮은 웃음을 터트리곤 오후에 볕이 좋으면 희정의 집에 다녀오자고 하자 그녀가 고개를 끄덕였다.

✦ ✚ ✦

유진의 입에서 제일 먼저 튀어나온 건 감탄사였다. 작은 정원이 알록달록 꾸며져 있어서 깜짝 놀랐다. 아직 날은 쌀쌀한데 벌써 이곳에는 봄이 내려앉은 것 같다며 차에서 내리자마자 정원 구경에 나섰다.

집과 집을 나누는 울타리 너머 정원의 가장 앞에는 새빨간 동백꽃이 피어 있었다. 그들이 온다는 말을 듣고 미리부터 나와 있던 희정이 강아지와 함께 달려왔다.

"유진아! 왜 이제 왔어?"

"언니, 잘 있었어요?"

상봉한 이산가족처럼 포옹하는 두 사람의 모습에 윤우가 낮게 혀를 찼다.

"어제 온댔으면서, 미워!"

"어제 배가 아주 살짝 아팠는데 윤우가 호들갑을 떨어서요."

"배 아파? 아기가 그럼 아픈 거야?"

처음, 유진이 배 속에 아기가 있다고 말했을 때 희정은 믿지 않았다. 어떻게 납작한 배에 아기가 있을 수가 있냐고, 아기가 있는 배는 둥글다고 했다. 그러다 이제는 동그랗게 태가 나는 배를 보고 고개를 끄떡일 수밖에 없었다.

유진의 코트 입은 배에 손바닥을 대고 속삭인다.

"아기야. 뽕숙. 쑥아."

윤우의 목소리에는 숨어버리던 봉숙이 토옥, 희정에게 대답하듯 움직였다. 희정이 눈을 동그랗게 뜨고 유진을 바라보다 이내 웃음을 터뜨렸다.

"내가 고모야아."

빨리 네가 나왔으면 좋겠다고 속삭인다. 훌륭한 고모가 되기 위해서 준비 중이라고 말하는 희정의 얼굴은 빛나고 있었다.

"유진아, 나중에 꽃밥나무 보러도 꼭 다시 와야 해."

"꽃밥나무요?"

"으응."

저희들 위에 드리워진 나무를 보라며 손가락으로 가리켰다. 식물에 대해 잘 알지 못하는 유진은 고개를 갸우뚱거리다, 꽃이 피면 알겠지 싶어 끄덕였다.

윤우는 유진의 발치에서 그녀를 알아보고 통통 뛰는 강아지를 들어올려 쓰다듬어주며 말했다.

"저 나무 아래 벤치를 놔도 좋을 것 같아."

"아빠가 저기에 그네 걸어준댔어."

희정이 강민의 부친을 아빠라고 부른다는 걸 알고 있어서 유진은 박수를 쳤다.

"와! 부러워요! 나무도 튼튼해 보이고!"

옮겨 심은 이팝나무 가지는 꽤 굵어 희정이 그네를 타기에 문제없어 보였다. 벤치보다 그게 나을 듯싶다. 그리고 무엇보다 강민이 장담한 것처럼 이곳에 계단이 없는 점도 마음에 들었다.

"뽕숙이도 태어나면 내가 태워줄 거야."

"이런 고모가 있어서 우리 봉숙이도 좋겠네."

"정말? 정말 좋을까?"

유진은 희정의 얼굴에서 내내 미소가 가시지 않는단 걸 알아차렸다. 자신과 있을 때도 가끔 웃긴 했지만 지금과는 달랐다. 몸과 마음이 편해서 나오는, 제가 가고자 하는 어디에도 갈 수 있는 사람에게서 나오는 여유다.

강민이 커다란 키와 듬직한 덩치에 맞지 않게 작은 앞치마를 목에 걸고 있었다. 희정을 위해 담배까지 끊었다는 그는 입에 막대사탕을 문 채, 눈은 희정에게 고정돼 있다.

“강민 오빠.”

손을 들어 유진의 인사를 받아준 강민이 이내 자신을 물끄러미 바라보는 윤우의 시선에 심드렁히 물었다.

“왜 그렇게 보십니까?”

윤우가 눈을 가늘였다. 오래도록 함께해온 강민은 저게 어딘가 비뚤어졌을 때의 눈빛이란 걸 알고 있다. 앞치마 주머니에 손을 넣으며 그 이유를 찾으려 했으나 도통 머리가 돌아가질 않았다.

희정과 유진이 재회해 서로 얼싸안았고 자신은 그걸 보고 있었을 뿐이다. 대체 어디서 윤우의 심사가 뒤틀렸는지 아무래도 모르겠다.

“이쪽에 테이블을 놓고 여기엔 바비큐 그릴을 놓을 예정입니다.”

유진이 그네를 달면 정말 멋있겠다고 칭찬하자 강민이 윤우를 힐끗 보고 그 옆을 가리켰다.

“여름에는 TV에 나온 것처럼 고기 구워준댔어!”

TV에서 나온 캠핑장을 보고 그렇게 꾸며달라고 희정이 졸랐다.

“그리고 이쪽엔 텐트도!”

정원의 가장 넓은 곳을 가리킨 희정이 상기된 얼굴로 방방 뛰어댔다.

“음…… 집이 엄청 꽉 차겠네요.”

“그치이?”

유진이 웃음을 꾹 참으면서 건넨 대답에 반짝반짝한 눈으로 되묻는다. 집 자랑이 끝났는지 추우니 들어가자며 먼저 손을 잡아끈다. 몇 번 와봐서 익숙한 공간으로 들어서는데 바뀐 점이 눈에 띄었다.

“언니 장난감은 다 어디 갔어요?”

“나 이제 장난감 가지고 안 놀아! 희정이 다 컸는걸!”

원래 희정의 방에도, 그리고 이 집에도 장난감들이 많았다. 하지만 지금 보이는 내부의 풍경은 보통의 집이나 다름없었다. 희정은 궁금해하는 유진을 끌어 동화책이나 세계전집으로 채워져 있는 책장으로 데려갔다.

"좋은 고모가 되려면 열심히 공부해야 해! 쑥이 태어나면 책도 읽어주고 그래야 해!"

밤마다 강민이 책을 읽어준다고, 그래서 더는 장난감이 필요 없단다. 심심할 때는 정원에 나가서 놀거나 그와 함께 애니메이션이나 어린이 다큐멘터리를 본다고. 그리고 요새는 강민과 산책하느라 피곤해서 장난감을 가지고 놀 시간이 없다고 희정은 열심히 설명했다.

"유누야아, 그렇지이?"

"봉숙이는 고모를 잘 둬서 좋겠어요."

그들 중 가장 많이 변한 건 희정이다. 윤우가 웃으면서 대꾸하자 희정이 어깨를 으쓱거리며 해맑게 웃는다. 칭찬을 들어 기쁜 기색이다.

늦은 점심을 먹게 됐다. 식사를 하자는 강민의 말에 식탁으로 가니, 직접 재워 볶은 불고기부터 시작해 잡채와 각종 전까지 없는 게 없는 밥상이 차려져 있었다.

"오빠, 이거 다 오빠가 하신 거예요?"

"많이 먹어."

강민이 묵묵히 고개를 끄덕이며 많이 먹으라고 말하곤 희정의 밥에 계란말이 하나를 얹어줬다.

"강민이 맛있는 거 많이 만들어줘. 헤헤."

많이 말랐던 희정은, 그러고 보니 살이 조금 오른 것 같기도 했다. 입이 짧은 데다, 눈칫밥을 먹는데 살이 찔 리가 없기도 해 유진은 항상 안타까워했다.

"맛있어요!"

유진이 강민이 한 음식들을 맛보더니 눈을 빛냈다.

"흐응."

윤우가 또다시 눈을 가늘였다.

"그러고 보니 내가 해준 스크램블드에그도 잘 먹었는데."

혼잣말처럼 윤우가 입술을 손가락으로 쓸며 말했다.

"응. 그것도 맛있었어."

"누가 해준 음식을 맛있게 먹는구나."

그의 조용한 목소리에 유진은 잠시 생각하다가 스스로도 처음 깨달은 것처럼 입을 열었다.

"아, 내가 좋아하는 사람들이 해준 음식을 좋아하는 것 같아."

제게 호의를 품은 상대가 만들어준 음식이 좋았다. 생각해보니 그랬다. 인사동의 그 작은 술집도, 그리고 윤우가 해준 스크램블드에그도, 강민이 차려준 밥상도 전부 맛있게 느껴지는 건 호의를 먹기 때문임을 이제야 깨달았다. 그렇게 생각하니 더욱 맛있어서 유진은 오랜만에 양껏 먹었다.

✦ ✝ ✦

희정에게 다녀오고 며칠 지나지 않아 서윤이 정말 초급자도 쉽게 배울 수 있는 카메라를 사 들고 찾아왔다. 유진은 소파에 가만히 누워 창으로 들어오는 햇살을 맞으며 느긋하게 책을 읽던 중이었다. 윤우는 며칠 전부터 여기저기 전화를 거느라 바쁜 것 같았다. 오늘도 아침부터 통화를 하던 그가 초인종이 울리자 문을 열었는데 서윤이 서 있었다.

"이렇게 또 만나서 반가워요, 유진 씨!"

아직 입기엔 이른 듯한 찢어진 청바지에 오버핏 감색 코트를 입은 서윤이 손에 든 쇼핑백을 흔들었다.

"안녕하세요."

택배기사가 온 줄 알고 소파에 누워만 있던 유진은 얼른 자리에서 일어나며 인사를 했다.

"윤우가 유진 씨가 사진을 배웠으면 좋겠다고 해서요!"

"아기 낳고 천천히 배워도 되는데."

윤우를 쳐다보며 말하자 그가 웃으면서 침실의 드레스룸으로 들어간다.

"무슨 소릴. 아기 낳으면 그럴 시간이 없어요. 미리 연습해둬야 아기 사진도 직접 찍어주죠."

"맞다. 사진."

지금 배워둬야 아이가 커가는 모습을 카메라에 담을 수 있단 걸 깨달은 유진의 표정에 서윤은 마구 웃었다.

"윤우가 유진 씨가 귀여워 죽으려고 하는 이유를 알겠네요."

"제가 귀여워요?"

"말로 해서 뭐 해요. 우리가 만나면 내가 우리 달링 이야기 한 20퍼센트쯤 하면 윤우가 유진 씨 이야기로 70퍼센트를 채우고, 10퍼센트는 작별인사라니까요."

윤우가 타인에게 자신의 이야기를 한다는 게 생소했다.

"영국에서 만나셨다고 하셨죠?"

"나도 영국에서 사진 찍는 거 배웠거든요. 우리 달링이 사진학과 교수라. 윤우 놈도 영국에서 만나긴 했죠. 이렇게 음흉한 놈인 줄 알았으면 어우, 난 재랑 말도 안 했을 거예요."

말은 그렇게 했지만 친구를 위하는 마음이 느껴졌다. 사실 마음 한구석으로 걱정했다. 서윤은 충분히 매력적이고 예뻐서 서로 호감이 아예 없을 순 없으리라 여겼다. 그런 생각을 잠시라도 했다는 게 부끄러워져서 미안한 마음이 들었다.

"남녀 사이에 친구란 없죠. 나는 사실 유진 씨가 뭘 제일 걱정하는지 알 것 같거든.”

서윤은 유진이 우려하던 부분을 콕 집더니 목소리를 낮췄다.

“그런데 쟤는 나한테 여자인 친구고, 나는 쟤한테 남자인 친구예요.”

“푸.”

명쾌한 해답에 유진이 소리 죽여 웃자 서윤도 씩 웃었다. 같은 여자라 여자가 뭘 생각하고 걱정하는지 가장 잘 알고 있다면서 오히려 그때 매장에서 마주친 지원이야말로 여우 같은 계집애라 흉을 본다.

“내심 윤우 놈이 마음에 들었을 거란 말이죠. 그러니까 그렇게 굳. 이. 알은척한 거야. 어휴, 나라면 쪽팔려서 못 그러지.”

“무슨 얘길 그렇게 재미있게 해?”

윤우가 방에서 나왔다. 외출 준비를 마친 상태다.

“잠깐 나갔다 올게.”

“어디 가?”

“볼일.”

유진은 의아해졌다. 윤우는 언제든 제가 어딜 가는지, 뭘 하는지 상세히 알려주곤 했는데 오늘은 달라도 너무나 다르다.

“어디 가는데?”

“서윤이 가기 전에 올 거야. 걱정하지 마.”

윤우는 끝까지 목적지를 말해주지 않았다. 가벼운 옷차림을 봐선 공적인 일은 아닌 것 같았지만, 짐작 가는 데가 없어 얼떨떨한 채 잘 다녀오라 인사를 건넸다.

“잘 배우고. 다녀오면 나도 사진 한 장 찍어줘.”

윤우는 유진의 이마에 다정하게 입 맞춘 후 가벼운 걸음으로 집을 나섰다.

“엄마 잃은 강아지 같네. 윤우 저 녀석은 왜 임부를 걱정시키는 거야.”

서윤이 투덜댔다. 윤우 녀석은 잊고 카메라를 보자면서 간단한 조작법을 알려주자 그제야 유진은 현관에서 시선을 떼어낼 수 있었다.

"요새 휴대전화 카메라도 잘 나온다고 해도, 아기를 찍을 거면 역시 DSLR이죠."

렌즈 교체하는 방법과 초점을 맞추는 방법. 서윤의 시범과 상세한 설명을 듣고 있자니 윤우에 대해 잠시 잊을 수 있었다.

"조오기, 쪼오오기 잘생긴 남자 있네. 한번 찍어볼래요?"

서윤이 창밖의 경호원들을 가리켰다. 교대로 항상 이곳을 지켜준다는 사실을 알고 있었으나, 인사만 몇 번 했지 그들을 주의 깊게 본 적은 없었다.

"와! 도윤우 성격에 얼굴 보고 뽑을 줄 알았거든요. 다 못생긴 사람들만 뽑을 줄 알았어. 그런데 잘생겼네, 잘생겼어."

창가에 바짝 선 서윤이 창문을 살짝 열고 소리쳤다.

"잘생긴 경호원씨! 사진 좀 찍어도 돼요?"

이왕 찍는 거, 움직이는 걸 찍어야 된다며 유진을 창가에 세운다. 경호원은 잠시 당황한 듯 인이어 마이크에 대고 얘길 나누더니 고개를 끄덕였다.

"자연스럽게 돌아다니세요!"

진짜 잘생겼다, 연발하던 서윤이 유진에게 사진을 찍어보라고 권한다.

그는 다소 뻣뻣한 걸음으로 여기저기를 다녔고 유진은 서윤이 말하는 대로 열심히 셔터를 눌렀다. 그리고 노트북과 연결해 결과물을 살피다 서윤은 책상을 잡고 쓰러졌다.

"이건 전문가 비전문가 문제가 아니었던 것 같은데."

"정말요?"

유진은 사진이 어떻게 나왔나 궁금해 노트북을 들여다봤다가 말을 잃었다.

"……유진 씨, 똥손이구나?"

서윤은 테이블에 엎드려 킥킥댔다. 정말 매 장, 매 장이 가관이었다. 연속 사진도 있어 건질 만한 것도 있었지만, 경호원의 다리가 잘렸다든지 팔 한쪽이 잘렸든지, 심하게 흔들려 다리가 여섯 개로 보이는 게 대부분이다.

"카메라 잡을 때 너무 안 떨어도 돼요."

간만에 재미있는 사진을 봤다고, 서윤은 눈꼬리에 맺힌 눈물을 닦아냈다.

"연습하면 괜찮아지겠죠?"

"그럼요."

서윤은 웃음을 참느라 입술을 꾹 깨물었다. 풀이 죽어서 카메라 바디만 만지작거리는 유진이 서윤의 눈에조차 귀엽게 보였다. 서늘한 미인형이라 조금은 다가가기 어려울 거 같단 인상을 받았는데, 낯은 가려도 숨김이나 꾸밈이 없다. 당황하고 부끄러운 걸 감추지 못하고 붉어진 얼굴이 딱…….

"그래! 괴롭히고 싶은 얼굴!"

속마음을 감추지 못하고 저도 모르게 입 밖으로 내버렸다.

"네?"

"아니에요. 그건 제 속마음이었습니다."

서윤이 미안하다며 한 손을 든 채 딱딱하게 말하자, 유진은 부끄러운 것도 잊고 마주 웃어버렸다. 재미있고 유쾌한 사람이다.

"……영국은 비가 많이 내린다면서요."

"지랄 같죠, 거기 날씨. 날씨랑 남자 빼면 정이 안 가는 나라죠."

윤우도 날씨가 지랄 같다는 표현을 한 적 있는지라 유진이 픕 웃으며 고개를 돌렸다. 친구라서 닮는 걸까.

"윤우가 어떤 데서 어떻게 살았는지 궁금해서요. 얘길 잘 안 해주거든요."

"말할 것도 없을걸요. 백 여사님 눈에 들어야 하니까 공부는 공부대로 미친놈처럼 하고 일도 해야 했으니까."

"일요?"

"그 녀석 아버지가 남긴 게 덩치가 좀 커서 직접 처리하러 온 거거든요. 내가 이런 말 한 거 알면 아마 안 좋아할 거예요. 내가 말해줄 수 있는 건, 걔는 영국에서 하루도 제대로 마음 편히 쉬어본 적 없다는 거 정도. 나는 뭐, 공부 좀 하고 들어오라고 등 떠밀려 나갔다가 내 평생 사랑을 찾아 정신이 반쯤 나갔지만 걘 다른 일로 정신이 나가 있었거든요."

처음엔 정말 미친놈인 줄 알았다고. 그러다 문득 떠오른 게 있는 듯, 서윤이 얼른 덧붙였다.

"어느 날 일 때문에 얘네 집에 갔거든요. 그런데 여자 속옷을 빨아놓은 거야. 와, 이 자식이 여자 보기를 돌같이 하는데 역시 남자는 남자구나 했거든요?"

여자 속옷이란 소리에 유진의 눈이 동그래졌다.

"애인이랑 있는 줄 알고 백스텝해서 나오려는데, 알고 보니까 좋아하는 여자가 자기 유학 간다고 가방에 넣어줬던 거라더라고."

서윤이 입을 다물어버렸다. 유진의 얼굴이 금방이라도 터질 것처럼 새빨개져 있다.

"제, 제 거는 맞는데……."

무속인 말을 들은 백 여사의 명에, 김 비서가 유진의 속옷을 한 벌 억지로 빼앗아간 적이 있다. 그게 그런 식으로 쓰일 줄은 몰랐지만.

"멀쩡한 그걸 왜 빨았을까."

유진을 놀리는 게 너무 재미있어서, 서윤은 의미심장하게 말꼬리를 늘렸다.

"……."

"윤우 놈 그렇게 안 봤는데 꽤 순정파라 그 이후 급속도로 친해졌어요.

나는 남자가 순정적인 게 믿음직스럽더라."

도윤우는 동양인답지 않게 키도 크고 마스크도 훤칠해 내내 한국인 유학생은 물론이거니와 영국인 여자들의 대시까지 쏟아졌다. 그와 단 세 마디쯤 나누고선 적으로 돌아섰지만.

"그런데 왜 이런 놈이 나한테 먼저 다가왔을까. 의심은 들더라구요. 역시 뭐 서로 원하는 게 달랐지만."

그래서 더 잘 맞았다고 서윤은 덧붙였다. 정말로 도윤우가 정략결혼을 빌미로 접근했다면 골치가 아플 뻔했다.

"윤우 집에 간 것도 내가 서점에서도 못 구했던 교수님 전공 책을 갖고 있다기에, 서로 시간은 안 맞고 책은 급하고. 어쩔 수 없이 윤우가 비번 알려줘서 잠깐 들어갔다 나온 거니 절대 오해는 하지 말아요."

"말해줘서 고마워요."

유진이 오해할까 봐 서윤은 윤우의 집에 갔던 이유를 얼른 설명해줬다.

"하하하. 난 도윤우 때문에 그래도 아버지 감시에서 좀 자유로웠고 걘 백 여사님을 안심시키기도 했으니 윈윈. 그런데 걔 내 애인한테 주먹으로 한 대 맞았어요. 나랑 진짜 바람피우는 줄 알았대."

유진의 입술이 살짝 벌어졌다.

"곧바로 사과하고 술 마시고 셋이서 절친 됐으니까, 뭐. 내 애인 여름에 오면 넷이서 만나요. 알았죠? 그 사람 한국말도 나 때문에 아주 조오금 배웠어요."

그렇게 말하는 서윤은 정말 사랑에 빠진 사람 같아서, 유진은 그녀가 집을 나온 이유를 조금은 알 것 같았다. 누군가 절 봤을 때 저 역시 서윤처럼 행복한 얼굴을 하고 있을까, 문득 그런 생각이 들었다. 그랬으면 좋겠다. 타인이 봤을 때 행복에 겨워 좋아하는 사람만 생각하면 어쩔 수 없이 웃음을 짓는 그런 얼굴을, 자신도 하고 있으면 좋겠다.

"내가 좀 푼수 같죠?"

"변호사라고 하셔서 굉장히 카리스마 있고 어려운 분일 수도 있겠다 생각했는데 제 착각이었나 봐요."

"에이, 괜찮아요. 나도 그렇게 생각했는데요, 뭐. 매장에서 처음 보고 왜 도윤우가 애다는지 알겠다, 서늘한 미인형이라 곁을 잘 안 줄 수도 있겠다 싶었는데요."

"제가 표정이 별로 다양하지 못한 것 같아요."

"그걸 왜 죄지은 것처럼 말해요? 난 오늘 만나서 이야기 나눠보고 확실히 그런 게 아니란 걸 알았다니까."

서윤이 보기에 유진은 굉장히 표정이 다양했다. 애초에 포커페이스를 유지하지 못하는 것 자체가 사람이 솔직하고 때 타지 않았다는 증거다.

"아, 나도 나쁜 버릇 들 거 같아요."

도윤우가 유진에게 짓궂게 굴 것 같다는 생각이 들었다. 조금만 난감한 주제가 나와도 부끄러워하고 얼굴에 그대로 드러나는 게, 놀리는 재미가 있다.

"내가 카메라 알려주다가 도가 넘는 소리 하면 꼭 알려줘요."

수줍게 웃으면서 고개를 끄덕이는 모습이 같은 여자가 봐도 예뻤다.

두 시간쯤 지나자 윤우가 뭔가를 들고서 대문을 넘었다. 차고가 아니라 대문으로 들어오는 걸 보니, 걸어서 갈 수 있는 데를 다녀온 것 같았다.

유진은 반가운 마음에 열려 있는 창으로 다가섰다.

"윤우야, 이제 와?"

손에 들고 있는 건 뭘까. 그가 부드럽게 웃으면서 바람이 차니 창을 닫으라 하고, 안으로 들어오더니 유진에게 곧장 다가와 한 손으로 끌어안았다.

"좋은 선생님이야?"

"응?"

"아님 잘라버리게."

"못 자를걸."

서윤이 양손을 골반에 얹으며 자신만만하게 나왔다.

"나 여기 앞 빌라에 이사 왔거든."

유진도 처음 듣는 얘기다.

"뭐?"

윤우가 기가 막힌 얼굴로 되묻자 웃으면서 대답한다.

"요새 월세 카드결제도 되더라. 이야, 역시 한도가 없어, 도윤우 카드는. 우리 아버진 칼 같아서 내 월급으로만 생활하라고 했거든. 내가 아무리 많이 벌어도 이런 데 살기엔 빡세지."

월세만 천만 원이 훌쩍 넘는다. 게다가 보증금도 없는 것에 가까워서 여섯 달 치를 한꺼번에 카드로 긁었다.

"이 정도는 애교지?"

"애교는 딴 데다 부리고. 어차피 쓰라고 준 카드니까."

그가 대수롭지 않게 말했다. 그녀를 통해 받은 도움은 돈으로 환산할 수 없다. 카드를 줄 때 옥신각신했지만 그저 장난이었다.

"다른 동네에다 얻어. 정신 사나우니까."

"유진 씨이, 앞으로 카메라 만지다가 어려우면 바로 쪼오기 대문 건너편 빌라 505호로 와요. 알았죠?"

서윤이 한쪽 눈을 찡긋하면서 애교 있게 말했다.

"이웃사촌이네요?"

"맞아요. 쇼핑하고 놀러 다닐 좋은 친구가 생긴 거예요. 나 이제 백수잖아요. 하하하."

서윤이 호쾌하게 웃자 유진은 갑자기 생긴 이웃을 두 팔 벌려 환영했다.

"여기서 얼마나 살지는 모르지만 친하게 지내요. 매일 놀러 올게, 우리 집에도 와요. 아직 이 카드로 가전제품 채우는 도중이라 휑하긴 하지만."

"네. 집들이 꼭 해주세요."

윤우가 어이없다는 얼굴로 웃으며 손에 든 쇼핑백을 테이블에 올려놨다. 그제야 아까부터 궁금했던 걸 유진이 손을 뻗어 슬그머니 확인했다. 맛있는 냄새가 나서 음식인가 했는데 역시나, 얼마 전 희정의 집에서 맛있게 먹었던 불고기였다.

"웬 불고기야?"

"그때 맛있게 먹길래."

"이거 사러 나갔다 온 거야?"

"응."

그러기엔 두 시간 넘게 걸렸지만 유진은 깊이 생각 않고 방긋 웃었다.

"서윤 씨, 저녁에 밥 먹고 가세요. 맛있는 반찬 생겼어요."

"와! 우리 집 냉장고 안 온 줄 어떻게 알고. 염치 불고하고 먹고 갈게요, 그럼."

"그럼 식사는 어떻게 하세요?"

"요샌 어플로 배달 다 되거든요."

사흘째 배달음식으로 연명 중이라는 대답에 유진의 눈이 걱정으로 물들었다.

"그럼 냉장고 올 때까지 여기로 식사하러 오세요."

윤우가 미처 말리기도 전, 유진이 말해버렸다. 저 말을 들은 서윤이 수업은 둘째 치고 여기서 거의 살다시피 하리란 걸 알기에 윤우는 유진이 보지 못하게, 하지만 서윤을 향해 턱을 그었다. 절대 긍정의 답은 하지 말라고.

서윤은 두 사람 다 놀리는 재미를 찾아내 신이 났다.

"나는 왜 도윤우 저 인간미 없는 놈이 유진 씨를 좋아하는지 알겠어요.

이렇게 잔정 많은 분이라니. 그런데 유진 씨, 우리 동갑인 거 알죠?"

"아……."

"내가 누구랑 친구 하자고 다가가는 건 처음인데. 말했죠? 저놈은 목적을 가지고 다가왔고 그래서 친구가 됐다고. 내가 먼저 다가서는 건 정말 처음이야. 후, 내 애인한테 고백하는 것보다 더 떨리는데, 우리 친구 해요. 응?"

"그럴까요?"

"응, 유진아."

서윤이 바로 말을 놓자, 유진은 손등으로 입을 가리며 웃었다.

✦ ✚ ✦

윤우는 그 후에도 일주일에 몇 번씩 주기적으로 외출했다. 유진이 낮잠을 자거나 혹은 서윤이 와서 말상대를 해주거나 할 적에만 자리를 비워 어디를 가냐고 제대로 묻지도 못했다. 가끔 음식을 가지고 오기도 해 의심만 깊어지던 날들이었다.

정은이 오랜만에 쇼핑하자며 유진을 백화점으로 불렀다. 강민과 희정도 오기로 했다고 해 서둘러 준비하는데, 당연히 함께 갈 줄 알았던 윤우가 참석 안 할 기색이다.

"오늘도 약속 있어?"

"응."

완연한 봄 날씨라, 윤우는 가벼운 스웨터에 팬츠를 입고 있다. 휴대전화와 지갑만 들고 있는 게, 오늘도 멀리 가는 건 아닌 듯하다.

"어딜 그렇게 가?"

경호원에게 따로 유진을 부탁한 윤우가 대답을 망설였다. 그러더니 손목시계를 확인하곤 가볍게 그녀의 어깨를 감싸 안았다.

"볼일 보고 바로 백화점으로 갈게. 맛있는 거 먹고 쇼핑하자."

유진이 그의 스웨터를 꽉 쥐었다. 그를 올려다보는 유진의 눈에는 궁금증이 섞여 있었다.

"불안해?"

"아니. 그냥 너무 궁금해. 그리고 네가 가끔 가지고 오는 음식은 누가 만들었는지, 그것도 궁금해."

짐작이 가는 데가 있지만 유진은 설마설마하며 입 밖에 내지 않았다. 윤우가 직접 말해줄 때까지 기다릴 참이다.

윤우는 대문 밖에 대기하고 있는 차까지 유진을 데려가 뒷좌석 문을 열고서 안전벨트까지 채워준 뒤에야 다정하게 웃었다.

"피곤하면 바로 오고. 정 실장이 항상 대기하고 있으니까 전화만 하면 돼."

경호실장이라는 정 실장이 룸미러를 향해 살짝 묵례했다.

"너 올 때까지 기다릴래."

그는 유진이 이런 말을 할 때 가장 가슴이 뛴다. 망설임 없이 나온 절 기다린다는 말에 이대로 그녀와 함께 백화점에 가고 싶단 충동이 일었다.

"예뻐라. 네가 나 올 때까지 기다린다 하니까 예뻐 죽겠는데."

사르르 풀어진 얼굴로 허리를 숙인 채 얼굴을 맞대고 하는 소리에선, 얼굴이 붉어질 정도로 진심이 느껴졌다. 그가 그녀의 목덜미를 손끝으로 가만가만 문질렀다. 마치 커플룩처럼 오늘 유진이 입은 옷도 그와 같은 크림색 니트였다.

한참을 서로가 미적거리다 윤우의 휴대전화가 울리는 바람에 차 문이 닫혔다. 윤우는 차가 완전히 사라질 때까지 손을 흔들었다. 작아져가는 그를 바라보던 유진이 이내 자세를 바로 한 뒤 깊은 한숨을 내쉬자 정 실장이 룸미러를 통해 이쪽을 봤다.

"몸이 안 좋으시거나 하면 바로 말씀해주십시오, 사모님."

"아, 네. 신경 써주셔서 감사합니다."

"제가 할 일인데요."

경호인은 전부 윤우가 직접 뽑았다. 백 여사가 병원에 입원한 동안 고용인들의 물갈이가 있었는데, 그중 몇 명이 이쪽으로 왔다는 이야기는 들었다. 항상 싸늘했던 이전 경호원들과는 달리, 눈을 마주칠 때마다 인사해주는 이들이 그녀도 좀 더 편했다.

"그래도 감사합니다. 운전까지 해주시는 줄은 몰랐어요."

보통은 윤우가 직접 차를 몰았다. 경호원인 그에게 이런 일까지 맡겨 미안하다는 뜻을 내비치자 삼십 대 후반 정도로 보이는 정 실장이 웃었다.

"추가수당이 꽤 쏠쏠하거든요. 하하. 이건 농담입니다, 사모님. 계약조건에 포함돼 있습니다."

경호라는 건 고용주들이 무언가 묻지 않는 한 먼저 말을 걸거나 친근하게 구는 게 금지돼 있지만, 이상하게도 정 실장은 유진을 안심시켜주고 싶었다. 그녀가 제게 미안해하기 때문인지도 모른다.

"운전면허를 따고 싶다고 했는데 반대해서요."

"아마 평생 운전대에 손가락 하나 올리지 못하게 하실 거라 생각합니다."

고용인들 사이에선 유명했다. 대현의 대주주로 남아 있으면서 딱히 하는 일 없이 임신한 부인의 수발을 드는 젊은 재벌이라고.

보통은 이렇게까지 한가한 사람은 없다. 그도 재벌가나 국회의원의 경호를 해오며 여러 인간상을 경험하고 산전수전 겪었지만, 부부가 진정으로 서로를 아끼는 느낌을 받은 건 이들이 처음이다.

"그래도 나중에 아이가 태어나면 제가 해야죠. 그런데 전에…… 평창동에 계셨던 분 맞죠?"

"네. 경호팀이 전부 교체되며 저도 잠깐 평창동에 있었습니다."

"제가 거기서 나올 때쯤 전부 교체된 것은 알고 있어요."

"덕분에 저만 횡재했죠. 제가 있는 곳은 작은 경호회산데 평창동 경호팀이 교체되면서 저희 회사가 들어갈 수 있었거든요."

백화점까지 가는 동안만이라도 유진의 말상대를 해주고 싶었다. 몇 달을 함께 보내다 보니, 그녀에게 최소한의 인맥밖에 없다는 걸 알기 싫어도 알 수밖에 없다. 이번에 결혼한 자신의 어린 막냇동생이 딱 유진의 나이쯤이다. 정 실장은 그래서 자꾸 유진과 막내를 비교하게 됐다. 철없는 막내와 다르게 유진은 조용하고 나이를 가늠할 수 없는 분위기를 풍겼다.

"저도 그때 하루아침에 바뀌어서 좀 놀랐어요."

일하던 사람들이 전부 물갈이됐다.

"대현 쪽 경호들은 대부분 대현에서 직접 발탁하고 키운 사람들이라 저도 놀랐습니다. 나중에 이유를 들어보니 보지 말아야 될 걸 봤다고 하더라구요. 무슨 뜻인지는 모르겠지만."

유진은 편했다. 이전 사람들은 제 치부를 알고 있기 때문이다. 매일 발가벗겨져 쫓겨날 때도, 수치를 당할 때도, 그 시선들이 그녀에게 따라붙었다. 거기까지 생각하자, 보지 말아야 될 걸 봤다는 말에 설마 싶어진다. 하지만 이내 섣부른 생각이라며 고개를 흔들었다.

백화점 앞에 다다라서 주차장으로 들어가기 전, 정 실장이 정문 쪽에 차를 대더니 내려서 문을 열어준다.

"무슨 일이 있으시면 바로 부르십시오. 일행분들이 계시니 뒤를 따를 필욘 없다고 하셨는데, 필요하시다면 함께하겠습니다."

"감사합니다. 일이 있으면 연락드릴게요."

유진이 마주 머리를 숙이자 정 실장의 얼굴에 저도 모르게 엄마미소가 떠올랐다. 경호대상만 아니라면 손을 내밀어 머리를 쓰다듬어주고 싶을 정도로 공손한 사람이다. 다양한 케이스를 겪었지만 이런 경우는 전무하다시피 해, 정 실장은 직접 백화점 도어를 열어주고 유진이 들어가는 것까지 지켜본 뒤에야 다시 차에 올라탔다.

유진이 윤우에게 잘 도착했다는 문자를 보냈는데 답장이 없다. 이내 그가 바쁠지도 모른다 생각이 들어, 그녀는 약속장소인 명품샵으로 들어갔다. 윤우가 귀국했을 때도 이곳에서 물건과 옷을 샀다. 유진을 기억하는 매니저가 그녀를 방으로 안내했는데, 그 안 소파에 정은이 앉아 있었다.

"희정이랑 강민이는 아직이야."

유진이 정은에게 고개를 숙였다.

"안녕하세요, 사모님."

"그래그래, 사모님은 안녕하니까 여기 앉으렴."

정은은 포기한 듯 피식피식 웃으면서 제 옆자리를 가리켰다. 그곳에 앉은 유진이 들고 있던 작은 가방에서 저번 검진 때 찍은 초음파 사진을 꺼내 그녀에게 건넸다.

"어머나, 널 꼭 빼닮았네."

입체초음파라 아기 얼굴이 꽤 선명하게 나와 있었다. 눈을 감고 있는 아기 사진을 보며 누구를 닮았는지 윤우와 옥신각신했다. 정은이 아기가 유진을 닮았다고 해, 유진은 닳도록 본 사진을 한 번 더 들여다봤다.

"전 윤우를 많이 닮은 것 같은데."

"윤우 딸이니 걔도 닮았겠지. 그러니까 지금부터 계속 쓰다듬으면서 엄마 닮아라, 해. 너 닮아야 성격도 너 닮을 거 아니니. 내 아들이라지만, 그런 성격 닮으면 안 돼."

정은은 우스갯소리처럼 진심을 말했다. 제 아들이지만 객관적인 판단을 내릴 수 있다며, 유진의 성격을 닮아야 된다고 한다. 유진은 웃음을 터트렸다. 정은이 미리 언질해주었는지 유진의 앞으로 따뜻한 물 한 잔과 오렌지 주스가 놓였다.

"오늘 희정이 예물 하는데 너도 좋은 거 하나 해주고 싶어서. 결혼식은 애 낳고 한다지만, 그건 그때 일이구."

"전 괜찮은데."

"예쁜 딸 낳기 전에 사모님이 주는 선물이라고 생각해도 좋아."

사모님 단어에 악센트를 주며 장난스럽게 웃는 정은은 평온해 보였다.

"엄마!"

핑크색 원피스에 재킷을 걸친 희정이 빠르게 달려왔다.

"희정이 왔어?"

달려온 희정을 두 팔을 벌려 안아준 정은이 그 등을 다정하게 다독였다.

"헤헤. 강민이가 자꾸우 한 입만 더 먹고 가라고 해서어."

희정이 재잘대자 옆에 있던 직원들이 서로에게 눈짓했다. 희정을 보고 당황한 게 분명했다.

"유진아, 유누는 안 왔어?"

"윤우는 볼일이 있다고 이따 온대요."

"왜 둘이 같이 안 다니지이?"

희정이 고개를 갸웃거리면서 천진하게 물었다.

"윤우는 요새 다른 일 하느라 바빠요."

"강민이는 내 옆에 계속 있는데……."

희정은 강민과 눈이 마주치자 히죽 웃었다. 커다란 손이 다가와 볼에 붙은 머리칼을 가만히 떼어주고 제자리로 돌아간다.

"그러게요. 언니가 오면 윤우 좀 혼내주세요."

"안 돼. 나는 유누 못 혼내."

정은의 눈은 희정에게서 떨어지질 않았다. 일렁이는 그 눈에서 엄마의 마음이 느껴졌다.

"사모님, 물건 가지고 올까요?"

매니저의 질문에 정은이 고개를 끄덕이자 직원 몇이 옷과 잡화들을 가지고 와 테이블에 세팅했다. 평소와 다른 점은 보석 액세서리로 유명한 다른 브랜드의 매니저가 직원 하나와 함께 벨벳 케이스들을 가지고 온 것이다.

"우, 우와아!"

올봄 유행이라는 신상 귀금속들이 귀걸이, 목걸이부터 시작해 반지와 시계까지 죽 나열됐다. 희정은 반짝반짝한 것에 온통 마음을 빼앗겨서 보석과 정은을 번갈아 봤다.

"남자분은 이쪽으로."

남자 매니저가 강민을 불렀다.

"내가 남자 시계 쪽은 잘 몰라 그래. 마음에 드는 거 직접 골라봐."

정은이 강민에게 이야기했다. 옛날엔 남편의 시계를 골라주기도 했지만, 요새 트렌드는 잘 몰랐다. 그러느니 본인 마음에 드는 시계를 하는 게 나을 것 같아 강민에게 선택을 맡겼다.

"엄마, 너무너무 예뻐요!"

희정은 매니저가 끼워주는 반지와 팔찌들을 보면서 밝게 웃었다. 태어나서 처음으로 아이를 데리고 와 쇼핑을 하는 자리였다. 정은이 울컥 넘어오는 덩어리를 애써 삼키면서 다정하게 이야기한다.

"마음에 드는 거 엄마가 전부 사줄게."

"으음…… 이걸 전부 하면 무거울 거 같은데에……."

희정이 손가락을 꼼지락거렸다. 약간 바람 빠지는 발음에 뒤에 있던 직원 하나가 작게 웃음을 터트리렸다 얼른 헛기침한다. 정은은 잠시 그쪽을 쳐다보다 곧 자신의 딸을 바라봤다.

"엄마가 희정이한테 해주고 싶은 게 아주 많이 있었어."

"으응?"

"유진이가 엄마 대신 희정이한테 예쁜 옷 입혀주고 그래서."

정은은 차마 말을 맺지 못하고 손을 뻗어 유진의 손을 꽉 잡는다. 굳이 말하지 않았는데도 제가 사준 것 중 가장 예쁜 옷들을 희정에게 입혀줬던 유진의 마음 씀씀이가 늘 고마웠다. 고르면서 우리 딸이 입으면 예쁘겠네, 하고 자기도 모르게 중얼거리면 그 옷은 어느새 희정이 입고 있었다.

"엄마 울어요?"

정은이 고개를 돌려 눈물을 훔쳤다.

"전 저쪽에서 다른 거 보고 있을게요. 언니 예쁜 보석 골라주세요."

유진도 정은, 희정 모녀가 첫 쇼핑을 만끽할 수 있게끔 슬그머니 자리를 비켜주려 했다. 그녀가 일어나자마자 다른 쪽에서 시계를 보고 있던 강민이 재빨리 도움을 청했다.

"유진아, 도와줘."

웃음을 참고 그에게 다가가 옆에 앉으니 브랜드 별로 수십 개의 시계들이 펼쳐져 있다. 보석도 그렇지만 시계도 유진이 잘 모르는 분야다. 유진은 남자 매니저가 강민의 손목에 하나하나 대주며 설명해주는 걸 차분히 듣다가, 드레스룸에 있던 윤우의 시계 브랜드를 떠올리곤 몇 개 추천해주자 선택의 폭이 확 좁아졌다.

"오빠, 혹시 윤우 요새 뭐 하는지 아세요?"

"음……."

양 손목에 시계를 찬 채 들여다보던 강민의 미간에 주름이 생겼다. 그게 알고 있다는 대답과 매한가지인지라 유진은 웃음을 삼켰다. 그와 상의했을 것 같더라니.

"대체 누가 왔길래 못 들어가게 해?"

누군가 문을 벌컥 열며 소리치는 순간 유진은 굳었다. 그리고 희끗한 머리카락을 본 순간 저도 모르게 강민의 팔을 붙잡았다.

……백 여사의 목소리와 똑같았다.

문을 벌컥 열고 들어온 사람의 얼굴을 확인한 순간 긴장이 탁 풀려 겨우 숨을 내쉬었다. 백발에 가까운 머리카락이나 연배 등은 백 여사와 비슷해 보였지만 그녀가 아니었다. 강원도의 요양원에 있는 그 사람이 여기 있을 리 없다는 걸 머리로는 알고 있었지만 목소리가 너무 비슷해 몸이 절로 굳어버렸다.

"내가 왔으면 당연히 매니저가 나와서 인사를 하고 모셔야 될 거 아니야? 어?"

매장 매니저가 당황해 함부로 들이닥친 여자에게로 서둘러 걸어갔다.

"어머, 어떡해."

"세상에……."

직원들이 술렁대는 순간, 강민은 벌떡 일어나 희정에게 향했다. 희정은 손목과 손가락에 보석을 건 채 굵은 눈물을 뚝뚝 흘리고 있었다. 소파 아래 노란 물이 고여 있다.

"어머머머머! 저게 뭐야! 다 큰 처자가!"

여자의 목소리를 들은 순간, 유진 또한 흠칫거렸다. 백 여사의 음성보다는 톤이 약간 높았지만 그 외엔 무섭도록 똑같았다.

"호…… 혼내지 마세요……. 유, 유진이…… 할머니……."

유진은 희정에게 다가갔다.

"언니, 괜찮아요. 할머니 아니야. 백 여사님 아니야. 언니, 괜찮아요."

정은은 패닉에 빠진 제 딸을 멍하니 바라봤다. 밖으로 돌던 그녀는 희정의 이런 모습을 본 적이 몇 번 되지 않았다. 그때마저 백 여사가 어디 더러운 물건에게 손을 대냐 호통을 쳐서 가만히 소파에 앉아 딸을 외면했다.

더러운 물건은 누구를 지칭하는 말이었을까.

그건 저였다. 제 딸에게조차 손을 내밀기 망설였던 더러운 물건은 바로 저 자신이다.

"바닥을 닦을 만한 걸 가져다줘요."

정은이 부드럽게 부탁하자 직원 하나가 재빨리 움직였다. 매니저가 여자를 달래 내보내려 했지만, 그 여자는 직원들 어깨 너머로 이쪽을 보면서 소리쳤다.

"내가 지금까지 이런 데 들어오려고 돈을 쏟아부은 줄 알아! 격 떨어져서 정말! 지금 아무 데다 오줌이나 싸는 저런 애를 보느라 날 못 들어오게 한 거지? 그렇지?"

"사모님, 저분들은 VVIP세요. 제가 다른 곳으로 안내해드릴게요."

"신문에 날 일이네. 신문에 날 일이야. 하, 별게 다 백화점엘 와선 꼴값은……."

정은이 소리도 없이 자리에서 일어났다. 강민의 품으로 파고든 희정에게서 가까스로 눈을 떼고 소란의 근원지로 다가갔다.

"이쪽은 처음 뵙는 얼굴인데 누구?"

정은이 웃으면서 묻자 매니저가 난처한 얼굴로 답했다.

"……한림병원 병원장님 어머님이세요."

강남의 가장 큰 성형외과로 유명한 한림병원을 정은도 알고 있다. 그녀가 바람 빠지는 소리를 내며 웃었다.

"내가 누군지는 알아서 뭐 하려고?"

"매니저, 이분께 사주 가족이라고 하세요."

"뭐, 뭐?"

여자가 당황해 말을 더듬었다.

"비슷비슷한 사람들과 모이다 보니까 비슷비슷한 사람만 드나드는 줄 알았나 본데."

정은이 완벽한 미소를 띤 채 말을 이었다. 정은 또한 상대의 목소리가 백 여사와 닮았다는 걸 깨달았다.

"사주 가족도 드나든답니다. 강남에서 아드님이 크게 성형외과를 하셔서 콧대가 높으신 건 알겠는데."

유진은 정은의 말투가 윤우와 닮아 있다는 걸 깨달았다. 얼굴색 하나 변하지 않고 매니저를 물러나게 한 뒤 자신보다 한 뼘은 작은, 할머니에 가까운 여자를 내려다보고 있다.

"그럼 내 콧대는 얼마나 더 높을까."

보다 못한 매니저가 여자에게 속삭인다.

"사과하시는 게 좋을 것 같아요, 사모님. 일이 더 커지기 전에요."

"왜, 왜 내가 사과를 해! 어? 요새 대기업들 갑질이 얼마나 심한 줄 알아? 당신도……."

정은의 변함없는 눈빛에 여자의 목소리가 점점 줄어들었다.

"내가 정말 갑질을 하면 당신 아들 발가벗겨서 강남대로 한복판에서 무릎 꿇게 만들 수도 있어요."

정은은 나긋나긋한 태도로 섬뜩한 말을 내뱉었다. 평생 백 여사에게 눌려 살았던 딸이 생판 남인 여자의 목소리만 들어도 벌벌 떤다. 억장이 무너지고 당장에라도 주저앉아 가슴을 쥐어뜯으며 희정의 발치에 엎드려 빌고 싶은 건 어미인 자신이다.

"이거 협박이야! 매니저! 들었지! 지금 협박한 거 맞지! 여기 있는 사람들 다 증인 해줘야 해!"

"그래요, 증언해주세요. 내 딸이 모욕당한 게 먼저니까."

"이게 정말!"

참다못해 정은이 손바닥으로 여자의 입술을 틀어막았다.

"읍! 무…… 무……."

이 소름 끼치는 목소리를 더 이상 희정에게 들려주고 싶지 않다.

"끌고 나가요. 내가 전부 책임질 테니까 당장 이 여자 끌어내요."

정은의 고요한 음성에 매니저가 서둘러 여자를 방에서 끌어냈다. 그와 동시에 직원이 마른걸레와 물걸레를 가지고 들어와 최대한 평정을 가장하며 바닥을 닦으려 하는데, 정은이 빼앗아갔다.

"내 딸의 실순데 내가 해야죠."

"사, 사모님. 저희가 하겠습니다."

"괜찮아요. 실수를 해서 어쩌죠? 소파는 보상할게요. 그리고 지금 보여준 물건들, 시계 포함해서 전부 포장해 항상 보내던 곳으로 보내줘요."

정은이 주저앉아 바닥을 닦아냈다. 안절부절못하는 직원들에겐 절대 손도 대지 마라 엄포를 놓았다.

"이리 주세요, 제가 이쪽……."

유진에게도 고개를 저었다.

"임부가 아무 데나 무릎을 꿇으면 안 되지. 그러다 소중한 내 손녀가 불편하기라도 하면 어째. 앉아 있으렴."

다정하게 말하면서 바닥을 닦는 정은을 더는 말릴 수가 없었다. 강민이 직원에게 희정이 바로 입을 수 있는 옷과 속옷을 부탁하자 옷은 준비된 것이 있다며 가지고 왔다. 유진은 놀라서 뭉친 아랫배를 살살 문지르면서, 엄마의 얼굴을 한 정은을 바라봤다.

"언니 속옷은 제가 사올게요."

직원 하나가 제가 다녀오겠다며 사이즈를 알려달라고 했다.

"아니에요, 제가 언니 사이즈 알아요. 그냥 계세요."

더 이상 그들에게 부탁하기도 미안해 유진은 그곳을 빠져나왔다.

"유진아?"

막 매장으로 들어서던 윤우와 부딪쳤다. 다행히 아까 끌려 나간 여자는 보이지 않았다. 하얗게 질려 있는 그녀의 얼굴을 본 순간 그가 한달음에 달려왔다.

"윤우야."

"얼굴이 왜 그래. 무슨 일 있었어?"

"……언니가 실수를 좀 해서 속옷 사러 가는 길이었어."

그의 눈이 그녀가 나온 매장을 향했지만 곧 시선을 거두더니, 제가 온전히 걱정해야 할 존재인 유진을 부축하듯 옆에서 끌어안았다.

"병원부터 가자. 너 지금 하얗게 질렸어."

"그 사람, 정말 백 여사님이랑 목소리가 똑같았거든. 나도 착각할 정도로."

희정이 실수한 것도 당연했다. 자신도 1년 전의 어느 날로 돌아간 느낌이었으니까.

윤우의 눈에 유진의 팔에 오소소 돋아 있는 소름이 보였다. 그가 따뜻한 손바닥으로 감싸주니 흠칫 놀란다.

"나 괜찮아. 나보다는 언니가 더 놀란 것 같아."

따뜻한 손과 그보다 더 뜨거운 품이 현실을 알려준다. 자신을 괴롭히는 백 여사는 어디에도 없다는 걸 말해주는 그의 품은 아늑했다. 안정을 찾아 제법 혈색이 돌아온 유진이 속옷매장으로 걸음을 옮겼다.

"정확히 무슨 일이 있었던 거야?"

"사모님이 중재하셨어. 별일 아니야. 나도 언니도 그냥 잠깐 놀랐던 거고. 그나저나 너 여기 들어가도 돼?"

"왜?"

"남자가 들어가긴 좀……."

유진이 그가 걱정할까 애써 장난스럽게 구는 걸 알기에, 윤우는 픽 웃었다.

"어느 시대 이야길 하는 거야? 난 혼자 들어가서 네 사이즈로 저기서 가장 야한 속옷 사올 수도 있어."

"속옷이 야해봤자 속옷이지."

유진이 어깨를 으쓱하자 윤우의 목소리가 은밀해졌다.

"그 말 후회 안 해?"

"안 해."

"그럼 내가 저기에서 사는 거 무조건 입어줘야 해."

"말하는 거 봐."

그녀가 눈을 흘기자 그가 웃었다. 그러면서 유진이 직원에게 다가가 속옷을 살 때 그는 다른 직원에게 자신이 원하는 것을 여유롭게 주문했다. 생각해둔 게 있었던 것처럼 표정조차 바꾸지 않고 줄줄 나열되는 민망한 속옷의 종류에, 오히려 직원이 당황한 얼굴이다.

윤우가 뭘 하는지 모른 채 희정의 것을 기다리던 유진이 문득 얼굴을 붉혔다. 서윤이 했던 말이 떠올랐기 때문이다. 그가 왜 영국까지 여자 속옷을 가지고 왔으며, 빨래까지 했는지 궁금했다고 했지.

"야한 속옷을 사겠다는 나보다 속옷을 보고 야한 생각을 하는 한유진이 더 음란한 것 같은데."

갑작스런 속삭임에 유진이 흠칫 놀라 고개를 돌렸다. 윤우는 유진의 앞에 종이봉투를 흔들며 미소를 짓고 있었다.

"아냐. 그냥 보니까 생각이……."

"무슨 생각?"

"아무것도 아니야."

유진이 세차게 고개를 저었다. 그리고 막 창고에서 직원이 찾아온 속옷을 확인하고 포장을 부탁했다. 그가 그것까지 계산을 마치자 재빨리 매장에서 벗어났다. 느릿하고 여유롭게 매장에서 나온 윤우가 유진의 손목을 낚아챘다.

"무슨 생각을 했길래 속옷을 보고 얼굴이 빨개져?"

"아무 생각 안 했어."

"나는 여자 속옷만 보면 네가 생각나는데."

윤우가 심상한 목소리로 지나가듯 한 말에 유진은 걸음을 멈췄다.

"왜, 왜 여자 속옷을 보고 내 생각을 하는데?"

"내 캐리어 안에 있던 네 속옷 때문에."

이 이야기를 피해 갈 수는 없었다. 유진이 마른침을 삼켰다. 억지로 태연한 척하는 그녀의 모습에 웃음이 났지만, 윤우는 꾹 참았다. 생각이나 감정을 감추는 데 서투른 유진이 못 견디게 사랑스러우면서도, 좀 더 노골적인 감정을 이끌어내고 싶어 건드리게 된다.

"생각해보니 너에 대해 추억할 수 있는 건 할머니가 멋대로 넣은 네 속옷뿐이었어. 그래서 밤마다 입고……."

"입었어?"

유진이 경악해 다그치듯 묻자, 윤우의 입꼬리가 삐뚜름하게 올라갔다.

"설마 그랬을까."

"휴……."

유진이 눈에 띄게 안도하자, 그가 그녀의 흐트러진 몇 올의 머리칼을 뒤로 넘겨줬다.

"볼 때마다 흥분했거든."

유진은 두 손으로 얼굴을 가리고 질끈 눈을 감았다. 윤우가 빙글거리며 그녀를 꽉 끌어안았다.

눈을 뜨고 싶지 않다. 근처의 모든 사람이 그들을 바라보고 있을 것 같아 그의 가슴에 파고들었다.

"유진아, 물어보고 싶은 게 있는데."

"됐어. 아무 말도 하지 마."
"……그래서, 입던 거야?"
"도윤우!"
아, 이러다 정말 울릴 것 같다. 윤우가 겨우 절제라는 단어를 찾아내 더 이상 말 않겠다며 입을 다물고 고개를 끄덕였다. 한참을 그의 품에서 씩씩대다 얼굴을 든 유진의 눈가는 부끄러움으로 벌게져 있었다.

바닥을 전부 혼자 닦아낸 정은이 직원들에게 재차 사과했다. 강민의 무릎에 앉아 그 품에 안겨 있는 희정이 울먹거리면서 물었다.
"가, 강민아…… 나 잘했어? 응?"
무섭거나 도망가고 싶을 땐 그에게 오면 있는 힘껏 숨겨주겠다고 강민이 약속했다. 희정은 그래서 가장 창피하고 무서운 순간, 그를 찾았고 그 품에 얼굴을 묻었다.
"잘했어. 이렇게 하면 돼."
강민이 희정의 새까만 머리카락을 다정하게 쓰다듬어주었다. 제 바지가 젖든 말든 상관없다. 사람들이 많은 곳으로의 첫 외출이라 걱정하긴 했지만, 돌발상황 외에 전부 괜찮았다. 특히나 이번 일은 희정이 어쩔 수 없는 부분이기에, 마음 한구석이 아려 네 잘못이 아니라고 몇 번이고 속삭여줬다.
"……미안해. 엄마 미안……."
희정은 강민의 품에 얼굴을 묻고 정은을 바라보지도 않으면서 중얼거렸다. 엄마, 소리만 제대로 듣고 희정의 안겨 있는 뒷모습을 바라본 정은이 대답했다.
"응, 그래. 희정아."
"희정이가 사모님께 미안하다고 합니다."

"미안할 게 뭐 있어. 엄마가 해야 될 일인데."

지금껏 자신이 해야 될 일을 못 했다. 그건 고스란히 유진의 몫이 됐고, 눈앞의 사위 몫이 됐다. 겨우 품에 안을 수 있게 됐는데 다시 보내줘야 한다. 서운한 마음도 미안한 마음도 드는데 그래도 주저 없이 안아줄 수 있는, 지켜줄 수 있는 품이 있다는 데 정은은 안도했다.

강민은 누구보다 희정을 아껴줄 것이다. 희정을 단단하게 안은 채 도닥이며 귓가에 속삭이는 모습을 보니 마음 한켠이 따뜻해졌다. 희정도, 윤우도 저마다 사랑을 찾아서 가는 걸 보니 젊을 적의 자신은 그런 용기도 없었다는 사실조차 새삼 깨달았다.

"언니."

유진이 윤우와 함께 들어와 희정을 불렀다. 유진의 목소리에 그제야 희정이 고개를 들고서 눈을 빼꼼 내놓는다.

"물티슈 좀 빌릴게요."

유진은 테이블 위에 있는 물티슈를 직원에게 양해를 구해 빌리고 희정의 손을 잡아 탈의실로 이끌었다. 정은도 따라가자 강민과 윤우만 남았다.

"매형."

윤우가 그를 매형이라 부른 건 처음이다. 소파에 앉아 있는 강민이 제 앞에 서 있는 윤우를 바라보자, 탈의실 쪽을 보고 있던 윤우가 시선을 내렸다.

"어차피 날짜도 잡아놨고 결혼하면 그렇게 불러야 되는 거 맞잖아요."

"그래도 어색해서."

"그럼 익숙해지세요."

묵묵한 사람이었다. 그래서 더 믿음이 가는 사람이기도 했다. 함께 영국으로 가달라는 제안에 이 우직한 사람이 얼마나 고민했는지 안다. 그리고 고용인의 입장으로는 백 여사의 힘 앞에서 희정을 지킬 수 없다는 걸 깨달은 뒤에야 영국행을 결심한 남자다.

"형, 내가 살아오면서 변하지 않는 사람을 두 명 봤는데."

윤우가 직원에게 손을 내밀어 미리 매니저에게 부탁해뒀던 남성용 슈트를 받아 들었다. 유진이 희정의 사이즈를 알듯, 윤우는 강민의 사이즈를 알고 있다.

"그게 형이랑 유진이에요."

이 커다란 세상에서 단 두 사람뿐이다. 과거에도 이후에도 윤우는 두 사람만 믿을 수 있다.

"우리를 지켜줘서 고마워요."

이들 때문에 윤우는 물불 가리지 않고 뛰어들어선 안 된다는 걸 깨달았다.

백 여사는 누이를 어느 정신병원에건 처박을 수 있었고, 쥐도 새도 모르게 유진을 죽여 분풀이를 할 수도 있었다. 자신의 할머니는 그런 사람이었다. 그가 자신은 사람이 아니라고 생각하며 저질렀던 모든 일을, 똑같이 저지를 수 있는 게 그녀였다.

끔찍하지만 윤우는 제가 백 여사와 닮았다는 걸 안다. 지켜야 될 것만 지독하게 지키고, 그것들을 훼손하고 상처를 내는 상대에겐 어떤 짓이라도 할 수 있는 게 바로 그 자신이다.

"네가 행동하지 않았더라면,"

강민이 고저 없는 목소리로 입을 열었다.

"나를 데리고 3년 전 영국으로 떠나지 않았다면 나는 여사님을 죽였을 거다."

백 여사를 적절하게 컨트롤해주고 방패 역할을 했던 윤우 없이 한국에 남아 있었다면, 아무것도 하지 못한단 무력함을 견디지 못하고 아마 백 여사를 죽였을 거라 강민은 생각했다. 다시는 희정을 보지 못한다고 해도 그녀를 괴롭히는 이를 없애버렸겠지.

강민은 희정의 온기를 떠올리며 스스로의 두 손을 내려다봤다.

"결국 우리는 서로를 지킨 셈이지."

그의 말에 윤우가 화사하게 웃었다. 그리고 막 탈의실에서 나온 희정에게 다가가 가볍게 끌어안는다.

"유누야."

희정이 울어서 붉어진 눈을 반짝거리며 그를 바라봤다.

"누나, 나중엔 유진이랑 같이 아기 옷 사러 와요."

"아기 옷? 쑥이 거야?"

"네. 쑥이 거."

희정이 오늘 일로 다시는 밖으로 걸음하지 않을까 봐 다른 미끼를 내세웠다. 그녀를 숨겨두기만 할 수는 없다. 그걸 알기에 정은도 예물을 핑계로 희정을 이곳으로 데리고 나온 것이다. 처음부터 이랬어야 했다. 당당하게 희정을 선보이고 아무도 무시하지 못하게 만들었어야 옳다.

"아기 옷 작아. 인형 옷 같아."

희정이 배시시 웃으면서 대답했다.

"그러니까 예쁜 아기 옷 누나가 같이 골라줘야 해요. 그렇지, 유진아?"

"맞아요, 언니. 언니가 고른 옷은 쑥이가 다 좋아할 거예요. 쑥이는 언니가 부르면 대답하잖아요."

희정은 기분이 좋은지 고개를 크게 끄덕이면서 윤우의 품에서 벗어나 강민에게 달려간다.

"옷 갈아입고 올게."

모처럼 갈아입은 옷이 다시 엉망이 될까 봐 강민이 자리에서 일어나며 한 손으로 그녀를 제지했다.

"왜애……."

거부당했다 느꼈는지, 희정이 얼굴을 일그러뜨렸다.

"강민이는 나빠…… 아기도 안 만들어주고."

강민이 들고 있던 슈트가 바닥으로 떨어졌다. 직원들은 얼음이 돼 눈만 도로록 움직였고 정은은 고개를 돌리며 웃음을 참았다.

대충 상황은 짐작이 갔다. 희정은 태어나지도 않은 봉숙이를 너무 좋아했다. 분명 봉숙이 같은 아이를 만들어달라면서 강민을 졸랐으리라.

"하하. 언니…… 저랑 놀아요. 오빠 옷 갈아입으시라고……."

"아기 만들어줄 때까진 나도 강민이랑 안 놀 거야. 흥."

희정이 고개를 팩 돌리더니 탁탁 걸어가 유진의 손을 붙잡고 그녀의 뒤에 서더니 고개를 빼 강민을 새침하게 바라본다. 강민은 한 손으로 마른세수를 한 뒤 깊은 한숨을 내쉬고 슈트를 집어 들었다.

"유진아, 엄마는 아기가 갖고 싶으면 강민이를 조르랬는데, 그럼 이제 누구를 졸라야 돼?"

막 탈의실에 들어서려던 강민이 멈칫하더니, 굳은 얼굴로 희정을 바라보았다. 희정이 놀라 시선을 피해버렸다.

"잠깐 따라 들어와."

강민이 희정의 손목을 붙잡고 탈의실로 들어갔다. 곧이어 어디 가서 그런 소리를 하면 안 된다는 나직나직한 음성이 바깥까지 흘러나온다.

"쟤들은 아직 멀었다."

정은이 웃으면서 고개를 젓자 그제야 직원들도, 유진과 윤우도 웃을 수 있었다.

✦ ✚ ✦

레스토랑에서 저녁까지 잘 먹은 뒤 쇼핑백을 한가득 싣고 돌아오는 차

안, 유진은 윤우의 어깨에 대고 숨을 깊이 들이마셨다.

"왜?"

"그냥. 오늘은 고소한 냄새가 안 나나 싶어서."

윤우가 짧게 헛기침하며 넘어가자 유진은 웃으면서 곤한 머리를 그에게 기댔다. 그리고 기억났다는 듯 쇼핑백 하나를 조수석 쪽으로 슬그머니 밀었다. 운전 중이던 정 실장이 룸미러로 이게 뭐냐 묻는 눈빛을 보낸다.

"근무하시는 분들 넥타이 좀 샀어요. 다들 넥타이는 꼭 하시길래요."

복장에는 그들만의 규정이 있지만 정 실장은 유진의 따뜻한 마음에 미소 지으며 대답했다.

"감사합니다, 사모님."

"난 또. 열심히 내 넥타이를 고르는 줄 알았는데. 정 실장님, 유진이가 한 시간 넘게 서서 고른 거예요."

얘 임신한 거 알죠? 그러니까 칭찬 좀 더 해줘요. 그 말이 윤우의 얼굴에 고스란히 쓰여 있어 정 실장은 입술을 깨물며 웃음을 참았다.

"다들 좋아할 겁니다. 저희는 규정이 따로 있지만 허락해주시면 일주일에 한 번은 다른 넥타이를 매겠습니다."

"그렇게 해주시면 고맙겠어요."

윤우가 눈웃음을 치며 말하자 유진이 괜한 소리를 한다는 듯 그의 팔을 꽉 쥐었다.

지이이잉. 늦은 시간에 전화를 걸 사람들은 외국에 있는 그의 지인들뿐이다. 하지만 찍혀 있는 번호를 보니 국내인지라 윤우가 미간을 찌푸렸다.

"네."

상대의 목소리는 매우 작아서 유진의 귀에는 아무것도 들리지 않았다.

"네. 알겠습니다."

통화는 간결하기만 해 유진은 대수롭지 않게 생각했다. 윤우가 전화를 끊고 그녀의 머리칼에 부드럽게 얼굴을 묻는다.

"레몬그라스 냄새 나."

"아주머니가 샴푸를 바꾸셨더라구."

일주일에 두 번씩 오는 아주머니를 생각하며 유진이 대답했다. 윤우는 샴푸 향에 유진의 체취가 섞여들어 더 묘하고 야한 향기가 난다는 건 말하지 않았다.

"수고하셨습니다."

차가 그들의 집 앞에서 멈추자, 유진이 문을 열어주는 정 실장에게 예의 바르게 인사하며 내려섰다.

집으로 들어간 윤우는 언제나 그랬듯 살뜰하게 잠자리를 돌봐주었다.

"유진아."

"응?"

"내가 지금 나가봐야 할 것 같은데."

"지금?"

욕실로 들어가려던 유진이 방향을 틀어 윤우에게 다가왔다.

"오늘 네가 야한 속옷 입어주기로 한 날인데 그거 못 보고 나가야 할 것 같아."

"그런 약속 한 적 없어."

"그럼 내가 입어야겠네."

유진이 고개를 휘휘 내저었다.

"어떡할래?"

"이런 협박이 어디 있어? 비겁해."

비죽 내놓은 입술이 먹음직스러워 윤우는 그녀의 입술을 기어이 물었다.

"유진아."

"응……."

입술을 맞댄 채 윤우가 속삭였다. 그 목소리가 마치 버림받기 직전의 강아지처럼 간절하고 처량하게 들렸다.

"할머니가 돌아가셨어."

윤우는 유진이 숨을 멈췄다는 걸 알았다. 그의 입술에 작은 숨결조차 닿지 않았으니까.

"겨울은 넘기셨네."

"……그래."

윤우의 얼굴에는 표정이 없다. 비통 같은 감정은 그에게서 느껴지지 않았다. 그걸 깨닫고서 안도하는 스스로를 발견하곤 자괴감이 들었다.

"시신은 서울 소재의 장례식장으로 옮기는 중이야. 난 지금 그곳에 가서 상주 노릇을 해야 하고."

"나도 같이……."

"아니."

무의식중에 나온 말을 윤우가 딱 잘랐다. 그가 부드럽게 배를 어루만진다.

"너는 가만히 집에서 맛있는 거 먹고 재미있는 거 보면서 웃고 떠들고 있어. 사흘 동안 서윤이 여기로 보낼게."

"네가 거기 가 있는데 어떻게 내가 여기에서 웃고 떠들어."

"난 거기서 계속해서 울 거야. 할머니를 향해 열과 성을 다한, 마치 커다란 버팀목을 잃은 것처럼 슬퍼하는 손자 모습을 보여드려야지."

가슴이 지끈거린다. 백 여사의 죽음을 듣고도 눈물 한 방울 흐르지 않는 윤우의 가슴에는 어떤 감정이 흐르고 있을까.

"어쨌든 대현을 지탱하는 기둥이셨으니까. 강철 같은 그녀가 키워낸 하나뿐인 손자는 하늘이 무너진 것처럼 울어야겠지."

그의 눈에 순식간에 눈물이 고였다. 친할머니의 죽음이다. 그의 슬픔을 이해해야 한다고 생각하지만 가슴 한구석이 시렸다. 유진은 도저히 그녀를 위한 눈물을 흘릴 수가 없었다.

"내 누이와 네가, 그리고 참아왔던 내 어머니가 할머니에게 어떤 고통과 수모를 겪었는지 생각하며 울 거야. 지옥 같던 나날들을 되새김질하며 사흘 내내 가슴 치며 통곡하겠지."

윤우의 조용한 목소리에 유진은 왈칵 눈물이 고였다. 자신들을 위해 울겠다는 말에 가슴이 떨려 견딜 수가 없었다. 그는 흐느끼며 어깨를 떠는 그녀를 안아주었다.

"할머니는 내 통곡을 어깨에 지고 강을 건너셔야겠지. 그건 아주 무거울 거야. 삼도천을 건너다 허리가 삐끗하실지도 몰라."

"나는…… 흐윽. 네가……."

"죄책감을 느낄 거라고 생각했어?"

다정하게 빛나는 얼굴을 향해 유진이 고개를 끄덕였다.

제 핏줄을 위해서라면 무슨 짓이라도 했던 백 여사다. 핏줄이 무섭다는 걸 유진은 그녀를 통해 알게 됐다. 그런 핏줄이 죽었는데 윤우가 슬퍼할 수도 있다고 생각했고, 그가 슬퍼하면 자신이 정말 천연을 끊어놓은 게 아닌가 후회하게 될까 유진은 두려웠다. 할머니가 돌아가셨으니 슬퍼할 수도 있는데, 그가 그러지 않기를 바라는 모순된 마음이 눈물이 돼 흘러나왔다.

"내가 세상에서 가장 미안한 사람이 강민의 품에 있고 내 품에 있는데 어떻게 그러겠어."

유진은 윤우를 그냥 꽉 끌어안았다. 항상 자신을 안아주던 그를 오늘만큼은 제가 꼭 안아주고 싶었다.

"그러니까 내가 올 때까지 아무 일 없이 이곳에서 안전하게 있어야 해."

그녀가 고개를 끄덕였다. 이 정도 약속밖에는 해줄 수 있는 게 없다.

✦ ✚ ✦

그가 없는 하루가 밝았다.

눈을 떴는데 자신을 안아주는 품이 없어 오랜만에 아침이 꽤 쌀쌀하다는 것을 느꼈다. 유진은 이불 속으로 파고들었다가 이내 일어났다. 식사를 거르지 말라던 윤우의 당부 때문이다.

입맛이 없어도 우유를 한 잔 따라놓고, 어제 아주머니가 만들어둔 샐러드를 조금 덜었다. 그와 함께하던 식탁에 혼자 앉기 싫어서 접시를 들고 거실까지 이동해 거실 테이블에 올려뒀다.

항상 아침에 뉴스를 보던 습관이 있어 무의식중 TV를 틀었는데, 공교롭게도 뉴스채널에 맞춰져 있었다.

- 어제저녁 대현그룹의 백숙애 명예회장이 79세 나이로 별세했습니다. 장례는…….

대현의 전망과 명예회장의 죽음으로 있을 타격 등을 보도해 리모컨을 눌렀지만 모두가 한결같이 이 사건만 다루는 중이다. 경호가 엄중해 장례식장 안까지는 들어갈 수 없었다며 바깥에서 인터뷰를 진행하고 있다.

저도 모르게 저 어딘가에 있을 윤우를 찾게 될까 봐 유진은 쇼 프로그램으로 억지로 채널을 돌렸다.

윤우는 그녀가 이런 소란에서 멀어졌으면 한다고 했다. 백 여사의 죽음까지 알리고 싶지 않았다고도 말했다. 하지만 사흘 동안 둘이 떨어져 있어야만 하는 핑계를 생각해낼 수 없어 어쩔 수 없이 사실대로 말한다고 했다.

"말 안 하고 가도 TV에서 다 떠들어댈 텐데."

픽 웃으면서 깔깔한 입에 억지로 샐러드를 집어넣는데 초인종이 울리는 바람에 깜짝 놀라 포크를 떨어트렸다. 그녀가 대문을 열기도 전에 경호원이 문을 열어준다.

"어……."

윤우가 서윤을 부르겠다고, 아니면 강민의 집에 가 있어도 된다고 해서 혼자 있어도 괜찮다 했는데 기어이 서윤을 집으로 보냈다. 강민과 희정의 알콩달콩한 신혼생활을 방해하고 싶지 않아서 그랬는데, 윤우의 배려에 유진의 눈시울이 시큰해졌다.

"유진아, 잘 잤어?"

"아침 일찍부터 이게 뭐야."

"내가 청담동 베이커리에서 새벽 6시부터 기다려서 사왔지. 거기 새벽 5시부터 사람들 줄 선다? 6시에 갓 구운 식빵이 나오는데 죽여. 아주, 죽여. 물론 네 남편 카드를 썼지만 줄 선 건 나니까 생색은 내가 낼게?"

서윤이 빵 봉지를 흔들었다.

유진이 반말을 하기 힘들어하자 하루 종일 쫓아다니며 교정시키는 열의를 보여줬던 서윤은, 자연스러워진 유진의 말투에 만족스러워하며 빵 봉투를 좌악 양옆으로 찢었다.

"쭉쭉 찢어 먹어야 맛있어. 앉아봐, 얼른."

유진이 마실 걸 가져오겠다며 일어나자 손을 잡아끌어 앉힌다.

"어서 찢어줘. 나 손 안 씻었단 말이야."

"손 씻고 오면 되잖아."

"안 돼. 여기까지 오는데도 빵 냄새에 죽을 것 같았어. 빨리. 어서."

서윤이 입을 아 벌리고서 애교를 부렸다. 유진이 하는 수 없이 웃으면서 빵을 찢어 하얀 속살을 입에 넣어주자 두 눈을 질끈 감고 주먹까지 불끈 쥔다.

"역시 맛있어. 기다린 보람이 있어. 빨리 먹어봐. 응?"

"알았어."

서윤이 재촉하는 통에 유진이 서둘러 식빵을 찢어 입에 넣다 눈이 동그래졌다. 그것 보라며 서윤이 회심의 미소를 지었다.

"맛있지? 그치?"

"진짜 맛있어!"

"버터도 남다른 것 같아. 밀가루는 국산 쓴다는데 어떻게 빵에서 이런 맛이 날 수가 있지? 식어도 맛있는데 역시 따뜻할 때 먹어야 제맛이지. 그러니까 사람들이 아침부터 줄 서는 거 아냐."

이것 때문에 새벽에 청담동까지 갔다 왔다고, 서윤은 손부채질을 하며 소파에 늘어지더니 방만한 자세로 TV를 쳐다봤다.

"고마워. 빵 정말 맛있어. 아침 일찍 와줘서도 고맙구."

"그럼 와야지. 카드 주인이 카드를 흔들었는데."

서윤의 장난스러운 말에 유진은 웃음을 터트렸다.

"바쁜 일 있으면 가도 돼."

"바쁜 일이라곤 내가 돈 나올 구석 찾은 걸 눈치챈 우리 아버지가 주구장창 전화하는 거, 그거 피하느라 바빠. 조만간 여기에도 사람 보내실걸. 차라리 이 집에 있는 게 편해. 난 이 집 옥상에서 우리 집에 가 허탕 치는 사람들을 보는 거지."

"여기 옥상 없는데."

"지붕에라도 올라가서 보지, 뭐."

서윤이 이가 없으면 잇몸으로라도 깨물겠단 의지를 비쳤다.

"오늘 날만 좋으면 출사 가려고 했는데 10시 이후부터 비 온대. 사흘 내내 온다더라."

"아……."

유진의 사진 실력은 여전했다. 몇 번 수업을 하지 않아 큰 기대는 안 하긴 했지만 좀처럼 늘지 않아 항상 서윤에게 큰 웃음을 주고 있었다.

"하늘도 맑은 날씨는 보여주기 싫나 봐."

서윤의 말에 뼈가 있었다. 유진이 가만히 TV만 보자 위로하듯 어깨를 두드린다.

"특별히 오늘은 한유진이 원하는 거 해준다. 말만 해."

"문득 든 생각인데."

아침에 눈을 뜨는데 오늘 할 일이 생각났다. 혼자서 첫발을 떼기는 아직 유진에게 조금 낯선 일이지만, 서윤이 함께해준다니 용기가 날 것 같다.

"응. 뭐가 하고 싶어? 실내여야 돼. 나 비 맞는 거 완전 싫어."

"요리학원 가려구."

"……응?"

뜬금없는 소리에 서윤이 포커페이스를 잃었다.

"골목 나가면 있는 요리 연구실 있잖아."

얼마 전에 한남동 주택가 초입에 방송에도 자주 얼굴을 비치는 요리 연구가가 연구실을 차렸다. 일주일에 두세 번 요리교실을 여는데, 그때마다 주변 교통이 마비될 정도란 걸 동네 주민이 된 서윤도 알고 있었다.

"그게 왜?"

"윤우가 거기 다니는 것 같거든."

"……응?"

서윤은 또다시 멍청하게 되물어버렸다. 제가 잘못 들었나? 도윤우가 어딜 다닌다는 건지, 서윤이 귀를 후비적 팠다.

"자세히 말해봐. 도윤우가 어딜 다닌다구?"

"거기서 요리를 배우는 것 같아."

"나 좀 웃어도 되니?"

도윤우는 머리 굴릴 줄만 알지 다른 건 일절 못 하는 녀석으로, 서윤이 아는 윤우 녀석은 음식이 필요하면 잘하는 아주머니를 부르면 된다는 사고 방식을 지닌 놈이다.

"가끔 요리를 가지고 오잖아. 나 너한테 카메라 배울 때 집 계속 비우고……."

"사왔겠지. 볼일 있어서 나갔다가……."

서윤은 윤우에게 관심이 없어 그가 무슨 옷을 입고 어딜 가는지 신경 쓰지도 않았다. 그러나 유진의 말을 가만히 듣고 보니 그럴듯하긴 했다. 동네 마실 나가듯 가벼운 차림으로 나가서 항상 뭔가를 들고 돌아왔다.

"그리고 윤우 옷에서 음식 냄새가 났어."

요새 니트 종류를 주로 입는지라 냄새가 그대로 밴 채 돌아오곤 했다.

"이야. 한유진, 예리한데."

"인터넷 검색해보니까 걸어서 갈 수 있는 학원은 거기뿐인 것 같아서."

게다가 윤우 성격에 차를 타고 나가야 되는 곳을 갔을 것 같지 않았다. 그녀에게 무슨 일이 생기면 바로 달려와야 했으니까. 유진은 살짝 얼굴을 붉혔다. 자만심 같기도 했지만, 윤우의 모든 스케줄은 그녀에게 맞춰져 있다.

"가서 진짜 요리하려고?"

"으응."

처음에는 그가 어디 다녀오는지 궁금했다. 그러다 윤우가 가져오는 음식들에 설마 했던 마음이 확신으로 굳어졌다. 제가 좋아하는 사람이 만들어주는 건 뭐든 맛있게 먹는 것 같다고 말한 시기와 비슷한 때부터 이 외출이 시작됐기도 했고 말이다.

"요리, 좋지. 우리 아빠가 신부수업도 받아야 된다고 나 한국 들어와 있는 동안 집으로 선생님 부른 적 있거든. 내가 주방 태워먹은 뒤론 그냥 넌 똑똑한 이미지로 밀고 가라며 손 떼셨지만."

“나도 뭔가를 내 손으로 만들어본 적이 없어서. 그냥 윤우가 돌아왔을 때, 따뜻한 걸 먹이고 싶어. 내 손으로 만든 거.”

“좋아하겠네, 도윤우가.”

서윤이 웃으면서 말하자 유진이 마주 웃었다.

“그럴까?”

“당연하지. 그리고 절대 그거 안 먹고 어디 박스 같은 데 넣어서 냉동고에 보관할걸. 너 그 이야기 알지? 어떤 노부부가 웨딩케이크 냉동고에 넣어놓고 60년 동안 매 결혼기념일마다 꺼내 먹은 이야기.”

“그게 뭐야?”

“아무튼 네가 음식 해주는 날 도윤우는 바로 냉동고에 넣고서 매년 그 날짜에 그 음식 꺼내 60년 동안 보고도 남을 거야. 그 정도로 감격할 거라고.”

유진은 기겁하면서도 웃었다. 너무 웃는 바람에 배가 뭉칠까 살살 문지르면서 실제로 있었던 일이냐고 묻자, 서윤은 휴대전화를 검색해 기사까지 보여줬다.

“아니야, 윤우는 이 정도는 아니야.”

서윤과 이른 아침을 먹은 후 점심이 되기 전 집을 나서려 하는데, 정말 비가 내리기 시작했다. 우산을 들고 정원으로 나오자 정 실장이 다가왔다.

“오늘은 나가지 않으시는 게 좋을 것 같습니다. 비가 많이 온다고 해서요.”

“잠깐 이 앞에 나가는 거예요. 산책이 아니라 여기서 좀 떨어진 데 다녀오려구요.”

우르릉, 때마침 천둥까지 쳐 정 실장이 차를 대기시키겠다고 했다. 차로 가기엔 너무 가까운 거리라 그냥 걷겠다고 했더니 그가 혹시 모른다며 커다란 우산을 들고서 뒤따랐다.

"너무 과보호야."

"응."

유진도 알고는 있지만 윤우에게는 아무 말 않았다. 그의 마음이 편하다면 이 정도야 괜찮다.

요리 연구실이라고 쓰여 있는 작은 건물 앞에 도착해서야 정 실장은 물러났다. 두 시간 뒤에 데리러 온다는 말을 남긴 후 그가 자리를 뜨자, 유진과 서윤은 처음 들어서는 건물 안으로 조심스럽게 발을 옮겼다.

"무슨 일로 오셨죠?"

갑작스러운 비에 수강생들이 불참을 알리는 전화가 오던 참이다. TV에서만 보던 요리 연구가 이선영 씨가 묻자 유진은 당황했다.

"저기, 혹시 항상 이 시간에 수업 듣는 남자, 그러니까. 도윤우라고……."

"아, 윤우 씨요?"

넉넉한 인상의 그녀가 활짝 웃으면서 유리문의 잠금장치를 열며 들어오라 손짓했다. 안으로 들어서니 조리대 몇 개와 대형 냉장고들이 있다. 붉은 벽돌로 되어 있는 내부 벽에는 요리 사진들이 걸려 있었다.

"내가 드디어 도윤우 씨 짝을 다 보네."

선영은 단번에 유진을 알아봤다. 서윤과 둘이 있는데도 선영이 자신을 곧게 바라보며 말하자 유진은 당황했다.

"나도 애가 둘이나 있어서 임신한 여자는 딱 보면 알지."

아직 크게 태가 나지 않는 유진의 배를 보면서 그녀가 웃었다.

"아내한테도 배 속 아기한테도 좋은 걸, 본인이 직접 만든 음식을 먹여주고 싶다고 하며 왔어요. 원래는 아침 클래스가 있었거든요. 그런데 며칠 새 소문이 났는지, 오후 클래스 수강생 분들이 도윤우 씨 보려고 아침반으로 옮기는 바람에 난리도 아니었다니까요."

입고 있는 옷부터 시작해 사는 집값까지 계산하는 게 기본인 세계이다. 이 학원은 등록비도 비싸 있는 집안 자식들이 신부수업 겸 해서 오는지라 윤우의 등장은 커다란 파란을 일으켰다.

"정말요?"

윤우가 그를 노리는 여자들과 함께 수업을 들었다니, 유진이 되물었다.

"그래서 아침 클래스를 없앨 수밖에 없었어요. 수업 전에도, 중에도, 후에도 수강생들이 윤우 씨한테 번호 알려달라, 밥 같이 먹자 귀찮게 했거든. 윤우 씨는 임신한 와이프가 있다고 딱 잘랐지만."

다 큰 딸이 둘 있다는 선영은 자신도 반할 정도였다고 덧붙였다.

유진의 가슴이 뛰기 시작했다. 윤우가 남들 눈을 의식하지 않는다는 건 알고 있었다.

"어디 내놔도 불안하진 않겠다. 유진아, 그치?"

서윤이 유진에게 웃음을 던졌다.

"수업을 들으러 온 거냐, 아니면 남자랑 밥을 먹으러 온 거냐 폭발해서. 나도 좀 수강생들 태도에 화가 나 있던 차라 도윤우 씨랑 협의하에 아침엔 그분하고만 수업하기로 했거든요."

도윤우는 아침 클래스 인원 수강료 전부를 결제했다고 한다. 거기서 두 번째 반했다고 선영이 한쪽 눈을 찡긋해 보였다.

"윤우가 며칠 나오지 못할 것 같은데. 제가 대신 나와서 배워도 되나요?"

"그럼요, 그럼요. 윤우 씨는 항상 만들고 싶은 메뉴를 그 전날 알려줬는데 우리, 그러니까 유진 씨라고 했죠?"

선영이 그리 묻자 유진이 고개를 끄덕였다.

"뭐 만들고 싶은 요리 있나요?"

제가 뭘 먹고 싶다고 하면, 다음 날 그 요리를 가져오길래 처음엔 유명한 식당에서 사오는 줄 알았다. 선영의 물음에 유진이 고개를 푹 숙였다.

"유진 씨?"

"……저는 윤우가 뭘 좋아하는지 몰라요."

그가 뭘 더 잘 먹는지, 어떤 걸 좋아하는지 알 수 없었다. 자신은 항상 희정을 챙겨야 했고 제 밥조차도 먹는 둥 마는 둥 했다. 변명 같지만, 그래서 윤우가 어떤 음식을 좋아하고 어떤 음식을 꺼리는지 모른다. 같이 살게 된 뒤엔 무조건 자신의 입맛에 맞춰서 그가 음식을 가리지 않는다는 사실만 겨우 알 뿐이다.

"세상에나. 우리 도윤우 씨 정말 멋있는 사람이네요."

선영이 엄지손가락을 들어 보였다.

"나도 윤우가 뭘 좋아하는진 모르는데."

유진이 도움을 구하듯 서윤을 보자 그녀도 고개를 저었다. 영국에서 맛있게 먹었던 건 프랜차이즈 햄버거밖에 없다. 그 외에는 굽기만 하면 되는 스테이크 정도다.

"영국에선 딱히 좋아하고 싫어하고를 따질 수 없었어. 사실 거기 음식은 다 싫어."

"맞아요, 영국이 그래요. 나도 우리 딸이 영국에서 유학해서 몇 번 가봐서 아는데 거긴 식도락이라곤 눈곱만큼도 없는 나라예요."

선영이 맞장구쳤다. 결론은 윤우가 좋아하는 음식을 아는 사람이 없다.

"도윤우 씨는 와이프가 만들었다고 하면 뭐든 좋아할걸요. 유진 씨가 먹고 싶어 한 요리를 만드는 사람이니, 뭘 해줘도 맛있게 먹을 거예요."

"정말 그럴까요? 그래도 처음이니 윤우가 좋아하는 음식이었으면 했는데……."

그렇게 말하던 유진이 갑자기 뭔가가 떠오른 얼굴로 외쳤다.

"잠시만요! 알 만한 사람이 있어요!"

왜 이 생각을 못 했을까. 강민에게 전화를 걸었다.

– 네.

"오빠, 저예요."

강민도 백 여사의 죽음을 알고 있었다. 오후에라도 희정을 데리고 유진의 집에 가야 하나 생각하고 있을 때 마침 그녀로부터 전화가 왔다. 예상과 다르게 굉장히 급하고 밝은 목소리에 의아스럽기만 했다.

"혹시 윤우가 어떤 음식 좋아하는지 아세요?"

강민과 윤우는 오래 함께해왔으니 모를 리가 없다.

– 음식? 글쎄.

시원찮은 대답에 유진은 시무룩해졌다.

– 딱히 잘 먹는 건 모르겠는데. 가리는 건 없어.

"네……."

– 무슨 일 있어? 오후에 갈까 하는데.

"아니에요. 언니, 어제 피곤했을 텐데 안 오셔도 돼요. 저도 친구가 와 있어서요."

– 혹시 일 있으면 바로 연락해. 나보단 윤우가 먼저 박차고 가겠지만.

"네, 감사합니다."

전화를 끊은 유진이 절망적인 얼굴로 고개를 젓자 서윤과 선영은 동시에 웃었다. 풀 죽은 강아지 같은 유진이, 두 사람은 귀엽기만 했다.

"그럼 이렇게 하죠."

좋은 생각이 났다며 선영이 입을 열었다.

"도윤우 씨가 처음 한 음식을 해주는 거예요."

"불고기……."

"맞아요. 저한테 배워서 처음 성공한 음식이 불고기였어요."

"거기에 따뜻한 국도 같이 차려주고 싶어요."

사흘 안에 배울 수 있냐고 묻는 유진에게 선영이 장담했다.

"오늘 안에도 가능해요."

사흘 동안 자신들을 위해 울다 지친 그가 집에 돌아오면 따뜻한 밥상을 차려주고 싶었다. 유진은 열심히 고개를 끄덕였다.

수업에서 만든 음식을 집에 가져와 서윤과 나눠 먹었다. 사흘 내내 불고기를 연습하기로 했다. 아직은 많이 어설픈 탓에 선생님이 한 불고기와 자신의 불고기는 확연하게 맛이 차이 났다.

"우리 설마 사흘 내내 불고기만 먹는 거 아니지?"

"맞아. 계속 먹고 부족한 점을 찾아야 해."

"불고기 장인이네. 장인 되겠어."

양념이 조금 심심한 것 같아서 매실청과 꿀을 더 넣었고, 그랬더니 너무 달아 몇 점 먹지 못하고 젓가락을 내려놓았다. 국은 장국으로 정했다. 장국은 된장만 잘 풀어 내놓으면 돼서 걱정은 안 됐지만 사흘 안에 선생님이 한 것처럼 맛있는 불고기를 만들 수 있을지는 사실 자신이 없다.

"윤우는 뭐든 잘 먹을 거야."

입이 너무 달아서 아메리카노를 내려 마시던 유진이 한숨을 내쉬었다.

"내일은 꿀을 넣어야겠어. 그런데 조금만 넣으면 밍숭맹숭하지 않아?"

"난 재미로 다니는 거야. 나한테 물으면 안 돼."

임신해도 하루에 커피 한 잔 정도는 괜찮다지만 유진은 반만 마시고 잔을 내려놓았다. 혹시 윤우에게 연락이 왔을까 싶어서 휴대전화를 보니 부재중 전화 몇 통과 문자가 한 통 와 있었다.

[밥은 먹었어?]

제 걱정뿐이구나 싶어 서윤과 먹었다고 답장한 뒤 부재중 목록을 봤는데 모르는 번호가 너덧 개 찍혀 있었다. 같은 번호로 걸려온 전화라 급한 일인가 싶어 유진이 그곳으로 다시 전화를 걸어보니 공중전화였다.

"이상하다."

"왜?"

"공중전화로 누가 전화를 걸었어."

"요새도 공중전화 쓰는 사람이 있어?"

서윤이 헛배만 불렀다면서 리모컨으로 채널을 돌렸다. 유진이 고개를 갸웃거리다가 이내 두어 통 찍힌 다른 번호로 전화를 걸자 낯선 누군가가 받았다.

"부재중 전화가 찍혀 있어서 연락드렸어요."

– 아…… 여기 터미널 매표손데, 잠시만요. 아주머니! 아주머니!

앳된 목소리의 여자가 잠시만 기다리라더니 누군가를 불렀다. 그저 '아주머니' 소리만 휴대전화 너머로 들었을 뿐인데 갑자기 심장이 뛰어 유진은 소파에 털썩 주저앉았다.

"유진아, 괜찮아?"

"괜찮아. 커피 마셔서 그런가 봐."

카페인 때문이라고 생각했다. 그리고 잠시 뒤에 들린 목소리에 유진은 서윤의 블라우스를 움켜잡았다.

"유진아?"

서윤이 불러도, 유진은 허공만 응시하고 있다.

– ……서요.

"죄, 죄송하지만 다시 설명해주시겠어요?"

– 미안해요, 유진 양. 갑자기 서울에 올라오게 됐는데 가방을 잃어버려서요. 내가 기억하는 번호가 유진 양 번호밖에 없어서요.

엄마.

차마 입 밖으로 내지 못한 말을 유진은 마음으로 뱉었다. 배 속의 아기가 그 부름을 들었는지 통, 하고 신호를 보낸다. 언젠가 휴대전화로 사진을 보내며, 자신의 이름은 진이가 아니라 유진이라고 용기를 내서 적었었다.

“거기가…… 어디예요? 아, 터미널이라고 했는데…….”

- 네, 여기 고속터미널이에요.

“제가 지금 모시러 갈게요. 거기 계세요. 제가 지금 갈게요.”

- 주소만 알려주면 제가 버스 타고 갈게요. 여기 매표소 아가씨가 차비를 빌려줬어요.

“아니에요. 제가 갈게요. 제발 거기 계세요. 아무 데도 가지 마시고, 제발 거기 계세요.”

유진의 간곡한 마음이 닿았던 걸까. 잠시 말이 없던 상대방에게서 대답이 돌아왔다.

- ……비가 많이 와요. 조심해서 와요, 이따 봐요.

전화를 끊고 허둥대던 유진이 왜 그러냐 묻는 서윤을 그제야 바라봤다.

“미안한데 나 잠깐 나갔다 올게.”

“어딜? 누굴 데리러 간다는 거야?”

“어, 엄마. 우리 엄마.”

유진이 지갑과 휴대전화를 챙겼다. 서윤이 영문을 모르면서도 따라오려고 하자 고개를 저었다.

“미안해, 서윤아. 내가 내일 연락할게. 오늘은 이만 돌아가줬음 좋겠어.”

“괜찮은 거지?”

“응, 괜찮아.”

장례식장에서 상주 노릇을 하고 있는 윤우에게 전화를 할 수도 없는 노릇이다. 유진이 상기된 얼굴로 계속 괜찮다 괜찮다 반복하자, 서윤은 제집으로 돌아갔다. 그녀를 배웅하며 정 실장에게 급하게 터미널에 가야겠다고 하자 그가 곧 대문 밖에 차를 대기시켰다.

“고맙습니다, 실장님.”

그가 빗길을 최대한 조심히 운전하며 초조해 보이는 유진에게 물었다.
"제가 따로 보고를 드려야 되는 상황입니까?"
"아니에요. 윤우 지금 장례식장에 있잖아요. 무슨 일 생긴 게 아니에요."
"불안해 보이셔서요. 혹시……."
유진은 두 손으로 배를 감싼 채 한숨처럼 쏟아냈다.
"불안한 건 맞아요. 제가 지금 엄마를 다시 만나러 가는데 많이 떨려서 그래요."
"어머님이요?"
"아, 혹시 저희 어머니 만나면 제 엄마란 건 비밀이에요."
"네?"
정 실장이 되묻자 유진은 씁쓸하게 웃었다.
"그냥 비밀이에요. 전 아주머니라고 부르거든요."
그녀가 너무 슬퍼 보여, 정 실장은 고개를 끄덕일 수밖에 없었다.
"네, 알겠습니다."
터미널엔 금세 도착했다. 매표소로 가서 주변을 두리번거리다 근처 의자에 앉아 있는 익숙한 인영을 발견했다.
"아주머니!"
"……유진 양? 어떻게 이렇게 빨리 왔어요? 비가 많이 와서 조심히 와야 된다고 했잖아요."
놀란 얼굴로 자리에서 일어난 진희가 유진에게 다가왔다.
"차를 운전해주시는 분이 계셔서요. 언제부터 여기 계셨던 거예요?"
내내 휴대전화를 확인 못 했다. 벌써 서너 시간은 훌쩍 전에 왔었을 첫 전화를 생각하니 마음이 아렸다.
"바보처럼 가방이 없어진지도 모른 채 잤지 뭐예요. 태안에서 서울까지 급하게 환자 한 분이 오셔야 해서 따라왔다가 돌아가는 길인데, 지하철에서 깜박 졸다 깨니까 가방이 없더라구요."

"정말 죄송해요. 제가 연락을 너무 늦게 봤어요."

"갑자기 연락해서 많이 놀랐죠? 미안해요. 그런데 연락할 사람이 유진 양밖에 없어서."

"제 번호 기억하고 계셨어요?"

연락할 사람이 자신밖에 없다는 말에, 유진은 진희가 외우는 번호가 제 것뿐이라는 사실을 알았다.

"어머, 생각해보니 그러네요. 이상하게 유진 양 번호만 떠오르더라구요. 내가 서울 오면 꼭 연락하고 싶은 사람이라 그랬나."

윤우와 여행을 다닐 때 종종 그녀에게 휴대전화로 찍은 사진들을 보내줬었다. 그때마다 돌아왔던 답장은 항상 똑같았다.

[고마워요.]

그 한마디면 좋았다.

아기를 갖고 난 뒤 엄마가 너무 보고 싶어서 무작정 찾아갔다가, 먼발치에서 보고 돌아왔던 적도 있다.

"저희 집으로 가세요."

"오늘 내려가야 하는데……."

"서울에 오면 연락하고 싶으셨다면서요. 저희 집에서 며칠 지내다 가세요."

"폐를 끼칠 순 없죠. 윤우 군은 잘 있나요?"

엄마가 딸 집에 오는데 폐라니. 유진의 마음이 소란스러워졌다. 차비를 빌렸으면 이렇게 몇 시간이고 연락이 안 되는 저 같은 건 잊고서, 태안으로 돌아가도 됐을 터다. 그러나 엄마는, 몇 시간이고 이 자리에 앉아 유진을 기다렸다.

“폐 아니에요. 저희 집에서 하루라도 묵었다 가세요. 비 많이 오잖아요.”

유진이 진희의 손을 꼭 붙잡고 말했다. 한 번 만났는데, 고작 몇 번 메시지와 사진만 주고받았을 뿐인데 왜 이 젊은 아가씨가 자꾸 생각나고 눈에 밟히는지, 진희는 제 마음을 알 수 없었다. 못 이기는 척 그러마, 고개를 끄덕이자 유진이 생긋 웃는다.

“따님 오셨나 봐요.”

쉬는 시간인지 매표소에서 나오던 여직원이 웃으면서 인사를 건넸다.

“딸이 아니라…….”

“너무 닮았는데, 따님이 아니라구요?”

직원이 고개를 갸웃하면서 중얼거린다.

“그럼 친척인가 봐요.”

“친척도 아니에요. 내가 아는 아가씬데…….”

직원은 당황했다. 유진과 진희가 너무 닮아 당연히 딸이 아니면 친인척일 거라 생각했는데 아니라니, 어색하게 웃기만 했다.

“고마워요, 아가씨. 내가 꼭 태안 내려가서 돈 부칠게요.”

“저희 엄마 생각나서 드린 건데요, 뭘. 그럼 조심히 가세요. 전 식사하러 가볼게요.”

직원이 등을 돌리자 유진이 잠시 진희에게 이 자리에 있으라고 말한 뒤 직원을 따라갔다.

“저기…….”

“네?”

서둘러 지갑을 열어 수표를 꺼냈다. 마음 같아서는 지갑 안의 돈을 전부 드리고 싶지만 부담스러워할 것 같아 수표 한 장을 직원의 손에 억지로 쥐여줬다.

"왜 이러세요?"

"……엄마 맞아요. 저희 엄마예요. 너무 고맙습니다. 도와주셔서 감사합니다."

유진이 거의 울듯이 말하자 직원은 당황해 그대로 돈을 받을 수밖에 없었다. 너무 간절한 유진의 태도에 차마 거절을 할 수가 없었다.

"그런데 왜……."

"사정이 있어서 그래요. 정말 감사합니다. 감사합니다."

몇 번이나 고개를 숙여 보이는 유진에게 그녀가 안타까운 얼굴로 말했다.

"아주머니가 계속 기다리시더라구요. 태안 내려가신다고 해서 빌려드린 건데, 차를 몇 대나 놓치셨어요."

기어이 발치로 눈물이 뚝뚝 떨어졌다.

기대해도 좋은 걸까. 엄마도 자신을 기다렸다고, 그건 어쩔 수 없는 끌림이라고 멋대로 생각해버리게 된다.

"알려주셔서 감사합니다."

"네. 어서 가보세요."

직원이 어깨를 다독여주자, 유진은 다시 감사를 전하며 재빨리 눈물을 털어냈다. 그리고 진희에게로 향했다.

"그냥 얼굴이 보고 싶었어요. 유진 양 동네로 잠깐 가려고 했지."

진희가 변명처럼 말했다. 제가 왜 유진이 보고 싶었는지 알지 못한 채.

"그러니까 오신 김에 하루라도 묵었다 가세요. 저 사는 거 보여드리고 싶어서 그래요."

왜 저 사는 걸 보여주고 싶냐, 진희는 묻지 못했다. 유진이 그 말을 한 순간 그녀가 어떻게 사는지 보고 싶어져서, 제 마음을 찌르는 질문을 내놓을 수 없었다.

"……그럴까요."

"네. 윤우는 일 있어서 오늘내일 못 오거든요. 큰 집에 저 혼잔데 무섭기도 하고요."

진희는 결국 유진을 따라나섰다. 지갑을 넣어둔 손가방만 없어진 것이지 큰 짐가방은 그대로인지라, 유진이 서둘러 가방을 들어올렸다.

"임산부는 이런 거 들면 안 돼요!"

"안 무거워서 괜찮아요."

말이 끝나기 무섭게 차를 주차해놓고 유진을 찾으러 온 정 실장이 가방을 받아 들었다.

"누구……."

"저희 집 일 도와주시는 분이에요."

"정 실장이라고 합니다. 처음 뵙겠습니다."

정 실장이 꾸벅 허리를 숙여 인사하자 진희가 마주 인사하며 얼떨떨한 표정을 짓는다.

"운전도 아주 잘하셔서 제가 많이 도움 받고 있어요. 가요."

"아아, 그렇군요."

은은하게 웃는 모습이 유진과 정말 닮았다고 생각하며 정 실장이 짐을 들고 앞장섰다.

한남동 집에 들어선 진희의 얼굴에 놀라움이 가득했다. 집은 그녀의 생각보다 훨씬 컸고, 경호원들까지 보이자 못 올 데 온 것처럼 안절부절못했다.

"이렇게 큰 집에……."

"편하게 계세요. 저도 이사 온 지 얼마 안 돼서 낯설지만요."

2층으로 되어 있는 구조에 1층에만 방이 세 개 있다. 유진은 그 방 세 개를 합친 것만 한 크기의 거실로 진희를 안내했다.

아까까지 제가 앉았던 자리에 엄마가 앉았다. 그 광경이 이상해, 유진은 음료를 내와야 한다는 걸 알면서도 멍하니 서 있었다.

"유진 양?"

"아, 네. 잠시만요. 오렌지 주스 괜찮으세요? 아니면 비 오니까 따뜻한 차를 드릴까요?"

집이 커서 휑할 것 같았는데 따스하고 아늑했다. 처음엔 위압감이 들더니, 두 사람이 아이와 함께 살아갈 집이라고 생각하자 만족스러웠다.

"왜 내 마음이 뿌듯한지 모르겠어요."

차앙! 주스 병을 놓쳐버렸다. 유리조각과 노란 액체가 튀자 거실에 있던 진희가 놀라서 달려왔다.

"그냥 계세……."

자박자박. 진희는 슬리퍼 발로 거침없이 다가와 유진을 살폈다.

"괜찮아요? 다친 데 없어요?"

"……괜찮아요."

유진이 괜찮다는데도, 진희는 여기저기 확인하고서야 안도의 한숨을 쉬었다. 그런 그녀에게 묻고 싶었다. 혹시, 자신에게 이상한 끌림 같은 걸 느끼고 계시냐고.

그러나 기억을 떠올릴 때마다 힘들어했다는 수녀님의 말을 떠올리곤 꾹 눌러 참았다. 엄마만 계속 바라보고 있고 싶은 마음을 내리누르며 애써 시선을 돌리던 순간이다. 주스와 섞인 빨간 핏자국이 군데군데 보였다. 자신은 한 발자국도 움직이지 않았으니 누구의 것인지 뻔했다.

유진은 꽤 큰 파편을 밟고도 아랑곳 않고 저만 살피던 진희의 두 팔을 붙잡았다.

"다치셨어요."

"내가요?"

어리둥절해하던 진희는 그제야 통증이 느껴지는지 미간에 주름이 생겼다.

"다친 줄도 몰랐네요."

"유리조각이 이렇게 많은데 아무리 슬리퍼를 신었어도 그렇게 오시면 안 되죠."

속상해 저도 모르게 쓴소리를 하고 말았다.

"……죄송해요."

"나 걱정해주는 거라 괜찮아요."

유진이 진희를 부축해 거실까지 나왔다. 그녀를 소파에 앉히고 슬리퍼를 벗기자 낡은 양말에 피가 배어나와 있다.

"양말 벗기고 자세히 볼게요."

"아, 비에 젖어서 더러워요. 내가 할게요."

진희보다 유진이 한발 빨랐다. 손가락 한 마디만큼 찢어져 있는 상처에서 흐르는 피를 보고 유진은 어금니를 꽉 물었다.

"병원에 가서야 될 것 같아요. 피가 많이 나는데……."

"이 정도는 아무것도 아니에요. 혹시 구급상자 있으면 빌려줄래요?"

"엄마."

진희의 움직임이 멎었다.

"지금…… 뭐라고……."

"엄마 생각이 나서요. 어릴 때 엄마가 저 때문에 다치셨거든요. 제가 가스레인지 옆에서 놀다가 불에 둔 주전자를 엎었는데 전 하나도 안 다쳤어요. 엄마가 바로 달려와서 저 대신 뜨거운 물에 데서."

오늘 제게 달려오는 엄마를 보고 잊고 있었던 기억이 번뜩 떠올랐다. 엄마는 항상 어린 딸을 보고 있었다.

"엄마는 다 그렇죠. 아이에게서 눈을 못 떼니까 엄마죠."

유진은 고개를 끄덕였다. 진희의 눈이 배 속의 아이를 향해 있는 듯한 느낌이 들었다.

"네. 저도 그럴 것 같아요. 우리 엄마처럼, 내가 아이 대신 다치는 게 차라리 다행이라고 생각하는 그런 엄마가 될 것 같아요."

그리고 진희의 대답을 듣기도 전에 자리에서 일어나 구급상자를 찾아왔다.

"내가 할게요."

"제가 할게요. 저 때문에 다치셨는데 병원을 안 가시겠다니까. 이거라도 해야 제 마음이 편할 것 같아요."

진희는 굉장히 부끄러워하면서 유진에게 발을 맡겼다. 상처 부위를 식염수로 씻어내고 보니, 진희의 말대로 병원에 가지 않아도 될 것 같았다. 안도의 한숨을 쉬면서 약을 바르고 밴드를 붙이자 처치는 금방 끝났다.

"고마워요. 임산부에게 내가 뭘 시킨 건지……."

진희가 수줍게 치맛자락 아래로 발을 숨겼다.

"당연히 해야 할 일인걸요. 무리되는 일도 아니었구요. 그러니까 미안해하지 마세요."

왜 자꾸 속이 상하는지.

"……저 어릴 때 크고 작게 많이 다치고 아팠거든요. 저희 엄마도…… 속 많이 상하셨겠죠?"

잔병치레가 잦고 계단에서도 잘 넘어졌다. 엄마가 다쳐도 이렇게 속상한데 자식이 다쳤을 때의 엄마는 얼마나 속상했을지 짐작조차 가지 않았다.

"그럼요. 당연하죠. 자식이 아픈 것보다 내가 아픈 게 낫죠."

유진도 자식을 가져보니 그 마음을 너무 잘 알겠다. 배가 조금만 뭉쳐도 아이가 혹시나 잘못될까 봐 덜컥덜컥 두려웠으니까.

"이렇게 안젤라…… 아주머니 뵙고 있으니까 엄마가 너무 보고 싶어요."
"어머니 차도는 어떠세요?"
유진이 고개를 저었다. 진희의 얼굴에 안타까움이 스쳤다.
"식사, 아직 못 하셨죠?"
"아까 그 직원분이 빵이랑 우유 사줘서 먹었어요. 괜찮아요."
"그래도 식사하셔야죠. 잠깐만요. 여기 그냥 계세요. 제가 빨리 치우고 밥 차려드릴게요."
"아니에요, 됐어요. 그러다 유리에 베이기라도 하면 어떻게 해. 하지 말아요."
"조심히 할게요."
진희를 안심시키고서 유진은 주방을 정리했다. 바닥의 핏자국을 보니 마음이 서늘하다. 안절부절못하는 진희의 시선이 등으로 느껴져 아무렇지 않은 얼굴로 재빨리 바닥을 치우고 냉장고를 여니, 밑반찬 몇 개와 아까 다 버린 줄 알았던 불고기가 조금 남아 있었다.
유진은 불고기를 볶고 반찬을 꺼내놓았다. 밥통에서 점심에 했던 밥을 덜어놓자 그럴싸해졌다.
"제가 부축해드릴게요."
진희가 그 정돈 아니라며 한사코 거절하곤 살짝 절뚝이며 걸어 식탁에 앉았다.
"고생시켜서 어떻게 해요."
왜 매번 미안하고 미안한지. 진희에게서 제 모습을 본 유진이 애써 웃었다.
"그냥 있는 반찬 꺼내놓은 건데요. 사실 불고기는 오늘 처음 해본 거라 맛이 없어요. 너무 달아서……."
"정말 새댁 같네요. 처음 한 요리를 내가 이렇게 먹어도 되나 모르겠어요."

진희가 다정하게 웃으며 젓가락을 불고기에 가져갔다. 달고 짜다는 걸 아는데도 그녀의 평을 기대해버리게 된다.

"아주 맛있어요. 살살 녹아요."

활짝 웃으면서 유진도 못 먹고 남겼던 음식을 칭찬해준다. 유진은 눈에 고인 물기 때문에 천장을 바라보다 크게 숨을 들이쉬고 밥을 먹는 진희의 앞에 앉았다.

"너무 달아요. 많이 드시진 마세요."

그렇지만 밥 한 그릇을 불고기에 전부 비운 진희는 너무 맛있었다며 기특하단 얼굴로 유진을 바라봤다. 엄마에게 칭찬받으니 정말 자신이 요리에 꽤 재능이 있는 것처럼 느껴진다.

"계속 앉아 계셔서 많이 피곤하셨죠? 침실에서 조금 쉬세요. 저녁때 깨워드릴게요."

"아니에요, 괜찮아요."

이 집에서 오래 살 생각은 아니었던지라 손님방을 준비해두지 않아, 사용 가능한 건 부부침실뿐이다. 누가 봐도 신혼부부의 침실로 안내하자, 진희가 극구 거절했다. 밥도 먹었으니 태안으로 돌아가야겠다는 그녀를 유진은 제 욕심으로 붙잡았다.

"비도 오고…… 무서워서 그래요. 윤우는 며칠 안 들어오거든요. 같이 계셔주심 안 돼요?"

임신 때는 많이들 불안하고 예민한 것을 안다. 본인이 그걸 알고 있다는 데 스스로가 놀라 진희는 머리를 흔들었다.

"나는 그럼 소파에서 잘게요. 이불 한 채만 주면……."

"사실은 엄마 생각이 나서 그래요. 엄마랑 자본 지 너무 오래됐거든요. 임신하니까 제일 먼저 엄마가 생각나요. 우리 엄마도 나 가졌을 때 이런 마음이었구나 싶어서요."

그 얼굴이 너무 안쓰러워, 진희는 유진의 볼을 가만가만 어루만졌다. 거절할 수가 없었다. 그리고 거절하고 싶지도 않았다. 유진이 이끄는 대로 침실로 들어온 그녀가 천천히 입을 열었다.

"이상하게 아가씨가, 아니, 유진 양이 낯설지가 않아요. 나는 기억을 잃었는데 말이에요. 참 이상하죠?"

그래서 보고 싶었노라고. 급하게 서울로 향하는 환자를 따라가겠다고 나선 건 충동적이었다는 진희의 이야기에, 유진은 심장이 멎는 것 같았다.

"씨…… 씻고 편하게 쉬세요. 제가 새 칫솔이랑……."

더 있다가는 엄마라고 부르며 품으로 파고들어 엉엉 울어버릴지도 모른다. 그럼 진희가 얼마나 당황하고 혼란스러울까. 약해지는 마음을 다잡으며 욕실로 가 욕실 장식장에서 새 칫솔을 꺼냈다. 그리고 장식장의 거울을 닫는 순간, 진희가 뒤따라 들어왔다.

"아……."

두 사람의 모습이 고스란히 거울에 비쳤다.

유진은 너무 놀라 들고 있던 칫솔을 떨어트렸다. 왜 매표소의 직원이 그런 말을 했는지 알 것 같았다. 자신이 나이가 든다면 저 얼굴이 될 게 분명했다. 유진이 서둘러 고개를 숙였지만 진희는 비틀비틀 세면대로 다가왔다. 그리고 태어나서 처음으로 거울을 본 사람처럼 한참을 바라본다.

"우리가……,"

진희가 거울 속 유진에게로 손을 뻗었다.

"많이…… 닮았네요."

무섭도록 떨리는 진희의 목소리에 걱정이 된 유진이 고개를 들다 거울 안에서 눈이 마주쳤다. 마치 미래의 자신과 현재의 자신이 만난 것만 같았다.

"참 이상했어요. 이 아가씨는 나에게 왜 잘해주는 걸까. 나는 왜 이 아가씨를 생각하면 가슴이 아프고 마음이 쓰이는 걸까."

유진이 입술을 달싹였지만 목소리가 나오지 않았다. 거울을 통해 자신을 바라보는 시선에 묶여 뚝뚝 눈물만 흘렸다.

"사실은 요양원을 전부 뒤져봤거든요. 여자 환자분들 중에 유진 양을 아는 사람이 없더라구요."

"그……,"

"그럼 아가씨는 누굴까. 왜 나를 찾아왔을까."

세월의 흔적이 깃든 고운 얼굴에 비통함이 서렸다.

"나를 알죠? 아가씨는 나를 알고 있다는 느낌이 들어요. 내가 기억하지 못하는 나를."

기억을 찾은 건 아니다. 다만 추측했을 뿐이다. 그래도 확신으로 가득한 지라, 부정할 수 없었다.

"저는, 저는 한유진이에요."

진희가 고개를 끄덕였다.

"차진희. 차진희예요. 안젤라 님 이름은 차진희예요."

"차진희……."

진희가 입안에서 제 이름을 굴려보았다.

"낯설지 않은데 내 머릿속은 깜깜하네요."

그날처럼, 봉숭아물을 봤던 날처럼 진희는 울고 있었다.

"참 예쁘네. 내가 아무도 기억하지 못하는 동안, 나를 아는 유진 양은 참 예쁘게 잘 컸네요."

진희는 자신의 추측을 입 밖으로 꺼내지 못했다. 아무것도 기억하지 못하는 채 그 말을 할 수가 없었다.

"유진 양을 만나고 나서부터, 내가 결심한 게 있어요."

유진이 거울에 손을 대고 있는 진희의 손등을 제 손바닥으로 덮었다.

"어떻게 어디서부터 해야 좋을지 막막하지만, 기억을 해야겠어요. 의사 선생님은 내가 기억을 잃은 이유가, 떠올리면 괴롭기 때문에 뇌가 방어기제로 닫아버린 거라고 하는데."

"안 그러셔도 돼요. 그러지 마세요. 그러다……."

정말 괴로운 기억만 떠오를까 봐 유진이 고개를 저었다.

"이렇게 예쁜 사람을 잊어버린 거면 내가 많이 슬플 것 같아서."

"으…… 흐윽…… 흑……."

유진은 고개를 떨구고 서러운 울음을 터트렸다. 입술 끝으로 흐느낌이 흘러나온다. 꾹꾹 삼킬수록 오열은 커져만 갔다.

"울지 말아요. 배 속에 아기가 있는데 엄마가 울면 안 돼. 나 때문에 울지 말아요."

"저는…… 흐으윽……, 저는 괜찮아요……. 괜찮아요."

유진이 차마 절 엄마라고 못 부르는 걸 진희는 알았다. 기억 없이 이 아이를 품어도 좋을지 확신이 서지 않았다. 하지만 서럽게 우는 아이는, 제 아이가 맞다. 기억에서조차 만날 수 없었던 아이.

"왜 울어요? 딸이 엄마를 찾아왔는데 그게 무슨 잘못이라고 울어요? 미안해요. 기억이 나지 않아서 미안해요."

"엄…… 엄마…… 엄마……. 기억 안 해도 돼요. 내가, 흐어어어엉…… 내가 엄마라고…… 엄마라고……."

엄마라고 부를 수만 있다면, 소리 내서 그녀를 그렇게 부를 수만 있다면 아무것도 기억하지 않아도 괜찮다는 말을 유진은 끝까지 하지 못했다.

그런 그녀의 마음을 아는 것처럼 진희가 유진을 끌어안았다. 그렇게 파묻혀 울고 싶었던 엄마 품에서 유진이 마음속의 것들을 쏟아내듯 목 놓아 울었다.

한참을 울었고 많은 대화를 나눴다. 유진은 진희가 기억하고 싶지 않을 듯한 이야기는 하지 않았다. 제 지난날 중 아주 밝고 예쁜 것들만 골라 했다. 윤우의 아버지에 대한 부분도 보류했다. 나중에 그녀가 정말 기억을 찾고 난 뒤 자연스럽게 받아들였으면 해서, 오로지 윤우와 자신이 사랑을 했고 아이를 가졌다는 이야기를 했다.

진희의 눈에 눈물이 고였다.

"내가 많이 미웠죠?"

"아뇨. 안 미웠어요. 엄마가 큰 사고를 당하셨다는 건 아는데 그냥…… 살아만 계시다면 그걸로 족하다고…… 생각했어요. 엄마야말로 제가 엄마를 늦게 찾아서 안 미워요?"

진희가 눈물을 흘리며 고개를 저었다. 하나도 밉지 않다고, 한 번도 미워해본 적 없다고, 유진을 끌어안고 다독였다.

오해가 쌓였고 진희가 위험한 상황에 처하자, 그녀의 지인이 유진에게는 비밀에 부친 채 그녀를 아무도 모르는 곳에다 보호했다는 말에 진희는 오열했다. 미안하다 되뇌는 진희에게 유진 또한 미안하다며 울었다.

"그만 울어요. 이렇게 울다 아기가 지치겠어요."

배 속의 아기를 생각해 그만 진정하라는 다독임에 유진은 겨우 눈물을 그쳤다. 발개진 눈으로 서로를 마주했다. 가늘게 떨리는, 아직은 서러운 어깨를 진희가 어루만져주었다.

진희는 약했지만 다정하고 긍정적인 성격을 가졌다. 지나간 세월에 대해서, 요양원에서 어떻게 지냈는지를 조곤조곤한 목소리로 말해준다. 어느새 둘은 침대에 마주 누워 두 손을 맞잡은 채 서로가 기억하지 못하는 서로에 대해 말했다.

"세상에나……. 윤우 씨는 우리 딸을 정말 사랑하는 거 같네요."

사위에게도 꼬박꼬박 존대하는 진희를 향해 유진이 웃어 보였다.

"윤우가 알면 좋아할 것 같아요. 윤우는 제가 엄마를 엄마라고 못 부르는 게 제일 속상했나 봐요."

그래서 엄마에게 가보자 그를 조르지 못했다. 유진은 태안에 다녀오고 나면 엄마를 그리워하며 침잠해 있었고, 그런 제 기분을 풀어주기 위해 윤우가 노력하고 있다는 걸 알게 된 뒤, 되도록이면 엄마 이야기를 꺼내지 않았다.

"내가…… 기억을 빨리 찾아서……."

"아뇨. 저는 엄마라고 부르는 것만으로도 좋아요."

진희는 제가 기억을 찾는 데 대해 유진이 불안해하고 있다는 걸 깨달았다.

"기억을 되찾는다 해도 내가 잘못될 일은 없을 거예요. 예쁜 딸과 사위와 곧 태어날 손주까지 있는데 뭐가 두려울까."

유진이 베개에 얼굴을 파묻고선 고개를 저었다.

"그래도 저는 무서워요……."

유진이 두려워하자, 진희가 유진의 손을 꼭 잡았다.

"그럼 서로를 보지 못했던 날에 대해선 말하고 싶은 것만 말하도록 해요. 나는 아무것도 묻지 않을게요."

유진의 시간이 녹록하지 않았으리란 예감이 들었다. 딸이 어떤 일을 겪었는지 알고 싶지 않다면 거짓말이지만, 그게 딸을 고통스럽게 한다면 차라리 묻지 않는 것이 낫겠다 싶어 진희는 유진을 안쓰러이 바라봤다.

"자주 전화드려도 돼요?"

"그럼요."

"아침에 무얼 먹었다, 윤우가 어떤 말을 했다, 어떤 방송을 봤는데 엄마 생각이 났다. 이런 사소한 얘기들, 구구절절 다 해도 돼요?"

유진의 어린 시절, 엄마는 유진이 하교해 돌아오면 그녀가 조잘조잘 떠

들어대는 이야기를 전부 들어준 후 머리를 쓰다듬으며 좋은 일은 축하해주고 안 좋은 일은 같이 슬퍼해주셨다. 유진의 다급한 목소리에 진희가 아픈 웃음을 삼켰다.

"그럼요. 매일 전화 주면 나도 우리 딸이 뭘 했는지 알게 되고……."

"엄마, 얘 이름이 송이예요, 도송이. 태명은 봉숙이구요. 태명은 원래 오래오래 살라고 막 짓는 거라니까, 윤우가 정말 막 지었어요."

유진은 진희의 손을 자신의 조금 부른 배에 가져다 댔다.

"송이가 나올 때 엄마가 보고 싶을 것 같아요. 임신한 걸 알게 됐을 때, 엄마가 가장 보고 싶었거든요. 송이가 태어나는 순간에도 저는 엄마가 제일 보고 싶을 것 같아요."

함께 있어달라는 말을 아프게 돌려 하는 유진을 향해 진희가 고개를 끄덕였다. 지금까지 기억에서 지웠던 딸이다. 장성해 믿을 만한 남자를 만났고, 아이를 가졌다. 딸이 커가는 모습을 곁에서 보지 못한 자신을 진희가 탓했다.

"나는 매일매일 보고 싶을 것 같아요, 내 딸을."

아직도 안개가 낀 것처럼 과거에 대한 부분은 뿌옇지만 가장 중요하고 아팠던 것을 찾은 기분이 든다.

아버지가 있는 납골당에 같이 가보자는 말을 마지막으로 유진은 지쳤는지 색색, 숨을 내쉬며 잠들었다. 진희가 잠든 딸의 젖어 있는 동그란 뺨에 손바닥을 대봤다.

"유진아."

잠결에도 대답을 하는 건지 뒤척이는 건지 유진의 눈썹이 파르르 떨리다 이내 잠잠해진다.

"내 딸."

딸. 그 한마디를 해보면서 진희는 뜨거운 눈물을 소리 없이 흘렸다.

✦ ✢ ✦

유진은 진희와 사흘을 보냈다. 요리수업에 나가 윤우에게 줄 요리를 만들고, 매일 놀러 온 서윤 덕분에 하루하루가 빠르게 지나갔다.

"곧 돌아오겠네."

진희가 앞치마에 물 묻은 손을 닦았다. 지난 사흘간 바뀐 점은 진희가 유진에게 말을 편하게 하게 된 것이다.

유진이 된장찌개 간을 보면서 고개를 끄덕였다.

"그럼 두 사람이 오붓하게 보내. 난 오늘 내려가야겠어."

갑작스러운 말에 유진은 놀랐다.

"여기 계시면 안 돼요? 벌써 가시게요? 윤우가 서운해할 텐데."

"상 치르고 돌아오는 건데, 많이 피곤할 거야."

하지만 유진은 진희를 보내기 싫었다. 안절부절못하며 입술을 달싹이다 끝내 아무 말도 하지 못하는 딸을, 진희는 가만히 바라보다 입을 뗐다.

"나도 태안에서 할 일이 있잖니."

"엄마……."

"매일매일 연락 기다릴게. 봉숙이 나올 즈음엔 나도 올라와서 유진이 곁에 있고 싶어."

유진의 얼굴이 금세 밝아졌다.

정 실장이 진희를 직접 태안까지 바래다주겠다고 해 안도의 숨을 내쉬었다. 유진도 함께 가겠다고 했지만 진희가 말렸다. 돌아올 사람을, 지쳐 있을 사람을 따뜻하게 맞아주라는 말에 유진은 진희를 따라나설 수 없었다. 애초에 요리도 그래서 배우려고 한 것이니.

"엄마, 다음에 오시면 윤희 아줌마랑 철욱 아저씨도 만나요."

인사동 이야기를 했더니, 진희는 그들을 만나보고 싶어 했다. 웃으면서 고개를 끄덕이는 엄마를 배웅하고 쓸쓸한 마음으로 집에 들어섰다. 끓고 있는 된장찌개의 구수한 냄새에 이곳에 없는 두 사람이 다시금 떠올랐다.

해가 뉘엿뉘엿 넘어가고 땅거미가 질 때까지 부엌에 가만히 앉아 있던 유진은 문소리에 벌떡 일어났다. 전기레인지를 켜고 현관까지 가 윤우를 맞았다.

"왔어?"

다정하고 포근하게 대해주고 싶었는데 이런 말밖에 못 한다. 그런 유진을 향해 검은 슈트를 입은 윤우가 달콤하게 웃었다.

"장모님이랑 잘 놀고 있었어?"

유진에게서 문자로 대략적인 사정을 들었다.

"태안으로 돌아가셨어."

"왜, 더 계시다 가시지 않고."

"너 돌아오면 피곤할 테니 안아주라고."

그러자 윤우가 두 팔을 뻗었다.

"뭐 해. 안 안아주고."

그는 아직 구두도 벗지 않았다.

윤우의 말이 끝나기 무섭게 유진은 그리운 품으로 파고들었다. 그의 슈트에선 희미하게 향냄새가 났다. 그제야 백 여사가 세상을 떠났다는 게 실감 났다.

"괜찮아?"

"솔직하게 말해줘?"

유진의 질문에 윤우가 되물었다. 자신도 모르게 그의 허리를 꽉 끌어안자 머리꼭지 위에서 낮은 웃음소리가 들린다.

"좀 더 오래 사셔서 본인이 지은 죄를 아셨으면 했는데, 내 생각보다 일찍

가셨어. 그럼에도 화가 나지 않는 건 너와 누나가 더 이상 살아 있는 백 여사를 무서워하지 않아도 되니까. 그게 기뻐."

친할머니가 돌아가셨는데 기쁘다고 말하는 그는 정상이 아니다. 그걸 알면서 끌어안고 있는 자신도 정상이 아닌 게 분명했다. 피는 물보다 진하고 천륜은 끊을 수 없다 하지만, 윤우는 전부 넘어서버렸다. 어쩌면 어린 시절, 희정의 일이 그 계기가 됐을 수도 있다.

장례식을 마치고서 정은은 바로 평창동 저택으로 돌아갔다. 노인네가 죽어버렸으니, 곧 그 집을 처분할 거라 했다. 남들을 내려다보는 높은 지대에 있는 그 저택은 백 여사의 자부심이나 마찬가지였다. 그녀가 살아 있을 땐 며느리에게 그 자부심을 빼앗긴 꼴을 보고 겪으라며 그곳을 움켜쥐고 있었지만, 이제는 그럴 필요 없을 것 같다고도 덧붙였다.

"나 너 주려고 처음으로 뭐 만들어봤는데."

"응?"

집에서 나는 냄새는 당연히 아주머니가 해주신 음식 냄새일 거라 생각했다. 홑몸도 아닌데 그를 위해 음식을 했다 하니, 기분이 좋기보단 그녀의 몸 상태가 걱정됐다. 스스로가 요리수업을 들어봤기에 음식 하나 하는 데 얼마나 손이 많이 가는지, 어려운지 잘 알고 있기 때문이다.

"피곤하진 않았어?"

"내가 한 건 된장찌개랑 불고기밖에 없어. 그것도 엄마가 도와주셨는걸."

"뭐 하러 그랬어?"

"너는 매일 해줬잖아."

제 딴에는 비밀이었는지 윤우는 잠시 아무 말도 하지 않았다.

"요리…… 배워서 해줬잖아."

유진이 그의 품에 안긴 채 올려다보자 윤우가 슬며시 시선을 피한다. 콧잔등이 조금 붉어진 듯했지만 확실하지 않았다.

"윤우야?"

"아직 엉망이야. 그래도 네가 무조건 맛있다고 해주니까. 그래서 배우는 거야."

그가 해준 스크램블드에그를 먹던 유진의 얼굴을 잊을 수 없었다. 유진이 제가 만든 걸 맛있게 먹는다는 사실이 이토록 뿌듯할 줄도 몰랐다. 실력이 어설퍼 그녀가 알아차렸을지도 모른단 생각은 했지만 윤우는 그녀의 입으로 들어갈 모든 걸 제 손으로 직접 만들고 싶었다. 요리를 포함해 그녀를 위해 아무도 해주지 않았을 것들을 전부 해주고 싶었다.

"넌 뭐든 잘 먹잖아. 내가 주는 건 전부."

그가 은밀함을 담뿍 품은 말을 했다.

"잘…… 못 먹는 것도 있어."

"침대에서도 잘 먹고, 식탁에서도 잘 먹고. 못 먹는 게 없는 것 같은데."

유진이 윤우를 탓하듯 가슴에다 머리를 콩 박았다. 당장이라도 그녀를 끌어안고 눕고 싶었지만, 그녀가 직접 준비했다는 음식이 발목을 잡았다. 입안은 온통 모래를 씹은 듯 깔깔했지만 윤우는 내색 않고 식탁 앞에 앉았다.

유진은 보글보글 뚝배기에서 끓고 있는 된장찌개를 식탁에 내려놓고 프라이팬에 불고기를 볶았다. 달콤하고 고소한 냄새까지 섞이자 뒤늦게 입맛이 돈다. 장례식 내내 윤우는 물 외의 다른 음식들은 입에 댈 수 없었다. 백 여사를 배웅하는 그 자리, 추모의 뜻을 머금은 어떤 것도 입에 대고 싶지 않았다.

"어떻게 끓인 거야?"

윤우가 된장찌개를 떠먹으며 물었다.

"사랑으로."

"……풉."

한 술 더 떠 넣던 윤우는 유진의 천연덕스러운 대답에 사레들렸다. 유진이 정수기에서 물을 따라 건네자 단번에 비웠다.

"다시 말해봐."

겨우 진정한 윤우가 유진에게 물었다. 유진이 다 익은 불고기를 접시에 덜어 그의 앞에 내려놓고 맞은편에 앉으며 말했다.

"사랑과 정성으로 끓였어. 요리는 그게 기본이래. 아직 손맛은 없어."

윤우는 유진의 마음을 조금은 알 것 같았다. 사랑하는 사람이 해준 요리를 먹는다는 건 꽤 굉장한 일이다. 자신 또한 그녀가 맛있게 먹는 모습만을 생각하면서 만들었는데, 유진이 같은 생각을 하며 요리한 음식을 먹을 생각을 하니 목 안쪽이 따끔거렸다.

"맛있어."

그의 말에 유진이 활짝 웃었다.

"너 아무것도 못 먹고 올 것 같아서."

그 말을 하는 유진의 눈동자에 물기가 번져 있다. 어느새 윤우에 대해 속속들이 알게 된 그녀는 그가 사흘 내내 빈속으로 지냈다는 사실까지 어렴풋이 눈치채고 있었다. 사흘 전보다 더 수척해져 있는 얼굴만 봐도 알 수 있었다.

"그런데 난 너 좋아하는 거 하나도 모르고 있더라. 뭘 좋아하는지 어떤 음식을 즐겨 먹는지. 된밥을 좋아하는지, 진밥을 좋아하는지 하나도 모르더라고."

"음식 안 가려."

"알아. 그래도 더 좋아하는 건 있을 거 아냐."

"……불고기. 불고기 좋아해."

윤우가 젓가락 가득 불고기를 집어 입으로 가져갔다. 그가 자신이 처음으로 해준 요리를 좋아한다고 하자 가슴이 울렁거렸다. 아무렇지도 않게 그와 마주 앉아서 늦은 식사를 했다.

"맛있다. 맛있어, 유진아. 그래도 다음부터는 내가 할게."

밴드를 붙이고 있는 가느다란 손가락이 가시처럼 눈에 박혀들어, 처음 해보는 요리가 그녀에게 얼마나 힘들고 날카로운 시간이었는지 깨닫게 해준다.

"나도 너 따라서 같이 하면 안 돼? 요리도 배우고……."

"손에 물 한 방울 안 묻히게 하며 데리고 살려고. 앞으로 남은 평생도 내가 해주는 밥 먹이면서 그게 제일 맛있어서 어디 못 가게 하려고 그래. 내가 그래, 유진아."

윤우는 진심이었다. 그의 마음을 알기에 유진은 행복하게 웃었다. 그럴 수밖에 없었다. 그래야 그가 자신에 대한 죄책감을 조금이라도 덜 수 있을 테니까.

SIDE STORY 04

희정의 결혼식날은 맑았다. 날은 어느샌가 성큼 여름에 다가섰는데도 가을 하늘처럼 구름 한 점 없이 드높고 맑아 정은은 내내 자신의 결혼식이라도 된 양 가슴이 뛰었다. 작지만 색색의 꽃이 만개한 정원. 차양을 놓지 않아도 보기 좋은 정원수들이 자연스럽게 그늘을 만들어 의자만 몇 개 가져다 놓으면 되는 스몰 웨딩이었다.

"예뻐. 그럼 오늘 내가 공주님이 된 거야아? 강민이한테 시집가? 연지곤지 찍고?"

신부 대기실로 쓰는 응접실에서 밝은 목소리가 흘러나왔다. 현관에서 안으로 들어서려던 정은은 한동안 그 자리에 가만히 서 있었다.

"그럼요. 언니 너무 예뻐요. 공주님보다 더 예뻐요."

"유진아, 동화책 속 공주님보다아?"

"눈부셔서 눈을 못 뜨겠어요."

유진과 희정의 목소리가 푸른 하늘처럼 드높았다. 귓가에 울리는 그 티없는 웃음들을 정은은 미동도 않은 채 듣고 있었다. 자신이 움직이면 마치 그 목소리들이 조각조각 깨질 것 같아서.

「정신병원에 처넣어버리기 전에 정을 줄 생각이라곤 손톱만큼도 말아. 어디 저런 반푼이를 자식이라고 끼고돌려고 해? 그럴 시간 있으면 윤우에게나 신경을 써라.」

그 말이 그렇게 무섭고 아팠다. 영원히 딸을 볼 수 없게끔 만들어버리겠다는 협박이 정은을 죄어들었다. 충분히 그럴 수 있는 사람이었다, 백 여사는. 희정이 사경을 헤매는데도 병원에서 저를 끌어내 평창동 저택으로 끌고 왔던 무서운 사람이다. 그날 처음으로 남편이 두 손바닥에 얼굴을 묻고 흐느끼는 모습을 봤다.

그의 어머니는 강하다.

자식의 뜻을 꺾고 짓밟을 정도로 강한 어머니는, 어머니라 강했던 걸까, 자식을 위해 강해졌었던 걸까. 몇 번이나 생각했다. 그리고 정은은 결론을 내렸다. 저도 어머니다. 눈 하나를 감아버리자.

희정을 향한 눈을 감아버리는 게 과연 아이를 지키는 길이었을까. 희정이 실수를 할 때마다 쏟아지던 폭언은 희정이, 폭력은 유진이 감당해야 했다. 그럼에도 불구하고 저 아이들은 이렇게 맑게 웃고 있다.

"안 들어가십니까?"

턱시도를 차려입은 강민이 가만히 서 있는 정은에게 물었다.

"강민아."

"네, 사모님."

유진에게도 강민에게도 자신은 아직 사모님이란 사실에 그녀는 웃고 말았다. 정은이 그녀보다 한참은 큰 강민을 물끄러미 올려다봤다.

"나는 자격이 없단다. 이제 와서 희정에게 뭔갈 해주려는 것조차 민망할 정도로 쓸모없는 사람이야."

"그렇지 않습니다."

교과서를 읊는 것처럼 딱딱한 말투이지만, 진심에서 우러나온 말임을 안다. 정은이 손을 들어올렸다. 그리고 언젠가 자신이 있는 힘껏 내려쳤던 강민의 뺨을 만졌다.

"내가 밉지 않니?"

"외면하셨더라면 미웠겠죠. 제 뺨을 때리셨을 때, 희정이의 어머니였다는 걸 압니다. 그래서 괜찮습니다."

무뚝뚝한 이다.

희정보다 더 수다스럽고 말이 많던 아이였는데. 절 꼬박꼬박 사모님, 사모님 부르던 이 아이의 미소도 희정의 사고 이후로 사라졌다. 생각해보니 그랬다. 뒤늦게 그 사실을 깨달은 정은이 울음을 터뜨릴 것처럼 얼굴을 일그러뜨렸다.

"희정이가 너를 많이 좋아하고 있어."

결혼은 오로지 희정의 뜻에 따른 것으로, 강민의 속은 어떤지 알 수가 없다.

정은의 말에 강민은 침묵했다. 그저 묵묵하게 있기만 한 그가 야속해, 그러면 안 되는데도 정은은 확인을 받듯 물었다.

"강민이도, 많이 좋아하는 거 맞지?"

강민이 정은을 내려다봤다. 우직한 검은 눈동자가 어떤 애정을 얼마만큼 담고 있는지 알 수 없었다.

"사모님은 한 번도 절 원망하지 않으셨죠. 제가 희정이 생일에 사준 장난감 때문에 그런 일이 벌어졌는데."

"네 잘못이 아니잖니. 네가 그런 일이 벌어질 거라 알고 선물한 것도 아니잖니."

"시간을 되돌릴 수만 있다면, 지금 이 자리에 제가 없어도 좋으니 그때로 되돌아가고 싶습니다."

강민이 나직한 목소리로 말했다.

"그날 계단에서 떨어져야 했던 건 접니다, 사모님."

정은은 비명을 내지르고 싶어졌다. 그 여자는 죽기 직전까지 후회하지 않았는데, 왜 다른 모두가 지난 일을 후회하고 있어야 한단 말인가. 왜 이 어린아이들이, 지금보다 더 어릴 때 있었던 일들을 평생 후회하며 살아야 한단 말인가.

곱게 화장한 정은의 눈가에 눈물이 맺혔다.

"많이 좋아한다, 사랑한다 하는 말은 할 수 없습니다. 다만, 저는 희정일 처음 본 순간부터 지켜주고 싶다 생각했고, 지금도 그 생각엔 변함이 없습니다. 평생 제가 희정이 앞에 서서 그녀가 고개를 내밀어 보고 싶은 것만 보게 해주고, 보기 싫고 듣고 싶지 않은 것들은 제 뒤에 숨은 채 보지도 듣지도 않고서 살았으면 좋겠습니다."

정은이 그의 턱시도 슈트 앞섶을 잡았다. 그리고 손을 펴 그 자리를 천천히 매만져준다.

"사모님!"

강민은 당황해 엉거주춤 주저앉았다. 고운 한복을 입은 그녀가 무릎을 꿇었다. 강민은 허리를 숙이다가 무릎을 꿇고 앉아 정은을 마주했다.

정은이 고개를 푹 숙였다.

"내 딸을…… 잘 부탁합니다."

제대로 안아주지도 못한 아이가 결혼을 한다. 아직도 제 눈에는 어리기만 한데, 그 아이가 이제 어미의 품보다 더한 안도를 찾기 위해 떠난다.

"잘, 부탁드립니다."

강민이 무릎을 꿇은 채 고개를 숙이며 대답했다.

"무슨 일이 있어도 지키고 아끼겠습니다. 결코 혼자 두지 않겠습니다."

그거면 됐다.

하루에도 수십 번 그냥 머리를 풀어헤치고 아이와 함께 정신병원에 들어갈까 생각했다. 그 안에서라면 미친 여자처럼 내 아이에게만 매달려 품에 안고 있을 수 있지 않을까.

그러나 정신을 놓아버리기엔 너무 미안했다. 혼자 남을 아들에게도, 그리고 죽은 남편에게도, 결국 도망간 어미만 기억할 가슴에 맺힌 딸에게도.

이왕에 미칠 거면 비명은 한번 질러보고 미쳐야지. 살아 있다고 악 소리 한 번은 내봐야지. 그러다 일이 잘못된다면, 윤우는 그저 엄마의 말을 따랐던 착한 아이로 남겨두고 자신은 희정과 정신병원에 들어가 평생 조용히 사는 것으로 하자 마음먹었었다.

"고마워. 고마워, 강민아."

연신 고맙다고 말하는 정은의 손을 강민이 붙잡아줬다. 어디를 잡아야 될지, 무얼 잡아야 될지도 모르고 정처 없이 헤매던 손이 그에게 잡혔다. 굳고 온건한 눈이 그녀를 바라본다.

"마음 놓으세요."

이제 딸의 보호자는 그다. 정은은 바로 이 순간 제 딸과 더 함께 있고 싶단 욕심을 버렸다. 완연하고 굳센 사내가, 그 버팀목이 절대 무너지지 않을 것처럼 견고해 보여 웃음이 났다.

강민이 그녀를 조심히 일으켜 응접실로 향했다.

"엄마?"

"아……."

정은의 입에서 떨리는 목소리가 흘러나왔다. 창을 통해 들이치는 햇살을 등진 채, 순백의 웨딩드레스를 입고 있는 희정은 천사 같았다. 반짝이는 해님 같았다. 자신의 해요, 달이었던 딸. 못난 어미의 유일한 위로였던 딸.

"희정아."

"나 예뻐요? 유진이가 나 공주님보다 더 예쁘대요."

정은이 마구 고개를 끄덕였다. 활짝 갠 표정의, 아름다운 희정을 볼 날이 올 거라곤 생각 못 했었다. 뚝뚝, 정은의 볼을 타고 눈물이 흘렀다.

"엄마…… 왜 그래요오?"

희정이 금방 울상이 되자 정은은 재빨리 손등으로 눈물을 찍어냈다.

"원래 딸이 시집가면 엄마들은 눈물이 나는 법이란다."

"아! 그럼 나도 나중에 딸이 시집가면 눈물이 날까요오?"

"그래. 우리 딸이 예쁜 딸을 낳고, 그 딸이 또 예쁜 딸을 낳으면 엄마는 너무 좋을 것 같아."

희정은 금세 웃었다. 메이크업을 담당한 직원이 안도의 한숨을 내쉬었다.

"엄마, 그럼 꼭 건강하세요오."

벌떡 일어난 희정이 깊게 허리를 숙여 정은에게 인사했다. 그러면서 고개만 쏙 올려 그녀를 바라보는데 반짝 웃는 얼굴이 천진하기만 하다.

"인사는 어디에서 배웠어?"

"아빠가 음…… 결혼할 때는 이렇게 부모님한테 인사하는 거라고 했는데에……."

잘못한 거냐, 고개를 갸웃거리는 그녀에게 정은이 웃어 보였다.

"희정이가 인사도 잘하네. 강민이도 옆에 있고 좋은 아빠도 생겨서 다행이야, 우리 딸."

"으응! 다행이에요!"

스프링클러를 돌리며 정원의 꽃과 나무들을 손 걷어붙이고 돌봤다는 강민의 아버지를, 정은도 잘 안다.

신랑, 신부 준비해달라는 말에 희정이 달아오른 얼굴로 방방 뛰며 강민에게 다가가 안기려다 드레스 자락을 밟고 휘청였다. 그리고 그림처럼 강민의 품에 떨어진다. 강민이 그녀를 받아 안으며 나직하게 뭐라 귓가에 속삭이자 희정이 까르르 웃었다.

"강민아!"

"그래."

"그럼 오늘 아기 만들어줄 거지?"

강민의 얼굴이 벌겋게 달아올랐고 그 자리에 있는 모두는 일제히 고개를 돌려 신랑, 신부를 외면했다.

주례는 없었다. 둘이 반지만 교환하는 짧은 식을, 유진은 윤우와 함께 지켜보며 손바닥이 아프도록 박수를 쳤다. 예식 내내 행복한 미소를 머금고 있는 희정을 바라보고 있노라니, 지난날을 다 잊을 만큼 가슴이 벅찼다.

"윤우야."

"응?"

제 누나의 예쁜 모습을 눈에 담다가, 너무나도 기뻐하는 유진을 빤히 바라보던 윤우가 대답했다. 그러자 그녀가 그의 손을 잡아다 자신의 배에 가만히 올려놨다.

통통. 작은 발길질. 그가 손바닥에 모든 신경을 쏟아부어야만 느낄 수 있을 정도로 가만가만한 태동이다.

"아까부터 놀고 있어. 좋은가 봐."

지금까지 그가 손을 대면 아이는 거짓말처럼 움직임을 멈춰버리곤 했다. 하지만 지금 엄마가 기분이 너무 좋은 탓인지 그가 손을 댄 자리를 톡톡 차댄다. 공이 통통 튀는 것 같아 윤우는 손바닥에 집중했다.

"언니 너무 예쁘다, 그치?"

"네가 입으면 더 예뻐."

"아냐, 언니가 최고로 예뻐."

"네가 이렇게 좋아할 줄 알았으면 결혼식부터 할 걸 그랬어. 작게라도."

유진이 고개를 흔들었다. 유산기도 조금 있었고 내내 컨디션도 좋지 않아, 둘은 아기를 낳고 난 후로 식을 미뤘다.

"결혼식 못 할지도 몰라. 벌써 5킬로그램이나 늘었는걸."

듣고 보니 볼에 살이 조금 오른 것도 같다. 그럼에도 뒷모습은 하늘거린다.

"괜찮아. 식장에 못 들어갈 정도면 내가 업고 들어갈 테니까."

너는 누이가 가장 예쁘다고 하지만, 네 눈에 가장 아름답단 누이보다도 네가 더 예쁘다. 윤우가 웃으면서 속삭였다.

누군가 결혼을 하고 가정을 꾸리고 서로 의지하기에, 오늘이 이렇게 아름다운 걸까.

"나중에. 윤우야, 나중에."

"응."

"송이 낳고 한숨 돌리고선, 오늘처럼 예쁜 날이 있으면 그때 결혼하자."

둘이서 반지만 나누어도 좋으니 그렇게 하자고, 유진은 충동적으로 말했다.

"대체 결혼하자는 소리를 몇 번이나 하는 거야?"

제가 말할 타이밍을 번번이 놓치고 만다. 유진이 그의 어깨에 입술을 묻고 예식에 방해되지 않게끔 숨죽여 웃었다.

"많이 할 거야. 계속 할 거야."

반지는 결혼식 때 나누고 싶다고 그녀가 고집을 피우는 통에 아직까지 두 사람의 손엔 아무것도 없다. 어디 가서 아가씨인 줄 알고 누가 따라오면 어쩌냐고, 윤우가 아이처럼 불퉁하게 굴었던 통에 유진은 며칠이나 그를 놀리며 웃었다. 그렇게 불안했으면서 어떻게 자신을 놔두고 영국에 갔냐는 말을 했다가 윤우를 울릴 뻔도 했다.

"사실 매일매일 하고 싶어. 그래도 나름대로 꾹 참는 중이야."

유진이 깨금발을 하고서 윤우의 귀에 대고 속삭였다. 귓가에 닿는 숨결이 참을 수 없을 만큼 달콤하고 또 유혹적이다. 그가 유진의 손을 깍지 껴

잡았다.

희정이 낯선 사람은 불안해해서 오늘 하루 사진기사를 해주기로 한 건 붙임성 좋은 서윤이다. 서윤은 뒷걸음질까지 치며 열심히 셔터를 눌러댔다.

"어? 가려고?"

서윤이 윤우와 유진을 붙잡았다. 이럴 땐 눈치가 정말 없는 건지, 없는 척 하는 건지 헷갈릴 정도였다.

"사진 잘 부탁해."

"어디 가? 오늘 여기서 잔다며?"

방이 넉넉하다며 2층에 손님방들을 준비해놨다고 강민이 말했었다. 하루 자고 가시라 권하자 냉큼 그러마 대답했던 서윤은, 갑자기 두 사람이 빠지자 당황했다. 몇 안 되는 하객들의 시선이 유진과 윤우에게 쏟아졌다. 유진조차 영문을 알지 못해 윤우를 바라본다.

"야, 사진은 찍고 가야지."

무시하고 걸음을 옮기려던 윤우가 아차, 싶은 얼굴로 가까스로 멈춰 섰다.

"유진아아, 사진! 사진 찍어!"

희정이 저기서 손짓하며 외치자, 유진이 윤우의 손을 놓고 재빨리 가버렸다.

"하……."

윤우의 한숨에 서윤이 혀를 쯧쯧 찼다.

"이건 뭐 오뉴월 발정 난 멍멍이도 아니고."

"입 다물어."

"어떻게 하지? 난 사람이라 멍멍이가 하는 말 하나도 모르겠는데."

서윤은 혀를 쏙 내밀어 보인 후 고개를 돌려버렸다. 그리고 윤우에게 뒷덜미가 잡힐까 봐 당장에 달려가 열심히 셔터를 누른다.

누가 알려주지도 않았는데 희정의 손에서 부케가 날아올라, 마침 유진의 품으로 부케가 안착했다.

"어머나!"

정은이 입을 가리며 환호를 내뱉는다.

"꺄아!"

희정이 크게 소리 지르며 강민의 목에 팔을 두르고 꽉 안겼다. 저것 보았느냐고 유진의 품에 떨어진 부케를 손가락질한다. 서윤의 카메라가 얼떨떨한 유진을 향했다.

그러고 보니 부케 받을 사람을 정해두지 않았다. 그저 잘 살라고 새로운 부부를 축복하는 자리라고만 생각하며 부케는 염두에도 두지 않았다.

"부케 들어봐, 유진아."

서윤이 카메라를 들이대자, 유진은 당황스러운 얼굴로 부케를 들었다.

"부케 받으면 6개월 안에 결혼해야 된다는데. 몸 풀자마자 식 올려야겠네."

특이하게도 천일홍 부케다. 진한 분홍빛 천일홍 꽃다발은 강민의 아버지가 만들어준 것이다. 변치 않는 사랑이라는 꽃말을 갖고 있는 그 꽃이 유진에게 내려왔다. 그래서 정말로 지금이, 앞으로가 변치 않을 거란 확신과 믿음이 들었다.

손에 든 꽃을 앞으로 내밀며 유진이 카메라를 향해 웃었다. 그 순간 허리를 감는 부드러운 손길이 있다. 꽃을 내밀고 있는 손을 사이에 둔 채 그에게 입술이 삼켜졌다.

6년 후.

"으아아아아앙! 엄마아, 으하앙……. 아아아아아앙!"

유치원이 떠내려가라 커다란 울음소리가 올랐다. 바닥에 주저앉은 바가지 머리 남자아이는 닭똥 같은 눈물을 흘려대고 있었다. 그 앞에서 두 남자아이가 당황한 얼굴로 눈치만 보고 있었다.

"우리 엄마 바보 아니야아! 아니야아!"

"정민아, 무슨 일이니?"

아름반 선생님이 놀라 뛰어왔다. 아이들과 자유롭게 유치원 놀이터 근처에서 모래놀이를 하는 도중 갑작스런 울음소리에 달려온 참이다.

"우리 엄마 바보 아니야……. 으헝헝헝."

"욱진이, 성재, 너희들 정민이한테 뭐라고 했어?"

아이들이 고개를 저었다. 그러자 맹랑한 목소리가 끼어든다.

"오빠!"

"오빠아!"

다섯 살 쌍둥이인 채하, 채주가 무서운 속도로 다다다 달려와 두 팔을 활짝 펴며 정민의 앞을 가로막았다.

"누가 우리 오빠 울려써!"

"누구야!"

머리를 양 갈래로 예쁘게 땋고서 주변을 바라보는 아이들의 기세는 제법 매서웠다. 곧 정민을 울린 두 아이를 발견하고서 팔짱을 끼고 짝다리를 짚는다.

"달래반 오빠야들이 지금 우리 오빠 울려써?"

"그래써?"

어디서 배웠는지 한쪽 다리를 어설프게 달달 떠는 모습에, 선생님은 얼굴을 돌리고 웃음을 삼켰다.

"엄마가 그랬단 말이야!"

"맞아. 쟤 엄마는 장애인이니까 놀지 말라고!"

"맞아! 우리 엄마도 그랬어! 정민이네 엄마는 바보라고!"

욱진이와 성재가 손가락으로 정민과 쌍둥이를 가리켰다. 쌍둥이의 얼굴이 새빨갛게 달아올랐다. 그리고 어디선가 어설프게 따라 배운 정의의 소녀 리카 음악을 흥얼거리며 포즈를 취한다.

"우리 아빠가 용서하지 말래써!"

"엄마를 모욕하면 용서 안 해! 일어나, 오빠!"

주저앉아 울던 정민이 쌍둥이의 재촉에 벌떡 일어나 두 주먹을 불끈 쥐었다. 아이들의 가빠진 호흡에 아름반 선생님이 나섰다.

"욱진이랑 성재가 잘못했네요. 친구에게 상처를 주면 어떤 사람이라고 했죠?"

"사과해!"

"맞아! 사과해! 우리 엄마의 명예에 사과해!"

"우리 엄마의 명예!"

세 아이가 주먹을 불끈 쥐며 금방이라도 달려들듯 씩씩대자 욱진이가 소리를 빽 질렀다.

"너네 엄마 바보 맞잖아! 무슨 명예래!"

"그래! 너네 엄마가 바보니까 너희들도 바보야!"

채하는 강민이 다려준 하얀 블라우스 소매를 야무지게 걷어붙였다. 매일 밤 깨끗하게 빨아 건조기에 말려 다림질까지 해주는 아빠의 정성을 아이들은 어리지만 전부 알고 있다.

"삼총사 모여!"

척척척 셋이서 한쪽 팔씩 걷어 올리고선 손을 내밀어 겹친다. 아이들이 눈짓을 주고받자, 아름반 선생님이 저쪽 건물에 있는 달래반 선생님을 불렀다.

"강 선생님! 여기로 좀 와보세요!"

그때 저 멀리서 일곱 살 해바라기반 송이가 달려왔다.

"언니다!"

"언니야!"

"누나다!"

아이들이 두 손을 번쩍 치켜들며 송이에게 여기라 외쳤다. 달려온 송이가 제 뒤로 아이 셋을 싹 숨기며 팔짱을 끼고 두 남자아이들과 마주했다.

"너네 뭐야?"

"넌 뭔데?"

키가 작은 송이를 내려다보며 욱진이 소리쳤다.

"자자, 우리 들어가서 친구들과 서로 사과하기로 해요. 들어갈까?"

선생님이 어떻게든 중재하려 하는데 송이가 침착하게 말했다.

"저는 대화로 충분히 풀 수 있어요."

똘똘하기로 소문난 도송이는 제 사촌들이 하는 말에 귀를 기울이더니 욱진과 성재에게 물었다.

"너네가 우리 고모 바보라고 욕했어?"

"우, 우리 엄마가 그랬어!"

"쟤가 자꾸 그네 타는데 끼워달라고 하잖아. 멍청한 게."

"우리 정민이가 어디가 멍청해? 정민이는 눈물이 많을 뿐이야. 그것도 초등학교에 들어가면 뚝 사라질 거고, 우리 고모부를 보면 정민이 키는 유치원 천장까지 닿을 정도로 클 거야. 너네, 정민이가 이렇게 아래로 너희들 보면서 놀리면 기분이 좋을 것 같아?"

선생님은 일단 물러났다. 송이는 상당히 논리적으로 말하며 눈썹 하나 까딱하지 않았다. 제 뒤로 애 셋을 둔 채 따박따박 따진다.

"거, 거짓말하지 마! 저 땅꼬마가 어떻게 커!"

"우리 아빠가 남자는 서른 살까지 큰댔어. 너네가 언제까지 정민이보다 클 것 같아? 우리 고모부 닮았으면 정민이는 몸까지…… 음……. 모델 황우민 봤어? 그렇게 될 거야."

"이 쪼끄만 게 정말!"

"어허, 지금 친구를 때리려고 하는 거예요? 욱진이도, 성재도 송이 말이 맞다고 생각되면 사과를 해야죠."

선생님이 보고 있어 차마 주먹을 쥐고 달려들진 못하고 욱진과 성재는 씩씩거렸다.

"맞아. 너희는 우리 고모의 명예를 더럽혔으니까 사과해야 해. 그리고 우리 정민이에게도 사과해야 해."

"우리가 왜!"

송이가 한 손으로 입가를 가렸다. 그리고 어린아이 가르치듯, 그것도 모르냐 타박했다.

"그래야 너희 부모님의 명예가 살아나는 거니까."

어린아이들이 명예 운운하자 달려온 다른 선생님들도 일단 사태를 관망하는 중이다. 싸움이 날 것 같으면 말리기 위해 둘러선 채다.

"바보한테 바보라고 한 게 뭐!"

"우리 고모는 바보 아니야. 너희 부모님보다 훨씬 순수하고 다정하고 예쁜 분이야."

"우리 엄마 예뻐! 바보 아니야!"

"우리 엄마 예뻐!"

"맞아, 우리 엄마는 세상에서 제일 예뻐!"

네 아이가 두다다 쏟아내자 성재와 욱진은 당황해 한 걸음 물러섰다. 그러자 도송이가 한 발짝 앞으로 나가고 뒤에 있던 정민과 쌍둥이들도 딱 그만큼 다가간다.

"뭐야, 너네! 이렇게 패로 몰려오다니, 비겁해!"

"비겁한 건 너희도 마찬가지야. 둘이서 정민이 괴롭혔으니까. 그리고 비겁하게 우리 고모를 모욕했어. 너희는 지금 누운 상태로 침을 뱉은 거야."

"누, 누워서 침 뱉으면 어떻게 되는데?"

성재가 욱진의 옆에서 물었다. 흥! 송이가 콧방귀를 뀌고서 대답했다.

"당연히 네 얼굴에 떨어지지. 친구들은 전부 친하게 잘 지내야 해. 약한 부분을 가지고 놀리는 건 세상에서 가장 비겁한 짓이야. 우리 유치원 친구들 중에 친구의 약한 점을 놀리는 아이는 아무도 좋아하지 않을 거야. 그렇지, 얘들아?"

송이가 주변을 둘러보며 외쳤다.

"으응. 맞아. 송이 말이 맞아."

"난 정민이네 엄마 봤는데? 되게 되게 예뻤어."

"맞아. 미스코리아 같았어. 나한테도 예쁘다고 머리 쓰다듬어주셨는걸?"

"응. 채채네 엄마 예뻐."

쌍둥이들은 친구들에게 채채라고 불렸다.

아이들은 역공당하자 울음을 터뜨리며 선생님에게 안겨들었다. 선생님은 성재와 욱진을 안아주면서도 엄하게 나무랐다.

"잘못한 일이 있으면 친구에게 잘못했다고 하는 게 착한 어린이죠?"

"미, 미안해……."

"미안해애. 으힝! 뭐야, 무서워."

"정민아, 그리고 쌍둥이들. 사과를 받아들일래?"

송이가 세 사촌들에게 물었다. 그러자 셋이 고개를 끄덕인다.

"나는 그 사과를 받을게!"

"맞아. 채채도!"

"채채도!"

세 아이는 원래 다른 유치원에 다녔었다. 그러나 정민이 울거나 공격받을 때마다 채하와 채진이 달려들어 우리 오빠 울리지 마, 우리 엄마 욕하지 마, 이단 콤보를 날리며 난동을 부리다 송이가 있는 유치원으로 옮기게 됐다.

이곳에 온 뒤로 아이들의 폭력사건은 막을 내렸다. 특히 셋에게 있어 엄마를 욕한다는 건 천지가 갈라지는 일이나 다름없었다. 송이가 중재를 시작하고 난 뒤에는 대부분 잘 참았다. 그리고 강민이, 누군가 사과를 하면 그걸 받아주지 않는 것보다 받아주는 것이 더 멋있다고 가르친 뒤로 사과는 무조건 받아들였다. 스펀지처럼, 아이들은 부모의 모든 것을 흡수했다.

하얀 스타킹이 더러워지는 건 상관하지 않고 송이는 무릎을 꿇어 정민의 붉은 눈가를 슥슥 닦아줬다. 선생님들이 하겠다고 해도 자신의 사촌동생들이니 제 몫이라 의젓하게 말했다.

"누나…… 흑. 미안해……."

"정민아, 너는 고모를 닮아서 마음이 여려 그래. 그건 미안할 일이 아니야."

동생들이 없으면 정민은 곧잘 눈물을 터트렸다. 오빠가 운다고 울먹울먹해진 쌍둥이들을 송이가 타일렀다.

"채채들이 친구들을 때리고 화를 낼수록 고모가 슬퍼해. 알았지? 유치원에선 모두가 친하게 지내는 거야."

"그래두……."

"힝, 그래두……."

입술을 삐죽 내밀었지만 애교스럽게 송이의 양손을 하나씩 붙잡는다.

"그리고 오늘 있었던 일은 뭐라구?"

"비밀이야."

"맞아, 비밀이야."

아빠인 강민을 떠올리며 아이들은 한목소리로 대답했다. 엄마는 항상 자신들의 편에서 생각해준다. 자신들과 함께 놀아주고 좋아하는 걸 뭐든 함께했다. 왜 사람들이, 친구들이 엄마를 바보라고 손가락질하는지 아이들은 아직 알지 못한다.

"좋아, 잘했어. 정민이 그네에 타. 누나가 밀어줄게."

고작 한 살 차이지만 송이는 줄줄이 있는 사촌동생들을 잘 돌봤다. 평소엔 주말에만 보는데 이제는 매일매일 봐서 더 좋기도 했다. 그네를 타고 싶어 친구들에게 함께 놀자고 했던 정민이 냉큼 그네에 앉았다.

"강아지들!"

송이가 막 그네를 밀어주려는데, 누군가 아이들을 불렀다.

"할머니다!"

"할머니!"

"할머니이!"

"꺄! 할머이!"

네 명의 아이들이 고개를 번쩍 치켜들었다. 송이 또한 두 팔을 올리고선 자기들을 부르는 정은을 향해 두다다다 달려갔다. 정은은 소떼처럼 달려오는 네 명의 아이들을 받아 안아줄 팔이 두 개뿐임을 안타까워하며 차례차례 하나하나 안아줬다.

"할머니, 보고 싶었어요!"

큰손녀인 송이의 얼굴에 뽀뽀를 해준 뒤 정민, 그리고 채채들을 차례대로 안아준 정은이 아이들보다 뒤늦게 다가온 선생님을 향해 고개를 살짝 숙여 보였다.

"제가 아이들을 데리고 가려고 하는데요."

선글라스를 쓰고 있어 정은의 얼굴은 자세히 보이지 않았다. 한눈에도 있어 보이고 말투마저 우아한 정은의 자태에 선생님들이 당황해 정확히 어떤 사이냐 물으려던 참이다.

"윤 선생님! 애들 보내세요. 방금, 송이 아버님께 전화 왔어요. 할머니가 데리러 오신다고."

아빠로부터 전화가 왔다는 말에 송이가 귀를 쫑긋거렸다.

"할머니, 동생이 나오기로 한 날이에요?"

눈치 빠른 물음에 정은이 웃으면서 대답했다.

"우리 송이는 똑똑하기도 하지. 동생은 이미 나와서 송이 누나가 오기만을 간절히 기다리고 있단다."

"꺄!"

아이들과 싸울 때도 침착하기만 했던 송이가 별안간 소리를 지르자 선생님도, 사촌들도 당황했다. 아이는 상기된 뺨으로 두 주먹을 붕붕 휘두르며 기쁨을 표했다.

"나도, 이제, 드디어 동생이 생겼어요!"

"어, 언니…… 동생이 생겼으면……."

"우리는?"

"우리는?"

셋이 나란히 묻는다. 지금까지 송이에겐 동생이 없어 그들을 아끼고 보살펴준 건가 싶어, 송이를 빼앗길까 봐 울멍울멍한 눈동자들을 하고 있다. 그런 아이들의 모습에 정은은 웃음을 삼켰다.

동생이 갖고 싶다, 입에 달고 살던 송이가 함박웃음을 지었다.

"동생은 아기니까 좀 더 예뻐하고 다정하게 대해야 해. 하지만 너희들도 아직 어리니까 다정하게 할게!"

정은은 바닥을 뒹굴며 웃을 뻔했다. 누구 딸인지 말 하나는 기가 막히게 잘한다. 정민과 채채들이 그제야 동생이 생겼다 기뻐한다. 정은이 아이들의 물건을 챙겨 나온 선생님들께 인사를 하고 대기하고 있는 차로 다가갔다.

오늘은 도송이에게 친동생이 생기는 특별한 날이다.

✦ ✝ ✦

진희가 유진의 손을 연신 쓰다듬었다. 온몸이 퉁퉁 부은 게, 안쓰럽고 안타깝고 대견했다. 유진은 울다가 지쳐 있었으나 진희와 눈이 마주칠 때마다 웃는 낯을 해 보였다. 윤우가 그런 그녀의 곁에 딱 붙어 물수건으로 이마를 훔쳐준다.

"고생했어. 유진아, 고생했어."

제가 열 시간이 넘는 진통을 겪는 동안, 안절부절못했던 엄마가 어렴풋이 기억났다.

첫째, 송이 때도 진희는 출산 한 달 전부터 한남동 집에서 같이 지냈다. 진통이 시작돼 병원으로 향하자 진희와 윤우는 본인들이 진통을 하는 것처럼 하얗게 질렸었다. 아직도 진희의 기억은 전부 돌아오지 않았다. 어떻게 보면 저란 존재는, 평온한 그녀의 인생에 하늘에서 갑자기 떨어진 딸 같을지도 모르겠다.

"엄마……."

잔뜩 쉰 목소리로 진희를 불렀다.

"필요한 거 있어? 불편하니? 일으켜줄까?"

"둘째 때도 엄마가 제일 보고 싶었어요."

열 시간 넘도록 분만실 앞에서 꼼짝 않았던 진희의 눈에 눈물이 고였다. 유진은 많은 걸 내색하는 아이가 아니었다. 끝내 기억이 돌아오지 않은 저를 재촉 한번 안 한 아이라, 진희는 가끔 유진의 어린 시절을 기억하지 못한다는 사실이 안타까웠다. 다 커서 이미 철들어 있는 모습도 예쁘지만, 철없을 때의 모습이 어땠는지 너무나도 보고 싶다.

"나는?"

"미웠어."

그대로 두면 둘이서 또 눈물바다가 될 것 같아 윤우가 유진의 볼에 입술을 맞추며 묻자 유진이 바로 대답했다.

"그럼 막 머리카락을 쥐어뜯지 그랬어?"

"그 정도로 밉진 않았고."

유진이 부은 얼굴로 배시시 웃었다.

아이를 둘이나 낳았는데도, 부어 있는 얼굴조차 여리고 사랑스러워 보이니 견딜 수가 없다.

송이는 예상도 못 한 사이 그들에게 찾아왔는데, 오래도록 둘째 소식은 없어서 포기하고 있었다. 둘째를 바랐던 건 송이가 동생을 갖고 싶어 했기 때문이다. 송이가 유일하게 떼쓰는 부분이 그거였다. 엄마를 힘들게 하면 안 된다는 윤우의 타이름에도 불구하고 동생 있는 아이들만 보면 눈물을 글썽여, 그들도 자연스레 둘째 생각을 하게 됐다.

하지만 막상 아이를 가지려고 보니 생기지 않아, 유진이 마음고생을 많이 했다. 불안해하고 초조해하지 말자고, 이미 우리에겐 송이가 있지 않냐고 다독여도, 유진은 송이에게 동생을 만들어주고 싶다고 했다. 자신은 외동이라 너무 외로웠노라고.

윤우는 더 이상 유진을 말리지 못했다. 정말 그녀에게 형제가 있었다면 이렇게 외로움을 많이 타지는 않았을 거란 생각이 들자 그 이후부터는 그녀가 우울해할 때면 그저 부드럽게 다독일 뿐이었다.

"송이 때는 정신이 없었거든. 그런데 이제 둘째라고 그래도 조금 정신이 있긴 했어."

씻지도 못한 얼굴 보지 말라며 윤우를 밀어내자, 그가 더 달라붙어 유진의 얼굴에 키스를 흩뿌리며 웃는다.

"그때는 네가 죽는 줄 알았어."

송이가 태어난 날 윤우는 펑펑 울었다. 유진을 잃을까 봐. 그녀의 비명에 어떻게 좀 해보라며 의사들을 닦달했다. 차라리 제왕절개를 하자고 했지만 유진이 한사코 거부하며 버텨, 자연분만을 할 수밖에 없었다.

"대견해. 장하기도 하고."

자신을 필요로 하는 곳에서 봉사를 하고 싶다며 태안에서 지내고 있는 진희는 종종 서울에 왔다. 유진이 몸을 풀고 나선 반년 가까이 그들의 집에 머물며 살뜰하게 돌봐주기도 했다. 이번에도 둘째가 나오기 한 달 전에 올라와 있었고, 한동안 유진의 곁에 있을 예정이다.

윤우가 모시고 살고 싶다 뜻을 전했으나 힘이 닿는 데까지 어려운 사람을 돕고 싶다며 거절하고, 대신 자주 보러 오겠다던 진희다. 그런 진희가 며칠 사이에 까칠해진 유진을 안타깝게 바라봤다.

"엄마는 나 낳을 때 얼마나 힘들었을까, 그 생각이 제일 많이 들었어요."

제 딸이 눈앞에 있는데, 여전히 그립기만 하다. 진희의 눈시울이 붉어졌다.

"나는 아무것도 기억하지 못하는데……."

그 힘들었을 일을 기억하고 싶다. 이 사랑스러운 아이를 낳았을 때의 자신은 어땠을까. 진희가 유진의 부은 손을 주물러주며 생각했다. 제 어미가 기억하지 못하는 것까지 미루어 짐작해줘서 고마운 아이. 이렇게 착하고 가슴 따뜻한 아이가 제 딸이다.

"고마워요, 엄마."

첫아이를 낳았을 때보다 지금이 더 북받쳤다.

"내가…… 고맙지."

자신의 마음까지 헤아려주는 딸이 정말 자신의 속에서 나온 게 맞는지, 진희는 한참을 바라봤다. 유진과 있으면, 딸이 엄마를 쏙 빼닮았다는 소릴 많이 듣는다. 그 말을 처음 들었을 때 한참을 울 정도로 좋았다.

똑똑.

"한유진 산모님."

박 교수가 유진을 불렀다. 그녀의 첫아이와 둘째 아이를 받아준 분이다. 유진이 활짝 웃으며 상체를 일으키려 하자 더 누워 있으라 손짓한다.

"어머님 피곤하실 텐데, 한숨 주무시지."

진희가 웃으면서 일어나 박 교수를 반겼다. 박 교수는 진희의 두 눈에서 반짝이는 눈물을 보며 어딘가로 사라져 아직도 나타나지 않고 있는 이 원장을 잠시 떠올렸다. 유진의 모친. 전남편이 마음에 품고, 본인이 위험해질 수 있단 걸 알면서 숨겨주려고 했던 상대였다.

"아니에요. 전혀 안 피곤해요."

진희가 소박하게 웃었다. 젊었을 때는 더 굉장한 미인이었음을 짐작할 만한 웃음이었다.

"그럼 우리 유진이 좀 회복되면 거기서 막걸리 한잔 더, 어때요?"

술잔 넘기는 제스처를 취하며 박 교수가 한 눈을 찡긋했다.

윤희와 철욱이 하는 인사동 가게에서 술을 마신 적 있다. 진희는 제 과거를 아는 사람들을 차례차례 만나보다 박 교수도 마주하게 됐고, 그러다 네 사람은 종종 모이게 됐다.

"그래요."

단아하게 웃으며 대답하는 진희의 옆구리를 장난스럽게 툭 찌른 박 교수가 이내 유진을 돌아본다.

"우리 왕자님은 지금 너무 건강하고 울지도 않고 잘 있으니 걱정 말고, 곧 간호사가 데리고 올 테니까. 이쪽은 내 선물."

등 뒤에 감춰두었던 과하지 않은 적당한 크기의 꽃다발을 박 교수가 건넸다.

"와! 너무 예뻐요."

"꽃 보고 있으면 기분이 참 좋아지잖아? 며칠 못 가 시들어버려도 그 며칠 동안 눈이 즐거우니까."

송이 때도 박 교수에게서 꽃 선물 받았던 유진이 고개를 끄덕였다. 진희가 화병에 꽂아놓겠다며 꽃을 받아 들었다.

"컨디션은 어때?"

"죽을 것 같아요……."

유진이, 당장이라도 눈 감고 기절하고 싶단 속내를 입 밖에 냈다. 그러면서도 윤우를 잡고 있는 손을 놓지 않는 유진을 보며 박 교수가 속으로 미소 지었다.

"왜? 좀 더 자지."

"어머님이랑 송이 온다고 했거든요."

유진이 며칠간 신경을 못 써 미안한 송이의 얼굴을 떠올렸다. 송이는 며칠 동안 희정의 집에서 사촌들과 지냈다. 산달엔 약간의 임신중독 증상까지 나타나, 송이를 맡길 수밖에 없었다. 송이가 혹시라도 상처받을까 봐 걱정돼, 우선 딸아이의 동의부터 얻었다. 다행히 아이는 부모 마음을 헤아리곤 빨리 동생을 보고 싶다며 유진을 안아줬다.

"보고 싶어서……. 그게 더 죽을 것 같아요."

"누가 딸 바보들 아니랄까 봐."

윤우는 매일 저녁 희정의 집으로 가 송이와 함께 저녁식사를 했다. 유진의 부탁 때문이다. 매일 영상통화로 유치원에서 있었던 일을 조잘거리는 딸은 그녀의 살아가는 의미였다. 엄마가 아저씨에게 보낸 편지에서 자신을 키우면서 그 나이 때의 자신은 어땠을까를 생각해보게 된다고 했던 말이,

요새 송이를 보며 부쩍 떠올랐다.

"저희 바보 맞아요."

유진이 웃으면서 한 손으로 입을 가렸다.

둘째가 생기지 않아 고민하는 그녀를 다독여준 건 박 교수였다. 절대 마음 조급하게 갖지 말라며, 자신은 의학박사까지 딴 사람이지만 아이는 하늘에서 내려주는 거라고 믿는다고 했다. 그리고 송이가 그렇게 예쁜 짓만 하는데, 마음을 놓고 있으면 어느 순간 둘째가 올 거라고 조언해줬다.

송이는 박 교수에게도 특별한 아이였다. 그저 부모의 지인이라는 이유만으로 다가와 안겨들며 애교를 부린다. 자식이 없는 박 교수에게 있어 송이는 천사 같은 존재다.

똑똑똑. 벌컥!

"유진아!"

다급한 노크가 울리더니 대답도 전에 문이 벌컥 열리며 희정이 나타났다.

"언니!"

보는 사람이 더 힘들 정도로 남산만 하게 부푼 배를 하고선, 강민의 부축을 받으며 힘겹게 들어온다. 일주일 뒤 제왕절개 날짜를 잡았다는 희정은 배 속에 두 아들을 품고 있었다. 인공수정도 아니고 어떻게 또 쌍둥이냐, 박 교수가 놀랄 정도였다.

"언니, 괜찮아요?"

"응응. 나 괜찮아아."

희정이 배시시 웃는다. 낙천적인 성격은 여전했다. 도리어 희정은 유진을 걱정하면서, 부푼 배를 쓰다듬으며 내어준 의자에 앉는다. 화장실에서 화병에 꽃을 꽂아 나오는 진희를 보고 인사하려 일어나려는 것을 진희가 서둘러 저지했다.

“오랜만이에요, 사돈처녀.”

“안녕하세요오, 사돈.”

사돈이라는 말이 재미있는지, 희정이 앉은 채 인사를 건넸다.

다들 예상하지 못했다. 정은조차, 강민과 희정 부부가 이렇게 아이들을 많이 낳을 줄은 예상하지 못했었다. 처음엔 정민을, 그리고 연년생으로 채하와 채주 딸 쌍둥이를, 그리고 유진과 비슷한 시기에 아들 쌍둥이를 출산할 예정이다.

희정은 좋은 엄마였다. 첫아이인 정민을 키울 땐 많이 울었는데, 딸 쌍둥이들을 낳고선 주변의 도움을 받아 제법 노련하게 육아에 참가했다.

한동안 모두가 강민을 의미심장하게 쳐다보자 그는 그 시선들을 전부 받아쳐낼 정도로 능청맞게 굴었다.

똑. 노크를 끝마치기도 전에 문이 발칵 열리며 작은 발소리들이 와르르 울렸다.

“엄마!”

송이가 들이닥쳐 곧장 침대로 돌진했고, 문을 두드리던 정은이 웃으면서 그 뒤를 따랐다. 아이는 퉁퉁 부은 유진을 보고 놀라서 서너 발자국 앞에서 멈칫거렸다.

“송이야.”

“……엄마, 많이 아파요?”

송이의 눈가에 금세 눈물이 어룽졌다. 이렇게 아파 보이는 엄마는 처음이었다. 얼굴의 실핏줄은 다 터져서 부어 있고, 눈도 제대로 뜨지 못한 채 손을 내미는 엄마를 송이가 겁에 질린 채 쳐다봤다.

“내가 동생 낳아달라고 해서 엄마 아픈 거야? 응?”

윤우가 유진의 손을 놓고 송이에게 다가가 딸을 번쩍 안아 들었다. 윤우의 목을 그러잡고 울음을 엉엉 터트리는 송이의 모습에 정민과 채채들은 충격을 받았다.

“누, 누나…….”

“언니 우러……. 으앙!”

“언니 우러어어어……. 으아아앙!”

아이들에게 있어 송이는 하늘만큼 높은 언니였고 똑똑한 언니였고 엄마, 아빠랑 떨어져도 울지 않는 씩씩한 언니였다. 그런 사촌언니가 울자, 어린 아이들이 눈물을 터트려 병실은 울음바다가 돼버렸다.

“우리 송이, 엄마를 많이 걱정했구나.”

윤우가 딸아이의 등을 쓰다듬으며 얼렀다.

“흐엉……. 미안해요, 엄마. 다시는 동생 낳아달라고 안 할게. 흐윽……. 흑…….”

그 모습이 너무 귀여웠다. 아이들은 심각한데 어른들만 재미있는 구경인지라, 유진은 눈에 눈물은 그렁그렁하지만 터질 것만 같은 웃음을 꾹 참았다.

“그래서 우리 송이는 엄마 안 안아줄 거야?”

“엉엉! 내가 안으면 엄마가 터질 것 같단 말이에요.”

“엄마 그렇게 부풀어 오른 찐빵 같아?”

“풍선 같아요. 흐아아아아아앙!”

유진이 환자복 소매로 얼굴을 가리며 웃음을 참았다. 지금 자신의 모습이 어느 정도인지 짐작은 가는데, 딸아이의 직언을 들으니 웃기면서도 울고 싶은 기분이었다. 윤우는 잘도 이 풍선 같은 얼굴에 키스하고 속삭였구나 싶어, 새삼 그가 자신을 좋아한다는 걸 깨닫게 된다.

“송이야.”

“으응…….”

윤우가 엄마는 송이를 너무 보고 싶어 했고, 이렇게 보자마자 울면 엄마

마음이 아플 거라 속삭이자 아이는 곧 진정한다. 그리고 유진의 부름에 윤우에게 내려달라며 손으로 어깨를 탁탁 쳤다.

"엄마아……."

어리광을 부리며 침대로 도도도 달려가 엄마가 가리킨 침대 한쪽으로, 냉큼 올라오며 신발도 벗었다. 유진이 링거를 꽂지 않은 자유로운 손을 벌리자, 송이가 엄마의 목을 꽉 끌어안았다.

콧속 깊숙이 제 딸아이의 냄새가 난다. 아직도 아기의 분유 냄새가 나는 것 같다. 보드랍고 말랑말랑한 향기에 유진의 입가가 한없이 풀어졌다. 제 속으로 낳은 제 자식 냄새를 맡으니 이제야 살 것 같았다. 이토록 그리웠구나 싶어서 아이의 작은 등을 토닥였다.

"엄마 많이 보고 싶었어?"

"응응. 네. 많이 보고 싶었어."

"우리 송이 눈에 엄마밖에 안 보이는 거 아는데, 지금 여기에 누구누구 계실까요?"

유진의 말에 송이가 눈물 젖은 눈으로 주변을 둘러봤다. 그리고 벌떡 일어나 침대에 서선 사방으로 배꼽인사를 했다.

"외할머니 안녕하세요! 박사 할머니 안녕하세요, 고모 안녕, 고모부 안녕!"

"안녕하쎄요!!!"

송이가 인사를 시작하자 같이 우느라 인사를 깜빡 잊었던 세 아이들도 정신없이 뱅뱅 돌며 인사를 따라 했다. 어른들이 참지 못하고 웃음을 터뜨려 병실은 웃음바다가 됐다.

"엄마, 아기는요? 내 동생은?"

"곧 간호사님이 데리고 오실 거야."

유진이 긴장으로 잔뜩 땀에 젖은 송이의 머리칼을 매만져주었다. 젖몸살이 심해 윤우와 마사지사가 아침 내내 주물러주며 어느 정도 풀어줬기에 망정이지, 아이를 안아보지도 못할 뻔했다. 말이 끝나기 무섭게 노크 소리가 나더니, 간호사가 포대에 싸인 아기를 데리고 들어왔다.

"어머나, 머리숱이 많네."

정은이 아이를 들여다보고 감탄했다. 그러며 저도 모르게 팔을 내밀자 간호사가 그 품에 아기를 안겨준다.

"도송우 보호자분 맞으시죠?"

간호사의 확인에 유진이 고개를 끄덕였다. 순식간에 정은의 주변으로 몰린 어른들이 아이를 보며 귀엽다 귀엽다 연발하자, 아이들이 저도 보고 싶다며 그 주변을 뱅뱅 돌았다. 저도 보여달라는 아이들과 달리, 송이는 엄마 곁에 머물며 꽤 침착하게 기다리는 중이다.

남매인 게 확연히 드러나는 이름이면 좋겠다는 건 딸아이의 의견이었다. 고민하다가 '송우'라는 이름이 나왔는데 정은은 반대했었다. 첫아이 이름도 막 짓더니 둘째 이름도 막 짓는다고 눈을 흘겼는데 결국 그 이름 그대로, 대신 한자는 정은이 소개한 작명소에서 짓는 걸로 결론이 났다.

"송우, 외할머니한테 가자."

진희는 조심스레 아이를 안고서 들여다보다, 유진에게 다가가 가만가만 송우를 건넸다.

"우, 우와……."

송이의 눈이 커다래졌다. 채하와 채주가 아기였을 땐 송이도 어려서 잘 기억하지 못했지만, 지금 보는 아기는 정말 너무 작은지라 깜짝 놀란 것이다.

"엄마, 내 동생이에요?"

"응. 송이 동생 송우."

"마, 만져봐도 돼요?"

손가락 하나를 세우곤 묻는 송이에게 유진이 고개를 끄덕였다. 포동포동한 송우의 볼을 살짝 찌르자 아기가 귀찮은지 입술을 오물거렸다.

"으앙, 내 동생!"

꼭 끌어안고 싶은데 어린 동생이 다칠까 봐, 송이는 유진이 덮고 있는 이불을 꽉 쥐면서 외쳤다.

"여보, 윤우야."

송이를 낳고 자연스럽게 변한 호칭으로 그를 부르자 윤우가 다가왔다.

그의 눈에 지나간 세월이 스쳤다. 처음 송이를 낳고 품에 안았을 때 전신이 떨리는 바람에, 아이를 데리고 유진에게 가야 하는데 엘리베이터 버튼조차 누르지 못했다. 자신이 조금만 잘못 움직여도 품 안의 작은 생명이 어떻게 될까 봐 손가락이 떨려 버튼을 누르지 못했다. 지나가던 간호사가 눌러주지 않았으면 얼마나 더 그러고 있었을지 몰랐을 정도다.

송이를 안고 유진에게 향하는 내내 윤우는 덜덜 떨면서 울었다. 모든 것이 기적이었고 경이로웠다. 오죽하면 이렇게 우는 남편은 처음 봤다고 할 정도로 박 교수는 툭하면 그 일을 끄집어내 놀릴 정도였다.

"안녕, 아들."

그가 처음 송이를 안았을 때와는 비교도 되지 않는 익숙함으로 아기를 안아 올렸다. 이제는 더 이상 손이 떨리지 않았다. 유진이 아이를 출산하는 순간에는 이번에도 울어버렸지만, 아이를 안고 어쩔 줄 몰라서 흘리는 눈물은 없다.

아직 보이지 않을 아이의 까만 동공이 윤우를 빤히 바라본다.

"송우야."

대답이라도 하려는 것처럼 입술을 오물거리는 아이를 그는 사랑 가득한 눈으로 바라봤다. 자신만을 안아주던 윤우의 품에 동생이 안겨졌는데도, 송이는 질투하지 않았다. 그저 신기하단 얼굴로 동생과 제 아빠를 볼 뿐이다.

"엄마아."

"응?"

"내가 송우만큼 작을 때, 아빠가 저렇게 예쁜 얼굴로 안아줬어요?"

유진이 아들과 윤우를 바라봤다. 한 손으로 아이를 안아 들고, 눈물을 흘리지 않는 윤우.

"아니."

그럼 동생에게만 보여주는 얼굴이구나 싶어 송이가 살짝 실망하려는데, 유진이 말을 이었다.

"한 걸음마다 아빠 눈물이 떨어져서 우리 송이가 눈을 뜰 수가 없을 정도였어."

"아빠가 울었어요?"

"네 아빠는 너 태어나고 사흘은 운 사람이야."

정은이 끼어들며 진실을 폭로했다. 윤우가 귀가 붉어져선 그들에게서 등을 돌려버렸다. 마치 이런 얼굴은 보이기 싫다는 듯이.

"진짜? 진짜 아빠가 울었어요?"

"그럼. 우리 송이는 잘 안 울었는데. 송이보다 아빠가 더 많이 울었어."

"헤…… 헤헤……."

송이가 함박 웃었다. 아빠의 커다란 사랑이 제게 향했다는 걸 확실히 알자 동생을 생각하는 마음이 더 몽글몽글 올라왔다.

"엄마, 빨리 나으세요. 제가 송우랑 잘 놀고 있을게요."

앞으론 매일 아이의 울음소리와 기저귀와 사투해야 한다는 걸 딸은 아직 모른다. 그 비장한 모습이 어여쁘기만 해 유진이 웃으며 고개를 끄덕였다.

"응. 엄마가 빨리 바람 빠진 풍선이 될게."

"힝…… 그건……. 지금도 엄마는 예뻐요."

송이가 유진의 품으로 파고들며 속삭였다. 그래도 자신의 눈에는 엄마가 제일 예쁘다고.

윤우가 송우를 안고 자세를 낮추자 정민과 쌍둥이들이 달려가 아이를 말똥말똥 바라본다.

"엄마, 엄마 배 속에도 두 명이나 있죠오?"

"채채네 동생들도 곧 태어나죠?"

쌍둥이들이 의자에 앉아 강민에게 기댄 채 남산만 한 배를 하고 있는 희정을 돌아본다.

"으응……. 그럼…… 읏!"

아직 예정일까지 시간이 있는데 희정이 배를 움켜쥔다. 송우의 등장으로 신경을 쓰지 못한 동안, 잠깐씩 오는 진통을 혼자서 참고 있었던 모양이다.

"교수님!"

강민이 놀라서 부르고 박 교수는 바로 의료진 호출 버튼을 눌렀다.

"강민아…… 흣! 아기들이 빨리…… 나오려고……."

강민이 고개를 끄덕인다. 그리고 그들에게 눈인사를 건넸다.

"언니, 힘내요. 기다리고 있을게요."

정은이 달려가 딸의 손을 맞잡았다. 유진의 말에 희정이 얼굴을 찌푸리며 희미하게 웃었다. 그리고 힘내겠다고 힘차게 고개를 끄덕였다.

새로운 생명들이 찾아온, 축복 같은 어느 날이었다.

유진이가 좋아하는 사람이 누구예요?

희정은 해맑게 웃고 있었다. 설레는 얼굴로, 그리고 행복한 얼굴로 웃는 누이를 다시 볼 날이 올 거라고 윤우는 상상도 못했다. 거울 너머로 눈이 마주칠 때마다 해사하게 웃는 희정의 모습에, 세월이 흘렀다는 사실마저 잊게 된다.

윤우가 그 해맑은 눈을 마주하며 웃어주다 창밖으로 시선을 돌렸다. 따사로운 햇살과 높은 하늘. 분주히 오가는 사람들의 소리, 커다란 메이크업 가방을 열어 응접실 테이블에 올려놓는 사람들.

아침 일찍 이곳에 온 유진은 배가 뭉쳐 피곤하다며 2층 침실에 누워, 윤우의 등을 떠밀며 먼저 희정에게 인사하라 했다. 신랑 강민은 바깥에서 사돈어른을 돕는 중이다.

"잠시, 자리 좀 비켜줄래요?"

윤우가 희정이 완벽한 신부가 되도록 도와주는 사람들에게 정중히 부탁하자, 그녀들이 고개를 끄덕이곤 아침을 먹고 오겠다며 주방 쪽으로 사라졌다.

"누나."

"와아! 너무 예쁘다아."

희정은 색색의 립스틱들과 반짝이는 섀도들, 화려한 색감의 블러셔들에 넋이 나가 손가락으로 슥슥 문질러본다.

"누나."

"……으응?"

희정이 고개를 들어 윤우를 바라봤다. 아직 잠기운으로 가득하지만 설렘이 역력한 얼굴이다. 저도 모르게 부드럽게 웃으며 물티슈를 뽑아 소파에 앉아 있는 그녀에게 다가갔다. 메이크업을 위해 가져다 놓은 커다란 거울이 있는 테이블 위는 빈 곳 없을 정도로 화장품들이 꽉꽉 들어차 있다.

윤우가 희정의 곁에 앉았다.

"손 이리 주세요."

"소온?"

열 손가락 가득 색색의 립스틱과 섀도들이 묻어 있었다. 손가락을 쭉 펴서 윤우의 눈앞에 흔들다가 그가 하나씩 닦아내기 시작하자 울상이 된다.

"왜애. 왜 지워?"

"얼굴 많이 만지잖아요. 이렇게 묻어 있으면 얼굴에……."

말을 마치기도 전에 다른 손으로 볼을 긁적인 희정의 얼굴엔 파란색 펄이 그어져 있다.

"웅?"

천진하게 되묻는 희정을 향해 윤우가 부드럽게 웃곤 물티슈로 지워주자 인상을 팍 쓴다.

"으…… 시러……. 아침에 세수했는데……."

왜 또 얼굴을 닦냐는 불만 가득이 가득해 윤우를 바라본다. 정말 싫어하는 표정이지만, 그를 향한 눈에는 원망 한 점 없다. 그래서 그는 가끔 희정의 눈을 똑바로 볼 수 없었다.

"누나."

"으으……."

상체를 젖혀 물티슈를 피하려 버둥대던 희정의 손가락이 스치는 바람에 윤우의 얼굴에는 다섯 색 새도가 묻어났다. 희정은 눈을 동그랗게 뜨고 윤우의 얼굴과 제 손가락을 번갈아 쳐다보다 까르르 웃음을 터트렸다.

"재미있어요?"

"웅! 재미있어!"

"그럼 마음대로 그리고 놀아요. 대신 손가락 하나만 사용하고."

손가락을 다 붙잡고 닦아준 뒤 그녀가 원하는 색 하나를 쥐여주자 윤우의 얼굴에 삭삭 그림을 그린다.

"누나."

"……응."

"내가 밉지 않아요?"

희정이 머리를 갸웃하더니 좌우로 세차게 흔든다.

"안 미워! 윤우 안 미워! 왜 윤우가 미워어?"

왜 그가 밉냐고 꼬치꼬치 캐묻는다. 정말 기억 못 하는 걸까. 어린아이가 돼서 그 일을 잊어버린 걸까. 윤우가 절 바라보는 희정을 마주했다.

"어릴 때, 기억 안 나요?"

"으응?"

"내가 누나 밀었잖아요. 계단에서."

애초에 희정의 것을 탐낸 그의 잘못이다. 윤우의 눈빛이 지독히도 음울해졌다. 그날 희정을 민 건 할머니였을지라도 그 발단은 자신이었다. 제 마음에 죄악이 자라나기 시작했던 그때를 떠올렸다.

희정이 윤우의 얼굴을 손바닥으로 감쌌다.

"아니야아. 윤우 아니야. 할머니가 밀었는데에?"

그의 얼굴이 굳었다. 희정은 깨어나서 아무것도 기억하지 못했는데……. 몸과 맘이 선득해졌다. 해맑은 얼굴로 그렇게 말하는 희정이 얼어붙은 윤우를 여전히 말갛게 쳐다보고 있었다.

"기억……나요?"

"으응. 밤마다 꿈에 나와서어…… 희정이 계속 미니까아……."

그런데 이제는 안 나온다고 고개를 흔든다.

"나 때문이잖아요."

"아니야, 아니야아."

희정은 마구 고개를 흔들면서 어찌할 바 몰라 하다, 윤우를 꼭 안아버렸다. 계속해서 그를 껴안고 아니라고 말한다. 빠르게 말하느라 말투도 더 어눌해졌지만 그를 도닥인다.

예쁘고 공부도 곧잘 했던 똑똑했던 누이가 돌아온 것 같다. 그건 사고였다고. 네 잘못이 전혀 없다고 위로를 해주는 것 같다.

"아니야아."

희정은 그 말만 반복했다. 윤우가 그녀의 품에서 고개를 끄덕였다.

"그래요. 누나 말대로 아니라고 믿을게요."

이제는.

죄책감이 없어지진 않겠지만 그때를 기억하는 그녀가 안타까웠다. 안타까운 기억에 저마저 짐을 얹어줄 순 없다. 윤우의 말에 희정이 환하게 웃으면서 고개를 크게 끄덕였다.

"응! 진짜 아니니까. 윤우는 희정이 동생이야. 동생은 지켜줘야 되는 거래. 유진이가 그래써."

희정은 유진이 읽어줬던 동화책에 나왔었다며 열심히 설명했다. 윤우는 그녀를 다정하게 바라보다 희정의 말이 끝날 때쯤 물었다.

"유진이가 좋아하는 사람 있다고 한 거, 기억해요?"

눈이 동그래진다. 갈색이 도는 동공이 어린 초식동물의 그것 같다.

"내가 돌아왔을 때, 누나가 그랬잖아요. 유진이는 좋아하는 사람 있다고."

“으응. 유진이는 좋아하는 사람 있어. 어…… 그런데 윤우랑 다시 좋아하는구나아.”

“그게 누군지 알아요?”

중간에 그녀가 누군가를 마음에 품었다고 해도 상관없다. 그저 궁금할 뿐이다.

“윤우는 몰라아?”

“난 모르겠던데. 고용인인가 했는데 그것도 아닌 것 같고.”

“나는 아는데! 헤헤!”

희정이 손바닥을 짝 치면서 즐겁게 말했다. 점점 배알이 뒤틀린다. 상대의 정체를 알아도 그 상대에게 위해를 가하면 안 된다, 윤우는 속으로 되새겼다. 최대한 희정이 겁먹지 않게 날카로운 마음을 내리누르면서 다정하고 친절하게 미소 짓는다.

“그게 누구예요?”

“그건 비밀이야! 유진이가 비밀이랬어. 손가락도 걸고 약속도 하고 도장에 복사까지 했는걸?”

“이젠 비밀 아니에요.”

윤우가 제멋대로 희정과 유진의 약속을 파투 냈다.

“하지만…….”

“알려주세요. 유진이가 좋아하는 사람이 누군지 알아야 내가 그 사람만큼 멋있어지려고 노력하죠. 누굴까. 유진이가 누나에게 알려준 상대는?”

그의 머릿속에 저택을 경호하던 직원들 얼굴이 제일 먼저 떠올랐고, 유진과 선보게 해달라며 졸랐던 남자도, 그리고 그녀의 머리를 쓰다듬었던 상현까지 줄지어 스쳤다. 만약 상현이라면 빌딩 옥상에서 밀어 떨어트려 사고사로 처리하면 어떨까. 윤우는 제 음험한 속내를 잘 갈무리했다.

“으응…….”

희정이 뜸을 들였다. 금방이라도 유진이 2층에서 내려올 것만 같아 그의 시선이 힐끗, 계단을 향했다.

"그럼 유진이한테는 비밀이야아. 알았지?"

아마 제가 비밀을 말했다는 게 밝혀지면 유진은 다시는 저와 비밀 이야기를 공유 안 할 거라며 희정이 시무룩하게 다짐을 받았다.

"그럼요."

"유진이가 좋아하는 남자는 키가 작댔어. 그리고 되게 이쁘다고 했어."

"……음?"

상대의 이름이 나올 줄 알았는데 이래선 말짱 도루묵이다. 하긴, 희정에게라면 이름보단 외모를 설명해줬을 것 같긴 했다.

"그게 누구예요?"

"나 몰라."

희정이 고개를 저었다. 윤우는 맥이 풀렸다. 그가 알기로 키가 작고 예쁜 얼굴을 가진 남자는 별로 없다.

"윤우는 아니야아. 유누는 키도 크고오 얼굴도 잘생겨써. 헤헤."

키가 작고 얼굴이 예쁘장한, 에서 갑자기 그가 한 손으로 입을 막았다. 그의 얼굴에 립스틱으로 장난을 치던 희정이 고개를 갸웃거린다.

"다른 건요? 다른 말은 또……."

"으음…… 첫눈에 보고 반했대. 여자앤 줄 알았대. 너무 예뻤대."

그러니까 넌 아니라며 희정이 윤우의 손등에도 립스틱을 슥슥 문지른다. 얼굴도, 손등도 온통 핑크색이 된다. 마치 갑자기 홍조가 올라온 그의 얼굴을 립스틱으로 고스란히 표현하는 것처럼.

"그거 나 맞아요."

"아닌데?"

"어릴 때 키가 작았잖아요."

"아니야아. 유진이보다 더 작다고 했는걸? 윤우는 키가 컸어."

"……유진이보다는 컸어요. 걔가 잘못 안 거야."

아주 미세한 차이였지만 유진이와 비슷하거나 좀 더 컸다고 윤우는 생각했다. 그러나 희정은 끝까지 아니라며 고개를 흔들었다.

"조금 컸어요. 그리고 이제는 많이 크고."

"으음……. 아닌데에. 윤우는 잘생겼는데에."

"어릴 땐 예뻤잖아요."

제 입으로 말하긴 그렇지만 어릴 때 정말 예쁘게 생겼다.

희정이 고개를 모로 기울였다. 여전히 모르겠다는 얼굴로.

"예쁜 건 아닌데에."

"윤우야, 얼굴이 왜 그래?"

계단을 내려오던 유진이 온통 핑크색으로 물든 윤우의 얼굴을 보고 깜짝 놀랐다. 이야기에 집중하느라 그녀가 내려오는 소리를 듣지 못했던 윤우는 계단을 바라봤다. 얼굴에 붉은색과 핑크색 립스틱이 덕지덕지 발라져 있다. 흔드는 손에도 립스틱이 발라져 있어서 유진은 경악했다.

"유진아! 있잖아! 나한테 예쁘고 키 작은 남자가 좋다고 했지?"

"네?"

희정이 막 내려온 유진에게 손을 흔들며 물었다.

"누나, 이거 비밀로 해달라면서요."

"예쁜 남자라고 했단 말이야!"

희정이 심통이 난 듯 대꾸하며 유진에게 계속해 묻는다.

"언니, 무슨 말이에요?"

"나한테 좋아하는 사람이 예쁜 남자라고 했잖아아. 키가 이렇게 작다구우."

유진이 잠시 기억을 더듬듯 눈을 가늘이더니 웃음을 터트렸다.

"나 맞잖아. 그리고 내 키는 좀 더 컸어. 왜 안 좋은 쪽으로 기억하는 거야."

윤우의 볼멘소리에 유진이 어깨를 으쓱했다.

"글쎄. 무슨 얘기인지 잘 모르겠는데."

"유진이가 좋아하는 사라암!"

유진의 말에 희정이 냉큼 받아 이야기한다.

"너무 오래전 이야기라, 잘 모르겠어요."

"으응? 그래애? 누구지……? 누구였을까……."

희정이 금세 포기하곤 고개를 갸웃한다. 옆에 있던 물티슈를 뽑아 윤우에게 내밀자 그가 답답한 얼굴로 유진을 다그쳤다.

"누구야?"

"가서 세수해야 될 것 같아. 얼굴이 너무……."

"키 작고 예쁘장한, 누구야?"

"나는 걔가 나보다 작았던 걸로 기억하는데."

"좀 더 컸을걸."

"아냐."

유진은 웃음을 꾹꾹 눌렀다. 어쩌다 희정과 윤우가 이런 이야기를 하게 됐는진 모르겠지만 그가 바로 그 본인에게 질투하고 있다는 사실만은 확실했다.

식사가 끝났는지 주방이 웅성거렸다. 다른 사람들이 윤우의 얼굴을 보기 전에 유진이 말했다.

"씻고 나오면 누군지 말해줄게."

꿈쩍도 안 할 기세이던 윤우가 재빨리 일어났다. 2층 욕실로 올라가며 계단 중간에서 걸음을 멈춘 그가 뒤돌아보며 다짐했다.

"잘 떠올려보고 말해. 나 분명히 조금 더 컸어, 유진이 너보다."

유진이 손을 흔들면서 웃었다. 여태 알지 못했던 그의 아이 같은 부분을 정면에서 봐버렸다. 그게 너무 재미있어 그가 씻고 나올 때까지 한동안 웃음을 멈출 수가 없었다. 그러다 배가 뭉쳐, 윤우는 유진의 아랫배를 문질러 주느라 결국 대답을 들을 수 없었다.

-fin.